本书为 2010 年国家社科基金项目"中国古代咏侠诗研究"成果（编号为 10XZW019）

中国古代咏侠诗史

汪聚应　张文静　霍志军　著

人民出版社

目　录

绪　论
从史家立传到文人歌咏

——咏侠诗及其研究的回顾与展望

千古文人侠客梦。侠的存在虽是中国古代一个独具特色的社会历史文化现象，民间色彩浓厚，但它在中国文化的发展长河中关涉文人独立自由的人格精神追求、荣名不朽的功业意识、公平正义的价值判断，以及冀遇知己的理想迷幻与报恩情结、怀才不遇的身世心理与不平之鸣。基于这种理想与追求，除在任侠中挥剑张扬，中国古代文人亦通过歌咏游侠来宣泄这种情怀，因而中国古代咏侠诗的创作就成为一个绵延不断的继承与创新的诗歌潮流，成为中国古代文人的一部心路历程史，成为一个独特的社会历史文化现象。

从中国侠文化的创造承传、中国古代咏侠诗的创作发展过程看，侠也是史家和文人共建的一种历史文化的现象。史家的记载评价与文人的描写歌咏相互作用，使侠成为史家较早立传的一类历史人物和现实存在，又是一个文人寄寓理想追求和人格精神的文学主题与题材。这样看来，古代咏侠诗的创作发展过程，也是一个洞察古代社会生活发展、了解民间文化、把握文人心态、判断文化影响的风向标，有其特殊的文学价值和社会历史价值。其创作盛衰不但与统治者的褒贬、社会任侠风气、民间社会影响与文人向往密切相关，而且与古代诗歌体裁题材的发展密不可分。自先秦诸子散文、两汉辞赋、史传和歌谣出现对游侠的记载描写以来，历代侠的存在与侠风追求形态不一，咏侠诗创作在数量上和审美价值追求方面变化较大，历代不一，很不均衡，但它却是我国古代诗歌题材门类中一个重要组成部分。

侠从史家立传到文人歌咏，从现实社会走向文学创作，侠逐渐被世俗化、理想化、英雄化、文人化。史家的放弃与文人的热衷，使侠从社会历史舞台中规范与秩序的离轨者成为文学的审美对象，成为大众心目中的英雄。文人拯救了侠，改造了侠，创造了一个理想的自我，满足着文人自我的人格追求和大众的英雄心理。

从先秦两汉纪实性的咏侠歌谣到《史记》、《汉书》等史书的现实记载，游侠虽有"言信行果"、"振穷周急"、"温良泛爱"等人格精神的"绝异之姿"，但其行"不轨于正义"的一面，不但使史家自《汉书》后不再在正史中为游侠立传，而且也使侠成为统治者打压的对象。而自魏晋以来其"绝异之姿"引起了文人的审美观照，开始将游侠作为抒情歌咏和寄托理想的文学形象。史家的放弃与文人的选择为咏侠诗的创作发展提供了机遇。

魏晋以来，侠从社会历史中秩序和道德的离轨者一跃而成为文学中的光辉形象，并进而成为社会民众观念中正义的英雄和公道的主持者，这的确是中国古代咏侠诗和侠文化非常有价值的研究内容。

从中国侠文化发展史的角度看，魏晋以降，诗人在文学中塑造的游侠形象体现着比历史实存中的侠更为深厚的社会和文化意义。作为这一文化现象直接开端的魏晋六朝，游侠形象由汉代文学中的滥觞进而开始大面积走进文学领域，文人钟情于侠，在文学中表现游侠，是因为文人在当时社会的大动荡中看到了侠的临危受命、见义勇为的大众英雄形象；在战乱不断、国家民族危亡中看到了边塞游侠"慷慨赴国难"、"视死忽如归"的民族英雄形象；在人生短促、命运多舛的社会生活中看到了侠纵逸不禁、追求自由豪放、奢华享乐的世俗人生。咏侠诗的创作在魏晋南北朝出现了第一次高潮。

唐宋以来，随着社会经济文化的高度发达，尤其是都市社会经济的繁荣，士人对世俗生活的享乐追求和热情拥抱，使士人阶层的生活理想与侠的行为自由、敢作敢为、肆意陈欲等行为方式极为契合，他们以快意自适为旨归，以世俗生活为基准，以身体和感官的满足为起点，试图将物质与精神、身体体验与审美体验、世俗生活与艺术生活有机联系起来，实现艺术与生活的连续性，构建一种身体力行的生活实践和生活理想。这是在侠文化激励下的一次人性解放。如果说魏晋以来人的觉醒主要是对儒家道德和伦理禁锢的冲破，是对自我的发现，注重的是个性张扬的话，那么唐宋以来的士人阶层在侠文化激励下的人性大解放就是将事功的辉煌与人生的享乐相融合，将物质欲望的生活与审美精神的生活相统一，在交汇融合中将社会伦理的生活置于次要位置。这为文人咏侠诗的创作打开了一片自由的新天地，使文人咏侠诗在唐代出现了第二次创作高潮，且表现出的思想性和艺术性都超出魏晋南北朝，并为后世咏侠诗的创作树立了不可企及的高峰。

相较而言，宋代咏侠诗在创作上气势更加文人化，而且数量和手法均未超出唐人的艺术世界。同时，北宋、南宋咏侠诗的创作也表现出较为明显的差异。一般说来，北宋咏侠诗承袭唐人的较多，多拟古的篇章，所歌咏者多为历史上的侠义英雄和人物。南宋咏侠诗多现实的内容，诗中表现出强烈的现实性和战斗性，表现出英雄气概和为国牺牲的侠义精神，民族色彩浓厚。而在词中咏侠却是宋元时代咏侠诗的形式创新。

明清以来，尤其随着商品经济的发展和思想解放，在"人情以放荡为快，世风以侈靡相高"的世俗景观中，咏侠诗创作绵绵不断，追求享乐的思想倾向和世俗化的审美理想特色凸显。咏侠诗的积极意义减弱，世俗化特色渐浓。但就明代文人咏侠诗的整体创作看，明代城市经济的发展与商品经济萌芽的出现，对当时任侠风气和咏侠诗的创作产生了积极影响。咏侠诗中英雄之气的衰减和都市商业气息、世俗的享乐习气和纵情快意的豪爽风格渐行渐浓。同时，明代诗文创作复古倾向鲜明，其"文必秦汉，诗必盛唐"的复古观念，使文学创作在继承发扬先秦两汉诗文精神的同时，先秦两汉的任侠精神也感染和影响了明代文人，唐人气势磅礴的咏侠诗也浸润其心田。加之当时外敌入侵、宦官专权等动荡的现实影响，都促使咏侠诗在明代出现了创作的再一次兴盛，创作数量远超唐代及宋前诸朝。清代以来尤其是到近代以后，民族矛盾异常激烈，受时代变幻的现实影响和抵御外侮、追求变革的时代要求，咏侠诗中出现了个人英雄主义精神的回归和视死如归的侠义精神的复燃。民族情怀的新生和革命精神的宣示，使中国古代咏侠诗终于以正义的英雄主义和牺牲精神，以其庞大的创作数量，彰显了侠义精神书写的最后辉煌。

因此，纵观中国古代咏侠诗发展史，有四个节点是值得注意和深究的，即侠的文化转型与魏晋南北朝咏侠诗、任侠高潮与唐人咏侠诗、追求人生享乐与明代文人咏侠诗的中兴、晚清及近代志士的游侠心态及其咏侠诗的民族主义色彩。

历代文人的创造，使侠的文学形象焕发出光彩夺目的英雄想象与正义附加值，为中国侠文化的创新发展注入了丰富的精神内涵和道德价值。侠文化成为中国传统文化中关联上层和民间的一个结点。

本著主要涉及内容：一是通过对先秦两汉游侠的社会存在和历史评估、魏晋六朝及隋唐时期侠的文人创造、宋元明清侠的观念意义的形成和中国侠的文化诠释，勾勒出古代咏侠诗创作发展的社会历史文化背景。二是通过侠从游侠到义侠再到武侠的文化类型演变和人格精神的正义价值铸塑，揭示咏侠诗创作生发的侠文化积奠。三是通过对古代咏侠诗创作的历时性过程的描述，揭示中国古代咏侠诗创作发展的纵向规律和阶段性特色。四是通过对咏侠诗研究的回顾与展望，揭示咏侠诗的研究发展及其成就与不足，尝试为咏侠诗的研究提供一些方法和内容方面的新思路。

本著主要从史的角度考察咏侠诗自先秦至近代的创作发展历程，对我国古代咏侠诗的创作过程及其文人的创作心理进行综合研究，探讨咏侠诗发展演变的轨迹及其发展的规律性特点。纵横呼应、点面结合、叙论相间，在以时代为纵轴的发展方向上宏观考察，详细勾勒咏侠诗的孕育萌发、创作发展和兴盛衰落的历史进程，探寻历代咏侠诗的创作发展规律，厘清咏侠诗在不同历史时期的差异，以期找出带有普遍性的东西。在以咏侠诗创作为横向的方向上，立足每个时代独特的任侠风气和咏侠诗的具体创作，通过具体作品的深入解析，全面揭示出咏侠诗各个发展阶段的整体面貌和创作特色。另外，本著也把咏侠诗的研究看作一种社会历史文化现象，并紧密结合时代精神和社会发展，力求把对咏侠诗发展史及其创作特点的探索与时代任侠风气等社会文化背景相结合，力求使研究具有一定的理论深度。

第一节　中国古代咏侠诗创作的社会历史文化背景

从中国古代任侠风气和咏侠诗的创作看，中国古代咏侠诗的创作发展是一个比较复杂的文学—文化现象。侠义传统的影响与历代任侠风气的新变、现实政治、边塞战争与侠义传统的互动、文人任侠与边塞建功立业的时代精神、创作主体和创作客体相互融合以及侠自身的复杂人格等等，都为咏侠诗的创作发展提供了深厚的社会文化土壤和积极的现实动因。因此，作为一种社会文化现象，古代咏侠诗的创作背景与成因就并不仅仅限于文学领域，它所关涉的层面非常丰富。从历史积淀看，中国侠文化中的侠义传统作为任侠的基本道德价值观念，深深影响着每个时代；从社会关系看，时代任侠风气既有统治者的提倡或打压、文人的积极追求、大众的英雄崇拜心理和参与模仿；从创作主体看，文人对侠的正义想象和人格追求，不但使咏侠诗的创作成为绵延不断的咏侠诗潮，而且为咏侠诗确立了基本的审美规范和人格精神；从创作客体看，社会大众的侠义崇拜和英雄理想，为古代咏侠诗的创作提供了坚实的社会基础和广泛的社会推动力。这一切，使咏侠诗的创作积淀了深厚的社会历史文化背景。

本节试图通过对先秦两汉游侠的社会存在和历史评估、魏晋六朝及隋唐侠的文人创造、宋元明清侠的观念意义的形成和中国侠的文化诠释，勾勒出中国古代咏侠诗创作发展的社会历史文化背景。

一、道义和秩序的离轨者——先秦两汉游侠的社会存在和历史评估①

侠的源头是先秦游民中的刺客，活跃于春秋战国时代，在当时是一股不

---

① 见汪聚应《唐代侠风与文学》，陕西师范大学 2002 年博士论文，第 46—57 页。此处内容主要引用了本人博士论文《唐代侠风与文学》第二章："中国侠的历史文化变迁"第一节"道义与秩序的离轨者——先秦两汉游侠的社会存在和历史评估"。这部分内容未作为论著或论文发表。

容忽视的社会力量,多见养于公室、私门。春秋中后期,社会动荡,各国国君和公卿贵族纷纷"聚士",《左传》等史籍多有记载。当时士的成分复杂,作用也不同。刘向将其分为智士、辩士、仁士和勇士。① 其中与后世游侠有渊源关系的当为勇士。这类人中,有宗法性下层贵族武士,也有新兴士阶层中的非宗法性武士。郭沫若先生说:"士在春秋前期大抵是由各诸侯的公室所养蓄,贵族或逃亡贵族的子弟占多数。但到末叶以后,私门和公室斗争,公室既在养士,私门也在养士。"② 春秋时期公室养士记载,如晋灵公有力士鉏麑③;齐景公养有公孙接、田开疆、古冶子三勇士④;齐庄公有勇士殖绰、郭最⑤;齐桓公养士,"奉之以车马、衣裘,多其资币。"鲁庄公视勇士曹沫为心腹,于齐鲁会盟曹沫"执匕首劫齐桓公报庄公"等等⑥。私门养士见于记载的有齐昭公之子公子商人尽财聚士,后夺王位;晋国公卿栾盈有力臣督戎⑦、楚国权臣白公胜⑧、吴国公子光⑨、晋国的权臣赵襄子、智襄子等皆能养士⑩。与战国养士相比,春秋时期养于公室、私门的勇士多"国士",既可用来攻杀作战,如齐景公三勇士,又可用来行剑击刺,如鉏麑。《孔丛子·居卫》篇中孔伋(子思)在论春秋战国养士时说,春秋时期,"周制虽毁,君臣固位,上下相持若一体然",故养士之风不大倡。且勇士多在公室,以征伐之用为主。战国时代,"天下诸侯方欲力争,竞招英雄,以自辅翼。此乃得士则昌,失士则亡之秋也。"故战国时期,养士之风大炽,规模较春秋为盛,私门养士动辄"食客三千",养士成为普遍的社会风气。墨子说:"吾取饰车、食马之费与绣衣之财以畜士,必千人有余。若有患难,则使百人处于

---

① 刘向:《说苑·尊贤》,赵善诒:《说苑疏证》,华东师大出版社 1985 年版,第 229 页。

② 郭沫若:《十批判书》,人民出版社 1957 年版,第 56 页。

③ 《左传·宣公二年》,杨伯峻编注:《春秋左传注》,中华书局 1990 年版,第 658 页。

④ 《晏子春秋集释·内篇谏下》,国家图书馆出版社 2011 年版,第 128 页。

⑤ 《左传·襄公二十一年》,杨伯峻编注:《春秋左传注》,中华书局 1990 年版,第 1603 页。

⑥ 司马迁:《史记·刺客列传》,中华书局 1959 年版,第 2515 页。

⑦ 《左传·襄公二十三年》,杨伯峻编注:《春秋左传注》,中华书局 1990 年版,第 1075 页。

⑧ 《左传·哀公十六年》,杨伯峻编注:《春秋左传注》,中华书局 1990 年版,第 1071—1075 页。

⑨ 《左传·昭公二十七年》,杨伯峻编注:《春秋左传注》,中华书局 1990 年版,第 1483 页。

⑩ 《战国策·赵策一》,上海古籍出版社 1998 年版,第 588、597 页。

前，数百于后，与妇人数百人处前后，孰安？吾以为不若畜士之安也。"①时公室养士者如鲁穆公、魏文侯、齐威王、齐宣王、梁惠王、燕昭王等；私门养士者如四公子——孟尝君、春申君、平原君、信陵君及吕不韦等，都是以养士出名者。而此时士的身份更为自由，可以在公室、私门之间自由择主。相对而言，战国养士以私门为最，私门所养勇士的主要职责是除掉主人的政敌、仇人，保卫主人安全或辅国等，因而私门勇士多刺客。如豫让、要离、聂政、荆轲、朱亥等。故韩非说："群侠以私剑养。"②韩非已称之为"侠"。齐思和在《战国制度考》中说：战国时"平民既成为战斗之主力，于是尚武好勇之风遂传播于平民，而游侠之风兴焉。慷慨赴义，尽忠效死，本为封建时代武士之特殊精神。……惟春秋之侠士刺客，犹限于贵族。至战国则举国皆兵，游侠好勇之风，遂下被于平民。于是抱关击柝、屠狗锥埋之流，莫不激昂慷慨，好勇任侠，以国士自许。而当时之王公大人或用之以复仇，或资之为爪牙，往往卑礼厚币，倾心接纳。严仲子以万乘之卿相而下交于聂政；信陵君以强国之公子而屈礼于侯生。此种泯除贵贱之态度，实封建时代之所未有。而侠客遂激于宠礼，慷慨图报，一剑酬恩，九死无悔"。③可见，战国时期，攻伐之剧烈，使平民上升为"士"有了空间，而战争中好勇尚武之风亦培育了平民。而作为个体力量之发挥，借躯报仇或专行击刺则可为极致。私门武士中多侠，侠的存在已是不争的事实。故此时平民国士之侠者，多以行刺为任侠，以王公大人为服务对象，且以"士为知己者死"为价值追求。所以将春秋末期至战国中期称之为由刺客向侠的转变期也是符合史实的。当然，就韩非所称侠看，还不是一般意义上的游侠，至少与汉代游侠有所不同，我们姑且称为刺客型游侠④。另外，从侯赢、朱亥、田光、聂政、荆轲、高渐离等都曾活动在民间闾里市井、以贱业为生看，战国时期所谓的

---

① 《墨子·贵义》，毕沅校注：《墨子》，上海古籍出版社2014年版，第231页。
② 《韩非子·五蠹》，《韩非子》，岳麓书社2015年版，第181页。
③ 齐思和：《战国制度考》，《燕京学报》1938年第24期。
④ 先秦史籍中的记载还未发现对这样的人称侠，侠之称仅见于《韩非子·五蠹》等篇，而司马迁亦称这些为刺客，也不以侠目之。可见他们还不是一般概念上的侠，只能算准侠。

"布衣之侠"可能就存在于民间社会，而且为数不少。这也就是韩非所说的"带剑者"，其特征是"聚徒属、立节操，以显其名而犯五官之禁"。其行为是"行剑攻杀，活贼匿奸"。

自春秋以迄战国，侠经历了由宗法性武士到非宗法性自由武士，到成为游民中的一部分而成为游士，再到养于公室、私门，由"国士"而变为"刺客"，战国末期再变而为侠。处于这个时期的"侠"，其社会存在的政治性和工具性色彩很重，还没有形成自己独立的人格精神和侠义观念，这是由其依附人格决定的。

战国末期至汉立国前这一历史时期，在侠的发展中可能是一个关键时期。因为此时养于公室、私门的武士纷纷失职而流向民间，其行为方式由替恩主行刺转向为下层民众济难解困，依附性人格因素大大减弱，独立人格精神和侠义观念开始形成，而这些精神又直接哺育了汉代游侠。这时侠主要存在于民间社会。

再从语言词汇发展看，语言是社会情状的直接反映，语言中"侠"这一专门词语的出现，不仅是侠者出现的重要时代依据，而且也展现着侠的内涵。据现有材料和许多学者考证，"侠"之一词最早出现在战国晚期的《韩非子》一书中。在此书中，"侠"的出现较集中，含义也统一。可见，战国晚期，侠的称呼已开始流行。就春秋战国时期对所谓侠的记载看，《左传》、《国语》、《战国策》等史籍中均有游士、刺客的记载，但并没有直接称这些人为侠或侠士。诸子著作中《孟子》、《墨子》都记录了一些有侠行者，但不以侠称之。

《韩非子》中《五蠹》、《六反》、《八说》、《显学》、《孤愤》等篇都有侠的论述，其中以《五蠹》最为全面、集中。需要指出的是，韩非是最早对侠进行评论的人，而态度、评价与当时史籍对侠的记载表现出明显的不同。韩非是站在公室君主的立场，以法禁为准绳来评价当时私门群侠和活跃在民间社会的"带剑者"，是法家学派的意义判断，而不是代表史家对侠的行为进行社会道德的价值评判。在韩非著作中即使评判其他行为，也是这个标准。如《韩非子·五蠹》中说："今兄弟被侵，必攻者，廉也；知友被辱，随仇者，贞也。廉贞之行成，而君上之法犯矣。"①这种为当时社会认可的廉贞之行，在韩非看来却是违犯法禁的。因而被当时社会尊称为"礵勇之士"、"任誉之士"的侠在韩非看来就是"暴憿之民"、"当死之民"、"不使之民"、"邦之蠹"。其结论、态度非但与史籍相异，亦与当时社会对侠的尊崇相背。侠在韩非法禁的评价视野中是犯禁者和统治秩序的离轨者。所以，韩非的评价和结论并不能代表当时社会对侠的道德价值评判，而以法禁标准去评判具有道德、超道德人格精神的侠，自然也不代表当时民间社会的价值评价。但毋庸讳言，韩非对当时侠的行为、特征的概括却是符合实际的，说明战国末期游侠的行为主要有四个方面："行剑攻杀"、"活贼匿奸"、"肆意陈欲"、"弃官宠交"。而且这时游侠已凝聚为一定的群体，并开始确立自己的道德准则与行为观念。因此，韩非的论述是研究侠文化的经典性文献，我们既不能囿于他对侠的某些论述，也不能忽视它的存在价值。

西汉是侠的辉煌期。范晔在《后汉书·党锢列传》序中说："汉祖仗剑，武夫勃兴，宪令宽赊，文礼简阔，绪余四豪之烈，人怀陵上之心，轻死重义，怨惠必仇，令行私庭，权移匹夫，任侠之方，成其俗矣。"②而当时社会兵民不分，尚武之风浓，也为侠的炽盛提供了社会条件。《文献通考》云："汉初，兵民不甚分。如冯唐谓吏卒皆家人子弟，起田中从军，而后汉《礼仪志》谓罢遣卫士，必劝以农桑。由是观之，兵农尚未分。"③同时，文人"读书击剑，业成而武节立"④。因而崇尚武力、推崇侠风，民间游侠炽盛。加之分封诸王，竞为养士，遂使"侠者极众，而无足数者"。⑤

就西汉游侠的社会存在与行为看，西汉游侠的存在有三种方式：一是民间社会，二是诸王贵族门下，三是亦官亦侠。

西汉民间社会游侠十分活跃。"乡曲豪举，游侠之雄，节慕原、尝，名

①　《韩非子》，岳麓书社 2015 年版，第 180 页。
②　范晔：《后汉书·党锢列传》，中华书局 1965 年版，第 2184 页。
③　马端临：《文献通考》卷一百五十，中华书局 2011 年版，第 4503 页。
④　《检论》卷三，载《章太炎全集》第三卷，上海人民出版社 1985 年版，第 439 页。
⑤　班固：《汉书·游侠传》，中华书局 1962 年版，第 3705 页。

亚春、陵，连交合众，骋骛乎其中。"①"长安炽盛，街间各有豪侠。"长安游侠分居北、西、南、东诸道，"据京师而言，指其东西南北谓也。"有"北道姚氏、西道诸杜、南道仇景、东道赵他、羽公子"。②张衡《西京赋》描绘了当时长安游侠的盛行：

> 都邑游侠，张赵之伦。齐志无忌，拟迹田文。轻死重气，结党连群。寔藩有徒，其从如云。茂陵之原，阳陵之朱。矫悍虓豁，如虎如貙。睚眦蛮芥，尸僵路隅。③

西汉末年，民间社会游侠之风依然炽盛。班固说："自哀平间，郡国处处有豪杰。"④这些活跃在民间社会的游侠，大多与豪贵有交往，且都有自己的势力范围和门客，表现出豪侠的明显特征。从一些著名的所谓民间布衣、间巷之侠来看，在他们的行为中，人们可以找到侠者丰富复杂的多面人格特征。下面以朱家、郭解、剧孟为例。《史记》卷一二四载：

> 而朱家用侠闻。所藏活豪士以百数，其余庸人不可胜言。然终不伐其能，歆其德，诸所尝施，唯恐见之。振人不赡，先从贫贱始。家无余财，衣不完采，食不重味，乘不过轺牛。专趋人之急，甚己之私。⑤

这位布衣之侠德义兼并，仍有匿亡藏奸之行。

> （解）少时阴贼，慨不快意，身所杀甚众。以躯借交报仇，藏命作奸，剽攻休，及铸钱掘冢，固不可胜数……及解年长，更折节为俭，以德报怨，厚施而薄望。然其自喜为侠益甚。既已振人之命，不矜其功，其阴贼箸于心，卒发于睚眦如故云。而少年慕其行，亦辄为报仇，不使知也。⑥

郭解可谓行为对立性十分明显，既有暴傲的一面，但当其外甥仗势欺人

---

① 班固：《西都赋》，萧统编，李善注：《文选》，上海古籍出版社1986年版，第8页。
② 班固：《汉书·游侠传》，中华书局1962年版，第3705页。
③ 张衡：《西京赋》，萧统编，李善注：《文选》，上海古籍出版社1986年版，第62—63页。
④ 班固：《汉书·游侠传》，中华书局1962年版，第3719页。
⑤ 司马迁：《史记·游侠列传》，中华书局1959年版，第3184页。
⑥ 司马迁：《史记·游侠列传》，中华书局1959年版，第3185页。

被杀时，他还是说："公杀之固当，吾儿不直。"①"遂去其贼"。又曾为洛阳人相仇者调解而推功于洛城诸贤，不减大侠风采。

> 周人以商贾为资，而剧孟以任侠显诸侯，吴楚反时，条侯为太尉，乘传车将至河南，得剧孟，喜曰："吴楚举大事而不求孟，吾知其无能为已矣。"天下骚动，宰相得之若得一敌国云。剧孟行大类朱家，而好博，多少年之戏。然剧孟母死，自远方送丧盖千乘。及剧孟死，家无馀十金之财。②

朱家、郭解、剧孟可谓西汉初民间豪侠的代表。其行虽不尽合道义，但皆能持俭而行，急困济难，厚施薄望，且服务对象多为普通民众，即所谓济困先从贫贱始。同时，就其活动看，他们除拥有众多的门客和向往者外，与上层豪贵也有交往。如朱家与滕公友善、郭解与卫青有交，以致汉武帝徙豪杰时，卫青还代郭解向武帝说情。《史记》载："及徙豪富茂陵也，解家贫，不中訾，吏恐，不敢不徙。卫将军为言：'郭解家贫不中徙。'上曰：'布衣权至使将军为言，此其家不贫。'解家遂徙。诸公送者出千余万。"又，"邑中少年及旁近县贤豪夜半过门，常十余车，请得解客舍养之。"③剧孟更在豪贵中有名望，如"吴楚反时，条侯为太尉，乘传车，将至河南，得剧孟，喜曰：'吴楚举大事而不求剧孟，吾知其无能为已矣'"。④另外，一些地方豪侠，如"酒市赵君都、贾子光，皆长安名豪，报仇怨养刺客者也"。⑤而"北道姚氏、西道诸杜、南道仇景、东道赵他、羽公子、南阳赵调之徒，此盗跖居民闲者耳，曷足道哉！此乃乡者朱家所羞也"。⑥

西汉养于诸王及公卿门下的游侠极众。汉初诸王的养士，以吴王刘濞、淮南王刘安、衡山王刘赐、梁孝王刘武为最。刘濞、刘安"皆招至宾客以千

---

①　司马迁：《史记·游侠列传》，中华书局 1959 年版，第 3186 页。

②　司马迁：《史记·游侠列传》，中华书局 1959 年版，第 3184 页。

③　司马迁：《史记·游侠列传》，中华书局 1959 年版，第 3187 页。

④　司马迁：《史记·游侠列传》，中华书局 1959 年版，第 3184 页。

⑤　班固：《汉书·游侠传》，中华书局 1962 年版，第 3706 页。

⑥　司马迁：《史记·游侠列传》，中华书局 1959 年版，第 3189 页。

数"。① 刘武"招延四方豪杰，自山东游说之士莫不毕至"。② 刘赐也"心结宾客"。③ 淮南王刘安甚至厚待"国中民家有女者，以待游士而妻之"。④ 除刘氏诸王外，西汉贵族公卿亦以养士相尚。代相陈豨"宾客随之者千余乘，邯郸官舍皆满"。⑤ 外戚魏其侯窦婴、宠臣武安侯田蚡，其门客"竞逐于京师"。⑥ 汉武帝时将军灌夫"所与交通，无非豪杰大猾。食客日数十百人"。⑦ 汉成帝时外戚王氏五侯满门宾客由豪侠楼护统领。⑧

这些诸王豪贵门下宾客中的游侠，其行为多不合道义。如《汉书·吴王濞列传》载："即招致天下亡命者盗铸钱，东煮海水为盐。"⑨ 梁孝王门客中多刺客。《汉书·袁盎晁错传》载："盎虽居家，景帝时时使人问筹策。梁王欲求为嗣，盎进说，其后语塞。梁王以此怨盎，使人刺盎。刺者至关中，问盎，称之皆不容口。乃见盎曰：'臣受梁王金刺君，君长者，不忍刺君，然后刺者十余曹，备之。'"⑩ 济东王刘彭离"骄悍，无人君礼，昏暮私与其奴、亡命少年数十人行剽杀人，取财物以为好"。⑪ 灌夫门客亦多豪杰大猾，"波池田园，宗族宾客各为权利，横颍川。颍川儿歌之曰：'颍水清，灌氏宁；颍水浊，灌氏族。'"⑫《史记》、《汉书》中这样的例子很多。

汉代侠多与上层诸王权贵交通，这是战国遗风，而西汉出现亦官亦侠的所谓官侠，却是一个特殊的流品，是侠的社会存在形式上一个值得注意的方面。这类侠是汉代游侠豪强化的产物和标志。就西汉官侠的历史的记载看，

① 班固：《汉书·游侠列传》，中华书局 1962 年版，第 3698 页。
② 司马迁：《史记·梁孝王世家》，中华书局 1959 年版，第 2083 页。
③ 班固：《汉书·淮南衡山济北王传》，中华书局 1962 年版，第 2153 页。
④ 班固：《汉书·地理志下》，中华书局 1962 年版，第 1668 页。
⑤ 司马迁：《史记·韩信卢绾列传》，中华书局 1959 年版，第 2640 页。
⑥ 班固：《汉书·游侠传》，中华书局 1962 年版，第 3698 页。
⑦ 司马迁：《史记·魏其武安侯列传》，中华书局 1959 年版，第 2847 页。
⑧ 班固：《汉书·游侠传》，中华书局 1962 年版，第 3707 页。
⑨ 班固：《汉书·荆燕吴传》，中华书局 1962 年版，第 1904—2301 页。
⑩ 班固：《汉书·袁盎晁错传》，中华书局 1962 年版，第 2275 页。
⑪ 司马迁：《史记·梁孝王世家》，中华书局 1959 年版，第 2088 页。
⑫ 班固：《汉书·窦田灌韩传》，中华书局 1962 年版，第 2847 页。

主要有武帝时的义纵、杜建，元帝、成帝时的萬章，成帝至王莽时的楼护、哀帝至两汉之际的陈遵和原涉，两汉之际的窦融、刘林、刘縯等。而以义纵、萬章、楼护、陈遵、原涉为有名者。义纵，"河东人也，少年时尝与张次公俱攻剽，为群盗……上拜义姁弟纵为中郎，补上党郡中令。"后曾迁长陵及长安令、河内都尉、南阳太守、定襄太守。① 萬章为长安城西柳市豪侠，"号曰'城西萬子夏'。为京兆尹门下督。"后石显免官徙归故郡，以床席器物数百万直与章，章不受，对宾客感叹道："吾以布衣见哀于石君，石君家破，不能有以安也，而受其财物，此为石氏之祸，萬氏反当以为福邪！"② 楼护，为东汉有名的官侠。王莽时封息乡侯，曾为故人吕公养老送终。③ 又好施有礼，待故人有义，颇得士大夫之心，班固多称其为宾客侠中的佼佼者。陈遵"与张竦、伯松俱为京兆史"，"而遵放纵不拘，操行虽异"。常又嗜酒大饮，乱男女之别，轻辱爵位，羞污印韨，恶不可闻。④ 原涉，其祖父武帝时以豪杰自阳翟徙茂陵。原涉二十多岁为谷口令，曾自劾去官，为季父报仇杀人，亡命岁余被赦。王莽时，拜镇戎大尹。"郡国诸豪及长安、五陵诸为气节者皆归慕之。涉遂倾身与相待，人无贤不肖阗门，在所间里尽满客。……专以振施贫穷赴人之急为务。"⑤ 其"刺客如云，杀人皆不知主名"。又"外温仁谦逊，而内隐好杀，睚眦于尘中，触死者甚多"。⑥

　　以上我们分别从《史记》、《汉书》的历史记载，看到了西汉游侠的三种

① 班固：《汉书·酷吏传》，中华书局 1962 年版，第 3652—3655。又见《史记·酷吏传》。
② 班固：《汉书·游侠传》，中华书局 1962 年版，第 3705—3706 页。
③ 班固：《汉书·游侠传》，中华书局 1962 年版，第 3706—3709 页。
④ 班固：《汉书·游侠传》，中华书局 1962 年版，第 3709—3712 页。
⑤ 班固：《汉书·游侠传》载："人尝置酒请涉，涉入里门，客有道涉所知母病避疾在里宅者。涉即往侯，叩门。家哭，涉因入吊，问以丧事。家无所有，涉曰：'但洁扫除沐浴，待涉。'还至主人，对宾客叹息曰：'人亲卧地不收，涉何心乐此！愿徹去酒食。'宾客争问所当得，涉乃侧席而坐，削牍为疏，具记衣被棺木，下至饭含之物，分付诸客。诸客奔走市买，至日昳皆会。涉亲阅视已，谓主人：'愿受赐矣。'既共饮食，涉独不饱，乃载棺物，从宾客往至丧家，为棺敛劳俫毕葬。其周急待人如此。后人有毁涉者曰：'奸人之雄也。'丧家子即时刺杀言者。"（班固：《汉书·游侠传》，中华书局 1962 年版，第 3716 页）
⑥ 班固：《汉书·游侠传》，中华书局 1962 年版，第 3718 页。

社会存在形式及其行为。他们既不是纯粹持善济困的菩萨，也不是一无是处的恶魔。其性格中正义与邪恶的对立统一构成了西汉游侠真实的历史存在。而他们的豪强化及其与豪贵权臣的交通也构成了对统治者的威胁，故西汉武帝、景帝等多次摧抑。

东汉游侠风气逊色于西汉。"自建武、永平，民亦新免兵革之祸，人有乐生之虑，与高、惠之间同，而政在抑强扶弱，朝无威福之臣，邑无豪杰之侠。"①《后汉书·光武十王列传》在谈到这种情形时指出：东汉初，"禁网尚疏，诸王皆在京师，竞修名誉，争礼四方宾客。寿光侯刘鲤，更始子也（王莽新朝末年绿林军拥立刘秀兄刘玄为帝，建立更始政权），得幸于辅（沛献王刘辅）。鲤怨刘盆子害其父，因辅结客，报杀盆子兄故式侯恭，辅坐系诏狱，三日乃得出。自是后，诸王宾客多坐刑罚，各循法度"。②更有意味的是，伏波将军马援以豪侠示人以戒。《后汉书》卷二四《马援传》载：

> 初，兄子严、敦并喜讥议，而通轻侠客。援前在交阯，还书诫之曰："……龙伯高敦厚周慎，口无择言，谦约节俭，廉公有威，吾爱之重之，愿汝曹效之。杜季良豪侠好义，忧人之忧，乐人之乐，清浊无所失，父丧致客，数郡毕至，吾爱之重之，不愿汝曹效也。效伯高不得，犹为谨敕之士，所谓刻鹄不成尚类鹜者也。效季良不得，陷为天下轻薄子，所谓画虎不成反类狗者也。迄今季良尚未可知，郡将下车辄切齿，州郡以为言，吾常为寒心，是以不愿子孙效也。"③

从以上记载可以看出，朝廷的抑制和当时社会敬而不效的普遍心理，使得东汉前期游侠风气比较淡漠。从《后汉书》所记看，顺帝之前，有杜保（《后汉书·马援传》）、刘英（《后汉书·光武十王列传》）、杜硕（《后汉书·文苑列传》）、王涣（《后汉书·循吏列传》）、孙礼（《后汉书·郎顗列传》）等任侠的记载，而国舅阴识弟阴兴"虽好施接宾，然门无侠客"。④东汉游侠风

---

① 班固：《汉书·刑法志》，中华书局 1962 年版，第 1110 页。
② 范晔：《后汉书·光武十王列传》，中华书局 1965 年版，第 1427 页。
③ 范晔：《后汉书·马援列传》，中华书局 1965 年版，第 844—845 页。
④ 范晔：《后汉书·阴识传》，中华书局 1965 年版，第 1130 页。

气在东汉末年方比较兴盛。

东汉游侠的社会存在方式和行为与西汉无多大的差别。与西汉不同的是，东汉游侠风气中盛行刺客。据粗略统计，见于《后汉书》的刺客就有近二十位，其中还不包括养刺客者。

东汉活跃在民间社会的游侠，较有名者有两汉之际的王丹、戴遵、盖延，东汉的王磐、杜硕、左原等。王丹事见《后汉书·王丹列传》和《东观汉记》卷十四，京兆下邽人，拒绝出仕，家富，在家乡施舍财物，救人所急。戴遵事见《后汉书·逸民列传》，汝南慎阳人，家富，尚侠气，好施贫者。盖延事见《后汉书·盖延列传》，渔阳要离人，身长八尺，能弯弓三百斤，以侠气闻于边地。王磐事见《后汉书·马援列传》，"尚气节，爱士好施，有名江淮间"。杜硕为杜笃之子，"豪侠，以货殖闻"，事见《后汉书·文苑列传》。左原事见《后汉书·郭太列传》，陈留人，郡太学生。好侠，结客报仇。

东汉诸王、贵族养宾客及其任侠风气远不及西汉，甚至"门无侠客"。较有名的有两汉之际的刘林、刘缜，东汉初年的刘辅、刘英等。刘林为赵谬王之子，汉景帝七世孙。"任侠于赵、魏间，多通豪猾。"① 齐武王刘缜，光武之长兄，好侠养士，"性刚毅，慷慨有大节。……不事家人居业，倾身破产，交结天下雄俊。"② 北海靖王刘光之子刘睦"性谦恭好士，千里交结，自名儒宿德，莫不造门"。③ 沛献王刘辅，"竞修名誉，争礼四方宾客"。楚王刘英，"少时好游侠，交通宾客。"④ 济南王刘康，"在国不循法度，交通宾客……又多遗其缯帛，案图书，谋议不轨。"⑤

东汉一个不容忽视的现象是豪强势力得到某种程度的发展，多"作威作惠"，"立强于世者"，侠亦多出于豪强。《后汉书·酷吏列传》云："汉承战

① 范晔：《后汉书·王昌传》，中华书局 1965 年版，第 491 页。
② 范晔：《后汉书·宗室四王三侯列传》，中华书局 1965 年版，第 549 页。
③ 范晔：《后汉书·宗室四王三侯列传》，中华书局 1965 年版，第 556 页。
④ 范晔：《后汉书·光武十王列传》，中华书局 1965 年版，第 1427 页。
⑤ 范晔：《后汉书·光武十王列传》，中华书局 1965 年版，第 1431 页。

国余烈，多豪猾之民。其并兼者则陵横邦邑，桀健者则雄张闾里。"①这是东汉游侠和侠风的一个新特点。如顺帝时的孙礼，为北海安丘豪族，"积恶凶暴，好游侠，与其同里人常慕颙名德，欲与亲善。（郎）颙不顾，以此结怨，遂为礼所杀。"②阳球，渔阳泉州人，"家世大姓冠盖……性严厉……郡吏有辱其母者，球结少年数十人，杀吏，灭其家，由是知名。"③

东汉官吏任侠者很多。如尚气好义的祭遵（事见《后汉书·祭遵列传》）；贩马谋生，往来于燕、蓟间，结交当地豪杰的吴汉（事见《后汉书·吴汉传》）；尚侠好义，急人所急，乐人所乐的杜保（事见《后汉书·马援列传》）；少时好任侠，与劫财亡命少年交游，后改节习儒业，官至兖州刺史、洛阳令的王焕（事见《后汉书·循吏列传》）；为官宦世家，好放施，赈济穷急的冯绲（事见《后汉书·冯绲列传》）；性轻悍，喜与人报仇，任并州刺史的宋果（事见《后汉书·郭太列传》）；为郡吏，为上司太守之子报仇赴洛阳杀高官的郝伯都（事见《北堂书钞》卷一三九引《华阳国志》）；为宦官，任侠，与刺客交通的郑飒、董腾（事见《后汉书·章帝八王列传》）；为剑客，任侠，为顺阳长刘陶召募入官府为吏的过晏（事见《后汉书·刘陶列传》）等。

以上我们从游侠的社会存在、行为等方面纵向考察了见于史载的两汉游侠及侠风。另外，秦汉游侠还有一个共同的存在方式和行为，那就是活跃于民间社会，且与诸王、豪贵等交通朋附的"游侠少年"群体。这些游侠少年成分复杂，共同体现出秦汉炽烈的游侠风尚和时代精神。其中多无赖、轻薄子，且多恶行。

秦汉文献中有很多关于"少年"的记载。有时又称"闾巷少年"、"闾里少年"、"邑中少年"、"城中少年"。如《史记·孟尝君列传》中，"太史公曰：'吾尝过薛，其俗，闾里率多暴桀子弟，与邹、鲁殊。'"这里"暴桀子弟"就是"恶少年"。秦末社会大动乱中更多见。《史记·秦始皇本纪》说，"山东郡县少年苦秦吏，皆杀其守尉令丞反，以应陈涉。"《史记·项羽本纪》亦

---

① 范晔：《后汉书·酷吏列传》，中华书局 1965 年版，第 2487 页。
② 范晔：《后汉书·郎顗襄楷列传》，中华书局 1965 年版，第 1075 页。
③ 范晔：《后汉书·酷吏列传》，中华书局 1965 年版，第 2498 页。

云："东阳少年杀其令，相聚数千人。"这些少年在秦汉时期动乱中多为豪杰战伐争夺的骨干力量。而其中的游侠少年，皆"恶少"行为。《史记·货殖列传》说："间巷少年，攻剽椎埋，劫人作奸，掘冢铸币，任侠并兼，借交报仇，篡逐幽隐，不避法禁，走死地如鹜者，其实皆为财用耳。"①这段话可谓对间巷游侠少年的概括。另外，这些游侠少年多与豪贵交通，或与"贵戚近臣子弟"为伍，因而斗鸡走狗、游猎博戏是其常行。《西京杂记》卷六载："广川王去疾，好聚无赖少年，游猎毕弋无度，国内冢藏，一皆发掘。"②而一些"世家子弟富人或斗鸡走狗马，弋猎博戏，乱齐民"。③

我们再通过联系秦汉时代一些豪侠的行为也可以看出，秦汉时期的"少年"是社会游侠风气的重要基础和游侠集团的重要力量。如郭解少时的行为及其慕其行而朋附郭解的少年。剧孟"好博，多少年戏"，原涉"刺客如云，杀人皆不主名"。季心"气盖关中，遇人恭谨，为任侠，方数千里，士皆争为之死"，"少年多时窃籍其名以行"。④张良少，"居下邳，为任侠"。⑤睦弘"少时好侠，斗鸡走马"。⑥董卓"少好侠，尝游羌中，尽与诸豪帅相结。"⑦张邈"少以侠闻"。⑧曹操"少机警，有权数，而任侠放荡，不治行业"……⑨

除了以上行为外，"受赇报仇"也是秦汉游侠少年的行为之一。《汉书·酷吏传》载：成帝永始、元延年间，"长安中奸猾浸多，间里少年群辈杀吏，受赇报仇，相与探丸为弹，得赤者斫武吏，得黑丸者斫文吏，白者主治丧，城中薄暮起，剽劫行者，死伤横道，枹鼓不绝。"⑩由此可见，秦汉游侠少年遭酷吏打杀，被征发从军就无可非议了。

---

① 司马迁：《史记·货殖列传》，中华书局 1959 年版，第 3271 页。
② 葛洪：《西京杂记》，中国书店出版社 2019 年版，第 72 页。
③ 班固：《汉书·食货志下》，中华书局 1962 年版，第 1171 页。
④ 司马迁：《史记·季布栾布列传》，中华书局 1959 年版，第 2732 页。
⑤ 司马迁：《史记·留侯世家》，中华书局 1959 年版，第 2036 页。
⑥ 班固：《汉书·睦弘传》，中华书局 1962 年版，第 3153 页。
⑦ 陈寿：《三国志·魏书·董二袁刘传》，中华书局 1959 年版，第 171 页。
⑧ 范晔：《后汉书·吕布传》，中华书局 1965 年版，第 2446 页。
⑨ 陈寿：《三国志·魏书·武帝记》，中华书局 1959 年版，第 2 页。
⑩ 班固：《汉书·酷吏列传》，中华书局 1962 年版，第 3673 页。

　　秦汉游侠是秦汉时期一种重要的社会现象，作为一种社会存在，他们的行为威惠并举，且多构成对法禁的严重践踏，加之多附于豪贵，或交通诸王公卿，成为横行一方的豪强，严重威胁国家统治。故汉代侠风炽烈，社会崇侠，但统治者亦多次摧侠抑豪。其中文帝、景帝、武帝、昭帝、宣帝、成帝、王莽对豪侠都有不同程度的打击。

　　两汉游侠现象，史家记载较详，即使如范晔《后汉书》不为游侠立传，也并不能对这种现象熟视无睹，不为游侠立传并不意味着不撰游侠，故《后汉书》中亦记载了很多有侠行的人。通观汉代史家对侠的记载和历史评估，对游侠现象的评价，代表的史家有司马迁、班固和荀悦。他们的评价代表了史家对汉代游侠比较全面的历史评估。

　　司马迁是最早为游侠立传的史家。他对侠的评价主要见于《史记·游侠列传》和《史记·太史公自序》中。《史记·游侠列传》云：

　　　　今游侠，其行虽不轨于正义，然其言必信，其行必果，已诺必诚，不爱其躯，赴士之阨困，既已存亡死生矣，而不矜其能，羞伐其德，盖亦有足多者焉。①

　　这是对汉代侠的总体评价。司马迁首先承认"其行虽不轨于正义"，然后指出了其言信行果，已诺必诚的诚信态度，"赴士之厄困"、"不爱其躯"的牺牲精神和"不矜其能，羞伐其德"的谦逊品格。又云：

　　　　布衣之徒，设取予然诺，千里诵义，为死不顾世，此亦有所长，非苟而已也。故士穷窘而得委命，此岂非人之所谓贤豪间者邪？诚使乡曲之侠，于季次、原宪比权量力，效功于当世，不同日而论矣，要以功见言信，侠客之义又曷可少哉！②

　　这段话主要评价布衣之侠，赞扬"其以功见言信"的"侠客之义"。甚至把他们与贤豪相比：

　　　　近世延陵、孟尝、春申、平原、信陵之徒，皆因王者亲属，藉于有土、

---

① 司马迁：《史记·游侠列传》，中华书局 1959 年版，第 3182 页。
② 司马迁：《史记·游侠列传》，中华书局 1959 年版，第 3182 页。

卿相之富厚，招天下贤者，显名诸侯，不可谓不贤者矣。比如顺风而呼，声非加疾，其势激也。至如闾巷之侠，修行砥名，声施于天下，莫不称贤，是为难耳。然儒墨皆排摈不载。自秦以前，匹夫之侠，湮灭不见，余甚恨之。以余所闻，汉兴有朱家、田仲、王公、剧孟、郭解之徒，虽时扞当世之文网，然其私义廉洁退让，有足称者。名不虚立，士不虚附。至如朋党宗强比周，设财役贫，豪暴侵凌孤弱，恣欲自快，游侠亦丑之。余悲世俗不察其意，而猥以朱家、郭解等令与暴豪之徒同类而共笑之也。①

这段话司马迁首先列举了延陵等王公亲属的招贤纳士行为，侧重评价了这些"卿相之侠"礼贤下士的精神。然后称赞闾巷之侠的贤德，并以此为前提，来评价汉代的五位侠者，说他们"名不虚立，士不虚附"。可见，司马迁是将他们看作闾巷之侠，并将他们与暴豪之徒相区别，赞扬其义行和廉洁退让的品德。而这些评价也是在"时扞当世之文网"的前提下，与前面总体评价相一致。

司马迁在《太史公自序》中，又立足于"仁"与"义"两个方面，对游侠精神作了总括性评价。他说：游侠"救人于厄，振人不赡，仁者有乎；不既信，不倍言，义者有取焉。"②将游侠行为提升到儒家的行为准则与道义标准而加以赞扬。

从《史记·游侠列传》所提到的侠者看，司马迁点到的侠不止五位，③但他认为一些游侠虽廉退有君子之风，但无感人侠行，而"北道姚氏、西道诸杜、南道仇景、东道赵他、羽公子、南阳赵调之徒，此盗跖居民间者耳，何足道哉！"④故选择了朱家等五位，而选这五位除了他们本身行为中有合于仁义的因素外，可能与司马迁自身遭际带给他的道德意义判断标准有关。如

---

① 司马迁：《史记·游侠列传》，中华书局 1959 年版，第 3183 页。
② 司马迁：《史记·太史公自序》，中华书局 1959 年版，第 3318 页。
③ 司马迁在《史记·游侠列传》中提到汉代游侠除朱家、郭解、田仲、王公、剧孟外，还有济南𣸣氏，周庸，代郡诸白、韩无辟、薛兄、韩孺、樊仲子、赵王孙、高公子、郭公仲、鲁公孺、倪长卿、田君孺、姚氏、诸杜、仇景、赵他、羽公子、赵调等。
④ 司马迁：《史记·游侠列传》，中华书局 1959 年版，第 3189 页。

《史记评林》卷二一四中，董份说："史迁遭李陵之难，交游莫救，身坐法困，故感游侠之义，其辞多激。故班固讥进奸雄，此太史之过也。然咨嗟慷慨，感叹宛转，其文曲至，百代之绝矣。"① 茅坤说："太史公下腐时，更无一人出死力救之，所以传游侠，独蕴义结胎在此。"② 这样看来，司马迁对西汉游侠所作的历史评价就有两个局限：一是主观色彩重；二是基于身世之感而多激辞。但是，作为第一个为游侠立传的史家，他还是做到了实录，即认为，其行"不轨于正义"、"时扞当世之文网"。这是司马迁评价游侠的大前提，只是他并未详述，而是体现在对朱家等游侠的叙述中。所以说，司马迁对游侠的评价是一种包容性评价，后人往往将其作为传叙游侠的基础和对侠评价的基本内涵。在司马迁评价中，他首先将游侠行为看作是不合社会正义的离轨行为，所以他注重从游侠的个人行为准则和情感原则来规定游侠，即注重"侠客之义"，而不是以符合统治秩序和社会伦理规范为基础的正义。

班固《汉书·游侠传》中所叙游侠除《史记》中所叙的侠之外，多了楼护、陈遵、原涉、萭章等。班固在《汉书·游侠传》中表明了自己对游侠的评价。他说：

> 周室既微，礼乐征伐自诸侯出，桓、文之后，大夫世权，陪臣执命。陵夷至于战国，合纵连横，力政争强。由是列国公子，魏有信陵，赵有平原，齐有孟尝，楚有春申，皆藉王公之势，竞为游侠，鸡鸣狗盗，无不宾礼。而赵相虞卿弃国捐君，以周穷交魏齐之厄；信陵无忌窃符矫命，戮将专师，以赴平原之急。皆以取重诸侯，显名天下。搤腕而游谈者，以四豪为称首。于是背公死党之议成，守职奉上之义废矣。③

这段话从游侠的产生说到战国四公子及所养宾客，联系他们的行为，得出"背公死党之议成，守职奉上之义废"的结论和评价，显然是从法令和君臣关系而言，批评的态度十分明显。这种出发点和态度在对汉代游侠的评价中更加强硬：

---

① 凌稚隆、李光缙：《史记评林》卷一二四，天津古籍出版社 1998 年版，第 763 页。

② 凌稚隆、李光缙：《史记评林》卷一百二十四，天津古籍出版社 1998 年版，第 766 页。

③ 班固：《汉书·游侠传》，中华书局 1962 年版，第 3697 页。

及至汉兴，禁网疏阔，未之匡改也。是故代相陈豨从车千乘，而吴濞、淮南皆招宾客以千数。外戚大臣魏其、武安之属竞逐于京师，布衣游侠剧孟、郭解之徒驰骛于闾阎，权行州域，力折公侯。众庶荣其名迹，觊而慕之。虽其陷于刑辟，自与杀身成名，若季路、仇牧，死而不悔也。故曾子曰："上失其道，民散久矣。"非明王在上，视之以好恶，齐之以礼法，民曷由知禁而反正乎！①

班固所举，指出了西汉游侠之盛。他认为游侠"权行州域，力折公侯"的行为是因为"禁网疏阔"，所以要对游侠"齐之以礼法"，使其知禁而不反正。这是班固与司马迁明显不同的出发点。在这段文字中，班固认为西汉游侠是令行私庭的违法者和正常统治秩序的离轨者。他进而对郭解等游侠作出了更为严厉地批判：

况于郭解之伦，以匹夫之细，窃杀生之权，其罪已不容于诛矣。观其温良泛爱，振穷周急，谦退不伐，亦皆有绝异之姿。惜乎不入于道德，苟放纵于末流，杀身亡宗，非不幸也！②

这里班固的评价与司马迁一样比较全面，他也肯定其中的合乎道义的侠行。但由于出发点不同，因而对司马迁所谓的"不轨于正义"的一面，班固则作了重点强调和批评。同时，在班固看来，郭解之伦不但违法越权，是统治秩序的离轨者，而且是不入于道德的末流。可见，司马迁和班固从史家角度对游侠作出的历史评价内容是不大相同的。班固在《汉书·游侠传叙传》中说："开国承家，有法有制，家不藏甲，国不专杀。矧乃齐民，作威作惠，如台不匡，礼法是谓！述《游侠传》第六十二。"③则是明显的礼法观念。因司马迁与班固评价态度和评价的主要依据有所不同，所作的诠释也就小同而大异。

从史家的角度看，对某人某事立传叙录，本身就意味着一种价值判断。由于汉代游侠的存在与行为已对社会秩序和统治者构成某种挑战，经文帝、景帝、武帝、王莽不同时期的打击，东汉游侠和侠风事实上已不像西汉那样

① 班固：《汉书·游侠传》，中华书局 1962 年版，第 3698 页。
② 班固：《汉书·游侠传》，中华书局 1962 年版，第 3699 页。
③ 班固：《汉书·叙传》，中华书局 1962 年版，第 4267 页。

在社会中异常突出，因而范晔《后汉书》中已不复为其立传，这也代表了东汉史家对游侠的一种批判和否定。

东汉荀悦作为一位史家，对游侠的评价显得更为激进，他认为游侠的行为准则是"以毁誉为荣辱，不核其真；以爱憎为利害，不论其实；以喜怒为赏罚，不察其理"。①《汉纪》卷十云：

> 世有三游，德之贼也。一曰游侠，二曰游说，三曰游行。立气势，作威福，结私交，以立强于世者，谓之游侠。……此三游者，乱之所由生也，伤道害德，败法惑世，失先王之所慎也。……游侠之本，生于武毅不挠，久要不忘平生之言，见危授命，以救时难，而济同类。以正行之者，谓之武毅，其失之甚者，至于为盗贼矣。②

荀悦将游侠与游说、游行二类并举。首先界定游侠的行为特征，然后又区分"正行之者"和"失之甚者"，还是从游侠行为的威、惠两方面行为出发。而作为三游之首的游侠，与其他两类一样，在荀悦看来，都是"伤道害德，败法惑世"的"德之贼"。他接着说："是以君子犯礼，小人犯法，奔走驰骋，越职僭度，节华废实，兢趋时利，简父兄之尊而崇宾客之礼，薄骨肉之恩而笃朋友之爱，忘修身之道而求众人之誉，割衣食之业以供飨宴之好，苟苴盈于门庭，骋问交于道路，书记繁于公文，私务重于官事，于是流俗成矣，而正道坏矣。"③荀悦这种看法，是比较符合汉代游侠实际的，从后世游侠及其江湖社会的发展看，这段话颇有社会学价值，他明确指出，游侠就是道义和秩序的离轨者。

综上所述，汉代史家司马迁、班固、范晔、荀悦等人，都是从游侠的社会存在和行为出发对游侠进行评价，都指出了游侠行为和存在中的两面性。联系汉代游侠社会存在和行为史实，我们认为这些史家的评价是全面的，符合事实的。司马迁虽在叙录中不避游侠作奸犯科不合正义的一面，但所赞肯的仍是合乎民间道义的侠行。而班固、荀悦等也不避游侠振贫周急等正行，

---

① 荀悦：《汉纪·前汉孝武皇帝纪》，中华书局 2002 年版，第 157 页。

② 荀悦：《汉纪·前汉孝武皇帝纪》，中华书局 2002 年版，第 158 页。

③ 荀悦：《汉纪·前汉孝武皇帝纪》，中华书局 2002 年版，第 158 页。

但所批评和重点否定的是不合社会道德与法律秩序的侠行。同时，他们也注意到游侠的一些正行是游侠出于个人立威显名的需要。因而，司马迁、班固、范晔、荀悦等人的叙录和评价表现出史家的一条共识：游侠是社会道义与秩序的离轨者。

二、从史家立传到文人歌咏——魏晋六朝及隋唐侠的文人创造

中国古代知识分子与游侠存在着非常有趣的微妙关系。作为社会的良知以及文武兼备、匡时淑世的人格理想，使文人与游侠之间在积极的人生追求中有了某种共同的人格精神。侠及人们对侠的崇仰敬慕的普遍心理，对于知识分子人格理想、生活理想甚至艺术审美理想都具有突出的意义。不论是借侠以补阳刚之气，所谓"豪气一洗儒生酸"，还是将游侠作为自己理想人生三部曲的首部乐章，少年游侠、中年游宦、晚年游仙，侠都那么紧密地贴近文人，古代"侠的社会现实存在、特异形象寄托和人格精神张扬，成为提升文人人格的重要因素。因此，借助游侠气象，以与儒、释、道互补，养成健全的人格，就成为古代文人的人格理想的自觉追求"，① 而于汉唐最为激烈。他们将侠看作一种理想的生活方式或气质精神，因而往往借侠将自己的豪情倾泻于诗笔。而侠也在文人的创造发展中成为了一种史家文人共建的社会历史文化现象。

文人任侠而有侠行可称者古代并不鲜见，然气象精神的开创与张扬，乃魏晋为先，唐继之而发扬光大。魏晋六朝及隋唐，任侠被视作一种英雄的气质或浪漫的生活情趣，成为唐人身上的重要习性和当时社会普遍的价值观念。整个社会崇侠风气浓郁，文人任侠风气高涨。邓绎《藻川堂谭艺·三代篇》云："唐人之学博而杂，豪侠有气之士多出于其间，磊落奇伟，犹有西汉之遗风。而见诸言辞者有陈子昂、李白、杜甫、韩愈、柳宗元之属。堪与

---

① 　汪聚应：《唐代诗人及其咏侠诗创作——兼论唐代的咏侠诗派》，《社会科学评论》2004 年第 3 期。

谊、迁、相如、杨雄等相驰骋以上下。"① 而唐代当时尚武重气的时代风尚，与追求浪漫自由和渴望建功立业的进取精神，使相当多的文人接受了游侠的生活方式，并加以仿效、付诸行动。

魏晋六朝及唐代文人对侠的认同，从更深的缘由看，乃在于借侠之声名和功业以进入仕途和冀求知己的"明主情结"二端，功业意识和功利色彩很重，当然也不乏对侠的生命方式美的发现与追慕。这种时代文化心理，对其人格理想和诗歌审美理想产生了多方面的影响，从而也极大地影响了魏晋六朝及唐代咏侠诗创作的繁荣和咏侠诗派的产生。②

东汉以后史家在正史中不专为游侠立传，这好像成为一种约定俗成的惯例。这对游侠来说可能是一件好事，正因为史家的放弃和文人的钟情，侠不但成为大众的英雄，而且成为上层豪贵们崇尚的对象。侠的诠释形式的转换，使侠成为传统文化中富含社会价值和道德力量的人物、形象或心理气质，也成为千古文人心梦中的理想人格，侠文化亦成为薪尽火传、永不磨灭的价值存在。

魏晋六朝，是侠文化史上一个崭新的历史转折期，是侠由史家立传开始走向文人歌咏的桥梁。这个时期，正值中国历史上三百多年的大动荡时代，侠的崇尚和游侠活动一度很盛行。两晋政权的更迭，和北方十六国割据政权的此消彼长，为游侠的纵深活动提供了条件。而魏国鱼豢能够突破正史的藩篱，显示六朝富有个性的私述史家的新意识，在其所著《魏略》中特辟《勇侠传》以恢复昔日的侠义传统。③

---

① 邓绎：《藻川堂谭艺》，见王水照编：《历代文活》第7册，复旦大学出版社2007年版，第6196页。

② 汪聚应：《唐代诗人及其咏侠诗创作——兼论唐代的咏侠诗派》，《社会科学评论》2004年第3期。

③ 鱼豢在《魏略·勇侠传序》中说："昔孔子叹颜回，以为三月不违仁者，盖观其心耳，孰如孙、祝菜色于市里，颠倒于牢狱，据有实事哉？且夫濮阳周氏不敢匿迹，鲁之朱家不同情实，是何也？惧祸之及，且心不安也。而太史公犹贵其意脱季布，岂若二贤，厥义多乎？今故远收孙、祝，而近录杨、鲍，既不欲其泯灭，且敦薄俗。至于鲍出，不染礼数，心痛意发，起于自然，跡虽在编户，与笃烈君子何以异乎？若夫杨阿若，少称任侠，长遂蹈义，自西徂东，推讨逆节，可谓勇而有仁者也。"这是对司马迁评价游侠道德标准的承传。

　　综合考察魏晋六朝的侠风及游侠，不是本节的重点，但为了便于深入论述和对历代侠的存在、行为及演变有一个具体的印象，我们仍将对这个时代的侠风及游侠作一简要观照。本著第二章有具体描述。

　　对魏晋六朝衰世中狂放而出的游侠风气，汪涌豪先生将其原因概括为："东汉末年以来整个社会的极度动荡以及几乎被这种动荡冲毁的儒学权威的跌落，还有社会阶层的剧烈变化，政权的频繁更迭，政策的朝令夕改，官吏恒无主，吏治日趋昏暗带来的整个社会的无序化，还有只知崇尚权势强力，不复问仁德所在或人心向背的特定氛围，都使游侠得以在汉代中后期遭受数次打击后，再度活跃起来。魏晋南北朝游侠的大量存在，还与此期豪强地主与世代郡姓势力的膨胀有关。"另外，他还说："游民的存在，加剧了社会的动荡，其间强悍有力者，有的就变而为游侠。"① 这些分析颇有道理。

　　魏晋六朝侠风因其从汉末而来，故对两汉侠风有一定的继承，但与秦汉不同的是，公卿豪贵的养客风气已很衰弱，而侠的存在却很广泛，民间游侠、豪贵子弟的任侠活动以及官僚中的崇侠尚任成为这一时期侠的主要存在方式。值得注意的是，战乱中民间宗族、乡党侠义人物的出现及其侠行是一种新的侠风和侠品，而上层豪贵及子弟的任侠活动及其奢华夸饰的任侠风尚，已使任侠内化为贵族生活的一种方式，对唐代侠风有一定的影响。

　　作为侠文化承传发展过程中重要的一个历史阶段，魏晋南北朝时期，侠的文学创作比侠的社会行为和存在显得更为重要。因为对侠的"义化"改造一直是历代统治者和文人关注的事。这一过程是漫长的，从秦汉开始，一直到清代都在做这方面的建设，统治者、史家、文人及其民间大众都参与其中。统治者往往在对游侠打压之外，侧重于从政策层面向边塞等为国征战方面进行行为引导；史家侧重于从行为揭示其不轨于正义的社会价值判断；文人侧重于通过侠义英雄文学形象的塑造，在文学中展示其特立独行的人格精神；民间大众则从英雄崇拜的文化心理，对侠充满了一种英雄期待。这些因素综合起来，最终使侠在文化改造中走向了正义。而"正义"也就成了中国

①　汪涌豪：《中国游侠史》，复旦大学出版社 2001 年版，第 109、87 页。

侠文化的基础，成为游侠行为的规范。而用文学的方法记录表现游侠，魏晋南北朝时期是重要的转折点。从战国秦汉侠的存在看，任侠风气造成社会秩序的混乱，以及侠者的"以武犯禁"，使侠在经历了战国时代的辉煌后，在汉代遭到了残酷打压。同时，自汉代起征发游侠少年去边塞征战，一方面将少年游侠的野性和勇猛无畏引向边塞征战，让其在边塞战争中充当牺牲品。另一方面也使其不义之行通过边塞战争的洗礼，得到改造，并能获得封赏，可谓一举两得。魏晋南北朝时期，社会战乱不绝，文人建功立业迫切，因而自曹植以《白马篇》开始在诗歌中塑造了边塞豪俊少年任侠报国的正义英雄形象后，游侠这一封建秩序与道义的离轨者，第一次以正义、正面的光辉形象进入了文学殿堂，从而改变了人们的侠意识和对侠的认识。唐代陈子昂力举征发游侠边塞立功，故唐人咏侠诗中边塞游侠儿的光辉形象大放光彩，以致文人们渴望的人生三部曲是"少年游侠、中年游宦、晚年游仙"。唐代文人对侠的义化改造在李德裕《豪侠论》中得到定型："义非侠不立，侠非义不成。"①宋、明时代游侠世俗江湖色彩重，而其中体现的民间侠义精神就是"路见不平，拔刀相助"。到了清代，侠已完全走向了为统治者服务的忠实帮手，往往辅佐忠臣良吏为国锄奸。这样看来，魏晋南北朝作为中国侠文化的转折时期，其承上启下的作用就显得十分重要和突出。而当时混乱的社会及其民族大融合的历史趋势为这一文化改造提供了最佳土壤。

侠如何由历史实存中道义和秩序的离轨者变为文学中的高爽之士，再进而成为民众观念中主持社会公道和正义的英雄，是侠和侠文化研究中很有价值的论题。

从文化史的角度看，魏晋以后，侠文化的传承和延续成为比游侠活动本身更为重要的现象和事实，侠的文学形象体现着比侠的历史实存更为深厚的社会意义和文化意义。而这一文化现象的直接开端就在魏晋六朝。文人为什么要钟情于侠，当然有很复杂的社会文化、文学及自身的原因，但侠相异于知识分子的一种人格魅力和行为可能是文人知识分子所缺和最需要"补充"

---

① 董诰:《全唐文》卷七百九，中华书局 1983 年版，第 7277 页。

的，也就是人们常说的"儒侠互补"或借侠"豪气一洗儒生酸"。蔡翔说："古代知识分子'发现'了侠，因为他们首先发现了自己的匮乏，这匮乏便激起了他们的创造欲望，而他们与侠之间的文化血缘关系，就很自然地把侠改造成艺术中的另一个'自己'"。①

在文学中表现游侠汉代文学只是滥觞。魏晋六朝以来，游侠形象开始大面积走进文学领域。从当时的小说中看，如《世说新语》中的《周处》、《魏武少时》、《王夷甫妇》、《戴渊》，干宝《搜神记》中的《李寄斩蛇》，托名陶潜作品的《搜神后记》中的《比丘尼》等，都已涉及游侠形象。但非有意创作，同时多为简单记事，还不能算成熟的文学创作。但是在魏晋六朝诗歌领域，游侠成了乐府诗的传统主题之一，并开启了自魏晋至隋唐绵绵不断的咏侠诗潮。这不但使侠由史家社会意义的价值诠释开始走向文学人格精神的艺术创造，为后世侠文学和侠的观念意义的形成开了先河，而且使侠的社会存在包含了人们认可的社会价值意义，也使侠不致于消殒在史家放弃后的历史文化长河中。

魏晋六朝文人以乐府诗的艺术形式，使侠通过文人的"扬弃"成功地走进了文学殿堂。在这一创造过程中，诗人们对历史实存的游侠进行了一系列的艺术加工和形象设计。以功业意识和国家观念改造和替代了诸如以武犯禁、匿亡藏奸、剽攻掘盗等不合道义和法禁的行为，赋予了侠的文学形象更有社会价值和道德价值的思想内涵，将侠的勇力引向为国为民建功立业的价值观念中。同时，又保留了侠者诸如言信行果、已诺必诚、赴士厄困等司马迁在《史记》中所揭示的富含道德力量和价值的人格精神，并将其直接附丽于侠的功业意识和国家观念中，使侠的文学形象取得了广泛的社会意义和文学价值。而对历史实存侠个人生活行为中某些超迈方式的择尚和夸大描写，又使这一文学形象富含时代生活气息，取得了极高的艺术审美价值。

以功业追求和国家观念改造历史实存侠的离轨行为，是魏晋六朝文人对侠进行艺术"扬弃"的主要内容，改造的目的并不仅仅是出于诗歌艺术形象

---

① 蔡翔：《知识分子与江湖文化》，《上海文论》1993 年第 4 期。

的审美需要，而且也包括了让游侠"合法"地进入正常社会秩序，为更广泛的民众接纳。主要表现在魏晋六朝文人对当代游侠的歌咏中。这方面的最早尝试和最典型的代表是曹植和他的《白马篇》：

> 白马饰金羁，连翩西北驰。借问谁家子，幽并游侠儿。少小去乡邑，扬声沙漠垂。宿昔秉良弓，楛矢何参差。控弦破左的，右发摧月支。仰手接飞猱，俯身散马蹄。狡捷过猴猿，勇剽若豹螭。边城多警急，胡虏数迁移。羽檄从北来，厉马登高堤。右驱蹈匈奴，左顾陵鲜卑。寄身锋刃端，性命安可怀。父母且不顾，何言子与妻。名编壮士籍，不得中顾私。捐躯赴国难，视死忽如归。①

《白马篇》，《太平御览》卷三五九题为《游侠篇》，是我国最早的文人咏侠诗之一。诗中首次塑造了"幽并游侠儿"的侠义英雄形象。诗人以此为抒情对象，描绘了这位游侠儿的勃勃英姿和高超武艺，抒发了"捐躯赴国难，视死忽如归"的报国壮志。《乐府诗集》卷六三云："白马者，见乘马而为此曲。言人当言功立事，尽力为国，不可念私也。"②将游侠的勇武直接引向"赴国难"，侠的世界开阔了，精神提升了。边塞游侠儿的形象和生命情调从此引发了新的侠义传统，成为唐人咏侠诗的重要内容。

魏晋六朝文人的同类改造之作，还有南朝宋袁淑的《效曹子建白马篇》，其中有"一朝许人诺，何能坐相捐"。③南朝宋鲍照《代出自蓟北门行》，其中有"弃别中国爱，要冀胡马功"。④南朝齐孔稚珪的《白马篇》，其中有"勒石燕然道，凯归长安亭"。⑤南朝梁沈约《白马篇》，其中有"功名志所急，日暮不遑食。长驱入右地，轻举出楼兰"。⑥南朝梁王僧孺《白马篇》，其中有"豪气发西山，雄风擅东国。……不许跨天山，何由报皇德"。⑦南朝梁

---

① 郭茂倩：《乐府诗集》卷六十三，中华书局1998年版，第914页。
② 郭茂倩：《乐府诗集》卷六十三，中华书局1998年版，第914页。
③ 逯钦立：《先秦汉魏晋南北朝诗》，宋诗卷五，中华书局1983年版，第1211页。
④ 逯钦立：《先秦汉魏晋南北朝诗》，宋诗卷七，中华书局1983年版，第1262页。
⑤ 逯钦立：《先秦汉魏晋南北朝诗》，齐诗卷二，中华书局1983年版，第1408页。
⑥ 逯钦立：《先秦汉魏晋南北朝诗》，梁诗卷六，中华书局1983年版，第1619页。
⑦ 逯钦立：《先秦汉魏晋南北朝诗》，梁诗卷十二，中华书局1983年版，第1760页。

徐悱《白马篇》，其中有"要功非汗马，报效乃锋端。……归报明天子，燕然石复刊"。①这些仿曹植之作，其表现的对象和内容大都相同，将游侠置身于"国难"、"边急"，歌咏其报国的壮志、立功的雄心、报恩的执着。将其报恩复仇的私勇转向了报国恩、报国仇的正义。

另外，即使是有薄行的游侠，在报国立功的氛围中也同样是正义的英雄，即有对薄行的放弃和功业的追求。如鲍照《代结客少年场行》中"骢马金络头，锦带佩吴钩。失意杯酒间，白刃起相仇。追兵一旦至，负剑远行游"②的结客少年，最后还是认同功业。张华《壮士篇》是这类作品的代表：

> 天地相震荡，回薄不知穷。人物禀常格，有始必有终。年时俯仰过，功名宜速崇。壮士怀愤激，安能守虚冲。乘我大宛马，抚我繁弱弓。长剑横九野，高冠拂玄穹。慷慨成素霓，啸吒起清风。震响骇八荒，奋威曜四戎。濯鳞沧海畔，驰骋大漠中。独步圣明世，四海称英雄。③

这首诗中的游侠形象对功业的追求有急迫感，弃薄行而觅功业于马上，其表现出的形象和气势具有超迈感人的震撼力。魏晋六朝诗人正是以功业追求和国家观念，将游侠的价值和国家利益结合起来，使游侠凭自己的勇武建功立业而"独步圣明世，四海称英雄"。与清代文人将侠通过公案改造成追随清官的辅法者相比，魏晋六朝文人对侠的创变是非常有意义和开拓精神的。在对游离于道义和秩序的游侠向正义之侠的改造中，魏晋六朝文人迈出了关键和成功的一步，直接启发了唐以迄明清文人的文化创造。

当然，将游侠都改造成开疆拓土的边塞英雄，难免会使侠千篇一律，丧失活力，而且建功立业后的游侠也毕竟离民众太远而丧失侠性。于是，魏晋六朝文人又在咏侠诗中继承发扬了司马迁概括的游侠精神，保留了原汁原味的侠义人格，这主要体现在魏晋六朝文人歌咏先秦游侠的咏侠诗中。如阮瑀《咏史》（其三）：

---

① 逯钦立：《先秦汉魏晋南北朝诗》，梁诗卷十二，中华书局1983年版，第1771页。
② 逯钦立：《先秦汉魏晋南北朝诗》，宋诗卷十二，中华书局1983年版，第1267页。
③ 逯钦立：《先秦汉魏晋南北朝诗》，晋诗卷三，中华书局1983年版，第613页。

燕丹善勇士，荆轲为上宾。图尽擢匕首，长驱西入秦。素车驾白马，相送易水津。渐离击筑歌，悲声感路人。举坐同咨嗟，叹气若青云。①

诗中赞扬的是荆轲重义轻生的豪侠精神，诗人通过荆轲入秦送别场面的渲染，衬托荆轲的英勇和悲壮。这是魏晋六朝很早的咏荆轲之作。可看出，在魏晋六朝文人笔下，已将刺客纳入了游侠的范畴。此类作品还不少。如西晋左思的《咏史》、晋末宋初陶渊明的《咏荆轲》、宋刘骏的《咏史诗》等。此外，专诸、豫让等战国刺客也都被诗人加以高咏，颂扬他们的冀知报恩、重诺赴难等。如庾信的《拟咏怀诗二十七首》（其六）：

畴昔国士遇，生平知己恩。直言珠可吐，宁知炭可吞。一顾重尺璧，千金轻一言。……②

纵观魏晋六朝文人咏侠诗中歌咏的战国游侠，皆荆轲、专诸、豫让、聂政等司马迁笔下的刺客，而以荆轲之勇为最。汉代游侠不见于他们的诗篇。因而尽管魏晋六朝文人在侠的文学创作中很注重渗透司马迁赞扬的游侠精神，但由于歌咏对象所限而对这种精神挖掘得不如前面灌注功业和国家观念深刻感人。

侠客之所以为侠客，除了显现侠行的国难、边急、报恩、复仇等壮烈场面外，其日常生活中的行为方式也自有超迈于世俗的一面，因此，作为侠客形象特征的一部分，魏晋六朝文人在诗歌中也对此进行了夸张描写，这些内容包括对战国游侠的描写，但更多的集中在对当代游侠少年的任侠生活描写中，以《结客少年场行》、《游侠篇》、《轻薄篇》等常见。王筠《侠客篇》描写了贵游侠少的游侠生活：

侠客趋名利，剑气坐相矜。黄金涂鞘尾，白玉饰钩膺。晨驰逸广陌，日暮返平陵。举鞭向赵李，与君方代兴。③

这些侠少的日常游侠行为，无非就是黄金涂剑、白玉饰钩，朝驰暮返，豪饮放纵，充满奢浮夸饰之气。一个十分有趣的现象是，贵游侠少手中的剑

---

① 逯钦立：《先秦汉魏晋南北朝诗》，魏诗卷三，中华书局 1983 年版，第 379 页。
② 逯钦立：《先秦汉魏晋南北朝诗》，北周诗卷三，中华书局 1983 年版，第 2368 页。
③ 逯钦立：《先秦汉魏晋南北朝诗》，梁诗卷二十四，中华书局 1983 年版，第 2010 页。

这时远非秦汉游侠手中的利刃，已纯粹是一种装饰，一种富贵的象征，而持此之贵游侠少也就只能"游"侠，而不是去"行"侠。《宋书·礼志五》中说："自晋代以来，始以木剑代刃剑。"①《晋书·舆服志》也说：剑，"晋世始代之以木，贵者犹用玉首，贱者亦用蚌、金银、玳瑁为雕饰。"②可见诸如此类的诗篇也就较为真实地反映了魏晋六朝上层豪贵少年奢浮的游侠风气。魏晋六朝文人的这种创作倾向，也说明在当时的文人创作中，侠的非理性（非正义性）色彩还是相当重的，这也反映出魏晋六朝文人在早期的侠文学创作中也还没有完全树立起自己的侠义观念。

除此而外，魏晋六朝文人也常常将游侠的日常行为附丽于赴"国难"、"边急"的侠行中，把二者统一起来，将侠塑成为一个有血有肉又有功业感和侠义精神的丰满动人的文学形象，代表了咏侠诗创作发展的趋势。如刘孝威《结客少年场行》：

> 少年本六郡，遨游遍五都。插腰铜匕首，障日锦屠苏。鸢羽装银镝，犀胶饰象弧。近发连双兔，高弯落九乌。边城多警急，节使满郊衢。居延箭簏尽，疏勒井泉枯。正蒙都护接，何由惮险途。千金募恶少，一挥擒骨都。勇余聊蹴鞠，战罢暂投壶。昔为北方将，今为南面孤。邦君行负弩，县令且前驱。③

这是魏晋六朝文人咏侠诗中很有代表性的作品，诗中展现了游侠少年理想的生活"三部曲"——游侠、征战、封赏，实开唐人此类诗篇之先河。而在这样的创造中，游侠的形象既是一个完整的实体，又是一个具有社会价值和艺术审美情趣的文学形象。游侠的狂放豪奢、赴边的英勇壮烈、封赏的功业成就无不洋溢着诗人的理想。应当指出，魏晋六朝文人对游侠的这种艺术创造是很有文化价值的尝试，它不但避免了单一张扬功业意识、国家观念的呆板说教和对游侠实际生活的间离（边急、国难不一定时时有），而且也使游侠放荡不羁等不合礼义法禁的行为借此而消解，往往得到人们的认可，成

---

① 　沈约：《宋书·礼志五》，中华书局 1974 年版，第 506 页。
② 　房玄龄：《晋书·舆服志》，中华书局 1974 年版，第 771 页。
③ 　逯钦立：《先秦汉魏晋南北朝诗》，梁诗卷一八，中华书局 1983 年版，第 1869 页。

为游侠的特征，也成为咏侠诗的特色。使人觉得没有这些行为就不是游侠，不写这些内容，咏侠诗亦索然寡味。而表现游侠立功封赏的结果也使游侠的存在成为社会价值的一种体现，成为世俗社会上下各层民众心目中的英雄。

可见，魏晋六朝文人通过上述三种艺术手法，在诗歌中再现了游侠的辉煌，为后世文人对侠的文学创作打开了无数法门，在侠文化的承传、侠文学的创造中树立了光辉的典范。

唐代是侠和侠文化史上极为重要的历史时期。其突出的标志有两个：一是唐代完成了侠由古典贵族型向近代世俗民间型的转换。唐及唐前的侠尽管在精神风貌和行为方式上有时代的差异，但其主体精神和行为观念、任侠方式却一脉相传，并以上层社会文化圈为主体。无论战国两汉的公卿贵族门客中的游侠、刺客，还是两汉豪侠及与上层豪贵相互交通的布衣、闾巷之侠、魏晋六朝的豪侠及其贵族游侠少年，侠及游侠行为的贵族色彩和政治色彩极浓。民间游侠并不是这个时期侠和侠风的主流。唐以后侠及侠风的主体已流向民间社会和绿林，极具江湖文化色彩。二是侠文化史上，唐代完成了侠由史家立传到文人歌咏的过渡。东汉后正史不传游侠，魏晋文人积极地选择了侠，使之成为诗歌的表现主题之一。唐人继承这一传统，以其恢弘的时代精神和丰富的艺术形式，将咏侠诗的创作推向了高峰。但与史传相比，诗歌中表现游侠行侠并不是其所长，借以抒情则可，而不能尽现游侠行为的全过程。于是，唐人便开始将游侠主题向小说创作引进。晚唐豪侠小说创作的繁荣和成熟，宣告了唐人的创造游侠由咏侠诗向豪侠小说艺术转换的成功。唐人在豪侠小说中成功地塑造了众多的豪侠形象，反映了广阔的现实人生，为文学中表现游侠开拓了宽广的艺术空间，真正完成了侠由史家立传到文人歌咏的过渡。

就唐人任侠来看，唐代的任侠风气是两汉以后又一次高潮。与汉魏六朝相比，唐人任侠的社会面是极其广泛的，上至帝王将相、公卿贵族，下至文人民众，呈现一致的任侠狂潮。同时，唐人任侠风气，直承魏晋六朝任侠传统，而唐代社会的高度繁荣和对外开放、社会文化的兼容并包，使唐人任侠又包含了更加丰富的社会生活内容，容纳更为多样的任侠群体和任侠方式，成为唐人独特心态和时代精神的一种表征。

就唐代文人对侠的艺术创造而言，唐人对侠的艺术创造同当时社会的任侠风气一样也是一座高峰。

唐人对侠的艺术创造是全面而多样化的。由于唐代出现大量的文人任侠，对侠的创造更为直接和富于激情，因而借助咏侠诗和豪侠小说这两种艺术形式，再造了魏晋六朝以来游侠形象的辉煌。一般说来，初盛唐对侠的文学创作多用诗歌，而中晚唐则以小说为主。唐人咏侠诗风华情致俱本六朝，不同的是，唐人在此类作品中着重发扬了魏晋六朝咏侠诗中对游侠儿生活"三部曲"的艺术构建，如高适《少年行》、王维《少年行》、李白《行行且游猎篇》、王昌龄《少年行》等，魏晋六朝文人咏侠诗中的个别尝试，已成为唐人咏诗歌咏边塞游侠儿的主要形式。对古游侠和当代游侠少年的艺术创造是唐人咏侠诗比魏晋六朝咏侠诗更见魅力的地方。由于唐人对古游侠的文化积淀比六朝人更为深厚，因而进入诗歌创作中的古游侠远远多于魏晋六朝，战国两汉甚至魏晋六朝的游侠均可进入唐人视野。但唐人对古游侠精神的择尚重在其冀知报恩，着眼于功业意识的张扬，特别看重"侠客不怕死，怕在事不成"的行侠结果。如李白《侠客行》、元稹《侠客行》等。当代游侠少年的侠行并无可取之处，但唐人把诸如斗鸡博猎、杀人宿娼等游侠少年的日常生活行为看作人性张扬的最好形式，看作通脱跳跃的生命存在加以歌咏。诗人"将青春豪迈、自由奔放的气质附丽到游侠身上，并视之为可追慕的审美象征，在唐代已经成为整个都市普遍的社会心态"，"行侠或任侠正在由都市生活的一道风景，逐渐被内化为一种生活态度，一种精神风范"。①这是对魏晋文人咏侠诗的继承和发展，其声势更加浩大，内容更为集中。

另外，唐人注意从生命价值和社会价值方面提升游侠的社会存在价值。在价值观念的选择上，唐人重侠而轻儒，"儒生不及游侠人"就是唐代文人的一种独特心态和时代精神的反映。诗中每每出现的扬侠抑儒、侠儒对比的内容迥异于魏晋六朝。

---

① 汪涌豪、陈广宏：《游侠人格》，长江文艺出版社1996年版，第304页。

　　唐代文人对游侠的开拓性创造是豪侠小说。唐人在小说的艺术天地里，展现了更为丰富的行侠内容，容纳了更多的英雄群体，塑造了更加饱满的侠的文学形象。侠的形象由诗歌进入小说，并不仅仅是从抒情向叙事的艺术转换，而标志着侠的形象更具文学性和审美特征，进入了文人的幻设创造。在唐人小说中，仗义行侠已成为表现游侠形象的主要内容，同时辅之以复仇报恩、逞技斗豪等。中国侠的"义"化创造取得了丰富的内容和成熟有效的艺术手段，这是侠文化史上一次质的飞跃。它说明在都市社会，游侠已开始成为人们的理想寄托。小说中栩栩如生的侠客形象已成为哺育民众侠义行为观念的活的源头，侠开始走向大众社会。正如钱穆先生在《中国文化传统之演进》中所说，"我们以整个中国文化史来说，唐代后才是平民文学的时代，以整个中国艺术史来说，唐以后，才有平民艺术之主张。"可见，在对侠的文学创作和"义化"改造中，唐人豪侠小说首开风气，功不可没。

　　值得注意的是，唐人对侠的"义"化改造很重视，这是魏晋六朝文人不完全具备的。从侠的文人创造历程看，侠的最后归宿就是"义侠"。而这样的创造在唐代就很明确地提出，并被当作豪侠的象征。这方面内容除了唐人咏侠诗中提到，豪侠小说在小说结尾的议论中作者经常以"义"相涉外，李德裕《豪侠论》就是明确的号召。《豪侠论》中说："夫侠者，盖非常人也。虽以然诺许人，必以节义为本。义非侠不立，侠非义不成，难兼之矣。"[1]

　　李德裕此论标举"义非侠不立，侠非义不成"，谓真侠须"义气相兼"，此论的出现，标志着"义侠"的崭露头角，在中国侠的"义化"创造中具有划时代的意义。总之，从魏晋六朝到唐代，文人选择了侠，创造了侠，以时代精神的张扬和正义观念的浇灌，以富含时代内容和侠义精神的诗歌、小说的成功创作，在文学中开辟了侠的新天地，树立了侠的正义观念和人格精神，完成了侠由史家立传到文人歌咏的文化创造。

---

[1]　董诰:《全唐文》卷七百九，中华书局 1983 年版，第 7277 页。

三、从世俗走向正义——宋元明清侠的观念意义的形成

在侠和侠文化的发展中，唐代是一条分水岭。如果说唐及唐前的侠和侠文化更多地体现着贵族文化色彩，上层社会包括帝王将相崇尚任侠，侠也被作为品评人物、晋身仕途的一种手段和舆论工具，那么宋以后则转向了民间社会和世俗生活领域，更多地体现着民间文化色彩。这种转型的主要原因，恐怕还在于宋以后中国封建专制主义的进一步加强，法禁文网收疏为密。加之魏晋六朝以来上层贵族任侠风气多轻薄奢浮之风，因而宋以后统治者不提倡任侠。同时，宋、元、明、清各代也是侠的"义化"改造的完成期，在改造中，文人将侠引向广阔的世俗生活领域，表现侠世俗社会中的侠义行为，赋予了侠和侠文化浓厚的民间文化精神（诸如民间的道德观、正义价值观等），使侠由魏晋六朝及隋唐上层贵族及其子弟的优游生活方式转变为民间世俗社会公道、正义的主持者和大众崇拜的英雄。侠经文人的"义化"改造和文学的创造、定型，从世俗走向正义，进入广大民众的思想观念中。

自魏晋六朝以来，文人对侠的义化改造渐次迈进，至唐已开始成为一种自觉的理性创造，但这一正义化的过程却是宋以后才完成的。

魏晋六朝及唐代，任侠的主体在上层社会，政治色彩较浓，因而文人对侠的改造重在政治领域，将以武犯禁的游侠通过功业、国家民族观念变为英雄和功臣，合法地引入正统社会和文学创作中。而宋元明清时期，都市社会的发达与城市文化的繁荣，游民的大量存在与武林、绿林等民间社会的兴盛，改变着侠和侠文化的存在。由于侠以市井民间社会为主要存在方式，社会盗贼和恶势力的大量存在，因此文人的义化内容就颇含世俗色彩，注重"路见不平，拔刀相助"的民间侠义精神和社会伦理道德的注入，甚至世俗人情亦有吸纳。将侠改造成了符合儒家社会伦理道德和君臣观念的"正义之侠"，侠不但成了忠、孝、节、义的模范，而且成了辅法安良的英雄（功臣）和民间崇拜的偶像。

宋元明清侠的存在形式并不只限于文学表现，社会生活中的游侠活动也常常见于历史记载。从文献资料看，这个时期正史中所记载的侠，大都出自

武林、绿林、秘密团体等民间社会。因此，这个时期侠的社会存在和行为方式体现着一个共同的特征，那就是以民间社会为主要存在形式，任侠行为也常带有浓厚的世俗生活色彩。

宋代偃武崇文，但史书中也常见任侠的记载。郭进，"巨鹿富家佣保"，"有膂力，倜傥任气，结豪侠，嗜酒蒱博。"① 方山子，山野之民，"使酒好剑"，"少时慕朱家、郭解为人，闾里之侠皆宗之。"② 焦继勋，"少读书，有大志"，"游三晋间，为轻侠，以饮博为务。"③ 李穀，"勇力善射，以任侠为事，颇为乡人所困"，"人有难必救，有恩必报。"④ 杨美"武力绝人，以豪侠自任"，"为人任气好施，凡得予赐及俸禄，尽赒给亲戚故旧。死之日，家无余财。"⑤ 王寂，汾州邑人，"不忘然诺，尤重信义。里人云，'得千金不如寂之一诺。'其为乡闾信重如此。"后斩不法之尉，栖身江湖。⑥ 其余如元达、张景、王伦、杨允恭、王延范、刘平、曹偕、刘谦、孙益、李彦仙、陈恺等，侠行类此，多为闾里追仿。而《宋史·忠义列传九》中所载的邹沨、杜浒等十九人，出身平民，皆"以豪侠鸣"，曾助文天祥起兵抗元死难。从以上所列诸人的出身看，绝大多数出身平民，活动在民间社会。正如《宋史·列传》所言："宋初诸将，率奋自草野，出身戎行，虽盗贼无赖，亦厕其间，与屠狗贩缯者何以异哉！"⑦ 另据孟元老《东京梦华录》卷五"民俗"条载，当时民间社会，"人情高谊，若见外方之人，为都人凌欺，众必救护之。或见军铺收领到斗争公事，横身劝救。"⑧ 可见宋代市井民间社会多仗义行侠之事也是民俗使然，出现了很多勇于除恶之侠，如见于《临安县志》、《西湖大观》、《杭州通志》、《浙江通志》中所载武松为民除恶的侠举。

---

① 脱脱：《宋史·郭进传》，中华书局 1977 年版，第 9340 页。

② 苏轼：《方山子传》，孔凡礼点校：《苏轼文集》卷十三，中华书局 1986 年版，第 402 页。

③ 脱脱：《宋史·焦继勋传》，中华书局 1977 年版，第 9042 页。

④ 脱脱：《宋史·李穀传》，中华书局 1977 年版，第 9051、9055 页。

⑤ 脱脱：《宋史·杨美传》，中华书局 1977 年版，第 9325 页。

⑥ 刘斧：《青琐高议》前集卷四《王寂传》，上海古籍出版社 1983 年版，第 40—42 页。

⑦ 脱脱：《宋史·列传》，中华书局 1977 年版，第 9383 页。

⑧ 孟元老撰、邓之诚注：《东京梦华录注》卷五"民俗条"，中华书局 1982 年版，第 131 页。

与魏晋六朝及唐代任侠风气不同的是，宋元明清武林、绿林、民间社会的结社和秘密团体中活动着很多不凡的游侠。明清两代尤为突出。从宋代侠风看，已开始形成帮会组织。吴自牧《梦粱录》云："诸行市户，俱有社会。"①《宋史·曾巩传》说："章丘民聚党村落间，号'霸王社'，椎剽夺囚，无不如志。"②又《宋史·石公弼传》云，宋徽宗时扬州境内"群不逞为侠于闾里，自号'亡命社'"。③

元代见于史载的游侠活动很少。元初张柔"少慷慨，尚气节，善骑射，以豪侠称"。④刘伯林"好任侠，善骑射"。⑤耶律伯坚"气豪侠，喜与名士游"。⑥另外，民间有侠名者如高启《书博鸡者事》中所记元至正年间的博鸡少年，其平日侠行是"素无赖，不事生产，抱鸡呼少年博市中，任气好斗，诸为里侠者皆下之"。其正义侠行是为一被豪民诬陷的官吏鸣不平。《元史·阿合马传》中也记载了元代王著刺杀奸臣阿合马的侠举。⑦《元史·张桢传》载，元统元年，高邮县"县民张提领，尚任侠，武断乡曲。一日，至县有所嘱，桢执之，尽得其罪状，里中受其抑者，咸来诉焉，乃杖而徙之，人以为快"。⑧其他如史天倪，"少好侠，因筑室发土得金，始饶于财。金末，中原涂炭，乃建家塾，招徕学者，所藏活豪士甚众，以侠称于河朔，士族陷为奴虏者，辄出金赎之。甲子，岁大祲，发粟八万石赈饥者，士皆争附之。"⑨另外，元人罗伯春有"任侠十三戒"，从中颇能窥视出元代侠的一些情况，尤其是元代侠的侠义观念中自律意识的强化色彩很鲜明，表明元代任侠群体富于组织性的特点。这篇戒条从一个侧面反映出元人对侠的一些改

①　吴自牧：《梦粱录》卷十九，商务印书馆 1939 年版，第 180 页。
②　脱脱：《宋史·曾巩传》，中华书局 1977 年版，第 10390 页。
③　脱脱：《宋史·石公弼传》，中华书局 1977 年版，第 11032 页。
④　宋濂：《元史·张柔传》，中华书局 1976 年版，第 3417 页。
⑤　宋濂：《元史·刘伯林传》，中华书局 1976 年版，第 3515 页。
⑥　宋濂：《元史·耶律伯坚传》，中华书局 1976 年版，第 4363 页。
⑦　宋濂：《元史·阿合马传》，中华书局 1976 年版，第 4563—4564 页。
⑧　宋濂：《元史·张桢传》，中华书局 1976 年版，第 4265 页。
⑨　宋濂：《元史·史天倪传》，中华书局 1976 年版，第 3478 页。

造。十三戒包括"战、仇、恩、施、委质、交、色、艺、勇、扫除不平、乐、信、神",① 每一条下都规定该做什么，不该做什么。可以看出这是元人对古代任侠行为的综合，其中体现出的任侠精神也是很明确的，如第九条中不拜夷狄的高标气节和爱国情操。同时，这些戒条中已除去了古代任侠行为中的诸多轻薄恶行，大都包含正义的内容。而诸如"色"、"神"两端是以前未见的，似是元人有意识的强调，民间世俗色彩较浓。将"神"作为一端，足见当时侠的结社性和集团性特征。

明代由于城市经济的繁荣，市民的反封建斗争、抗倭斗争和文人任侠，游侠风气颇有声势，其中的市井世俗生活特征特别明显。如《明史》所载万历二十七年天津织筐工人反税监马堂斗争中的侠义之士王朝佐，《明神宗实录》卷三六一所载苏州织工反税监孙隆斗争中慷慨赴义的葛贤，张溥《五人墓碑记》中所载的苏州市民颜佩韦、杨念如、马杰、沈扬、周文元五位侠义之士。另外一些混迹于都市的游侠，其行为则被视为"郭解之暴"、"响马巨窝之民"，即顾起元《客座赘语》所说的暴傲之民。《客座赘语》云：

> 又有一等，即饶力气，又具机谋，实报睚眦，名施信义。或殚财役贫，以奔走乎匄贷；或阳施阴设以笼络乎奸贪。遇婚葬则工为营办以钓奇，有词讼则代为打点以罔利；甚则官府之健胥猾吏，为之奥援，闾巷之刺客奸人，助之羽翼。土豪市侩，甘作使令，花鸨梨姐，愿供娱乐。报仇借客而终不露身，设局骗财而若非动手。有求必遂，无事不干，徒党至数十百人，姓名闻数千百里。如曩之崔二、龚三，概可睹矣。此尤良民之螟螣，而善政之蟊贼也。②

明代市井这种放纵末流的游侠，其行多见于记载，如明人郑仲夔《耳新》中所载：

> 潮惠有大侠，每瞯富豪家子弟出，即掠去，乃出帖通衢，令以多金赎取，必厌其所欲，始听归，谓之勒赎。初掠去时糊其目，有数人掖而

---

① 详见陈继儒：《偃曝余谈》，王文濡所辑：《说库》下册，广陵书社 2008 年版，第 1107—1113 页。

② 顾起元：《庚巳编·客座赘语》，中华书局 1987 年版，第 106 页。

行，行许久导至一所，入门皆纡回深巷，又里许，令开目，则巍然殿宇，上有冕者端坐，仪卫如王者状，掖者令前伏谒。日廪饩之甚厚。将赎还时，令谒辞冕者，复与之燕，皆异馔罗列。燕毕辞出，复糊其目。掖至出帖处，乃令自取道归。①

这种所谓的大侠行径，乃是绑票。这是明代都市游侠的恶行，是商品经济社会的产物。另外，明代文人中多任侠之士，但其侠行并非像魏晋六朝和唐代文人那样去追求功业，而多轻侠薄行，充满着市井世俗的享乐色彩。如钱谦益《列朝诗集小传》中所列的明代文人中多轻侠行为：梁辰鱼"好轻侠"，顾养谦"倜傥任侠"，朱邦宪"性慷慨，通轻侠"，田艺衡"性放旷不羁，好酒任侠"，赵南星"通轻侠，纵诗酒，居然才士侠人，文章意气之俦也"，袁中道"通轻侠，游于酒人，以豪杰自命"。②……俨然一副市井世俗中的轻薄子。王恭《答林逸人兼刘大因忆沧州野堂叟》中所回忆自己与陈亮在沧州的游侠生活也是"小来攀游侠，脱身过伊阙。白马行看戚里花，锦袍醉舞娼楼月"。③ 甚至女侠之流，亦与此相类。余怀《板桥杂记》记载明末沦落风尘的奇女寇湄，逢甲申之变，以千金赎身，匹马短衣，携婢归。"归为女侠，筑园亭，结宾客，日与文人骚客相往还。酒酣耳热，或歌或哭，亦自叹美人之迟暮，嗟红豆之飘零也。"无独有偶，明代妓女中如马湘兰"性喜轻侠"，薛素素"以侠女自命"，赵燕如"性豪宕任侠"，④ 而其行无非是放纵世俗享乐罢了。

清代游侠的存在和行为与明代相比，一是游侠开始在镖局等行业中行事；二是帮会等秘密社会中存在的侠也多侠义；三是晚清出现了社会上普遍的崇侠之风，兴武弃弱，救国图存，其刺客精神更为革命志士所鼓吹。

镖局将谋生与行侠相合为一，是清代侠社会存在职业化的一种表现，镖局中的镖师奉行江湖义气，办事重信守诺，其护镖中的杀匪除盗事实上也是

---

① 郑仲夔：《耳新》卷六，商务印书馆 1937 年版，第 33 页。
② 钱谦益：《列朝诗集小传》下册·丁集，上海古籍出版社 1959 年版，第 568 页。
③ 王恭：《草泽狂歌》卷二，《四库全书》集部·六别集·类五，第 11 页。
④ 详见钱谦益：《列朝诗集小传》下册·闰集，上海古籍出版社 1983 年版，第 765—770 页。

在为民除害。

清代在民间活动的侠，多附于帮会，有的以反清复明为旨宗，政治色彩重，如天地会等。晚清从事改良变法和反清斗争的志士仁人中多有侠义之士。而另一些活动在民间的游侠，其行有古游侠的正义性，如《清稗类钞·义侠类》中所记的民间游侠。

宋元明清侠的社会存在和行为的一个共同点是民间世俗性。而这时侠由世俗走向正义，除了客观的社会现实和民间正义精神的濡染外，宋元明清文人的正义化改造也是举足轻重的一环。与魏晋六朝和唐代文人不同的是，宋元明清文人对侠的正义化改造的手段主要是侠义小说和评论。① 在这些小说、评论中，作者将侠引向广阔的世俗生活，在世俗生活诸多的不平中塑造侠的正义人格，唐人豪侠小说中的志怪色彩大大减少甚至完全退出。这时虽也有咏侠诗和戏曲创作，然而已不是主要的改造形式，且贯穿其中的精神与侠义小说一脉相承。除了侠义小说的创作外，在这个时期文人的一些评论性文字中，也较多地出现对侠的评论，它和小说一起，促进了侠的观念意义的形成和确立。相对而言，宋人在侠义小说中注重对侠在世俗生活中"路见不平，拔刀相助"的侠义精神的塑造。明代文人则在广泛的世俗生活中渗透侠义精神，注重在社会伦理道德方面，将侠塑造成忠孝节义的楷模。清代文人让侠直接追随清官辅法安良，将侠塑造成社会正义、公理、法律的维护者。清官与侠的相互倚重，已明确表现出文人对侠的正义价值的肯定和义侠改造的最终完成。而这个时期文学作品中已出现许多以侠为修饰语的词汇，诸如侠义、侠气、侠情、侠胆、侠性等等，它说明，"侠"这个词已由单纯的名词发展为具备了正义内容和修饰功能的形容词。作为修饰性语素在词汇中的广泛运用，也意味着侠已不仅仅用来指称某一类人物、形象或心理气质，已成为人们观念意义中的一种价值用语。

宋代咏侠诗的创作相对于宋诗其他题材类型来说数量较少，且无特色，

---

① 文言侠义小说创作，中晚唐最具代表性。宋人承唐制略有发展，元明清文言侠义小说远不如白话侠义小说，故这里论及明清侠义小说，以白话侠义小说为主。

宋代文人对侠的创造集中表现在侠义小说中，包括文言小说和白话小说。值得一提的是，宋代出现了侠义小说的专著，即吴淑的《江淮异人录》。据统计，宋人的文言侠义小说和白话侠义小说共 26 篇。① 从这些小说表现的主要内容看，仗义行侠是其主流。宋人塑造侠义形象，已走出了魏晋六朝和唐人在"国难"、"边急"中建功立业的模式，将侠引向广阔的市井民间世俗社会，赋予其"路见不平，拔刀相助"的侠义精神。而"路见不平，拔刀相助"也是宋人小说中侠义之士的口头禅。在宋人笔下，侠已开始担当起除暴安良、替天行道的正义要求，诚如夏志清先生在《中国古典小说史论》中所言，"一切讲史小说关心的是秩序的重建，一切侠义小说注意的是公道的重振。"② 如宋文言小说中的《郭伦观灯》、《解洵娶妇》、《洪州书生》和白话小说中的《宋四公大闹禁魂张》、《万秀娘报仇山亭儿》等。

《郭伦观灯》写剑侠道人惩恶打抱不平事。但作者在叙述完侠义之士教训了恶少无赖，救出郭伦后，借侠士之口说："吾本无心，偶见不平事，义不容已。"《解洵娶妇》写解洵之妾杀忘恩负义丈夫事。《洪州书生》写南唐末年某书生斩恶少除暴事，可视为宋代文言侠义小说的代表。

宋人文言侠义小说创作虽不及唐人，但其中塑造的侠客形象和表现的侠义精神却是一脉相传。而在宋人文言侠义小说中的侠客已不是唐代的豪侠之士，大多为世俗社会中的普通人，在侠义观念支配下行侠除暴、打抱不平。即使宋人笔下的刺客，也一样被赋予正义感，如罗大经《鹤林玉露》中的《秀州刺客》，作品叙述宋代苗傅、刘正彦叛乱时，张魏公在秀州欲兴兵讨贼，贼帅派刺客杀张魏公。但刺客深明大义，对张魏公说："我亦知书，宁肯为贼用？况公忠义如此，岂忍加害。"③ 完全是从《左传》中的鉏麑到唐人《故囚报李勉》一路的延续，而刺客的知书达理却是宋人的创造，与以前的粗豪不同，道德教诲味也比以前浓，而且往往都是借侠士之口直接说出，不同于唐代的附丽于作者本人的议论。这说明宋人对侠的正义和伦理道德的改造从

---

① 崔奉源：《中国古典短篇侠义小说研究》，台湾联经出版事业公司 1986 年版，第 48—50 页。
② 夏志清：《中国古典小说史论·导论》，江西人民出版社 2001 年版，第 26 页。
③ 罗大经：《鹤林玉露》卷三，齐鲁书社 2017 年版，第 77 页。

内容和艺术都比唐人有明显的进步。

宋人话本，罗烨《醉翁谈录》"小说开辟"中按题材分为灵怪、烟粉、传奇、公案、朴刀、杆棒、神仙、妖术八类，其中"朴刀"、"杆棒"类的绝大多数作品和"公案"等的一部分可看作侠义小说，[①] 如《十条龙》、《武行者》、《花和尚》、《拦路虎》、《严师道》、《宋四公大闹禁魂张》等。这些作品，作者赋予和张扬侠士的依然是"路见不平，拔刀相助"的侠义行为。它们大多作为宋人白话小说，收录于明人所编的话本集中。兹举两例：

《十条龙》，叙侠义之士尹宗救万秀娘事，冯梦龙编在《警世通言》卷三十七中，题为《万秀娘报仇山亭儿》。[②] 强盗"十条龙"苗忠、焦吉纠合在襄阳府万员外家谋生的陶铁僧，劫夺了万员外之女万秀娘，杀死秀娘之兄和周吉。万秀娘受凌辱自尽时，侠士尹宗本着"路见不平，拔刀相助"的信条，救出万秀娘。在护送秀娘回家时，误入贼庄，尹宗被杀，秀娘落入贼手。后万员外邻居小儿合哥卖"山亭儿"时才发现秀娘，告官府捕"十条龙"苗忠和焦吉，斩首示众。

《宋四公大闹禁魂张》叙述侠盗宋四公仗义行侠，劫富济贫及智斗官府事。[③] 事因乃是悭吝狠毒的张员外见当铺主管施舍给捉笊篱的乞丐两文钱，就蛮横地把乞丐的一笊篱钱都倒在自己的钱堆里，而且教人打了乞丐。宋四公见此恶行，给了乞丐二两银子，又去盗张员外的钱库，又带他的徒弟赵正、侯兴、王秀大闹了东京，展现惩恶扬善、劫富济贫的

---

① 宋人话本中，公案故事与侠义故事往往界限模糊。故今人陈汝衡在《说书史话》中说："所谓'朴刀杆棒'，是泛指江湖亡命，杀人报仇，造成血案，以致经官动府一类的故事。再如强梁恶霸，犯案累累，贪官赃吏，横行不法，当有侠盗人物，路见不平，用暴力方式，替人民痛痛快快地申冤雪恨，也是公案故事。"（见《说书史话》，人民文学出版社 1987年版，第 49 页）

② 晁瑮《宝文堂藏书目》和钱曾《也是园藏书目》著录《山亭儿》，宋罗烨《醉翁谈录》朴刀类有《陶铁僧》。李本耀《宋元明话本研究》和乐蘅军《宋代话本研究》皆以为《宝文堂》、《也是园》、《醉翁谈录》所著《山亭儿》、《陶铁僧》与冯梦龙《万秀娘报仇山亭儿》三者指同一篇。

③ 此篇收《古今小说》卷三十六，《宝文堂藏书目》作《赵正侯兴》。《醉翁谈录》"小说开辟"篇有"说赵正激恼京师"之语。可见是赵正故事，元代，南宋均有话本。

侠义精神。

在以上两篇小说中，尹宗、宋四公就是除暴安良，替天行道的正义化的侠的形象，尹宗等人的侠行，带有明确的理性目的。这表现在宋人侠义小说，很注重用儒家的伦理道德"武装"侠义之士，并借侠士之口教诲民众。除了《郭伦观灯》、《洪州书生》外，《万秀娘报仇山亭儿》中的侠盗尹宗也是如此。例如尹宗对万秀娘说："我姓尹，名宗，我家中有八十岁的老母，我非常孝顺，人都叫我孝顺尹宗。当初来这里指望偷些个物事，卖来养这八十岁的老娘。今日撞着你，也是路见不平，拔刀相助，救你出去，却无他事。不要慌。"这样的侠，盗是为了尽孝，救人是为打抱不平，又有男女之礼分，道德伦理色彩颇重。

元代也有为数不多的咏侠诗和小说，但元人白话小说是混于宋人白话小说中不易分辨，且多沿宋人创作，无甚特色。元人罗伯春"任侠十三戒"可见元人对侠义化的一些改造，如前所述，此不赘述。

明人在使侠由世俗走向正义，树立侠的观念意义时，借助了咏侠诗、侠义小说和评论等广泛的文学形式，除了一脉相传的正义观念外，也赋予了侠富有世俗色彩的伦理道德方面的广泛内容。而长篇章回体侠义小说的成功创作，使作家能够将这一切付诸于侠客形象的创造中。

明代世俗化的城市生活和提倡个性解放，给这个时代的人们带来了不同以往的心理体验和需要。在对侠的创造中，文人一方面表现着自我对正义等道德价值的肯定和追求，另一方面又表现出巨大的叛逆性。

从明代文人较多的咏侠诗创作看，诗中虽然有沿袭魏晋六朝和唐人的成分，但其中也表现出新的气象。一是游侠形象少了上层豪贵气，多了一分市民气；二是少了功业和封赏的经世色彩，多了一分世俗生活的情趣与放纵。这可以看作明代文人在特定时代的一种价值取向，如高启的《结客少年场行》写道：

> 结客须结游侠儿，借身报仇心不疑。……魏其盛时客满门，自言一一俱衔恩。魏其既罢谁复见？养士堂中尘网遍。始知结客难，徒言意气倾南山。食君之禄有弗报，何况区区杯酒间。结客不必皆荐绅，缓急

叩门谁可亲？屠沽往往有奇士，慎勿相轻间里人。①

诗歌通过魏其侯盛衰的变化，批评了趋炎附势的宾客，赞扬和崇尚如朱家那种豪侠的平民侠士。

傅汝舟的《豪士歌》写得也很有气势，诗人所注重和张扬的就是对自由个性的肯定：

> 少年不傍门户立，霹雳一声天地辟。……平生有仇未屑报，荆轲聂政何须道！呼卢走马岂不能，羞向五都同恶少。……谩骂五侯与七贵，相知或下沧浪泪。……一朝天醒君王梦，冠冕自轻布衣重。……散发扁舟五湖侧，骏马雕鞍换俊妾。相对缑山弄碧箫，不向鸿门举玉玦。……天人三策皆无主，孔孟六经亦何苦？扬雄司马不足为，虬髯卧龙未堪数。旗常千载书万年，竟与虚空作何补。……②

诗人在这首诗里所表现的是超越世俗功业价值的"无欲"、"自在"的自我。荆轲、聂政，虬髯客这样有名的大侠，扬雄、卧龙这样的功业之人以及孔孟六经，都是无补于事的"虚空"存在，冠冕自轻，布衣尤重，而自在的自我却是能够支配自己生命的全部。诗人对世俗功名的超迈和自由个性的张扬显然非常富有时代气息。正如陈平原先生在《千古文人侠客梦》中所言，此诗中"大侠们的最高理想不再是建功立业或争天下武功第一，而是人格的自我完善或生命价值的自我实现"。有时甚至只是诗人自我的一种情感发泄，是诗人自我人格的一种寄托。而诗中所赞扬的平民意识，却是明代文人对侠义精神的一种创新。

明代是白话小说的丰盛期，明人对侠的创造主要体现在这个时期白话侠义小说的创作上。据崔奉源先生统计，明人白话短篇侠义小说共11篇。③主要收录在"三言"、"二拍"、《石点头》、《西湖二集》、《醉醒石》等小说集中。收录于"三言"中的有《临安里钱婆留发迹》（《古今小说》卷二十一）、《赵

---

① 高启著，金檀辑注，徐澄宇、沈北宗校点：《高青丘集》卷一，上海古籍出版社1985年版，第35页。

② 傅汝舟：《步天集》卷三，1990年影印本，第16页。

③ 崔奉源：《中国古典短篇侠义小说研究》，台湾联经出版事业公司1986年版，第50页。

太祖千里送京娘》(《警世通言》卷二十一)、《李汧公穷邸遇侠客》(《醒世恒言》卷三十)。收录于"二拍"中的有《刘东山夸技顺城门，十八兄奇踪村酒肆》(《初刻拍案惊奇》卷三)、《程元玉店肆代偿钱，十一娘云岗纵谭侠》(《初刻拍案惊奇》卷四)、《乌将军一饭必酬，陈大郎三人重会》(《初刻拍案惊奇》卷八)、《神偷寄兴一枝梅，侠盗惯行三昧戏》(《二刻拍案惊奇》卷三十九)。此外，还有《侯官县烈女歼仇》(《石点头》第十二卷)、《侠女散财殉节》(《西湖二集》卷十九)、《恃孤忠乘危血战，仗侠孝结友除凶》(《醉醒石》第二回)、《济穷途侠士捐金，重报施贤绅取义》(《醉醒石》第十回)。长篇侠义小说的代表便是《水浒传》。

在这些侠义小说中，作者将侠义精神渗透到了社会生活的各个方面，而贯穿其中的主线就是仗义行侠，替天行道。如《程元玉店肆代偿钱，十一娘云冈纵谭侠》中作者借十一娘之口说："就是报仇，也论曲直，若曲在我，也是不敢用术报得的。""仇有几等，皆非私仇。世间有做守令官，虐使小民，贪其贿，又害其命的；世间有做上司官，张大威权，专好谄奉，反害正直的；世间有做将帅，只剥军饷，不勤武事，败坏封疆的；世间有做宰相，树置心腹，专害异己，使贤奸倒置的；世间有做试官，私通关节，贿赂徇私，黑白混淆，使不才侥幸，才士屈抑的，此皆吾术所必诛者也。"①可见。在明人笔下，侠士的复仇所指已是世俗社会中的不平事，且复仇的对象就是贪官污吏。侠士复仇也不是为私仇，而是为社会主持公道，这样的复仇无疑是正义的行为。与一般侠客的为人借躯报仇或报自家恩仇相比，为社会公义报仇带有广泛的正义内容。这样的侠已是人们观念中崇拜的英雄。复仇的正义化体现着明人对侠义化创造的一种突破。

明人侠义小说中的盗侠也表现着作者正义观念的创造。侠盗所盗不是自度，而是劫富之不义财，济百姓之不赡。其行窃对象也指向贪官污吏和不义之人，替天行道。如《神偷寄兴一枝梅，侠盗惯行三昧戏》这篇小说中，作者主要写了神偷"一枝梅"懒龙以所盗钱财赈济负债夫妇和贫儿及盗无锡贪

---

① 　冯梦龙：《警世通言》卷二十一，陕西人民出版社1985年版，第277页。

官二百两黄金事。小说中懒龙以偷盗为生，但"煞有义气"，"不入良善与患难人家"，专盗贪官污吏、悭吝财主和不义巨商。懒龙在小说中自云："吾无父母妻子可养，借这些世间余财，聊救贫人。正所谓损有余补不足，天道当然，非关吾的好义也。"[①]这样的侠盗，迥异于历史实存中侠的强盗恶行，且不同于唐人豪侠小说中的盗侠行窃自度和盗技表演，而是将侠盗赋予了正义内容，让盗者成为劫富济贫、替天行道的义侠。

从前面几篇白话小说中所写的侠盗看，宋人笔下的宋四公侠性盗性互见，而明人笔下的尹宗和懒龙虽以盗为生，但已是充满侠气的义侠，他们救人除恶、替天行道的侠行已纯粹是一种道德化甚至超道德的行为。盗侠的正义化和复仇的正义化是明人对侠正义创造的两项重要内容，它和侠义之士"路见不平，拔刀相助"的侠行义举一起，表现着明代侠义小说中侠由世俗走向正义的时代潮流。这在《水浒传》中有综合的表现。

《水浒传》开创了我国长篇章回体侠义小说的先河。抛开其他的内容，单就前七十一回创造的侠义英雄形象来说，这部小说集中了明人创造侠义之士的所有内容和手法。作者在长篇章回体的宏伟构架中，将侠义精神渗透在广阔的世俗生活的各个方面，表现侠在世俗社会中的正义行为。白话短篇小说中塑造的侠义形象和表现的侠义精神，都能在其中找到更为精彩的内容。无论是鲁提辖拳打镇关西、大闹野猪林，还是武松景阳冈除猛虎、怒杀西门庆、醉打蒋门神、血溅鸳鸯楼；无论是宋江等人急人之难，还是柴进等人的仗义疏财；无论是侠盗的劫富济贫，还是吴用等人的智取生辰纲……路见不平，拔刀相助，见义勇为、劫富济贫、替天行道都是"义"的具体表现。

与前面白话短篇侠义小说中对侠的伦理道德改造一样，《水浒传》表现着明代文人对侠进行伦理道德改造的进一步提升，即以儒家的君臣伦理道德将侠义之士改造成忠于朝廷皇权的英雄，使"义"和"忠"成为贯穿全书的灵魂。这种改造事实上是一种回归，让侠以忠臣的面貌重新回到上层社会，为清代文人将侠改造成追随清官，做辅法安良的功臣提供了借鉴。明代李卓

---

① 凌濛初：《二刻拍案惊奇》卷三十九，上海古籍出版社 1983 年版，第 718 页。

吾说："故有国者不可以不读，一读此传，则忠义不在《水浒》，而皆在于君侧矣。贤宰相不可以不读，一读此传，则忠义不在《水浒》，而皆在于朝廷矣。兵部掌军国之枢，督府专阃外之寄，是又不可以不读也；苟一日而读此传，则忠义不在《水浒》，而皆为干城心腹之选矣。否则不在朝廷，不在君侧，不在干城腹心。乌乎在？在《水浒》。"①

当然，明人的这种改造，是将侠归向儒家伦理道德范围，虽然有时代的局限，但国家法律与人间正义在封建专制社会中，与君臣伦理是紧密相连的，明人《水浒传》中对侠注入忠君观念，将他们改造成为大宋铲除内患的忠臣，也是一种出于以国家、民族为重的现实考虑。事实上，从魏晋六朝以来的咏侠诗中，将放荡的游侠少年改造成赴难救边的英雄，也同出一理。因此，我们对此应持公允的评价态度。

另外，明人在一些评论性的文字当中往往表现着对侠的正义化评价。这种评价虽不借助于形象创造，但它对确立侠的观念意义有重要的作用，如上述李卓吾的《忠义水浒传序》。从明人在评论中对侠的评价看，一是注重确立侠的正义精神，二是将侠引入儒家伦理道德的评价范围，注重在侠儒互补中确立侠的忠义形象。如陈继儒在为其友洪世恬《侠林》一书作序说："人心平，雷不鸣；吏得职，侠不出。"便是把侠看成社会不公和官吏离于职守的产物，则侠的行为自然就是正义的。陈继儒进一步说："贫贱非侠不振，患难非侠不脱，辟斗非侠不解，怨非侠不报，恩非侠不酬，冤非侠不伸，情非侠不合，祸乱非侠不克。……然人间多怖而失箸者，则侠林震世之力矣。"② 将侠看作是荡平世间一切不平的正义英雄。

以儒侠互补来确立侠的社会伦理价值和地位，在明代文人的评论、序文中占主体。李贽在《焚书·杂述·昆仑奴》中说："剑安得有侠也？人能侠剑，剑又安能侠人？人而侠剑，直匹夫之雄耳，西楚霸王所谓'学剑不成，去，学万人敌'者是也。夫万人之敌，岂一剑之任耶！彼以剑侠称烈士者，真

---

① 李贽：《忠义水浒传序》，《焚书》卷三，中华书局 1975 年版，第 110 页。
② 陈继儒：《侠林序》，《晚香堂集》卷三，首都师范大学出版社 2010 年版，第 11 页。

可谓不识侠者矣。呜呼！侠之一字，岂易言哉！自古忠臣孝子，义夫节妇，同一侠耳。"①"忠臣侠忠，则扶颠持危，九死不悔；志士侠义，则临难自奋，之死靡他。"② 李贽认为仅凭剑术称烈士，是不识侠。在他看来，忠臣孝子、义夫节妇这些为了自我伦理价值实现而"扶颠持危，临难自奋"的人才是可以称侠的。这显然将侠与儒家的伦理道德相联系，以实现儒家伦理道德价值为侠的评价标准。汪道昆说："昔韩非子非儒击侠，史迁述之，余窃讨其不然，毋宁举一废百。文则苛细，文而有纬则阔儒；武则强梁，武而有经则节侠，二者盖相为用，何可废哉！"③ 这段话强调了儒侠的互补，可以看作是对李德裕《豪侠论》的发挥。而陈继儒则直接将伊尹、孔子视为侠祖。他在《侠林序》中说：

> 天上无雷霆，则人间无侠客。伊尹，侠祖也。……孔子一匹夫，而创二百四十年之《春秋》，知我惟命，罪我惟命，夫谁得而夺之？若其堕三都，却莱夷，沐浴而告三子，直侠之余事耳。……人生精神意气，识量胆决相辅而行，相轧而出。子侠乃孝，臣侠乃忠，友侠乃信。……④

这段话已在梁启超之前，将伊尹、孔子列入侠类，而且将儒家伦理道德的忠、孝、节、义、友等都纳入侠的内涵，反映出侠已成为社会伦理道德的一个价值标准。这在明代是极具时代色彩和代表性的内容。

清代是侠义小说创作的繁荣期。清代文人继承明代白话侠义小说的传统，在对侠的正义化改造中，将侠义与公案、言情、剑仙等相结合，形成清人白话侠义小说的时代特色。⑤ 这时文言侠义小说总体上不如唐宋元明诸代，其中比较好的有蒲松龄的《侠女》、《武技》、《红玉》（录入《聊斋志异》），

---

① 李贽：《焚书·杂述·昆仑奴》，中华书局 1975 年版，第 194 页。

② 李贽：《焚书·杂述·昆仑奴》，中华书局 1975 年版，第 194 页。

③ 汪道昆：《太函集·儒侠传》，见《续修四库全书》集部·别集类第 1347 辑，第 263 页。

④ 陈继儒：《侠林序》，《晚香堂集》卷三，首都师范大学出版社 2010 年版，第 10 页。

⑤ 龚鹏程《论清代侠义小说》一文，在注释中将清代侠义小说分为"儿女英雄"、"水浒余波"、"侠义公案"、"演史异闻"、"剑侠"五个系统共计 37 篇。（参见《侠与中国文化》，台湾联经出版事业公司 1992 年版，第 208—210 页）

王士祯的《剑侠》、《女侠》(录入《池北偶谈》),袁枚的《三姑娘》、《好冷风》(录入《新齐谐》),毛祥麟的《南海生》、《褚复生》(收入《墨馀录》),李渔的《秦淮健儿传》,钮琇的《云娘》,乐钧的《葛衣人》,许仲元的《陶先生》,沈起凤的《恶钱》等。另外,《清代述异》、《清稗类钞·义侠类》、《清代野史大观》中亦有较多的侠义篇目。

如此众多的侠义小说,表现的内容当然是多方面的,但能够反映清代文人的侠义观念,代表清代文人对侠的义化创造主流的却是侠义公案小说和侠义言情小说。

侠义公案小说,在唐人豪侠小说中已见端倪,宋、明侠义小说中亦有,但成熟的创作却在清代,其代表作是《三侠五义》、《施公案》、《彭公案》。这类小说的内容,鲁迅先生曾作了高度概括,他说:"凡此流著作,虽意在叙勇侠之士,流行村市,安良除暴,为国立功,而必以一名臣大吏为中枢,以总领一切豪俊。"① 又说:"大旨在揄扬侠勇,赞美粗豪,然又必不背于忠义。"②

《三侠五义》又名《忠烈侠义传》,③ 写赵氏宗室襄阳王赵珏、国丈庞吉、国舅庞昱和朝廷总管马朝贤为首的乱臣贼子为非作歹,鱼肉百姓。以包拯、颜查散为首的清官不畏权势,秉公执法,南侠展昭、北侠欧阳春、双侠丁兆兰、丁兆蕙和五鼠钻天鼠卢方、彻地鼠韩彰、穿山鼠徐庆、翻江鼠蒋平、锦毛鼠白玉堂及侠客智化、柳青、艾虎等除暴安良,扶危济困之事。在这部小说中,作者的意图如同《水浒传》,要把侠义之士写成除暴安良和辅法的忠臣。因此,以公案为线索,让清官总领一切豪侠,有时甚至拉出皇帝来安抚一番侠客,如《三侠五义》中宋仁宗对蒋平说:"朕看尔等技艺超群,豪侠尚义,国家总以鼓励人才为重,朕欲加封尔等职衔,以后也令有本领的各怀

---

① 鲁迅:《中国小说史略》,上海古籍出版社 1998 年版,第 198 页。

② 鲁迅:《中国小说史略》,上海古籍出版社 1998 年版,第 195 页。

③ 《三侠五义》的最初蓝本,是石玉昆说唱的《龙图公案》,后有人整理成《龙图耳录》,改为章回体。问竹主人改《龙图耳录》为《忠烈侠义传》,又名《三侠五义》。俞樾又改《三侠五义》为《七侠五义》。

向上之心。"《施公案》写康熙年间清官施仕伦在黄天霸等侠士的帮助下惩恶除暴，屡破大案事。《彭公案》写康熙年间彭朋在侠帮助下破案事。

从内容上来看，这类小说都是同一主题，只是案子不同而已。在这些小说中，作者揭示出清官和侠义之士联合的前提，那就是权贵奸臣和黑恶势力的存在。而清官的秉公执法，侠士的超绝武艺和正义精神，也就成为铲除黑恶势力，辅法安良必不可少的两个条件。因此，清官与侠士的结合，既是作者的一种理想化创造，也是有批判现实的意义；同时，从魏晋六朝到唐和宋元明几代，文人对侠的正义化创造已深入到社会生活的各个方面，清人让侠客追随清官，为国除奸，为民惩恶，也是顺理成章的发展。这样做有三个好处，一是奸邪黑恶势力被消除，正义得到了弘扬，清官、侠士成为朝廷的忠臣和人们崇拜的英雄；二是侠士在清官的带领下，在一系列除暴安良的侠义行为中得到了理想的改造和最佳的归宿；三是将侠的行为框定在除暴安良和辅法等为国为民的社会价值系统中，使侠成了社会正义、公道的维护者，确立了正义化的侠客形象，标志着自魏晋六朝以来对侠的正义化改造的完成和侠的观念意义的确立。

应该承认，侠义与公案的结合是清代文人自觉的理性创造，但两者之间的天然联系也是不容忽视的。社会的公道、正义在现实社会中是靠法律秩序来维护的，而侠客的正义行为事实上也在维护这些东西，因此两者之间有某种必然的联系。那种认为清代的侠客是奴才，文人将侠义与公案相结合，是对侠的一种奴化改造，借此而对清代侠义公案小说大加贬斥则是不公正和荒谬的。龚鹏程说："公道是社会道德的基础，没有这个基础，其余就会崩溃，因此，整个法律系统，常被称为公道系统。侠义故事，习惯性的与公案联结在一起，也暗示了它们之间的关系。譬如说侠之所以要违背国家的法律，做出犯法的勾当，是因为主持社会秩序者贪赃枉法，不公道。清官、忠臣拨乱反正，洗刷不公道的阴霾，侠客自然就会与他结伴而行，侠义故事歌颂廉正官，也就是在说明公道之重要。"①

---

① 龚鹏程：《大侠》，山东画报出版社 2008 年版，第 53 页。

从清代侠义小说的另一种类型——侠情小说来看，其中的侠士虽不像在侠义公案小说中那样追随清官，自觉地行侠仗义，维护社会公道，但其行为观念中的忠君和为国为民却是相通的，这方面的代表作是文康的《儿女英雄传》和无名氏的《绿牡丹全传》。

《儿女英雄传》写侠女十三妹（何玉凤）在报父仇的过程中救孝子安骥，后又嫁与安公子事。在这部小说中，作者认为："有了英雄至性，才成就得儿女心肠；有了儿女真情，才作得英雄事业。"因此注入侠客形象中的便是"忠孝节义"。文康认为："儿女英雄"最重要的内涵是"忠孝节义"。他说："世上的人，立志要作个忠臣，这就是个英雄心，忠臣断无不爱君的，爱君这便是个儿女心；立志要作个孝子，这就是个英雄心，孝子断无不爱亲的，爱亲便是个儿女心。至于'节义'两个字，从君亲推到兄弟、夫妇、朋友的相处，同此一心，理无二致。"①作者就是本着这样的创作意图和侠义观念，来将英雄、儿女、孝子等行为一并纳入儒家伦理道德的忠、孝、节、义之中。作者用十三妹表现着自己忠孝两全的信义观念，如十三妹说她报仇有三大顾虑，"一则他（纪献唐）是朝廷重臣，国家正在用他建功立业的时候，不可因我一个人私仇，坏国家大事；二则我父亲的冤枉、我的本领，阖省官员皆知，设若我作出件事来，簇簇新的冤冤相报，大家未必不疑心到我，纵然奈何我不得，我使父亲九泉之下被一个不美之名，我断不肯；三则我上有老母，下无弟兄，父亲既死，就仗我一人奉养老母，万一机事不密，我有个短长，母亲无人养赡，因此忍了这口气。"②这样一个充满理性，能够面对父仇不共戴天的复仇观念却权衡利弊，上不亏国家，下不失养母，而放弃复仇，似乎只见于清人笔下。

《绿牡丹全传》以骆宏勋与花碧莲的爱情为线索，叙述侠士鲍自安、花振芳等除奸、保驾事。这部小说中，作者成功地塑造了以"江河水寇"鲍自安、"陆地响马"花振芳两位水陆豪杰为首的侠义之士。他们专劫不义之财，

---

① 文康：《儿女英雄传》，上海古籍出版社2001年版，第4—5页。
② 文康：《儿女英雄传》，上海古籍出版社2001年版，第99页。

除暴济贫，但如同《水浒传》的作者一样，在这部小说中，作者最后还是让众侠士归顺朝廷，成了迎王保驾的前驱。

由以上侠义公案、侠情小说可以看出，清代文人对侠的义化创造是全面的，涉及到儒家伦理道德的诸多方面，其方式主要有两种，一是"替天行道"后归顺朝廷，一是与清官为伍辅法，而以"忠义"为归宿，并通过侠与清官正吏，将除暴安良的行为转变为国家意志的一种体现，强调侠的武艺必须用于正途，其中的君臣伦理观念很浓。侠义观念发展至此，包含儒家伦理道德"忠孝节义"内容的正义之侠就成为我们今天所谓的侠，即观念意义的侠——急公好义，勇于牺牲，能替天行道，主持社会公道，纾解人间不平。

清代人的一些史评、书评、书序等散文中，对侠多有评论，但他们的评价标准和小说作者一样，注重社会伦理道德价值。如李景星在《四史评议·游侠列传》中说："游侠一道，可以济王法之穷，可以去人心之憾。"在清人的评论中，曾国藩很有代表性。他在《劝学篇示直隶士子》一文中说：

> 豪侠之质，可与入圣人之道者，约有数端：侠者薄视财利，弃万金而不眄，而圣贤则富贵不处，贫贱不去，痛恶夫墙间之食，龙断之登，虽精粗不同，而轻财好义之迹，则略近矣；侠者忘己济物，不惜苦志脱人于厄，而圣贤以博济为怀，邹鲁之汲汲皇皇，与夫禹之犹己溺，穆之犹己饥，伊尹之犹己推之沟中，曾无稍异。彼其能力救穷交者，即其可以进援天下者也；侠者轻死重气，圣贤罕言及此，然孔曰成仁，孟曰取义，坚确不移之操，亦未尝不与之相类。昔人讥太史公好称任侠，以余观此数者，乃不悖于圣贤之道，然则豪侠之徒，未可深贬，而直隶之士，其为学当较易于他省，乌可以不致力乎哉！①

这可以看作是清人的"豪侠论"。"豪侠之徒，未可深贬"，显然是一种肯定态度，而肯定的原因在于曾公所列数端，这几端在曾公看来皆可"入圣人之道"。可见，清代文人对侠的"忠义"价值观念的创造和评价，使侠真正从世俗走向了正义，促成了侠的观念意义的确立。

---

① 曾国藩：《曾国藩全集》"诗文"编，岳麓书社1986年版，第442页。

　　纵观侠由史家立传列到文人歌咏、从世俗走向正义，由历史实存到文学创作、再到观念意义确立的全过程，"路漫漫其修远兮"，历代文人们"上下求索"。在这一大跨度的历时共建和文学创作中，侠和侠文化的文化史意义不但在于历代文人给我们成功地创造了一个"义侠"，创作了人们喜闻乐见的艺术形式——武侠小说，而且在这一漫长过程的创造中，交集着文人的痛苦和身世之感、社会良知及对理想人格精神的向往。侠也在这一过程中渗透到文人的气质精神中，成为文人人格的重要因素和理想人格化身，成为一种具有独特社会意义和道德力量的价值存在。文人改造了侠，也在这一过程中改造了自己。

　　另外，经过历代文人的世代累积型的文化创造，侠的观念意义已远远超出了它的文学形象，更异于历史实存。文人知识分子按照自己的理想人格和社会道德价值观念创造了代表正义、公道、自由等富含社会意义、道德力量和理想人格精神的侠，这种理性化的创造和理性十足的侠，借着文学的双翼早已飞进了一代代读者的心扉，影响着人们，感动着人们，人们也早已不去追究侠的历史面貌，甚至一些研究者也以这种具有理性精神的侠作为出发点来研究侠文化，走入了对侠的正义迷思。文人在对侠的正义化创造中施展了才华，找到了知己，艺术地实现了一种英雄角色的转换。而这种正义的英雄也早已根深蒂固地扎根于人们的行为观念中，成为人们的一种价值标准，也成为中华民族伟大生存力、创造力的一种象征。

　　中国侠的社会历史文化变迁的漫长过程本身体现着很高的社会文化价值。这一过程最大的成功在于"义侠"的创造和代表正义、公理等侠的观念意义的确立。这使侠在人们的观念中终于有了大家一致认可的某些共同的文化准则，使侠的形象及其行为规范和人格精神成为中国传统文化中极具文化价值的东西，对中国国民性和民族精神产生了巨大的文化再造作用。

四、极目古今话短长——中国侠的历史文化诠释

　　侠的存在是两千多年来中国社会一种特殊的社会历史文化现象。但侠又

是一个人们似乎都理解又很难定义的名称。究其原因，主要是侠在中国古代社会的形成历程和价值定位来自不同社会层面、不同价值判断的历史文化的综合作用，指其一端，往往不能名其全貌。这种历史文化的综合作用具体表现在三个方面：一是从中国侠的文化类型看，中国侠的发展有一个从游侠到义侠再到武侠的现实影响和文化创造过程；二是从中国侠的创造主体看，史家、文人、社会大众共同参与了侠的创造，并形成了史家的"以法匡正"之路、文人的"义化改造"之路和大众的"英雄创造"之路；三是从中国侠的文化基质看，古代复仇精神滋养、儒家正义价值哺育和道家公平理想影响，为中国之侠灌注了催人奋进的文化基质和人格精神。

伴随着侠的出现，对侠作出诠释首先是法家和史家，如韩非、司马迁、班固、荀悦等。毋庸讳言，这些历史的诠释中虽然不乏史家个人的意义评价，但从总体上看却是一致的否定。从"以武犯禁"的"邦之蠹"到"不轨于正义"；从"杀身亡宗"、"其罪不容于诛矣"的"末流"到"立气齐、作威福，以立强于世"的"德之贼"，大致上代表了法家和史家对侠的批判否定态度，且其运用的评价标准却是惊人相同的理与法。① 这是史家的立场和观念决定的，而以后史家放弃为游侠立传，事实上也是无可指责的。只要认真审视历史实存侠的存在和行为，人们也会认同史家的社会批判性诠释。

自魏晋六朝以来，如果不是从社会学的角度，而是从文化意义上来看，历史的放弃与文学的选择对侠来说是更为幸运的一件事。而侠文化的传承与延续成为比游侠活动本身更为重要的现象和事实。崇拜、赞咏游侠的正义人格力量，张扬侠的自由独立、潇洒超迈的行为方式，不仅拉近了侠与普通民众的情感联系，而且使侠成为文人创造的对象和精神上儒侠互补理想人格追求的力量渊源。侠通过文人的创造，以文化形象而不是以历史实存的面貌进入社会文化领域。从历史实存到文人创造，侠的形象不时徘徊于它本来意义的周围，甚至出现偏离，但文人创造中赋予侠的社会公正、道德、良知等人

---

① 司马迁虽然赞扬游侠，从民间侠义精神方面肯定游侠的行为，但前提中"其行虽不轨于正义"一样也是理与法的标准判断。

文精神，使侠不但从历史实存变为一种文学形象，而且从文学形象又演变为超乎道德和法律的社会正义力量。正如冯友兰先生在《新事论》中说："所谓'行侠仗义'的人所取的行为标准，在有些地方都比社会道德所规定者高。……'施恩不望报'是道德的行为，'施恩拒报'即是超道德的行为了。"①这是两千多年来侠留给我们的丰厚遗产——流淌在中华民族血脉中永不磨灭的侠义观念。因此，侠的观念和行为是一种道德观念和行为，人们倾向于从文化价值观念上做道德评价，这是从中国侠的历史文化变迁中得出的一个较为客观的标准，不管侠的行为和观念是不道德的、道德的，还是超道德的。

古人对侠的诠释如同前几节所展示的那样，是一个动态的发展变迁过程、一个由否定到肯定的过程，也是一个从历史到文学再到观念意义的确立过程。

由前面二、三节可以看出，中国侠的文人创造史是一部侠的文人文化诠释史，而这种诠释又是紧密联系时代需要的。自近代以来，这种诠释不但没有停止，有时革命色彩还颇浓。在近代中国社会现实面前，出于革命需要和国家积贫积弱的痛切感受，一些激进者将对侠的诠释和鼓吹作为鼓舞人心、进行革命的一种手段。

1899 年，章太炎在上海参加唐才常主持的《东亚时报》编务时，写下了《儒侠篇》，其中说：

> 漆雕氏之儒废，而闾里有游侠。（《韩非子·显学》）：漆雕氏之儒，不色挠，不目逃，行曲则无违于臧获，行直则怒于诸侯。是漆雕氏最与游侠相近也。侠者无书，不得附九流，岂惟儒家摈之，八家亦并摈之。然天下有亟事，非侠士无足属；侯生之完赵也，北郭之白晏婴也（见《吕氏·土节篇》），自决一朝，其利及朝野。其视聂政，则击刺之萌而已矣。且儒者之义，有过于"杀身成仁者乎"？儒者之用，有过于"除国之大害，扞国之大患"者乎？……世有大儒，固举侠士而并包之。而特其感慨奋励，矜一节以自雄者，其称名有异于儒焉耳。②

---

① 冯友兰：《新事论》，上海书店出版社 1996 年版，第 78 页。
② 章太炎：《章太炎全集》第三卷《訄书初刻本》，上海人民出版社 2018 年版，第 10 页。

其后，章太炎进一步在重新修订的《訄书·儒侠》篇中强调：

> 天下乱也，义士则狙击人主。其他藉交报仇，为国民发愤，有为鸱
> 枭于百姓者，则利剑刺之，可以得志。当世之平，刺客则可绝乎？尚文
> 之国，刑轻而奸谀恒不蔽其章，非手杀人，未有考竟者也。康回滔天之
> 在位，贼元元无算，其事阴沉，法律不得行其罚……当是时，非刺客而
> 巨奸不息，明矣。故击刺者，当乱世则辅民，当平世则辅法。①

章太炎以上对侠（是包括刺客的）的诠释，颇为义激，是第一篇指出侠
出于儒的文献。在他看来，侠是儒中漆雕氏的一支，其行为观念是符合儒家
仁义道德标准的。游侠、刺客的行为平世辅法，乱世辅民。这样的诠释痛快
淋漓，儒侠并举，侠刺合一，充满着时代感受，是民族主义的侠义观。

梁启超 1900 年写成《中国之武士道》一书，书中说："孔子卒后，儒分
为八，漆雕氏之儒不色挠，不目逃……此正后世游侠之祖也。孔门必有此一
派，然后漆雕氏乃得衍其传。"② 并说中国武士道起孔子而迄郭解。梁启超认
为侠是死国难、申大义的人物，与专制政权极不相容，与章氏一样也是激辞。

现代史上，对侠的诠释以鲁迅、闻一多、郭沫若、冯友兰、钱穆等人为代
表。鲁迅先生主张侠出于墨，且以侠的发展演变出发，指出侠最终变为"流氓"：

> 孔子之徒为儒，墨子之徒为侠，……惟侠老实，所以墨者的末流，
> 至于以"死"为终极的目的。到后来，真老实的逐渐死完，止留下取巧
> 的侠。汉的大侠，就已和公侯权贵相馈赠，以备危急时来作护符之用了。

> "侠"字渐消，强盗起了，但也是侠之流，他们的旗帜是"替天行
> 道"。他们反对的是奸臣，不是天子，他们所打劫的是平民，不是将
> 相。……终于是奴才。

> 满洲入关，中国渐被压服了，连有"侠气"的人，也不敢再起盗心，
> 不敢指斥奸臣，不敢直接为天子效力，于是跟一个好官员或钦差大臣，
> 给他保镖，替他捕盗，……然而为盗要被官兵所打，捕盗也要被强盗所

---

① 章灰炎：《章太炎全集》第三卷《检论》，上海人民出版社 2018 年版，第 447 页。
② 梁启超：《中国之武士道》，中华书局 1936 年版，第 2 页。

打，要十分安全的侠客，是觉得都不妥当的，于是有流氓。①

鲁迅此段话是有另外的写作目的，他从历史文化的变迁出发将侠诠释为流氓，似是以侠的历史实存出发，在对侠的精神形态的历史演变的考察中来认识侠的行为特征及其道德属性。鲁迅先生通过对历史的追溯，揭示出侠的奴才性格和日益堕落的发展趋势，并借以鞭打国民性的奴性特征，从这种目的出发，鲁迅先生对侠的诠释显然是带着否定批判态度的。

闻一多先生认为侠是堕落的墨家，与鲁迅同，但他认为侠是土匪。他引韦尔斯《人类的命运》中的话"在大部分中国人的灵魂里斗争着一个儒家、一个道家、一个土匪"认为，可以将"儒家、道家、土匪"改为"儒家、道家、墨家"或"偷儿、骗子、土匪"。他说：

> 所谓侠者，不又是堕落了的墨家吗？……墨家失败了，一气愤，自由行动起来，产生所谓游侠了，于是秩序便愈加解体了。……不过墨家确乎感觉到了那秩序中分配不平均的基本症结，这一点就是他后来走向自由行动的路的心理基础。墨家本意是要实现一个以平均为原则的秩序，结果走向自由行动的路，是破坏秩序。只看见破坏旧秩序，而没有看见建设新秩序的具体办法，这是人们所痛恶的。……墨家不能存在于士大夫中，便一变为游侠，再变为土匪，愈沉愈下了。②

闻一多先生将侠诠释为墨家堕落的产物，是社会秩序的破坏者，其发展变化为土匪。

鲁迅、闻一多对侠诠释是侧重于文化批判精神，有对国民性中劣根性的追源与批判，故也都是否定态度。

郭沫若先生注意从发掘历史上侠的积极因素出发，从传统文化中找民族精神的力量渊源，因此他的诠释是积极肯定的。他说："所谓任侠之士，大

---

① 鲁迅：《三闲集·流氓的变迁》，载《鲁迅全集》第四卷，同心出版社 2014 年版，第155—156 页。

② 闻一多：《关于儒、道、土匪》，载《闻一多全集》第 2 册，湖北人民出版社 1994 年版，第 377—381 页。

抵出身于商贾……商贾中富有正义感的便成为任侠。"①

冯友兰先生对侠的诠释注重古代的社会情况，他认为侠是替人打仗的武专家。并说："原业农工之下层失业之流民，多为侠士"，"携其技艺才能"，"以帮人打仗为职业"。②

另外，1941 年，钱穆发表《释侠》一文认为，"侠乃养私剑者，而以私剑见养者非侠。"③将侠解释为私剑集团的首领，则其所为不一定正义。钱穆先生的解释当然重在揭示类型，对侠的行为特征和观念较少深入。当然，他的观点是值得商榷的，因为养私剑者和以私剑见养者中都有侠存在。

当代对侠作文化诠释的，港台学者和海外华人学者很有代表性，如刘若愚、崔奉源、龚鹏程等。

1967 年，刘若愚写成《中国之侠》一书，在书中，他说："游侠只是一些意志坚强，恪守信义，愿为自己的信念而出生入死的人。"他们"直接地将正义付诸行动，只要认为有必要，就不在乎是否合法，就敢于动用武力去纠错济贫扶难。他们的动机往往是利他的，并且勇于为了原则而战死"。又说："他们确有共同的特征，诸如具有正义感、忠于朋友、勇敢无畏和感情用事，因而无愧游侠这个称号。历史上，游侠是反叛精神和对抗中国传统社会的精神代表。"④刘若愚先生还将他们的行为观念具体归纳了八个方面：助人为乐、公正、自由、忠于知己、勇敢、诚实、足以信赖、爱惜名誉、慷慨轻财。⑤刘若愚先生对游侠的诠释重在阐发司马迁《史记》中对侠的道德评价，

---

① 郭沫若：《十批判书·古代研究的自我批判》，载《郭沫若全集》第二卷，人民出版社 1982 年版，第 72—73 页。

② 冯友兰：《中国哲学史补》，商务印书馆 1936 年版，第 31 页。

③ 钱穆：《释侠》，《学思杂志》1941 年第 1 卷第 3 期，又载《中国学术思想史论丛》二，台北东大图书公司 1980 年版，第 281 页。

④ 刘若愚：《中国之侠》，三联出版社 1991 年版，第 13、1 页。

⑤ 参见刘若愚：《中国之侠》，三联书店 1991 年版，第 4—6 页。另见龚鹏程：《大侠》，山东画报出版社 2008 年版，第 37 页。书中对这八个方面的翻译较周清霖等所译为准确，它们是：1. 重仁义，锄强扶弱，不求报施；2. 主公道，能路见不平，拔刀相助；3. 放荡不羁，或倾向于个人自由；4. 个性的忠贞，或士为知己者死；5. 重然诺、守信实；6. 惜名誉，也就是司马迁所说的修行砥名，声施于天下；7. 慷慨轻财；8. 勇、包括体力上与道德上的勇气。

以上的八个内容和评价足以说明这一点。

崔奉源在《中国古典短篇侠义小说研究》绪论中说：

> 所谓侠，笔者以为指符合下列条件者的称呼：1.路见不平，拔刀相助。2.受恩勿忘，施不望报。3.振人不赡，救人之急。4.重然诺而轻生死。5.不分是非善恶。6.不矜德能。7.不顾法令。8.仗义轻财。①

这八点与刘若愚同中有异，显然倾向于小说中的侠客形象，也是道德价值评价标准。

龚鹏程对侠的文化诠释注重史实源流和文人的创造因素，最得要领。他通过考察历史实存侠的存在和行为，认为现代侠的形象一个经过了"文学的想象"、"历史的诠释"、"正义的神话"、"英雄的崇拜"成为"扭曲了的侠客形象"。② 他说：

> 在我们的观念里，侠是一个急公好义、勇于牺牲、有原则、有正义感、能替天行道，纾解人间不平的人。他们虽然常与官府为难，但总站在民众这一边，且又不近女色。因此，我们便很难相信侠只是一些喜欢飞鹰走狗的恶少年，只是一些手头阔绰、排场惊人的土豪恶霸，只是一些剽劫杀掠的盗匪，只是一些沉溺于性与力，而欺凌善良百姓的市井无赖。③

龚鹏程这段话中，揭示了侠的观念意义和历史实存之间的巨大差异。而历史实存的侠，在龚氏看来，只是一些"恶少年"、"土豪恶霸"、"市井无赖"，即"流氓"。

香港文人学者中，也有许多人尝试对侠进行文化诠释，如金庸、古龙、梁羽生、叶洪生等，其中以金庸、叶洪生为代表。

金庸在北京大学第二次讲演中说："我以为侠的定义可以说是'奋不顾身，拔刀相助'这八个字，侠士主持正义，打抱不平。"④ 又在《韦小宝这小

---

① 崔奉源：《中国古典短篇侠义小说研究》，台湾联经出版事业公司 1986 年版，第 19—20 页。

② 龚鹏程：《大侠》，山东画报出版社 2008 年版，第 3—60 页。

③ 龚鹏程：《大侠》，山东画报出版社 2008 年版，第 2 页。

④ 见林翠芬记录整理的《金庸谈武侠小说》，载香港《明报月刊》1995 年 1 月号。又见严炎：《金庸小说稿》，北京大学出版社 1999 年版，第 38 页。

家伙》一文中说："武侠小说中的人物，决不是故意与中国的传统道德唱反调。路见不平，拔刀相助，是出于恻隐之心；气节凛然，有所不为，是出于羞恶之心。武侠小说中的道德观通常是反正统，而不是反传统。"①这个文化诠释，以儒家孔孟的仁义观为中心，将侠诠释成反正统的具有传统美德的正人君子。

叶洪生说："游侠或出身平民市井，或出身卿相贵族；居仁由义，重然诺，轻生死。"②又说："顾名思义，'武侠'系专指凭借武技主持公道的侠义之士而言。"③这段话中，对侠的诠释以司马迁的规定性和武侠小说中侠客的行为观念为基础，以"义"为核心。

大陆学者的侠文化研究相对港台学者略有逊色，但也有许多人对侠进行过文化诠释，从总体上看，其诠释的方法揭示和内涵并没有超出港台文人学者。

董乃斌先生说："侠，在古代被称为游侠。这既不是一种职业，也不是一种法定的身份，自然构不成一种社会的阶级或阶层。侠只是社会舆论根据某些人行为的特征所赋予他们的一种约定俗成的名称。"④这个解释显然是受了刘若愚先生的启示，事实上，它避免了由于侠的历史实存和观念意义的差异引起的偏颇，但也并没有揭示出侠的本质特征。

从文化人格出发对侠进行诠释，在汪涌豪先生的《游侠人格》一书中有详细阐述。他说：游侠"性格坚定、行为果毅，能够把注意力集中自身以外的地方，同时又能牺牲生存和安全需要，达到自我实现的需要。就人格特征而言，凝聚了智慧力量、道德力量和意志力量，特别是张扬了意志力量中的独立性、果毅性、坚定性和自制性的一面，凸显了英雄主义精神"。⑤这

---

① 《韦小宝这小家伙》一文原载《明报月刊》1981 年 10 月号，后收入《绝品》一书，台湾远流出版公司 1986 年版。
② 叶洪生：《论剑——武侠小说谈艺录》，学林出版社 1997 年版，第 5 页。
③ 叶洪生：《论剑——武侠小说谈艺录》，学林出版社 1997 年版，第 9 页。
④ 程嫱、董乃斌：《唐帝国的精神文明》，中国社会科学出版社 1996 年版，第 367 页。
⑤ 汪涌豪、陈广宏：《游侠人格》，长江文艺出版社 1996 年版，第 11 页。

是从侠的人格精神特征尤其是从其意志力量方面对侠所做的人格文化价值诠释。

何新先生在《侠与武侠文学源流研究——论中国古典武侠文学》一文中指出:"从中国古代历史看,侠与儒实际具有共同的起源,……他们扶弱济贫、抱打不平,依靠一双手和一只剑横行天下。得财与天下人共之,有难则为天下人解之。"又说:"侠与流氓、盗匪的相互转化,是汉以后中国历史中一个极为寻常耐人思味的社会现象。"① 何新的诠释注重侠的历史文化源流,揭示的内涵也是符合道义的价值评价,其中说侠与流氓、强盗相互转化的社会现象却颇含新意。

在年轻学者对侠的诠释中,不能不提韩云波。他在《侠的文化内涵和文化模式》一文中将侠解释为一种社会关系态度。他说:"所谓侠并不是单纯的社会身份或社会行为。我们认为侠毋宁说是一种社会关系态度。其一,对人,顾朋友私义不顾朝廷公义,'弃官宠交',在野不在朝。其二,对物,轻财而重义,不为物所役,但在具体行为中常持义利统一观。其三,侠义道德讲究意气交合,'同是非','相与信',以然诺诚信、趋人之急为务。其四,侠的欲望中心是'立强于世',有比一般人较强烈的自由意志和支配欲望。"② 从社会关系态度方面揭示侠的行为观念和行为特征体现的社会关系态度,这个出发点是崭新的,虽然揭示的内涵仍是前人已有过的论述。

另外,还有一些研究者出于对武侠小说的偏爱,把侠解释为破坏封建社会的正义力量。如严炎说:"在长期的封建社会中,侠和侠文化一向受到封建正统势力的压制和打击。大概由于侠士的某种叛逆性,先秦法家人物韩非子就认为'儒以文乱法,侠以武犯禁'。其实,侠未必动武,墨子止楚攻宋这类重大的侠行,并未用过武力。而且自西汉起,'儒'就处于独尊的地位,'侠'则常常被看作封建统治的直接威胁,遭到武力围剿和镇压。汉武帝一面尊儒,另一面就杀了很多大侠,甚至将他们满门抄斩,体现着当权者对主

---

① 何新:《侠与武侠文学源流研究》上,《文艺争鸣》1988 年第 1 期。
② 韩云波:《侠的文化内涵与文化模式》,《西南师范大学学报》1994 年第 2 期。

持正义而无视权威者的痛恨。因此，当今天有人谴责'侠以武犯禁'时，他所站的其实是封建统治者的立场。"①

这些话显然是混淆了历史实存中的侠和武侠小说中的侠，且以武侠小说中的侠来解释历史实存中的侠。不知他们在读了《史记》、《汉书》以及历代正史中对侠的记载后，在认真研究了侠在中国古代社会中的行为后会不会这样说？如果在今天的社会现实中，出现抢劫、攻杀、掘冢、匿亡藏奸、私铸钱币等任侠行为，是正义还是不义？是主持正义而无视权威的行为吗？至少，他们理应受到政府打击吧。可见，对侠持这样一种诠释态度，是抹杀了侠的社会存在和行为这样一个现实前提，把侠诠释成了童话中的英雄，是充满理想色彩又透着幼稚气的。刘再复说："把侠和侠文化单线看作'封建社会的破坏力量'实在是长期以来形成的一种误读。"② 显然说得很中肯。侠文化研究中的这种倾向，是武侠小说的培养，在文人—读者、读者—文人的创造影响中，膨胀了热情，淹没了理性，以致这些人在谈侠和侠文化时连一点起码的历史常识都不懂（或有意拒绝、排斥）。

从以上对侠的文化诠释中可以看出，近现代文人知识分子在对侠的诠释问题上有三个明显的特点：一是道德价值判断上的功利性，即从时局、社会价值等方面出发诠释侠，使侠成为在社会生活和国家民族利益中发挥独特作用的道德或超道德力量。二是对史家历史诠释的道义补充。人们在对侠进行社会文化诠释时，以司马迁《史记·游侠列传》为基础，对韩非、班固、荀悦等史家的历史诠释加以综合，同时将文人文学创作中侠客形象的人格精神渗透进去，体现着对侠道德价值评价上的二重性，揭示着侠道德意志力量和人格精神中的正义和非正义的两面，显然是发挥了司马迁的原始侠义精神，又表现出赋予侠的新的时代内容。三是以正义为核心的评价标准。对侠的文化诠释，绝大多数文人知识分子都是以"正义"作为主要的评价标准。东汉以后，侠从文化观念上愈加深入地浸染在民俗心理中，与复仇意识、恩义价

---

① 严炎：《金庸小说论稿》，北京大学出版社 1999 年版，第 15 页。
② 刘再复：《我身边的金庸迷们》，香港《明报月刊》1994 年 12 月号。

值等进行多方面的整合汇通，从而建构了整个社会的某种价值观念，成为社会文化的一部分。这种一脉相承的文化创造实际上也凝结了历代文人知识分子对社会人生价值的思考和他们的理想人格精神。

总之，对侠的诠释是为了更准确地揭示侠这一历史文化存在的含义。但是，从道德形象的社会价值来看，我们倾向于将侠诠释为一种道德或超道德的英雄。这不仅仅是肯定历代文人知识分子对侠的文化创造以及赋予其中的正义人格力量，而且是为了注重保存和发扬这些始终交错互动的历史诠释、文学想象、正义迷思和英雄崇拜在侠的观念意义中积淀下来的道德价值和社会良知等人文精神。这也就肯定和说明了侠为什么具有永恒的魅力，避免了从侠的历史实存出发将侠统称为流氓（即使这种诠释完全合乎史实，也不会为人们接受和认可），或者从侠义小说出发，将侠称之为正义之神。可见，从社会历史文化的变迁中认识侠的行为和存在，有助于建立合理、公允的侠文化研究体系；科学地解释几千年来活跃在中国大地上、徘徊在中国文人心梦中、生存于中国千千万万普通民众崇拜中的侠，有利于正确评价魏晋以来侠文化在承传和发展中的社会文化价值。

可见，侠是中国文化中的一种"原型意象"。在中国文化中长期存在并反复出现，虽然其人格精神和行为规范中体现着某些复杂的人格内涵和消极行为，但人格精神、形象及其意识形态中也积淀着中华民族共同认定的某些文化准则和民族精神，代表着传统文化的某种价值观念，有其积极向上的文化精神。为此，我们尝试着对侠作一个宜于为大众接受的诠释：

侠是一种特具道德意志与力量的人物、形象或人格精神，是社会存在与文学创造的社会文化综合体。一般表现为历史侠、文学侠、观念侠三种社会文化形态，而以正义为其人格精神核心和最终的文化归宿。历史侠是存在于社会历史中的侠，它以社会现实存在为前提，以史家的历史记载和评价为文化载体，虽有仁义之行，但多为正统社会秩序和道义的离轨者。文学侠是存在于文学创作中的侠，它是历史记载与文学想象的融合，在某种程度上已脱离其最初的历史具体性，带有文人的个人主观色彩，成为一种气质精神或理想人格的象征。观念侠是存在于人们思想文化观念中的侠，是社会规定、道德伦理与大众心理需求的产物，是侠的历史文化变迁的最终结果，虽包含历史记载与文学想象的成分，但已完全脱离历史的具体性和文学的形象性，日益社会伦理化、道德化，体现着以社会正义、公理为核心的大众文化精神。

第二节　古代咏侠诗的生发及其流变

咏侠诗作为古代诗歌创作中一种独特的题材类型，其产生发展并不是自有游侠始。它在诗歌创作中的出现是侠文化发展与诗歌创作题材和体裁发展的结果，也是侠义精神与文人的人格精神和诗歌创作审美理想交融的产物。中国古代游侠以其惊人之行和超道德的侠义人格精神，确立了一种社会理想人格和道德价值，既深深影响了中国社会和大众，也从心灵深处影响了文人。文人通过他们的诗歌创作，歌颂了游侠，也改造了游侠，在诗歌中塑造了光辉鲜明的侠者形象，展示了自我的人格追求和不平之鸣。因此，中国古代咏侠诗的发展历程，也同时是一部文人的心路历程史。

一、从先秦两汉咏侠歌谣到诗歌中咏侠题材的正式确立

中国古代咏侠诗的生发有着深厚的社会历史文化成因和文人的正义人格追求。作为一种类型性的诗歌题材，咏侠诗表现的对象并不是一个虚构的表象，而是一个在中国古代社会历史中实存，在社会文化中不断锤炼生长，在文人笔下不断英雄化、正义化、理想化和文人化的抒情形象。咏侠诗从生发到确立，事实上也是游侠形象内涵不断丰富、个性特征不断英雄化、正义化、理想化和文人化的过程。

从诗歌发展的角度看，文人咏侠诗滥觞于先秦两汉，正式确立于魏晋南北朝，极盛于盛唐，绵延流变于宋元明清。作为绵延不断的咏侠诗潮，期间的阶段性发展特征非常明显。滥觞时期的咏侠歌谣时谚，反映出的任侠风尚和任侠精神复杂多样，武力和野性的宣泄、个性的张扬以及不轨于正义的行

为方式，使得民间世俗社会和官方对侠的态度评价很不相同。魏晋南北朝时期，由于民族融合发展和传统儒家社会伦理道德的松弛，任侠风尚表现出不同于先秦两汉时期的积极内容，游侠在乱世的英雄行为和为国赴边的牺牲精神，引起了文人的审美观照，文人为游侠正式走进诗歌灌注了积极的行动人生和正义的人格力量。游侠第一次以视死如归的正义英雄形象确立了中国古代咏侠诗的社会价值和审美价值。

陈平原将中国侠文学的发展史概括为三个阶段。其《千古文人侠客梦》云：

> 从司马迁为游侠作传，到唐传奇中豪侠小说的崛起，在这近千年的发展过程中，侠客形象发生了根本性变化。这一变化过程，依其表现形式及创作思想，大略可分为以《史记·游侠列传》为代表的实录阶段（两汉）、以游侠诗为代表的抒情阶段（魏晋至盛唐）和以豪侠小说为代表的幻设阶段（中晚唐）。实录阶段的侠客形象当然也含作者的主观评价但离实际生活不远；抒情阶段的侠客形象加入了许多诗人的想象，日益英雄化和符号化；幻设阶段的侠客形象被重新赋予血肉和生活实感，但保留想象和虚构的权利。……从实录的史书（包括自以为"实录"的志怪、志人）到"抒情"的诗歌，再到"幻设"的传奇，作为文学形象的侠客逐渐酝酿成熟。①

从侠文学发展史的角度看，咏侠诗的产生发展是侠文学和侠文化发展中承前启后的重要阶段。虽然史书的实录、咏侠诗、豪侠传奇小说可以相对独立，但其中诗歌却是贯穿于这三个发展阶段的。从历代咏侠诗的创作看，实录阶段的先秦两汉，作为抒情类型雏形的文学作品，主要为咏侠歌谣与谚语。汉代的咏侠民谣时谚思想内容丰富，艺术风格真朴自然，多是未经乐府采集且不入乐的徒歌或谣谚，它们有着深厚的现实土壤，广泛流传于当时的都市和乡曲。

从作为中国古代咏侠诗创作滥觞期的特点看，先秦两汉的任侠风气为咏

---

① 陈平原：《千古文人侠客梦》，人民文学出版社1992年版，第23—25页。

侠诗的创作提供了现实土壤。伴随着先秦两汉炽烈的任侠风气,对社会任侠风气和游侠行为进行记录和歌咏的,首先是民间社会和史家。虽然他们有着不同的认识视野和爱憎价值观,但对游侠和任侠行为的评价却有着一致性。史家的记录和评价侧重游侠及游侠行为的社会影响,但史家选择什么样的人物入传,并不是没有标准的。秦汉史家选择游侠,是因为这类人在当时社会具有强大的社会影响和人格魅力。他们在史载中记录和评价游侠,不但历历坦现了其言行,而且对这类人物以社会价值的定位评判,为民间社会和文人歌咏游侠提供了展开想象和联想的文学素材,也为文学中塑造游侠形象创造了别具特色的人格精神和性格典型。同时,像司马迁、班固这样的历史学家,在记录游侠言行时,其纪传体形式本身就带有一定的审美性和叙事性等文学特征。他们对游侠不轨于正义行为的批评和对其"侠客之义"的肯定与赞扬,为文学中塑造游侠复杂的内心世界和性格提供了艺术借鉴。

最早在文学中表现游侠及其任侠声势,并不在诗歌中,而是在辞赋家那里。如班固《西都赋》:"乡曲豪举,游侠之雄。节慕原、尝,名亚春、陵。连交合众,骋骛乎其中。"① 其《东都赋》云:"游侠逾侈,犯义侵礼。孰与同履法度,翼翼济济也。"② 张衡《西京赋》:"都邑游侠,张赵之伦。齐志无忌,拟迹田文。轻死重气,结党连群。寔蕃有徒,其从如云。茂陵之原,阳陵之朱,趫悍虓豁,如虎如貔。睚眦蚤芥,尸僵路隅。"③ 再如刘劭《赵都赋》:"游侠之徒,晞风拟类。贵交尚信,轻命重气。义激毫毛,节成感慨。"④ 这些赋中的游侠描写,彰显了在都市的游侠风貌和声势,虽只是都市繁华奢侈生活的点缀而已,算不上是真正意义上专以游侠为表现对象的作品,但这些描写却为在文学作品中表现游侠做了很好的铺垫。

游侠成为人们歌咏表现的内容,最早在民间咏侠歌谣。这也是符合秦汉时期的社会特征与文学实际的。从文学创作实际看,除了赋体形式,当时诗

---

① 赵逵夫主编:《历代赋评注》,巴蜀书社 2010 年版,第 490 页。
② 赵逵夫主编:《历代赋评注》,巴蜀书社 2010 年版,第 538 页。
③ 赵逵夫主编:《历代赋评注》,巴蜀书社 2010 年版,第 610 页。
④ 严可均:《全上古三代秦汉三国六朝文》卷三十二,河北教育出版社 1997 年版,第 324 页。

歌领域民间歌谣、乐府是主要的流传和存在形式，故："饥者歌其食，劳者歌其事"就是一种普遍现象，而民间歌谣吟咏游侠成为当时很自然的、也是非常素朴的文学形式。当然，有些歌咏游侠的民歌被乐府采集入乐，多数是歌谣、谚语。

笔者依据《史记》、《列女传》、《古谣谚》、逯钦立《先秦汉魏晋南北朝诗》等统计，先秦咏侠歌谣时谚包括《弹铗歌》、《河激歌》、《徐人歌》、《荆轲歌》、《渔父歌》、《伍子胥歌》、《鲁孝义保颂》、《鲁义姑姊颂》、《齐义继母颂》、《魏节乳母颂》、《梁节姑姊颂》、《郃阳友娣颂》、《京师节女颂》、《伍子胥歌》等共计 14 首。汉代流传下来的有关游侠的歌谣时谚，如《长安为尹赏歌》、《颍川儿歌》、《闾里为楼护歌》、《长安百姓为王氏五侯歌》、《曹丘生引楚人谚》、《关东为宁成号》、《太史公引鄙语论游侠》、《太史公又引谚语论游侠》、《诸儒为朱云语》、《长安为谷永楼护号》、《时人为戴遵语》、《临淮吏人为朱晖歌》、《并州歌》、《顺阳吏民为刘陶歌》、《时人为杨阿若号》、《蜀中为费贻歌》、《益都民为王忳谣》共计 19 首。这些歌谣所咏人与事都与侠义有关。"是当时社会现实最尖锐、最直接、最迅速的反映，都是有的放矢，具有强烈的战斗性和鲜明的时代性。"①汉代游侠风貌和存在发展的真实状况及其社会评价得到了最为真实的反映，而且作为咏侠诗的滥觞，在传唱中为咏侠诗的产生积累着必要的文学素材和审美要素，可以说，它们就是中国古代咏侠诗的源头。② 以后历代的文人咏侠诗即由此孕育和发展。

与此同时，我们也应该看到，在秦汉咏侠歌谣中，也有很少的一部分篇

①　游国恩：《中国文学史》，人民文学出版社 1963 年版，第 15 页。

②　关于咏侠诗的源头，多数学者认为最早出现在汉魏乐府中。但还存在不同看法。如蔡佑启认为战国时荆轲的《易水歌》"当属游侠诗的鼻祖。"（蔡佑启：《易水萧萧风气，引来壮歌绵延——古代游侠诗的滥觞暨流域初探》，《语文学刊》1999 年第 1 期）陈山、刘飞滨认为文人咏侠诗的源头是汉代民间游侠歌谣，《结客少年场》和《游侠篇》都是由民歌发展而来。（陈山：《中国武侠史》，上海三联书店 1992 年版，第 136、155 页；刘飞滨：《汉代的游侠与游侠歌谣》，《唐都学刊》2004 年第 3 期）周敏认为"晋代张华的《游侠诗》和《博陵王宫侠曲》是现存最早的以游侠为题，描写游侠生活的作品"。（周敏：《唐代的游侠与游侠诗》，《苏州师范铁道学院学报》2000 年第 4 期）

幅较长，如《河激歌》、《东门行》、《雁门太守行》等，其中有的无作者，有的有作者，并且多数为收入乐府的入乐歌辞。《河激歌》，写赵河津吏引醉失渡，其烈女娟敢"以微躯易父之死"，替父渡赵简子侠义事。见《列女传》卷六《辨通篇》、《书钞》卷一百六、《文选》卷二十二《车驾幸京口三月三日侍游曲阿后湖作》注引、《乐府诗集》卷八十三杂歌谣辞一收录。①《并州歌》指斥汲桑残忍无道，歌咏雄儿田兰等人除暴的侠义精神。《乐府广题》曰："晋汲桑力能扛鼎，呼吸闻数里，残忍少恩。六月盛暑，重裘累茵，使人扇之，忽不清凉，便斩扇者。并州大姓田兰、薄盛，斩于平原，士女庆贺，奔走道路而歌之。"②《东门行》写一位因生活所迫铤而走险的侠者形象，《乐府诗集》卷三十七"相和歌词·瑟调曲"收录。③ 另外，班固、王粲《咏史诗》，其篇幅较长，班固《咏史诗》，赞扬缇萦舍身救父的侠义精神。王粲《咏史诗》两首，一首通过歌咏秦穆公时奄息、仲行、针虎三良臣许诺报君殉葬事，抒

---

① 《河激歌》，《列女传》曰："女娟者，赵河津吏之女也。简子南击楚，津吏醉卧，不能渡简子。简子怒，召欲杀之。娟惧，持楫走前曰：'愿以微躯易父之死。'简子遂释不诛。将渡，用楫者少一人，娟攘拳操楫而请，简子遂与渡。中流，为简子发《河激之歌》。其辞曰：'升彼河兮而观清，水扬波兮冒（杳）冥冥。祷求福兮醉不醒，诛将加兮妾心惊。罚既释兮渎乃清，妾持楫兮操其维。蛟龙助兮主将归，呼来棹兮行勿疑。'简子归，纳为夫人。"

② 郭茂倩：《乐府诗集》第八十五"杂歌谣辞三"，中华书局 1979 年版，第 1199 页。

③ 按《东门行》有两篇，一篇为汉乐府原作，即唐吴兢《乐府古题要解》、宋郭茂倩《乐府诗集》所谓"本辞"者，此篇未经晋乐府修改。录之如下：出东门，不顾归。来入门，怅欲悲。盎中无斗米储，还视架上无悬衣。拔剑东门去，舍中儿母牵衣啼：他家但愿富贵，贱妾与君共餔糜。上用沧浪天故，下当用此黄口儿！今非！咄！行！吾去为迟。白发时下难久居。另一篇就是晋乐府所奏之"古词"。逯钦立《先秦汉魏晋南北朝诗》汉诗卷九"乐府古辞"收录，与本篇大致相同。亦见《宋书·乐志》、《乐府诗集》卷三十七、《文选补遗》卷三十四、《风雅翼补遗》下、《广文选》卷十二、《诗纪》卷六、《全汉三国晋南北朝诗》全汉诗卷四。附录如下：出东门，不顾归。来入门，怅欲悲。盎中无斗储，还视桁上无悬衣。（一解）拔剑出门去，儿女牵衣啼，他（《宋书》作"它"。《风雅翼》同）家但愿宝贵，贱妾与君共餔糜。（二解）共餔糜，上用仓（《文选补遗》作"沧"）浪天故，下为黄（《宋书》误作"哉"）口小儿。今时清廉，难犯教言，君复自爱莫为非。（三解）今时清廉，难犯教言，君复自爱莫为非。行，吾去为迟。平慎行，望君（宋书作吾）归。（四解）

发了三良重诺轻生、"士为知己者死"的侠义精神。另一首赞扬荆轲重诺轻生的侠义精神。虽然是以咏史的形式，但内容体现着对侠义精神的咏赞，算得上咏侠诗的启蒙作品。

咏侠题材类型在诗歌中的正式确立是在魏晋南北朝。但先秦两汉这些入乐歌辞和徒歌，已接近或已经是真正意义上的古体诗。虽然数量不多，但先声铿锵，侠义彰彰，对咏侠题材类型在诗歌中的确立发挥了导夫先路的作用。

从对中国古代咏侠诗的积极影响看，先秦两汉咏侠谣谚以其丰富的内容，真挚的感情，较为深刻地反映了先秦两汉游侠生存的社会基础和发展状况，其中也体现着当时民间社会对游侠的褒贬爱憎之情，在咏唱的内容和形式上为中国古代咏侠诗的发展积淀了十分深厚的源头，是古代咏侠诗发展史中非常重要的一环。其次，从诗歌主体的生发看，汉代咏侠民谣时谚业已形成了古代咏侠诗最为常见的基本母题，其中一些被乐府机关采集传唱，并发展成为古代咏侠诗中最常用的诗体形式和沿用主题。如诗人们创作咏侠诗时惯用的《结客少年场行》、《游侠篇》两个题目，就是由汉代民间歌谣发展演变而来的。

从主题学角度看，中国古代咏侠诗歌主题，从民间咏侠歌谣发端，到文人咏侠诗相沿习用的《游侠曲》或《游侠篇》，以及后来的《侠客篇》、《侠客行》、《侠客》、《剑客》等咏侠诗题的产生，其发展演变的轨迹和继承的传统都清晰可见。因此，两汉咏侠的民谣时谚不仅在歌咏游侠的内容上对历代文人咏侠诗的创作产生了积极的影响，而且在诗题和体式上也有着深远的影响。

与此后文人创作以抒情言志为主的咏侠诗相比，萌芽期的咏侠诗，还很朴拙，严格意义上讲，还称不上真正成熟的咏侠作品，但是其生发意义和奠基作用是不能忽视的。汉代咏侠民谣时谚在中国古代咏侠诗的发展历程中有着重要的历史价值和文学地位，并且对后代咏侠诗的创作发展产生了深远的影响。

总之，汉代咏侠歌谣对全面认识汉代游侠群体的社会存在，对研究中国古代咏侠诗的起源与发展、流变与创新都有积极的意义，其开创意义是不容忽视的。

二、咏侠诗的创作及其流变

在中国诗歌发展史上，游侠作为诗歌题材历史悠久，代不乏篇，历代诗人假游侠寄情笔端，"其人虽已没，千载有余情"。就类型而言，咏侠诗主要指诗歌中以游侠为对象，歌咏或表现其侠行、侠气、侠情及其侠义精神等内容的作品。从题材类型看，曹植《白马篇》后，西晋张华就以《游侠篇》名其诗作。南朝梁萧统《文选》收录了七首咏侠诗。唐代欧阳询《艺文类聚》首列"游侠"为一个类型。此后宋代郑樵《通志》卷四十九《乐略》、叶廷珪《海录碎事》"游侠门"、元代方回《瀛奎律髓》"侠少类"、明代张之象《唐诗类苑》"侠少"类、清代张英《渊鉴类函》人部"游侠"类等，都对咏侠诗有收录。然与其他题材相较，咏侠诗的发展很不平衡。一是各代悬殊较大。咏侠诗的创作，汉代仅为残句、歌谣、谚语，约19首。魏晋六朝共70多首，隋代约5首（依逯钦立《先秦汉魏晋南北朝诗》统计）。唐代400多首，宋以后以迄明清，虽都有咏侠诗创作，且明清两代及近代咏侠诗创作数量远超前代，但已不是表现游侠的主要文学形式，咏侠诗的创作处于低潮，没有形成风气。二是咏侠诗的创作多伴随一定社会尚武任侠风气和时局变化，时代风尚不同，咏侠诗的创作数量、内容、风格也有别。而游侠这种题材自唐以后虽不消断，却难成风气的根本原因还在于表现游侠的艺术形式发生了转移，由诗歌转向小说。因为在游侠题材的发展中，随着戏曲、小说等艺术形式的成熟，描写游侠的主要内容是行侠的经过，而不是凸显精神或抒发情感。这就要求艺术表现的空间容量要大，情节要集中、曲折、激烈、故事性强，而这些已不是诗歌的艺术容量所能承受的。于是自唐以后游侠题材在以敷衍故事情节为主的武侠小说中大放异彩，咏侠诗创作逐渐萎缩。从游侠的文学表现看，最早涉及游侠的是汉赋、汉乐府诗。魏晋六朝，咏侠诗创作始兴，至唐而达到高潮。宋辽金元时处于低谷。明清两代，受世风时局影响，咏侠诗创作一度较盛，数量较多。因此，就中国古代咏侠诗创作发展看，已清晰表现为四个时期：创轫期（先秦两汉）、发展盛行期（魏晋六朝）、创作高潮期（唐代）、创作衰变期（宋、元、明、清）。先秦两汉，借咏侠谣谚和史传实录，咏侠诗滥觞发端；魏晋六朝，创作初兴，首立咏侠主题与题材，文学史意义深远。唐人咏侠诗在对魏晋六朝咏侠文学传统的继承创新和近体诗新的艺术形式下提高了艺术品位和审美效果，成为咏侠诗发展史上承前启后的艺术高峰。宋元咏侠诗创作低谷徘徊。明代咏侠诗创作中兴，注重个性和欲望张扬，都市生活化色彩较浓。清代、近代咏侠诗侧重尚武和功业追求、胆识义气和牺牲精神，突出了刺客型游侠的个人英雄主义，较多国家民族意识和悲剧色彩。一般说来，咏侠诗之滥觞，多现实主义手法，魏晋六朝，已有浪漫主义色彩，至唐及其以后各代，以浪漫主义表现手法为主。

中国古代咏侠诗的创作发展，其盛衰不但与社会任侠风气、民间社会影响及文人向往密切相关，而且与古代诗歌体裁题材发展密不可分，是我国古代诗歌题材类型中一个重要的组成部分，有其特殊的社会历史价值和文学史意义。

先秦时期，在养士的风气中，游侠在现实社会中获得了长足的发展空间。他们在列国间交游，并通过任侠来济人救难、行游击刺，活跃于当时社会生活和政治舞台。此时虽未见有咏侠诗创作，但先秦游侠及其侠义精神为后代诗人提供了无比生动和永久性的原始素材。

两汉时期，秉承战国遗风，游侠活动一直很盛。两汉在侠文化史上的重要地位，一是司马迁、班固等人在史书中为游侠立传，并在不同的观念上揭示了游侠的人格精神，第一次确立了游侠的侠义观念、人格精神的道义价值标准。二是这时在汉赋、汉乐府诗、歌谣、谚语等语言艺术形式中出现了对游侠的歌咏和描写。如班固的《西都赋》、《东都赋》，张衡的《西京赋》都有描写游侠的章句，从其中不难看出它较真实地描写了汉代游侠的豪侠风貌和声势，写得相当逼真。

汉乐府中表现游侠的诗篇很少，除《雁门太守行》及《东门行》外，多是一些歌谣、谚语或残句。

《雁门太守行》古辞共八解，歌咏王涣侠义事。其古辞云：

孝和帝在时，洛阳令王君，本自益州广汉蜀民。少行宦学，通五经论。明知法令，历世衣冠。从温补洛阳令。治行致贤，拥护百姓，子养万民。外行猛政，内怀慈仁。文武备具，料民富贫。移恶子姓。篇著里端。伤杀人，比伍同罪对门，禁鍪矛八尺，捕轻薄少年，加笞决罪，诣马市论。无妄发赋，念在理冤，敕吏正狱，不得苛烦。财用钱三十，买绳礼竿。贤哉贤哉，我县王君。臣吏衣冠，奉事皇帝。功曹主簿，皆得其人。临部居职，不敢行恩。清身苦体，夙夜劳勤。治有能名，远近所闻。天年不遂，早就奄昏。为君作祠，安阳亭西。欲令后世，莫不称传。①

《乐府诗集》卷三十九相和歌辞十四"雁门太守行八解"题下云：《古今乐录》曰："王僧虔《技录》云：'《雁门太守行》歌古洛阳令一篇。'"《后汉书》曰："王涣，字稚子，广汉郪人也。父顺，安定太守。涣少好侠，尚气力，晚改节敦儒学，习书读律，略通大义。后举茂才，除温令。讨击奸猾，境内清夷，商人露宿于道。其有放牛者，辄云，以属稚子，终无侵犯。在温三年，迁兖州刺史。绳正部（郡），威（风）大行。后坐考妖言不实论，岁馀征拜侍御史。永元十五年，还为洛阳令。政平讼理，发摘奸伏，京师称叹，以为有神算。元兴元年病卒。百姓咨嗟，男女老壮相与致奠醊，以千数。及丧西归，经弘农，民庶皆设槃案于路，吏问其故，咸言平常持米到洛，为卒司所抄，恒亡其半。自王君在事，不见侵枉，故来报恩。其政化怀物如此。民思其德，为立祠安阳亭西。每食辄弦歌而荐之。永嘉二年，邓太后诏嘉其节义，而以子石为郎中。延熹中，桓帝事黄老道，悉毁诸旁祀，唯存卓茂与涣祠焉。"《乐府解题》曰："按古歌词，历述涣本末，与传合。而曰《雁门太守行》，所未详。若梁简文帝'轻霜中夜下'，备言边城征战之思，皇甫规雁门之问，盖据题为之也。"②

---

① 郭茂倩：《乐府诗集》卷三十九，中华书局1979年版，第574页。
② 郭茂倩：《乐府诗集》卷三十九，中华书局1979年版，第573—574页。

另外，汉乐府《东门行》描写了一位铤而走险的贫民：

> 出东门，不顾归。来入门，怅欲悲。盎中无斗米储，还视架上无悬
> 衣。拔剑东门去，舍中儿母牵衣啼：他家但愿富贵，贱妾与君共铺糜。
> 上用苍浪天故，下当用此黄口儿。今非！咄！行！吾去为迟！白发时下
> 难久居。①

这首诗又见《宋书·乐志》。吕思勉先生认为诗中所述主角是"游侠者流，
迫于贫困，欲为作奸犯科之事，而其家室止之之辞也。所谓游侠者，原不过
如此。"②。观张华的《博陵王宫侠曲》，则愈见吕先生此见解之精妙。依吕先
生此论则游侠群体中有一部分来自因贫困铤而走险的贫民或流民，这首诗写
出了勇侠轻非报怨之根源——贫困。③可见，两汉时期游侠作为一种文学创
作题材已在诗歌中渐露端倪。由于当时人们的价值观念和诗歌艺术形式不太
成熟（单一的乐府），加之汉人描写游侠多现实主义手法，并未扩展到人格
形象和气质精神，艺术思维的空间太小，因而对这一题材的开拓不宽，咏侠
诗的创作极少。

魏晋南北朝时期，社会动荡，这时侠风的一个明显的特征就是上层贵族
成员夸饰浮艳的任侠风气很盛。同时，由于战乱而使从军建功立业的价值观
念浸入侠风，不但名臣良将"要功非汗马，报效乃锋端"，④而且咏侠诗的创
作自曹植《白马篇》塑造了边塞游侠儿形象后，游侠羡慕沙场征战、立功边
塞也就成为一种价值取向。这时的咏侠诗创作，数量较两汉已有大幅度增
加，虽然诗歌形式绝大多数为乐府，但游侠已成为诗歌中独立完整的艺术表
现对象，咏侠诗的创作也出现了第一次高潮。据统计，魏晋南北朝咏侠诗

---

① 郭茂倩：《乐府诗集》卷三十七"相和歌辞"十二，中华书局1979年版，第550页。
② 吕思勉：《秦汉史》，上海古籍出版社1983年版，第518页。
③ 张华：《博陵王宫侠曲》二首之一："侠客乐幽险，筑室穷山阴。獠猎野兽稀，施网川无禽。
岁暮饥寒至，慷慨顿足吟。穷令壮士激，安能怀苦心。干将坐自□（此处刘若愚先生补
为"抚"字，见《中国之侠》，上海三联书店1991年版，第54页）。繁弱控余音。耕佃
穷渊陂，种粟著剑镡。秋收狭路间，一击重千金。棲迟熊罴穴，容与虎豹林。身在法令
外，纵逸常不禁。"（《先秦汉魏晋南北朝诗》，晋诗卷三，中华书局1983年版，第612页）
④ 徐悱：《白马篇》，逯钦立：《先秦汉魏晋南北朝诗》，中华书局1983年版，第1771页。

一百二十二首，在这一百二十二首咏侠诗中，从赞咏的对象看，除了对刘生、荆轲、聂政等古游侠的歌咏外，内容多是对游侠从军边塞和贵族子弟游侠风气的歌咏。形式划一，内容比较单薄，但它在咏侠诗史上开宗创派的文学地位却毋庸置疑。

这时期，在赋中也出现了许多描写游侠的片段，如曹植《鹖赋》，将侠士形象幻化为“长鸣挑敌，鼓翼专场，逾高越壑，双战只僵”的猛禽形象。又在《名都赋》、《酒赋》中描绘了当时世宦游侠子弟游猎、斗鸡、欢宴、酗酒的行为。江淹《别赋》写到游侠剑客的别离等等，游侠形象已成功地出现在诗歌创作中了。另外，从魏晋南北朝文人咏侠诗的整体创作看，民间咏侠歌谣与文人乐府诗体之间的过渡与转化痕迹甚明。这表现在魏晋南北朝咏侠诗人创作咏侠诗时本身的艺术载体就是乐府民歌形式，而且内容上多继承或模拟民间歌谣内容，如《刘生》、《结客少年场》、《游侠篇》等的创作这一特色最为显著，不像唐及以后各代更加文人化。①

隋代运祚较短，咏侠诗创作很少，仅见五首，据逯钦立《先秦两汉魏晋南北朝诗》统计，这五首为柳庄《刘生》、辛德源、杨广、王胄《白马篇》、

① 郑樵在《通志·乐略》中曾将《游侠篇》、《侠客行》、《博陵王宫侠曲》、《邯郸少年行》、《临江王节士歌》、《少年子》、《少年行》、《刺少年》、《长安少年行》、《羽林郎》、《轻薄篇》、《剑客》、《结客》、《结客少年场》、《沐浴子》、《结袜子》、《壮士吟》、《公子行》、《敦煌子》、《扶风豪士歌》等20曲归于游侠类（见《通志·乐一》，浙江古籍出版社）。显然，郑氏这一范围太狭小。事实上，魏晋南北朝咏侠诗中，《白马篇》、《刘生》、《秦女休行》、《紫骝马》、《行行且游猎篇》、《壮士篇》、《雁门太守行》等也应属游侠类。按这一诗题范围，魏晋南北朝咏侠诗中，见于上述诗题的有《游侠篇》：晋张华一首；北周王褒一首；《侠客篇》：梁王筠一首；《博陵王宫侠曲》：晋张华一首，《临江王节士歌》：齐陆厥一首；《少年子》齐王融一首、梁吴均一首；《长安少年行》：梁何逊一首、陈沈炯一首；《轻薄篇》：晋张华一首、梁何逊一首、陈张正见一首；《结客少年场》：宋鲍照一首、梁刘孝威一首、北周庾信一首、梁吴均二首；《白马篇》：魏曹植一首、宋袁淑一首、鲍照一首、齐孔稚珪一首、梁沈约一首、王僧儒一首、徐悱一首；《刘生》：梁元帝一首、陈后主一首、张正见一首、黎陵一首、江晖一首、江总一首、徐陵一首、柳庄一首（柳庄由陈入隋，故逯钦立将柳庄此首列入隋诗）；《结客篇》：魏曹植一首（残句）；《秦女休行》：魏左延年一首、晋傅玄一首；《行行且游猎篇》：梁刘孝威一首；《壮士篇》：晋张华一首；《紫骝马》：梁元帝一首、徐陵一首；《雁门太守行》：梁萧纲一首；《骢马》：梁车鄵一首、《结袜子》：北魏温子升一首，共18曲42首。

何妥《长安道》，不值一谈。

从咏侠诗的发展看，唐人咏侠诗的创作形成自初唐至晚唐绵绵不断的咏侠诗潮，其成就主要表现在两个方面：一是唐人咏侠诗继承了魏晋六朝的咏侠文学传统，又在新的时代条件下加以创新发展，在近体诗新的艺术形式下提高了艺术品位和审美效果，成为咏侠诗发展史上的高峰；二是唐人咏侠诗的创作为后代咏侠诗的创作树立了楷模。自唐以后，历代咏侠诗的创作都以唐人咏侠诗为规范，很难摆脱唐人咏侠诗的影响，创新发展很少。

就咏侠诗创作看，唐人咏侠诗阵容庞大，气象恢弘。据统计，唐人咏侠诗四百多首，其创作自初唐至晚唐绵绵不绝。与魏晋六朝不同的是，唐代大量的文人"任侠、行侠、咏侠"，文人对侠的极大认同与融入，表现出对任侠精神广泛深入的理解和创新，因而唐人咏侠诗表现的任侠精神有别于魏晋六朝咏侠诗，更重要的是，转变为一种对侠义精神的歌咏。唐人咏侠诗并不拘泥于拟古的形式，而表现着深厚的现实内容。诗人们不但把对侠的歌咏变成对功业的追求、人生境界的向往、理想人格的崇拜，而且将对侠的歌咏进一步表现为抒发豪情抱负和宣泄怀才不遇的手段，侠成为唐人寄寓人生理想和泄导人生不平的象征与依托，咏侠诗成为展现诗人内心追求和矛盾的心灵史。一般说来，唐人咏侠诗的创作与任侠风气相一致，表现为前后两个不同的创作分期。初盛唐咏侠诗既有对侠文学传统的继承，也有对时代精神的讴歌，这时咏侠诗在形式上主要是乐府歌行体，但已在内容上表现出新的气象和张力，如将咏侠与展示自我的人生追求和个性的自由舒张相结合，与边塞时事和时代精神相结合。同时，也开始突破魏晋六朝咏侠诗单一的乐府体，在诗体形式上，已将送别、赠答、怀古等内容和五言律绝、七言律绝、七言歌行等近体诗形式引入咏侠诗的创作，表现出对咏侠诗内容和形式的继承与发展。

中晚唐咏侠诗的创作虽然缺少了初盛唐咏侠诗那种古朴浑厚的气象和高朗向上的时代精神，但其形式更为圆润成熟，近体诗如七律、七绝、五律、五绝等已大量出现在咏侠诗的创作中，并成为主要形式。在内容上除了对初盛唐咏侠诗的继承外，更强调对侠义精神和对现实中侠义人物的歌咏，如吕岩、慕幽等对剑侠的歌咏和柳宗元《韦道安》等诗篇对现实中的侠义之士的歌咏。与初盛唐咏侠诗相比，中晚唐咏侠诗有两个显著特点：一是咏侠诗中咏史、怀古形式增多。诗人在咏史、怀古中借对古游侠和侠义精神的歌咏来抒发自己的情怀，如周昙、胡曾等人的咏侠诗。二是咏侠诗的道教色彩很浓。表现在这时歌咏剑侠的诗人几乎都是道士，如贾岛、齐己、吕岩、慕幽等。咏侠诗中抒情形象多为剑客，表现的内容带有道教神秘主义色彩。

通过对唐人咏侠诗的观照我们可以看出，与唐前及以后各代咏侠诗相比，唐人咏侠诗不仅是一座艺术高峰，而且借助诗歌反映了独特的社会文化内容和时代精神。它不仅在诗歌领域展现了游侠的时代气象，而且在侠文化层面积累了丰厚的文化内涵，形成了围绕侠的文学与文化的相互生发渗透。唐人咏侠诗如同希腊艺术的不可企及一样，其永久的魅力"是同这种艺术在其中产生而且只能在其中产生的那些未成熟的社会条件永远不能复返这一点分不开的。"①这样看来，唐人咏侠诗的意义和价值，在于它既是审美的文学典范，又是富含时代历史的文化载体。它不仅在咏侠诗的发展史上构筑了一座承前启后的艺术丰碑，而且还忠实地展现了它赖以生存和发展的那个时代的社会文化。较之意识形态中的儒、释、道，唐人咏侠诗所揭示的社会文化内容和展现的诗人特殊的时代文化心理，就更贴近现实生活，因而更具生动性。在一定程度上可以讲，唐人咏侠诗与唐代田园山水诗和边塞诗可鼎足而立，因为咏侠诗的创作不但波及初、盛、中、晚整个唐代，而且每个时期都有不同的创作内容和代表作家，也有共同的任侠精神和代表诗人（如四杰、陈子昂、李白、王维、吕岩等），形成了唐代的咏侠诗派。

毋庸置疑的事实是，体现唐诗时代精神的诗歌内容不能没有咏侠诗，研究唐代文人心态以及人们的价值观念时，不能不涉及任侠风尚和咏侠诗。唐代任侠风尚和唐人咏侠诗也是唐代社会的一面镜子，有着那个社会的时代内容、精神面貌和人们的价值观念。唐人咏侠诗在诗的唐代，如同一个人的少年时代，那种强烈的功名欲望和奋斗精神；那种冲动和憧憬；那种天真纯

---

① 《马克思恩格斯选集》第 2 卷，人民出版社 2012 年版，第 712 页。

情、昂扬进取、豪迈敢为、自由无拘的少年精神却是最富审美情趣和鼓舞人心的。所以说，唐人咏侠诗体现着唐诗的少年精神，是唐诗大花园中一朵奇葩，是唐诗思想内容、审美风格不可或缺的组成部分。

另外，唐人咏侠诗创作继承和发扬了魏晋六朝歌咏游侠建功立业的侠义传统，再造了边塞游侠儿的光辉形象，将"以武犯禁"的游侠重新拉回社会伦理要求的价值观念体系中，使这一形象成为时代人格的楷模和时代精神的象征，影响着人们的价值观念和生活理想，并以大量的咏侠诗创作形成了中国古代咏侠诗的又一次创作高潮。而且在咏侠诗艺术形式的发展中，唐人创获良多，以新题乐府和律诗、绝句进行创作，提高了咏侠诗的艺术品位，使咏侠诗的创作由粗疏走向精美，洗尽了民间歌谣的朴野而更加文人化，成为一种具有高度审美价值的艺术形式。

与唐代诗人热衷于咏侠诗创作相较，宋元时代，咏侠诗的创作较少，这大概与宋代重文轻武的政策和理学兴盛有关。同时，宋元时代描写游侠的小说、戏曲等艺术形式较为发达，歌咏游侠的艺术形式发生了转移。在宋代大诗人中，如欧阳修、王安石、苏轼、黄庭坚等人较少咏侠之诗。相对而言，南宋诗人咏侠诗创作较北宋多，陆游是宋代咏侠诗创作最多的诗人，如他的《剑客行》、《宝剑吟》、《村饮》等诗，借游侠之咏，抒发自己的报国之志和苦闷，多身世之叹。正面咏侠者很少，晁冲之的《夷门行赠秦夷仲》可算是宋人咏侠诗中写得有侠气的：

> 君不见，夷门客有侯嬴风，杀人白昼红尘中。京兆知名不敢捕，倚天长剑著崆峒。同时结交三数公，联翩走马几马骢。仰天一笑万事空，入门宾客不复通，起家籍笏明光宫。呜呼男儿，名重泰山身如叶，手犯龙鳞心莫慑。一生好色马相如，慷慨直辞犹谏猎。①

元代实行军事高压和政治独裁，咏侠诗极为少见，刘因《白马篇》诗为元人咏侠诗最有气势者，此诗歌咏侠义之士施全行刺秦桧事，诗云：

> 白马谁家子，翩翩秋隼飞。袖中老蛟鸣，走击秦桧之。事去欲名

---

① 吴之振、吕留良、吴自牧：《宋诗钞》，中华书局1986年版，第1053页。

留，自言臣姓施。二十从军行，三十始来归。矫首望八荒，功业无可
为。将身弭大患，报效或在兹。岂不知非分，常恐负所期。非干复仇
怨，不为酬恩思。伟哉八尺躯，胆志世所希。惜此博沙气，不遇黄石
师。代天出威福，国柄谁当持。匹夫赫斯怒，时事亦堪悲。①

此篇题《白马篇》，即用乐府《白马篇》题意写时事，赞扬了侠义之士
施全行"代天出威福"，刺杀秦桧的正义气节和牺牲精神。另外，元末顾瑛
这位充满侠义之气的诗人留下了被刘若愚先生称为"罕见的样品"②的一首
咏侠诗：

儒衣僧帽道人鞋，天下青山骨可埋。若说向时豪杰处，五陵鞍马洛
阳行。③

明清时期，咏侠诗的创作在某种程度上出现了复兴，创作数量较前代有
大幅度增加，文人志士的咏侠诗创作较多。但由于明清时期诗坛复古主义倾
向突出，因而咏侠诗的创作也多承唐人精神。相较而言，明代由于商品经济
的高度发展和都市资本主义萌芽的出现，尤其明中晚期，东南沿海不断壮大
的工商文化精神给当时社会和文人心态带来了各种冲突、变异、瓦解和重
塑。诗人把对个人欲望的追求、实现以及他的快乐感较为普遍地建立在对
个体生命本能的直接体验上，并使之成为一种具有现实意义的生活内容。
因此，明代诗人在咏侠诗中与其尚武侠义的内容相比，几乎单独发展和落
实了唐人咏侠诗中游侠追求世俗享乐、恣意优游的一面，抹去了经世的功
业精神，多了世俗化、个性化的真实生命意志和自然欲求，表现出轻松畅
快的世俗生活情趣，在内蕴上更加适合于市民情趣。以至傅汝舟《赠老兵

---

① 顾嗣立：《元诗选》，中华书局 1987 年版，第 160 页。
② 刘若愚先生说："这首由顾瑛（1310—1369）写的四行诗是罕见的样品，顾瑛本人也是元
末的一位侠客。"（刘若愚：《中国之侠》，上海三联书店 1991 年版，第 71 页）另据王世
贞《艺苑卮言》载，顾瑛此诗为"儒衣僧帽道人鞋，天下青山骨可埋。若说少年豪侠处，
五陵鞍马洛阳街"。事实上，可能刘若愚先生没有看到刘因的《白马》诗，故有此语。刘
因此诗亦见《静修诗集》，为余嘉锡先生《余嘉锡论学杂著》所录。（见《余嘉锡论学杂著》
中华书局 1961 年版，第 432 页）
③ 顾嗣立：《元诗选》，中华书局 1987 年版，第 160 页。

张从俞盱江戚南塘战五得爵而卖金》中称侠义之士"只爱黄金不爱侯，颠狂酒肆与娼楼"。《美女歌》云："侠士舍头，愿得黄金。宁知乐死，不欲苦生"，都是这一理念。杨维桢《春侠杂词》十首，几乎都是这样。其中之一、之三如下：

> 金丸脱手弹鹦鹉，玉鞭嬉笑击珊瑚。侍儿无赖有如此，知是霍家冯子都。（其一）
>
> 柘林纵猎金毛鹰，花街行春银面马。夜宿娼楼酒未醒，飘风吹落鸳鸯瓦。（其三）①

词中单一夸大游侠的豪奢与放纵。正如《铁崖复古诗集》所云，太史曰："此词侠才冶思，见于二十八字中，非贵公子具五色肠者不能也。"②

明代诗人任侠重气者较多，钱谦益《列朝诗集小传》中列有许多以"任侠"闻名的诗人。如曹子念"为人倜傥，重然诺，有河朔侠士之风"；梁辰鱼"好轻侠"；陈以忠"以豪侠闻于时"；顾养谦"倜傥任侠"；朱邦宪"性慷慨，通轻侠"；田艺蘅"性放旷不羁，好酒任侠"；宋登春"性嗜酒慕侠，能挽强驰骑"；郑琰"豪于布衣，任侠"；何璧"魁岸类河朔壮士，跌跎放迹，使酒纵博"；赵南星"通轻侠，纵诗酒，居然才人侠士，文章意气之俦也"；袁中道"通轻侠，游于酒人，以豪杰自命"；沈璜"重气任侠"；刘黄裳"任侠"、"豪宕、走马击剑，洒洒悲歌，以古豪杰竖立自负"；康从理"好客任侠"；张民表"其任侠好客，则老而弥甚"等等，其文人任侠尚气，可见一斑。甚如妓女亦以任侠相尚，如赵燕如"性豪宕任侠"；马湘兰"性喜轻侠"；薛素素"以女侠自命"等。③故明人咏侠诗创作亦较多。如高启"负气不负势，倾身复倾情"。④其咏侠诗篇有《游侠篇》、《相逢行》、《结客少年场》等。其中《结客少年场》与前人不同的是写出了游侠"结客不必皆荐绅，缓急叩门谁可亲。

①　杨维桢：《杨维桢诗集》，浙江古籍出版社 1994 年版，第 141 页。
②　杨维桢：《杨维桢诗集》，浙江古籍出版社 1994 年版，第 590 页。
③　钱谦益：《列朝诗集小传》，上海古籍出版社 1983 年版，第 765—770 页。
④　高启：《高青丘集》，浙江古籍出版社 1994 年版，第 18 页。

屠沽往往有奇士，慎勿相轻闾里人"。① 这种任侠精神中的平民意识，是对太史公"且缓急人时常有之"的一种具体化和引申。此外，前后七子也有咏侠诗创作，如李梦阳《结客少年场行》、《过王子》、《送人之南郡》等，何景明《侠客行》等，但大都模仿唐人咏侠诗。"闽中十才子"如傅汝舟《从军行》、《豪士歌》等，屠隆《杂感六首》等，王恭《答林逸人兼刘大因忆沧州野堂叟》等，王翰《赠吴六》、《登薛仙峰书怀寄自牧知己》等。另如刘绩《结客行》，徐渭《侠客》写得较前后七子有生气。从这些文人的咏侠诗创作看，诗中游侠已成为诗人乐意承当的社会角色和人格寄托，但其艺术格局却不出魏晋六朝和唐人的套路。

清代处在中国封建社会的晚期，异族统治，虽然文网数罟，但咏侠诗创作很多。前期王士禛写有一篇《拟白马篇》和袁枚写过两首有关信陵君和荆轲的诗，很有气势。中晚期内忧外患渐多，"乱世天教重侠游"，因而清代咏侠诗的创作以晚清为最。许多文人和革命志士，在内忧外患不断、国运飘摇、风雨如晦的现实面前，呼唤尚武精神，使游侠形象又一次活跃于晚清诗坛。陈平原先生说："晚清文人颇多悔儒冠而尊兵剑之作，绝非矫揉造作故吐豪言，实有切肤之痛。"② 可谓当言。在咏侠诗中，诗人借侠之咏，竭力张扬一种勇武精神和游侠的生命情调，用儒墨大义重新诠释侠义精神，为衰败不堪的民族精神注入一股豪气与武力。而暗杀风潮的勃兴，又使诗人对刺客化的游侠及其精神大加赞扬。晚清咏侠诗集中表现着侠义之士的担当精神，充满了浓厚的悲剧意识。如秋瑾《宝刀歌》：

　　不观荆轲作秦客，图穷匕首见盈尺。殿前一击虽不中，已夺专制魔王魂。③

高旭的《侠士行》：

　　荆卿歌市中，闻者肝胆裂。渐离击筑和，相乐更相泣。④

① 高启：《高青丘集》，浙江古籍出版社1994年版，第35页。
② 陈平原：《晚清志士的游侠心态》，《学人》1992年第3期。
③ 秋瑾：《宝刀歌》，《秋瑾集》，上海古籍出版社1960年版，第82页。
④ 高旭：《侠士行》，孙钦善等：《近代爱国诗选》，人民文学出版社1989年版，第380页。

这时咏侠诗的作者多为革命党人和会社成员，如黄兴、秋瑾、高旭、谭嗣同、柳亚子、梁启超、陈去病、黄遵宪等，而创作的目的在于宣扬一种暗杀精神或尚武任侠意识，鼓舞民族正气，为民族复兴和推翻清政府统治的革命服务。

明清两代咏侠诗的创作气象繁荣，数量较多，作者亦众。从诗中体现出的任侠精神看，似是对唐代咏侠诗所歌咏的任侠精神加以分流而各取其重。一般说来，明代咏侠诗多承唐人咏侠诗优游享乐的世俗内容，注重个性和欲望的张扬，城市化的生活色彩和市民意识较浓；清代咏侠诗多侧重游侠的尚武和功业追求、胆识义气、牺牲精神，且侧重发扬了刺客型游侠的个人英雄主义内容，较多国家民族意识和悲剧色彩，革命英雄主义倾向较重。但明清两代咏侠诗的艺术形式和技巧皆沿袭唐人。

从咏侠诗发展流变的轮廓中，我们不难看出，中国古代咏侠诗的发展尽管受任侠风尚和时局变化之影响，表现出时间上的连续性和创作上的不平衡，但内容上建功立业的功名思想和追求享乐、舒张个性自由的精神与艺术上的乐府歌行体制却是一致的。同时，从发展流变看，咏侠诗创作成为绵绵不断的诗潮，有着深刻的现实动因和深厚的文化渊源，并和时代任侠风气、边塞时事、文人建功立业等结合在一起，形成了一个较为完整的价值体系。这是古代咏侠诗创作繁荣和影响力的根源，也是咏侠诗的美学价值所在，并与古代文人的人格理想、价值观念及其社会大众的审美追求具有一致性。同时，古代咏侠诗是体现任侠精神重要的文化内容，也是侠由史家立传到文人歌咏的重要文化载体，具有创作的连续性和追求功名享乐、张扬个性自由内容的一致性、艺术上乐府歌行体制的共同性。同时，在咏侠诗发展的四个阶段中，唐人咏侠诗的精神境界、艺术创造都为后代所继承。唐人咏侠诗以其博大的内容、恢弘的气势和多彩纷呈的艺术形式，建立了在咏侠诗发展史上继往开来的独特文学地位。经过历代文人的创造，侠的文学形象焕发出光彩夺目的英雄气概与正义附加值，为中国侠文化的创新发展注入了丰富的精神内涵和道德价值。

第三节 咏侠诗研究的回顾与展望

中国侠文学的发展过程，陈平原概括得十分准确。他说："从司马迁为游侠作传到唐传奇中豪侠小说的崛起，在近千年的发展过程中，中国游侠文学经过了三个阶段：从实录到抒情，然后到幻设。《史记·游侠列传》和《汉书·游侠传》代表了侠文学的第一个阶段——实录阶段，兴于魏晋而盛于唐代的咏侠诗是第二阶段——抒情阶段；而从唐传奇的崛起开始的武侠小说传记，是侠文学的第三个阶段——幻设阶段。在这个过程中，咏侠诗无论在时间上、素材上还是艺术手法上，都起着承前启后的作用。"[①]

作为一种诗歌创作，咏侠诗应以题材标准来确定其类型特征。概而言之，主要指以游侠为对象，歌咏或表现其侠行、侠气、侠情及其侠义精神等内容的作品。[②]

咏侠诗作为一种诗歌创作题材，对其归类和整理其实是很早的事。唐代欧阳询可能是第一个收集咏侠诗的人。其《艺文类聚》卷三十三人部十七，所列有"宠幸"、"游侠"、"报恩"、"报仇"、"盟"五类，其中"游侠"类所收皆六朝时诗，计十一曲十五首，有张华《侠曲》、《游侠篇》；王僧达《依古》；鲍照《拟古》二首；梁元帝《刘生》；吴筠《古意》；王僧儒、何逊《拟轻薄篇》；周王褒《游侠篇》；周庾信、陈沈炯《长安少年》；陈阴铿《西游咸阳中》；陈杨缙《侠客控绝影》等。

宋代郑樵《通志》卷四十九《乐略》中共收录《游侠篇》、《博陵王宫侠曲》、《临江王节士歌》、《少年子》、《少年行》、《刺少年》、《邯郸少年行》、《长安少年行》、《羽林郎》、《轻薄篇》、《剑客》、《沐浴子》、《结韈子》、《结援子》、《结客》、《结客少年场》、《壮士吟》、《公子行》、《敦煌子》、《扶风豪士歌》等二十一曲，诗名署类"游侠"，但未将确切内容列出。宋代叶廷珪《海录

---

① 陈平原：《千古文人侠客梦——武侠小说类型研究》，人民文学出版社 1993 年版，第 25 页。

② 汪聚应：《唐人咏侠诗刍论》，《文学遗产》2001 年第 6 期。

碎事》"游侠门"、"豪迈门"、"英雄门"、"知己・赏鉴门"也收录了部分游侠诗。元代方回《瀛奎律髓》卷四六"侠少类"收录五言、七言游侠诗十七首。明代张之象编《唐诗类苑》，在人部中专"侠少"一类，收录了109首游侠诗。清代张英编《渊鉴类函》卷三百一十一人部七十有"游侠"、"报德"、"谢恩"、"冥报"、"扬报"、"负德"六类，但"游侠"以下五类在内容上也凸显游侠报恩的主题。

一、咏侠诗研究综述

从专题研究看，20世纪以来，一些学者开始对侠文化和武侠小说进行研究，推究源流、考辨内涵，多有开创之功。如钱穆《释侠》，梁启超《中国之武士道》，陶希圣《辩士与游侠》，壮游《国民新灵魂》，章太炎《检论・儒侠篇》，黄侃《释侠》，劳干《论汉代的游侠》，冯友兰《原儒墨》、《原儒墨补》，以及鲁迅、郭沫若等人的一些论著等。20世纪80年代中期以后，学术界开始关注咏侠诗，这一时期发表的有关唐前及唐代咏侠诗的论文有近百篇，一些专著也涉及魏晋及唐代的咏侠诗，如龚鹏程的《大侠》、陈平原《千古文人侠客梦》、林香伶《以剑为诗：唐代游侠诗歌研究》等。进入21世纪，学界对咏侠诗的研究整体处于拓展提升状态，项目立项、论著发表以及研究视野、方法和成果都取得了显著成绩。如汪聚应的《唐人咏侠诗刍论》、《唐代侠风与文学》等论著，通过对唐人咏侠诗的全面整理和系统研究，树立了咏侠诗研究的典范，具有开创性和奠基意义。另外如贾立国的宋前咏侠诗研究、柳卓霞的唐前及唐代咏侠诗研究、葛海鹏、王艳丽的魏晋六朝侠风与咏侠诗研究等，都是顺着这理路。同时，这方面开拓研究的国家项目在21世纪前十年也崭露头角。如汪聚应2004年的国家社科基金项目"唐代侠风与文学"、2010年国家社科基金项目"中国古代咏侠诗研究"、贾立国的"宋前咏侠诗研究"等省级项目，都使得对古代咏侠诗的研究在层次上得到提升。但对历代咏侠诗作宏观论述与全面整理研究的论著目前还寥若晨星。从学术界对古代咏侠诗的研究看，主要表现在以下七个方面：

（一）对咏侠诗概念、内涵的界定及源头的探索

长期以来，学术界将表现游侠或侠性、侠行的诗歌或称之为"侠义诗"、"任侠诗"，或"游侠诗"。一些学者虽用"咏侠诗"这一名称，但界定比模糊。如张志和、郑春元在《中国文史中的侠客》（中国社会科学出版社 1994 年版）专章论述了"古代的咏侠诗暨戏曲中的侠客"，指出"古代的咏侠诗只不过是反映文人思想观念的一种精神现象而已"。①汪聚应在《唐人咏侠诗刍论》中首次界定了唐人咏侠诗的内涵，认为"唐人咏侠诗""主要指唐诗中以游侠为表现对象，歌咏或表现其侠行、侠气、侠节、侠情等内容的作品"。（《文学遗产》2001 年第 6 期）同时，在《唐代诗人及其咏侠诗创作》（《社会科学评论》2004 年第 3 期）中认为，中国文学史上应该有一个源远流长的"咏侠诗派"。此后，咏侠诗这一名称渐为学界接受，为历代咏侠诗研究提供了基础。②

目前，学术界对咏侠诗的产生时期还未形成统一认识，产生这一问题的主要原因就在于对这类诗歌的界定还不甚明晰。对咏侠诗源头的研究较有代表性的是陈山和刘飞滨两位学者。他们认为，文人咏侠诗的源头是汉代民间的游侠歌谣，《结客少年场行》和《游侠篇》都是由民歌发展而来。陈山指出这体现了下层文化对上层文化的渗透。③刘飞滨认为现存的汉代游侠歌谣是"后世游侠诗的基本母题，极大地影响了中国游侠诗的发展"。④陈山、刘飞滨、李晓芹等学者还明确指出了曹植在咏侠诗方面的创建之功，他们认为"曹植是咏侠诗的奠基者，他的咏侠诗赋大体预示了后世咏侠诗的创作趋势"，"曹植的《结客篇》可能是最早的文人作品之一"，他"使游侠主题成为一种文学现象，开后世游侠诗之先河"。⑤

① 张志和、郑春元：《中国文史中的侠客》，中国社会科学出版社 1994 年版，第 310 页。
② 汪聚应：《唐人咏侠诗当论》，《文学遗产》2001 年第 6 期；汪聚应：《唐代诗人及其咏侠诗创作》，《社会科学评论》2004 年第 3 期，又载人大复印资料《中国古代文学、近代文学》2005 年第 1 期。
③ 陈山：《中国武侠史》，上海三联出版社 1992 年版，第 136、155 页。
④ 刘飞滨：《汉代的游侠与游侠歌谣》，《唐都学刊》2004 年第 3 期。
⑤ 参见陈山：《中国武侠史》，上海三联出版社 1992 年版，第 137 页。刘飞滨：《盛唐诗歌

多数学者认为咏侠诗最早出现在汉魏乐府中，"诗歌中的游侠形象滥觞于汉魏乐府"，建安时代的《白马篇》、《结客少年场行》、《秦女休行》等乐府古诗，"开创了诗歌的任侠主题。"另外，郑美虹从审美范畴的角度出发，指出屈原是将崇豪尚武精神写进诗歌的第一人。蔡佑启认为战国时荆轲的《易水歌》"当属游侠诗的鼻祖"。周敏则认为"晋代张华的《游侠诗》和《博陵王宫侠曲》，是现存最早的以游侠为题描摹游侠生活的作品"。①

（二）对咏侠诗创作缘起及其与社会文化关系的研究

关于咏侠诗的发生，陈山认为"文人咏侠诗的源头是汉代民间的游侠歌谣"（《中国武侠史》，上海三联出版社 1992 年版）；陈伯海《唐诗学引论》（东方出版中心 1988 年版）从唐王朝与北方少数民族游牧的关系、商品经济兴盛、时代变革等三个方面论述了唐代咏侠诗的成因；刘飞滨《汉代的游侠与游侠歌谣》认为汉代游侠歌谣是"后世游侠诗的基本母题，极大地影响了中国游侠诗的发展"②（《唐都学刊》2000 年第 3 期）；龚鹏程《大侠》（山东画报出版社 2008 年版）探究了侠存在的多种社会文化因缘，并对唐代的侠与剑侠及其在文化史上的意义作了深入研究，厘清了侠的文学存在与社会历史文化等多方面的关系；王立《伟大的同情》（学林出版社 1999 年版）从侠文学主题史的角度论述了中国古代侠文学主题与侠义传统、剑崇拜、酒、大众文化心理等社会文化现象的关系；汪聚应《唐人咏侠诗刍论》（《文学遗产》2001 年第 6 期）从唐代的任侠风气、士风、思想文化渊源、胡风，以及魏晋六朝咏侠诗的创作影响等方面论述了唐人咏侠诗的创作渊源；康震《长安

的任侠精神》，《中国文学研究》1995 年第 2 期；《汉代的游侠与游侠歌谣》，《唐都学刊》2004 年第 3 期；李晓芹：《侠文化与曹植的游侠诗》，《阴山学刊》1996 年第 4 期。

① 参见刘怀荣：《中国诗学论稿》，中国文联出版社 1999 年版，第 271 页；夏尧哲：《两汉魏晋南北朝文学的任侠主题》，《宁夏大学学报》2002 年第 2 期；郑美虹：《论唐诗中的豪侠尚武精神》，《临沂师专学报》1993 年第 2 期；蔡佑启：《易水萧萧风起引来壮歌绵延——古代游侠诗的滥筋暨流域初探》，《语文学刊》1997 年第 1 期；周敏：《唐代的游侠与游侠诗》，《苏州铁道师范学院学报》2000 年第 4 期。

② 刘飞滨：《汉代的游侠与游侠歌谣》，《唐都学刊》2004 年第 3 期。

侠文化传统与唐诗的任侠主题——"长安文化与唐代诗歌研究"之一》（《人文杂志》2004 年第 5 期），从长安传统文化来探讨游侠诗的形成。这些论著多针对唐人咏侠诗，未能就古代咏侠诗进行全面探讨。

（三）对咏侠诗的断代与个案研究

对咏侠诗的断代研究以及以咏侠诗重点创作诗人为个案对咏侠诗进行研究，主要包括对不同时代和重点诗人咏侠诗创作的研究。对断代咏侠诗的研究虽涉及先秦至明清不同时代，但以魏晋六朝和唐代为最，这方面的研究成果也最多，研究质量也最高。刘若愚《中国之侠》（周清霖、唐发饶译，上海三联书店 1991 年版）第二章，专门论述了"诗歌中的游侠"，涉及朝代广泛。具体从"中国游侠诗歌概貌"、"描写游侠的诗"、"评论史籍所载的游侠的诗"三个方面概述了历代咏侠诗简况。陈山《中国武侠史》（上海三联书店 1992 年版）一书，在"绵延不绝的流风遗俗：魏晋六朝与隋唐的侠风"中，专门论述了"魏晋六朝与隋唐的咏侠诗潮"。此外如唐红《论荆轲——一个经典形象的形成》（重庆师范大学 2006 年硕士研究生论文）、刘飞滨《建安游侠诗与儒家精神》（《西南大学学报》2007 年第 3 期）、葛海鹏《六朝游侠风貌与咏侠诗》（河北师范大学 2007 年硕士研究生论文）、王艳丽《魏晋南北朝侠风与诗歌研究》（陕西师范大学 2010 年硕士研究生论文）、夏哲尧《魏晋南北朝文学的任侠主题》（《重庆三峡学院学报》2001 年第 3 期）、王今晖《汉魏晋南北朝侠文化寻踪》（《东方论坛》2009 年第 5 期）、贾立国《地域文化视野下的北朝咏侠诗》（《湖北民族学院学报》2012 年第 4 期）、钟元凯《唐诗中的任侠精神》（《语文导报》1985 年第 2 期）、林香伶《以剑为诗——唐代游侠诗歌研究》（台湾文津出版社 1999 年版）、柳卓霞《唐前及唐代咏侠诗研究》（青岛大学 2006 年硕士研究生论文）、郭华《唐代咏侠诗的文化解读》（河南师范大学 2009 年硕士研究生论文）、唐宋《盛唐咏侠诗意象研究》（广西师范大学 2010 年硕士研究生论文）、王苗《唐人咏侠诗》（陕西师范大学 2012 年硕士研究生论文）、贾立国《宋前咏侠诗研究》（扬州大学博士研究生论文）等，聚焦魏晋六朝和唐人咏侠诗创作，多从整体理论对魏晋南北朝及唐人咏侠诗作了宏观的把握。需要指出的是，在唐人咏侠诗研究方面，汪聚应的研究最全面，最见功力，其论文《唐人咏侠诗艺术管窥》(《天水师范学院学报》2000 年第 4 期)、《唐人咏侠诗刍论》(《文学遗产》2001年第 6 期)、《唐代诗人及其咏侠诗创作——兼论唐代的咏侠诗派》(《社会科学评论》2003 年第 4 期)、《唐代的任侠风气与文学创作》(《兰州大学学报》2006 年第 3 期)、《唐代的任侠风气与初盛诗歌创作》(《陕西师范大学学报》2010 年第 1 期)、其专著《唐代侠风与文学》(中国社会科学出版社 2007 年版)专设一章唐人咏侠诗的研究内容，对有唐一代的咏侠诗作了全面整理和系统研究，创获良多，极具示范意义。

在众多咏侠诗人中，曹植和李白的咏侠诗备受关注。如李晓芹《侠文化与曹植的游侠诗》(《阴山学刊》1996 年第 4 期)认为时代风尚、曹操的熏陶以及曹植的从军经历都是曹植任侠思想和游侠诗创作的来源。顾农《从游侠到游仙——曹植创作中的两大热点》(《东北师大学报》1995 年第 3 期)较为准确地阐释了曹植咏侠诗的思想内容和特色。贾立国《曹植〈白马篇〉的文化解读》(《广西社会科学》2008 年第 1 期)认为"曹植的《白马篇》不仅对传统的侠义伦理进行了理想化的改造，为侠被主流文为化所接受作出了贡献，而且为中国古代诗歌开辟了一块崭新的园地，为文人找到了一种新的情感宣泄模式，开启了历代文人咏侠诗之先河"。赵明《论曹植诗中的"侠"》(《世界文学评论》2010 年第 1 期)分析了曹植诗中的侠士形象，认为曹植对中国传统的游侠进行了改造并有所突破。侯长生《李白咏侠诗述论》(《河北师范大学学报》2003 年第 6 期)认为李白之所以成为盛唐任侠精神的代表，时代因素、先天遗传因素的影响，蜀中浓厚的侠风熏陶都是重要的思想基础，并对李白诗风有重大影响。莫芜青、蒋力余《李白与游侠》(《船山学刊》2000 年第 1 期)认为游侠精神是形成李白豪荡不羁、纵恣壮浪独特诗风和力度美的重要原因。对咏侠诗的断代与个案研究，为对历代咏侠诗进行全面整理和系统研究开拓了道路，提供了重要的借鉴。

宋元明清各代，咏侠诗研究论文较少，深入不足。刘若愚先生很早就注意到这种情况并对此进行分析研究。他在《中国之侠》第二章论述"诗歌中的游侠"时指出:"唐代诗人热心于吟咏游侠,宋代诗人却很少触及这个题材。宋代大诗人诸如欧阳修、苏轼、王安石和黄庭坚的著作中几乎没有侠客诗。宋代的重要诗人中,对这类诗似乎有点意思的只有爱国者陆游一人。"①在论及原因时他指出:"宋代的侠客诗极为罕见,只要看看当时理学大为流行的情况就不会对此感到奇怪了。"② 元代的诗歌也同样对侠客诗漠然置之。这可能要归咎于蒙古统治者的压迫。他列举了元末的一位侠客诗人顾瑛的一首四行侠客诗,称其为"罕见的样品"。③ 对于明代咏侠诗的创作情况,他指出:"明代重新出现了以游侠为题材的古诗。这次复兴并不说明当时的社会侠客精神已苏醒,大部分原因是很多明代诗人极力模仿古诗和'复古'。他们用'乐府'的形式填写歌词,结果便是使诸如《游侠行》、《少年行》之类的题目重又出现。部分诗人也许的确欣赏侠客精神,但大多数人的动机只是在文学上模仿古代诗人而已。他们的诗在风格上同古代著作很难区别,往往缺乏真实感情。"④针对清代,他指出:"清代时,侠客诗歌又一次衰落。这不仅和现实生活中侠客衰落的情况合拍,大概也还有清朝皇帝对文学严加管制的因素。写游侠太危险了,很容易被定为煽动罪,诗人避之唯恐不及。即使有触及这类题材的,也只是练练文笔而已。"⑤ 其他代表性的论文有霍志军《论宋代咏侠诗》(《天水师范学院学报》2007 年第 3 期)、陈广宏《明代文人文学中的游侠主题》(《汕头大学学报》1991 年第 2 期)、张秀玉《试论晁冲之的咏侠诗》(《文教资料》2006 年下旬刊)、陈平原《晚晴志士的游侠心态》(《学人》1992 年第三辑)等。

(四)关于咏侠诗思想内容的研究

对于咏侠诗表现内容的研究,是咏侠诗研究中探讨最为丰富的领域,其

---

① 刘若愚:《中国之侠》,上海三联书店 1991 年版,第 67 页。
② 刘若愚:《中国之侠》,上海三联书店 1991 年版,第 71 页。
③ 刘若愚:《中国之侠》,上海三联书店 1991 年版,第 71 页。
④ 刘若愚:《中国之侠》,上海三联书店 1991 年版,第 72 页。
⑤ 刘若愚:《中国之侠》,上海三联书店 1991 年版,第 76 页。

探讨涉及咏侠诗的歌咏对象、咏侠诗与社会变迁的关系、咏侠诗中复仇主题的发展演变等。从咏侠诗歌咏对象的探讨看，汪聚应认为咏侠诗歌咏的对象主要有三类，即古游侠、当代游侠少年（包括贵族侠少、边塞游侠儿和市井恶少）和剑侠。① 这种观点较有代表性，其他学者的看法大致不出这一范围。而表现对象的多样性，决定了咏侠诗思想情感的复杂性。对此学者们主要是从以下几个方面来展开研究与争鸣。

　　一是挖掘咏侠诗中表现的时代任侠精神。学者往往将之与时代和社会发展相联系，分析咏侠诗中任侠精神的价值，剖析其中深层的社会文化成因。而汉魏六朝和唐代安史之乱前后两个时期是学者们主要集中研究的重要时段。任辉在对汉末到南北朝的咏侠诗歌做了系统的梳理后指出：从汉末到西晋中期，任侠诗歌的最大特点是表现侠客行为的残酷性和非人道性，颂扬侠客的捭阖无羁、快意恩仇和任性使气，这既是"现实社会的折光"，同时也使诗人在混乱的社会现实面前得到某种心理平衡和解脱。从魏末到西晋中期，任侠形象"转化为一种象征意义，内化为一种心态"，失去了"高亢振奋、震撼人心的任侠意识"，"形而上为山水林泉的隐逸而美好的生活象征，作为脱离现实生活，追求个体生命自由的人格象征"。西晋八王之乱和东晋南北朝时期，侠的价值取向发生根本转化。诗人以现实主义的手法重塑任侠形象，将其立世精神和道德价值推向边关，仅仅保留了侠客性格和气质上的主要特征，几乎完全抛弃了游侠本质上的人生理想、生命价值和自我意识。但这些诗歌还保留了侠客"不矜其能，羞伐其德"的侠烈风骨和傲气，"体现了诗人深层心理结构中执著的节义观"。这是六朝士人对东汉名节观的独特的继承和复归。南北朝中晚期，诗歌中的侠风硬骨成为了纯粹的装饰品，甚至恶少的无聊行为也被美化为任侠，大量笔墨全花在所谓"侠客"的服饰和装配上，"任侠精神在下坡路上越滑越远"。② 唐代安史之乱以后，社会发生剧烈变化，一些学者注意到此时诗歌中表现出的任侠精神与初盛唐时期的

---

① 汪聚应：《唐人咏侠诗刍论》，《文学遗产》2001 年第 6 期；汪聚应：《唐代诗人及其咏侠诗创作——兼论唐代的咏侠诗派》，《社会科学评论》2004 年第 3 期。

② 任珲：《侠与六朝诗歌》，《临沂师专学报》1995 年第 2 期。

明显差异。汪聚应认为初盛唐的咏侠诗"呈现着世俗化、理想化的色彩"，它"随着个人阶层、理想的不同而具有广泛性和多样性"，极"富于理想色彩、功业意识和现实身世之感"；到了中晚唐，咏侠诗与初盛唐的恢弘气象已经越来越远，"大都渲染一种奢浮之气和享乐色彩"。同时，中唐诗表现出对"义"的突出强调和寄寓自己"怀才不遇的悲慨和时代苦闷"，晚唐咏侠诗的"核心旨在赞扬剑侠平不平的侠义精神"，"散发着浓厚的神秘色彩"。对于剑侠诗，汪聚应认为其主旨是"仗义行侠和怒平不平"。中晚唐时期诗人对剑侠的歌咏表明侠义观念从先秦的"士为知己者死"到中晚唐"义气相兼"观念的确立，侠亦由"轻死重气"迈向"轻死重义"的人格规范，这说明侠文化在"不断地与正统社会上流文化的对立整合中回归主流文化圈"。①

郑美虹从唐代尚武精神的变化衰落角度出发，认为"豪侠尚武精神在唐诗中最突出的反映在于诗歌中的侠士与士人有了更多的默契"。初盛唐的咏侠诗体现了诗人对自由和功名的追求及昂扬豪迈的精神，"游侠生涯与征人之路的会合"，更使任侠精神带上了"时代色彩"。中晚唐诗歌中的游侠多是"徘徊于酒楼歌馆的纨绔子弟和浪荡少年，征人同侠少已经分道扬镳。游侠少年的堕落和边塞游侠的日见其衰，昭示着唐代尚武精神日渐逊色"。"中晚唐仗'义'行侠的优良传统也更多地让位给替人奔命的鲁莽粗豪之举，因而在诗歌中首次出现了对豪侠的怀疑和指责。"②路文倩勾勒出侠义诗从初盛唐到中晚唐演变的四条线索即英雄型到浪子恶少型的转变；奋发型到抑郁型的转变；相逢意气群体型向孤独寂寞个体型的转变；朝气蓬勃、锐意进取，自信乐观的青春型向凋零忧伤暮年型的转变。③

二是对咏侠诗与文人功业意识的探索。陈山说咏侠诗潮与边塞诗潮的结合，"是侠义精神在精英文化中的升华"，"凸显了壮志未酬、边陲立功的时

---

① 汪聚应：《唐人咏侠诗刍论》，《文学遗产》2001年第6期。

② 郑美虹：《论唐诗中的豪侠尚武精神》，《临沂师专学报》1993年第2期。

③ 路文倩：《中晚唐侠义诗的发展与演变》，《武警工程学院学报》2001年第3期。

代精神"。① 李晓芹提出曹植的《白马篇》首创游侠少年从军边塞的主题。②
张树国指出，诗人"借'侠'与'剑'来表达建功立业的渴望，抒发文人久
被压抑的激情"。③ 而针对唐代描写边塞游侠的诗歌数量大增，学者们对其
中的思想寄托、叙事方式也进行了积极探索。刘飞滨认为盛唐诗歌中游侠立
功边塞后的两种结局，即功成受赏和功成身退，都"折射出了盛唐诗人面对
生活通于儒的人生构想"。盛唐诗人中的"轻儒"现象，只是对于世无济的
腐儒的戏谑，而对于身怀经国济世之策的儒生是十分欣赏的。④ 陈平原也主
张"唐人游侠诗有两种基本叙事模式，分别以王维的《少年行》和李白的《白
马篇》为代表"，"前者'狂荡—征战—受赏'，后者则'狂荡—征战—功成
不受赏'"，其目的"都是为了让文明社会重新接纳'不轨于法'的游侠儿"，
而边塞从军是"游侠儿重归文明社会的最佳途径"。⑤ 汪聚应明确指出游侠
边塞诗是唐人咏侠诗的主流，这类诗歌"直承魏晋六朝咏侠诗的传统，再造
了边塞游侠儿报国立功扬名的楷模"。他还指出：在贵游侠少、边塞游侠儿
身上显现了"一种通脱跳跃的生命存在，不受礼法束缚和伦理规范的风流潇
洒的生活方式"。诗人历历坦现游侠少年的轻薄侠行，体现了"世俗享乐的
生活色彩和自由浪漫的时代精神"。⑥ 周敏等学者也持有类似的观点。⑦ 初
盛唐是任侠精神的高涨期，也是咏侠诗的鼎盛期。霍志军认为，"唐代咏侠
诗中的侠具有象征意义，它本质上是唐代士人主体意识的张扬和独立人格的
追求在文学领域的反映"。⑧ 杨晓霭指出，"借侠义建功，歌颂武威；借侠少
的任性敢为，大胆抒写开拓新天地的气概，首先反映在贞观君臣的创作中，

---

① 陈山：《中国武侠史》，上海三联出版社 1992 年版，第 142—143 页。
② 李晓芹：《侠文化与曹植的游侠诗》，《阴山学刊》1996 年第 4 期。
③ 张树国：《信义的追求》，北京语言文化大学出版社 2001 年版，第 112 页。
④ 刘飞滨：《盛唐诗歌的任侠精神》，《中国文学研究》1995 年版第 2 期。
⑤ 陈平原：《千古文人侠客梦》，世界出版社 2002 年版，第 17 页。
⑥ 汪聚应：《唐人咏侠诗当论》，《文学遗产》2001 年第 6 期。
⑦ 周敏：《唐代的游侠与游侠诗》，《苏州铁道师范学院学报》2000 年第 4 期；兰翠、兰玲：《论
　唐代征戍诗中的游侠形象及成因》，《烟台师范学院学报》2003 年第 3 期；任文京：《唐代
　北方尚武风气对诗人从戎及创作的影响》，《内蒙古大学学报》2003 年第 4 期。
⑧ 霍志军：《论唐人侠风和咏侠诗》，《天水师范学院学报》1995 年第 1 期。

进而成为一代追求，被诗人们反复歌吟，借以抒情，赋予了诗歌以阳刚之气。"①

三是古代游侠身上所寄托的理想人格也是学者们关注的焦点。蔡佑启认为，"古典游侠诗所写主角，都以'义'为信条"。②陈山提出从魏晋到隋唐的咏侠诗中，对战国游侠尤其对荆轲的歌颂，产生了"我国特有的英雄诗"，它们"注重的不是英雄行为、事迹，而是其内在的人格力量，即侠义精神所体现出的极度的人格独立与自尊"。③夏尧哲认为，建安和魏晋之际，诗人借游侠形象集中表达了对古代侠义之士的讴歌，"以古代侠士作为楷模，把自己的生活理想寄托在古代侠士身上，并从古代侠士的风度、气派中为寒素士人追求功名和反抗门阀士族的斗争吸取精神力量"。④汪聚应认为，唐代诗人"特重古游侠身上表现出来的重诺轻生、冀知报恩等任侠精神"，寄托了诗人的向往，"是唐代科举制度下文人士子心态的一种曲折反映"。⑤

四是咏侠诗与儒家思想的关系研究。对此学者们普遍认为咏侠诗集中体现了诗人建功立业的思想，侠士是诗人理想人格的寄托。刘飞滨从儒、侠互补的角度指出中国古代文人对游侠的赞颂，实质是借以抒发其在儒家思想影响下的积极入世之情。"文人与游侠精神的紧密关联的深层文化原因，是儒、侠两种文化形态的相通与互斥对文人的深厚影响，二者在讲义、讲信、讲人格的独立平等、讲复仇等方面的相通使文人情感在一定情境中往往会表现出激切的特征而与游侠连接；二者的柔刚对立使得柔性的文人希望获取游侠刚性精神的济补而形成理想人格。"⑥还有一些学者注意到任侠思想对儒家思想的冲击以及咏侠诗中存在的非儒倾向。陈山指出，在咏侠诗中，诗人打破了儒家的两个精神偶像——原宪和扬雄，对"无所作

---

① 杨晓霭：《"尚武好侠"与初唐诗之"意气"》，《社科纵横》1996 年第 3 期。
② 蔡佑启：《易水萧萧风起引来壮歌绵延——古代游侠诗的滥筋盛流域初探》，《语文学刊》1999 年第 1 期。
③ 陈山：《中国武侠史》，上海三联出版社 1992 年版，第 140—141 页。
④ 夏尧哲：《两汉魏晋南北朝文学的任侠主题》，《宁夏大学学报》2002 年第 2 期。
⑤ 汪聚应：《唐人咏侠诗当论》，《文学遗产》2001 年第 6 期。
⑥ 刘飞滨：《文人·儒家思想·游侠精神》，《兰州大学学报》2004 年第 4 期。

为和凡庸媚俗表示极大的反感"。他们"突破了上层文化的局限",产生了对身心自由状态的渴望建立了自己的新的价值标准——勇气胆略、知己之交、守信用和重视成功。这反映了大众文化精神注入"上层社会的精英文化圈内"所发生的"观念突破"。①

（五）关于咏侠诗中复仇主题的发展演变研究

早在 20 世纪 90 年代初,王立就运用格式塔心理学的观点,对唐前咏侠诗中的复仇主题进行了梳理。他指出侠义建功主题极为契合汉魏六朝的时代需求、精神脉搏、文人心态和尚武重气的个体情趣追求,咏侠诗是"抒发侠义功业的肺腑之音",在对侠义复仇和汉代游侠故事的回忆中,"还时时散发出血腥、悲凉气息与自娱的意味";东晋后南北朝长期对峙,诗人对秦汉游侠少年的追慕,"往往体现出诗人在接受历史时较为自觉的选择认同,从而达到心理的补偿与苦闷的超越"。初盛唐的咏侠诗则"更多的过滤掉不快与夙愿难偿的哀怨,在建功立业不计爵禄的自信中洋溢着乐观与豪迈"。复仇杀人所磨砺的胆识意志和气概,更像是为证明报国的勇武而小试锋芒。中晚唐后,咏侠复仇诗篇"呈现出向汉代市井游侠回归的趋向",少年英雄的侠勇武功,不再把建功边塞作为目标。② 此外,有的学者对歌咏贵族侠少的咏侠诗进行了考察,但是他们的观点不尽相同。胡中山指出西晋贵游文人的游侠诗"充其量只是游宴生活的一种补充"。③ 陈山认为这部分诗歌"被上层社会的贵族文人用作夸饰富家子弟浮靡风气的点缀",在唐代还有一些诗描绘了"入宫宿卫骄奢淫逸的生活和不可一世的气焰"。④ 周敏提出,"唐诗对游侠禁军这一特殊人群做了全面反映。其中既有对其生活方式的羡慕,也不乏对其不法行为的批判"。游侠中间反映出的社会不公现象也常常被诗人们

---

① 陈山:《中国武侠史》,上海三联出版社 1992 年版,第 143—144 页。

② 王立:《魏晋六朝"年少慕侠"与侠义建功主题——复仇心态史与中国古代诗歌》,《新疆师范大学学报》1994 年第 2 期。

③ 胡中山:《魏晋宴游诗文的演变与时代特征》,《徐州师范大学学报》1997 年第 4 期。

④ 陈山:《中国武侠史》,上海三联出版社 1992 年版,第 142—143 页。

以反讽的手法进行抨击。① 汪聚应认为诗人历历坦现游侠少年的轻薄侠行，体现了"世俗享乐的生活色彩和自由浪漫的时代精神"。② 从以上我们可以看出，学者们对唐代以前尤其是唐代的咏侠诗思想内容的研究在有些方面是比较深入的，虽然某些方面还需作进一步探讨。

（六）对咏侠诗艺术特点与审美理想的研究

与对思想内容研究相比，学术界对咏侠诗艺术特点与审美理想的研究相对薄弱，关注度不大。究其原因，这类诗歌的艺术性相对不高，艺术形式相对简单。对于咏侠诗在艺术方面表现出的共同特征，虽然各家的研究角度有所不同，但学者们讨论较多的却是其豪放雄壮的美学风格和对乐府诗体的采用。陈山从语言学的角度指出咏侠诗使"'侠烈'、'雄侠'等带有'男性特征'的语汇进入词义层面，给上层社会书面语言的表达带来了强劲之风，为盛唐边塞诗、两宋豪放词风的形成提供了语言材料"。他同时又指出，"咏侠诗多采用乐府诗体——《结客少年场行》和《游侠篇》及其变体。"从曹魏到齐梁，以《结客少年场行》为题的诗歌风格由风骨变成"浮艳轻靡"；隋唐以后呈现出"复杂的精神风貌"，"在艺术上也更加纯熟，更加文人化，已失去民间咏侠歌谣的躯壳和灵魂。"《游侠篇》进入文人创作以后，"主要用来表现上层社会纨绔子弟'游侠'时珠光宝气、脂粉香泽的生活形态，但在其变体《侠客篇》和《侠客行》中，诗人们受民间侠风影响，写下了不少风格豪放的诗篇。"③ 夏尧哲认为，虽然咏侠诗在魏晋南北朝还未成规模，但却是"汉魏以来诗歌创作中'风骨'传统的重要内容"，它们不但继承了司马迁扬侠颂侠的文学传统，而且开创了诗歌的任侠主题，扩大了诗歌的表现范围，为唐诗及后世的任侠精神奠定了基础。④ 王立也指出汉魏乐府诗体对侠义复仇之咏起了重要的载体作用。它

---

① 周敏：《唐代的游侠与游侠诗》，《苏州铁道师范学院学报》2000 年第 4 期。

② 汪聚应：《唐人咏侠诗刍论》，《文学遗产》2001 年第 6 期。

③ 陈山：《中国武侠史》，上海三联出版社 1992 年版，第 146—153 页。

④ 夏尧哲：《两汉魏晋南北朝文学的任侠主题》，《宁夏大学学报》2002 年第 2 期。

不但"易于表现这种特定的激越豪迈、酣畅淋漓的英雄情怀",而且那些有着"较为稳定的内容意蕴的歌辞篇名,裹挟着侠义复仇雄奇悲壮的传统风骨,成为极有触发力扩散力的媒介";同时"乐府诗体所带有的叙事性、时事性特点",也有利于诗人将对功业的追求和人物事件的描写交融在一起,将对历史的追忆与现实的愿望并举。此外,汉乐府的现实主义传统,也使后世的咏侠诗多采用这种形式。① 在唐代咏侠诗的艺术特征的研究方面,学者们也注意到唐代咏侠诗对汉魏咏侠诗在规模、体裁、艺术手法等方面的发展,这方面的代表性学者有林香伶和汪聚应等。林香伶在《以诗为剑:唐代游侠诗歌研究》中,从游侠身份的探讨、创作缘起、发展、综合分析等方面对唐人咏侠诗做了全面细致的研究,并着力从写作体裁、主题特色、物象运用等方面对唐人咏侠诗的艺术及其审美理想作了探讨。她认为唐代游侠诗虽然延用六朝乐府古题的频率相当高,但其写作体裁则受到近体诗的影响,逐渐脱离古乐府的束缚,改成近体形式,建立了属于自己的游侠诗创作风格。② 汪聚应在《唐人咏侠诗刍论》中将唐人咏侠诗艺术特点概括为艺术审美理想的人格美,艺术境界的雄壮美,以及"弹剑作歌,以泄心事"的抒情色彩等。这是目前对唐人咏侠诗艺术审美理想较全面深入的研究。细而言之,汪聚应认为,唐代咏侠诗除了在规模和体裁方面比前代有很大进步外,在艺术上也显示出了高度的成熟。他对此作了六个方面的分析概括:一是"艺术审美理想的人格美"。唐人咏侠诗为显现游侠的人格美,主要采取了三种艺术手法:直抒胸臆的突现法使侠者形象具有直接性和鲜明性;从外貌、服饰、武器、乘骑、言行等方面的渲染使游侠形象富有个性美;通过儒、侠对比的方法,衬托游侠高大有为的人格魅力。二是艺术境界的雄壮美。唐人咏侠诗主要选择大漠边塞、荒原郊野和胡姬酒肆等生活场景,运用雄奇壮阔的意象构织宏大壮美的诗境,从不同层面表现游侠形象和侠义精神。三是恢弘博大的艺术视野。在咏侠诗中,诗人不但将侠

---

① 王立:《魏晋六朝"年少慕侠"与侠义建功主题——复仇心态史与中国古代诗歌》,《新疆师范大学学报》1994 年第 2 期。

② 林香伶:《以诗剑为:唐代游侠诗歌研究》,文津出版社 1999 年版,第 201—221 页。

作为审美客体进行观照，而且以侠自许，借侠寄托自己的理想和追求。这种观照，使诗人能以开阔的艺术视野和多角度的艺术审视，突出侠客的特征，表现出生命的美感。四是"弹剑作歌，以泄心事"的抒情色彩。在咏侠诗中，诗人借侠（或剑）俯仰古今，直抒胸臆，包含着浓厚的抒情色彩。五是"悲壮豪宕的美学风格"。这两种对立统一的美学风格，集中反映了唐人的功业意识，折射出唐代社会文化的全貌，使侠在唐代呈现全方位的时代色彩。六是以乐府歌行为主，兼有律绝，古风等多样化的艺术形式。律诗、绝句表现游侠，艺术容量大而含蓄，声律谐婉优美，铿锵有力，富于浪漫气息，脱尽了六朝咏侠诗形式单一、诗句拗口和篇幅句式不齐的艺术缺陷，且其表现出的气象与概括力，具有很高的艺术价值。① 刘飞滨指出，唐代咏侠诗在各个方面与前代咏侠诗相比，有了长足的发展。"自汉魏至隋，以游侠为题材的诗歌篇什零散，且多限于乐府古诗，表现出的任侠精神面貌多样，没有形成基本格调"；"初唐时期，歌咏游侠的诗人、作品数目增多，体裁也不再限于乐府范围，已扩展到咏史、咏怀、赠答等各类诗歌中，而且任侠精神的面貌趋于统一，呈现出雄性的阳刚之美。"到了盛唐，"出现了蔚为大观的咏侠诗潮"。盛唐诗人普遍对任侠精神给予了热情歌唱，任侠精神"展现在以游侠为主角的游侠诗和咏史、怀古诗甚至于送别、唱和以及自抒胸臆的诗歌中"。任侠精神已成为唐人"精神财富的重要组成"。②

虽然学者们对唐代咏侠诗在艺术方面的局限关注较少，但仍不乏客观并且深刻的见解。刘怀荣认为"由于诗歌体裁的限制和诗人立场的独特性"，盛唐咏侠诗"主要侧重于对侠义精神的歌颂而缺乏对任侠行为和侠士形象的具体描写，同时诗人以侠客自许或借侠客表露心迹的写法使侠客形象很大程度上脱离了民间文化的土壤，带上了更多的书卷气"。③ 周敏则指出唐代咏

---

① 汪聚应：《唐人咏侠诗艺术管窥》，《天水师范学院学报》2000 年第 4 期；汪聚应：《唐人咏侠诗刍论》，《文学遗产》2001 年第 6 期。
② 刘飞滨：《盛唐诗歌的任侠精神》，《中国文学研究》1995 年第 2 期。
③ 刘怀荣：《中国诗学论稿》，中国文联出版社 1999 年版，第 273 页。

侠诗在形式、手法、内容及风格等方面存在模式化倾向。唐代游侠诗"十之八九采用乐府古题,且集中在《结客少年场行》、《侠客行》等少数几个题目上,运用的意象和典故大量重复,由于游侠诗的创作缺少生活来源,从中很难发现唐代社会由盛而衰的历史进程",并且"作为唐诗的一个题材分支,游侠诗并未表现出不同于唐诗整体艺术风格的特质来,这可以说是一个遗憾"。① 而对宋、元、明、清各代咏侠诗艺术及审美理想的研究几乎是一片空白。

(七)咏侠诗的比较研究

一些学者还采用了比较研究的方法,从不同的角度对咏侠诗作了独到的分析。邓二为通过游侠诗与冶游诗的对比指出,"游侠诗与冶游诗作为诗人社会观念的表现,在思想上是互补的",诗人用剑侠精神表达功业之念,而在"红巾翠袖脂粉中寻求失意后的宽慰与理解",反映出封建时代诗人思想的两个方面:在风格上,它们相映成趣,剑侠诗多为豪放,冶游诗多为婉约,两者完整地勾勒出社会文化的氛围。② 刘怀荣将唐诗中的侠客与《史记》和唐传奇中的侠客分别做了比较。他认为唐诗中的侠客与司马迁笔下的游侠有三点不同:一是盛唐人不再只把游侠视为"名不虚立"的贤士,而是普遍表现出对他们的高度赞赏,并将其置于儒生之上,"作为时代理想人格的典范来看待";二是盛唐诗人把侠义精神和报国济世的理想融为一体,少年游侠、卫国英雄和诗人理想的自我三位一体,"不再把侠作为封建王朝的对立面",而是"把游侠英雄化的同时,也把他文人化了";三是"与以往关注侠扶危济困、报恩复仇、重义轻生、不矜其能的德行不同,盛唐诗人更重视侠脱略小节、自由任性、不为名利所拘的独立人格"。这三点不同"显示出盛唐人以自己的生活体验和人生理想对传统的侠所作的全新的改造","这正是盛唐文人与游侠之间的深层契合点"。此时,"游侠的文人化与文人的游侠化

---

① 周敏:《唐代的游侠与游侠诗》,《苏州铁道师范学院学报》2000 年第 4 期。
② 邓二为:《论剑侠诗与冶游诗》,《江海学刊》1991 年第 1 期。

被成功地汇为一体"。刘怀荣还将唐传奇中的剑侠与唐诗中的侠客形象的差别作了总结，指出前者神秘化，后者理想化；前者俗后者雅；前者不乏野蛮，后者完美无瑕；前者多仅只于复仇惩恶，后者多被作为时代英雄，"二者虽均源于以《史记》为代表的传记文学，但在此基础上却形成了两种不同的侠义文学传统"。① 林香伶对唐代和南社两个不同时期的游侠诗歌做了分析。她认为，两者都具有"尚侠、轻生"的思想，但前者慷慨激昂，后者蒙上了"感叹和悲壮的色调"，前者的"遵循对象"是"政府"（初期）和"知己"（中晚期），后者是志同道合的革命精英；两者都"将游侠与刺客相混等同"，但前者不赞成暗杀，后者则将暗杀作为"展现侠行的具象表征"；两者都表现出豪放悲壮的侠风、侠骨，但后者增添了一份缠绵悱恻的儿女柔情。② 这种比较研究不但拓宽了唐前咏侠诗的研究领域，而且还有利于加深对咏侠诗自身特点的认识。

综上所述，20 世纪以来，学术界对各阶段的咏侠诗都有所论述，且不乏独到的见解。但是，在研究中也存在一些问题，诸如对咏侠诗的界定还不够详细明确；对咏侠诗的发展线索及其艺术特征，还需要做进一步的梳理和深入的研究；咏侠诗与其他文体的比较研究还有待深入。但归纳起来，学术界对咏侠诗研究的不足主要体现在：一是对古代咏侠诗的篇目没有一个从数量到内容的定性，导致结论的多样性和不确定性；二是缺乏对古代咏侠诗在历代发展趋势、时代特征的体认与整体把握；三是对古代咏侠诗文化内涵的阐释不深入，尤其是古代咏侠诗的创作与社会文化思潮、任侠风气、人们的审美追求等的关系未能引起注意；四是目前还没有对古代咏侠诗进行全面研究的专著；五是学界的研究多集中于唐前、唐代咏侠诗及个别作家作品的分析，而对宋、元、明、清各代咏侠诗无多关注；六是缺乏对中国侠及侠文化与咏侠诗创作关系的宏观观照。

---

① 刘怀荣：《中国诗学论稿》，中国文联出版社 1999 年版，第 274—275 页。
② 林香伶：《千载有余情——从南社诗歌看唐代游侠诗的足迹》，《南京理工大学学报》2000 年第 2 期。

二、主要内容、基本思路和方法、重点难点、主要观点及创新之处

本书主要内容是：以对历代咏侠诗的搜集整理和校注为基础，立足中国古代任侠风气与咏侠诗的发展变迁，将我国历代咏侠诗创作分为四个时期进行系统研究，全面系统地勾勒出中国古代咏侠诗创作发展的历史沿革与创变，深入探索古代咏侠诗的发生、发展演进的现实动因、发展趋势、审美特质和文化内涵，阐释并揭示我国历代咏侠诗独特的审美价值和时代文化内涵、咏侠诗在不同时代的创作发展特征及其诗歌史意义，建立历代咏侠诗纵向发展的体系，描述历代咏侠诗的发展流变史。其主要内容分为三大块，即古代的侠风和侠的发展演变、古代咏侠诗创作与侠风的关系、古代咏侠诗的思想内涵和审美艺术创新。具体讲，主要包括以下四方面的内容：一是科学界定咏侠诗概念，对历代咏侠诗篇目进行搜集整理和校注分析；二是按照诗歌创作的规律，对古代咏侠诗的产生发展过程作历时性的纵向勾勒和共时性的分析与比较，以期找出发展脉络和某些规律性的东西；三是将历代咏侠诗的创作与对时代任侠风气的挖掘研究紧密结合，揭示古代咏侠诗创作的时代特征、独特社会文化背景及其任侠精神；四是将唐代作为咏侠诗创作重点进行深入剖析，揭示唐人咏侠诗的思想内容的多元价值、审美意识上的高标示范作用及其对后代咏侠诗创作的影响。

本书基本的研究思路是以历史纵向为主轴，留意咏侠诗创作与时代社会文化的关系，在爬梳整理古代咏侠诗篇目、内容及和创作发展时，牢牢把握古代任侠风尚和社会文化思潮对咏侠诗的创作影响，挖掘咏侠诗创作发展的一般规律，进而揭示古代咏侠诗创作在我国诗歌创作发展中的地位和影响。本著拟综合运用文献学方法、社会文化学方法、史论结合法三种研究方法：一是文献学方法：利用历代诗歌文献资料，通过考证分析，对历代咏侠诗篇目、作者及其有关的史实、社会、文化等进行全面爬梳整理，使研究建立在对咏侠诗坚实的文献考证基础上，保证研究的科学性和可靠性；二是社会文化学方法：运用社会文化学方法，从两个角度探究历代咏侠诗的社会文化内容：其一从咏侠诗包含的文化因素出发，深入剖析其丰富的社会文化内涵；

其二从咏侠诗所体现的文化精神出发，挖掘其中突出的向往功业、赴难牺牲、公平正义等侠义精神；三是史论结合法：从诗歌史的角度，探究历代咏侠诗游侠形象塑造、抒情模式等审美艺术内涵及其特征。科学分析，论从史出，力戒游谈无根或架空立论和辗转抄袭的谬误。

本著的重点难点是解决在古代咏侠诗研究中尚未解决或解决不深入的三大问题：一是古代咏侠诗篇目的搜集整理；二是古代咏侠诗的创作成因、发展流变、文化内涵、审美特质；三是古代咏侠诗创作与各种社会文化思潮、传统文化、创作心理等的社会文化学阐释。

中国古代咏侠诗史拟在充分关注先秦到清代全部咏侠诗，并全面把握20世纪以来咏侠诗研究的前提下，对古代咏侠诗的创作发展进行系统探讨。主要探讨以下四方面的问题：其一，对学术界现存有关咏"侠"题材的诗歌的界定进行辨析，并对古代侠的历史发展作简要梳理，认定凡是以"侠"为主要表现对象，歌颂或表现其侠气、侠行、侠情、侠品，或表达世人对"侠"的态度以及作者"侠"的评价的诗歌都是咏侠诗。其二，对古代咏侠诗的产生及发展过程按照诗歌创作的规律作历时性的纵向勾勒和共时性的分析与比较，以期找出发展脉络和某些规律性的东西。其三，将唐代作为咏侠诗创作发展的核心进行深入剖析。其四，作为一种诗歌创作题材，咏侠诗的创作成为绵绵不断的咏侠诗潮，这其中的动因是什么？中国古代咏侠诗体现的价值追求和审美理想内涵是什么？通过咏侠诗，进一步探索古代文人的人格理想与社会大众对侠的向往在价值追求和艺术审美的一致性。其主要观点如下：

1.咏侠诗在我国诗歌发展史上代不乏篇，其创作发展可分为发轫期（先秦两汉）、发展盛行期（魏晋南北朝）、高潮期（唐代）、创变衰变期（宋元明清及近代）五个阶段。先秦两汉咏侠歌谣、时谚是咏侠诗的滥觞，从对中国古代咏侠诗诗歌主题的拓展和题材内容的影响看，先秦两汉咏侠歌谣至少在三个方面为后世文人咏侠诗的创作起到了奠基作用：一是在咏侠诗诗歌主题的确立上，为后世诗歌内容的拓展提供了主题性素材；二是在人物形象的塑造上，先秦两汉咏侠歌谣为后世文人咏侠诗的创作提供了侠义英雄形象；三是为后世咏侠诗主题内容的提升灌注了侠义人格精神。从对中国古代诗歌，尤其是咏侠诗艺术体制的形成和艺术手法的积累看，先秦两汉咏侠歌谣的先导影响体主要现在三个方面：一是咏侠歌谣质朴自然的艺术风格，对后世咏侠诗创作风格起了传导性的影响；二是先秦两汉咏侠歌谣中，业已形成了文人咏侠诗最为常见的基本母题和最常用的艺术形式；三是先秦两汉咏侠歌谣中一些艺术手法为后世咏侠诗提供了基本的艺术借鉴。

2.在中国古代咏侠诗发展史上，魏晋六朝和唐代咏侠诗创作具有重要的文学地位。魏晋南北朝咏侠诗创作对确立咏侠主题、建立咏侠诗的题材类型具有重要的文学史意义，其出史入文的奠基意义不容忽视。唐人咏侠诗在对魏晋六朝咏侠文学传统的继承创新和近体诗新的艺术形式下提高了艺术品位和审美效果，成为咏侠诗发展史上承前启后的艺术高峰。宋代咏侠诗的创作是处于唐代和明清两个高潮中间的过渡。明代是咏侠诗创作的中兴阶段，咏侠诗多优游享乐的世俗内容，注重个性和欲望的张扬，都市化的生活色彩和市民意识较浓。清代、近代咏侠诗侧重游侠的尚武和功业追求、胆识义气、牺牲精神，突出了刺客型游侠的个人英雄主义，较多国家民族意识和悲剧色彩。

3.古代咏侠诗的发展受任侠风尚和时局变化影响，表现出时间上的连续性和创作上的不平衡，但内容上的功名理想、追求享乐、舒张个性自由的精神和对侠义人格的追求与艺术上的乐府歌行体制却是有共同性的。

4.我国古代咏侠诗创作形成了绵绵不断的咏侠思潮，有着深刻的现实动因和深厚的文化渊源，并和高昂的任侠风气、边塞时事、文人建功立业等结合在一起，形成了一个较为完整的价值体系。这是古代咏侠诗创作繁荣和具有影响力的根源，也是咏侠诗的美学价值所在。

5.古代咏侠诗是体现任侠精神重要的文化内容，也是体现历代侠风与文学创作关系和中国侠由史家立传到文人歌咏的重要文化载体。

本著创新之处有三：一是在学术思想上注重研究的系统性和整体性。"中国古代咏侠诗研究"以历史纵向为主轴，留意咏侠诗创作与时代的关系，注意历代任侠风气的历时和共时性研究，文献、文学、文化三位一体，对古代咏侠诗做定性分析。在爬梳探讨咏侠诗篇目、内容及创作发展时，牢牢把握时代任侠风气、社会历史文化的影响，挖掘咏侠诗创作发展的规律，揭示其地位与影响。

二是在学术观点上注重推陈出新。分析历代咏侠诗创作萌芽、发展、繁荣、衰变四个时期，阐释并揭示我国历代咏侠诗独特的审美价值和时代文化内涵。本著认为古代咏侠诗创作发展与社会文化思潮关系密切，与作家的人格追求相通，文人通过将边塞、功名和正义引入咏侠诗创作，提高了咏侠诗的艺术品位，丰富了其文化内涵，标志着咏侠诗艺术个性的丰富与审美价值的提高。形成了鲜明的类型特征，在中国诗歌史侠文化史上具有重要地位。

三是在研究方法上的创新。体现在三个方面：首先建立了文献、文学、文化三位一体的研究体系。通过科学界定"咏侠诗"概念，首次对历代咏侠诗的篇目进行全面搜辑，整理出历代咏侠诗的确切篇目。在研究内容系统性上，建立了从文献考证到社会文化关系的深入论述、从诗歌分析到抒情模式的理论构建、从创作纵向发展到相关影响的横向分析体系。这种全面系统的研究具有创新意义。其次做到了四个结合，即宏观与微观相结合、历史与理论相结合、文学与文化相结合、整体与分期相结合。使咏侠诗的理论研究与文献考订相为表里，历史文化内涵与创作发展紧密结合，形成历代咏侠诗创作发展的内容体系、艺术体系和价值体系。最后挖掘我国历代咏侠诗的发展流变趋势，探索建立历代咏侠诗纵向发展的体系。这种全面系统的研究将对我国古代咏侠诗创作初期、发展繁荣、流变等原生状态进行系统阐释，找出其中的动因和规律，构建历代咏侠诗的发展流变史。

第一章
萌芽与生发
——先秦两汉的任侠风气与咏侠歌谣

从古代游侠发展史看，先秦两汉时期是侠现实存在的重要历史时期，作为历史实录阶段的侠，其本身个性特征鲜明，而价值观念尚处于发展变化之中。其行虽表现着所谓的"侠客之义"，但与社会正义往往相抵牾。先秦两汉任侠风气及游侠群像，是伴随着中国封建制代替奴隶制的社会大变迁过程中出现的特殊社会现象，而先秦两汉崇尚古朴的原始遗风和以复仇相尚的社会风气，进一步点燃了游侠者的血性和野性，使其表现出绝异之姿，其行为却与统治者社会规范不相合拍，引起了统治者的打压。故游侠在当时虽是一种大众追慕的社会风气或社会现象，但还未引起文人的社会观照和审美表现。

从文学发生学的角度看，先秦两汉是中国古代咏侠诗的滥觞期，谣谚奠基，呈露雏形。作为抒情类型雏形的文学作品，一是表现形式多为咏侠歌谣与谚语，二是多与赋等其他文学形式相混。如陈山认为，"咏侠诗潮滥觞于东汉大赋。"① 虽然像班固的《西都赋》、《东都赋》，张衡的《西京赋》都在描写都市生活中展现了侠者风采，但有关豪侠的描写只是其中的点缀而已。

这些流传于都市与乡曲的民谣时谚，多是未经当时乐府采集而不曾入乐

---

① 陈山：《中国武侠史》，上海三联书店 1992 年版，第 136 页。

的徒歌和谣谚，它们真实地反映了汉代游侠风貌和游侠存在发展的真实状况，不仅有着很高的史学和文学价值，而且作为咏侠诗的滥觞，在传唱中为咏侠诗的产生积累着必要的文学素材和审美要素，成为中国古代咏侠诗的源头。① 后代文人咏侠诗即由此孕育和发展。

第一节　先秦两汉的任侠风气与中国侠文化基质的形成

战国秦汉之际，社会的大变动、大变革引起了各阶层的大流变。从中国侠文化发展看，先秦两汉是古代任侠的高潮期，也是中国侠的历史实存期，司马迁《史记》和班固《汉书》对此作了实录，并对侠的行为进行了评价。先秦两汉特殊的社会历史不仅为游侠的产生和发展创造了条件，而且为中国侠文化基质形成提供了重要基础，是中国侠文化发展的重要阶段。

---

① 刘飞滨认为汉代游侠歌谣是"后世游侠诗的基本母题极大地影响了中国游侠诗的发展"。（刘飞滨：《汉代的游侠与游侠歌谣》，《唐都学刊》2004 年第 3 期）刘怀荣认为，"诗歌中的游侠形象滥觞于汉魏乐府。"（刘怀荣：《中国史学论稿》，中国文联出版社 1999 年版，第 271 页）夏尧哲认为，建安时代的《白马篇》、《结客少年行》、《秦女休行》等乐府古诗，"开创了诗歌的任侠主题。"（夏尧哲：《两汉魏晋南北朝文学的任侠主题》，《宁夏大学学报》2002 年第 2 期）陈山指出："曹植是咏侠诗的奠基者，他的咏侠诗赋大体预示了后世咏侠诗的创作趋势。"（陈山：《中国武侠史》，上海三联书店 1992 年版，第 137 页）刘飞滨指出："曹植的《结客篇》可能是最早的文人作品之一。"（刘飞滨：《盛唐诗歌的任侠精神》，《中国文学研究》2005 年第 2 期；《汉代的游侠与游侠歌谣》，《唐都学刊》2004 年第 3 期）李晓芹认为，曹植"使游侠主题成为一种文学现象，开后世游侠诗之先河"。（李晓芹：《侠文化与曹植的游侠诗》，《阴山学刊》1996 年第 4 期）郑美虹从审美范畴的角度出发，认为屈原是将崇豪尚武精神写进诗歌的第一人。（郑美虹：《论唐诗中的豪侠尚武精神》，《临沂师专学报》1993 年第 2 期）蔡佑启认为战国时期荆轲的《易水歌》"当属游侠诗鼻祖"。（蔡佑启：《易水萧萧风气，引来壮歌绵绵——古代游侠诗的滥觞暨流域初探》，《语文学刊》1999 年的 1 期）周敏认为，"晋代张华的《游侠诗》和《博陵王宫侠曲》，是现存最早的以游侠为题、描摹游侠生活的作品。"（周敏：《唐代的游侠与游侠诗》，《苏州师范铁道学院学报》2000 年第 4 期）

一、先秦两汉社会的任侠风气及其影响

游侠的出现，是以一定的社会现实为先决条件的。从侠的历史文化变迁看，先秦社会的炽盛的任侠风气不仅使游侠成为了叱咤风云的历史人物，形成了鲜明的个性特点和人格精神，而且为中国侠文化发展起到非常重要的奠基作用。中国侠的基本特征、类型以及人格精神由此确立。

侠是中国封建制代替奴隶制过程中产生出来的一种特殊的社会现象和社会人群。先秦时期是中国侠的起源发展时期，侠经历了一个从贵族到贫民，从贫民到刺客，从刺客到游侠的变化过程。对于其中的原因，许多史家进行了探索。一些学者认为侠产生于先秦社会，古代原始氏族遗风及对"任"的推崇产生了最早的游侠。在古代，"任"与"侠"是不同的，"任"中包含着观念意义上的任侠精神。如清代学者龚自珍在谈论侠的产生年代时说：

《周礼》："以九两系邦国之民，八曰友以任得民。"又曰："以六行教万民：孝、友、睦、姻、任、恤。"杜子春曰："任，任朋友之事者。"周爵五等，公、侯、伯、子、男。男，任也；子，以谷璧养人；男，以蒲璧安人。曾子曰："士不可以不弘毅，任重而道远。"任也者，侠之先声也。古亦谓之任侠，侠起先秦之间，任则三代有之。侠尚意气，恩怨太明，儒者或不肯为；任则周公与曾子之道也。①

按龚自珍所言，"任"是从周代就有的一种道德行为观念，包括相互帮助、勇于复仇等，主要指为大众而不惜牺牲自己的行为，即《周礼·大司徒》所谓相保、相爱、相葬、相宾等。《周礼》云："五家相比，使之相保。"《说文》"任，保也。"段注引《周礼》"孝、友、睦、姻、任、恤。"一句注云："任，信于友道也。"

"任"的观念在诸子那里得到了继承发展，墨子提出了完整的"任"的精神观念和行为方式。《墨子·经上》篇云："任，士损已而益所为也。"精辟地概括了"任"的精神实质和内涵。注曰："谓任侠。"墨子又进一步阐明

---

① 龚自珍：《龚自珍全集》，中华书局 1959 年版，第 85—86 页。

了"任"的行为方式,《墨子·经说上》篇云:"任,为身之所恶,以成人之急。"谭戒甫先生解释说:"干自己所厌恶的事来解救他人的急难。"这正是侠的行为准则,对刺客向侠的转化有导夫先路之功效。此后对"任"的论述颇多,都已将"任"与"侠"相连。如三国时魏国学者如淳解释"任侠"时说:"相与信为任,同是非为侠。"《史记·季布栾布列传》注引魏国学者孟康则所云:"信交道曰任。"颜师古《汉书·季布传》注中说:"任,谓任使其气力。"段玉裁在《说文解字》注中引徐笺云:"任侠者,挟负气力以自雄也。"汤增璧先生认为:"任侠"虽然并称,但"其义小有差别。投之艰巨不懈其仔肩,是之谓'任';白刃可蹈,而坚持正义,弗丝毫贬损,又平均之象,隐兆魄而弗见,则起而桀之,是之谓'侠'"①。这些解释中,"任"虽表现着不同于"侠"的内涵,但已有容"任"入"侠","任、侠"并举合一的趋势。清初方以智在《曼寓草》中有《任记》一篇,对此讲得很清楚。他说:"上失其道,无以属民,故游侠之徒以任得民,""盖任侠之教衰,而后游侠之势行。"这段话除指出"任侠"与"游侠"两者不同外,也说明"任侠"与"游侠"的关系及"任"在侠发展中的作用。

其次,春秋时期以五霸争雄为高峰的兼并战争造成了社会的大动荡。从春秋中期开始,养士之风渐盛,延至战国炽盛不减。这种现状改变了士与各级统治者的原有关系,对侠的产生有着较大的影响。《史记·太史公自序》云:"春秋之中,杀君三十六,亡国五十二,诸侯奔走不得保其社稷者不可胜数。"②这使"国士"与国君的固定关系发生了动摇,"邦无定交,士无定主"的局面,身为"有职之人"的"国士"处于"士之失位"的游离状态,成为"游士"的一个部分而见养于公室、私门。《国语·齐语》载,齐桓公曾收留游士八十人,"奉之以车马、衣裘,多其资币。"《左传·文公十四年》载:"齐昭公之子公子商人""骤施于国而多聚士",倾财养士,终夺位为国君。《左传·襄公二十一年》、《襄公二十五年》、《襄公二十八年》载,齐庄公养勇士

---

① 汤增璧:《崇侠篇》,载张枬、王忍之:《辛亥革命前十年间时论选集》卷三,三联书店1977年版,第88页。

② 司马迁:《史记·太史公自序》,中华书局1975年版,第3299页。

殖绰、郭最、州绰、邢蒯等为私属。后庄公为权臣崔杼所杀，州绰等八人赴难。三年后另两名勇士戮尸崔杼，还位姜氏。另外，晋国的公卿栾盈，楚国的权臣白公胜、吴国贵公子光也都是养士名人。与战国多私门养士不同，春秋养士公室私门都有，既为私门行剑，又为公室攻杀。而这时游士中武士与国君、权臣的关系已不是统属关系，也非宗法关系，而是主、客间以交游方式相互选择的关系。陈山《中国武侠史》中说："当时具有自由身份的游士，他们具有一般平民所未能有的特殊技艺——或是专门的文化知识，或是超群的武艺剑术，因此脱离农耕而具有周游列国、自由流动的特征。其中的'儒士'，有的通过'游说'的方式致仕，有的通过'游学'的方式以成名。身为'游士'的武士，他们更看重的是超越实利的个人荣誉与气节。他们在列国间与同类交游，并通过'游侠'的方式为人解难济困，从而成为活跃于民间社会的'急难足以先后'的'国之豪士'，这便是初始形态的侠。"①

可见，春秋养士之风的出现为侠的产生提供了适宜的社会基础和内驱力，为游士提供了生存和发展的条件，为武士实现自我价值提供了活动的舞台，导致了春秋末期如晋国豫让、吴国专诸、要离等专门刺客的涌现。同时，为知遇者轻生相报的"士为知己者死"那种知恩图报的精神价值追求，成为了最早侠者的人格基质。

以"争于气力"为特征的战国时代，养士之风更炽于春秋。司马迁在《史记·游侠列传》中盛赞侠客之义，也指出了养士之风与任侠风气的关系。其云：

> 古布衣之侠，靡得而闻已。近世延陵、孟尝、春申、平原、信陵之徒，皆因王者亲属，藉于有土卿相之富厚，招天下贤者，显名诸侯，不可谓不贤者矣。比如顺风而呼，声非加疾，其势激也。至如闾巷之侠，修行砥名，声施於天下，莫不称贤，是为难耳。然儒、墨皆排摈不载。自秦以前，匹夫之侠，湮灭不见，余甚恨之。②

---

① 陈山：《中国武侠史》，上海三联书店 1992 年版，第 16 页。
② 司马迁：《史记·游侠列传》，中华书局 1975 年版，第 3183 页。

班固在《汉书·游侠传》肯定了养士之风对战国任侠风气的影响。他说：

> 周室既微，礼乐征伐自诸侯出，桓、文之后，大夫世权，陪臣执命。陵夷至于战国，合纵连横，力政争强。由是列国公子，魏有信陵，赵有平原，齐有孟尝，楚有春申，皆藉王公之势，竞为游侠，鸡鸣狗盗，无不宾礼。而赵相虞卿弃国捐君，以周穷交魏齐之厄；信陵无忌窃符矫命，戮将专师，以赴平原之急。皆以取重诸侯，显名天下。扼腕而游谈者，以四豪为称首。于是背公死党之议成，守职奉上之义废矣。①

司马迁与班固在养士助推任侠风气与游侠刺客上持论相似。苏轼亦说："春秋之末，至于战国，诸侯卿相皆争养士。自谋夫说客、谈天雕龙、坚白同异之流，下至击剑扛鼎、鸡鸣狗盗之徒，莫不宾礼，靡衣玉食以馆于上者，何可胜数"。②而战国门客行为处事皆有较大的选择自由。如孟尝君遭齐王毁废，宾客纷离，乃被复用，宾客又来归附。廉颇失势，故客皆尽离去，其中一客以市道交来说服，很能反映出当时的主客关系。他说："夫天下以市道交，君有势我则从君，君无势则去，此固其理也，有何怨乎?"③可见，主客相互选择使宾客有较大的自由，人格亦具独立性。从深层看，主人有势，一是可以有优厚的生活与地位，二是为主人行不法之事（行刺）可多一层保护，三是主客之间互求知己与施报也就有了更大的空间。可见，主客之间关系的变化，宗法色彩的摆脱与新的自由选择关系的建立，为游侠提供了外在的社会条件。甚至一些历史学家借此认为战国时期的这种变化是士的文武分途之始。如顾颉刚先生在《武士与文士之蜕化》中指出，"然战国者，攻伐最剧烈之时代也，不但不能废武事，慷慨赴死之精神且有甚于春秋，故士之好武者正复不少，彼辈自成一集团，不与文士混。以两集团之对立而有新名词出焉，文者谓之儒，武者谓之侠。儒重名誉，侠重义气。……古代文武兼包之人至是分歧为二，惮用力者归'儒'，好用力者为'侠'，所业既

---

① 班固：《汉书·游侠传》，中华书局 1975 年版，第 3695 页。

② 苏轼：《东坡志林·论古·游士失职之祸》，王松龄点校，中华书局 1981 年版，第 110 页。

③ 司马迁：《史记·廉颇蔺相如列传》，中华书局 1975 年版，第 2362、2448 页。

专，则文者益文，武者益武，各作极端之表现耳。"①战国养士中虽不尽为武士，但武士显然多于文士，却是不争的事实，且游侠的政治色彩更胜于春秋。研究者多认为，"侠"是从古代武士发源的，起于古代封建秩序之解体及士的失位，且战国时有文武之分途，致儒侠之名成。其构成贵族、平民皆有，但其行为的服务对象却是不同阶层的贵族。战国末期统一国家的形成，游侠依附人格的存在条件被打破，使其服务对象由所谓的权贵逐渐面向社会中需要救助的民众，使其一步步走向真正的侠者。苏轼对此有过深刻的议论。他说："（六国时）凡民之秀杰者多以客养之，不失职也"。"此其（六国）所以少安而不即亡也"。"始皇初欲逐客，因李斯之言而止。既并天下，则以客为无用"，"故堕名城，杀豪杰，民之秀异者散而归田亩。向之食于四公子、吕不韦之徒者，皆安归哉？"②因此，从春秋到战国社会的变化，养士风气的盛衰，统一国家的形成引起了养士风气中主客之间宗法关系的消失和依附关系的弱化，自由选择关系的产生和宾客服务对象的变化，进一步加强了侠者身份的成长，而社会舆论的崇尚和民众的尚侠、行侠，为游侠提供了广阔的社会基础，使之成为民众的英雄，正义的偶像。故韩非《六反》篇中云："行剑攻杀，暴憿之民也，而世尊之曰'礤勇之士'。活贼匿奸，当死之民也，而世尊之曰'任誉之士'。"③梁启超《饮冰室合集》专集三《新民说》在分析战国时期尚武任侠风气时说："其时人士，亦复习于武风，眦睚失观，挺身而斗，杯酒失意，白刃相仇，恬不为怪。尚气任侠，靡国不然。"④

从游侠的活动区域看，战国时代都市的兴起与繁荣，为游侠提供了聚集交往和活动的场所，成为游侠迅速发展的一个社会条件。战国时著名的游侠，大都在都市，尤其是在大城市存身活动。如侯嬴、朱亥、田光、聂政、

① 顾颉刚：《武士与文士之蜕化》，载顾颉刚：《史林杂识》初编，香港中华书局1963年版，第88—89页。
② 苏轼：《东坡志林》，王松龄点校，中华书局1981年版，第111页。
③ 韩非：《韩非子》卷十八《六反》，王先慎集解，上海古籍出版社2015年版，第503页。
④ 梁启超：《饮冰室合集》，中华书局2015年版，第5129页。

荆轲、高渐离等都曾活动在市井。

先秦游侠的事迹，散见于《左传》、《国语》、《战国策》等，其典型者就是被司马迁写进《刺客列传》中的曹沫、聂政、专诸、豫让、荆轲等。其他如《吕氏春秋》中的要离，《战国策·魏策》中的唐且、侯赢、朱亥，《左传》中的鬻拳、狼瞫、鉏麑，《晏子春秋》中的北郭骚等皆有任侠精神。

见于先秦文献中的这些刺客，都是依附于私门的政治工具，具有鲜明的刺客特征，因此"儒墨皆排摈不载"。江淳先生在《试论战国游侠》一文中将士按作用分为七种，其中把"保护主人的人身安全"、"为主人争夺政治地位、除掉政敌或仇人"、"以勇武壮大主人声势"者归结为武士的范畴。① 可见，先秦所谓的侠，有着鲜明的刺客精神色彩。

西汉是游侠的辉煌期。"任侠之方，成其俗矣。"而对武力和侠风的推崇，使民间游侠炽盛。加之诸王竞为养士，遂使"侠者极众，而无足数者"。② 从西汉游侠的社会存在与行为看，西汉游侠的存在有三种方式：一是民间社会，二是诸王贵族门下，三是亦官亦侠。西汉民间社会游侠十分活跃。"长安炽盛，街间各有豪侠。""乡曲豪俊，游侠之雄，节慕原、尝，名亚春、陵，连交合众，骋骛乎其中。"③ 司马迁《史记·游侠列传》中在续写完西汉游侠朱家、济南瞯氏、周庸、田仲、郭解后，说："自是之后，为侠者极众，敖而无足数者。"又列举了两类行为不同的任侠之人。"关中长安樊仲子，槐里赵王孙，长陵高公子，西河郭公仲，太原卤公孺，临淮儿长卿，东阳田君孺，虽为侠而逡逡有退让君子之风。至若北道姚氏，西道诸杜、南道仇景、北道赵他、羽公子，南阳赵调之徒，此盗跖居民间者耳。"④ 西汉依附于诸王门下的游侠和亦官亦侠者声势很大，这里面有战国养士遗风的影响。班固《汉书·游侠传》云：

---

① 江淳：《试论战国游侠》，《文史哲》1989 年第 4 期。
② 班固：《汉书》，中华书局 1975 年版，第 3705 页。
③ 班固：《西都赋》，萧统编、李善注：《文选》，上海古籍出版社 1986 年版，第 8 页。
④ 司马迁：《史记》，中华书局 1975 年版，第 3188 页。

及至汉兴，禁网疏阔，未之匡改也。是故代相陈豨从车千乘，而吴濞、淮南皆招宾客以千数。外戚大臣魏其、武安之属竞逐于京师，布衣游侠剧孟、郭解之徒驰骛于闾阎，权行州域，力折公侯。众庶荣其名迹，觊而慕之。虽其陷于刑辟，自与杀身成名，若季路、仇牧，死而不悔也。故曾子曰："上失其道，民散久矣。"非明王在上，视之以好恶，齐之以礼法，民何由知禁而反正乎！　①

班固所言，汉代游侠多与上层诸王权贵交通相游，乃是战国遗风，而汉代公卿将相中的尚侠之风，出现了一批官吏任侠者。这是侠的社会存在形式上一个值得注意的方面，是汉代游侠豪强化的产物和标志。从《史记》、《汉书》、《后汉书》等记载看，西汉官侠，主要有武帝时的义纵、杜建，汉平帝从舅卫子伯、戴遵，元帝、成帝时的萬章，成帝至王莽时的楼护，哀帝至两汉之际的陈遵和原涉，两汉之际的窦融、刘林、刘缋等。而以义纵、萬章、楼护、陈遵、原涉为有名者。西汉大臣汲黯、灌夫、郑当世、剧孟，东汉袁绍、袁术、张邈，都以"任侠自喜"。义纵"少年时尝与张次公俱攻剽，为群盗，上拜义姁弟纵为中郎，补上党郡中令"。后曾迁长陵及长安令、河内都尉、南阳太守、定襄太守。② 萬章为长安城西柳市豪侠。"号曰'城西萬子夏'。为京兆尹门下督。"③ 楼护，王莽时封息乡侯，曾为故人吕公养老送终。又好施有礼，待故人有义，颇得士大夫之心，班固多称其为宾客侠中的佼佼者。④ 陈遵"与张竦、伯松俱为京兆史"，"而遵放纵不拘，操行虽异"。⑤ 原涉，其祖父武帝时以豪杰自阳翟徙茂陵，二十多岁为谷口令，曾自劾去官，为季父报仇杀人，亡命岁余被赦。王莽时，拜镇戎大尹。"郡国诸豪及长安、五陵诸为气节者皆归慕之。涉遂倾身与相待，人无贤不肖阗门，在所闾里尽满客。……专以振施贫穷赴人之急为

① 班固：《汉书·游侠传》，中华书局 1975 年版，第 3698 页。
② 班固：《汉书·酷吏传》，中华书局 1975 年版，第 3652—3655 页。又见《史记·酷吏传》。
③ 班固：《汉书·游侠传》，中华书局 1975 年版，第 3705—3706 页。
④ 班固：《汉书·游侠传》，中华书局 1975 年版，第 3707—3709 页。
⑤ 班固：《汉书·游侠传》，中华书局 1975 年版，第 3709 页。

务。"① 其"刺客如云，杀人皆不主名"。又"外温仁谦逊，而内隐好杀，睚眦于尘中，触死者甚多"。②

东汉任侠风气虽不如西汉炽盛，但东汉末年政治黑暗、动乱频仍，社会任侠风气一度再兴，桓、灵之世达到高潮。如"中常侍郑飒、中黄门董腾并任侠通剽轻"。③ 太尉段颖"少便习弓马，尚游侠，轻财贿"。④ 董卓"以健侠知名"。"少好侠。尝游羌中，尽与诸豪帅相结。"⑤ 四世三公的袁绍"公族豪侠"，⑥ 袁术"少以侠气闻，数与诸公子飞鹰走狗"。⑦

东汉末年群雄中亦有游侠者，如张邈"少以侠闻，振穷救急，倾家无爱，士多归之"。⑧ 王匡"轻财好施，以任侠闻"。⑨ 曹操"少机警，有权数，而任侠放荡，不治行业"。⑩ 刘备"好结交豪侠，年少争附之"。⑪

东汉官吏任侠者很多。有祭遵、吴汉、杜保、王焕、冯绲、宋果、郝伯都、郑飒、董腾、过晏等。祭遵，事见《后汉书·祭遵列传》。尚气好义，年轻时结客追杀冒犯自己的官吏，后随刘秀，为东汉名将。吴汉，事见《后汉书·吴汉传》。因犯法亡命渔阳，贩马谋生，往来于燕、蓟间，结交当地豪杰，后依刘秀，为东汉名将。杜保，事见《后汉书·马援列传》。尚侠好

---

① 班固：《汉书·游侠传》载："人尝置酒请涉，涉入里门，客有道涉所知母病避疾在里宅者。涉即往候，叩门。家哭，涉因入吊，问以丧事。家无所有，涉曰：'但洁扫除沐浴，待涉。'还至主人，对宾客叹息曰：'人亲卧地不收，涉何心享此！愿彻去酒食。'宾客争问所当得，涉乃侧席而坐，削牍为疏，具记衣被棺木，下至饭含之物，分付诸客。诸客奔走市买，至日昳皆会。涉亲阅视已，谓主人：'愿受赐矣。'既共饮食，涉独不饱，乃载棺物，从宾客往至丧家，为棺敛劳俫毕葬。其周急待人如此。后人有毁涉者曰：'奸人之雄也'，丧家子即时刺杀言者。"（《汉书·游侠传》，中华书局 1975 年版，第 3716 页）
② 班固：《汉书·游侠传》，中华书局 1975 年版，第 3714—3719 页。
③ 范晔：《后汉书·章帝八王列传》，中华书局 1965 年版，第 1798 页。
④ 范晔：《后汉书·段颖传》，中华书局 1965 年版，第 2145 页。
⑤ 陈寿：《三国志·魏书·董卓传》，北京书局 1959 年版，第 171 页。
⑥ 范晔：《后汉书·许劭传》，中华书局 1965 年版，第 2234 页。
⑦ 班固：《汉书·袁术传》，中华书局 1975 年版，第 2438 页。
⑧ 陈寿撰：《三国志·魏书七·吕布（张邈）臧洪传》，中华书局 1959 年版，第 221 页。
⑨ 《三国志·魏书一·武帝纪一》注引《英雄记》，中华书局 1959 年版，第 6 页。
⑩ 《三国志·魏书一·武帝纪一》，中华书局 1959 年版，第 2 页。
⑪ 《三国志·蜀书·先主传》，中华书局 1959 年版，第 872 页。

义，急人所急，乐人所乐，曾任越骑司马。王焕，事见《后汉书·循吏列传》。少时好任侠，与劫财亡命少年交游，后改节习儒业，官至兖州刺史、洛阳令。冯绲，事见《后汉书·冯绲列传》，为官宦世家，好放施，赈济穷急。宋果，事见《后汉书·郭太列传》。性轻悍，喜与人报仇，任并州刺史。郝伯都，事见《北堂书钞》卷一三九引《华阳国志》。郡吏，为上司太守之子报仇赴洛阳杀高官。郑飒、董腾，事见《后汉书·章帝八王列传》，宦官，任侠，与刺客交通。过晏等十余人，事见《后汉书·刘陶列传》，剑客，任侠，为顺阳长刘陶召募入官府为吏。

两汉上层权贵尚侠、崇侠，尤其随着地方豪族的积极介入，使侠出现了豪强化的特征。所谓"郡国处处有豪杰"，"豪杰则游侠通奸"。故东汉荀悦《汉纪》卷十"孝武一"中说："立气势，作威福，结私交，以立强于世者，谓之游侠。"就《史记·游侠列传》、《汉书·游侠传》所载游侠看，鲁国朱家、楚国田仲、洛阳剧孟、符离王孟、济南瞷氏、陈国周庸、代郡诸白、梁地韩无辟、阳翟薛兄、陕地韩孺等，都是行侠仗义的地方豪强。再如《史记》中所列西汉中期的关中长安樊仲子、槐里赵王孙、长陵高公子、西河郭公仲、太原卤公孺、临淮兒长卿、东阳田君孺、南阳赵调等，《汉书》中所列西汉末年的霸陵杜君敖、池阳韩幼孺、马领绣君宾、西河漕中叔等，已进一步豪强化，且多成群体。同时，有的还以宗族关系组成某种社会集团，保持着集族而居的组织形式，有着很强的凝聚力。如汉景帝时的游侠"济南瞷氏宗人三百余人"，新丰游侠杜健有"宗族宾客"，导致汉代出现亦官亦侠者及在此基础上侠的豪强化，除了统治者的一部分成员进入到游侠群体外，可能还与当时实行举荐选拔官吏的制度有一定关系。因为被举荐者需要一定的声誉，而任侠在当时便是最有效的方式。这种方式影响到魏晋南北朝甚至唐代。

在考察先秦两汉任侠风气与游侠时，有一个任侠群体也是值得关注的，即秦汉时期活跃于民间社会，且与豪贵等交通朋附的"游侠少年"群体。这些游侠少年成分复杂，共同体现出秦汉炽烈的游侠风尚和时代精神。其中多轻薄子，且多恶行。王子今《说秦汉"少年"与"恶少年"》

一文指出："秦汉时期的所谓'少年'与'恶少年'，是城市中往往与政府持不合作态度的社会力量。他们的活动，对社会的'治'与'安'表现出显著的消极影响。在政局动荡时，他们又往往率先成为反政府组织的中坚。'少年'与'恶少年'的成分比较复杂，然而其共同的风格体现出秦汉社会放达侠勇的时代精神。'少年'受到专制主义政治的压抑，在政府'称治'即行政效能较高时，对'恶少年'更采取严厉打击的政策。'少年'与'恶少年'是游侠社会的基础。这一社会群体的结构与作风对后世会党运动的形态也表现出先导性的影响。"① 史籍中有大量的关于"少年"任侠的记载。从秦汉文献记载看，"少年"为当时社会的叛逆者。《史记·货殖列传》云："闾巷少年，攻剽椎埋，劫人作奸，掘冢铸币，任侠并兼，借交报仇，篡逐幽隐，不避法禁，走死地如鹜者，其实皆为财用耳。"②《史记》中关于"少年"的记载很多。如《史记·梁世家》"亡命少年数十人行剽攻杀，取财物以为好"；《史记·酷吏列传》：义纵"为少年时，尝与张次公俱攻剽为群盗"；《史记·游侠列传》：郭解"少时阴贼，慨不快意，身所杀甚众。以躯借交报仇，藏命作奸剽攻，休铸钱掘冢，固不可胜数"；《史记·秦始皇本纪》："山东少年苦秦吏，皆杀其守尉令丞反，以应陈涉"；《史记·项羽本纪》："东阳少年杀其令，相聚数千人"；《史记·高祖本纪》："于是少年豪吏如萧、曹、樊哙等皆为收沛子弟二三千人，攻胡陵、方与，还守丰"；《史记·留侯世家》："陈涉等起兵，良亦聚少年百余人"；《史记·张耳陈余列传》："今天下大乱"，"少年皆争杀君"；《史记·孟尝君传》："吾尝过薛，其俗间里率多暴桀子弟"；等等。《汉书·王莽传下》：吕母起义，"阴厚贫穷少年得百余人"。《后汉书·刘盆子传》：琅邪海曲吕母，子犯小罪为宰杀之。"吕母怨宰，密聚客，规以报仇"，"乃益酿醇酒，买刀剑衣服。少年来酤者，皆赊与之，视其乏者，辄假衣裳，不问多少。数年，财用稍尽，少年欲相与偿之。吕母垂

---

① 王子今：《说秦汉"少年"与"恶少年"》，《中国史研究》1991 年第 4 期。
② 司马迁：《史记·货殖列传》，中华书局 1975 年版，第 3271 页。

泣曰：'所以厚诸君者，非欲求利，徒以县宰不道，枉杀吾子，欲为报怨耳。诸君宁肯哀之乎！'少年壮其意，又素受恩，皆许诺。其中勇士自号猛虎，遂相聚得数十百人，因与吕母入海中，招合亡命，众至数千。吕母自称将军，引兵还攻破海曲，执县宰。诸吏叩头为宰请。母曰：'吾子犯小罪，不当死，而为宰所杀。杀人当死，又何请乎？'遂斩之，以其首祭子冢，复还海中。"① 由此观之，秦汉时期的"少年"与"恶少年"是任侠风气的社会基础和游侠的重要组成部分，有巨大的社会影响，有时成为统治者和权贵利用的工具。一些专以行剽攻杀为业，其行多遭打压。《汉书·酷吏列传·尹赏传》云：

> 长安中奸猾浸多，闾里少年群辈杀吏，受赇报仇，相与探丸为弹，得赤丸者斫武吏，得黑丸者斫文吏，白者主治丧；城中薄暮尘起，剽劫行者，死伤横道，枹鼓不绝。赏以三辅高第选守长安令，得一切便宜从事。赏至，修治长安狱，穿地方深各数丈，致令辟为郭，以大石覆其口，名为"虎穴"。乃部户曹掾史，与乡吏、亭长、里正、父老、伍人，杂举长安中轻薄少年恶子，无市籍商贩作务，而鲜衣凶服被铠扞持刀兵者，悉籍记之，得数百人。赏一朝会长安吏，车数百辆，分行收捕，皆劾以为通行饮食群盗。赏亲阅，见十置一，其余尽以次内虎穴中，百人为辈，覆以大石。数日一发视，皆相枕藉死，便舆出，瘗寺门桓东。楬著其姓名，百日后，乃令死者家各自发取其尸。亲属号哭，道路皆歔欷。长安中歌之曰："安所求子死？桓东少年场。生时谅不谨，枯骨后何葬？"

> 赏所置皆其魁宿，或故吏善家子失计随轻黠愿自改者，财数十百人，皆贳其罪，诡令立功以自赎。尽力有效者，因亲用之为爪牙，追捕甚精，甘耆奸恶，甚于凡吏。赏视事数月，盗贼止，郡国亡命散走，各归其处，不敢窥长安。②

---

① 范晔：《后汉书·刘盆子传》，中华书局 1965 年版，第 477 页。
② 班固：《汉书·酷吏列传·尹赏》，中华书局 1975 年版，第 3673 页。

少年游侠作为社会任侠的中坚力量,既盛行在先秦两汉的社会大舞台,又以其特异之姿影响了魏晋六朝及唐代的任侠风气,成为中国古代社会历史文化中一道独特风景。刚强气盛、无惧无畏的个性与血气方刚的野性气质,创造了一个个的游侠史话,树立了千古绝异的文学形象,成为歌谣、诗歌和武侠小说永恒的主题。

尚武任侠作为秦汉时期一种普遍性的社会风气,其在春秋战国、秦汉之间的继承发展、递相沿革,涉及的社会层面、造成的社会影响都是非常大的。秦汉时期社会任侠风气对当时的政治、经济、军事和社会历史发展都产生了深远影响。

二、先秦两汉的任侠风气与中国侠文化基质的形成

从侠文化和侠文学的发展角度看,先秦两汉时期的任侠风气以及游侠行为,对中国侠文化基质的形成、侠文学的奠基、侠义人格精神的确立和价值观念的形成都带来了广泛影响。

秦汉时期,是中国侠文化的发轫期,同时也是侠文化基质形成的重要时期。深入挖掘和准确把握这些基质内涵,对研究侠文化和侠文学有着不可忽视的作用。所谓文化基质,是指在某一特征性文化形成发展中具有基础性和稳定性的文化因素。探讨秦汉时期任侠风气和游侠行为所体现出的具有基础性和稳定性的侠文化因素,至少可以从三个方面深入:一是任侠风气和游侠行为;二是社会评价,包括史家、文人和民间社会;三是寻找出一般性和共性的东西。

从秦汉时期的任侠风气看,社会的大动荡、大变革,往往会出现任侠高潮,这似乎是带有普遍性的成因,即所谓"乱世天教重侠游"。好客养士及其遗风流韵,往往成为侠存在的社会形式。不论是上层权贵还是民间社会,其中"少年"也往往成为游侠的主角。

从秦汉时期游侠的行为特征看,其时游侠行为多"侠客之义"而非正义。对这一特性,从魏晋六朝直到唐代史家、文人,都在努力将之向正义引导改

造。① 但从秦汉经魏晋六朝、隋唐五代以讫宋元明清各代，"侠客之义"道说不尽，同时，"利他"作为行侠的准则和侠者的重要标识，在秦汉游侠的行为中已有普遍性的和超异性的表现，这是侠文化中的积极因素，虽然当时游侠的利他行为有正义的、非正义的，但"利他"确实是秦汉时期侠文化中一个特别的价值性特征，是中国侠文化中具有核心地位的文化基质。另外，秦汉时期的游侠，其行为的群体性特征也非常明显，春秋战国时期，"群侠以私剑见养"，汉代游侠少年"结党连群"，以后朝代，任侠义士虽特立独行，但游侠少年往往结客连镳。而任侠行为与政治风云变幻相联系，既是一种任

---

① 正义是侠文化的核心内容。人间正义是侠文化的基础，也是侠文化发展变化过程中的一条红线。蔡翔在《知识分子与江湖文化》一文中指出："在我们今天业已形成的侠文化概念中，正义价值乃是其最主要的构成因素，抽去此项判断，侠就很难确定其特定的文化形象。对中国侠的义化改造是历代史家文人文化建设的重要内容。事实上，这一改造的发端在先秦时期就已开始，面对当时游侠和养士风气，韩非开始在《五蠹》篇中通过批判作为五蠹之一的游侠，希望引导一种守法畏上的正义公民。司马迁、班固等史家，既有对侠客之义的肯定，又有对不轨于正义的批判性改造。汉代游侠对国法和社会秩序的破坏导致了统治者的残酷打压，故汉代统治者有意征发游侠少年去边塞征战，实质上是一种对其野性血气的正面引导和积极改造利用。魏晋南北朝，曹植首先在文学中通过塑造边塞游侠儿报效国家'视死如归'的英雄形象，为侠者灌注了正义的积极因素，游侠得以以正义英雄形象进入文学殿堂和大众视野。此后，对侠的义化改造不断丰富。唐代陈子昂、四杰等积极倡导游侠在国家民族利益上积极有为。而李德裕是颇具代表性，他的《豪侠论》系统反映了唐人的侠意识，表现着唐代文人对侠义化改造的成果。其有云：'夫侠者，盖非常人也。虽然诺许人，必以节义为本。义非侠不立，侠非义不成，难兼之矣。所谓不知义者，感匹夫之交，校君臣之命，为贯高之危汉祖是也。此乃盗贼耳，焉得谓之侠哉！唯鉏麑不贼赵孟、承基不忍志宁，斯为真侠矣。淮南王憚汲黯，以其守节死义，所以易公孙弘如发蒙耳。黯实气义之兼者，士之任气而不知义者皆可谓之盗矣。然士无气义者，为臣必不能死难，求道必不能出世，……由是知士无气义者，虽为桑门，亦不足观矣。'李德裕此论以儒家君臣伦理观念重新规范侠义精神，标举'义非侠不立，侠非义不成'，谓真侠须'义气相兼'，为人臣亦然，评价侠的标准只'义'一项。此论的出现，标志着'义侠'的崭露头角，在中国侠的'义化'改造中具有划时代的意义。让侠通过'赴国难'立功封赏，加官晋爵，成为忠义之臣，让侠追随清官辅法安良，都与这一侠意识的确立分不开。它表明，中国侠的行为观念从先秦的'士为知己者死'到唐代的'义气相兼'，侠亦由'轻死重气'的人格精神迈向'轻死重义'的伦理规范，文人化色彩渐浓，理想化成分增多，侠意识的内容也越来越倾向于集中与突出儒家正义伦理道德。侠和侠文化在与上层正统文化不断的对立整合中回归到主流文化圈中。"

侠风气,也是一个不容忽视的社会现象。这种现象的影响在中国古代封建社会特别突出。

再从秦汉时期社会和游侠的侠意识看,通过前面对秦汉时期社会任侠风气的简单梳理可以看出,秦汉时期,侠风炽盛,侠意识异常浓烈,并在随着封建社会代替奴隶社会巨大的社会变迁中,其内涵得到了丰富和提升。其突出表现就是"士为知己者死"的明主情结与恩报意识,成为侠意识的重要内容,也是独具时代特色的侠意识,包蕴着深厚的现实内容,反映着较为深广的时代文化心理。它从一个独特的角度反映出秦汉任侠之士的执着和进取精神、追求功名的人生理想和追求个性自由的人生情趣,为我们认识当时侠者复杂的心灵世界提供了一个新的视角。

"侠意识同时还反映着一个时代的任侠精神,是侠文化的重要内容,是一个时代的人们对侠的存在及其行为的认识与评价。"中国侠文化史上,韩非首先以"侠以武犯禁"来目视游侠,反映了对先秦时代侠的行为存在的社会价值评判,代表了法家的侠意识。司马迁为刺客、游侠立传,表现出不同于韩非的侠意识内容。一是首次在评价标准上提出"义",丰富了侠意识的内涵。但他所说的"义"不是传统伦理意义上的"正义",而是"侠客之义"。二是将人格精神作为评价游侠行为的重要内容,是司马迁侠意识的核心。如对先秦刺客之侠,他所看重的是"其立意较然,不欺其志,名垂后世"的人格精神,对西汉游侠,他更看重那种"其言必信,其行必果,已诺必诚,不爱其躯,赴士之厄困,既已存亡死生矣,而不矜其能,羞伐其德"的精神操守。三是司马迁对游侠能够区别对待,体现出公允中肯的侠意识态度。如在《史记·游侠列传》中,司马迁提出了"布衣之侠"、"闾巷之侠"、"匹夫之侠",又提出了与之对比的"有土卿相之富"和"朋党宗强"、"暴豪之徒"。司马迁将布衣闾巷之侠与所谓"卿相之侠"相比,是突出和肯定布衣闾巷之侠的称贤于天下之难;与暴豪朋党宗强相比,是突出其行为处事的仁义之举和贤豪形象。可见,"司马迁的'美侠'意识,反映了对一种理想人格精神的赞美。"① 从中

---

① 汪聚应:《唐人侠意识论》,《天水师范学院学报》2004 年第 1 期。

也可以看出，司马迁所指出秦汉游侠的这些行为品质，作为中国侠的独特个性，已沉淀在历代任侠之士人格精神之中，既是先秦两汉游侠的行为特征，也成为中国侠文化重要的文化基质。当然，司马迁所总结的这些成为中国侠文化基质的内容，有着积极的文化因素和人格力量。

"班固《汉书》中认为游侠'温良泛爱，振穷周急，谦退不伐，亦皆有绝异之姿。'但同时认为养士任侠导致了'背公死党之议成，守职奉上之义废矣。'至如荀悦等则将游侠列入'三游'之一，认为游侠'伤道害德，败法惑世'，是'德之贼'，反映着和韩非一致的侠意识。"① 班固所言与司马迁相近，但韩非与班固、荀悦等史家，是从游侠与社会政治的关系方面评价游侠的，他们所指出的游侠行为对社会法令的破坏和践踏，就是司马迁所谓的"不轨于正义"的一面。这一面在中国侠文化中也是特征性的文化因素，更是历代任侠风气和游侠行为中不可或缺的文化基质。当然，韩非、班固等史家所指出的这些侠文化基质，是消极的文化因素。这些消极的侠文化因素在历代任侠风气中通过"游侠少年"这个特殊的群体得到了充分的体现，也因此成为历代统治者打压游侠的重要原因，虽然这些文化因素有着"利己"的成分，有着张扬个性、追求享乐的世俗特征。

从秦汉民间社会对侠义的践行和对侠的评价看，一方面，民间社会对侠的恩报观念和振穷周急等行为积极践行和赞扬，这在秦汉咏侠歌谣中有着广泛的内容；另一方面，先秦游侠"士为知己者死"的行为观念，使"求知己、报恩仇"成为流淌在秦汉游侠血液中最厚重、最普遍的侠意识。非常看重冀知报恩是先秦游侠的重要标志，也是中国侠文化积淀的具有特质性文化基质。当时民间的侠意识中普遍表现出对冀知报恩行为的肯定。这是因为在侠义之士那里，"知己不遇与恩仇无所便又同他们的怀才不遇相为表里。"② 王立在《伟大的同情——侠文学的主题史研究》中说："中国侠受人恩惠并

---

① 汪聚应：《唐人侠意识论》，《天水师范学院学报》2004 年第 1 期。

② 汪聚应：《唐人侠意识论》，《天水师范学院学报》2004 年第 1 期。

不感到有什么耻辱，相反倒有一种被理解被抬举的恩遇体验。这是由传统的'士不遇'文化模式所规范出来的。承恩受惠，意味着分享他人的资源，更意味着侠之自我的某种价值被他人承认、肯定。尤其是当社会地位较高的人对侠垂青、礼遇时，侠这种感激涕零的情感不论如何掩饰，迟早也会表露出来。""士不遇文化规定下伦理价值观，制约着下层豪士的恩怨情感，宁愿冒险代恩主刃仇，敢死轻生，也不愿有负别人的情义，这里面有微贱之士对恩遇机缘的珍视，仍洋溢着侠的自尊自重。"①

先秦游侠之士冀知报恩观念非常强烈，尤其在刺客型游侠身上，这一特征更加鲜明。司马迁《史记·刺客列传》所记豫让事极有代表性，在智伯被杀伐后，其云：

豫让遁逃山中，曰："嗟乎！士为知己者死，女为悦己者容。今智伯知我，我必为报仇而死，以报智伯，则吾魂魄不愧矣。"乃变名姓为刑人，入宫涂厕，中挟匕首，欲以刺襄子。襄子如厕，心动，执问涂厕之刑人，则豫让，内持刀兵，曰："欲为智伯报仇！"左右欲诛之。襄子曰："彼义人也，吾谨避之耳。且智伯亡无后，而其臣欲为报仇，此天下之贤人也。"卒释去之。……既去，顷之，襄子当出，豫让伏于所当过之桥下。襄子至桥，马惊，襄子曰："此必是豫让也。"使人问之，果豫让也。于是襄子乃数豫让曰："子不尝事范、中行氏乎？智伯尽灭之，而子不为报仇，而反委质臣于智伯。智伯亦已死矣，而子独何以为之报仇之深也？"豫让曰："臣事范、中行氏，范、中行氏皆众人遇我，我故众人报之。至于智伯，国士遇我，我故国士报之。"襄子喟然叹息而泣曰："嗟乎豫子！子之为智伯，名既成矣，而寡人赦子，亦已足矣。子其自为计，寡人不复释子！"使兵围之。豫让曰："臣闻明主不掩人之美，而忠臣有死名之义。前君已宽赦臣，天下莫不称君之贤。今日之事，臣固伏诛，然愿请君之衣而击之，焉以致报仇之意，则虽死不恨。非所敢望也，敢布腹心！"

---

① 王立：《伟大的同情——侠文学的主题史研究》，学林出版社1992年版，第96页。

于是襄子大义之，乃使使持衣与豫让。豫让拔剑三跃而击之，曰："吾可以下报智伯矣！"遂伏剑自杀。死之日，赵国志士闻之，皆为涕泣。①

从这段文字中可以看出，豫让的行为观念在当时是受到普遍肯定的，故而赵襄子认为他是"义人"、"天下贤人"，当豫让为智伯而死后，赵国志士"皆为涕泣"。豫让所践行的"士为知己者死"的侠义精神，对中国侠文化基质的形成产生了深远影响。"冀知报恩"遂作为古代侠义之士和文人所崇尚的一种人格精神相沿习用，经久不衰。

先秦两汉游侠，不但以自己的行为、观念，对中国侠文化基质的形成产生了重要影响，而且为侠者价值观念和侠义人格精神的确立树立了典范，并对中国侠文学起到了重要的奠基作用。一是从对文学题材的影响看，秦汉游侠的绝异之姿和惊天地、泣鬼神的侠行，为中国侠义文学创作，尤其是咏侠诗和武侠小说创作提供了非常丰富的文学素材和审美形象，先秦两汉游侠也成为历代咏侠诗歌咏的对象和武侠小说创作中的主要人物形象。二是从文学体裁看，先秦两汉游侠的行为及其人格精神成为中国武侠小说这一文学体裁产生的重要内驱力，同时也为武侠小说塑造侠义英雄人格提供了范本。

第二节　先秦两汉咏侠歌谣反映的任侠精神

在侠文化研究中，先秦两汉的咏侠歌谣、时谚，大多散见于史籍中，很少受到关注，但它们的文学研究价值和史学价值却不容忽视。从内容看，这些咏侠的歌谣、时谚，一是真实地反映了当时的游侠风貌，以及人们的社会评价；二是作为咏侠诗的滥觞，它们在传唱中为咏侠诗的产生积累着必要的

---

① 司马迁：《史记·刺客列传》，中华书局 1975 年版，第 2519—2521 页。

文学素材和审美要素，成为中国古代咏侠诗的源头。① 后代文人咏侠诗即由此孕育和发展。

就先秦两汉咏侠歌谣时谚来看，一是数量较少。笔者依据《史记》、《列女传》、《古谣谚》、逯钦立《先秦汉魏晋南北朝诗》等统计，先秦咏侠歌谣时谚包括《弹铗歌》、《河激歌》、《徐人歌》、《荆轲歌》、《渔父歌》、《琴女歌》、《鲁孝义保颂》、《鲁义姑姊颂》、《齐义继母颂》、《魏节乳母颂》、《梁节姑姊颂》、《郃阳友娣颂》、《京师节女颂》、《伍子胥歌》等共计 14 首。汉代有关游侠的歌谣时谚流传下来的笔者依据《史记》、《汉书》、《古谣谚》、《乐府诗集》、《先秦汉魏晋南北朝诗》等统计，包括《颍川儿歌》、《长安为尹赏歌》、《长安百姓为王氏五侯歌》、《闾里为楼护歌》、《刘圣公宾客醉歌》、《曹丘生引楚人谚》、《汉人为黄公语》、《关东为宁成号》、《太史公引鄙语论游侠》、《太史公又引谚语论游侠》、《诸儒为朱云语》、《长安为谷永楼护号》、《时人为戴遵语》、《临淮吏人为朱晖歌》、《并州歌》、《顺阳吏民为刘陶歌》、《时人为杨阿若号》、《蜀中为费贻歌》、《益都民为王忳谣》共计 19 首。二是这些歌谣所咏人与事都与侠义有关。虽然司马迁感叹"自秦以前，匹夫之侠，湮灭不见"，但先秦时期的所谓卿相之侠与刺客（可能就是布衣之侠），如为晏子死身的北郭骚等，都以他们的侠义行动，为游侠这类人格精神灌注了极其生动的人格魅力，这些人是有自觉的侠意识的。而游国恩在《中国文学史》中也说：汉代民谣"是当时社会现实最尖锐、最直接、最迅速的反映，都是有的放矢，具有强烈的战斗性和鲜明的时代性"。② 从先秦两汉这些咏侠谣谚所

---

① 关于咏侠诗的源头，多数学者认为最早出现在汉魏乐府中。但还存在不同看法。如蔡佑启认为战国时荆轲的《易水歌》"当属游侠诗的鼻祖"。（蔡佑启：《易水萧萧风气，引来壮歌绵延——古代游侠诗的滥觞暨流域初探》，《语文学刊》1999 年第 1 期）陈山、刘飞滨认为文人咏侠诗的源头是汉代民间游侠歌谣，《结客少年场》和《游侠篇》都是由民歌发展而来。（陈山：《中国武侠史》，上海三联书店 1992 年版，第 136、155 页；刘飞滨：《汉代的游侠与游侠歌谣》，《唐都学刊》2004 年第 3 期）周敏认为，"晋代张华的《游侠诗》和《博陵王宫侠曲》是现存最早的以游侠为题，描写游侠生活的作品。"（周敏：《唐代的游侠与游侠诗》，《苏州师范铁道学院学报》2000 年第 4 期）

② 游国恩：《中国文学史》一，人民文学出版社 2002 年版，第 202 页。

表现出的内容看，它们都有史实依据，且与历史记录相印证，真实地反映了先秦两汉游侠的历史存在、任侠精神及其命运，并通过歌谣、谚语这样一种具体生动的口语形式展现了当时游侠活动的时代风貌。三是这些咏侠歌谣时谚表现出当时对侠的社会态度和评价，更多的是对其侠义人格精神的肯定，表现着世俗社会的价值判断。世俗民间社会对其知恩图报、不畏牺牲、重诺轻生、急难解困等侠义精神表现出肯定性的价值评判。这一点当时的统治阶层也是认可的。如《史记》卷八十六《刺客列传》记载豫让为智伯报仇而刺赵襄子，赵襄子视为"义人"、"天下之贤人"。这种行为同样被史家司马迁所认可。他在《史记·刺客列传》中赞叹道：

> 自曹沫至荆轲五人，此其义或成或不成，然其立意较然，不欺其志，名垂后世，岂妄也哉！①

就两汉游侠的社会评价看，史家与民间的褒贬、史家之间表现出不同的态度，反映出的是社会价值评判和道义评价之间、正统思想观念与民间社会评价的差异。咏侠歌谣反映的正是民间社会对游侠这一特殊群体的评价，总体持肯定态度。而先秦两汉史家从正统思想观念出发，对游侠总体持否定态度。如韩非《五蠹》篇认为"侠以武犯禁"，将其列为五蠹之一。司马迁在《史记》中先从正统价值判断出发，认为游侠其行不轨于正义，而他肯定从民间文化价值观念出发的价值评价。《游侠列传》云：

> 今游侠，其行虽不轨于正义，然其言必信，其行必果，已诺必诚，不爱其躯，赴士之厄困，既已存亡死生矣，而不矜其能，羞伐其德，盖亦有足多者焉。②

言信行果、已诺必诚、不爱其躯、赴士厄困、不矜其能、羞伐其德，这是民间社会价值评价。这些评价更多侧重于人格精神层面。同时司马迁还引用鄙人言为之佐证："鄙人有言曰：'何知仁义，已飨其利者为有德。'"③

这样看来，游侠积极活跃的现实和对游侠的肯定性的评价，构成了先秦

---

① 司马迁：《史记·刺客列传》，中华书局1975年版，第2538页。
② 司马迁：《史记·游侠列传》，中华书局1975年版，第3181页。
③ 司马迁：《史记·游侠列传》，中华书局1975年版，第3182页。

和两汉，尤其是西汉时期具有特征性的社会现象，成为时代价值观念和社会舆论的主流。而先秦两汉咏侠歌谣时谚对侠的歌咏也体现着与当时社会一致性的评价。

与汉代咏侠歌谣时谚相比，先秦咏侠歌谣时谚虽然数量不多，但却反映着作为实录阶段侠的自由流动、野性张扬和道义价值观念。他们更看重超越实利的个人荣誉和气节：

有的表现着侠义之士借躯报仇的牺牲精神。如《荆轲歌》："风萧萧兮易水寒，壮士一去兮不复还。"①《史记》卷八十六《刺客列传》曰："燕太子丹使荆轲刺秦王……太子及宾客知其事者，皆白衣冠以送之。至易水之上，既祖，取道，高渐离击筑，荆轲和而歌，为变徵之声，士皆垂泪涕泣。又前而为歌曰：'风萧萧兮易水寒，壮士一去兮不复还！'复为羽声慷慨，士皆瞋目，发尽上指冠。于是荆轲就车而去，终已不顾。"②《荆轲歌》表现的是荆轲为燕太子刺杀秦王义无反顾的侠义精神。

有的表现着侠义之士的重诺、重知己。如《徐人歌》云："延陵季子兮不忘故，脱千金之剑兮带丘墓。"这首歌谣，刘向《新序》卷七列为《节士篇》，写的是延陵季子与徐君感知己侠义事。《新序》卷七曰："延陵季子将西聘晋，带宝剑以过徐君。徐君观剑，不言而色欲之。延陵季子为有上国之使，未献也。然其心已许之矣。致使于晋，顾反，则徐君死于楚。于是脱剑致之嗣君。从者止之曰：'此吴国之宝，非所以赠也。'延陵季子曰：'吾非赠之也，先日吾来，徐君观吾剑，不言而其色欲之，吾为有上国之使，未献也。虽然，吾心许之矣。今死而不进，是欺心也。爱剑伪心，廉者不为也。'遂脱剑致之嗣君。嗣君曰：'先君无命，孤不敢受剑。'于是季子以剑带徐君墓树

---

① 《乐府诗集·渡易水》，作者题燕荆轲。并云："一曰《荆轲歌》。《史记》曰：'燕太子丹使荆轲刺秦王，丹送之至于易水之上，荆轲使高渐离击筑，荆轲和而歌，为变徵之声。又前而为此歌，复为羽声慷慨，于是就车而去。'《乐府广题》曰：'后人以为琴中曲。'按《琴操》，商调有《易水曲》，荆轲所作，亦曰《渡易水》是也。"（郭茂倩：《乐府诗集》，中华书局1979年版，第849页）

② 司马迁：《史记·刺客列传》，中华书局1975年版，第2534页。

而去。徐人嘉而歌之曰：'延陵季子兮不忘故，脱千金之剑兮带丘墓。'"①

有的表现着民间侠义之士的济困救难侠义精神。如《渔父歌》、《伍子胥歌》等。《渔父歌》云：

> 日月昭昭乎寝已驰，与子期乎芦之漪。日已夕兮予心忧悲，月已驰兮何不渡为，事浸急兮将奈何？芦中人，芦中人，岂非穷士乎？②

《渔父歌》描写的是渔父渡伍子胥逃难及为绝其信息而投江自沉事，赞扬的是民间侠义之士的扶危济困、重诺轻生的侠义精神。据《吴越春秋·王僚使公子光传》载，伍子胥逃楚，与楚太子建奔郑。晋顷公欲因太子谋郑，郑知之，杀太子建。伍员奔吴，追者在后。"至江，江中有渔父乘船从下方溯水而上。子胥呼之，谓曰：'渔父渡我！'如是者再。渔父欲渡之，适会旁有人窥之，因而歌曰：'日月昭昭乎侵已驰，与子期乎芦之漪。'子胥即止芦之漪。渔父又歌曰：'日已夕兮，予心忧悲；月已驰兮，何不渡为？事浸急兮，当奈何？'子胥入船。渔父知其意也，乃渡之千浔之津。子胥既渡，渔父乃视之有其饥色。乃谓曰：'子俟我此树下，为子取饷。'渔父去后，子胥疑之，乃潜身于深苇之中。有顷，父来，持麦饭、鲍鱼羹、盎浆，求之树下，不见，因歌而呼之，曰：'芦中人，芦中人，岂非穷士乎？'如是至再，子胥乃出芦中而应。渔父曰：'吾见子有饥色，为子取饷，子何嫌哉？'子胥曰：'性命属天，今属丈人，岂敢有嫌哉？'二人饮食毕，欲去，胥乃解百金之剑以与渔者：'此吾前君之剑，中有七星，价值百金，以此相答。'渔父曰：'吾闻楚之法令：得伍胥者，赐粟五万石，爵执圭，岂图取百金之剑乎？'遂辞不受。谓子胥曰：'子急去勿留，且为楚所得？'子胥曰：'请丈人姓字。'渔父曰：'今日凶凶，两贼相逢，吾所谓渡楚贼也。两贼相得，得形于默，何用姓字为？子为芦中人，吾为渔丈人，富贵莫相忘也。'子胥曰：'诺。'既去，诫渔父曰：'掩子之盎浆，无令其露。'渔父诺。子胥行数步，顾视渔者已覆船自沉于江水之中矣。"③

① 刘向编著，石光瑛校释，陈新整理：《新序校释》，中华书局 2001 年版，第 867—869 页。

② 逯钦立：《先秦汉魏晋南北朝诗》，汉诗卷十一"琴曲歌辞"，中华书局 1983 年版，第 317 页。

③ 《吴越春秋·王僚使公子光传》，齐鲁书社 2000 年版，第 11—12 页。

值得注意的是，当时女性中亦多侠义之人，亦被诉诸歌咏。且从她们的行为可以看出当时人们对侠义精神的普遍认可和自觉践行，如《伍子胥歌》、《河激歌》、《鲁孝义保颂》、《鲁义姑姊颂》、《齐义继母颂》、《魏节乳母颂》、《梁节姑姊颂》、《郃阳友娣颂》、《京师节女颂》等。这些歌谣，有的表现着女性侠义之人的守信轻生；有的表现着她们舍己为人的侠义精神；有的表现着以死效义的精神。如《伍子胥歌》，其云：“俟罪斯国志愿得兮，庶此太康皆为力兮。”①此歌谣歌咏伍员奔吴，濑溪女子为之济食，并为之守密而自投濑溪侠义精神。《史记》卷六十六《伍子胥列传》载：“伍员奔吴，过溧阳濑溪，见一女击漂于水中，旁有壶浆，乃就乞饮。饮毕，谓女子曰：‘掩夫人壶口。’女子知其意，自投濑溪而死。”唐欧阳询《艺文类聚》卷三十三人部“报恩”条引《吴越春秋》曰：“伍子胥伐楚，过溧阳濑水之上，长叹息曰：‘吾尝饥于此，乞食而杀一妇人。将欲报之百金，不知其家，遂投金濑水而去。’”②

《河激歌》写赵河津吏引醉失渡，其女娟敢“以微躯易父之死”，替父渡赵简子侠义事。其云：

> 升彼河兮而观清，水扬波兮冒冥冥。祷求福兮醉不醒，诛将加兮妾心惊。罚既释兮渎乃清，妾持楫兮操其维。蛟龙助兮主将归，呼来櫂兮行勿疑。③

《列女传》曰：“女娟者，赵河津吏之女也。简子南击楚，津吏醉卧，不能渡简子。简子怒，召欲杀之。娟惧，持楫走前曰：‘愿以微躯易父之死。’简子遂释不诛。将渡，用楫者少一人，娟攘拳操楫而请，简子遂与渡。中流，为简子发《河激之歌》。其辞曰：‘升彼河兮而观清，水扬波兮冒冥冥。祷求福兮醉不醒，诛将加兮妾心惊。罚既释兮渎乃清，妾持楫兮操其维。蛟龙助兮主将归，呼来棹兮行勿疑。’简子归，纳为夫人。”④

---

① 逯钦立：《先秦汉魏晋南北朝诗》，先秦诗卷二，中华书局 1983 年版，第 28 页。
② 欧阳询：《艺文类聚》卷三十三人部“报恩”条，上海古籍出版社 2013 年版，第 902 页。
③ 逯钦立：《先秦汉魏晋南北朝诗》，先秦诗卷二，中华书局 1983 年版，第 17—18 页。
④ 刘向：《列女传》卷六《辩通传》，中华书局 1985 年版，第 165—166 页。

另外，如《鲁孝义保颂》写伯御作乱，鲁孝公称之保母以自子代公子称而死侠义事①；《鲁义姑姊颂》写齐攻鲁时，鲁野之妇人义姑姊弃自子而存兄之子侠义事②；《齐义继母颂》歌咏齐义继母信而好义，絜而有让侠义事③；《魏节乳母颂》歌咏秦攻魏时，魏节乳母守忠死义侠烈事；等等④。

汉代游侠颇重侠客之义，表现出重诺轻生、急难救困的高尚侠质，他们通过行侠施惠，让地方百姓受益，自然得到民间百姓的赞扬。汉代民间咏侠歌谣，也有对侠义之士的赞怀，如《顺阳吏民为刘陶歌》"邑然不乐，思我刘君。何时复来，安此下民"⑤；《太史公引鄙语论游侠》"何知仁义，已飨其利者为有德"⑥；《曹丘生引楚人谚》"得黄金百，不如得季布一诺"⑦；《时人为戴遵语》"关东大豪戴子高"⑧。这其中赞誉西汉末年侠义之士朱晖的歌谣《临淮吏人为朱晖歌》，是此类歌谣最具褒奖和感情倾向的。其云：

　　　强直自遂，南阳朱季。吏畏其威，人怀其惠。⑨

《临淮吏人为朱晖歌》这首歌谣，寥寥四句，通过临淮地方官吏和百姓对朱晖的情感态度，表现了百姓对朱晖这样一位具有侠义心肠官员的赞美。而老百姓赞扬的这位官侠，其行与历史记载相一致，它表现出汉代游侠存在亦官亦侠的特点。

朱晖是西汉末年一位有名的官侠，有气勇，好节概，重然诺，赈人不赡，专趋人之急。《后汉书》卷四三《朱乐何列传》云："朱晖字文季，南阳宛人也，家世衣冠。晖早孤，有气决，年十三，王莽败，天下乱，与外氏家属从田间奔入宛城。道遇群贼，白刃劫诸妇女，略夺衣物。昆弟宾客皆惶

---

① 刘向：《列女传》卷五《节义传》，中华书局 1985 年版，第 123—124 页。
② 刘向：《列女传》卷五《节义传》，中华书局 1985 年版，第 133—134 页。
③ 刘向：《列女传》卷五《节义传》，中华书局 1985 年版，第 137—138 页。
④ 刘向：《列女传》卷五《节义传》，中华书局 1985 年版，第 143—144 页。
⑤ 杜文澜：《古谣谚》卷六，中华书局 1958 年版，第 51 页。
⑥ 杜文澜：《古谣谚》卷四，中华书局 1958 年版，第 48—49 页。
⑦ 杜文澜：《古谣谚》卷四，中华书局 1958 年版，第 81 页。
⑧ 杜文澜：《古谣谚》卷六，中华书局 1958 年版，第 65 页。另据逯钦立《先秦汉魏晋南北朝诗》，朱晖为"宋晖"，按《后汉书·朱乐何列传》当为"朱晖"。
⑨ 杜文澜：《古谣谚》卷六，中华书局 1958 年版，第 50 页。

迫，伏地莫敢动。晖拔剑前曰：'财物皆可取耳，诸母衣不可得。今日朱晖死日也！'贼见其小，壮其志，笑曰：'童子内刀。'遂舍之而去。"朱晖入仕为官，依然"好节概，有所拔用，皆厉行士。其诸报怨，以义犯率，皆为求其理，多得生济。其不义之囚，即时僵仆。吏人畏爱，为之歌曰：'强直自遂，南阳朱季。吏畏其威，人怀其惠。'"被劾去官重为布衣时，仍不忘赈穷救急，当南阳饥荒之时，"晖尽散其家资，以分宗里故旧之贫羸者"。① 颇有朱家"赈人不赡，先从贫贱始"的大侠风范。朱晖除了赈济贫者外，十分注重个人品节，信守承诺，如《后汉书》中记载：

晖同县张堪素有名称，尝于太学见晖，甚重之，接以友道，乃把晖臂曰："欲以妻、子托朱生。"晖以堪先达，举手未敢对。自后不复相见。堪卒，晖闻其妻、子贫困，乃自往候视，厚赈赡之。晖少子颉怪而问曰："大人不与堪为友，平生未曾相闻，子孙窃怪之。"晖曰："堪尝有知己之言，吾以信于心也。"又与同郡陈揖交善，揖早卒，有遗腹子友，晖常哀之。及司徒桓虞为南阳太守，召晖子骈为吏。晖辞骈而荐友。②

这段文字中，朱晖的侠行超越了一般侠者的守信重诺，达到了延陵季子挂剑徐君墓那种虽未言之而心已许之的内心承诺，同时还要极力地去兑现内心承诺的行为。而在友人张堪死后照顾其遗腹子超过了对自己子女的关心程度，其侠骨仁心更受百姓拥戴。

汉代民间咏侠歌谣中，也有对游侠报怨复仇等行为的反映。如《时人为杨阿若号》："东市相斫杨阿若，西市相斫杨阿若。"③ 杨阿若事见于鱼豢《魏略·勇侠传》，其云："杨阿若，后名丰，字伯阳，酒泉人。少游侠，常以报仇解怨为事，故时人为之号曰：'东市相斫杨阿若，西市相斫杨阿若。'"④

① 范晔：《后汉书·朱乐何列传》，中华书局 1975 年版，第 779 页。
② 范晔：《后汉书·朱乐何列传》，中华书局 1975 年版，第 779 页。
③ 杜文澜：《古谣谚》卷七，中华书局 1958 年版，第 108 页。
④ 鱼豢：《魏略·勇侠传》，陈寿撰，裴松之注：《三国志·魏书》卷十八《二李臧文吕许典二庞阎传·阎温传》注引，中华书局 1979 年版，第 552—553 页。

杨阿若趋人之急，为人报仇解怨，其人其事《魏史》中有载，但这首赞扬他少年任侠行为的歌谣当为汉代，杨阿若在汉末建安时期亦有为徐揖报怨之事。裴注《三国志·魏书》卷十八《二李臧文吕许典二庞阎传》引《魏略》云："至建安年中，太守徐揖诛郡中强族黄氏。时黄昂得脱在外，乃以其家粟金数斛，募众得千余人以攻揖。揖城守。丰时在外，以昂为不义，乃告揖，揖妻子走诣张掖求救。会张掖又反，杀太守，而昂亦陷城杀揖，二郡合势。昂恚丰不与己同，乃重募取丰，欲令张掖以麻系其头，生致之。丰遂逃走。武威太守张猛假丰为都尉，使赍檄告酒泉，听丰为揖报仇。丰遂单骑入南羌中，合众得千余骑，从（乐浪）南山中出，指趋郡城。未到三十里，皆令骑下马，曳柴扬尘。酒泉郡人望见尘起，以为东大兵到，遂破散。昂独走出，羌捕得昂，丰谓昂曰：'卿前欲生系我颈，今反为我所系，云何？'昂惭谢，丰遂杀之。时黄华在东，又还领郡。丰畏华，复走依敦煌。至黄初中，河西兴复，黄华降，丰乃还郡。郡举孝廉，州表其义勇，诏即拜驸马都尉。后二十余年，病亡。"[1]

汉代民间咏侠歌谣，也有对"权行州域、力折公侯"等极具号召力和影响力的豪侠的反映。如《长安为谷永楼护号》"谷子云笔札，楼君卿唇舌"[2]；《闾里为楼护歌》"五侯治丧楼君卿"[3]。

在汉代民间咏侠歌谣中，对游侠集团化、豪暴侵凌等行为的反映，是对汉代游侠豪强化、权贵化现象的揭示。因为两汉养士之风很盛，当时很多地方出现了纠合宗亲、侠少、豪强等势力形成的任侠集团，且以个别侠魁为中心，有的还与官员相勾结，称霸一方。所以百姓就通过民间歌谣，曲折地表达出对其畏惧与不满之情。如《颍川儿歌》"颍水清，灌氏宁。颍水浊，灌氏族"[4]；《长安百姓为王氏五侯歌》"五侯初起，曲阳最怒，坏决高都，连竟

---

①　鱼豢：《魏略·勇侠传》，陈寿撰，裴松之注：《三国志·魏书》卷十八，中华书局1979年版，第552—553页。
②　杜文澜：《古谣谚》卷五，中华书局1958年版，第68页。
③　杜文澜：《古谣谚》卷五，中华书局1958年版，第68页。
④　杜文澜：《古谣谚》卷四，中华书局1958年版，第49页。

外杜，土山渐台西白虎"①。其中《颍川儿歌》反映的是颍川灌氏豪侠集团的威势和人们对灌氏集团的不满以及对其灭族的快意。这是汉代游侠豪强化、权贵化的反映。《汉书·灌夫传》云：

> 灌夫不好文学，喜任侠，已然诺。诸所与交通，无非豪杰大猾，家累数千万，食客日数十百人。陂池田园，宗族宾客为权利，横于颍川。
>
> 颍川儿乃歌之曰："颍水清，灌氏宁。颍水浊，灌氏族。"②

灌夫为汉景帝时的名将，吴楚之乱时，随父出征，父死不葬，率十余骑杀入吴军以报父仇，由此名闻天下，颇得景帝宠用。灌夫也是当时著名豪侠，以灌夫为首的豪侠集团在颍川一带横行无阻。他交通豪杰，广蓄宾客，又常纵酒使气，威霸颍川，侵扰乡里，故颍川民间愤而有此歌谣流传。司马迁《史记·魏其武安侯列传》载："灌夫为人刚直，使酒，不好面谀。贵戚诸有势在己之右，不欲加礼，必陵之；诸士在己之左，愈卑贱，尤益敬，与钧。稠人广众，荐宠下辈，士亦以此多之。夫不喜文学，好任侠，已然诺。诸所与交通，无非豪杰大猾，家累数千万，食客日数十百人，陂池田园，宗族宾客为权利，横于颍川。"③魏其侯窦婴与灌夫交厚，武安侯田蚡在与魏其侯的争斗中，抓住灌夫任侠养客横恣颍川侵凌百姓事上报朝廷，想以此除掉灌夫，借以打击魏其侯势力，便多次向皇帝陈奏："灌夫家在颍川，横甚，民苦之，请案。""灌夫通奸猾，侵细民，家累巨万，横恣颍川，凌轹宗室，侵犯骨肉，此所谓枝大于本，胫大于股，不折必披。"④从而使灌夫遭到了灭族的厄运。

值得注意的是，两汉游侠炽盛无忌，连党结群，"以匹夫之细，窃杀生之权，"地方州郡无可奈何，"二千石莫能制"、"威重于郡守。"他们豪暴侵凌，作威作福，鱼肉乡里，对社会秩序造成严重破坏。统治者最突出的手段就是任用酷吏进行残酷镇压和大规模屠戮，故对打击游侠现象的歌咏也成为

---

① 杜文澜：《古谣谚》卷五，中华书局 1958 年版，第 71 页。
② 班固：《汉书·窦田灌韩传》，中华书局 1962 年版，第 2384 页。
③ 司马迁：《史记·魏其武安侯列传》，中华书局 1975 年版，第 251 页。
④ 司马迁：《史记·魏其武安侯列传》，中华书局 1975 年版，第 252 页。

汉代民间咏侠歌谣的一个重要内容。如《关东为宁成号》："宁见乳虎，无值宁成之怒。"①"宁负两千石，无负豪大家。"②《长安中为尹赏歌》："安所求子死，桓东少年场。生时谅不谨，枯骨后何葬。"③

宁成是有名的酷吏，《史记》、《汉书》皆有传。《史记·酷吏列传》称其为人阴险狠毒，居官治民"如狼牧羊"。"假贷民役使数千家，数年会赦，致产数千金。为任侠，持吏长短，出从数十骑。其使民，威重于郡守。"汉景帝时，长安宗室豪侠多触犯法网、以武犯禁。于是朝廷任命宁成为中尉整治长安秩序。宁成以非常残酷的手法镇压长安豪侠，且效法郅都族灭济南豪侠集团瞷氏的办法，使"宗室豪杰人人惴恐"。及武帝即位，宁成免职归家。《关东为宁成号》表达了对宁成的痛恨和恐惧。

汉宣帝时，涿郡一带游侠集团西高氏、东高氏独霸一方，而"宁负两千石，无负豪大家"，说的就是人们对高氏集团的敢怒不敢言与愤恨。汉代这类咏侠谣言中，最突出、最具影响的是《长安中为尹赏歌》，反映的是酷吏尹赏对长安游侠进行的残酷屠杀。

这首歌谣载录于《汉书·酷吏传》。《汉书》卷九十《酷吏传·尹赏》云："赏，字子心。钜鹿杨氏人。……赏以三辅高弟选守长安令，得一切便宜从事。赏至，修治长安狱，穿地方深各数丈，致令辟为郭，以大石覆其口，名为'虎穴'。乃部户曹掾史，与乡吏、亭长、里正、父老、伍人，杂举长安中轻薄少年恶子，无市籍商贩作务，而鲜衣凶服被铠扞持刀兵者，悉籍记之，得数百人。赏一朝会长安吏，车数百两，分行收捕，皆劾以为通行饮食群盗。赏亲阅，见十置一，其余尽以次内虎穴中，百人为辈，覆以大石。数日一发视，皆相枕藉死。便舆出，瘗寺门桓东，楬著其姓名，百日后，乃令死者家各自发取其尸。亲属号哭，道路皆歔欷。长安中歌之曰：'安所求子死，桓东少年场。生时谅不谨，枯骨后何

---

① 杜文澜：《古谣谚》卷五，中华书局 1958 年版，第 51 页。
② 杜文澜：《古谣谚》卷五，中华书局 1958 年版，第 53 页。
③ 杜文澜：《古谣谚》卷五，中华书局 1958 年版，第 67—68 页。

葬.'"①《长安为尹赏歌》也是一曲为游侠少年唱出的悲凉挽歌。以五言四句的形式,抒发了人们对游侠少年的痛惜之情,对酷吏以恶为治的不满以及对慕侠少年的警诫。

从中国古代咏侠诗发展史的角度看,在咏侠诗的发展历程中,先秦两汉的这些咏侠民间歌谣时谚占有着重要的文学史地位。从对中国古代咏侠诗创作的积极影响看,内容丰富,感情真挚的先秦两汉咏侠谣谚,较为深刻地反映了先秦两汉游侠真实的生存状况,其中也包含着当时民间社会对游侠的爱憎褒贬之情。

与以后文人创作的以抒情言志为主的咏侠诗相比,作为咏侠诗萌芽期的作品,先秦西汉时期的咏侠歌谣时谚还停留在口头阶段,艺术表现力也有很大差距,从严格意义上讲,它们还算不上真正成熟的咏侠诗,但其先导意义和文学史价值却是不容忽视的。它们以其朴素真挚的风格对后世咏侠诗的创作风格产生了深远的影响。

总的来说,先秦两汉咏侠类的歌谣揭示了当时丰富生动的任侠活动,不仅对我们全面认识游侠及其发展史有重要价值,而且对我们研究中国古代咏侠诗的起源与发展流变有积极的意义,其开创性价值是不容忽视的。

第三节　先秦两汉咏侠歌谣对咏侠诗的创作影响

作为中国古代咏侠诗的雏形,先秦两汉,谣谚滥觞,史传奠基,咏侠歌谣虽然数量不多,但它们感情率真,爱憎分明,语言朴素凝练,朗朗上口,

---

① 班固:《汉书·酷吏传》,中华书局 1962 年版,第 3673 页。又郭茂倩认为《结客少年场》一题乃是对游侠少年结客报怨等行为的咏唱。其《乐府诗集》中《结客少年场》解题云:《后汉书》曰:"祭遵尝为部吏所侵,结客杀人。"曹植《结客篇》曰:"结客少年场,抱怨洛北邙。"《乐府解题》曰:"《结客少年场》言轻生重义,慷慨以立功名也。"《广题》曰:"汉长安少年杀吏,受财报仇,相与探丸为弹,探得赤丸斫武吏,探得黑丸杀文吏。尹赏为长安令,尽捕之。长安中为之歌曰:'何处求子死,桓东少年场。生时谅不谨,枯骨复何葬。'按结客少年场,言少年结任侠之客,为游乐之场,终而无成,故作此曲也。"

便于流传。从表现方面看，这些歌谣修辞手法的运用也很成熟，从多方面真实地反映了当时游侠的生存状况以及人们的态度。它们不但为咏侠诗的创作提供了生动的题材，同时也在艺术表现上形成了咏侠诗最基本的审美特点。

先秦两汉咏侠歌谣在咏唱的内容和形式上，为中国古代咏侠诗的产生发展积累了基本的诗歌主题、游侠形象和人格精神。在先秦两汉咏侠歌谣中，后世文人咏侠诗常见的基本母题已见端倪，如《结客少年场行》、《游侠篇》这些古代文人咏侠诗常用的题目，就是由汉代民间歌谣发展演变而来的。另外如《少年行》、《游侠曲》、《侠客篇》、《侠客行》、《侠客》等诗题，也从民间咏侠歌谣发端，经过文人的修饰润色和加工使用，最后成为历代咏侠诗通用的诗题，其中的衍变轨迹非常清晰。可见，先秦两汉咏侠歌谣不仅在对游侠咏唱的诗歌主题、题材上对古代文人咏侠诗的创作产生了积极的影响，而且在诗体和艺术形式上也对其有很深远影响。

一、先秦两汉咏侠歌谣与古代咏侠诗主题与题材的确立

从对中国古代咏侠诗诗歌主题的拓展和题材内容的影响来考察，先秦两汉咏侠歌谣至少在三个方面为后世文人咏侠诗的创作起到了奠基作用：一是在咏侠诗诗歌主题的确立上为后世诗歌内容的拓展提供了主题性素材；二是在人物形象的塑造上，先秦两汉咏侠歌谣为后世文人咏侠诗的创作提供了侠义英雄形象；三是为后世咏侠诗主题内容的提升灌注了侠义人格精神。

从咏侠诗发展历史看，诗歌中咏侠主题与题材的确立，包括这类诗歌主题内容的生发有一个逐渐积累和丰富的过程。在这一漫长的过程中，先秦两汉咏侠歌谣的先导作用和基础性作用不可忽视。

首先，先秦两汉咏侠歌谣通过描写当时炽烈的游侠风气，通过歌咏任侠之士，为诗歌创作提供了一种成品或半成品的文学素材。而我国诗歌发展史的经验表明，古代每一种诗歌体裁和题材都是最早在民间孕育，然后文人进行模仿创作，最后形成一种新的诗体或题材。一种诗歌题材内容能否成为诗歌的主题类型，就要看它在诗歌发展长河中的持久性、稳定性，以及文人的

审美情趣和大众的接受程度。游侠作为一种特别富有传奇色彩的英雄形象，任侠风气在古代作为普遍的社会思潮，千百年来一直影响着中国古代社会和大众的英雄崇拜心理。而中国古代文人由于自身的功业追求、理想人格向往，往往借侠张扬自我，抒发豪气干云的气魄，即所谓"豪气一洗儒生酸"、"千古文人侠客梦"。这使得文人千百年来一直对游侠情有独钟，不断对其进行"义化"改造和理想化、英雄化和文人化的艺术创造，最终使咏侠题材绵绵不绝，不断掀起一个个咏侠诗潮。他们在咏侠诗创作中对历史传统非常看重，因此也非常看重流淌在古游侠身上的侠义品质和游侠情怀。这使先秦两汉咏侠歌谣所歌咏的侠义人物和行为以及他们所表现出的人格精神，就成为沉淀在咏侠诗创作长河中稳定不变的主题，从而为在中国古代诗歌中形成咏侠主题类型起到了重要的奠基作用。

在人物形象的塑造上，后世咏侠诗中侠义英雄形象的塑造离不开先秦两汉咏侠歌谣的哺育。尤其是先秦两汉咏侠歌谣中所歌咏的荆轲等古游侠，为后世文人咏侠诗的创作提供了侠义英雄形象和素材。

细数先秦两汉咏侠歌谣中的侠义人物，主要有荆轲（《荆轲歌》、《易水歌》、王粲《咏史诗》）、冯谖（《弹铗歌》）、烈女娟（《河激歌》）、季扎（《徐人歌》）、渔父（《渔父歌》）、濑女（《伍子胥歌》）、鲁孝义保（《鲁孝义保颂》）、鲁义姑姊（《鲁义姑姊颂》）、齐义继母（《齐义继母颂》）、魏节乳母（《魏节乳母颂》）、节姑姊（《节姑姊颂》）、郃阳友娣（《郃阳友娣颂》）、京师节女（《京师节女颂》）、季布（《曹丘生引楚人谚》）、灌夫（《颍川儿歌》）、游侠少年（《长安为尹赏歌》等）、楼护（《闾里为楼护歌》、《长安为谷永楼护号》）、宁成（《关东为宁成号》）、朱云（《诸儒为朱云语》）、谷永（《长安为谷永楼护号》）、戴遵（《时人为戴遵语》）、朱晖（《临淮吏人为朱晖歌》）、并州游侠（《并州歌》）、刘陶（《顺阳吏民为刘陶歌》）、杨阿若（《时人为杨阿若号》）、费贻（《蜀中为费贻歌》）、王忳（《益都民为王忳谣》）、王焕（《雁门太守行》）、秦女休（左延年《秦女休行》）等。这其中，如荆轲、季扎、伍子胥、渔夫、濑女、灌夫、楼护、戴遵、杨阿若、秦女休等都是后世咏侠诗主要歌咏的古代侠义之士，特别是对荆轲、季扎与秦女休的歌咏见于历朝历代咏侠诗。不要说唐人咏侠诗和后世咏侠诗中歌咏荆轲的诗篇多如牛毛，仅就咏侠诗初创的魏晋六朝，歌咏荆轲的诗篇计有王粲《咏史传》一首、阮瑀《咏史诗二首》之二、左思《咏史诗》八首之六、陶渊明《赋得荆轲诗》一首、刘骏《咏史诗》一首、周弘直《赋得荆轲诗》一首、阳缙《赋得荆轲诗》一首，共七篇。

从后世咏侠诗的主要内容看，不论哪个朝代，咏侠诗的创作代不乏篇。期间因具体的社会历史文化等因素，在咏侠诗内容上虽有体现时代价值观念的不同内容，如魏晋南北朝时期，将游侠与边塞战事结合在一起，赋予游侠为国家民族"视死如归"的侠义精神。但一些基本的、稳定性的内容亦来自先秦两汉咏侠歌谣的积淀和影响。如咏侠诗中描写歌咏侠者"重信守诺"、"损己助人"、"不矜其能"、"轻生重义"、"冀知报恩"、"借躯报仇"等富含侠气、侠情、侠节等侠义人格精神，多是受先秦两汉咏侠歌谣的影响，它们为后世咏侠诗主题内容的提升灌注了侠义人格精神。这些特征性的主题内容，在历代歌咏古游侠的诗篇中几乎是相沿习用的。

二、先秦两汉咏侠歌谣与古代咏侠诗艺术体制的形成

从对中国古代诗歌，尤其是咏侠诗艺术体制的形成和艺术手法的积累看，先秦两汉咏侠歌谣的先导影响主要体现在三个方面：一是咏侠歌谣质朴自然的艺术风格，对后世咏侠诗创作风格起了传导性的影响；二是先秦两汉咏侠歌谣中，业已形成了文人咏侠诗最为常见的基本母题和最常用的艺术形式。三是先秦两汉咏侠歌谣中一些艺术手法为后世咏侠诗提供了基本的艺术借鉴。

民间歌谣时谚最大的风格特点就是自然质朴。"感于哀乐，缘事而发"的先秦两汉咏侠歌谣时谚，在以其所歌咏的游侠和侠行为后世咏侠诗提供主题与题材的同时，也把清新、自然、质朴的艺术美感带入其中，为后世咏侠诗的创作带来了本质性的风格特征。自然质朴也就成为中国古代咏侠诗基本的艺术特征。

在先秦两汉的咏侠歌谣时谚中，一些歌谣在形成乐府咏侠诗诗题和形式

体制方面，产生了重要影响，如汉代咏侠歌谣《长安为尹赏歌》、《东门行》两个题目，《东门行》直接成为乐府咏侠诗题，而《结客少年场行》诗题及其体制，就是在《长安为尹赏歌》的基础上形成的。《东门行》，《乐府诗集》卷三十七"相和歌辞十二"瑟调曲二引《古今乐录》曰："王僧虔《技录》云：'《东门行》歌古东门一篇，今不歌。'"《乐府解题》曰："古词云：'出东门，不顾归。入门怅欲悲。'言士有贫不安其居者，拔剑将去，妻子牵衣留之，愿共餔糜。不求富贵。且曰'今时清，不可为非'也。若宋鲍照'伤禽恶弦惊'，但伤离别而已。"①《结客少年场行》这一诗题，郭茂倩在《乐府诗集》卷六十六"杂曲歌辞六"《结客少年场》云："《后汉书》曰：'祭遵尝为部吏所侵，结客杀人。'曹植《结客篇》曰：'结客少年场，抱怨洛北邙。'《乐府解题》曰：'《结客少年场》言轻生重义，慷慨以立功名也。'《广题》曰：'汉长安少年杀吏，受财报仇，相与探丸为弹，探得赤丸斫武吏，探得黑丸杀文吏。尹赏为长安令，尽捕之。'长安中为之歌曰：'何处求子死，桓东少年场。生时谅不谨，枯骨复何葬'。按结客少年场，言少年结任侠之客，为游乐之场，终而无成，故作此曲也。"②因而《结客少年场》一题是对尹赏镇压游侠少年结客报怨等行为的感叹。尹赏以残酷手段大肆屠杀游侠少年，长安百姓恐惧怨愤，而为之歌，后成为文人咏侠诗《结客少年场行》题目的来源。陈山《中国武侠史》中说："郭茂倩上述题解中所引用的长安民歌这样一类作品，在当时的民间社会一定屡见不鲜。这类民歌的'古辞'虽然如《宋书·乐志》所说'亡失既多'，但从仅存的这首长安民歌以及后代文人诗的基本内容框架可以'概见其义'，即都是专门咏唱少年侠行及其遭遇的。可见武侠不仅广泛存在于民间社会，而且逐渐成为中国民间文学口头诵唱的一个基本母题。这一现象的出现，至少在西汉中期已经开始，它们是文人咏侠乐府诗的真正源头。"③后世文人以《结客少年场》歌咏游侠时，又演化出如《少年行》、《少年乐》、《少年子》以及《长安少年行》、《邯郸少年行》、《渭城少年行》等诗题。再如

---

① 郭茂倩：《乐府诗集》卷三十七，中华书局 1979 年版，第 550 页。
② 郭茂倩：《乐府诗集》卷六十六，中华书局 1979 年版，第 948 页。
③ 陈山：《中国武侠史》，上海三联书店 1992 年版，第 135 页。

《游侠篇》诗题，也是来源于民间咏侠歌谣。郭茂倩《乐府诗集》卷六十七"杂曲歌辞七"《游侠篇》云："《汉书·游侠传》曰：'战国时，列国公子，魏有信陵，赵有平原，齐有孟尝，楚有春申，皆藉王公之势，竞为游侠，以取重诸侯，显名天下。故后世称游侠者，以四豪为首焉。汉兴，有鲁人朱家及剧孟、郭解之徒，驰骛于闾里，皆以侠闻。其后长安炽盛，街间各有豪侠。时萬章在城西柳市，号曰城西萬章。酒市有赵君都、贾子光，皆长安名豪，报仇怨、养刺客者也。'《魏志》曰：'杨阿若后名丰，字伯阳，少游侠，常以报仇解怨为事。'故时人为之号曰：'东市相斫杨阿若，西市相斫杨阿若。'后世遂有《游侠曲》。魏陈琳、晋张华，又有《博陵王宫侠曲》"。① 可见，《游侠篇》与《游侠曲》相同，此曲最早也从民间咏侠歌谣发端，最后生发成为文人咏侠诗的常用题目，后来又在此基础上演化出《侠客篇》、《侠客行》、《侠客》等诗题。

先秦两汉咏侠歌谣中一些艺术手法也为后世咏侠诗提供了基本的艺术借鉴。如咏侠歌谣中常用的起兴、比喻、夸张等修辞手法也是后世咏侠诗常用的艺术手法之一。同时咏侠歌谣时谚在用事用典上也为后世咏侠诗提供了借鉴。

第四节　先秦两汉咏侠谣谚的史料价值与文学史意义

先秦两汉时期，崇尚侠风，养士与游侠活动盛行。除正史文献外，民间歌谣时谚与史相依，广泛真实地反映了当时游侠活动的生动内容。这些谣谚从社会生活史的视角，保存、补充或拓展了正史的相关内容记载，与正史相得益彰，提供了当时任侠风尚和游侠生活的真实画面。同时也为古代咏侠诗的创作发展提供了现实素材、文学形象和审美指向，成为我国古代诗歌创作中咏侠题材类型诗歌的直接源头，哺育启迪了古代文人咏侠诗的创作，有着

---

① 　郭茂倩：《乐府诗集》卷六十七，中华书局 1979 年版，第 966 页。

重要的史料价值和文学史意义。

从古代任侠风尚和咏侠诗的创作发展看，中国古代咏侠诗的创作是一个比较复杂的文学—文化现象。因为中国咏侠诗中侠的文学形象及其人格精神并不仅仅是一个典型形象及其自然形成过程，而是社会大众、史家、文人的文化共建。

纵观这一过程，侠义传统的影响与历代任侠风气的新变、现实政治、边塞战争与侠义传统的互动、文人任侠与建功立业的时代追求、创作主客体的相互融合以及侠自身的复杂人格等等，都为咏侠诗的创作发展提供了深厚的文化土壤、积极的现实动因、大众的英雄拯救心理和文人理想的正义依据。因此，作为一种社会文化现象，古代咏侠诗的创作所关涉的层面非常丰富。从历史积淀看，先秦时期的养士之风与侠义实践，两汉时的《史记·游侠列传》、《汉书·游侠传》等正史记载，奠定了侠义传统的基本道德价值观念，深深影响着每个时代；从社会关系看，时代任侠风气所关涉的对象既有统治阶层之崇侠尚义者，又有士之仗义者及民间广泛的大众侠义践行者。从创作主体看，先秦两汉的辞赋和民间歌谣有广泛的歌咏对象与侠义内容。这些史传记载与民间歌谣时谚，不但保存了先秦两汉时期丰富多彩的游侠生活史，而且为我国古代诗歌创作中咏侠题材开拓发展起到了奠基作用，开启了源头活水，提供了人格精神，确立了基本的审美规范。这说明游侠活动与任侠风尚不但引起了史家的重视，亦成为当时文人与民间社会关注的对象。从创作客体看，先秦两汉的咏侠歌谣，展现了当时社会的任侠风尚和大众的侠义崇拜、英雄理想，为古代咏侠诗的创作提供了坚实的现实基础和广泛的创作动力。这一切，都为咏侠诗的创作提供了深厚的社会历史文化背景。

20 世纪初期，随着史学观念的变化和领域拓展，传统史学已不能满足对"社会下层"的研究，一些研究者开始重视对"另类历史"的研究利用。葛剑雄指出："所谓'另类历史'，是指某些作品本身不是严格的历史著作或史料，但其中包含着某种历史信息，间接地反映了历史的内容。"[①] 先秦两汉

---

① 葛剑雄、周筱赟：《历史学是什么》，北京大学出版社 2002 年版，第 113 页。

的咏侠歌谣时谚就是这种"另类历史"。这些谣谚作为社会文化的表征，根植于现实生活土壤，有深厚的社会基础，自可成为正史的佐证和研究这一时期游侠社会生活的重要史料。而在历史研究中，文史往往可以互证。钱钟书先生说："诗者，文之一体，而其用则不胜数。先民草昧，词章未有专门。于是声歌雅颂，施之于祭祀、军旅、昏媾、宴会，以收兴观群怨之效。记事传人，特其一端，且成文每在抒情言志之后……然诗体而具记事作用，谓古诗即史，史之本质即是诗，亦何不可。"①如能对先秦两汉的咏侠谣谚加以审视，就会发现，先秦两汉咏侠谣谚在反映当时的任侠风气和游侠生活方面鲜明生动，有很强的现实针对性，足以补充拓展游侠史料的现实生动性和生活的丰富性。

从古代游侠发展史看，先秦两汉是侠现实存在的重要历史时期，尚武任侠作为当时普遍性的社会风气，其在春秋战国、秦汉之间相沿发展，涉及的社会层面、造成的社会影响都是非常大的。这时的任侠风气及游侠群像，是伴随着社会大变迁出现的特殊社会现象。作为历史实录阶段的侠，个性鲜明，有自我的价值追求。而先秦两汉崇尚古朴的原始遗风和以复仇相尚的社会风习，进一步点燃了游侠者的血性和野性，使其表现出绝异之姿，甚至因对正常社会秩序造成影响而受打击。此时游侠虽是大众追慕的对象，但还未引文人的审美观照。

先秦两汉时期，任侠养士之风炽盛，游侠阶层也随之不断壮大，反映游侠生活的歌谣时谚开始繁荣。从文学发生学的角度看，先秦两汉是中国古代咏侠诗的滥觞期。谣谚滥觞，史传奠基，作为咏侠主题雏形的作品，一是表现简单直白、形式多为歌谣与时谚；二是文体特征尚未成熟，多与史传、辞赋等其他文学形式相混，展现了侠者风采，虽然有关游侠的描写只是其中的点缀而已。这些流传于都市乡曲的歌谣时谚，多是未经乐府采集而不曾入乐的徒歌和谣谚，但它们真实地反映了先秦两汉游侠风貌和游侠存在的真实状况，不仅有着较高的史学和文学价值，而且作为咏侠诗的滥觞，在传唱中为

---

① 钱钟书：《谈艺录》，中华书局1984年版，第37—38页。

咏侠诗的产生积累着必要的文学素材和审美要素。同时，这些歌谣所咏人与事都与侠义有关，他们以自己的侠义行为，为游侠精神灌注了极其生动的人格魅力。

先秦咏侠谣谚，反映着作为实录阶段游侠的自由流动、野性张扬和道义价值观念，以及他们更看重的超越实利的个人荣誉和气节，具有鲜明的时代性，其文学研究价值和史学价值不容忽视。从先秦两汉咏侠歌谣时谚的史料性看，其史料价值主要表现在四个方面：一是真实反映了当时的游侠风貌、游侠存在的真实状况，提供了一部真实生动的游侠生活史；二是拓展、丰富、补充了正史记载之不足；三是记载保留了一批个性特异的历史侠的生动形象；四是反映了当时人们对游侠的社会评价，与游侠的历史评价相得益彰，形成了侠的文化基质。

从中国侠文化发展看，先秦两汉时期是任侠的活跃期，也是侠的历史存在最为原始真实的阶段。广阔的列国时空和崇尚任侠养士的现实环境，不但为滋养游侠的原始血性、侠义人格提供了土壤，而且为他们尽力展示特立独行的绝异自我提供了活动舞台和价值空间。从侠的演变所形成的历史侠、文学侠、文化侠等不同的文化类型看，从侠的文化载体发展所形成的实录阶段与文学虚构阶段所展现的侠的群像与个体人格精神看，先秦两汉作为实录阶段侠的真实活动时期，正是如《史记》、《汉书》等史书实录与民间咏侠歌谣、时谚口头实录的共同作用，才使当时的任侠风尚和游侠活动得以相互补充，游侠活动有血有肉，神采丰满，更使这一时期对侠的记载能够做到文史合一、历史记载与现实生活交辉合璧、互为依据。这在中国侠文化发展史上是唯一的。而最富生活现实感的咏侠歌谣、时谚，无疑成了真实反映当时游侠风貌和存在状况的一部真实生动的游侠生活史。

这些咏侠的歌谣、时谚还在一定程度上拓展、丰富、补充了正史，并以社会生活史的角度展现了此时游侠活动和游侠的个体行为。更可贵的是，它们作为民间一方的口头记载，展示的是民间社会对侠的态度和价值评判。这一点，对具有民间文化性质的侠文化意义和影响很大，因而更具史料价值。如《渔父歌》、《伍子胥歌》反映伍子胥逃离楚国路上发生的故事，情节细致生动，渔父、濑女侠者形象鲜明，有效补充拓展了《史记》的记载。

同时，这些咏侠谣谚所反映的任侠群体地域、阶层非常广泛，所咏人与事都与历史上的侠义人物相关，是当时游侠活动社会现实最尖锐、最直接、最迅速的反映，具有鲜明的时代性。而先秦咏侠谣谚更为司马迁所感叹的"自秦以前，匹夫之侠，湮灭不见"补充了新鲜素材，灌注了极其生动的人格魅力。

从先秦两汉这些咏侠谣谚所表现出的内容看，它们都有史实依据，且与历史记录相印证，真实地反映了先秦两汉游侠的历史存在、任侠精神及其命运，并通过歌谣、谚语这样一种具体生动的口语形式展现了游侠活动的时代风貌。

中国历史很重史家的评价，即所谓褒贬。而先秦两汉咏侠谣谚在体现对所咏对象的感情态度和评价上与正史有相当的一致性，且更多的是对其侠义人格精神的肯定，体现着世俗社会的价值判断。世俗民间社会对其知恩图报、不畏牺牲、重诺轻生、急难解困等侠义精神表现出肯定性的价值评判，当时的统治阶层也是认可的。如《史记》记载的时人对豫让为智伯报仇侠义行为的肯定和对其人格精神的赞赏。

就两汉游侠的社会评价看，史家与民间的褒贬、史家之间表现出不同的态度，反映出的是社会价值评判和世俗道义评价之间、正统思想观念与民间社会评价的差异。而咏侠谣谚反映的正是民间社会对游侠这一特殊群体的评价，总体持肯定态度。

从文学史的角度来看，先秦两汉咏侠歌谣亦有不俗的表现。从大的文学史观察，先秦两汉咏侠谣谚孕育了中国侠文学的创立和发展，尤其是对中国古代咏侠诗和武侠小说的创作在主题和题材方面起到了重要的奠基作用，其文学史意义不容忽视。从古代诗歌史的意义看，与大多数文学形式的发展规律一样，古代咏侠诗的发展同样离不开先秦两汉民间歌谣时谚的哺育启迪。通过对后世咏侠诗的发展追溯，从先秦两汉民间咏侠歌谣到成熟的文人咏侠诗创作，期间的源发和承继关系十分清晰，后代文人咏侠诗即由此孕育和发展，先秦两汉民间咏侠谣谚也就成为咏侠诗发展链条中不可或缺的一环。

这些谣谚不但提供了历代咏侠诗歌咏的侠者形象和行为素材，而且将先秦两汉游侠业已形成的人格精神固化为一种持久的诗歌创作精神和传统，一代一代地相沿袭用，永不枯竭，成为贯穿中国古代咏侠诗创作发展的一条红线，如对古游侠荆轲的歌咏，自先秦歌谣《易水歌》起，便成为历代咏侠诗永恒不变的内容。经魏晋六朝王粲、阮瑀、陶渊明、刘骏、阳缙、周弘直等人的歌咏到唐人咏侠诗，其重诺轻生、借躯报仇的豪侠精神被不断传颂。魏晋诗人重在歌咏其不畏强秦，豪气干云的牺牲精神和悲壮人格；唐人在肯定其侠义精神的同时，对荆轲身死而事不成、名就而功不建的壮举持以否定态度。如王昌龄《杂兴》、李白《结客少年场行》、刘叉《嘲荆卿》、汪遵《易水》等诗，认为其以匹夫之勇，不能取得"万人杰"之名。借此而发出"侠客不怕死，怕在事不成"的感叹。此后宋代咏荆轲者，如张耒《荆轲》、刘克庄《荆轲》、高斯得《读荆轲传》、徐钧《燕丹》、《荆轲》；元代咏侠者郝经《咏荆轲》、释善注《荆轲》、方澜《荆轲》、杨维桢《易水歌》、《荆卿失匕首歌》、叶颙《读荆轲传》、郭钰《荆轲词》、张宪《荆卿叹》、刘绍《易水渡》等绵延不断；而明代对此歌咏更盛。咏侠者如王恭《赋易水送人使燕》、徐有贞《易水秋风》、李贤《咏荆轲》、李东阳《易水行》、文洪《过易水》、傅珪《访易水》、汪循《易水吟》、张凤翔《荆卿歌》、何景明《易水行》、周金《过荆轲故里》、王綖《易水秋风》、韩邦奇《西江月·易水》、王教《易水》、胡缵宗《易水寒》、崔泌之《易水感兴》、许宗鲁《过荆轲故里》、《渡易水》、顾彦夫《渡易水》、邵经济《荆卿行和连白石韵》、《荆轲山》、《荆轲山吹箎》、吴子孝《易水操》、陈栢《易水歌》、徐师曾《咏荆轲》、陈汝伦《易水歌》、李攀龙《易水歌》、李先芳《易水歌》、《赋得易水怀古》、《易水怀古》、屠隆《荆轲歌》、胡应麟《易水垆头放歌怀庆卿》、陈绍文《荆轲》、孙楼《咏荆轲》、叶春及《荆卿歌》、张循占《咏荆轲》、陈第《荆轲》、王寅《易水歌》、朱察卿《荆轲》、范守己《易水歌》、李化龙《易水歌》、朱长春《临易水》、徐熥《咏荆轲》、《赋得易水寒送人游燕》、《沂水怀古》、王思任《过荆轲山》、谢肇淛《易水行》、《易水怀古》、陈邦瞻《易水》、《荆轲里》、邓云霄《渡易水歌》、《荆轲咏》、王衡《渡易水歌》、邹维琏《望易水》、袁中道《易水二首》、梅鼎祚《读荆卿传》、张凤翼《易水吊荆轲》、黄奂《泛南湖望荆轲渡》、方问孝《易水怀古》、程嘉燧《过易水怀古》、王永积《易水筑》、黄淳耀《易水行》、《和咏荆轲》、黎遂球《荆卿行》、陈子龙《易水歌》、《渡易水》、夏完淳《易水歌》、黎彭祖《荆卿行》等共55位作者68首咏荆轲诗，不可谓不盛。清代、近代歌咏荆轲的咏侠诗更胜于明代，限于篇幅，这里不一一列举。窥豹一斑而知全貌，仅此一例足以说明先秦两汉咏侠歌谣对历代咏侠诗题材内容的影响。而先秦两汉咏侠歌谣中的《长安为尹赏歌》则直接孕育产生了历代咏侠诗的保留题目《结客少年场行》，并衍生出《少年行》、《长安少年行》、《渭城少年行》等咏侠诗题。《游侠篇》的产生确立也离不开对战国四豪的歌咏和歌谣《时人为杨阿若号》的哺育。

　　从先秦两汉谣谚对中国古代武侠小说的影响看，一是先秦两汉咏侠谣谚中歌咏的侠义人物为后世武侠小说人物形象的塑造提供了形象的借鉴，先秦两汉游侠也成为历代咏侠诗歌咏的对象和武侠小说创作中的人物形象；二是先秦两汉的咏侠谣谚歌咏的侠举义行，为后世武侠小说提供了想象的余地，为武侠小说虚构故事情节提供了素材；三是先秦两汉咏侠谣谚展现的侠义恩报观念、所歌咏的侠义人格精神，既为后世侠文化发展奠定了核心价值，提供了丰富的文化内涵，而且也为后世武侠小说侠义人格精神的塑造提供了价值性的文化内涵。中国古代咏侠诗和武侠小说之所以具有恒久的吸引力和审美价值，正是源于先秦两汉咏侠谣谚的文化引导和价值灌注。可见，先秦两汉咏侠歌谣展现了游侠的基本价值观念和侠义人格精神，对确立古代咏侠诗的诗歌主题与题材、形成古代侠文学的文化价值、促进古代咏侠诗的艺术体制的形成都起了重要的奠基作用，具有重要的文学史地位。

　　先秦两汉咏侠谣谚所具有的史料价值和文学史意义，使中国侠和侠文化的创造承传成为史家和文人共建的一种历史文化的现象。史家的记载评价与文人的描写咏赞相互作用，使侠既是史家较早立传的一类历史人物和现实存在，又是一个文人寄予理想追求和人格精神的文学主题与题材。这样看来，古代咏侠诗、武侠小说的创作发展过程，也是一个洞察古代社会生活发展、了解民间文化、把握文人心态、判断文化影响的风向标，有其特殊的文学价值和社会历史文化意义。

第二章
咏侠题材的确立及其艺术体制的形成

——魏晋南北朝咏侠诗

魏晋南北朝时期，是民族大融合发展的重要阶段，也是人的觉醒和文学的自觉时代，这样一个特殊的历史时期，也是侠文化发展的重要历史阶段。可以说，魏晋南北朝是中国古代任侠风气出现新变、积累新质和任侠精神品质升华的重要时期，也是中国古代咏侠诗主题、题材和艺术体制的确立和形成期。此时咏侠诗之创意出史入汉，名题立象。任侠风气在继承先秦两汉任侠传统的基础上，由于中央政权的衰微和地方割据势力的嚣扬、民族纷争的高涨、社会的大动荡等社会历史原因又一次高涨。任侠风气中的传统与叛逆、侵略与反抗、融合与分裂、家族与民族、征战与功业、苟安与享乐等因素，侠风中张扬个人、个性的成分减弱，国家民族意识的觉醒与自觉，使得咏侠诗的创作内容和题材得以拓展，主题得到确立和提升。咏侠诗在歌咏为国征战、建功立业、视死如归的侠义精神主题的同时，追求游赏享乐、逞豪斗强的成分也在增加，咏侠诗审美追求上的南北差异也渐次分明。同时，先秦两汉歌咏游侠的民间歌谣形式已不能适应新的诗歌形式发展，文人成为咏侠诗的创作主体，他们继承传统乐府创作精神，用乐府诗这样一种张弛自由、气韵贯通的艺术形式，在诗歌中塑造鲜明生动的游侠形象，并第一次抒写了游侠征战边塞、视死如归的辉煌，大大提升了游侠的正义形象，为游侠进入文学殿堂注入了鲜明生动的艺术感染力，为侠文化的发展积攒了正能量。而这个时期也是文人五言诗的发展成熟期，除乐府形式之外，文人们以五言诗这样一种新的诗歌形式创作了不少对后世有影响的咏侠诗。这一切，标志着咏侠题材类型及其艺术体制的正式确立和形成。

当然，从魏晋南北朝任侠风气表现出的行为特征和咏侠诗创作的内容价值倾向看，魏晋任侠风气中文人边塞建功立业的人生追求，使咏侠诗的创作表现出浓厚的功业意识；北朝任侠风气中的尚武倾向，使咏侠诗的创作表现出剽悍的英雄意识；南朝侠风中权贵游侠的享乐倾向和奢华追求，使咏侠诗表现出奢靡豪华的享乐意识。可见，魏晋南北朝任侠风气虽然是乱世逢生，有其"道统丧而江湖出、是非失而重侠游"的共性，亦有两汉侠风影响，但因时局不同、地域文化和民族性格差异而在魏晋时期、在北朝和南朝时期表现出三个不同的发展阶段。任侠风气中新的侠意识应运而生新的任侠精神和侠义观念，而与此相应，咏侠诗的创作自然也就体现着三个鲜明的创作范围和时期。

魏晋南北朝时期是中国诗歌中咏侠题材的确立和艺术体制的初步发展时期，曹植《白马篇》是诗歌中游侠第一次以正义英雄形象闪亮登场，对魏晋南北朝咏侠诗以及后世咏侠诗创作产生了积极的导向作用和广泛影响。而当时咏侠诗中大量使用乐府形式以及歌咏豪侠刘生的大量诗篇，使得《白马篇》、《结客少年场行》、《刘生》等诗题和乐府形式成为中国历代咏侠乐府诗歌咏的永恒主题和形式。

第一节　魏晋南北朝的任侠风气与咏侠题材的确立

魏晋南北朝时期特殊的社会现实、松弛的社会约束以及民族融合带来的多种文化影响，使得当时的任侠风气，在侠风成因、任侠群体、任侠精神等方面都表现出与先秦两汉不同的时代内容。这种新变，也为诗歌中咏侠主题和题材的确立创造了条件。

一、魏晋南北朝的任侠风气

从阶段性特征看，魏晋南北朝的任侠风气在魏晋时期、北朝和南朝时期表现出三个不同的发展阶段，相对而言，魏晋侠风对汉文化的继承性较多，由于文人边塞建功立业的人生追求，表现出浓厚的功业意识；北朝任侠风气中受北方民族融合影响多，呈现出尚武倾向和英雄意识；南朝侠风受其地域文化影响而表现出奢华倾向和享乐意识。

从侠风成因看，魏晋南北朝任侠风气兴盛的原因可以归纳为以下几个方面：

第一，魏晋南北朝时期社会的大动荡、大变革，带来了社会控制力的松弛，任侠风气乘势而起。

从汉末到隋统一前，四百余年社会极度混乱：三分天下、八王之乱、南北大分裂、北方一百多年建立十六国，相互并吞，战乱不息，南方经历了宋齐梁陈四个朝代的频繁更迭等等。"乱世天教重侠游"，任侠风气乘势而起。

第二，汉末以来，随着儒学的衰微和玄学的兴起，突破世俗礼制规范、任性而为的叛逆思想在士人，尤其在贵族子弟那里成为了一种风气。为任侠风气起了助推作用。

魏晋南北朝时期，伴随着自汉末以来大一统政权的动摇，儒家正统思想也开始动摇，以经学求致用的士人们开始从儒家经典的禁锢束缚中解脱出来，思想重新活跃起来。《后汉书·儒林传序》云：

> 及邓后称制，学者颇懈。时樊准、徐防并陈敦学之宜，又言儒职多非其人，于是制诏公卿妙简其选，三署郎能通经术者，皆得察举。自安帝览政，薄于艺文，博士倚席不讲，朋徒相视怠散，学舍颓敝，鞠为园蔬，牧儿薅竖，至于薪刈其下。顺帝感翟酺之言，乃更修黉宇，凡所造构二百四十房，千八百五十室。试明经下第补弟子，增甲乙之科员各十人，除郡国耆儒皆补郎、舍人。本初元年，梁太后诏曰："大将军下至六百石，悉遣子就学，每岁辄于乡射月一飨会之，以此为常。"自是游学增盛，至三万余生。然章句渐疏，而多以浮华相尚，儒者之风

盖衰矣。①

可见，不管统治者采取何种方式，儒学的衰微已是无法挽回。而以经学求用的士子也慢慢成为以"婞直之风""品核公卿、裁量执政"的批评者。加之东汉两次党锢之祸，使党人祸愈酷而名愈高，"天下皆以名入党人中为荣"，士大夫看重个人名行，从经学的束缚中解脱出来的士人，发现了自然、自我，认可了个人感情、欲望和个性。他们纵情自适、任情行事，并以通脱相尚。士人自我发现在行为上的这种表现，就为任侠风气的盛行提供了思想的土壤和行为上的借鉴。

第三，魏晋南北朝时期民族的大融合，既带来了战争和社会秩序的混乱，同时也带来了少数民族尚武的社会风气，为任侠活动注入了新鲜血液。六朝时期的乱世客观造成了民族融合的加剧，少数民族大量内徙，并在中国北方建立了一系列政权，胡汉杂居，而胡汉两种不同的文化也开始碰撞、融合，迁入内地的少数民族受到汉民族的同化，如南北朝时期拓跋氏鲜卑族建立的北魏政权就积极学习汉族文化，穿汉服，改汉姓，与汉族人通婚。但与此同时，北方少数民族走马游猎、尚武斗狠的习俗也必然渗入汉民族的生活观念和行为之中，这种情况对六朝时期的侠风也产生了很大影响。

第四，战乱中，为保卫家族和群体利益而出现了扶危济困的侠义之士，这是魏晋南北朝任侠风气中乱世所特有的现象。这类侠大多出身世族大家，多是宗族首领，有号召力，动乱中能救人危难，更能保卫乡党利益和生命，如率领宗族百姓寻地迁居避乱，在宗族内建坞堡以防盗贼等。广平人李波、祖逖、李元忠、许褚、鲁肃等都是这类宗族豪侠的代表。祖逖出生北州旧姓，《晋书》卷六十二《祖逖传》云："逖轻财好侠，慷慨有节尚。每至田舍，则称兄意，散谷帛以赒贫乏。"率"亲党数百家"，避地淮泗，受到族人称赞，一举推他为首领。②李显甫、李元忠父子，"豪侠知名"，元忠"性仁恕，见有疾者，不问贵贱，皆为救疗"。后避战乱"率宗党作垒以自保"，被奉为"家

---

① 范晔撰：《后汉书·儒林传》，中华书局 1965 年版，第 2547 页。

② 房玄龄、褚遂良等：《晋书·祖逖传》，中华书局 1974 年版，第 1693 页。

宗主"。①《三国志·魏书·许褚传》载：

> （许褚）容貌雄毅，勇力绝人。汉末，聚少年及宗族数千家，共坚壁以御寇。时汝南葛陂贼万余人攻褚壁，褚众少不敌，力战疲极。兵矢尽，乃令壁中男女，聚治石如杆斗者置四隅。褚飞石掷之，所值皆摧碎。贼不敢进。粮乏，伪与贼和，以牛与贼易食，贼来取牛，牛辄奔还。褚乃出陈前，一手逆曳牛尾，行百余步。贼众惊，遂不敢取牛而走。由是淮、汝、陈、梁间，闻皆畏惮之。②

而《魏书》卷五十三《李孝伯传》中所记广平人李波则是宗族首领与豪侠。其云：

> 初，广平人李波，宗族强盛，残掠生民。前刺史薛道㧑亲往讨之，波率其宗族拒战，大破㧑军。遂为逋逃之薮，公私成患。百姓为之语曰："李波小妹字雍容，褰裙逐马如卷蓬，左射右射必叠双。妇女尚如此，男子那可逢！"安世设方略诱波及诸子侄三十余人，斩于鄴市，境内肃然。③

又如《三国志·吴书·鲁肃传》载：

> （鲁肃）家富于财，性好施与。尔时天下已乱，肃不治家事，大散财货，摽卖田地，以赈穷弊结士为务，甚得乡邑欢心。周瑜为居巢长，将数百人故过候肃，并求资粮。肃家有两囷米，各三千斛，肃乃指一囷与周瑜，瑜益知其奇也，遂相亲结，定侨、札之分。袁术闻其名，就署东城长。肃见术无纲纪，不足与立事，乃携老弱将轻侠少年百余人，南到居巢就瑜。④

第五，魏晋南北朝人物品藻重视英雄，追求侠义英雄成为风尚，极大地推动了侠风盛行。魏晋六朝时期对人才的选拔方式即九品中正制与此时侠风的联系是一个值得深究和探索的有趣话题。事实上，汉代清议与魏晋时期的

---

① 李百药：《北齐书》卷二十二，中华书局 1972 年版点校本，第 313 页。
② 陈寿撰，裴松之注：《三国志·魏书》，中华书局 1959 年版，第 542 页。
③ 魏收：《魏书》，中华书局 1974 年版，第 1176 页。
④ 陈寿撰，裴松之注：《三国志·吴书》，中华书局 1959 年版，第 1267 页。

人才品评有密切关联，而其对名节的看重更助推了侠风盛行。对此清代赵翼《廿二史札记》卷五"东汉尚名节"条有明确论述。其云："自战国豫让、聂政、荆轲、侯嬴之徒，以意气相尚，一意孤行，能为人所不敢为，世竟慕之。其后贯高、田叔、朱家、郭解辈，徇人刻己，然诺不欺，以立名节。驯至东汉，其风益盛。盖当时荐举征辟，必采名誉，故凡可以得名者，必全力赴之，好为苟难，遂成风俗。……盖其时轻生尚气已成习俗，故志节之士好为苟难，务欲绝出流辈，以成卓特之行，而不自知其非也。"①而廷议中文人士大夫的行为中就含有侠气。

汉代取士主要采用"察举"和"征辟"的方法。"察举"是自下而上地推荐人才，即由地方通过对人物的考察评议，再上报朝廷任用。"征辟"则是自上而下地发现和委任人才，即由国家或各级官府直接考察任用。这两种方式虽然程序上不同，但都注重人物的德行才能。由此形成了由乡党到中央官吏品评人物的风气。名誉被十分看重。东汉桓帝、灵帝时，外戚宦官交替专权，政治极为黑暗，于是一批正义的文人士大夫慷慨激昂，品评朝政，形成了所谓的"清议"。《后汉书》卷六十七《党锢列传序》云：

> 及汉祖杖剑，武夫勃兴，宪令宽赊，文礼简阔，绪余四豪之烈，人怀陵上之心，轻死重气，怨惠必仇，令行私庭，权移匹庶，任侠之方，成其俗矣。自武帝以后，崇尚儒学，怀经协术，所在雾会，至有石渠分争之论，党同伐异之说，守文之徒，盛于时矣。至王莽专伪，终于篡国，忠义之流，耻见缨绂，遂乃荣华丘壑，甘足枯槁。虽中兴在运，汉德重开，而保身怀方，弥相慕袭，去就之节，重于时矣。逮桓、灵之间，主荒政缪，国命委于阉寺，士子羞与为伍，故匹夫抗愤，处士横议，遂乃激扬名声，互相题拂，品核公卿，裁量执政，婞直之风，于斯行矣。②

这段话指出了清议的背景与内容。由于清议之士能树立婞直之风，故能

---

① 赵翼撰，王树民校正：《廿二史札记校正》，中华书局1984年版，第102—104页。
② 范晔：《后汉书·党锢列传》，中华书局1965年版，第2184页。

获得社会的高度赞誉,清议也就成为当时重大的政治行为。罗宗强《魏晋南北朝文学思想史》指出:"名士和阉党的斗争中伴随着士人的怨愤与抗争,和点缀于这怨愤与抗争中的潇洒与凄凉血泪。集中体现在这个过程的便是党禁之祸与人物评议。"① 这样也就使得人物品藻具有广泛的社会影响和政治意义。士人的升迁往往取决于某些有影响的名士的评题。品藻的对象便修行砥砺,以特行异姿博得声誉。而当时人物品藻中对英雄的看重,点燃了任侠之风和侠义英雄人物的涌现。

这时期,王粲的《英雄记》和刘劭的《人物志》都是围绕"英雄"展开话题,《英雄记》是我国历史上第一部"英雄"传记,而《人物志》则深入研究"英雄"并对其作了较全面的定义。这表明汉末三国时代,"英雄成为当时人们普遍崇尚的人格形象,而对英雄内涵的探讨就成为当时重要的社会文化思潮。"同时,我们通过《英雄记》所记载人物可以看出,王粲心目中的英雄"是兼备'善'、'恶'人格的"。② 如所记公孙瓒:

> 公孙瓒每闻边警,辄厉色作气如复仇。尝乘白马,又白马数十匹,选骑射之士,号为"白马义徒",以为左右翼。胡甚畏之,相告曰:"当避白马长史。"③

从这段记载看,公孙瓒是一位作战异常勇敢的英雄人物。但王粲还写到了他奢靡淫欲生活的另一面:"瓒诸将家家各有高楼,楼以千计。……瓒居楼上,屏去左右,婢妾侍侧。"④ 凸显了人性的两面。同时,王粲还收入"善"、"恶"分明的两类特殊人物,如《英雄记》专门记载了臧洪、耿武、闵纯等人的善行,也将董卓、李榷、郭汜等人的恶行写入《英雄记》中。可见王粲所谓"英雄"概念中,不但包含善恶兼备特征,也包含各类人物的正反作用和影响。刘劭在《人物志》中界定了"英雄"的概念:

> 夫草之精秀者为英,兽之特群者为雄。故人之文武茂异,取名于

---

① 罗宗强:《魏晋南北朝文学思想史》,中华书局 1996 年版,第 4 页。
② 刘志伟:《英雄文化与魏晋文学》,上海古籍出版社 2018 年版,第 47、52 页。
③ 俞绍初:《王粲集》,中华书局 1980 年版,第 70 页。
④ 俞绍初:《王粲集》,中华书局 1980 年版,第 72 页。

此。是故聪明秀出谓之英，胆力过人谓之雄，此其大体之别名也。若校其分数，则互相须，各以二分，取彼一分，然后乃成。何以论其然？夫聪明者英之分也，不得雄之胆，则说不行。胆力者雄之分也，不得英之智，则事不立。是故英以其聪谋始，以其明见机，待雄之胆行之。雄以其力服众，以其勇排难，待英之智成之。①

刘劭的英雄人才观，应是"英才"智力与"雄才"武力的完美集合。事实上，无论是王粲《英雄记》所反映出的英雄观念，还是刘劭"雄以其力服众，以其勇排难"的"雄才"观，游侠都符合这样的标准。可见，六朝人眼中，游侠能称作英雄，英雄崇拜也包括游侠。如曹操是汉末三国"英雄"的典型，他曾有任侠的经历："太祖少机警，有权数，而任侠放荡，不治行业，故世人未之奇也。"而作为政治家的曹操，其在《求贤令》"唯才是举"的人才观，可以看出他对有勇有谋的英雄好汉是非常欣赏的。而他颁布的《敕有司取士勿废偏短令》和《举贤勿拘品行令》，只要有才，不论道德品行，一律重用，这样在他的周围聚集了一大批豪纵放任的游侠式人物，如张邈，"少以侠闻，振穷救急，倾家无爱，士多归之。"②曹仁，"少好弓马弋猎。后豪杰并起，仁亦阴结少年，得千余人，周旋淮、泗之间，遂从太祖为别部司马，行厉锋校尉。"③典韦，"形貌魁梧，膂力过人，有志节任侠。襄邑刘氏与睢阳李永为仇，韦为报之。永故富春长，备卫甚谨。韦乘车载鸡酒，伪为候者，门开，怀匕首入杀永，并杀其妻，徐出，取车上刀戟，步出。永居近市，一市尽骇。追者数百，莫敢近。行四五里，遇其伴，转战得脱。由是为豪杰所识。"④除了曹操，汉末三国时的风云人物几乎都有任侠经历：董卓，"少好侠，尝游羌中，尽与诸豪帅相结。……豪帅有来从之者，卓与俱还，杀耕牛与相宴乐。诸豪帅感其意，归相敛，得杂畜千余头以赠卓。"⑤袁绍，

① 刘劭：《人物志》，古典文学出版社1955年版，第10—11页。
② 陈寿：《三国志·魏书·张邈传》，中华书局1959年版，第221页。
③ 陈寿：《三国志·魏书·曹仁传》，中华书局1959年版，第221—222页。
④ 陈寿：《三国志·魏书·典韦传》，中华书局1959年版，第274页。
⑤ 陈寿：《三国志·魏书·董卓传》，中华书局1959年版，第543—544页。

"好游侠，与张孟卓、何伯求、吴子卿、许子远伍德瑜等皆为奔走之友。"①
袁术，"少以侠气闻，数与诸公子飞鹰走狗。"②

汉末这样的侠风延至两晋南朝兴而不衰。如裴秀，"孝友著于乡党，高声闻于远近"，为人"豪侠有气节"。侄子裴宪也"少而颖悟，好交轻侠"。而裴宪二子"挹、毂俱豪侠耽酒，好臧否人物"。③ 一门之中，具有侠气者何其多也！可见当时的侠风之盛。而游侠在天下纷乱时的存在价值也得到彰显。有的甚至拥有对抗统治者的能力，如《晋书》卷一百云：

> 王弥，东莱人也。家世二千石。祖颀，魏玄菟太守，武帝时，至汝南太守。弥有才干，博涉书记。少游侠京都，隐者董仲道见而谓之曰："君豺声豹视，好乱乐祸，若天下骚扰，不作士大夫矣。"惠帝末，妖贼刘柏根起于东莱之𫄫县，弥率家僮从之，柏根以为长史。柏根死，聚徒海渚，为苟纯所败，亡入长广山为群贼。弥多权略，凡有所掠，必豫图成败，举无遗策，弓马迅捷，膂力过人，青土号为"飞豹"。后引兵入寇青徐，兖州刺史苟晞逆击，大破之。弥退集亡散，众复大振，晞与之连战，不能克。弥进兵寇泰山、鲁国、谯、梁、陈、汝南、颍川、襄城诸郡，入许昌，开府库，取器杖，所在陷没，多杀守令，有众数万，朝廷不能制。④

王弥最后攻入了京师，可见游侠的武力破坏程度，所以宗室就常常对游侠采取拉拢态度，如晋宣帝之孙司马宗"与王导、庾亮志趣不同，连接轻侠，以为腹心，导、亮并以为言，帝以宗戚属，每容之"。⑤

第六，边塞战事引发边塞与侠义的互动，激发了侠义之士的功业意识，促进了侠风发展。魏晋南北朝时期，作为侠的精神载体已由历史转向了文学，由史家转移到了文人。这时期也是侠意识的转变期。因此，这时期的文

---

① 陈寿：《三国志·魏书》，中华书局 1959 年版，第 188 页。
② 范晔：《后汉书·袁术传》，中华书局 1973 年版，第 2438 页。
③ 房玄龄：《晋书·裴秀传》，中华书局 1974 年版，第 1039—1051 页。
④ 房玄龄：《晋书·王弥传》，中华书局 1974 年版，第 2609 页。
⑤ 房玄龄：《晋书·司马宗传》，中华书局 1974 年版，第 1595 页。

人咏侠诗便成为时代侠意识的集中反映。如果联系当时游侠的行为存在和咏侠诗创作中诗人表现出的任侠精神，我们不难发现，肯定侠的功业名节观念、肯定侠的自由放荡和世俗享乐代表了魏晋南北朝时期侠意识的内容。如曹植《白马篇》中幽并游侠儿"捐躯赴国难，视死忽如归"；沈约《白马篇》中的游侠子"功名志所急，日暮不遑餐"；徐悱《白马篇》中上郡游侠少年"要功非汗马，报效乃锋端"，"归报明天子，燕然石复刊"；张华《壮士篇》中的壮士"年时俯仰过，功名宜速崇"，《博陵王宫侠曲》其二中的任侠雄儿"宁为殇鬼雄，义不入圜墙。生从命子游，死闻侠骨香"。汪涌豪在《中国游侠史》中说：

> 春秋战国时期的游侠多为义而任侠，为君臣之义，友朋之义，为名节，为荣誉，耿介特立，立意皎然；两汉游侠是为做游侠而任侠，修行砥名，刻意自励，乃至敛己讳饰，虽阴贼著于心而外行含蓄亲厚温良泛爱之举。此期（魏晋南北朝）游侠则更多了为功利而任侠的色彩。尽管这期间存在着相互交杂的情况，在魏晋南北朝，那种为义行侠，为做好游侠而任侠的人仍有；……但不能不承认，这种功利追求占据了此期大多数侠者的心，而由独特人格特征及行为方式构成的游侠的特殊性，在一定程度上反而被淡化了。①

肯定侠的自由放荡与世俗享乐也是当时侠意识的一个侧面。这时期文人咏侠诗的许多篇目如《结客少年场行》、《行行且游猎篇》、《侠客篇》、《紫骝马》、《游侠篇》、《轻薄篇》、《刘生》等都集中反映了当时游侠少年的自由放荡与世俗享乐，表现着诗人对这种任侠精神的肯定与向往。

魏晋六朝侠的存在很广泛，但与秦汉不同的是公卿豪贵的养客风气已很衰弱。民间游侠、豪贵子弟的任侠活动以及官僚中的崇侠尚任成为这一时期侠的主要存在方式，尤其是上层豪贵及子弟的任侠风尚，已逐渐成为值得重视的现象，它对唐代侠风影响较大。同时，上层贵族及其子弟的任侠活动，已使任侠内化为贵族生活的一种方式。如前所举魏曹操周围一大批豪纵放任

---

① 汪涌豪：《中国游侠史》，复旦大学出版社 2001 年版，第 110 页。

的游侠人物，张邈、曹仁、典韦等侠义英雄人物。而像曹操、董卓、袁绍、袁术等更是当时的风云人物。

魏晋六朝民间社会游侠活动较有声势。《魏略》所记四侠，可作为魏晋六朝民间布衣闾巷之侠的代表。孙宾硕扶弱济困，冒死相救受宦官迫害的赵岐，"显名于东国"，鲍出尚节义，杀匪救人。祝公道赴士厄困，不矜其功，相救素昧平生的名臣贾逵，不语而去，为人称颂。杨阿若"常以报仇解怨为事，故时人为之号曰：'东市相斫杨阿若，西市相斫杨阿若'"。① 除此而外，史载汉魏间"扬士多轻侠狡杰，有郑宝、张多、许乾之属，各拥部曲"。② 陈朝周敷原为临川郡乡间侠士，"性豪侠，轻财重士，乡党少年任气者咸归之"。③ 徐庶"少好任侠击剑。中平末，尝为人报仇，白垩突面，被发而走，为吏所得。问其姓字，闭口不言。吏乃于车上立柱维磔之，击鼓以令于市廛，莫敢识者，而其党伍共篡解之，得脱。于是感激，弃其刀戟，更疏巾单衣，折节学问"④。宋孟龙符"少好游侠，结客于闾里"。⑤

魏晋六朝豪侠多放纵于末流，任侠结客养士各拥部曲与汉代相类。《晋书·石崇传》载："崇颖悟有才气，而任侠无所检，在荆州，劫远使客商，致富不赀。"⑥《北齐书·毕义云传》云：义云"少粗侠，家在兖州北境，常劫掠行旅，州里患之"。⑦ 又北齐"开国功臣"高乾、高昂兄弟"少时轻侠"，倾家财交结豪侠剑客，到处劫掠，横行乡里，无敢违忤。⑧ 曹操"少好飞鹰走狗，游荡无度"。⑨ 曾与袁绍劫人新妇。许褚"……诸从褚侠客，皆以为

---

① 《三国志》卷十八、卷十五、《魏书》中《阎温传》、《贾逵传》注引《魏略》（分别见《三国志》卷十八，中华书局1959年版，第551—554页，《三国志》卷十五，中华书局1959年版，第480页）。
② 陈寿：《三国志·魏书·刘晔传》，中华书局1959年版，第443页。
③ 姚思廉：《陈书·周敷列传》，中华书局1972年版，第200页。
④ 陈寿：《三国志·蜀书·诸葛亮传》，中华书局1959年版，第914页。
⑤ 沈约：《宋书·孟龙符传》，中华书局1974年版，第1408页。
⑥ 房玄龄：《晋书·石崇传》，中华书局1974年版，第1006页。
⑦ 李百药：《北齐书·毕义云传》，中华书局1972年版，第657页。
⑧ 李百药：《北齐书·高乾传》，中华书局1972年版，第289—290页。
⑨ 陈寿：《三国志·魏书·武帝纪》，中华书局1959年版，第2页。

虎士。……其后以功为将军、封侯者数十人，都尉、校尉百余人，皆剑客也"。[1] 同时，这些豪族郡姓任侠者，各拥部曲，形成豪强。如济南刘节，"旧族豪侠，宾客千余家，出为盗贼，入乱吏治。"[2] 鲁肃，"见术（袁术）无纲纪，不足与立事，乃携老弱将轻侠少年百余人南到居巢就瑜（周瑜）。"[3] 甘宁"少有气力，好游侠，招合轻薄少年，为之渠帅；群聚相随，挟持弓弩，负眊带铃，民闻铃声，即知是宁。""宁轻侠杀人，藏舍亡命，闻于郡中。其出入，步则陈车骑，水则连轻舟，待从被文绣，所如光道路，住止常以缯绵维舟。"及为将，"虽粗猛好杀，然开爽有计略，轻财敬事，能厚养健儿，健儿亦乐为用命。"[4] 甚至北周开国皇帝宇文觉"任侠有气干"，太祖宇文泰及兄莒庄公宇文洛生"少任平，尚武艺。及壮，有大度，好施爱士"。[5] 孙权亦"好养侠士"，[6] 晋明帝"好养武士"。[7]

从这里可以看出，在动荡的魏晋六朝，任侠养士可以位列朝官，成为将军、功臣。侠在这一时期多以军功步入官僚阶层。也有一些流入绿林，与盗同。

另外，这一时期的游侠中，也偶尔有文人，如李兴业"性豪侠，重义气，人有急难，委之归命，便能容匿"。两晋之交的裴扡、裴毅兄弟，"并以文才知名"，"俱豪侠耽酒。好藏否人物"。裴楷之子裴宪，"好交轻侠。及弱冠，更折节严重，修尚儒学"。

在魏晋六朝侠风中，有一个值得注意的现象，那就是上层社会豪贵子弟游侠行为中的夸饰之风。这种风气似以南朝为主，当时上流社会豪贵子弟的任侠风气，表现为纵情游乐呈豪的生活方式，其"饰冠剑，连车骑，亦为富贵容也"，如王褒《游侠篇》：

---

① 陈寿：《三国志·魏书·许褚传》，中华书局 1959 年版，第 542—543 页。

② 陈寿：《三国志·魏书·司马芝传》，中华书局 1959 年版，第 386 页。

③ 陈寿：《三国志·吴书·鲁肃传》，中华书局 1959 年版，第 1267 页。

④ 陈寿：《三国志·吴书·甘宁传》，中华书局 1959 年版，第 1292、1294 页。

⑤ 令狐德棻：《周书·莒庄公洛生传》，中华书局 1971 年版，第 159 页。

⑥ 陈寿：《三国志·吴书·吴主传》，中华书局 1959 年版，第 1115 页。

⑦ 徐震堮：《世说新语校笺》，中华书局 1984 年版，第 326 页。

京洛出名讴，豪侠竞交游。河南期四姓，关西谒五侯。斗鸡横大道，走马出长楸。桑阴徒将夕，槐路转淹留。①

这些豪侠少年的任侠活动，多是结客交游、斗鸡走马，甚至逞酒豪赌、优游狎妓。再如西晋左思《吴都赋》：

任侠之靡，轻訬之客，缔交翩翩，傧从奕奕。出蹑珠履，动以千百。里宴巷饮，飞觞举白。翘关扛鼎，拼射壶博。鄱阳暴谑，中酒而作。②

这种任侠行为与秦汉游侠侠行相较已有很大不同。事实上，这些上层豪贵侠少夸饰奢浮的游侠行为，只是对秦汉游侠某种生活行为的模仿，如饮酒、博戏等，而不是对秦汉游侠侠行的模仿。但经过魏晋六朝贵游侠少的推波助澜，已成为后世上层游侠少年的优游内容和普遍侠行。这种侠风在南朝为最，大批的世族、贵豪子弟追慕与模仿游侠。他们标榜的"游侠风采"，一方面是满足于对侠的英雄崇拜心理，另一方面更主要的是逞富斗豪，张扬自我，并逐渐形成了贵游子弟的一种生活方式，对唐代侠风有一定影响。尤其自东晋南渡后，荆州、扬州为代表的城市商品经济有了发展，逐渐成为南朝的经济中心和当时的富庶之地。《宋书》卷五十四《沈昙庆传》云：

江南之为国，盛矣。虽南包象浦，西括邛山，至于外奉贡赋，内充府实，止于荆、扬二州。自汉氏以来，民户凋耗，荆楚四战之地，五达之郊，井邑残亡，万不余一也。自元熙十一年司马休之外奔，至于元嘉末，三十有九载，兵车勿用，民不外劳，役宽务简，氓庶繁息，至余粮栖亩，户不夜扃，盖东西之极盛也。既扬部分析，境极江南，考之汉域，惟丹阳会稽而已。自晋氏迁流，迄于太元之世，百许年中，无风尘之警，区域之内，晏如也。及孙恩寇乱，歼亡事极，自此以至大明之季，年逾六纪，民户繁育，将曩时一矣。地广野丰，民勤本业，一岁或稔，则数郡忘饥。会土带海傍湖，良畴亦数十万顷，膏腴上地，亩直一

---

① 逯钦立：《先秦汉魏晋南北朝诗》，中华书局 1983 年版，第 2333 页。
② 左思：《吴都赋》，见李善注：《文选》，上海古籍出版社 1986 年版，第 201 页。

金，鄠、杜之间，不能比也。荆城跨南楚之富，扬部有全吴之沃，鱼盐杞梓之利，充仞八方；丝绵布帛之饶，覆衣天下。①

城市的繁荣与贵游侠少的发展密切联系，城市为游侠提供了活动场所。中国古代游侠从诞生时起，多行于都市，市井商贾豪富子弟多任侠，甚至多犯禁薄行，在中国古代游侠史上是一个值得重视的社会现象。

从任侠群体构成看，魏晋南北朝时期是权贵豪富游侠少年任侠声势开始炽盛的时代，其任侠行为主要可以归纳为非常突出的两个方面，即追求奢侈享乐和侠义建功，南北文化差异明显，与两汉游侠少年多有不同。一般来说，南朝游侠少年任侠行为以奢侈享乐为主，其行为多斗鸡走马、饮酒宿娼、优游博猎。北朝游侠少年受北方战乱影响，尚武持勇、轻财好施、侠义复仇、追求建功立业，也有一部分流于贼寇者。而南朝偏于一隅，苟安繁华，坐享豪奢，激发了贵豪子弟的游侠热。而随着经济发展，南朝上层社会风俗渐趋奢靡。《梁书》卷三十八《贺琛传》云："今天下宰守所以皆尚贪残，罕有廉白者，良由风俗侈靡使之然也。……其余淫侈，著之凡百，习以成俗，日见滋甚，欲使人守廉隅，吏尚清白，安可得邪！"②世风的奢靡，由当时士大夫的行为更可见一斑，《梁书》卷三十九《羊侃传》称侃："性豪侈，善音律，自造《采莲》、《棹歌》两曲，甚有新致。姬妾侍列，穷极奢靡。……初赴衡州，于两艒舳起三间通梁水斋，饰以珠玉，加之锦缋，盛设帷屏，陈列女乐，乘潮解缆，临波置酒，缘塘傍水，观者填咽。"③再如谢灵运"性豪侈，车服鲜丽，衣物多改旧形制，世共宗之，咸称谢康乐也"。④王僧达，"性好鹰犬，与闾里少年相驰逐，又躬自屠牛。"⑤裴之横，"少好宾游，重气侠，不事产业。"⑥方泰，"少粗犷，与诸恶少年群聚，游逸无度。"⑦在这种

① 沈约：《宋书·沈昙庆传》，中华书局 1974 年版，第 1540 页。
② 姚思廉：《梁书·贺琛传》，中华书局 1973 年版，第 547 页。
③ 姚思廉：《梁书·羊侃传》，中华书局 1975 年版，第 561 页。
④ 李延寿：《南史·谢灵运传》，中华书局 1983 年版，第 538 页。
⑤ 李延寿：《南史·王弘传》，中华书局 1983 年版，第 573 页。
⑥ 李延寿：《南史·裴邃传》，中华书局 1983 年版，第 1442 页。
⑦ 李延寿：《南史·昙朗传》，中华书局 1983 年版，第 1575 页。

世风的影响下，贵游、尚侠的富豪子弟，任侠行为浮华豪奢，服饰华丽，走马纵酒，优游博猎，生活极其豪奢。

值得注意的是，南朝贵游侠少中，其持剑之装饰，亦非同一般。晋以前多刃剑，以后多代以木剑，可见其变化。这些游侠少年，他们"翠羽妆剑鞘，黄金饰马缨"，这种群体的游侠风气，除了彰显豪奢华贵，纯粹是一种生活方式，但它却是当时侠风的一种独特体现。

相较而言，魏晋以后北方少数民族建立了政权，其尚武豪放之气质，使北朝侠风英雄之气格外浓烈。

二、咏侠题材在诗歌创作中的确立

魏晋南北朝时期是古代咏侠诗主题题材的确立和创作发展期，也是游侠第一次以正面英雄形象进入文学殿堂。诗人在诗歌中塑造的游侠形象体现着比历史实存侠更为深厚的社会和文化意义。咏侠诗的创作便在魏晋南北朝初兴发展，并出现第一次高潮。而魏晋南北朝时期特殊的社会现实、文化交流融合的独特背景、特异的任侠风气，加之儒家礼教约束的松弛、文学的自觉和文人追求个性自由，为咏侠诗的创造和咏侠题材在文学中尤其在诗歌中的确立创造了条件。

深细推究，咏侠诗为何不产生在汉代而突起于魏晋六朝，是有其深厚社会历史文化积淀和特殊的侠风成因的。从当时文学创作的客观现实看，一是战乱不断的现实，不但使勇猛无畏的任侠之士有了用武之地，而且激发了一部分人建功立业的政治热情，而在文学中表现这种热情莫过于借助边塞游侠儿的英雄形象以自抒胸襟。魏晋南北朝诗人这类题材在当时咏侠诗创作中占有大量篇幅，并成为一种价值导向。二是重功利、尚通脱的社会氛围，使社会有足够的空间容纳游侠的种种行为，包括其"不轨于正义"的一面。三是"唯才是举"的用人取向，使统治者能够接纳"以武犯禁"、常与官府对立的游侠。这为游侠题材能够进入诗歌创作领域扫清了障碍。同时，两汉辞赋中已有的都市游侠描写，为在文学中表现游侠作了铺垫。加之魏晋六朝五言诗大盛，于是游侠题材进入诗歌领域也就顺理成章。

从当时文人的审美理想和创作观念看，魏晋以前，人们追求高大美，而儒家思想中情一直被纳入礼的范围，情志相比偏重于志。魏晋六朝作为人的自觉与文学的自觉的时代，生命意识的觉醒使得文学中重视性情，提高了情感在人们心目中的地位。人的性情受到格外关注，情感价值和意义得到高扬，作家的个性得到重视，士人注重性情流露，文学进入了个性化、抒情化的时代。与此相应，作家在审美情趣和审美理想方面，大胆追求自由独立的人格美、精神美，以及由对人格美和精神美的推崇带来了对自然美的重新发现。另一方面，当时人物品评与玄学的结合，人物品评中对"英雄"的注重，为魏晋六朝文学思潮、审美风尚等带来了新鲜的血液。尤其是人物品评作为汉末魏初特有的时代风尚，在魏晋六朝时期经历了从政治性到哲学性和审美性的转折变化。而其审美性则从作家的创作个性、文学情感的张扬、人物与自然美等方面，对文学创作产生了广泛影响。因此，在诗歌中通过侠义英雄人物的描写，表现独立自由的人格美就成为当时文人的时代追求。而对这种审美理想的追求在建安时期魏晋文人与对"风骨"的追求相契合，使咏侠诗在魏晋文人那里形成了先发优势。

再从当时大众的社会文化心理看，乱世中朝不保夕的残酷现实，使得大众对侠义英雄人物的期盼成为一种普遍的社会文化心理。渴望成为侠义英雄去建功立业和盼望得到侠义英雄的拯救也就成为乱世中一部分士人的理想和社会大众的心理期待，从而为诗歌中塑造侠义英雄人物提供了广泛的现实基础和文学受众。

可见，魏晋六朝时期社会上的任侠风气，士人心态的变化与文人的功业理想都推动了游侠诗的创作。另外，魏晋六朝咏侠诗创作还有其浓厚的文化渊源。游侠题材在魏晋南北朝时期的诗歌中的确立还与先秦两汉时期咏侠歌谣时谚的哺育，以及当时五言诗，尤其是五言乐府诗的成熟发展有密切关系。先秦两汉的歌谣，哺育了六朝咏侠文学传统，借此游侠形象才能得以在五言诗刚刚兴起之时就顺利进入了诗歌领域，而五言诗这种艺术体制的日臻成熟和广泛运用，为咏侠诗的产生发展提供了坚实的诗歌创作形式。

　　咏侠题材在魏晋南北朝时期确立的标志主要有五：一是曹植的首创精神和开拓引领之风，为诗歌中表现游侠形象提供了典型。萧涤非先生在评价曹植"仁侠之性格"时指出：

　　　　前人多以"贵宾"、"公子"等名目，模拟子建，如敖陶孙便云："曹子建如三河少年，风流自赏。"此实大谬。惟本传亦云："植性简易，不治威仪，舆马服饰，不尚华丽，任性而行，不自雕励，"亦未为尽得。以余观之，子建实一至情至性之仁人侠客也，其诗歌皆充满忠厚热烈之感情，与夫积极牺牲之精神。①

　　曹植的特殊身份和这种仁侠性格，使得其在当时众多的诗人中成为表现游侠的先锋。他较为全面地展现了游侠的武勇精神和"捐躯赴国难，视死忽如归"的高尚气节。他首次在诗歌中塑造了边塞游侠儿正义英雄形象，彻底改变了人们的游侠观念，提升了侠文化的品位和价值。而《白马篇》为曹植自创乐府，以首句名篇，这种形式特具开创意义。可见，曹植《白马篇》从内容和形式两方面为游侠进入诗歌领域创造了条件。

　　二是，咏侠诗文学传统的确立。魏晋南北朝时期，在诗歌中表现游侠不是一朝半代或一鳞半爪，而是成为普遍的歌咏。尽管在表现游侠对象和任侠精神的内涵上有所差异，但无论魏晋、北朝还是南朝，在诗歌中表现游侠成为一种时尚和传统，且经久不息。从曹植以《白马篇》首开先声，② 到南朝江晖以《刘生》篇收官，期间近三百年，咏侠诗的创作形成了自魏晋六朝到隋唐以讫明清绵绵不断的咏侠诗潮和咏侠文学传统。

　　三是，魏晋南北朝咏侠诗对后世咏侠诗的创作产生了深远影响。魏晋六朝诗人在诗歌中表现的游侠形象、任侠精神、乐府等诗歌形式都为后世所继

---

① 萧涤非：《汉魏六朝乐府文学史》，人民文学出版社 1984 年版，第 140 页。

② 按，在魏晋文人中，王粲（177—217）在其《诗》中歌咏荆轲；阮瑀（？—212）《咏史》二首之二亦歌咏荆轲；左延年（生卒年不详）《秦女休行》歌咏侠女复仇。此三篇从作者的生卒年看，应该早于曹植。但如《白马篇》专门在诗歌中表现边塞游侠儿曹植实为首创。曹植在其诗中还表现了不同的游侠形象和任侠精神。如《精微篇》、《结客篇》、《名都篇》、《野田黄雀行》等。因此，他的首创精神功不可没。

承和发扬。如幽并游侠儿的光辉形象及其生命情调，在历代相沿不息。《白马篇》、《刘生》、《结客少年场行》、《游侠篇》等歌咏游侠的乐府诗歌形式更成为历代咏侠诗相沿习用的固定格式。

四是，自魏晋六朝咏侠诗开始，在诗歌中借侠以自抒胸襟，表达建功立业的渴望或抒发怀才不遇、知己难求的块垒，侠客被文人不断对象化、理想化。而这种借侠（或剑）灌输豪情、自伤身世也就形成了咏侠诗的一个文学传统。

五是，从当时总集、类书看，魏晋南北朝咏侠诗引起了人们对游侠观念接受的改变，文学总集中收录游侠诗，为其最终成为一个题材和主题类别奠定了基础。

作品总集和作家别集是我国古代文学作品赖以传播的主要媒介。从魏晋六朝对游侠观念的接受看，当时文学作品总集《文选》收录诗歌时是以类相分选诗，在二十三类诗歌中，虽然没有将"游侠"单独列为一类，但它却收录了游侠诗，包括曹植的《白马篇》、《名都篇》，左思的《咏史（荆轲饮燕市）》，袁淑的《白马篇》，王僧达的《和琅邪王依古诗》、鲍照的《结客少年场行》、《拟古》等七首作品，除左思之作收在"咏史"类外，其他归属"乐府"和"杂拟"两类。《文选》收录游侠诗虽然篇目不多，但其意义非同一般。收录的七首之作，基本代表了魏晋六朝时期优秀的游侠诗作。它不但对咏侠诗起到很好的保存与传播作用，而且在一定程度上具备了文学批评的意义，表明了编选者对游侠观念的接受。当然，《文选》不为游侠立目，并不能说明六朝时期人们对"咏侠诗"作为一种诗歌题材类型还没有自觉意识。其实，早在西晋时期张华就直接以"游侠篇"命名其诗作。收录了游侠作品，"后人见其选，即可知其志。"这样看来，对于六朝咏侠诗而言，《文选》选其诗而未立其目，从一个侧面表明萧统是接受了"文学之侠"的。在此影响下，以后历代文学总集在诗歌类型编选方面，大都继承并发展了六朝的做法。

唐代欧阳询的《艺文类聚》最早把以"侠"为表现内容的诗歌作为一种题材类型，此书首先从《列子》、《史记》、《淮南子》、《战国策》、《汉书》、《魏志》等书中摘录了有关游侠人物的记载，然后列举诗歌，将咏侠诗放在人部"游侠"类中。这说明在初唐之时人们的观念中，游侠已经登入了大雅之堂。《艺文类聚》收录的魏晋南北朝咏侠诗有晋张华《博灵王宫侠曲》、《游侠篇》，王僧达《依古诗》，鲍照《拟古诗》二首，梁元帝《刘生诗》，吴均《结客少年场》（未提及诗名）、《古意诗》，梁王僧孺《古意》，梁何逊《拟轻薄篇》，王褒《游侠篇》，庾信《咏画屏风诗二十五首》（其一、其十五两首，未提及诗名），陈沈约《长安少年行》，阴铿《西游咸阳中》，阳缙《侠客控绝影》等十六首。从中不但可以看出欧阳询对《文选》收录咏侠诗的继承，而且可以看出其游侠观念的演进，也可见出魏晋六朝咏侠文学创作已经影响到了后人的游侠文化观念。到了初唐时期，人们基本接受了六朝游侠文化与游侠观念。

宋代郑樵《通志》卷四九《乐略》共收录《游侠篇》、《博陵王宫侠曲》、《临江王节士歌》、《少年子》、《少年行》、《刺少年》、《邯郸少年行》、《长安少年行》、《羽林郎》、《轻薄篇》、《剑客》、《结客》、《结客少年场》、《沐浴子》、《结韈子》、《结援子》、《壮士吟》、《公子行》、《敦煌子》、《扶风豪士歌》等二十一曲诗名，署类"游侠"，但未将确切内容列出。

宋代叶廷珪《海录碎事》"游侠门"、"豪迈门"、"英雄门"、"知己、赏鉴门"也收录了部分游侠诗。元代方回《瀛奎律髓》卷四六"侠少类"收录五言、七言游侠诗十七首。明代张之象编《唐诗类苑》，在人部中确立侠少一类，收录了109首游侠诗。清代张英编《渊鉴类函》卷三一一人部七十有"游侠"、"报德"、"谢恩"、"冥报"、"扬报"、"负德"六类，但"游侠"以下五类在内容上也凸显游侠报恩的主题。

综上所述，魏晋南北朝战乱不绝的现实和民族大融合的特殊的历史文化背景，为任侠风气注入了新鲜血液，为咏侠诗的创作发展和是咏侠题材的确立创造了深厚的现实土壤；当时文学审美理想中对独立自由的人格美的注重和对"风骨"的追求，为咏侠题材在诗歌中的确立提供了文化基础；而自魏晋延及南北朝文人不断的咏侠诗创作，形成了绵绵不断的咏侠诗潮，开启了唐人咏侠诗的创作高潮。

第二节　魏晋南北朝咏侠诗的思想内容

游侠作为中国历史上的特殊群体，曾对古代中国社会、政治、文化产生过重要影响，在文学领域中也促成作家不断创作出不少游侠题材的作品。游侠的特异行为及其人格精神，史家立传为鉴，历代文人咏唱不衰，形成了中国源远流长的侠文化传统。魏晋南北朝时期，游侠和任侠风气在经历了汉代的严酷打压之后，又一次焕发出新的活力和时代精神，咏侠诗的创作自觉也就应运而生。而世积乱离、风衰俗怨的环境和雅好慷慨的风骨追求，使得这一时期咏侠诗的创作亦意深笔长，梗概多气，充满了侠义英雄之气和轻薄豪奢之气。

魏晋南北朝时期，游侠风貌在咏侠诗中得到了具体生动的展示和理想化的提升再造。这一时期，咏侠诗的创作数量比先秦两汉歌谣时谚有了长足的进展，表现为咏侠诗创作数量大增，作者众多等特点。笔者以逯钦立《先秦汉魏晋南北朝诗》和曹道衡、沈玉成编纂《中国文学家大辞典·魏晋南北朝卷》为基础，对魏晋南北朝咏侠诗进行了搜集整理。经统计，魏晋南北朝期间，共有45位作者创作了117首咏侠诗。其中魏13首、晋12首，南朝宋9首、南朝齐1首、南朝梁43首、北魏1首、北齐1首、北周12首、南朝陈25首。以大的时代而言，魏晋25首，南朝78首，北朝14首。几乎整个魏晋南北朝时期的每一个阶段都有咏侠诗的创作。一些著名诗人，如魏之曹植、晋之张华，南朝宋鲍照、梁代吴均、北周的王褒、庾信，南朝陈之张正见都是咏侠诗创作的高手。

从统计还可以看出，这一时期咏侠诗整体创作并不平衡。魏有发声立志之功，而梁、陈二朝却有高潮之美。117首之中，魏晋约占21%，南朝约占67%，北朝约占12%。就各个朝代而言，梁朝43首为最多，北朝的北魏、北齐和南朝的齐仅为1首。从这时期咏侠诗的创作形式看，除了少数使用咏史、咏怀和拟古等形式外，绝大多数咏侠诗使用乐府这一形式。

魏晋南北朝文人咏侠诗出史入文，名题立象，展现了新的时代侠意识，即肯定侠的功业名节观念、肯定侠的自由放荡和世俗享乐。这时的咏侠诗创作，虽然诗歌形式绝大多数为乐府，但游侠已成为诗歌独立完整的艺术表现对象，咏侠诗的创作出现了第一次高潮。从歌咏的对象看，除了对刘生、荆轲、聂政等古游侠的歌咏外，内容多是对游侠从军边塞和贵族子弟游侠生活的歌咏描写，在古代咏侠诗发展史上出史入文的功绩不可磨灭，开宗名义的文学地位不容置疑。

从魏晋南北朝任侠风气表现出的行为特征和咏侠诗创作的价值倾向看，功利和享乐是魏晋南北朝咏侠诗共同的创作内容，但亦表现出地域与文化个性的差异。相对而言，魏晋任侠风气中文人边塞建功立业的人生追求，使咏侠诗的创作表现出浓厚的功业意识；北朝任侠风气中的尚武倾向，使咏侠诗的创作表现出剽悍的英雄意识；南朝侠风中权贵游侠的享乐倾向和奢华追求，使咏侠诗表现出奢靡豪华的享乐意识。

魏晋南北朝咏侠诗题材类型丰富多样，开启了诗歌领域表现游侠的先河，其所展现的游侠形象及其任侠精神，其开创的乐府咏侠诗的独特艺术形式，直接开启了唐代咏侠诗高潮性创作。并以其对游侠正义英雄形象的开创性贡献和审美性艺术典型的塑造，影响了世人的游侠观，形成了绵绵不断的咏侠诗潮。纵观魏晋南北朝咏侠诗，其主要内容表现在以下几方面：

（一）对从军边塞游侠儿的歌咏

魏晋南北朝咏侠诗功业意识浓厚，而对从军边塞、报国报恩以建功扬名的边塞游侠的歌咏，在魏晋南北朝咏侠诗中有着积极的现实意义和价值取向，对提升游侠侠品也有重要的文化价值。

在魏晋南北朝咏侠诗创作中，魏晋诗人功业意识浓厚，故咏侠诗魏晋先声夺人，曹植以《白马篇》开题明志，塑造了边塞游侠儿的光辉形象。诗云：

白马饰金羁，连翩西北驰。借问谁家子，幽并游侠儿。少小去乡邑，扬声沙漠垂。宿昔秉良弓，楛矢何参差。控弦破左的，右发摧月支。仰手接飞猱，俯身散马蹄。狡捷过猴猿，勇剽若豹螭。边城多警急，胡虏数迁移。羽檄从北来，厉马登高堤。长驱蹈匈奴，左顾陵鲜阜。弃身锋刃端，性命安可怀。父母且不顾，何言子与妻。名编壮士籍，不得中顾私。捐躯赴国难，视死忽如归。①

《白马篇》为曹植首创，诗中塑造了侠义勇武、视死如归的边塞游侠儿的光辉形象，抒发了作者解救国难、为建功立业不惜抛弃一切的勇敢豪迈精神，朱乾《乐府正义》有云："此诗寓意幽并游侠，实自况也，篇中所云捐躯赴难，视死如归，亦子建素志，非泛述也。"曹植自己亦在《与杨德祖书》中表明了自己的功业之志："吾虽德薄，位为藩侯，犹庶几戮力上国，流惠下民，建永世之业，留金石之功，岂徒以翰墨为勋绩，辞颂为君子哉！"②

在此影响下，魏晋六朝诗人此类题材创作多有继承。据笔者统计，在魏晋南北朝咏侠诗中，以《白马篇》名题者，还有南朝宋袁淑《效曹子建白马篇》、鲍照《代陈思王白马篇》、南朝齐孔稚珪《白马篇》、南朝梁沈约《白马篇》、王僧儒《白马篇》、徐悱《白马篇》等六篇。这些诗立意与曹植《白马篇》大体相同，诗中的表现对象都是从军边塞的游侠少年，体现出的任侠精神都是为国立功而不惜牺牲。孔稚珪的《白马篇》："少年斗猛气，怒发为君征。……左碎呼韩阵，右破休屠兵。横行绝漠表，饮马瀚海青。……勒石燕然道，凯归长安亭。县官知我健，四海谁不倾？但使强胡灭，何须甲第成？当今丈夫志，独为上古英。"③少年英气，气吞山河，赴边救难，但求破敌，功名不计，境界甚高。沈约《白马篇》表现的是从军边塞的游侠儿"匪期定远封，无羡轻车官。唯见恩义重，岂觉衣裳单。本持躯命答，幸遇身名完"的恩报观念。④王僧孺《白马篇》表现的是"豪气发西山，雄风擅东国。飞軨出秦陇，长驱绕岷嵹"的边塞游侠少年"此心亦何已，君恩良未塞。不许跨天山，何由报皇德"的豪气。⑤其中徐悱《白马篇》与曹植可谓同辉相应。其云：

---

①　逯钦立：《先秦汉魏晋南北朝诗》，魏诗卷六，中华书局1983年版，第432—433页。

②　严可均：《全上古三代秦汉三国魏晋六朝文》卷十六，河北教育出版社1997年版，第170页。

③　逯钦立：《先秦汉魏晋南北朝诗》，齐诗卷二，中华书局1983年版，第1408页。

④　逯钦立：《先秦汉魏晋南北朝诗》，梁诗卷六，中华书局1983年版，第1619页。

⑤　逯钦立：《先秦汉魏晋南北朝诗》，梁诗卷十二，中华书局1983年版，第1760页。

妍踶饰镂鞍，飞鞚度河干。少年本上郡，遨游入露寒。剑琢荆山玉，弹把随珠丸。闻有边烽急，飞候至长安。然诺窃自许，捐躯谅不难。占兵出细柳，转战向楼兰。雄名盛李霍，壮气勇彭韩。能令石饮羽，复使发冲冠。要功非汗马，报效乃锋端。日没塞云起，风悲胡地寒。西征馘小月，北去脑乌丸。报归明天子，燕然石复刊。①

徐悱这篇《白马篇》除了表现这位边塞游侠的勇武善战，重在弘扬其"要功非汗马，报效乃锋端"、"报归明天子，燕然石复刊"的以边塞建功报答天子恩遇的侠义观念和任侠精神。

《白马篇》在中国古代咏侠诗发展史上具有里程碑意义。其影响不但在于曹植以此开篇，更重要的是塑造了从军边塞的游侠少年通过边塞的洗礼，把任侠精神上升到国家民族观念，侠的境界提升了，侠的品位提高了。游侠儿边塞征战成为侠品流转的关键。这种侠义精神极大地影响了后世尤其是边塞诗人的创作，边塞与侠义精神的互动，使诗人在咏侠的过程中，将抒发自我积极入世、追求功名的豪情壮志融入其中。他们的咏侠诗"潜藏着儒家的伦理观念和政治情怀，当个人的功名气节和国家的安危治乱，乃至民族的生死存亡融为一体的时候，一己的政治抱负便会升华为'投笔从戎'的壮烈行为和'以身殉国'的忧患意识"。②唐人那种"功名只向马上取，真是英雄一丈夫"，"黄沙百战穿金甲，不破楼兰终不还"就是此种精神的最好写照。

除了借《白马篇》外，诗人们在咏侠诗中还通过诸如《壮士篇》、《关山篇》、《从军行》、《出自蓟北门行》、《度关山》、《紫骝马》等诗题歌咏从军征战的游侠少年。具有代表性的如张华《壮士篇》等。其云：

天地相震荡，回薄不知穷。人物禀常格，有始必有终。年时俛仰过，功名宜速崇。壮士怀愤激，安能守虚冲。乘我大宛马，抚我繁弱弓。长剑横九野，高冠拂玄穹。慷慨成素霓，啸咤起清风。震响骇八荒，奋威曜四戎。濯鳞沧海畔，驰骋大漠中。独步圣明世，四海称英雄。③

①　逯钦立：《先秦汉魏晋南北朝诗》，梁诗卷十三，中华书局 1983 年版，第 1770—1771 页。

②　陈炎：《中国审美文化史》，山东画报出版社 2001 年版，第 139—140 页。

③　逯钦立：《先秦汉魏晋南北朝诗》，晋诗卷三，中华书局 1983 年版，第 613 页。

此诗中壮士，其实就是驰骋大漠的游侠。诗篇通过这位壮士不安于现状，渴望速建功名，以及在大漠边塞的高大英雄形象，抒发了作者积极用世的功业追求。《乐府诗集》卷六十七《壮士篇》题下注云："燕荆轲歌曰：风萧萧兮易水寒，壮士一去兮不复还。《壮士篇》盖出于此。"① 张华出身庶族，少年孤贫，以牧羊为生，进入仕途是靠阮籍引荐。但他经常遭到世族官僚如荀勖、冯紞等人的诽谤排斥，长期受抑制而不得施展才能，后在赵王伦作乱时被害。此诗渴望建立功名，有着深深的身世之感。

（二）对轻薄游侠少年的歌咏

魏晋南北朝咏侠诗的一个主题即是描写游侠少年的风流潇洒，狂放不羁的个性。轻薄游侠少年的这种"狂"也正是导致魏晋形成旷达自放、孤芳自赏的名士流派的重要因素。曹植是这类诗歌的开拓者。但在咏侠诗中，表现这一内容以南朝诗人为主。南朝咏侠诗浮华娱情，享乐色彩较重。在魏晋六朝咏侠诗中，表现的都是贵游轻薄少年，曹植《名都篇》最为典型：

> 名都多妖女，京洛出少年。宝剑值千金，被服丽且鲜。斗鸡东郊道，走马长楸间。驰骋未能半，双兔过我前。揽弓捷鸣镝，长驱上南山。左挽因右发，一纵两禽连。余巧未及展，仰手接飞鸢。观者咸称善，众工归我妍。归来宴平乐，美酒斗十千。脍鲤臇鲐虾，炮鳖炙熊蹯。鸣俦啸匹侣，列坐竟长筵。连翩击鞠壤，巧捷惟万端。白日西南驰，光景不可攀。云散还城邑，清晨复来还。②

《名都篇》表现的是都市游侠少年的任侠行为。诗中描写的斗鸡走马的侠少可谓光鲜，千金宝剑、鲜丽服饰，游猎南山、美酒佳肴，伴侣相宴、连翩击鞠壤，其游侠活动可谓丰富奢华。晋张华的《轻薄篇》也是魏晋咏侠诗中体现这方面内容的优秀之作，其云：

> 末世多轻薄，骄代好浮华。志意既放逸，赀财亦丰奢。被服极纤丽，

① 郭茂倩：《乐府诗集》，中华书局 1979 年版，第 973 页。
② 逯钦立：《先秦汉魏晋南北朝诗》，魏诗卷六，中华书局 1983 年版，第 431 页。

肴膳尽柔嘉。童仆余粱肉，婢妾蹈绫罗。文轩树羽盖，乘马鸣玉珂。横
簪刻玳瑁，长鞭错象牙。足下金鑷履，手中双莫耶。宾从焕络绎，侍御
何芬葩。朝与金张期，暮宿许史家。甲第面长街，朱门赫嵯峨。苍梧竹
叶清，宜城九酝醝。浮醪随觞转，素蚁自跳波。美女兴齐赵，妍唱出西
巴。一顾倾城国，千金宁足多。北里献奇舞，大陵奏名歌。新声逾激楚，
妙妓绝阳阿。玄鹤降浮云，鳣鱼跃中河。墨翟且停车，展季犹咨嗟。淳
于前行酒，雍门坐相和。孟公结重关，宾客不得蹉。三雅来何迟，耳热
眼中花。盘案互交错，坐席咸喧哗。簪珥咸堕落，冠冕皆倾邪。酣饮终
日夜，明灯继朝霞。绝缨尚不尤，安能复顾他。留连弥信宿，此欢难可
过。人生若浮寄，年时忽蹉跎。促促朝露期，荣乐遽几何。念此肠中悲，
涕下自滂沱。但畏执法吏，礼防且切磋。①

《轻薄篇》为张华首创。此篇多用赋笔铺陈，不厌其烦地描述轻薄游侠
少年的浮华丰奢。作者从其被服、佳肴、车马、宝剑、朱门甲第、歌儿舞
女、贵族嘉宾、酣饮日夜等多角度详细描写当时的轻薄游侠生活。全诗铺张
扬丽，典故交错展现侠者生活形态，或衬托其欢娱自快的生活情形。如"足
下金鑷履，手中双莫耶"。乃借用春申君所养游侠之装饰，表现其豪华。再
如"朝与金张期，暮宿许史家"运用汉代金日磾、张安世、许伯事，金日磾、
张安世为显宦，许伯、史高为外戚，用以表现侠者交游之高贵。"玄鹤降浮
云，鳣鱼跃中河。墨翟且停车，展季犹咨嗟。淳于前行酒，雍门坐相和。
孟公结重关，宾客不得蹉。"分别使用师旷、瓠巴、墨子、柳下惠、淳于髡、
雍门周、陈遵等人的典故，呈现欢宴之极。而"绝缨尚不尤，安能复顾他"，
则用楚庄王夜宴绝缨典故，使其成为轻薄、浮华宴饮场景的代表。

魏晋六朝游侠的贵族化、奢靡化引起了张华这位庶族文人的警觉。"人
生若浮寄，年时忽蹉跎。促促朝露期，荣荣遽几何。念此肠中悲，涕下自滂
沱。"从诗中结尾表现出的幻灭情绪看，游乐的生活不能给人带来精神上的
充实和人生的满足。这首诗中人的现实意识是清醒的，表达了对"末世多轻

---

① 逯钦立：《先秦汉魏晋南北朝诗》，晋诗卷三，中华书局1983年版，第610—611页。

薄，骄代好浮华"的不良世风的忧虑。

此外，除了北周王褒《长安有狭邪行》、《游侠篇》、《古曲》外，魏晋六朝时期，文学中对绮靡艳丽的追求虽是一种风尚，但以南朝为盛。南朝偏安一隅，乱世中追求暂时的偶安和享乐，因此表现游侠少年浮艳奢华的轻薄侠行，就成为南朝咏侠诗的创作主题。粗略统计有南朝梁沈约《相逢狭路间》、《长安有狭邪行》、《永明乐》、《三月三日率而成章诗》，刘苞《九日侍宴乐游苑正阳堂诗》，何逊《拟轻薄篇》，萧统《相逢狭路间》、《将进酒》，梁元帝萧绎《紫骝马》，戴暠《煌煌京洛行》，王筠《侠客篇》。陈朝沈炯《长安少年行》，阴铿《西游咸阳中诗》，张正见《轻薄篇》、《刘生》、《长安有狭邪行》，陈叔宝《洛阳道五首》（其四、其五）、《长安道》、《乌栖曲三首》（其一）及江总《长安道》等皆表现游侠少年奢华浮靡的游侠生活。这些诗，就其具体内容而言，不外乎以下数端：一是表现其浮华奢靡之乐；二是表现逞豪斗富之气；三是表现其交游高贵；四是向往其自由快意的生活方式。咏侠诗中的这方面内容，多数研究者有不同的看法，或认为这类诗中表现的都是对侠的模仿，或者说是所谓的"假冒游侠"；或认为诗中表现的不是游侠行为，这类诗不应该纳入咏侠诗。但就当时现实看，南朝社会动荡，朝代更迭频繁，宋、齐、梁、陈在治时间较短，而南朝皇室大多爱好文学，并形成了许多以帝王为中心的文学集团，著名者如萧衍、萧统文学集团，萧纲文学集团，陈后主文学集团等，他们追求形式之绮靡，文采之华丽，故文学重娱乐、尚轻艳。咏侠诗在这种文风的影响下，也只能"性情渐隐，声色大开"了。此期咏侠诗人、诗作较多，比较重要的有袁淑、鲍照、吴均、萧纲、陈后主、张正见等人，但是他们中大多数人出身于世族，只有鲍照和吴均出身寒门，也只有他们的游侠诗作中还保存着魏晋游侠诗抒情兴寄的传统，其他大多数游侠作品都笼罩着浓厚的浮华之气和娱乐色彩，这与浮华、奢靡的时代背景，世族文人优越生活导致的思想面的狭窄是分不开的。

南朝这类咏侠诗，梁简文帝萧纲可谓始作俑者，如他的《西斋行马诗》：

晨风白金络，桃花紫玉珂。影斜鞭照耀，尘起足蹉跎。任侠称六辅，轻薄出三河。风吹凤凰袖，日映织成靴。远江舻舳少，遥山烟雾多。云开玛瑙叶，水静琉璃波。广路拂青柳，回塘绕碧莎。不效孙吴术，宁须赵李过。①

这首诗中，"不效孙吴术，宁须赵李过"表明游侠的刚强勇武精神被世俗享乐的追求所取代，游侠金络玉珂、玛瑙琉璃、装扮华丽，轻薄任侠。萧纲及其宫体诗人集团在六朝时很具有代表性，此诗重娱乐、尚轻艳也体现着他一贯的艳丽风格。就连追求典雅诗风的萧统也作有《相逢狭路间》、《将进酒》等贵游游侠作品，这是时代文学的大背景作用使然。庾信的《结客少年场》就很能说明问题：

> 结客少年场，春风满路香。歌撩李都尉，果掷潘河阳。折花遥劝酒，就水更移床。今年喜夫婿，新拜羽林郎。定知刘碧玉，偷嫁汝南王。②

结客少年相聚，既非抱怨，亦非出塞征战，而是折花劝酒，欢娱享乐。他们身上原来有的侠气已消解殆尽。庾信这首《结客少年场》可谓旧瓶装新酒，将其与《乐府诗集》此题题解相比，完全失去了原来的内容而赋予其新的时代内容。

南朝大量文人表现贵游侠少的咏侠诗创作，从中表达出对其奢华优游的一种欣赏态度，这除了当时普遍追求绮靡华丽的诗风影响外，更多的却是六朝时期人的觉醒意识发展到极端享乐主义世风的影响。

（三）对侠义复仇的歌咏

歌咏侠义复仇是魏晋南北朝咏侠诗的一个重要的主题。魏晋南北朝咏侠诗歌咏侠义复仇，主要有三类描写对象，一是借躯报仇；二是代友抱怨或为报恩而行侠；三是为血亲复仇。诗篇亦偏重叙事，诗中表现出报仇者强烈的个性风采，给人强大的精神震撼。从古代传统看，先秦时期复仇盛行。《礼记·檀弓上》记载："子夏问于孔子曰：'居父母之仇，如之何？'夫子曰：'寝苦枕干，不仕，弗与共天下也。遇诸市朝，不反兵而斗。'曰：'请问居昆弟

---

① 逯钦立：《先秦汉魏晋南北朝诗》，梁诗卷二十一，中华书局1983年版，第1949—1950页。
② 逯钦立：《先秦汉魏晋南北朝诗》，北周诗卷二，中华书局1983年版，第2349页。

之仇如之何?'曰:'仕弗与共国,衔君命而使,虽遇之不斗。'①延至汉代益为昌盛。魏晋六朝时期,报仇之风更是不断。曹丕曾下诏:"丧乱以来,兵革未戢,天下之人,互相残杀。今海内初定,敢有私复仇者,皆族之。"用灭族来惩治私自复仇,社会上复仇风气之盛可见。复仇习俗与儒家提倡为血亲复仇有很大关系。人们不但对这种行为同情赞美,而且视其为"任侠"之举。对崇拜英雄的魏晋六朝人来说,复仇英雄就是侠义之士。如曹植《结客篇》写复仇:"利剑手中鸣,一击而尸僵。"《精微篇》云:"关东有贤女,自字苏来卿。壮年报父仇,身没垂功名。"魏晋六朝咏侠诗对古游侠的歌咏多表现其借躯报仇,如歌咏荆轲为燕丹亲刺强秦,聂政替严仲子刺杀韩相侠累等都属于这类。以荆轲为描写对象的诗歌作者主要有王粲、阮瑀、陶渊明、宋孝武帝刘骏、阳缙、周弘直等六人,除陶渊明《咏荆轲》写全面寄情外,其他大都围绕刺秦,多描写易水送别之悲壮。如阮瑀《咏史诗二首》其二:

> 燕丹善勇士,荆轲为上宾。图尽擢匕首,长驱西入秦。素车驾白马,相送易水津。渐离击筑歌,悲声感路人。举坐同咨嗟,叹气若青云。②

周弘直《赋得荆轲诗》云:

> 荆卿欲报燕,衔恩弃百年。市中倾别酒,水上击离弦。匕首光凌日,长虹气烛天。留言与宋意,悲歌非自怜。③

这两首诗,借咏史表现荆轲的侠义之举。相较而言,阮瑀《咏史诗》其二重在渲染易水送别的场面和氛围,突出的是送行,而并没有展示具体的刺秦过程。但就场面描写,已能见出荆轲刺秦的悲壮和英勇无畏。周弘直《赋得荆轲诗》已表现出不同于阮瑀的内容,叙事更为全面,从荆轲与燕丹相识到与高渐离市中饮酒、易水送别、西行刺秦皆有涉及,而不仅仅限于送别。叙事虽然提纲挈领,但已表现出改变,避免了此类咏侠诗由于叙事简单而造成荆轲形象空疏模糊,在咏侠诗中有一定的创新意义。

魏晋南北朝咏侠诗中,描写侠义复仇的内容,除歌咏古游侠借躯报仇

① 孙希旦:《礼记集解》卷八,中华书局1989年版,第200页。
② 逯钦立:《先秦汉魏晋南北朝诗》,魏诗卷三,中华书局1983年版,第379页。
③ 逯钦立:《先秦汉魏晋南北朝诗》,陈诗卷二,中华书局1983年版,第2466页。

外，描写代友抱怨或为报恩而行侠者，有张华《博陵王宫侠曲二首》之二、鲍照《结客少年场行》等。张华《博陵王宫侠曲》其二为典型的"代友抱怨"。其诗云：

> 雄儿任气侠，声盖少年扬。借友行报怨，杀人租市旁。吴刀鸣手中，利剑严秋霜。腰间叉素戟，手持白头镶。腾超如激电，回旋如流光。奋击当手决，交尸自纵横。宁为殇鬼雄，义不入阛墙。生从命子游，死闻侠骨香。身没心不惩，勇气加四方。①

此诗写为友复仇，其"宁为殇鬼雄，义不入阛墙"的壮烈格外带有侠义之气。"生从命子游，死闻侠骨香。身没心不惩，勇气加四方。"诗中游侠雄儿任气、声冠少年，为友抱怨，积极牺牲。尤其"宁为殇鬼雄，义不入阛墙。生从命子游，死闻侠骨香"的侠义精神更为不朽。

鲍照《代结客少年场行》云：

> 骢马金络头，锦带佩吴钩。失意杯酒间，白刃起相仇。追兵一旦至，负剑远行游。去乡三十载，复得还旧丘。升高临四关，表里望皇州。九途平若水，双阙似云浮。扶宫罗将相，夹道列王侯。日中市朝满，车马若川流。击钟陈鼎食，方驾自相求。今我独何为，坱圠怀百忧。②

鲍照这首诗，《渊鉴类函》卷三百十一人部"游侠五"亦载，但文字少"日中市朝满，车马若川流"两句。此诗虽借用汉代游侠少年事，但"失意杯酒间，白刃起相仇"确有实指。《淮南子·诠言训》云："今有美酒佳肴以相飨，卑体婉辞以接之，欲以合欢，争盈爵之间，反生斗，斗而相伤，三族结怨，反其所憎，此酒之败也。"③此诗"骢马金络头，锦带佩吴钩"写游侠少年雄姿英发，或者曾经是一位从军的游侠少年，但因杀人结怨，逃亡三十载。《后汉书》曰："祭遵尝为部吏所侵，结客杀人。"曹植《结客篇》曰："结客少年场，报怨洛北芒。"关于这个题目的含义，《乐府解题》曰："《结客少年场行》，言轻生重义，慷慨以立功名也。"《广题》曰："汉长安少年杀吏，受赇报仇，

---

① 逯钦立：《先秦汉魏晋南北朝诗》，晋诗卷三，中华书局 1983 年版，第 612 页。
② 逯钦立：《先秦汉魏晋南北朝诗》，宋诗卷七，中华书局 1983 年版，第 1267 页。
③ 刘安编，高诱注：《淮南子》卷十四，上海古籍出版社 1989 年版，第 158 页。

相与探丸为弹，探得赤丸斫武吏，探得黑丸杀文吏。尹赏为长安令，尽捕之。长安中为之歌曰：'何处求子死？桓东少年场。生时谅不谨，枯骨复何葬？'按《结客少年场行》，言少年时结任侠之客，为游乐之场，终而无成，故作此曲也。"①

《代结客少年场行》全诗描写侠少酒醉杀人结怨、出逃、返乡及其感慨。在魏晋六朝歌咏报仇行怨的作品中较为独特。

魏晋南北朝的咏侠诗中，烈女复仇更显壮烈。此亦当时现实之投影。史书中亦多有记载，如《晋书》卷九十六《列女传·王广女》：

> 王广女者，不知何许人。容质甚美，慷慨有丈夫之节。广仕刘聪，为西扬州刺史。蛮帅梅芳攻陷扬州，而广被杀。王时年十五，芳纳之。俄于暗室击芳，不中，芳惊起曰："何故反邪？"王骂曰："蛮畜！我欲诛反贼，何谓反乎？吾闻父仇不同天，母仇不同地，汝反逆无状，害人父母，而复以无礼陵人，吾所以不死者，欲诛汝耳！今死自吾分，不待汝杀，但恨不得枭汝首于通逵，以塞大耻。"辞气猛厉，言终乃自杀，芳止之不可。②

其行其情，比咏侠诗之描写还壮烈。其复仇行为也为咏侠诗创作提供了丰富的题材。

魏晋南北朝咏侠诗中，表现侠女侠义复仇的，左延年《秦女休行》可为代表之作：

> 始出上西门，遥望秦氏庐。秦氏有好女，自名为女休。休年十四五，为宗行报仇。左执白杨刃，右据宛鲁矛。仇家便东南，仆僵秦女休。女休西上山，上山四五里。关吏呵问女休，女休前置辞。平生为燕王妇，于今为诏狱囚。平生衣参差，当今无领襦。明知杀人当死，兄言快快，弟言无道忧，女休坚词为宗报仇，死不疑。杀人都市中，徼我都巷西。丞卿罗东向坐，女休凄凄曳梏前。两徒夹我持刀，刀五尺余。

---

① 郭茂倩：《乐府诗集》，中华书局 1979 年版，第 948 页。
② 房玄龄：《晋书》，中华书局 1974 年版，第 2520 页。

刀未下，胧胧击鼓赦书下。①

《秦女休行》叙述烈女燕王妇女休十五岁为父报仇之事，赞扬了女休"父之仇，不共戴天"的侠义复仇精神。《乐府诗集》卷六十一"杂曲歌辞一"《秦女休行》题下云："左延年辞，大略言女休为燕王妇，为宗报仇，杀人都市，虽被囚系，终以赦宥，得宽刑戮也。晋傅玄云'庞氏有烈妇'，亦言杀人报怨，以烈义称，与古辞义同而事异。"②

东汉末年，报仇之事，史不绝书。范晔《后汉书》卷二十八《桓谭传》载：谭上疏陈时政所宜，云："今人相杀伤，虽已伏法，而私结怨仇，子孙相报，后忿深前，至于灭户殄业，而俗称豪健，故虽有怯弱，犹勉而行之。"③胡应麟《诗薮》云："左延年《秦女休行》，叙事真朴，黄初乐府之高者。傅玄《庞氏有烈妇》盖效《女休》作者。词高意古，足乱东西京。乐府叙事，魏晋仅此两篇。"④ 按六朝时期涉及侠女复仇题材的诗歌有三首：曹植《精微篇》，左延年和傅玄同题《秦女休行》各一首。三首诗同属乐府，而且从三首作品的题目与内容看，都涉及了秦女休这个人物形象，女休的原型意象探源一直是学术界争论的焦点。萧涤非先生推断，"此篇之作及所咏之事，并当黄初四年以前。"而葛晓音先生经过考证后认为左延年诗中的女休原型应为汉代的缑玉，曹植《精微篇》中的关东贤女与左延年《秦女休行》女休应

---

① 逯钦立：《先秦汉魏晋南北朝诗》，魏诗卷五，中华书局 1983 年版，第 410 页。

② 郭茂倩：《乐府诗集》卷六十一，中华书局 1979 年版，第 886 页。

③ 范晔：《后汉书·桓谭传》，中华书局 1965 年版，第 958 页。

④ 胡应麟：《诗薮》，上海古籍出版社 1958 年版，第 16 页。另按傅玄《庞氏有烈妇》云：庞氏有烈妇，义声驰雍凉。父母家有重怨，仇人暴且强。虽有男兄弟，志弱不能当。烈女念此痛，丹心为寸伤。外若无意者，内潜思无方。白日入都市，怨家如平常。匿剑藏白丸，一奋寻身僵。身首为之异处，伏尸列肆旁。肉与土合成泥，洒血溅飞梁。猛气上干云霓，仇党失守为披攘。一市称烈义，观者收泪并慨慷。百男何当益，不如一女良。烈女直造县门，云父不幸遭祸殃。今仇身以分裂，虽死情益扬。杀人当伏法，义不苟活骤旧章。县令解印绶，令我伤心不忍听。刑部垂头塞耳，令我吏举不能成。烈著希代之绩，义立无穷之名。夫家同受共祚，子子孙孙咸享其荣。今我作歌咏高风，激扬壮发悲且清。（逯钦立《先秦汉魏晋南北朝诗》，晋诗卷一，中华书局 1983 年版，第 563—564 页）

同属一人。①诗中所写的复仇女子英气逼人，"兄言快快，弟言无道忧"，只有她誓刃仇人。数年后傅玄对此感叹："百男何当益，不如一女良。"

总之，这时期表现复仇内容的咏侠诗，描写对象不论是先秦刺客还是复仇侠女，都以现实历史存在的真实人物为歌咏对象，体裁大多为乐府，增加了这类咏侠诗的叙事性。

（四）对古游侠的歌咏

魏晋南北朝咏侠诗对古游侠的歌咏对象有荆轲、聂政、战国四公子、刘生，而以荆轲为最。歌咏荆轲的有魏王粲的《咏史诗》、阮瑀的《咏史二首》之二，晋左思《咏史八首》之六、陶渊明《咏荆轲》，陈周弘直《赋得荆轲诗》、阳缙《赋得荆轲诗》等六首。歌咏聂政、荆轲的有孝武帝刘骏的《咏史诗》，歌咏战国四公子的有晋张华的《游侠篇》。歌咏刘生的较多，以南朝诗人为主，计有梁萧绎《刘生》、梁横吹曲辞《东平刘生歌》，陈张正见、陈叔宝、徐陵、柳庄、江总、江晖各一首，共八首。此外还有一些诗歌，借古游侠意象以烘托气氛或借以抒情的，如齐陆厥《临江王节士歌》"节士"意象，梁刘孝威《骢马驱》、吴均《渡易水》"易水"意象，北周庾信《拟咏怀二十七首之二十六》"荆轲"意象等。魏晋六朝文人咏侠诗歌咏古游侠，主要表现的是古游侠慷慨重气豪侠品质，然诺不欺大侠风范，救人急难的大义精神，报恩知己的牺牲气节。这些诗往往在历史事实的基础上，或歌咏其行侠场景，或展示其送别场面，或描绘其侠义风采，或表现其勇武气节，或抒发惋惜之情等等。张华的《游侠篇》歌咏战国四公子急难救困、礼贤下士的侠品；刘骏的《咏史诗》歌咏聂政、荆轲借躯报仇，赞扬其"雄姿列往志，流声固无穷"的侠义精神。王粲《诗》、阮瑀《咏史》字数不多，但送别场面悲壮突兀。而最具代表性的是陶渊明《咏荆轲》，诗云：

燕丹善养士，志在报强嬴。招集百夫良，岁暮得荆卿。君子死知

---

① 参见萧涤非：《汉魏晋六朝乐府文学史》，人民文学出版社 1984 年版，第 195 页；葛晓音：《左延年〈秦女休行〉本事新探》，《苏州大学学报》1984 年第 4 期。

己，提剑出燕京。素骥鸣广陌，慷慨送我行。雄发指危冠，猛气充长缨。饮饯易水上，四座列群英。渐离击悲筑，宋意唱高声。萧萧哀风逝，淡淡寒波生。商音更流涕，羽奏壮士惊。心知去不归，且有后世名。登车何时顾，飞盖入秦庭。凌厉越万里，逶迤过千城。图穷事自至，豪主正怔营。惜哉剑术疏，奇功遂不成。其人虽已没，千载有余情。①

此篇歌咏荆轲写得如此细腻，在同类诗篇中戛戛独造，震撼人心。诗人以极大的热情全方位展示荆轲刺秦王的壮举，突出这位刺客型游侠的英勇悲壮，并在对其奇功不建的惋惜中，将自己对黑暗政治的愤慨之情，一并托出。诗篇侠气充盈，慷慨悲壮。诗歌叙事明晰，按事件经过，描写了出京、送别、入秦、击刺等场面，注重人物的动作神情刻画，荆轲高大英雄形象跃然纸上。如"提剑出燕京"，描写其借躯报仇，英姿勃发，慷慨无畏；"雄发指危冠，猛气充长缨"，笔法夸张，凸显其义愤填膺、热血沸腾之神态。而"登车何时顾，飞盖入秦庭。凌厉越万里，逶迤过千城"四句，排比连山，豪气贯注，彰显荆轲义无反顾、直捣强秦的勇猛气概。诗中虽未正面写刺秦场面，但"素骥鸣广陌"及其以下十二句，通过对易水送别场景的详细描绘，"悲筑"、"高声"、"哀风"、"寒波"，慷慨悲凉，重点突出，极其强烈地表达出"君子死知己"的英雄主题。朱熹《朱子语类》中说："陶渊明诗，人皆说是平淡，据某看他自豪放，但豪放得来不觉耳。其露出本相者，是《咏荆轲》一篇。"

歌咏豪侠刘生的咏侠诗，以南朝最。现存梁陈时期梁元帝、陈后主、张正见、柳庄、江晖、徐陵、江总等七人的七首作品。另外，在梁代有乐府横吹曲辞《东平刘生》，《乐府诗集》卷二十五《东平刘生歌》云："东平刘生安东子，树木稀，屋里无人看阿谁？"可能是残句，故萧涤非先生认为其"不可解"。现存最早歌咏刘生的作品可能就是梁元帝萧绎的《刘生》诗。南朝表现刘生的七首咏侠诗篇幅较短，列出如下：

---

① 逯钦立：《先秦汉魏晋南北朝诗》，晋诗卷十六，中华书局 1983 年版，第 984—985 页。

梁元帝萧绎《刘生》：

任侠有刘生，然诺重西京。扶风好惊坐，长安恒借名。榴花聊夜饮，竹叶解朝醒。结交李都尉，遨游佳丽城。①

陈后主《刘生》：

游侠长安中，置驿过新丰。击镲蒲璧磬，鸣弦杨叶弓。孟公正惊客，朱家始卖僮。羞作荆卿笑，捧剑出辽东。②

张正见《刘生》：

刘生绝名价，豪侠恣游陪。金门四姓聚，绣毂五侯来。尘飞玛瑙勒，酒映砗磲杯。别有追游夜，秋窗向月开。③

柳庄《刘生》：

惊座称字孟，豪雄道姓刘。广陌通朱邸，大路起青楼。要贤驿已置，留宾辖且投。光料日下雾，庭阴月上钩。④

江晖《刘生》：

五陵多美选，六郡尽良家。刘生代豪荡，标举独荣幸。宝剑长三尺，金樽满百花。唯当重意气，何处有骄奢。⑤

徐陵《刘生》：

刘生殊倜傥，任侠遍京华。戚里惊鸣筑，平阳吹怨笳。俗儒排左氏，新室忌汉家。高才被摈压，自古空怜嗟。⑥

江总《刘生》：

刘生负意气，长啸且徘徊。高论明秋水，命赏陟春台。干戈偶傥

① 逯钦立：《先秦汉魏晋南北朝诗》，梁诗卷二十五，中华书局 1983 年版，第 2034 页。

② 逯钦立：《先秦汉魏晋南北朝诗》，陈诗卷四，中华书局 1983 年版，第 2508 页。

③ 逯钦立：《先秦汉魏晋南北朝诗》，陈诗卷二，中华书局 1983 年版，第 2480 页。

④ 郭茂倩：《乐府诗集》，中华书局 1979 年版，第 360 页。按陈隋间有两个柳庄，其一为北周柳遐子，字思敬；另一为陈宣帝柳皇后从弟，诗人柳恽侄孙，陈亡入隋，为岐州司马。其《刘生》诗，《文苑英华》和《乐府诗集》收录。逯钦立《先秦汉魏晋南北朝诗》归入隋，《乐府诗集》将其列于陈后主至江总间，则当为陈代柳庄之作。故今从《乐府诗集》。

⑤ 逯钦立：《先秦汉魏晋南北朝诗》，陈诗卷九，中华书局 1983 年版，第 2605 页。

⑥ 逯钦立：《先秦汉魏晋南北朝诗》，陈诗卷五，中华书局 1983 年版，第 2527 页。

用，笔砚纵横才。置驿无年限，游侠四方来。①

刘生其人其事，多不可云。《乐府解题》曰："刘生不知何代人，齐梁已来为《刘生》辞者，皆称其任侠豪放，周游五陵三秦之地。或云抱剑专征，为符节官所未详也。"按《古今乐录》曰："梁鼓角横吹曲，有《东平刘生歌》，疑即此《刘生》也。"②综合来看这些《刘生》诗，有这样几个特点：一是诗中刘生活动的背景不外五陵、六郡、京华等地，即汉代游侠集中活动频繁之地。二是与刘生结交的皆游侠豪族与世胄贵族，如"李都尉"、"朱家"、"孟公"、"陈遵"，而"金门四姓"、"五侯"则是指汉代世袭贵族。三是这些诗中刘生的侠行和事迹较为模糊，诗篇重在表现刘生的豪奢和意气。相较而言，徐陵的《刘生》诗显得与众不同，有特色和新意。诗中分别用高渐离击筑、平阳公主、刘歆欲立《左传》、王莽废元后称号等四个典故，均含悲凉之感。在此基础上，刘生"高才被摈压"的命运就"自古空怜嗟"了。

魏晋南北朝文人咏侠诗中将刘生作为豪侠进行歌咏，并创作为乐府题目，其传统对后世歌咏刘生的文人咏侠诗产生了广泛影响，如唐人咏侠诗中就继承了对刘生的歌咏。

综上可以看出，乐府咏侠诗中的"刘生"这一形象，存在着世代累积式叠加的现象，我们能够猜测到，"刘生"身上沉积了类似人物的许多特点与事迹。使得"刘生"这一人物越来越呈现虚构化的特点，而刘生游侠诗的创作对后世也产生了重要的影响，历代歌咏刘生的咏侠诗出现，不断有新的内容加入刘生形象，使得这一形象更加丰满。③

---

① 逯钦立：《先秦汉魏晋南北朝诗》，陈诗卷七，中华书局 1983 年版，第 2570 页。
② 郭茂倩：《乐府诗集》，中华书局 1979 年版，第 359 页。
③ 关于刘生其人其事之原型，河北师范大学葛海鹏在其 2008 年硕士论文中认为是东平宪王刘仓。并引《后汉书·东平宪王苍传》等材料说明刘苍的将军生涯可能与《刘生》的乐府诗创作有某些关联。按《后汉书·东平宪王苍传》云："(刘苍)少好经书，雅有智思，为人美须髯，腰带八围。显宗甚爱重之。及即位，拜为骠骑将军，置长史掾史员四十人，位在三公上。……是时中兴三十余年，四方无虞，苍以天下化平，宜修礼乐，乃与公卿共议定南北郊冠冕车服制度，及光武庙登歌八佾舞数，……苍在朝数载，多所隆益，而自以至亲辅政，声望日重，意不自安，上疏归职……五年，乃许还国，而不听上将军印绶。……时吏丁牧、周栩以苍敬贤下士，不忍去之，遂为王家大夫，数十年事祖及孙。"

值得注意的是，尽管当时南北文风多有差异，从魏晋南北朝咏侠诗创作看，魏晋文人咏侠诗功业意识较重，北朝文人咏侠诗常有英雄之气，而南朝文人咏侠诗透露着豪奢华丽色彩，期间的相互影响和借鉴确实是存在的。如北朝文人咏侠诗中北齐颜之推《从周入齐夜渡砥柱》中"露鲜华刃彩，月照宝刀新。问我将何去，北海就孙膑"，英雄之气溢于言表；北周王褒《从军行二首》之二"年少多游侠，结客好轻身"，轻死重义跃然纸上。同时如北周王褒《长安有狭邪行》、庾信《结客少年场行》中也表现着游侠少年的轻薄豪奢和优游侠风，而南朝文人的咏荆轲之篇则侠气浩然。

总之，魏晋南北朝咏侠诗作为咏侠题材的初创阶段，其自由宽松的文化环境、战乱更迭与民族融合的社会现实，为任侠活动提供了时代土壤。而"志深笔长"、"梗概多气"的诗风追求，使诗人们在诗歌中为游侠大唱赞歌，并塑造了众多性格鲜明的游侠形象，灌注着侠义英雄之气和豪奢华丽之色，渗透着文人们的时代文化心理和人生追求，他们在诗歌中歌咏的游侠形象丰富多彩，表现的任侠精神既有时代烙印，又曲包文人胸臆，为游侠题材类型在诗歌中的确立创造了条件，也为后世侠文学和侠文化的发展建立了不朽之功。

细观这一时期的文人咏侠诗创作，受世风影响很大。建安时期，社会动

东汉时期东平宪王刘苍地位显赫、声望极高，当时影响很大。六朝诗歌就经常以"东平王"指代诸侯王，如南朝齐王融《永明乐十首》其三："二离金玉相，三衮兰蕙芳。重仪文世子，再奉东平王。"同时他还借萧涤非先生关于《梁鼓角横吹曲》"实皆北歌，非梁歌"的观点指出，"东平刘生这一形象，最初大概出现在北方的民间文学中，"应该是北地的地方人物。按对刘生其人原型的猜测还有刘猛一说（林香玲《试论乐府诗中拟乐府现象的雕塑和再造——以游侠诗〈刘生〉系列作品创作为例》，《中国古典文学研究》1999年2月第2期）。陈山在《中国武侠史》一书中认为，"刘生是个虚构的北方游侠形象，所谓的'节符官'云云，显然是上流社会文人的附会，不足为证刘生的形象，最初大概是北方人民在民间文学中所流传的武侠形象。……《乐府诗集》所录的这首北方民歌，很可能是一首英雄长诗的残篇。从诗中看，这位游侠可能从更远的地方——安东流落到中原一带的。他形单影只，精神上倍感寂寞。或许我们所见的仅是一首长诗的开头，下面将要展开的是游侠刘生的英雄传奇，可惜戛然而止，我们无法看到这首民间英雄是的全貌了。"（陈山：《中国武侠史》，上海三联书店1992年版，第150—151页）

荡，士人慕功业之理想，雅好慷慨，以曹植《白马篇》为代表的咏侠诗富含刚健英雄气象。及至两晋，士人或在求仙中迷失，或在酒色中沉醉，或在山水田园中寄情。但咏侠诗创作在"咏世德之骏烈，诵先人之清芬。游文章之林府，喜丽藻之彬彬"审美风气影响下，词采与情志有机结合，表现臻乎完美。及其梁陈之世，浮华逐艳，宫体风起，咏侠诗中的游侠几无济世之举，无阳刚之美，也无英雄之气。这种审美内涵的变化，源于当时自上层帝王审美心态的变化和绮靡之风，以《刘生》为歌咏对象的咏侠诗及其表现贵游侠少的诗篇，成为受这种风气和宫体影响的贵游诗，咏侠诗的审美情趣发生了变化。

第三节　魏晋南北朝咏侠诗的艺术特征

魏晋南北朝时期，随着文学的自觉和文学观念的确立、文人主体创作意识强烈，文学创作出现繁荣、文学理论层出不穷。就其诗歌等文学创作审美追求而言，对诗歌艺术形式的追求和绮靡华丽的偏爱，成为时代风气。加之动乱中生命意识的觉醒使得当时人们对浮华享乐生活方式的追求也同样兴盛。这种现实人生和文学创作现实，对当时咏侠诗的创作产生了深刻影响。此时游侠形象不但成功地出现在诗歌创作中，而且魏晋诗人在咏侠诗中灌注了强烈的时代色彩和个人情怀，创造了许多新鲜的艺术表现形式和艺术手法，对唐人及其以后咏侠诗的创作产生了广泛影响。因此，就魏晋南北朝咏侠诗整体创作看，期间表现出的审美追求、艺术体制、艺术手法，都迥异于前代。

魏晋南北朝文人咏侠诗虽然在艺术风格上有南北文风差异，但在艺术表现上多有开创性。魏晋六朝诗人通过对侠的艺术创造，确立了咏侠诗基本的创作范式，构建了咏侠诗基本的艺术体制，形成了源远流长的咏侠文学传统。

具体而言，主要表现在五个方面：

（一）魏晋六朝咏侠诗塑造了光辉动人的游侠形象并赋予其时代内涵

魏晋南北朝咏侠诗值得肯定的奠基、创新之处非常多，但名题立象却是首功。魏晋六朝文人以独特的眼光发现了游侠，首次将其积极引入诗歌创作领域，并将边塞时事和追求人生自由享乐的内容融入其中，塑造了独立完整的游侠形象，表现了游侠独立自由的人格美、勇赴急难的英雄美、豪华享乐的生活美，大大拓展了侠的文化内涵，提高了游侠品位和侠义人格精神。

在咏侠诗中通过形象塑造来展现游侠的精神风貌，是魏晋南北朝咏侠诗的最大特色和艺术上的成功之处。诗人们在咏侠诗创作中重视游侠形象的塑造，并结合历史和现实，赋予游侠形象丰富生动的时代内涵。在诗篇中形成了一个个鲜明动人的艺术形象，从而使魏晋南北朝咏侠诗充满了生动感人的艺术力量。这些艺术群像，来源非常丰富，有慷慨悲壮的古代游侠，有普通的侠义复仇者，有充满正义之气的边塞游侠，有豪奢华丽的贵游侠少等等。然具典型者有五类，即曹植《白马篇》，包括效仿曹植的其他诗人《白马篇》中塑造的边塞游侠儿的光辉形象；曹植《名都篇》塑造的都市游侠形象；陶渊明《咏荆轲》及其他诗人的同题之作塑造的大义凛然的古游侠形象；南朝诗人的一系列《刘生》诗塑造的豪侠刘生形象；魏晋文人的《秦女休行》诗篇塑造的复仇女侠形象等。

魏晋南北朝文人咏侠诗之所以在诗中通过塑造游侠形象展现游侠的精神风采，抒发自我胸臆，原因主要有：一是史传传统的影响。自东汉以后，史书中不再为游侠单独设立游侠列传，史家的放弃对游侠来说倒是一件好事，因为史家"不轨于正义"的社会正义价值判断无法使游侠获得社会认同，这为魏晋六朝文人在诗歌中表现游侠创造了机会。而史书人物列传中的游侠列传，不仅为魏晋六朝文人咏侠诗提供了素材，而且提供了艺术借鉴。魏晋六朝咏侠诗受史传传统的影响，诗人们不但在咏侠诗题上直接以歌咏对象命名，而且一部分文人咏侠诗被列入咏史题材或诗名直接冠以"咏史"。如咏荆轲的诗篇和咏刘生的诗篇，再如《游侠篇》、《结客少年场行》、《壮士篇》、《白马篇》等特征性非常强的咏侠诗，就是以游侠这种类型形象名篇的，同时艺术上重视对人物富有特征性的言行进行描写。二是适应了咏侠诗宜于通过对歌咏对象的形象塑造展开叙事抒情的艺术特点。这是由咏侠诗的艺术特性决定的。三是当时追求独立自由人格美及其对崇高悲壮美的艺术追求。追求通脱自然、独立自由的人格美，是魏晋六朝的社会风尚，更是当时文人们的理想。游侠不但具备这样的人格精神，而且他们的行为更能引起人们对崇高悲壮美的艺术追求。四是当时人物品藻中注重对人物神情和外貌评价风气的影响以及"立象以尽意"思想的影响，都使得文人咏侠诗在初创阶段就以人物为中心展开叙事和抒情。

在咏侠诗中，诗人非常注重游侠人格美的艺术创造，善于通过自叙、描写、夸张等手法突出侠者报知己、轻死生、重声名、酬恩仇等传统侠义人格精神，同时还赋予其赴国难、不计私、知己难求、怀才不遇以及追求享乐豪奢等时代内涵，充分展示其人格美的艺术震撼力。

在魏晋六朝文人咏侠诗中，诗人善于通过四种手法来展现侠者的高大人格：一是重意象营造；二是重气氛渲染；三是重服饰、武功描写；四是重语言造型。

在歌咏古游侠荆轲与侠女复仇的诗篇中，诗人在宏阔的时空背景上着力塑造侠义复仇者的感人形象，凸显其高大的人格精神和崇高悲壮之美。如咏荆轲的诗篇，诗人都在诗中突出了易水送别的场景描写，烘托荆轲西行的崇高悲壮。而"君子死知己，提剑出燕京"，时空的巨大跳跃，展示着"千里不留行"的豪迈。左延年《秦女休行》在对女休的侠义复仇表现中，诗人将女休复仇放在光天化日之下，女休"左执白杨刃，右据宛鲁矛"，"始出向西门"，"仇家便东南"，"仆僵秦女休"，"杀人都市中"。空间转换之快，实为突出快意恩仇之痛快淋漓。而通过女休与关吏的对话，一方面交代了事由，另一方面更突出了女休的侠行孝义。

曹植《名都篇》表现的是都市游侠少年的任侠行为。诗中塑造了都市游侠少年群像，意象营造生动，丰富多彩，并通过描写其千金宝剑、鲜丽服饰、斗鸡走马、游猎南山、美酒佳肴，伴侣相宴、连翩击鞠壤等活动，渲染了浓厚的贵族气息，突出了归来宴享之宏富、场面之热烈："归来宴平乐，美酒斗十千。脍鲤臇鲐虾，炮鳖炙熊蹯。鸣俦啸匹侣，列坐竟长筵。"在本诗中，描写详略得当，重点突出，剑马衣饰，一笔带过，诗人用大篇幅重点描写了都市游侠的高超武艺："驰骋未能半，双兔过我前。揽弓捷鸣镝，长驱上南山。左挽因右发，一纵两禽连。余巧未及展，仰手接飞鸢。观者咸称善，众工归我妍。"这样，通过重点描写游侠武艺和宴乐场面，游侠少年的形象奕奕动人，并增加了游侠生活的美感与趣味。

在《刘生》等以贵游侠少为表现对象的咏侠诗中，诗人注重对游侠华贵剑马服饰的详细描写，这样的描写，使作为都市特色的市井游侠借侠行轻狂之举便融入了贵族文化特色。

而表现边塞游侠儿英雄形象的诗篇，则综合运用了以上四种手法。如曹植《白马篇》，诗篇在广袤的边塞、白马意象中，通过渲染"边城多警急，虏骑数迁移。羽檄从北来，厉马登高堤"的紧急氛围，突出描写了游侠儿的高潮武艺。"弃身锋刃端，性命安可怀。父母且不顾，何言子与妻。名在壮士籍，不得中顾私。捐躯赴国难，视死忽如归"这样的造语，既是这位游侠少年的内心独白，也是边塞时事，时代气息异常浓厚，作者自己渴望建功的理想非常感人。通过全方位的艺术展现，大义为国，视死如归的游侠儿形象风神兼具，血肉丰满，异常动人。

魏晋六朝文人咏侠诗的这些艺术创举，对唐人及其以后咏侠诗的创作产生了重要影响。

（二）借游侠以抒情兴寄

抒情兴寄是魏晋六朝时期咏侠诗作创作的特色之一。魏晋六朝文人在咏侠诗创作中，注重寄托个人的情志理想，诗篇往往抒发自我怀才不遇的愤懑与不平，或寄托建功立业的理想壮志，皆有感而发，浓情蜜意，多有寄托。而魏晋时期"诗缘情而绮靡"的创作倾向，文学创作中抒情倾向的不断增加，更增强了此时咏侠诗创作的抒情性。在魏晋六朝咏侠诗初创时期，这种鲜明的抒情特色，影响了整个咏侠诗发展史。

通过游侠的吟咏表达作者的不平之鸣，使魏晋六朝咏侠诗充满了身世之感。在咏侠诗人，善于寄情抒怀者有如左延年、曹植、王粲、阮瑀、陈琳、傅玄、张华、左思、陶渊明等，其中最具代表性的是曹植、张华、左思、陶渊明。这四位诗人共同的人生道路是怀才不遇、命运坎坷。曹植才高八斗，然自曹丕称帝后，遭受打击排挤，猜疑不见用，抑郁而终。至如庶族出生的张华，少年孤贫，牧羊为生，仕途坎坷，常遭世族官僚排挤，受到抑制更为深重。《晋书》卷三十六《张华传》云：

> 华少孤贫，自牧羊，同郡卢钦见而器之。乡人刘放亦奇其才，以女妻焉。华学业优博，辞藻温丽，朗赡多通，图纬方伎之书莫不详览。少自修谨，造次必以礼度。勇于赴义，笃于周急。器识弘旷，时人罕能测之。……华性好人物，诱进不倦，至于穷贱侯门之士有一介之善者，便咨嗟称咏，为之延誉。雅爱书籍，身死之日，家无余财，惟有文史溢于机箧。尝徙居，载书三十乘。秘书监挚虞撰定官书，皆资华之本以取正焉。天下奇秘，世所希有者，悉在华所。由是博物洽闻，世无与比。①

左思才名显著，其妹贵为嫔妃，但出身庶族，一生未居要职。陶渊明挂印辞归，躬耕自资。因此这些人的不平之鸣非常强烈，故借游侠以排遣胸中块垒，寄情抒怀。如曹植的《白马篇》、《名都篇》、《精微篇》、《结客篇》，甚至《野田黄雀行》等，虽然表现的游侠形象有所不同，感情倾向有所差异，但其中怀才不遇的忧愤和功业理想主线却贯穿其中。张华的《轻薄篇》、《游侠篇》、《壮士篇》、《博陵王宫侠曲》，左思的《咏史》，庶族文人的不平之鸣溢于言表，而陶渊明的《咏荆轲》等，寄托良多。从形式上看，除了左思、陶渊明外，其余均采用乐府形式。张华《博陵王宫侠曲》二首其一、左思《咏史》，借游侠抒发寒士的不平和怀才不遇的愤懑，在当时庶族文人中有代表性。张华《博陵王宫侠曲》其一云：

> 侠客乐幽险，筑室穷山阴。獠猎野兽稀，施纲川无禽。岁慕饥寒至，慷慨顿足吟。穷令壮士激，安能怀苦心。干将坐自□，繁弱控余音。耕佃穷渊陂，种粟著剑镡。收秋狭路间，一击重千金。栖迟熊罴

---

① 房玄龄、褚遂良等：《晋书》，中华书局 1974 年版，第 1068 页。

穴，容与虎豹林。身在法令外，纵逸常不禁。①

此诗写游侠的穷困和纵逸不受法令约束。《渊鉴类函》"人部游侠五"引阴、林二韵。诗中游侠虽然有"身在法令外，纵逸常不禁"的潇洒，但"岁暮饥寒至，慷慨顿足吟。穷令壮士激，安能怀苦心"的现实，顿时侠者"干将坐自□，繁弱控馀音"。作者的现实身世之感颇为强烈。萧涤非《汉魏六朝乐府文学史》云："'岁暮饥寒至'四语写出'勇侠轻非'之根源，为二篇主意所在。盖此侠客之为友报怨，杀人租市，种种不法行为，皆缘穷之一字有以驱使之也。《孟子》曰：'若民，则无恒产，斯无恒心。苟无恒心，放辟邪侈，无不为矣。'篇中极写侠客之放辟，亦正所以致讥于为政者之漠视民生也。"②

左思《咏史》八首其六云：

> 荆轲饮燕市，酒酣气益震。哀歌和渐离，谓若傍无人。虽无壮士节，与世亦殊伦。高眄邈四海，豪右何足陈。贵者虽自贵，视之若埃尘。贱者虽自贱，重之若千钧。③

左思《咏史》八首其六咏荆轲已表现出不同于其他人的内容，就是变咏史诗"隐括本传"为"自抒胸臆"。将对荆轲刺秦事件的歌咏与现实身世紧密相连，突出了现实中的士庶不平等、贫富贵贱不公平，并借此抒发自己对士族富贵者的蔑视与抗争。造语奇伟，创格新特，避免了咏史诗对史实的垛堆寡变，在咏侠诗中有创新意义。

此外，南朝梁吴均的两首咏侠诗《拟行路难五首》其二和《赠别新林》抒情寄兴也有特点。《拟行路难五首》其二云：

> 青琐门外安石榴，连枝接叶夹御沟。金墉城西合欢树，垂条照彩拂凤楼。游侠少年游上路，倾心颠倒想恋慕。摩顶至足买片言，开胸沥胆取一顾。自言家在赵邯郸，翩翩舌杪复剑端。青骊白骒的卢马，金羁绿

---

① 逯钦立：《先秦汉魏晋南北朝诗》，晋诗卷三，中华书局 1983 年版，第 612 页。刘若愚《中国之侠》自补为"抚"。参见刘若愚：《中国之侠》，周清霖、唐发铙译，上海三联书店 1991 年版，第 54 页。

② 萧涤非：《汉魏六朝乐府文学史》，人民文学出版社 1984 年版，第 192 页。

③ 逯钦立：《先秦汉魏晋南北朝诗》，晋诗卷七，中华书局 1983 年版，第 732 页。

> 控紫丝鞶。躞蹀横行不肯进，夜夜汗血至长安。长安城中诸贵臣，争贵儒者席上珍。复闻梁王好学问，轻弃剑客如埃尘。吾丘寿王始得意，司马相如适被申。大才大辩尚如此，何况我辈轻薄人。①

此诗采用七言乐府形式，叙事抒情，气韵贯通，在魏晋南北朝多五言咏侠诗的创作环境中较为特别。诗篇结构上发端绮丽，为游侠少年上路作铺垫。接着游侠自叙身世由来，诗人借游侠怀着“摩顶至足买片言，开胸沥胆取一顾”的渴望寻求知己，最终却“复闻梁王好学问，轻弃剑客如埃尘”的现实，抒发怀才不遇的苦闷。但这位游侠似乎很淡定，很会为自己开脱：“吾丘寿王始得意，司马相如适被申。大才大辩尚如此，何况我辈轻薄人。”这种心态同样体现在其《赠别新林》诗中：

> 仆本幽并儿，抱剑事边陲。风乱青丝络，雾染黄金羁。天子既无赏，公卿竟不知。去去归去来，还倾鹦鹉杯。气为故交绝，心为新知开。但令寸心是，何须铜雀台。②

侠者渴求为知己行侠，是其任侠传统。此诗中幽并游侠儿以自叙的方式抒发了自己抱剑赴边，充满艰辛而不被重视的愤懑，表达的侠者渴求被重用的心理。而“气为故交绝。心为新知开。但令寸心是。何须铜雀台”，也是淡定开脱之辞。

（三）创造了以乐府为主，其他形式兼有的艺术形式，形成了咏侠诗的传统艺术体制

魏晋南北朝文人继承传统乐府创作精神，用乐府诗这样一种张弛自由、气韵贯通、非常适合以游侠为歌咏对象的艺术形式，在诗歌中塑造了鲜明生动的游侠形象，为游侠进入文学殿堂注入了鲜明生动的艺术魅力，为侠文化的发展积攒了正能量。

魏晋六朝初创时期的咏侠诗为何要选择乐府这种诗歌形式体制？原因不

---

① 逯钦立：《先秦汉魏晋南北朝诗》，梁诗卷十，中华书局 1983 年版，第 1728 页。

② 逯钦立：《先秦汉魏晋南北朝诗》，梁诗卷十，中华书局 1983 年版，第 1735 页。

外数端：首先，魏晋六朝时诗歌形式非常单一，除乐府诗已是当时成熟的诗歌形式外，五言诗还在探索发展中。而乐府诗形式的自由灵动，为咏侠诗作者驰骋想象拓展了空间。这时的咏侠诗创作，形式绝大多数为乐府。其次，魏晋时期文人诗歌创作重视学习汉乐府民歌，而建安时期三曹及其他文人在内容方面的写时事和形式方面的逐渐脱离音乐的拟乐府创作，是魏晋六朝时期乐府诗歌的创新发展，这其中，曹操、曹植发挥了创造性作用。三是乐府这种诗歌形式自由流畅，便于叙事抒情，何况汉代乐府诗创作非常成熟，魏晋六朝文人拿来使用便是轻车熟路，无须费力斟酌。四是乐府这种诗歌形式非常适合以游侠为歌咏对象的咏侠诗创作，既能叙写游侠的侠行事迹，又能抒发作者的胸臆情怀，更便于传唱流行。所以魏晋六朝文人选择运用乐府诗这种形式来歌咏游侠就是一种必然选择和明智之举。

乐府歌辞采自民间，得到汉代文人的青睐。建安时期曹操喜好乐府，今存诗歌全为乐府诗。《魏志·武帝纪》记载曹操"昼则讲武策，夜则思经传，登高必赋，及造新诗，被之管弦，皆成乐章"[1]。而曹操又非常重视文学，成为建安文学的领导者，在他的影响下，文人乐府诗创作也随之发扬光大。初创时期的咏侠诗可以说就是乐府诗从民间采集配乐传唱发展到文人乐府诗的产物。

乐府这种诗歌形式的自由灵活，为咏侠诗作者驰骋想象拓展了空间。这时的咏侠诗创作，数量较两汉已有大幅度增加，虽然诗歌形式绝大多数为乐府，但游侠已成为诗歌独立完整的艺术表现对象。借此形式，咏侠诗的创作也在魏晋六朝出现了第一次高潮。从对中国古代咏侠诗艺术体制形成的影响作用看，魏晋六朝咏侠诗至少在三个乐府诗题上创造了模式，形成了传统。一是曹植创作的《白马篇》乐府诗题形式，塑造了边塞游侠儿形象后，游侠羡慕沙场征战、立功边塞也就成为咏侠诗创作的一种传统价值取向。以后历代咏侠诗创作都有这个诗题。二是南朝咏侠诗人创作的《刘生》乐府咏侠诗形式。塑造了刘生的豪侠形象，后世有继承和发展。三是魏晋六朝诗人在东

---

[1]　陈寿：《三国志·魏书·武帝纪》，中华书局 1959 年版，第 54 页。

汉民间歌谣《结客少年场》基础上创作的《结客少年场行》乐府诗题形式，对后世影响最大。

　　值得注意的是，魏晋南北朝文人乐府《白马篇》、《结客少年场行》、《刘生》诗题对游侠的集中歌咏，形成了咏侠诗发展史上一种独特的文学现象。据统计，在魏晋南北朝 117 首咏侠诗中，乐府形式约占八十首之多。① 从魏晋南朝文人咏侠诗的整体创作看，民间咏侠歌谣与文人乐府诗体之间的过渡

---

　① 郑樵在《通志·乐略》中曾将《游侠篇》、《侠客行》、《博陵王宫侠曲》、《邯郸少年行》、《临江王节士歌》、《少年子》、《少年行》、《刺少年》、《长安少年行》、《羽林郎》、《轻薄篇》、《剑客》、《结客》、《结客少年场》、《沐浴子》、《结袜子》、《壮士吟》、《公子行》、《敦煌子》、《扶风豪士歌》等二十曲归于游侠类（见《通志·乐一》，浙江古籍出版社）。显然，郑氏这一范围太狭小。事实上，魏晋南北朝咏侠诗中，《白马篇》、《刘生》、《秦女休行》、《紫骝马》、《行行且游猎篇》、《壮士篇》、《雁门太守行》等也应属游侠类。按这一诗题范围，魏晋南北朝咏侠诗中，见于上述诗题的有：《游侠篇》：晋·张华一首，北周·王褒一首；《侠客篇》：梁·王筠一首；《博陵王宫侠曲》：晋·张华二首；《临江王节士歌》：齐·陆厥一首；《少年子》齐·王融一首、梁·吴均一首；《长安少年行》：梁·何逊一首、陈·沈炯一首；《轻薄篇》：晋·张华一首、梁·何逊一首、陈·张正见一首；《结客少年场》：宋·鲍照一首、梁·刘孝威一首、北周·庾信一首、梁·吴均二首；《白马篇》：魏·曹植一首、宋·袁淑一首、鲍照一首、齐·孔稚珪一首、梁·沈约一首、王僧儒一首、徐悱一首；《刘生》：梁元帝一首、陈后主一首、张正见一首、江晖一首、江总一首、徐陵一首、柳庄一首（柳庄由陈入隋，故逯钦立将柳庄此首列入隋诗）；《结客篇》：魏·曹植一首（残句）《秦女休行》：魏·左延年一首、晋·傅玄一首；《行行且游猎篇》：梁·刘孝威一首；《壮士篇》：晋·张华一首；《紫骝马》：梁元帝一首、徐陵一首；《雁门太守行》：梁·萧纲一首；《骢马》：梁·车郢一首；《白鼻》：北魏·温子升一首。除此以外，还有：《名都篇》：魏·曹植一首；《野田黄雀行》：魏·曹植一首；《长歌行》：晋傅玄一首；《代出自蓟北门行》：南朝宋鲍照一首；《代雉朝飞》：南朝宋·鲍照一首；《胡笳曲》：南朝宋·吴迈远一首；《日出东南隅行》：南朝梁·沈约一首；《相逢狭路间》：南朝梁·沈约一首；《永明乐》：南朝梁·沈约一首；《战城南》：梁·吴均二首；《雉子班》：梁·吴均一首；《入关》：梁·吴均一首；《城上麻》：梁·吴均一首；《行路难》：梁·吴均一首；《走马引》：南朝梁·张率一首；《将进酒》：南朝梁·萧统一首；《从军行》：南朝梁·萧子显一首、北周·王褒一首；《煌煌京洛行》：南朝梁·戴嵩一首；《白鼻骗》：北魏·温子升一首；《长安有狭斜行》：北周·王褒一首、南朝陈·张正见二首；《古曲》：北周·王褒一首；《赋得荆轲诗》：南朝陈·周弘直一首、阳缙一首；《艳歌行》：南朝陈·张正见一首；《怨诗》：南朝陈·张正见一首；《君马黄》：南朝陈·张正见二首；《洛阳道》：南朝陈·陈叔宝二首；《乌栖曲》：南朝陈·陈叔宝一首；《长安道》：南朝陈·陈叔宝一首、江总一首；《梅花落》：南朝陈·江总一首；《雨雪曲》：南朝陈·江晖一首。共四十八曲八十首。

与转化痕迹甚明。这表现在魏晋南北朝咏侠诗人创作咏侠诗时本身的艺术载体就是乐府民歌形式，而且内容上多继承或模拟民间歌谣内容。萧涤非《汉魏六朝乐府文学史》中论及魏晋六朝乐府诗创作时，将其特点概括为三个方面：即"文人乐府之全盛"、"声调之模拟"、"体裁之大备"，① 是非常准确的。如《白马篇》、《刘生》、《结客少年场》、《游侠篇》等的咏侠诗的创作，这一特色最为显著，不像唐及以后各代完全失却民间歌谣的躯壳而更加文人化。

如果对魏晋六朝八十首乐府咏侠诗所用的诗题类型进行归类，就会发现绝大多数咏侠诗可归属在"横吹曲辞"、"相和歌辞"、"杂曲歌辞"三个类型中。据统计，其中"横吹曲辞"23 首，"相和歌辞"12 首，"杂曲歌辞"39 首，"琴曲歌辞"5 首，"清商曲辞"1 首。其中以"杂曲歌辞"为最多。《乐府诗集》卷六十一"杂曲歌辞"云：

> 杂曲者，历代有之，或心志之所存，或情思之所感，或宴游欢乐之所发，或忧愁愤怨之所兴，或叙离别悲伤之怀，或言征战行役之苦，或缘於佛老，或出自夷虏。兼收备载，故总谓之杂曲。自秦、汉已来，数千百岁，文人才士，作者非一。干戈之后，丧乱之余，亡失既多，声辞不具，故有名存义亡，不见所起，而有古辞可考者，则若《伤歌行》、《生别离》、《长相思》、《枣下何纂纂》之类是也。复有不见古辞，而后人继有拟述，可以概见其义者，则若《出自蓟北门》、《结客少年场》、《秦王卷衣》、《半渡溪》、《空城雀》、《齐讴》、《吴趋》、《会吟》、《悲哉》之类是也。又如汉阮瑀之《驾出北郭门》，曹植之《惟汉》、《苦思》、《欲游南山》、《事君》、《车已驾》、《桂之树》等行，《磐石》、《驱车》、《浮萍》、《种葛》、《吁嗟》、《鰕䱇》等篇，傅玄之《云中白子高》、《前有一樽酒》、《鸿雁生塞北行》、《昔君》、《飞尘》、《车遥遥篇》，陆机之《置酒》，谢惠连之《晨风》，鲍照之《鸿雁》，如此之类，其名甚多，或因意命题，或学古叙事，其辞具在，故不复备论。②

① 萧涤非：《汉魏六朝乐府文学史》，人民文学出版社 1984 年版，第 124—126 页。
② 郭茂倩：《乐府诗集》卷六十一，中华书局 1979 年版，第 885 页。

可见，杂曲歌辞，曲调和内容都非常繁杂，自由度和选择余地非常大，因"如此之类，其名甚多，或因意命题，或学古叙事，其辞具在，故不复备论。"故这一类型的创作数量就最大。

据统计，在魏晋六朝咏侠诗中乐府占近三分之一。主要有三种情况：一是根据歌咏对象自拟题目创作的咏侠诗，如陶渊明的《咏荆轲》、王粲的《咏史诗》等。二是用咏史和拟古的形式创作的咏侠诗，如左思《咏史八首》之二、鲍照《拟古诗八首》之三等。三是用赠答、咏怀、唱和等形式创作的咏侠诗，如吴均《赠别新林诗》、《咏怀诗二首》之一等。四是用其他诗题形式创作的咏侠诗。

魏晋六朝咏侠诗创作借助乐府诗这种自由通脱的艺术形式，创造了血肉丰满、光辉动人的游侠形象，在咏侠诗初创阶段，这种自由的艺术形式给了文人极大的创造空间和想象余地，为咏侠诗的第一次繁荣创造了条件，并由此形成了中国古代咏侠诗创作固有的传统艺术体制，在文学史上具有重要意义。

除了通过乐府形式表现和歌咏游侠外，魏晋六朝咏侠诗还有文人们创造的其他新形式，形成了以乐府形式为主，其他形式兼有的艺术体制。魏晋六朝时期是文人五言诗的发展期，文人五言咏侠诗作为一种新的诗歌形式对后世的咏侠诗亦有积极影响，与乐府咏侠诗一起，标志着咏侠题材类型及其艺术体制的正式确立和形成。

（四）大量用典，尤以历史故实为多

魏晋六朝文人咏侠诗中普遍好用典故，且多用事用典，其中以涉及秦汉豪侠人物为最多。这是其特点之一。一般说来，诗词中使用典故不外乎用事用典和引用或化用前人诗句等，而魏晋六朝文人咏侠诗中大量用典，最集中在用事用典。这是因为魏晋六朝文人咏侠诗无论是歌咏古游侠，还是表现当代游侠少年，受史传影响非常深，故其出史入文的转变，使得这时咏侠诗创作借用历史人物、故实非常之多。正如葛兆光在《论典故——中国古典诗歌中一种特殊意象的分析》中所说："典故作为一种艺术符号，它的通畅与晦涩、平易与艰深，仅仅取决于作者与读者的文化对应关系……所谓'合格的读者'，正是那些与作者的时代、民族、文化素养及兴趣相近的欣赏者"。① 魏晋六朝去两汉不远，其侠风流韵与豪侠人物、侠行深深影响着他们。

从用事用典的角度看，魏晋六朝文人咏侠诗中主要采取四种手法：一是借用特定典故词汇代替游侠佩饰。如张华《博陵王宫侠曲》其一："干将坐自□，繁弱控余音，"这里"干将"与"莫邪"都指代宝剑，见干宝《搜神记》。"繁弱"指代良弓。《史记·司马相如列传》："弯繁弱，满白羽，射游枭"，其注释云："弯，牵也。繁弱，夏后氏良弓名。"《昭明文选卷二十四·嵇叔夜赠秀才入军五首》，注释作："楚王载繁弱之弓，忘归之矢，以射兕于云梦。"繁弱是古代中国神话中上古夏朝部落首领后羿的配弓。因为后羿常常与尧时的大羿混淆，所以也有传闻繁弱是大羿射日时所用的弓。

二是化用前人诗词等文献。如鲍照的《拟古》其三：

> 幽并重骑射，少年好驰逐。毡带佩双鞬，象弧插雕服。兽肥春草短，飞鞚越平陆。朝游雁门上，暮还楼烦宿。石梁有余劲，惊雀无全目。汉房方未和，边城屡翻覆。留我一白羽，将以分虎竹。②

此诗用典可谓综合："兽肥看草短，飞鞚越平陆"化用曹丕《典论》词句："弓燥手柔，草浅兽肥。"而"石梁有余劲，惊雀无全目"分别用了宋景公射矢于石梁和后羿射雀的故事。同时，"白羽"典出《国语·吴语》："万人以为方阵，皆白衣白旗，素甲白羽之缯，望之如荼。"这里指代弓矢。"虎竹"代表符节。《汉旧仪》云："郡国铜虎符三，竹使符五也。"这些典故经过诗人巧妙利用，与全诗有机地融合到了一起。

三是用事，多历史故实。如庾信《拟咏怀诗二十七首》其六：

> 畴昔国士遇，生平知己恩。直言珠可吐，宁知炭可吞。一顾重尺璧，千金轻一言。悲伤刘孺子，凄怆史皇孙。无因同武骑，归守灞陵

---

① 葛兆光：《论典故——中国古典诗歌中一种特殊意象的分析》，《文学评论》1989 年第 5 期。

② 逯钦立：《先秦汉魏晋南北朝诗》，宋诗卷九，中华书局 1983 年版，第 1295—1296 页。

园。①

此诗"畴昔国士遇，生平知己恩"、"宁知炭可吞"三句，化用《史记·刺客列传》豫让事。《史记》卷八十六《刺客列传》记载，豫让曾受恩于智伯，而"赵襄子最怨智伯，漆其头以为饮器。豫让遁逃山中，曰：'嗟乎！士为知己者死，女为悦己者容。今智伯知我，我必为报仇而死，以报智伯，则吾魂魄不愧矣。'乃变名姓为刑人，入宫涂厕，中挟匕首，欲以刺襄子……居顷之，豫让又漆身为厉，吞炭为哑。使形状不可知，行乞于市。"又伏于桥下袭击赵襄子。"襄子至桥，马惊，襄子曰：'此必是豫让也。'使人问之，果豫让也。于是襄子乃数豫让曰：'子不尝事范、中行氏乎？智伯尽灭之，而子不为报仇，而反委质臣于智伯。智伯亦已死矣，而子独何以为之报仇之深也？'豫让曰：'臣事范、中行氏，范、中行氏皆众人遇我，我故众人报之。至于智伯，国士遇我，我故国士报之。'""直言珠可吐"，化用《易川灵图》语"吐珠于泽，谁不能含"。"一顾"句，化用《史记·廉颇蔺相如列传》和《汉书·季布栾布传》事。《史记·廉颇蔺相如列传》云："蔺相如持璧睨柱。秦王恐破璧，乃谢相如。"《汉书·季布栾布传》云："得黄金百，不如季布一诺。"此句两相对照，云轻者，言使魏为其所辱也。按周武帝建德中，陈宣帝请王褒、庾信等十数人于周，周武帝唯放王克、殷不害等南归，庾信和王褒并留而不遣。故有此感。悲伤句：言江陵之败，帝子被杀。悲伤刘孺子，即伤感于敬帝事。亦用南朝梁敬帝事。《南史》卷八《梁本纪下》云："帝逊位于陈，陈受命，奉帝为江阴王，薨于外邸。""凄怆史皇孙"，为伤感于建业、江陵前后二败事。此二事，梁简文、元帝诸子多有遇害。按"悲伤刘孺子，凄怆史皇孙"，用《汉书》故事。《汉书·王莽传》载，平帝崩，立宣帝玄孙婴为皇太子，号曰孺子。建国元年，废婴为安定公。《汉书》卷八《宣帝纪》载："孝宣皇帝，武帝曾孙，戾太子孙也。太子纳史良娣，生史皇孙。皇孙纳王夫人，生宣帝，号曰皇曾孙。生数月，遭巫蛊事，太子、良娣、皇孙、王夫人皆遇害。语在《太子

---

① 逯钦立：《先秦汉魏晋南北朝诗》，北周诗卷三，中华书局 1983 年版，第 2368 页。

传》。曾孙虽在襁褓，犹坐收系郡邸狱。""无因"两句，用司马相如事。据《汉书》记载，司马相如为武骑常侍，又曾拜为孝文园令，文帝葬灞陵，故云灞陵园。按此句是说自己本为梁朝文学之臣，却不能像司马相如一样归守原陵。

南朝《刘生》系列咏侠诗好用典故，也是用事用典。从现存七篇《刘生》诗看，一是所用典故多集中在东汉以前的豪侠人物。大都出自《史记·游侠列传》、《史记·刺客列传》及《史记·季布栾布列传》、《史记·汲郑列传》、《汉书·游侠传》等，而汉代豪侠陈遵出现最多，原因很简单，就是南朝咏侠诗对豪饮享乐的看重，使得这位聚欢豪饮、连客人车辖放入井中的大侠屡屡出现在诗中。

四是反义用典。表现在诗中，就是典故的含义与作者表达的情意意义相对立。如张正见《君马黄》二首之二中"讵待燕昭王，千金市骏骨"，用燕昭王筑黄金台招纳天下贤士的典故。典出《战国策·燕策一》："燕昭王收破燕后，即位，卑身厚币以招贤者，欲将以报仇。故往见郭隗……昭王曰：'寡人将谁朝而可？'郭隗先生曰：'臣闻古之君人，有以千金求千里马者，三年不能得。'涓人言于君曰：'请求之。'君遣之。三月得千里马，马已死，买其首五百金，返以报君。君大怒曰：'所求者生马，安事死马，而捐五百金！'涓人对曰：'死马且买之五百金，况生马乎？天下必以王为能市马，马今至矣。'于是不能期年。千里之马至者三。今王诚欲致士，先从隗始；隗且见事，况贤于隗者乎？岂远千里哉！于是昭王为隗筑台而师之。乐毅自魏往，邹衍自齐往，剧辛由赵往，士争凑燕。燕王吊死问生，与百姓同其甘苦。二十八年，国殷富，士卒乐佚轻战。于是遂以乐毅为上将军，与秦、楚、三晋合谋以伐齐。齐兵败，闵王出走于外。燕兵独追北，入至临淄，尽取齐宝，烧其宫室宗庙。齐城之不下者，唯独莒、即墨。"这个典故的原意是燕昭王筑台，先礼郭隗先生，后以诚意招揽来天下"贤能"。但在此诗中，却表达了如果在上者不能像燕昭王那样礼贤下士，就只能等骏马老死后买马骨。

可见，在魏晋六朝咏侠诗中，典故的使用已成为一种创作惯例。整体观察这一时期咏侠诗中典故的使用情况，有三个方面的特点显而易见：一是无论咏史、咏怀等咏侠诗，还是乐府类型的咏侠诗，用事用典占绝大多数，且多历史故实；二是自抒怀抱的咏侠诗在用典故时多是借用古游侠事，如荆轲、四公子等。而乐府类型的咏侠诗使用历史故实非常密集，如张华等人的《轻薄篇》，梁元帝等人的《刘生》诗，以及左延年等人的《秦女休行》等；三是作为咏侠诗的初创时期，这时诗中用典的艺术性还不是太高，大多是情况下是一种典故罗列，除了增加描写的氛围、背景外，未通过艺术性的提高来拓展典故的内涵。

（五）刚健重气与绮靡浮华的诗风

从魏晋南北朝咏侠诗整体风格看，虽都有不同程度的绮靡华丽，但诗风的南北差异比较明显。魏晋及北朝咏侠诗创作数量不及南朝，但总体风格刚健重气，粗犷豪放；南朝咏侠诗，柔靡华贵，婉丽多情。尤其南朝梁陈咏侠诗更表现出绮靡浮华之气。

李延寿在《北史》卷八十三《文苑传》云：

> 夫人有六情，禀五常之秀；情感六气，顺四时之序。盖文之所起，情发于中。而自汉、魏以来，迄乎晋、宋，其体屡变，前哲论之详矣。暨永明、天监之际，太和、天保之间，洛阳、江左，文雅尤盛，彼此好尚，互有异同。江左宫商发越，贵于清绮；河朔词义贞刚，重乎气质。气质则理胜其词，清绮则文过其意。理深者便于时用，文华者宜于咏歌。此其南北词人得失之大较也。若能掇彼清音，简兹累句，各去所短，合其两长，则文质彬彬，尽美尽善矣。①

魏晋及北朝尚武任侠风气较重，咏侠诗张扬的是游侠的英雄之气与高超武艺。相对而言，北朝咏侠诗数量很少，计有北魏温子昇《白鼻騧》一首、北齐颜之推《从周入齐夜度砥柱》一首，无名法师《过徐君墓诗》一首，以及由南入北的北周王褒《关山篇》、《从军行》（其二）、《长安有狭邪行》、《游

---

① 李延寿：《北史·文苑传》，中华书局 1974 年版，第 2781—2782 页。

侠篇》、《古曲》、《高句丽》、《日出东南隅》七首，庾信《结客少年场行》、《拟
咏怀诗二十七首》（其六）、《咏画屏风诗二十五首》（其一、其十五）四首。
这样看来，北朝咏侠诗主要是由南入北的王褒、庾信等人的创作。南朝侠风
现实生活气息浓厚，重自由享乐，故咏侠诗创作浮华奢靡成为审美追求。在
咏侠诗创作风格上，曹植及魏晋文人的《白马篇》与梁元帝等南朝梁、陈文
人的《刘生》诗，是最能见出这种风格差异的。

　　从咏侠诗诗风流变看，魏晋咏侠诗特重现实人生，诗中咏侠，寄托理
想怀抱，往往体现出咏史与现实描写的结合，虚实相生，古今并存。到南
朝刘宋时代，以鲍照为代表的一部分诗人继承曹植的咏侠传统，将边塞时
事引入咏侠诗，将游侠行为引向为国家和民族的积极向上一路，如《代自
蓟北门行》、《代陈思王白马篇》都有开拓。正因为如此，南朝宋、齐两代
的咏侠诗比梁陈咏侠诗更为刚健与英雄气。流至南朝梁陈，咏侠诗浮华绮
靡之风成，而侠义英雄志气渐远渐离。这时咏侠诗创作数量为魏晋六朝之
最，似乎可以说咏侠诗创作在此时形成为一个小高潮。但诗中描写游侠少
年轻薄侠行和放荡不羁的内容占了大量篇幅。对游侠行游生活的表现和对
剑器宝马、衣服佩饰的描写成为诗中的主要内容。风气已为之一变，而绮
靡浮华成为追求，其实早在曹植时就已经开其端。如其《白马篇》亦不乏
绮丽，至如《名都篇》更复如此。这类诗篇更多表现出的是其奢华的外貌
及其贵游走马行为。正如胡应麟在《诗薮》中的评价："《名都》、《白马》
诸篇，已有绮靡意。"①胡氏之所以有此评论，是基于曹植对物象服饰的过分
夸饰。

　　就当时现实看，南朝社会动荡，朝代更迭频繁，宋、齐、梁、陈在治时
间较短，而南朝皇室大多爱好文学，并形成了许多以帝王为中心的文学集
团，著名者如萧衍、萧统文学集团，萧纲文学集团，陈后主文学集团等。他
们追求形式之绮靡，文采之华丽，故文学重娱乐、尚轻艳，"性情斩隐，声
色大开。"徐陵《玉台新咏·序》云：

---

① 胡应麟：《诗薮》外编第二卷，上海古籍出版社 1958 年版，第 146 页。

于是丽以金箱，装之宝轴。三台妙迹，龙伸蠼屈之书；五色花笺，河北胶东之纸。高楼红粉，仍定鱼鲁之文；辟恶生香，聊防羽陵之蠹。灵飞太甲，高擅玉函；鸿烈仙方，长推丹枕。至如青牛帐里，余曲既终；朱鸟窗前，新妆已竟。方当开兹缥帙，散此缃绳，永对玩于书帷，长循环于纤手。岂如邓学春秋，儒者之功难习；窦专黄老，金丹之术不成。因胜西蜀豪家，托情穷于鲁殿；东储甲观，流咏止于洞箫。娈彼诸嫉，聊同弃日，猗欤彤管，无或讥焉。①

以此来审视南朝诗人的咏侠诗创作，诸如《刘生》等诗篇，确实可从中感受到诗中游侠气格风骨明显减弱，而市井气与贵族气十分浓厚。我们不应贬低这类咏侠诗，因为这些表现的是侠者真正人性的一面和生活的一面，侠气不足而人性足。这既是侠者的生活写照，②也是南朝文人的审美追求和人生追求。

总的来说，魏晋南北朝咏侠诗就其艺术创造看，值得肯定的奠基、创新之处非常多。魏晋六朝文人以他们独特的眼光发现了游侠，首次将其积极引入诗歌创作领域，并结合当时现实，将边塞时事和追求人生自由享乐的内容融入咏侠诗创作，在诗中塑造了丰富多彩的游侠形象，表现了游侠独立自由的人格美、勇赴急难的英雄美、豪华享乐的生活美，大大拓展了

---

①　徐陵编：《玉台新咏》，人民文学出版社 2010 年版，第 2 页。
②　古游侠在个人生活和装饰方面尤有其奢靡的一面。如《史记·春申君列传》载："赵平原君使人于春申君，春申君舍之于上舍。赵使欲夸楚，为玳瑁簪，刀剑室以珠玉饰之，请命春申君客。春申君客三千余人，其上客皆蹑珠履以见赵使，赵使大惭。"即使如荆轲这样的豪侠，也有重享乐和奢侈的一面。《燕丹子》卷下载："太子甚喜，自以得轲，永无秦忧。后日与轲之东宫，临池而观。轲拾瓦投龟，太子令人奉盘金。轲用抵，抵尽复进。轲曰：'非为太子爱金也，但臂痛耳。'后复共乘千里马。轲曰：'闻千里马肝美。'太子即杀马进肝。暨樊将军得罪于秦，秦求之急，乃来归太子。太子为置酒华阳之台。酒中，太子出美人能琴者。轲曰：'好手琴者！'太子即进之。轲曰：'但爱其手耳。'太子即断其手，盛以玉盘奉之。太子常与轲同案而食，同床而寝。后日，轲从容曰：'轲侍太子，三年于斯矣，而太子遇轲甚厚，黄金投龟，千里马肝，姬人好手，盛以玉盘。凡庸人当之，犹尚乐出尺寸之长，当犬马之用。今轲常侍君子之侧，闻烈士之节，死有重于泰山，有轻于鸿毛者，但问用之所在耳。太子幸教之。'"

侠文化的内涵，改变了人们对侠的意识观念，提高了游侠品位，提升侠义人格精神。同时，魏晋六朝诗人通过对游侠的艺术创造，确立了咏侠诗基本的创作范式，构建了咏侠诗的艺术体制，形成了源远流长的咏侠文学传统。

第四节　曹植《白马篇》对魏晋南北朝咏侠诗创作的导向作用

自汉末以来，随着统治者对任侠活动的打压，侠文化渐趋衰微，史家亦不在史书中为游侠立传。其原因主要是任侠活动对社会秩序和政权造成了影响，任侠中表现出的"以武犯禁"使得游侠的"不轨于正义"的行为特点异常突出，侠文化中更多体现着非价值性，甚至错误的价值观念。但这一有绝异之姿的群体在魏晋六朝特殊的社会文化背景下重新焕发活力，并不是他们的行为有多大的变化，而是宽松的社会文化环境容纳了他们，文人对侠义英雄人物的崇拜，对功业和人生享乐的追求，以及社会大众对侠义英雄的心理期盼，助长和引导了他们。所以，从侠文化发展史的角度看，魏晋六朝时期是中国侠文化的转折发展期，也是侠文化发展史上具有创新发展和价值引领的阶段，对后世侠文化的导向作用不可低估。而文学尤其是诗歌作为侠文化创新和传播的利器，其扭转和导向作用尤为突出。

作为这一时期在侠文化创新引领中具有首开风气和导夫先路者，当首推曹植及其他魏晋文人。曹植以咏侠诗的创作，首先在诗歌领域为游侠树立了正面的、正义的英雄形象，并通过其高强武功、慷慨赴国、舍弃私己、视死如归等侠义品质的内涵创造，确立了理想化侠者的行为规范和应具备的人格精神，为任侠和游侠活动指出了积极向上一路，使任侠活动不仅有其现实的行为规范，更有其精神追求，起到了振兴侠风和提升咏侠诗创作价值的导向作用。

曹植的咏侠诗丰富了侠文化的内涵，引起当时文人的心理共鸣。魏晋六朝文人通过他们的诗篇，塑造了崭新的侠意象，提供了优秀的范式，为文人找到了一条情感宣泄的新路，为中国古代咏侠诗的发展开辟了一条新的途径，在游侠题材创作概念及创作方向上给予后世更多的启示和影响，具有文化和文学的双重价值。

曹植的咏侠诗创作，虽然数量不多，但却光彩照人。现存六朝游侠诗大多是以游侠少年为题材的，应该是受到曹植的影响。曹植的《结客篇》、《白马篇》、《名都篇》基本上代表了六朝时期咏侠诗的三大类型，而以《白马篇》影响为最。

曹植《白马篇》对魏晋南北朝时期的咏侠诗创作产生了极其重要的导向作用，在咏侠诗发展史上具有重要意义。《白马篇》虽以白马名篇，却与边塞游侠相关联。《乐府诗集》卷六十三"杂曲歌辞三"引《歌录》言："《名都》、《美女》、《白马》，并《齐瑟行》也。曹植《名都篇》曰：'名都多妖女。'《美女篇》曰：'美女妖且闲。'《白马篇》曰：'白马饰金羁。'皆以首句名篇，犹《艳歌罗敷行》有《日出东南隅篇》，《豫章行》有《鸳鸯篇》是也。"又在《齐瑟行》"白马篇"题注云："白马者，见乘白马而为此曲。言人当立功立事，尽力为国，不可念私也。"《乐府解题》曰："鲍照云：'白马骖角弓。'沈约云：'白马紫金鞍。'皆言边塞征战之事。"① 据此可以看出，此诗取首句名篇，白马仅仅是一个意象，故《太平御览》等书直接把这首诗命名为《游侠篇》。曹植在这首诗中塑造的边塞游侠少年与传统意义上的游侠形象迥异，游侠已经从肆意陈欲、私自复仇转变为为国捐躯、视死如归的民族英雄。这种改造与曹植强烈的功业理想是密不可分的。如他在《求自试表》中盛赞古代忠臣烈士，"杀身靖乱"、"捐躯济难"的"忠臣之志"，言辞剀切，意存君国。抒发自己"庶立毛发之功，以报所受之恩"，以及"志欲自效于明时，立功于盛世"的志向。这首《白马篇》，对现实中的游侠作了最理想化的改造，提升了其任侠行为的价值意义。朱乾《乐府正义》云"寓意于幽并游侠，实自况也"，指出侠其实就是诗人表达功业理想的载体，这使他更倾向于将游侠塑造为捐

---

① 　郭茂倩：《乐府诗集》卷六十三，中华书局 1979 年版，第 911、914 页。

躯赴国的英雄，为文学中的游侠创造了更广阔的舞台。

《白马篇》在游侠诗史上首次把游侠少年与征战边塞联系到一起，以白马寄托功业追求，塑造了理想化的游侠形象，并刻意扭转史书游侠传叙游侠"不轨于正义"的书写模式，重新诠释了游侠的人生价值。这在侠文化发展史上是一个惊人的创举。它不但提升了游侠的人格精神，而且将游侠的个人义气升格为民族大义，将任侠行为中的"侠客之义"转变为安定边塞的民族大义，将游侠的个人英雄主义上升为以爱国精神为核心的民族英雄主义。同时，曹植《白马篇》还在内容取向与结构模式方面树立了传统。这种少年游侠与边塞征战相结合的创作模式对后世咏侠诗的起到了示范作用。不仅以《白马篇》为题的拟作基本沿袭这一模式，其他咏侠诗的创作也受到了边塞游侠儿侠义英雄的影响。六朝时期，宋代袁淑、鲍照，齐代孔稚圭，梁代沈约、王僧孺、徐悱等人的同题乐府，都继承了曹植《白马篇》的写作模式，借边塞少年游侠抒写建功的抱负。如袁淑的《效曹子建白马篇》：

> 剑骑何翩翩，长安五陵间。秦地天下枢，八方凑才贤。荆魏多壮士，宛洛富少年。意气深自负，肯事郡邑权。籍籍关外来，车徒倾国廛。五侯竞书币，群公丞为言。义分明于霜，信行直如弦。交欢池阳下，留宴汾阴西。一朝许人诺，何能坐相捐。飘节去函谷，投佩出甘泉。嗟此务远图，心为四海悬。但营身意遂，岂校耳目前。侠烈良有闻，古来共知然。①

这首咏侠诗表现了鲜明的游侠性格及其独立人格精神，以及"嗟此务远图，心为四海悬"的高尚侠品。诗人在古游侠与曹植开创的边塞游侠儿之间建立了沟通，游侠独立不羁的人格精神并没有消失。边塞游侠出能为国而战，退则不失游侠本色，体现了诗人的理想人格追求。

鲍照《代陈思王白马篇》借表现游侠儿的功业理想，抒写自己的寄托，时代特色浓厚：

> 白马骍角弓，鸣鞭乘北风。要途问边急，杂虏入云中。闭壁自往

---

① 逯钦立：《先秦汉魏晋南北朝诗》，宋诗卷五，中华书局 1983 年版，第 1211 页。

夏，清野经还冬。侨装多阙绝，旅服少裁缝。埋身守汉境，沈命对胡封。薄暮塞云起，飞沙被远松。含悲望两都，楚歌登四墉。丈夫设计误，怀恨逐边戎。弃别中国爱，要冀胡马功。去来今何道，卑贱生所钟。但令塞上儿，知我独为雄。①

鲍照此诗打破了《白马篇》投身报国的固有模式，描写游侠建功立业的梦想被"丈夫设计误，怀恨逐边戎"的现实击得粉碎。通过理想与现实的对比，抒发怀才不遇的愤慨。鲍照悲慨志业，却遭门阀迫害，诗中游侠的悲惨境遇就是寒士的现实处境。这是鲍照咏侠诗的特色。到了梁代沈约的《白马篇》，虽继承了曹植《白马篇》的模式，但精神气格上已经有很大变化：

白马紫金鞍，停镳过上兰。寄言狭斜子，讵知陇道难。赤坡途三折，龙堆路九盘。冰生肌里冷，风起骨中寒。功名志所急，日暮不遑餐。长驱入右地，轻举出楼兰。直去已垂涕，宁可望长安。匪期定远封，无羡轻车官。唯见恩义重，岂觉衣裳单。本持躯命答，幸遇身名完。②

诗歌虽言征战边塞，但诗中游侠儿早已脱掉了曹植诗中"捐躯赴国难，视死忽如归"大义凛然的牺牲精神。从诗中言"狭斜子"看，主人公当是轻薄游侠少年，他虽有"功名志所急"的理想，但"匪期定远封，无羡轻车官"的描写并不是自抒淡泊，而是"幸遇身名完"的一种侥幸心理，曹植《白马篇》诗中原有的豪侠之气已渐远渐离。

除了《白马篇》这一固有的表现边塞少年游侠的乐府诗题外，魏晋六朝咏侠诗其他的诗题也继承了《白马篇》的传统，如鲍照的《拟古》其三：

幽并重骑射，少年好驰逐。毡带佩双键，象弧插彫服。兽肥春草短，飞鞚越平陆。朝游雁门上，暮还楼烦宿。石梁有余劲，惊雀无全目。汉虏方未和，边城屡翻覆。留我一白羽，将以分虎竹。③

诗中描写的也是一位幽并游侠儿，表达的也是建功立业的主题，"留我

①　逯钦立：《先秦汉魏晋南北朝诗》，宋诗卷七，中华书局1983年版，第1263—1264页。
②　逯钦立：《先秦汉魏晋南北朝诗》，梁诗卷六，中华书局1983年版，第1619页。
③　逯钦立：《先秦汉魏晋南北朝诗》，宋诗卷九，中华书局1983年版，第1295页。

一白羽，将以分虎竹"依然不减侠义英雄之气。另外，梁代刘孝威的《结客少年场行》也积极承继融入了曹植《白马篇》的边塞游侠诗传统，在展现游侠少年急难赴边之时，依然保持着独立的游侠人格精神。此诗前面已有所引。从艺术形式上看，刘孝威此诗创新较多。他打破了《结客少年场》的固定写作模式，综合了《结客少年场》与《白马篇》两者的写作模式，是二者的共同体。这类少年游侠形象影响了后来的游侠诗创作，最直接的例子就是许多游侠诗都是以"少年"为题，《乐府诗集》中辑入了十个少年游侠题材乐府诗篇名，分别是：《结客少年场行》、《少年行》、《少年子》、《少年乐》、《汉宫少年行》、《长乐少年行》、《长安少年行》、《渭城少年行》、《邯郸少年行》、《羽林少年行》。

另外，曹植的《结客篇》、《名都篇》、《野田黄雀行》也对魏晋六朝文人咏侠诗产生了导向作用。结客篇，以结客少年为描写对象，曹植《结客篇》首开其端，但曹诗现仅存四句："结客少年场，报怨洛北芒。利剑鸣手中，一击而尸僵。"这四句中，"结客少年场，报怨洛北芒"两句见《文选》二十八《结客少年场》诗注。"利剑鸣手中。一击而尸僵"两句见《文选》二十九杂诗注。单从这四句看，是否是一首完整的诗都值得怀疑，但综合起来看，这首诗大概描绘了游侠少年结客报怨杀人的场景。从这四句的影响看，后世的《结客少年场行》诗题紧承曹植的《结客篇》而来。故《乐府诗集》在《结客少年场行》解题时说："《后汉书》曰：'祭遵尝为部吏所侵，结客杀人。'曹植《结客篇》：'结客少年场，报怨洛北邙。'《乐府解题》曰：'《结客少年场行》，言轻生重义，慷慨以立功名也。'《广题》曰：'汉长安少年杀吏，受财报仇，相与探丸为弹，探得赤丸斫武吏，探得黑丸杀文吏。尹赏为长安令，尽捕之。长安中为之歌曰：'何处求子死，桓东少年场。生时谅不谨，枯骨复何葬。'按结客少年场，言少年时结任侠之客，为游乐之场，终而无成，故作此曲也。"①《汉书·酷吏传》中有类似的历史记载："长安中奸猾浸多，闾里少年群辈杀吏，受赇报仇，相与探丸为弹，得赤丸者斫武吏，

---

① 郭茂倩：《乐府诗集》卷六十六"杂曲歌辞"六，中华书局 1979 年版，第 948 页。

得黑丸者斫文吏，白者主治丧；城中薄暮尘起，剽劫行者，死伤横道，枹鼓不绝。"① 其中可见"结客少年场"的来龙去脉。曹植的这首《结客篇》是四句残篇，作者抒发的思想感情也不得而知，但对少年游侠的褒扬为后世类似咏侠诗创作定下了基调。如张华的《博陵王宫侠曲》其二：

> 雄儿任气侠，声盖少年场。借友行报怨，杀人租市旁。吴刀鸣手中，利剑严秋霜。腰间叉素戟，手持白头镶。腾超如激电，回旋如流光。奋击当手决，交尸自纵横。宁为疡鬼雄，义不入园墙。生从命子游，死闻侠骨香。身没心不惩，勇气加四方。②

这首诗是对曹植《结客篇》的极大丰富，诗中这位少年游侠"声盖少年场"，通过装束佩带、武艺超人等，表现着游侠英雄形象，此与曹植意同。但张华此诗更看重的是少年游侠"生从命子游，死闻侠骨香"的精神气概，把结客少年游侠提升到了轻生重义，名留千古的层次。刘宋时鲍照的《代结客少年场行》，则在描述结客少年时加入了自己的人生感慨。其诗曰：

> 骢马金络头，锦带佩吴钩。失意杯酒间，白刃起相仇。追兵一旦至，负剑远行游。去乡三十载，复得还旧丘。升高临四关，表里望皇州。九途平若水，双阙似云浮。扶宫罗将相，夹道列王侯。日中市朝满，车马若川流。击钟陈鼎食，方驾自相求。今我何独为，坎壈怀百忧。③

鲍照才秀人微，诗中多有备受压抑的愤恨，如《拟行路难》其六云："对案不能食，拔剑击柱长叹息。丈夫生世会几时，安能蹀躞垂羽翼。弃置罢官去，还家自休息。朝出与亲辞，暮还在亲侧。弄儿床前戏，看妇机中织。自古圣贤尽贫贱，何况我辈孤且直。"④ 这种思想感情在《结客少年场行》中出现也就不奇怪了。

这首诗分为两部分，前半部分描写了少年游侠白刃相仇，亡命天涯，蹉

---

① 班固：《汉书·酷吏传》，中华书局 1962 年版，第 3673 页。
② 逯钦立：《先秦汉魏晋南北朝诗》，晋诗卷三，中华书局 1983 年版，第 612 页。
③ 逯钦立：《先秦汉魏晋南北朝诗》，宋诗卷七，中华书局 1983 年版，第 1267 页。
④ 逯钦立：《先秦汉魏晋南北朝诗》，宋诗卷七，中华书局 1983 年版，第 1275 页。

跎三十载返乡，物是人非事事休。顿生悲凉之叹。鲍照借题发挥，抒写自己"坎壈怀百忧"。

梁代吴均的《结客少年场》虽也言结客杀人，但主要内容却有了一点点变化：

> 结客少年归，翩翩骏马肥。报恩杀人竟，贤君赐锦衣。握兰登建礼，拖玉入舍晖。顾看草玄者，功名终自微。①

此诗中，结客少年为报恩杀人，从"功名终自微"看，结客少年游侠强烈的独立个性在这首诗中已经消靡殆尽。梁代由南入北的庾信也有一首同题乐府，诗云：

> 结客少年场，春风满路香。歌撩李都尉，果掷潘河阳，隔花遥劝酒，就水更移床。今年喜夫婿，新拜羽林郎。定知刘碧玉，偷嫁汝南王。②

庾开府此诗集上作《赋得结客少年场》，与真正意义上的结客少年游侠相去甚远。

曹植《结客少年场》虽短短四句，但诗所描写的结客少年游侠充满了一种豪纵浪漫情怀，无论报仇还是报恩都敢于公然蔑视权法，结客杀人，重义轻身，具有强烈的独立性，充满了个人主义英雄色彩。曹植怀揣着强烈的个人浪漫主义英雄理想，把不容于法令的结客少年游侠在诗歌中成功改造成了少年英雄，且沿着司马迁褒扬的轨迹，使他们侠义化，这对后世人们的游侠观念带来了重要影响。

此外，曹植的《名都篇》也对咏侠诗的创作也起了一定的导向作用。如《名都篇》：

> 名都多妖女，京洛出少年。宝剑直千金，被服丽且鲜。斗鸡东郊道，走马长楸间。驰骋未能半，双兔过我前。揽弓捷鸣镝，长驱上南山。左挽因右发，一纵两禽连。馀巧未及展，仰手接飞鸢。观者咸称

---

① 逯钦立：《先秦汉魏晋南北朝诗》，梁诗卷十，中华书局1983年版，第1722页。

② 逯钦立：《先秦汉魏晋南北朝诗》，北周诗卷二，中华书局1983年版，第2349页。

善，众工归我妍。归来宴平乐，美酒斗十千。脍鲤臇胎鰕，寒鳖炙熊蹯。鸣俦啸匹侣，列坐竟长筵。连翩击鞠壤，巧捷惟万端。白日西南驰，光景不可攀。云散还城邑，清晨复来还。①

《名都篇》对咏侠的创作导向作用在于其塑造了具有时代特征的都市游侠形象，后世此类题材大致保持了相似的模式。

曹植《野田黄雀行》塑造了一位济难解困的游侠少年：

> 高树多悲风，海水扬其波。利剑不在掌，结友何须多。不见篱间雀，见鹞自投罗。罗家得雀喜，少年见雀悲。拔剑捎罗网，黄雀得飞飞。飞飞摩苍天，来下谢少年。②

此诗表现了作者利剑不被用、见困而无能为力的苦闷。明代钟惺在《古诗归》卷七言道："仁人，亦复侠客。"又说："子建柔情丽质不减文帝，而肝肠气骨，时有块垒，似为过之。"都很确当。与《白马篇》等诗篇相比，曹植在这首诗中借少年"拔剑捎罗网"的侠义之举，抒发了自我胸中块垒。此诗的价值在于，曹植通过它为怀才不遇的文人士子找到了一条情感宣泄的方式和途径。此后，在诗歌中借游侠的知己不遇、剑无用处，表达文人的冀遇知己、怀才不遇的苦闷便成为一种文学传统。

总之，曹植咏侠诗继承了前代侠文化的有益成果，又赋予了新的时代内涵。作为咏侠诗的奠基人，在汉末建安动荡不安的时代，曹植通过《白马篇》、《名都篇》、《结客篇》、《野田黄雀行》诗篇，直接描绘游侠生活，歌颂侠义精神，抒发建功立业的理想，表达怀才不遇的时代苦闷。在咏侠诗中，曹植一方面改变了侠的私剑模式，改造了侠的人生价值观念，并摒弃其好勇斗狠的一面，突出侠精湛超群的武艺和勃发的生命气节，使其成为卫国的英雄，并寄予自我的人生理想。游侠形象在其诗中呈现出英雄化、正义化、文人化、理想化的倾向。侠的身份更具独立性，摆脱了江湖气息，具有了更广博的胸怀，更豪迈的气度。另一方面，曹植通过咏侠诗创作，为文人士子表

---

① 逯钦立：《先秦汉魏晋南北朝诗》，魏诗卷六，中华书局1983年版，第431页。
② 逯钦立：《先秦汉魏晋南北朝诗》，魏诗卷六，中华书局1983年版，第424—425页。

达理想、自抒胸臆找到了合适的途径。曹植《白马篇》等咏侠诗的创作，为得时见用的文人士子抒发建功立业的抱负找到了一条理想化的抒情途径；通过《野田黄雀行》等咏侠诗篇，也为怀才不遇的文人士子找到了一条抒发胸中愤懑不平块垒的便捷之路。

同时，曹植通过这些诗篇，多方面展现了任侠精神，在诗歌中创造了典型的侠意象。这些侠意象包括边塞游侠儿、都市游侠少年、结客少年、侠义复仇者等。他们在曹植笔下已经超越了史传的正统观念，洋溢着乐观与浪漫情调，更加血肉丰满，表现出浓厚的文人化、理想化、英雄化、生活化的刚健与豪迈。自此以后，经历代文人不断创造，侠意象也不断丰富，并走出了诗歌，进入小说、戏曲等广阔领域。

第五节　魏晋南北朝咏侠诗的地位与影响

从咏侠诗发展的角度看，魏晋六朝文人咏侠诗在文学史和咏侠诗发展史上的地位举足轻重，在中国古代咏侠诗的发展史上具有开创性的贡献和作用，并对后世咏侠诗的创作发展产生了广泛深远的影响。这种地位作用突出表现在四个方面：一是首次在诗歌创作中确立了咏侠诗的题材类型；二是在咏侠诗创作内容的价值引导上，确立了规范；三是在咏侠诗艺术体制和艺术形式上形成了固有模式；四是形成了文人"借侠自抒胸臆"的咏侠文学传统。

魏晋六朝时期，作为侠文化发展的转折点，首先在文学领域，文人们通过咏侠诗的创作，成功地在诗歌中塑造了正面的游侠形象，完成了侠出史入文的转变，在中国侠文化由史家立传到文人歌咏的共建发展史上具有重要意义。这一重要的文化贡献，不但表现在文化领域中对侠的"义化"改造取得的丰硕成果，而且在文学领域，尤其是诗歌创作方面确立了游侠主题类型，为中国侠文学的发展奠定了基础。

魏晋六朝咏侠诗在文学史和侠文学发展史上亦具有重要地位。魏晋咏六朝侠诗在当时以浮华奢靡为时尚风气下，在当时追求形式和辞藻的审美中，为诗歌创作注入了刚健豪放之气，对当时创作风气和文学审美取向是一种纠偏。同时，作为咏侠诗的初创阶段，魏晋六朝文人在咏侠诗形式探索上创造性地采用乐府这一自由活脱的艺术形式，不但创作了大量咏侠诗，而且形成了这类诗歌固有的类型特征，为后世咏侠诗的创作构建了成熟的艺术体制和艺术手法。曹植在少年游侠诗的创作上起到了重要创造作用，他的《结客篇》、《白马篇》、《名都篇》基本上代表了六朝时期少年游侠诗的三大类型。在他的影响下，魏晋六朝文人自创的乐府咏侠诗题如《白马篇》、《结客少年场行》、《轻薄篇》等，都已成为历代咏侠诗的传统创作形式。《结客少年场》原本是描写少年游侠结任侠之客，或借躯报仇的内容，南朝梁刘孝威首先通过积极融入了曹植《白马篇》的边塞游侠诗传统，打破了这一固有模式。游侠少年急难赴边，归来后游侠的独立人格精神依然不减。这种创新影响到了后来的游侠诗创作。自唐以来，许多咏侠诗都以"少年"为题，并由《结客少年场行》发展出了《少年行》、《少年子》、《少年乐》、《汉宫少年行》、《长乐少年行》、《长安少年行》、《渭城少年行》、《邯郸少年行》、《羽林少年行》等。同时，唐人还在此基础上再加以创新，构建了游侠少年"任侠—赴边—受赏"的创作模式，如王维《少年行》四首、张籍《少年行》。

魏晋六朝，诗歌中重视抒情，咏侠诗中也适应了这一审美要求，积极融入作者的身世之感，或有所寄托，或抒发胸臆，使咏侠诗在展现游侠行为中体现出一种余味曲包的蕴藉美。而这一特征，也成为后世文人借侠或剑自伤身世，宣泄得时见用的放荡与乐观和怀才不遇的不平与苦闷的凭借。这一点在唐人咏侠诗中最为突出，如贾岛《剑客》："十年磨一剑，霜刃未曾试。今日把试君，谁有不平事。"

从魏晋南北朝咏侠诗的影响看，其突出表现在以下方面：

魏晋六朝咏侠诗塑造的游侠形象、表现的任侠精神，不但为后世咏侠诗创作提供了素材，树立了创作规范，而且深深地影响了民众和文人的侠义观念。诗人们在咏侠诗中创造了精神内涵丰富多彩的侠意象，在魏晋六朝咏侠诗中，侠已由史家"不轨于正义"的"末流"和所谓的"德之贼"，进一步跃升为国家民族"视死如归"的英雄，或具有生活美感和自由独立人格的高大形象。可见，魏晋六朝咏侠诗在中国侠文化发展史上的首创精神和导夫先路的气魄是值得肯定的。值得一提的是，在对侠的"义化"改造中，曹植等魏晋六朝文人，首先在诗歌中通过边塞时事，将国家民族大义引入侠的人格精神，将游侠行为引导到正义价值取向，提升了侠品，提高了侠的境界，为后世文人完成对侠的"义化"改造指明了方向。

魏晋六朝咏侠诗对后世咏侠诗创作产生了积极影响，从影响程度看，以唐代和明代为最深。唐代紧承魏晋六朝，其文化制度和文学创作多受其影响，故咏侠创作诗也不例外。这不但表现在对魏晋六朝咏侠诗创作精神的继承，而且还表现在对咏侠诗传统主题和创作形式的继承发展。明代复古主义盛行，标榜"文必秦汉，诗必盛唐"，对唐人的模仿就是对魏晋六朝的继承。

另外，魏晋六朝咏侠诗创作形成的乐府咏侠诗艺术体制成为一种创作传统，对后世咏侠诗的创作模式和审美规范产生了深远影响。

第三章
咏侠诗内容艺术的发展与成熟

——唐代咏侠诗

  侠是中国社会历史文化的特殊产物，具有鲜明的民族色彩和浓厚的文化意蕴，侠及其代表的意识形态在中国传统文化中占有不可忽视的位置，侠的形象及其生命情调，侠的行为规范及其人格精神，对整个中华民族的文化心理和国民性都有着广泛而深刻的影响。隋唐五代更是古代咏侠诗和侠文化辉煌之时期。隋代国祚甚短，文学创作篇什佳作可传世者寥若晨星。咏侠诗创作前不及魏晋六朝，后更黯然失色于李唐，明显处于两个高潮中的低谷。据统计，隋代咏侠诗共计五篇，五篇中仅《白马篇》就有三篇，而《刘生》和《长安道》也是对魏晋六朝的沿袭。故隋代咏侠诗作为魏晋六朝咏侠诗的创作余绪，主要是不断线的传承和沿袭而已，但其在古代咏侠诗创作发展上的连接过渡作用亦不能视而不见。

  在任侠风气的沿革、侠文化的承变和侠文学的创造方面，唐朝确是一个举足轻重的朝代。就侠风流变看，唐代侠风炽盛，初、盛、中、晚绵绵不绝，成为继战国、两汉、魏晋南北朝以来的又一次任侠高潮。作为当时社会普遍认可的价值观念，在思想领域，任侠与儒、道、佛互补，在闲适生活领域，任侠又与游宴、狎妓、求仙相并，成为四大潮流之一。从唐代侠文学创作看，唐人咏侠诗不但继承了魏晋以来咏侠诗的创作传统，而且以其众多的数量和丰富的艺术形式在咏侠诗发展史上树起了一座丰碑。唐代又有数量较多的豪侠小说，豪侠小说的创作不但成为唐人小说中的一个主题类型，而且首开风气，形成了一定的规模，为后世武侠小说的创作奠定了坚实的基础。

与唐代任侠风气的高涨相联系，唐人对侠文化的继承和创新，唐人在诗歌、小说中对侠的创造，都显示了唐代侠风与文人、文学的密切关系。这种关系表现在文学与文人两个文化层次。唐代侠风对文学的直接影响是促进了唐人咏侠诗和豪侠小说的创作与繁荣，并以其刚健豪放、昂扬向上的文化精神促进了唐诗风格的形成和豪侠主题在传奇小说中的确立。唐代侠风对文学更为内在的影响，则是通过影响文人的人格理想、生活理想和审美理想而影响到文学创作的精神内容。

唐代社会任侠风尚使文人对侠具有普遍的仰慕心理，任侠风尚对诗人的人格理想、生活理想和艺术审美理想产生了多方面的影响。"侠的现实存在、形象寄托和精神张扬成为丰富、提升唐代文人人格精神和行为方式的重要因素，借侠以养成与儒、释、道互补的健全人格，就成为文人的自觉追求。"[①] 因而诗人往往借侠将自己的豪情和理想倾泻于诗笔，形成初唐至晚唐绵绵不断的咏侠诗潮。其创作虽表现出不同阶段的时代特色，但在总体的创作风格和任侠精神上表现出某种共同的创作倾向，形成了与山水田园诗派、边塞诗派鼎足而立的唐人咏侠诗派。

第一节　唐代任侠风气的社会文化成因及其侠风流变

唐人任侠风气是伴随着唐王朝的兴衰而绵延始终的。作为中国古代自战国两汉、魏晋六朝以来任侠风气的又一次高潮，唐人任侠风气表现出相当的兼容性、恒长的延续性和时代性。其中表现出以纵博射猎、饮酒宿娼、斗鸡走马、挟弹飞鹰等为中心的任侠行为，包含当时社会的价值观念和时代精

---

① 汪聚应：《唐代诗人及其咏侠诗创作——兼论唐代的咏侠诗派》，《社会科学评论》2004 年第 3 期。

神，这是唐人任侠风气的主流，世俗的享乐色彩很重。唐人侠风中这种时代性、生活性的因素，使任侠风气成为弥漫整个社会而经久不衰的一种时尚，而将任侠视作一种"高尚行为"、"光荣标志"、"时髦生活方式"的本身就使任侠风尚成为当时被推崇的社会价值观，成为唐人闲适领域的社会思潮之一，因而受到统治者的宽容和全社会的崇尚。

唐代任侠风气作为一种社会思潮，有其产生的社会文化条件和时代文化心理，概括起来，主要有以下数端：唐代帝王的崇侠尚义，唐代民族融合的大发展与开放的文化政策，商品经济的高度发展和都市的繁荣，国民民族自信心、自豪感的高度张扬，复仇的流行和对复仇行为在一定程度上的旌扬，唐代边塞战事引发的向往立功边塞的时代精神和新的侠义传统，以及唐代武举、府兵制的实行等。唐代开放的社会文化环境、民族大融合的进一步发展、中外文化交流的频繁，形成了唐人开放进取、自由乐观的时代精神和功业追求与世俗享乐并行不二的时代文化心理，成为托起唐代任侠风气的精神支柱。而中土文化和异域文化（胡风）共同影响的结果，又赋予了唐代任侠和侠风鲜明的时代特征和异域文化情调。

一、唐代的任侠风气及其社会文化成因

纵观唐代任侠风气的兴衰流变，不难发现这种社会思潮的产生有其适宜的社会文化条件和时代文化心理，其成因无疑包含着丰厚的社会历史文化内容。

（一）帝王的崇侠尚义

唐代帝王崇侠尚义，甚至结交豪侠，私养死士，在一定程度上助长了任侠风气的盛行。隋唐易代之际，李渊及其子皆交结豪侠，其所用豪杰壮士中不少就是游侠。高祖入长安，在长春宫颁《授三秦豪杰等官教》云：

> 义旗济河，关中响应。辕门辐辏，赴者如归。五陵豪杰，三辅冠盖，公卿将相之绪余，侠少良家之子弟，从吾投刺，咸畏后时，扼腕连

镳，争求立效。縻之好爵，以永今朝。①

出于灭隋立唐的需要，故高祖李渊特重豪侠之士。柴绍"矫健有勇力，任侠闻于关中"，高祖便"妻之以女"。② 公孙武达，"少有膂力，称为豪侠。……武德初……封清水县公。"③ 唐宪"不治细行，好驰猎，藏亡命，所交皆博徒轻侠。……义师兴，授正义大夫"。④ 丘和"少便弓马，重气任侠"，及表请入朝，"高祖遣其子师利迎之。及谒见，高祖为之兴，引入卧内，语及平生，甚欢，奏《九部乐》以飨之，拜左武侯大将军。"⑤ 卢祖尚"家饶财，好施，以侠闻"，高祖封其为弋阳郡公，任光州刺史。⑥ 李神通"义师起，隋人捕之，神通潜入鄠县山南，与京师大侠史万宝、河东裴勔、柳崇礼等举兵以应义师。……高祖闻之大悦，授光禄大夫。从平京师，拜宗正卿"。⑦ 又在大业十三年（617），命隐太子李建成"于河东潜结英俊"，李世民"于晋阳密招豪友"。二子"倾财赈施，卑身下士，逮乎鬻缯博徒，监门厮养，一技可称，一艺可取，与之抗礼，未尝云倦，故得士庶之心，无不至者"。⑧ 太宗崇侠养士之风不逊高祖。"时隋祚已终，太宗潜图义举，每折节下士，推财养客，群盗大侠，莫不愿效死力。"⑨《新唐书·太宗纪》云：

> 太宗为人聪明英武，有大志，而能屈节下士。时天下已乱，盗贼起，知隋必亡，乃推财养士，结纳豪杰。长孙顺德、刘弘基等皆因事亡命，匿之。又与晋阳令刘文静尤善。文静坐李密事系狱，太宗夜就狱中见之，与图大事⑩

这里刘文静、长孙顺德、刘弘基皆豪侠之士。李建成、李元吉还在与李

① 温大雅：《大唐创业起居注》，上海古籍出版社 1983 年版，第 33 页。
② 刘昫等：《旧唐书》卷五十八，中华书局 1975 年版，第 2300 页。
③ 刘昫等：《旧唐书》卷五十七，中华书局 1975 年版，第 2314 页。
④ 欧阳修等：《新唐书》卷八十九，中华书局 1975 年版，第 3760 页。
⑤ 刘昫等：《旧唐书》卷五十九，中华书局 1975 年版，第 2324—2326 页。
⑥ 欧阳修等：《新唐书》卷九十四，中华书局 1975 年版，第 3834 页。
⑦ 刘昫等：《旧唐书》卷六十，中华书局 1975 年版，第 2340 页。
⑧ 温大雅：《大唐创业起居注》，上海古籍出版社 1983 年版，第 4—5 页。
⑨ 刘昫等：《旧唐书》卷二，中华书局 1975 年版，第 22 页。
⑩ 欧阳修等：《新唐书》卷二，中华书局 1975 年版，第 23 页。

世民争雄中用崇侠养客的手段。"隐太子建成……所从皆博徒大侠。……建成等私募四方骁勇及长安恶少年二千人为宫甲，屯左右长林门，号'长林兵'。又令左虞侯率可达志募幽州突厥兵三百内宫中，将攻西宫。"[1]元吉"及与建成连谋，各募壮士，多匿罪人"。[2]

唐初帝王的崇侠尚义，其政治目的不言自明。及至则天朝，崇侠尚义亦不见减。如郭元振"举进士，授通泉尉。任侠使气，不以细务介意，前后掠卖所部千余人，以遗宾客，百姓苦之。则天闻其名，召见与语，甚奇之"。[3]后如玄宗、太平公主亦结交豪侠死士。

唐代帝王崇侠尚义，有时虽表现出对侠义精神的旌扬，然似多与政治目的相联系，但它对任侠风气的盛行却无疑起着推波助澜的作用。

（二）商品经济发展和都市繁荣为任侠风气提供了现实基础

中国古代游侠在生活范围上有一个共同点，即他们大多数生活在都市而不在江湖。唐代任侠之风和游侠活动，主要以都市和藩镇为中心，都是商业经济发达的地区。就唐代都市商业情况看，安史之乱前后大有不同。唐初，关中三辅及四大都督府（扬州、益州、并州、荆州）并冲要之地或四万户以上州均设市令。中县户满三千以上者亦得置之。商业都市从西向东，由北向南很发达。许多小集市也发展为市镇，进而成为市井繁阜。在市中都普遍设市。以长安而言，城内分别设东西二市，徐松《唐两京城坊考》云："东市，南北居二坊之地，当中东市局，次东平准局、铁行、资圣寺、西北街。东北隅有放生池。""西市，南北尽两坊之地，市内有西市局、市署、平准局、衣肆、鞦辔行、秤行、窦家店、张家楼、景先宅、放生池、独柳。"[4]又宋敏求《长安志》卷八云：东市，"东西南北各六百步，四面各开二门，定四面街各广百步。北街当皇城南之大街，东出春明门，广狭不易于旧；东面及南面三

---

[1]　欧阳修等：《新唐书》卷七十九，中华书局1975年版，第3540—3542页。
[2]　刘昫等：《旧唐书》卷六十四，中华书局1975年版，第2421页。
[3]　刘昫等：《旧唐书》卷九十七，中华书局1975年版，第3042页。
[4]　徐松：《唐两京城坊考》卷四，中华书局1985年版，第75页。

街向内开拓，广于旧街，市内货财二百二十行，四面立邸，四方珍奇皆所积集。"卷十西市云："市内店肆如东市之制。长安县所领四万余户，比万年为多，浮寄流寓，不可胜计。"①商业的发展，使一些大都市还出现了夜市。广大农村中，亦有草市、墟市和庙市。

不仅如此，唐代由于交通四通八达，因而中外商业贸易也很发达，一些都市，如长安、广州等就是中外商品贸易的大都市。长安多西域胡商、胡姬酒肆、胡货充斥街市。广州、扬州也是胡商的聚集地。

从行商与任侠精神的关系看，行商本身包含着任侠的某些成分，而商业都市的繁荣为游侠提供了生存的基础和任侠的广阔天地。市井屠沽之间，常为游侠的藏身之处，商贾中亦有豪侠之士。因为其载货行贾，冒雪霜、犯危险、不获利不归的冒险精神培养了他们的豪侠气质，而行商以诚信为本，故与侠义之士有某种共同的行为准则，难怪郭沫若先生说游侠出于商贾。唐代侠风的炽盛，在一定程度上也是借助了商业都市的繁荣，表现出浓厚的市井气和奢浮气。武后时，有司表税关市，崔融上疏不可，其疏有云：

> "四海之广，九州之杂，关必据险路，市必凭要津。若乃富商大贾，豪宗恶少，轻死重义，结党连群，喑呜则弯弓，睚眦则挺剑。小有失意，且犹如此，一旦变法，定是相惊。……其间或有轻訬任侠之徒，斩龙刺蛟之党，鄱阳暴虐之客，富平悍壮之夫，居则藏锣，出便赪剑，加以重税，因之以威胁，一旦兽穷则搏，鸟穷则攫，执事者何以安之哉？……"疏奏，则天纳之，乃寝其事。②

从疏中可以看出，唐代商贾中多豪侠之士，统治者行事不能不虑及游侠之辈。《新唐书》卷二〇五《列女传》中叙谢小娥事，也从侧面反映了唐代商贾中的豪侠之士。其云："居贞本历阳侠少年，重气决。娶岁余，与谢父同贾江湖上，并为盗所杀。"诗人陈子昂、李白均为富商之子，其轻财好义、任侠使气极具豪侠风采。可见，唐代商业都市商贾中多有豪侠之士，而且商

---

① 宋敏求：《长安志》，三秦出版社 2013 年版，第 291、337 页。
② 刘昫等：《旧唐书》卷九十四，中华书局 1975 年版，第 2997—2998 页。

业都市发达的地方，其民俗亦尚侠重气。杜甫《遣怀》诗云：

> 昔我游宋中，惟梁孝王都。名今陈留亚，剧则贝魏俱。邑中九万家，高栋照通衢。舟车半天下，主客多欢娱。白刃仇不义，黄金倾有无。杀人红尘里，报答在斯须。①

诗中"白刃仇不义，黄金倾有无。杀人红尘里，报答在斯须"可谓宋中市井民俗，颇多侠义色彩。而繁荣的商业都市也就成为游侠活动的渊薮。从唐人咏侠诗所写的内容看，绝大多数为状写市井游侠之作。如王维《少年行》、高适《邯郸少年行》、崔颢《渭城少年行》、李白《少年行》等都是描写都市游侠少年生活的诗篇。

从唐人的许多诗篇不难看出唐代商业都市游侠风气之盛，而其中的游侠少年不外乎权贵和豪富商贾之子弟，其斗鸡走马、豪饮纵搏、游冶宿娼，没有强大的财力是难以付行的。

可见，唐代经济的发展，促进了商业的发达和都市的繁荣，为游侠滋生了活动的温床，给唐人任侠提供了现实依据，尤其是初盛唐游侠风气与此关系更为直接。

（三）民族自信心、自豪感的高度张扬成为任侠风气盛行的时代文化心理

唐代是我国民族大融合的进一步发展和封建经济的繁荣期。"唐土东至安东府，西至安西府，南至日南郡，北至单于府。南北如前汉之盛，东则不及，西则过之。"②"在十七世纪六十年代，中华帝国达到了十八世纪满洲征服前的最大范围。"③开元、天宝时期，"海内富贵，米斗之价钱十三，青、齐间斗才三钱，绢一匹钱二百。道路列肆，具酒食以待行人，店有驿驴，行千里不持尺兵。"④民族大融合、中外文化交流，高度的物质文明和精神文明

---

① 彭定求：《全唐诗》卷二百二十二，中华书局 1960 年版，第 2359 页。
② 刘昫等：《旧唐书·地理志》卷三十八，中华书局 1975 年版，第 1393 页。
③ 杰·巴勒克拉夫主编：《泰晤士世界历史地图》，上海三联书店 1982 年版，第 126 页。
④ 欧阳修等：《新唐书·食货志》卷五十一，中华书局 1975 年版，第 1346 页。

孕育出开放、向上、开朗的时代精神。高度的民族自信心、自豪感成为唐代社会文化精神的基础，成为托起唐代社会任侠风气的时代风貌。罗宗强先生说：

> （唐代）处于历史上又一个繁荣时期的地主阶级，精力充沛，充满自信。它的一部分成员，须要借助各种方式表现自己的英雄气概，建功立业是一种适宜的方式，任侠也是一种适宜的方式，而且是一种更容易做到的方式。诚然，勇决任气、挥金如土、扬眉吐纳、激昂青云的非同凡响的行为与气概，在初盛唐之前和之后都有，但被当作高尚的行为、光荣的标志、时髦生活方式而受到皇室、将相、权贵、士族、豪富子弟如此普遍的崇尚，则是罕见的。它是处于繁荣时期的地主阶级的理想主义的一种表现方式。①

从上面这段话可以看出，任侠风气在初盛唐表现出一种普遍的社会价值观，又包蕴了众多的社会文化内容，体现着一种强烈的时代精神。任侠风气作为唐人自信心、自豪感的一种张扬和展示，使唐人在任侠风气中将生命本身的世俗自足和生命价值的自我实现相统一，功业追求和生活情趣紧密相联。而个体价值的自我展示和社会角色的期待与自荐，以及为实现个体价值和充当理想的社会角色而付出的种种努力，就构成了一种普遍的自信心和自豪感的张扬，它又与社会高度繁荣带来了人们对世俗享乐的追求相融汇，激活了人们的创造精神。无论是世俗社会社交的需要、科举中知名度的张扬，还是仗剑远游、渴求实践的远大抱负；无论是追求个性的自由舒张和人生享乐，还是从军入幕、立功塞外，这些需要都与任侠风尚相合拍，在任侠风尚中焕发出时代光彩，成为任侠风尚中极具理想色彩的现实内容。任侠便成为唐人追求个体价值、实现自我抱负、追求生命自适的一条有效途径和理想的生活方式。陈伯海先生说：

> （唐代）封建礼教束缚的相对松弛和人的主观精神的昂扬奋发，它使得人们偏于高估自身的价值，强调个性的自由，蔑视现存秩序和礼法

---

① 罗宗强：《李杜论略》，内蒙古人民出版社 1980 年版，第 70 页。

传统的束缚。这样一种张扬个性、推尊独立人格的观念，就在任侠的活动中找到生动的表现形式。唐代侠风特盛，为六朝门阀政治和宋明以后专制政治条件下所不可比拟，道理即在于此。①

可见，唐人在任侠风气中找到了一种张扬民族自信心和自豪感的最理想的方式，任侠和侠的形象就成为唐人性情和时代精神的对象化产物。

（四）复仇的流行和在一定程度上对复仇行为的旌扬助长了侠风的盛行

在一定程度上对复仇的旌扬，也表现着唐代统治者的崇侠尚义。复仇在古代被视为一种正义的行为，故亲刃仇敌或借躯报仇也就成为侠义行为之一。《礼记·曲礼上》说："父之仇弗与共戴天，兄弟之仇不反兵，交游之仇不同国。"② 据《周官》记载，周代有"凡报仇雠者，书于士，杀之无罪"的规定，是说将要复仇，必先言于官，则无罪。《春秋公羊传》卷二十五《定公四年》中说："父不受诛，子复仇可也，父受诛，子复仇，此推刃之道也。复仇不除害，朋友相卫而不相徇，古之道也。"③ 同时，古人也认为复仇是须从王制的义事，如荀悦《申鉴·时事》中说："复仇者，义也，以义报罪，从王制，顺也；犯制，逆也；以逆顺生杀之。凡以公命行止者，不得弗避。"④ 桓谭也说："私结怨仇，子孙相报，后忿深前，至于灭户殄业，而俗称豪健。"⑤ 可见，复仇在远古时代是带有社会性的行为，游侠所崇尚的"复仇精神"也是民族根性的心理积淀。

唐人崇尚复仇精神，两《唐书》中多有记载，统治者多能给予旌扬。《旧唐书·高季辅传》云：

> （高季辅）兄元道，仕隋为汲令。武德初，县人翻城从贼，元道被

① 陈伯海：《唐诗学引论》，上海东方出版中心 1988 年版，第 60 页。
② 陈澔注：《礼记集说》，凤凰出版社 2010 年版，第 19 页。
③ 李宗侗注译：《春秋公羊传今注今译》，台湾商务印书馆 1973 年版，第 580 页。
④ 荀悦：《申鉴》，龚祖培点校，上海古籍出版社 2000 年版，第 9 页。
⑤ 范晔：《后汉书·桓谭传》卷二十八，中华书局 1965 年版，第 958 页。

害，季辅率其党出斗，竟擒杀其兄者，斩之持首以祭墓，甚为士友所称。由是群盗多归附之。①

唐代统治者对复仇也多能给予一定程度的旌扬，并使之合于经义律法。就唐代统治者对于复仇事的处理看，大致不外乎两种方式：一是父死于法，其子寻执行者复仇，朝廷杀其身而旌于闾墓。武后时下邽人徐元庆仇杀御史赵师韫一案即如此。《旧唐书·文苑传》云：

> 时有同州下邽人徐元庆，父为县尉赵师韫所杀。后师韫为御史。元庆变姓名于驿家佣力，候师韫，手刃杀之。议者以元庆孝烈，欲舍其罪。子昂建议以为："国法专杀者死，元庆宜正国法，然后旌其闾墓，以褒其孝义可也"。当时议者咸以子昂为是。②

二是父非因犯法而被人构杀，其子寻构杀者复仇，朝廷免其死罪。宪宗元和六年九月，富平县人梁悦为父报仇杀人，投县请罪，赦免其死。这样的事例也为以后同科者行事所仿效。《全唐文》卷八三九载李殷梦《乞高宏超减死奏》云：

> 伏以挟刀杀人，按律处死，投狱自首，降罪垂文。高宏超既遂复仇，固不逃法，戴天罔愧，视死如归。历代以来，事多贷命。长庆二年，有康买得父宪，为力人张莅乘醉拉宪，气息将绝，买得年十四，以木锸击莅，后三日致死。敕旨：康买得尚在童年，能知子道，虽杀人当死，而为父可哀。若从沉命之科，恐失度情之义，宜减死处分。又元和六年，富平人梁悦杀父之仇，投县请罪，敕旨：复仇杀人，固有彝典，以其申冤请罪，自诣宫门，发于天性，本无求生，宁失不经，特从减死。方今明时，有此孝子，其高宏超若使须归极法，实虑未契鸿慈。③

另外，韩愈《复仇议》从伦理和经传上为复仇进行了合理化的解释。《旧唐书·刑法志》在元和六年九月富平人梁悦复仇赦免后，附了时任职方员外

---

① 刘昫等：《旧唐书》卷七十八，中华书局 1975 年版，第 2700 页。
② 刘昫等：《旧唐书》卷一百九十，中华书局 1975 年版，第 5024 页。
③ 董诰：《全唐文》，中华书局 1975 年版，第 8828—8829 页。

郎韩愈的献议。其云：

> 复仇，据礼经则义不同天，征法令则杀人者死。礼法二事，皆王教之端。……伏以子复父仇，见于《春秋》，见于《礼记》，又见于《周官》，又见于诸子史，不可胜数，未有非而罪之者也。最宜详于律，而律无其条，非阙文也，盖以为不许复仇，则伤孝子之心，而乖先王之训；许复仇，则人将倚法专杀，无以禁止其端矣。夫律虽本于圣人，然执而行之者，有司也。经之所明者，制有司也。丁宁其义于经，而深没其文于律者，其意将使法吏一断于法，而经术之士，得引经而议也。……今陛下垂意典章，思立定制。惜有司之守，怜孝子之心，示不自专，访议群下。臣愚以为复仇之名虽同，而其事各异。……宜定其制曰：凡有复父仇者，事发，具其事由，下尚书省集议奏闻。酌其宜而处之，则经律无失其指矣。①

韩愈所言大致代表和反映了唐人对复仇行为认识和处理。唐统治者这种容法、理、情于一炉的处理思想和杀其身而旌于闾墓或减免其死罪的处理方法，在一定程度上旌扬了复仇精神，极易引起与侠义精神的互动，复仇在唐代也就成了一种侠行。故史料、传奇中，唐人复仇事不绝于笔载，在侠义复仇中，出现了复仇女侠，成为唐代任侠风气中的特殊流品。

（五）社会为任侠风气的盛行提供了内在驱动力

自魏晋六朝以来，边塞战事中不断涌动着侠义精神。唐代统治者出于巩固边防和开疆拓土的需要，奖励军功，诱发了一部分人的功业追求，他们把立功边塞视为科举外求取功名的新途径。一些文人亦将此作为实现报国壮志的寄托和走出章句、渴求实践的机会，"宁为百夫长，胜作一书生"；"平生多志气，箭底觅封侯"；在这种思潮中，人们将立功边塞和侠义恩报观念相联系，将出塞从军视为"天子非常赐颜色"，视为"国恩"，而立功边塞的行为就是在"报国恩"。"孰知不向边庭苦，纵死犹闻侠骨

---

① 刘昫等：《旧唐书》卷五十，中华书局1975年版，第2153—2154页。

香"①,"丈夫赌命报天子,当斩胡头衣锦还。"②"斩得名王献桂宫,封侯起第一日中"③ 都生动地反映了当时人们这种普遍的时代文化心理。加之唐代统治者也征募一些市井游侠少年从军边塞,因而也更为这种思潮提供了现实注脚。故"荡子从军事征战"在唐代并非鲜见:"岂无恶少年,纵酒游侠窟。募为敢死军,去以枭叛卒"、④"长安少年无远图,一生惟羡执金吾。麒麟前殿拜天子,走马为君西击胡。"⑤ 这些少年游侠、市井游侠最终立功边塞、封侯起第的荣耀,唤起了人们对边塞游侠的英雄形象和生命意识的向往,引发了新的侠义传统,推动了任侠风气的盛行。

（六）唐代武举、府兵制的实行刺激了贵族子弟的游侠热潮

唐代武举稍晚于文选,《唐会要》卷五十九《兵部侍郎》载,武则天"长安二年（702）正月十七日敕:天下诸州宜教武艺,每年准明经进士贡举例送。"⑥ 此武举之始也。其所试项目有射箭、马枪、翘关、负重、身材等。《新唐书》卷四十四《选举志》云:

> 长安二年,始置武举。其制,有长垛、马射、步射、平射、筒射,又有马枪、翘关、负重、身材之选。翘关,长丈七尺,径三寸半,凡十举后,手持关距,出处无过一尺。负重者,负米五斛,行二十步,皆为中第,亦以乡饮酒礼送兵部。⑦

武举的设立,进一步刺激了权贵富豪子弟的任侠尚武欲望,同时结合武举项目,使走马射箭、舞枪弄剑、游冶博猎成为游侠少年的优游内容。

唐人继承西魏兵制,实行府兵制。陈寅恪先生考证,"府兵之性质,其

---

① 王维:《少年行》,彭定求:《全唐诗》卷二十四,中华书局 1960 年版,第 324 页。

② 李白:《送族弟琯从军》,彭定求:《全唐诗》卷一百七十六,中华书局 1960 年版,第 1799 页。

③ 张籍:《少年行》,彭定求:《全唐诗》卷二十四,中华书局 1960 年版,第 325 页。

④ 陆龟蒙:《杂风九首》之八,彭定求:《全唐诗》卷六百一十九,中华书局 1960 年版,第 7127 页。

⑤ 王瀚:《饮马长城窟行》,彭定求:《全唐诗》卷二十,中华书局 1960 年版,第 241 页。

⑥ 王溥:《唐会要》卷五十九,中华书局 1955 年版,第 1030 页。

⑦ 欧阳修等:《新唐书》卷四十四,中华书局 1975 年版,第 1170 页。

初元是特殊阶级"，"即在关陇所增收编募，亦止限于中等以上豪富之家，绝无下级平民参加于其间。"① 岑仲勉先生在《隋唐史》中根据史料对唐代府兵作了五点结论，即（一）"府兵不是普遍的征兵"；（二）"府兵之主要任务是宿卫"；（三）"府兵不是兵农合一"；（四）"府兵在原则上为世兵的征兵制"；（五）"府兵制是游牧社会的落后兵制"。② 唐贞观十年改统军为折冲都尉，副为果毅都尉，凡府以卫士一千二百人为上府，一千人为中府，八百人为下府。③ 从其所取兵员看，唐之府兵"总名为卫士，皆职六品以下子孙及白丁无职役者点充"。④"拣点之法，财均者取强，力均者取富，财力又均，先取多丁。尤见府兵之选，多来自士族。"⑤"番上之法，五百里内五番，五百里外七番，一千里外八番，各一月上。二千里外九番，倍其月上。若征行之镇守者，免番而遣之。"⑥

唐府兵简况大致如此。那么，府兵制的实行与任侠风气又有怎样的联系呢？我们以为这与府兵之主要任务是宿卫有关。"其番上者，宿卫京师而已。"⑦ 其宿卫范围，《唐律疏议》卷二十八讲得很明白："卫士于宫城外守卫，或于京城诸司守当，或被配于王府上番。"⑧ 可见宿卫皆在京师自不同于征人。《唐律疏议》卷一六说："征人谓非卫士，临时募行者。"《新唐书》卷一二五谓诸卫将军称番上府兵为侍官，言侍卫天子也。又府兵为卫士，神策军等为禁军，则府兵与禁军有隶属关系。岑仲勉先生《隋唐史》考证云：

> 从其隶属观之，左右卫领武安等五十府，威卫领宜阳等五十府，骁骑卫领永固等四十九府，武卫领凤亭等四十九府，领军卫领万年、万敌等六十府，金吾卫领同轨、宝图等五十府，太子卫率领广济等五府，司

① 陈寅恪：《隋唐制度渊源略论稿》，中华书局 1977 年版，第 132 页。
② 岑仲勉：《隋唐史》上册，中华书局 1982 年版，第 215—220 页。
③ 王溥：《唐会要》卷七十二，中华书局 1955 年版，第 1298 页。
④ 李林甫等：《大唐六典》，三秦出版社 1991 年版，第 119 页。
⑤ 长孙无忌：《唐律疏议》卷十六，中华书局 1983 年版，第 302 页。
⑥ 李林甫等：《大唐六典》，三秦出版社 1991 年版，第 119 页。
⑦ 欧阳修等：《新唐书》，中华书局 1975 年版，第 1328 页。
⑧ 长孙无忌：《唐律疏议》卷二十八，中华书局 1983 年版，第 534 页。

御兵领郊城等三府，清道率领绛邑等三府，此十二卫之职掌为宫禁宿卫。又从其后身观之，彍骑初名长从宿卫，分隶十二卫为六番，职务仍是宫禁宿卫。夫府兵原日所隶者及后来代之而起者均以警卫为主要任务，府兵不应独异，于理甚明。①

这段话表明，府兵之职务是宫禁宿卫，其隶属十二卫禁军。《新唐书·兵志》云："夫所谓天子禁军者，南、北衙兵也。南衙，诸卫兵是也；北衙者，禁军也。"②从禁军来源看，禁军一般来自"父死子继"的世兵制和府兵制。《新唐书·兵志》云：

> 初，高祖以义兵起太原，已定天下，悉罢遣归，其愿留宿卫三万人。高祖以渭北白渠旁民弃腴田分给之，号"元从禁军"。后老不任事，以其子弟代，谓之"父子军"。……高宗龙朔二年，始取府兵越骑、步射置左右羽林军。……武后改百骑曰"千骑"，中宗又改千骑曰"万骑"，分左、右营。及玄宗以万骑平韦氏，改为左右龙武军，皆用唐元功臣子弟，制若宿卫兵。……开元十二年，诏左右羽林军、飞骑阙，取京旁州府士，以户部印印其臂，为二籍，羽林、兵部分掌之。……至德二载，置左右神武军，补元从、扈从官子弟，不足则取它色，带品者同四军，亦曰"神武天骑"，制如羽林，总曰："北衙六军"。③

南衙诸卫兵亦多为贵族出身。据《新唐书·百官志》载，南衙十六卫的府兵有内外府之分。内府指亲卫、勋卫、翊卫共分五府，称五府三卫；东宫亲卫、勋卫、翊卫分三府，称东宫三府三卫。其余为外府。内府皆世宦子弟。其中规定，二品、三品子可补亲卫，二品官曾孙、三品官孙，四品官子可补勋卫及东宫亲卫。三卫为职事官子孙以"门资"晋升的阶梯。而"凡千牛备身左右及太子千牛备身，皆取三品以上职事官子孙，四品清官子，仪容端正、武艺可称者充"。④

---

① 岑仲勉：《隋唐史》上册，中华书局1982年版，第216页。

② 欧阳修等：《新唐书》卷五十，中华书局1975年版，第1330页。

③ 欧阳修等：《新唐书》卷五十，中华书局1975年版，第1330—1331页。

④ 刘昫等：《旧唐书》卷二十三，中华书局1975年版，第1833页。

　　由于府兵、禁军特殊的任务和地位，为其任侠行为的盛行提供了条件。加上他们多为权贵富豪子弟，因而一些禁军宿卫的任侠声势炽烈非凡。李益《汉宫少年行》云："玉阶霜仗拥未合，少年排入铜龙门。……才明走马绝驰道……迎欢先意笑语喧。……晚来香街经柳市，行过娼市宿桃根。相逢酒杯一言失，回朱点白闻至尊。金张许史伺颜色，王侯将相莫敢论。"① 李益这首诗反映出唐代禁军宿卫者飞扬跋扈的任侠气势。《新唐书·兵志》云："自德宗幸梁还，以神策兵有劳，皆号'兴元元从奉天定难功臣'，恕死罪。中书、御史府、兵部乃不能岁比其籍，京兆又不敢总举名实。三辅人假比于军，一牒至十数。长安奸人多寓占两军，身不宿卫，以钱代行，谓之纳课户。益肆为暴，吏稍禁之，辄先得罪，故当时京尹、赤令皆为之敛屈。"②

　　另外，禁军中也有一部分是通过募兵招来的市井游侠儿。府兵开元十三年更名"彍骑"③，而"彍骑"中，"富者贩缯彩、食粱肉，壮者为角牴、拔河、翘木、扛铁之戏。"④《唐会要·京城诸军》载："贞元以来，长安富户皆隶要司求影庇，禁军挂籍，十五六焉。至有恃其多藏，安处阛阓，身不宿卫，以钱代行"，而"六军宿卫之士，皆市人博徒"。⑤ 如此看来，招募来的宿卫禁军中多市井游侠，其游侠活动飞扬跋扈，挂籍禁军，身不宿卫的市井富家子弟，多借禁军名籍，游侠市井，成为唐代侠风中特有的现象。这些招募而来的市井游侠少年充当禁军，其战斗力很难保证。《通鉴纲目》载："覃王嗣周帅禁军三万军于兴平，李茂贞、王行瑜合兵六万，军于周至以拒之。禁军皆新募市井少年，而两镇皆边兵百战之余。茂贞等进逼兴平，禁兵皆望风逃溃。茂贞等乘胜进攻三桥，京师大震。"但这些禁军侠少的恶薄之行，却与无赖恶少无别。白居易《宿紫阁山北村》描写了京都禁军侠少的恶行。王建《羽林行》这首状写时事的旧题乐府，真实而生动地展现了当时禁军侠少中

---

① 彭定求：《全唐诗》卷二十四，中华书局 1960 年版，第 327 页。
② 欧阳修等：《新唐书》卷五十，中华书局 1975 年版，第 1334 页。
③ 刘昫等：《旧唐书》卷二十三，中华书局 1975 年版，第 1833 页。
④ 欧阳修等：《新唐书》卷五十，中华书局 1975 年版，第 1372 页。
⑤ 王溥：《唐会要》，中华书局 1955 年版，第 1294 页。

市井无赖恶少的恶薄之行：

> 长安恶少出名字，楼下劫商楼上醉。天明下直明光宫，散入五陵松柏中。百回杀人身合死，赦书尚有收城功。九衢一日消息定，乡吏籍中重改姓。出来依旧属羽林，立在殿前射飞禽。①

王建这首《羽林行》所揭露的禁军中市井恶少无赖的恶行，皆有所本。《新唐书·兵志》载："自肃宗以后……京畿之西，多以神策军镇之……军司之人，散处甸内，皆恃势凌暴，民间苦之。自德宗幸梁还，以神策兵有劳，皆号'兴元从奉天定难功臣'，恕死罪。"② 可见，中晚唐禁军侠少与初盛唐相比，匪气十足，诗人的描写绝非夸张。从史书记载和文学作品看，禁军宿卫和都市游侠确实有着二合一的现象，这种异军突起的任侠风气中，不能不说是借助了府兵制及其变更与禁军宿卫优越的地位和身份，京都禁军宿卫侠少那种恃纵无尽的生活风气也就成为唐代任侠风气中的一道"黑旋风"。

（七）唐代民族融合与开放的政治文化政策，为任侠风气的盛行注入了新鲜血液

从魏晋到隋唐，北方发生了历时很久的民族迁移与融合，在与汉民族的相互影响中，少数民族的文化精神和风气得以流行于社会，而唐代统治者实行的"夏夷一家"、"汉蕃一家"的民族政策，无疑对这种融合与交流起了促进作用。《资治通鉴》卷一九八"太宗贞观二十一"年条太宗云："自古皆贵中华，贱夷狄，朕独爱之如一。故其种落皆依朕如父母。"③同书卷一九七引太宗语："夷狄亦人耳，其情与中夏不殊。人主患德泽不加，不必猜忌异类。盖德泽洽，则四夷可使如一家。"④因而太宗被尊为"天可汗"。⑤《旧唐书·温大雅传》载：

---

① 彭定求：《全唐诗》卷二十四，中华书局 1960 年版，第 325 页。

② 欧阳修等：《新唐书》卷五十，中华书局 1975 年版，第 1334 页。

③ 司马光：《资治通鉴》，中华书局 1956 年版，第 6247 页。

④ 司马光：《资治通鉴》，中华书局 1956 年版，第 6215—6216 页。

⑤ 刘昫等：《旧唐书》卷二，中华书局 1975 年版，第 41 页。

初，突厥之降也，诏议安边之术。……惟彦博（温大雅）议曰：“汉建武时，置降匈奴于五原塞下，全其部落，得为捍蔽，又不离其土俗，因而抚之，一则实空虚之地，二则亦无猜之心。若遣向西南，则乖物性，故非含育之道也。”太宗从之，遂处降人于朔方之地，其入居长安者近且万家。①

从唐初到安史之乱，民族融合、人口流动的特点是，因社会动乱流落到境外的汉族人口陆续返回，边疆各族向内地大量迁移，其归附迁移办法体现了胡汉相融的明确意图。《旧唐书·太宗纪》云：贞观三年“中国人自塞外来归及突厥前后内附、开四夷为州县者，男女一百二十万口”。② 贞观五年，唐从突厥赎回被掳掠去的汉族百姓八万人。③ 武德五年，从高丽索回隋军战俘数以万计。而归附迁入唐境的民族则以突厥、胡族及高丽等人为多。如贞观四年，李靖、李勣俘获十万突厥人自阴山以北南迁，其后突厥首领苏尼失又率众降唐，致使“漠南之地遂空”。④ 贞观六年，“契苾酋长何力帅部落六千余家诣沙州降，诏处之于甘、凉之间。”⑤ 同年，“党项羌前后内属者三十万口。”⑥ 龙朔三年（663），“吐谷浑可汗曷钵与弘化公主帅数千帐弃国走依凉州，请徙居内地。”⑦ 咸亨三年（672），“吐谷浑畏吐蕃之强，不安其居，又鄯州地狭，寻徙灵州。”⑧ 天授元年（690），濛池都护（今哈萨克斯坦东部）收拢被东突厥击散的西突厥六七万人入居内地。⑨ 开元十年（722），因地处灵夏南境的六州胡反叛，“张说擒康愿子于木盘山。诏移张河曲六州残胡五万余口于许、汝、唐、邓、仙、豫等州，始空河南朔方千里之地。”⑩

---

① 刘昫等：《旧唐书》卷六十一，中华书局 1975 年版，第 2361 页。
② 刘昫等：《旧唐书》卷二，中华书局 1975 年版，第 37 页。
③ 刘昫等：《旧唐书》卷三，中华书局 1975 年版，第 41 页。
④ 司马光：《资治通鉴》，中华书局 1956 年版，第 6073—6074 页。
⑤ 司马光：《资治通鉴》，中华书局 1956 年版，第 6099 页。
⑥ 刘昫等：《旧唐书》卷二，中华书局 1975 年版，第 42 页。
⑦ 司马光：《资治通鉴》，中华书局 1956 年版，第 6336 页。
⑧ 司马光：《资治通鉴》，中华书局 1956 年版，第 6368 页。
⑨ 刘昫等：《旧唐书》卷一九四，中华书局 1975 年版，第 5190 页。
⑩ 刘昫等：《旧唐书》卷八，中华书局 1975 年版，第 184 页。

开元二十年（732），"溪酋长李诗琐高等以其部落五千余帐来降……移其部落于幽州界安置。"①唐代有影响的人口迁移的是高丽、百济等异域人口被迁入内地。唐初数次征辽，在控制高丽、百济后，将其人口大批迁入内地。贞观十九年（645），攻克安市城后，将其"傉萨以下酋长三千五百人，授以戎秩，迁之内地"。②又"凡徙辽盖、岩二州户口入内，前后七万余人。"③至贞观二十三年，房玄龄称"即拔辽东，前后虏获，数十万计，分配诸州，无处不满"。④仪凤元年（676），"徙熊律都督府于建安故城（辽宁营口南），其百济户口先徙于徐、兖等州，皆置于建安。"⑤显庆五年，百济战败投降，大批人口入唐境。开元三年，"十姓部落左厢五咄六啜、右厢五弩失毕五俟斤及高丽莫离支高文简、晔跌都督嗢跌思太等，各率其众自突厥相继来奔，前后总二千余帐。"⑥另据考证，徐松《唐两京城坊考》中就有四十名仕唐蕃人，分别来自突厥、铁勒、契丹、奚、靺鞨、高丽、乌罗护、吐蕃、吐谷浑、党项、僚、俚、越、于阗、昭武九姓胡、天竺等民族和国家。⑦可见，唐前期民族融合的广度和深度都是相当深刻的。葛晓音指出："大唐帝国建立以后，在前期的一百四十多年中，以其强大的国力为后盾，既在北方各民族融合的基础上，积极地推动汉化的进程以建设本土文明，又在与周边各民族的交往和战争中，坚持以中华礼教作为胡汉文化交流的主导，广泛而有节制地吸取外来文明，从而达到了全面开放的极盛时期。"⑧

　　长期的战乱和民族大融合，北方少数民族的尚武任侠风气、走马游猎的草原习俗渐染人心，而尤以"胡风"为最。陈鸿《东城老父传》中说："今

---

① 刘昫等：《旧唐书》卷一九九，中华书局 1975 年版，第 5356 页。

② 刘昫等：《旧唐书》卷一九九，中华书局 1975 年版，第 5325 页。

③ 王溥：《唐会要》，中华书局 1955 年版，第 1706 页。

④ 刘昫等：《旧唐书》卷六十六，中华书局 1975 年版，第 2465 页。

⑤ 刘昫等：《旧唐书》卷一九九，中华书局 1975 年版，第 5331 页。

⑥ 刘昫等：《旧唐书》卷八，中华书局 1975 年版，第 175 页。

⑦ 马驰：《唐两京城坊考中所见仕唐蕃人族属考》，载《中国古都学会论文集》，山西人民出版社 1994 年版，第 154 页。

⑧ 葛晓音：《论唐前期文明华化的主导倾向——从各族文化的交流对初盛唐诗的影响谈起》，《中国社会科学》1997 年第 3 期。

北胡与京师杂处，娶妻生子，长安中少年有胡心矣。"胡人的形象和尚武任侠精神为唐代任侠风气的盛行注入了新鲜血液，他们中的一些人不但是唐代游侠中的一部分，而且胡姬酒肆及其风俗习性为唐代任侠风气增添了异域文化情调。

唐代统治者实行开放的政治文化政策，广泛吸取一切有益的政治文化因素。唐初，太宗等以隋亡为鉴，较少政治禁忌。中书、门下等机要之司，诏敕如有不稳便，皆须执论。官僚士大夫不论在朝在野，凡批评朝政，针砭时弊，议论激切，略无避隐，表现出难得的宽容，开创有唐一代开明政治的传统。同时又实行儒、道、佛三教并行政策，文禁颇为宽松，对各种社会思潮或予以兼容并包，或加以扶植改造，或听任自由，整个思想文化领域出现了异彩纷呈的局面，使先秦两汉、魏晋南北朝以来的侠文化和任侠风气得以继承和发扬，任侠之风便随之而独放一枝，与儒、道、佛合而成为唐代社会思想的四大潮流，亦与游宴、狎妓、求仙一起成为唐代社会闲适领域的四大潮流。

另外，安史之乱以后，藩镇、权贵私养刺客，任侠风气在"养士"之风中稍复衰变，唐末天下战乱频仍，盗贼多出，有才的文人武士，也多方寻求自己的出路，一部分有武艺的人，隐身江湖，行为特立独行，他们多被人视为侠士（剑客），而广大农民，有的亦被逼迫铤而走险。因此，安史之乱以后任侠风气的转变及其由盛而衰，还应该考虑到乱世的现实、政治上文武之途的失坠和经济上广大农民的破产这两方面的原因。

二、唐代任侠的地域分布及其侠风流变

唐代社会任侠风气炽盛，任侠者地域分布非常广泛。从唐代任侠之地域分布看，唐代任侠的地域分布表现出三个特点：一是北方关内（包括关内道、京畿道等）、山东（包括河南道、都畿道、河东道、河北道的绝大部分地域）任侠者占绝大部分，侠风较盛，而南方诸道较少。笔者采用开元十五道区划，通过对两《唐书》及一些史料笔记中所载有侠气侠行者的统计，唐

开元十五道中，共有任侠者约 146 人。其中京畿道 33 人，关内道 2 人，都畿道 8 人，河南道 17 人，河东道 15 人，河北道 31 人，山南东道 3 人，山南西道 1 人，陇右道 4 人，淮南道 1 人，江南东道 3 人，江南西道 1 人，（黔中道无），剑南道 4 人，岭南道 2 人。确切州县不详者 21 人。①

唐代任侠地域分布的第二个特征是都市任侠风气大大盛于民间乡野，这是唐及唐前任侠风气与宋元以来任侠风气在地域上表现出的明显差异。

都市与游侠，自游侠产生时起，就结下了不解之缘。主要原因在于繁荣的都市生活为游侠提供了生存的基础和行侠空间，而都市人口集中，成分繁杂，流动性大，各种职业的构成为游侠提供了得天独厚的隐身条件。同时，都市大多为政治经济和文化发达的地区，游侠也易于结交朋党，构筑各方面的人际关系，形成自我保护屏障。唐代都市繁荣，商业发达，为任侠风气的盛行提供了现实基础。自汉魏六朝以来，都市游侠少年和权贵子弟优游奢侈的任侠风气，更使都市日益成为任侠风气盛行的中心。从唐代史料和诗文小说等文学作品反映的情形看，唐代任侠之士绝大多数活跃于都市，且表现出以都市游侠少年的群体活动为形式的任侠特征。

唐代任侠风气在地域分布上表现出的第三个特征是在政治文化上表现为两个中心，即秦文化区的长安和燕赵文化区的藩镇，这两个中心都是具有任侠传统的地区。京师长安在初盛唐时侠风炽盛，安史之乱后性质稍变，但风气不改。河东、河北两道燕赵文化区自古侠风很浓，《隋书·地理志》云："前代称冀、幽之士钝如椎，盖取此焉。俗重气侠，好结朋党，其相赴死生，亦出于仁义。故《班志》述其土风，悲歌慷慨，椎剽掘冢，亦自古之所患焉。前谚云：'任官不偶遇冀部。'实弊此也。……太原山川重复，……俗与上党颇同，人性劲悍，习于戎马。离石、雁门、马邑、定襄、楼烦、涿郡、上谷、渔阳、北平、安乐、辽西，皆连接边郡，习尚与太原同俗，故自古言勇侠者，皆推幽、并云。"②安史之乱后，这一地区更成为侠刺之多发地。据不

---

① 汪聚应：《唐代侠风与文学》，中国社会科学出版社 2007 年版，第 94—95、418—447 页。

② 魏徵：《隋书·地理志》，中华书局 1975 年版，第 859—860 页。

完全统计，京畿道和河北道的任侠者是唐代诸道州府人数最多的。①

另外，从我们对唐代任侠者地域分布的统计看，任侠风气受地域风俗和文化传统的影响很明显。从大的分布看，北方是任侠分布较为广泛的地区，南方任侠分布则少而地域集中。相对而言，南方的徐、扬两地，有其传统任侠风气。徐州唐时属河南道，扬州属淮南道。《隋书·地理志》云，徐州"考其旧俗，人颇劲悍轻剽，其士子则挟任气节，好尚宾游，此盖楚之风焉"。②扬州"人性并躁劲，风气果决，包藏祸害，视死如归，战而贵诈，此则其旧风也"。③《三国志·魏书·刘晔传》也说："扬士多轻侠狡杰。"④楚越之地风俗，则纯然"好勇，其俗赴死而不顾"。⑤又《隋书·地理志》载汉阳临洮、宕昌等郡，"皆连氐、羌，人尤劲悍，性多质直。"⑥杜佑《通典》云：古荆州"杂以蛮左，率多劲悍。南朝鼎立，皆为重镇。然兵强财富，地逼势危，称兵跋扈，无代不有"。⑦又西南"蜀都，天府之国，金城铁冶，而俗以财雄，弋猎田池，而士多豪侈"。⑧

长安作为中心都市，自古就有其任侠传统。唐代的长安更是时代任侠风气的中心和游侠萃聚的渊薮，任侠风气从初唐到晚唐一直很盛，游侠的社会阶层包括了权贵豪富子弟、禁军侠少、都市民间游侠和闾里恶少。初盛唐长安游侠中，以权贵豪富子弟和禁军侠少的任侠活动为主流，其行为不外乎饮酒宿娼、走马射猎、斗鸡纵博、挟弹凌人，甚至报仇劫掠。中晚唐长安游侠风气为之衰变，以闾里恶少、刺客及一部分禁军侠少为任侠群体，攻剽劫掠，受财行刺，侠风中表现着衰世的恶薄和乱世的暴虐之行。

唐人任侠风气是伴随着唐王朝的兴衰而绵延始终的，表现出相当的兼容

---

① 汪聚应：《唐代侠风与文学》，中国社会科学出版社 2007 年版，第 94—95、418—447 页。

② 魏徵：《隋书·地理志》，中华书局 1975 年版，第 872 页。

③ 魏徵：《隋书·地理志》，中华书局 1975 年版，第 886—887 页。

④ 陈寿：《三国志·魏书》，中华书局 1959 年版，第 443 页。

⑤ 刘勰撰，林其锬、陈金凤集校：《刘子集校》，上海古籍出版社 1985 年版，第 252 页。

⑥ 魏徵：《隋书·地理志》中华书局 1975 年版，第 829 页。

⑦ 杜佑：《通典·州郡典》，中华书局 1988 年版，第 4892 页。

⑧ 陈子昂：《临邛县令封君遗爱碑》，《全唐文》卷二一五，中华书局 1983 年版，第 2172 页。

性、延续性和时代特征。唐人任侠风气的主流是以上层地主阶级为代表的权贵豪富子弟及士族中人，这种任侠风气本身表现着人们对自由、功名、享乐和奢侈生活方式的追求。因此，唐代游侠以立功边塞、游冶博猎、饮酒宿娼、斗鸡走马、挟弹飞鹰等为中心的任侠行为，也就包含了某种社会价值观念和时代精神，世俗的享乐和功利色彩很浓郁。

唐人任侠风气，在不同的历史阶段和不同阶层中，表现出不同的精神特质。初盛唐任侠风气以游侠少年为群体和形象代表，表现出对魏晋六朝任侠风气的继承和发扬，任侠精神表现为把侠的气质精神和形象与自身的人生理想和社会要求相结合，展现着高昂的时代精神。中晚唐任侠风气以刺客和剑侠为主体和形象代表，任侠精神表现着对战国两汉任侠风气的继承与发扬。所以，唐人任侠风气依据不同的任侠传统和任侠群体及表现出的任侠精神可详分为承变期(初唐)、高昂期(盛唐)、变衰期(中晚唐) 三个发展流变阶段。

从唐代任侠风气的发展流变看，初盛唐侠风是唐代任侠风气的代表和价值所在，在整体文化价值观念上具有某种一致性，但若详加分辨，就会发现初盛唐侠风的文化背景和现实环境存在着较为明显的差异。相对而言，初唐侠风受北朝尚武侠风的影响较大，功业意识较强。而盛唐侠风受南朝奢侈享乐侠风影响深，世俗生活气息浓厚。

魏晋南北朝时期，北方长期战乱，给人民带来了巨大的痛苦，但同时又孕育了绵延北魏、北齐、北周、隋唐几个朝代经久不衰的以勇武为尚的任侠风气。隋末，在亡隋和李唐王朝的建立过程中，统治者对侠的倚重和推崇，使唐初多豪侠之士，窦建德、薛举、刘武周、刘弘基、唐宪、杜伏威、刘黑闼、公孙武达、柴绍、丘和、李勣等一批侠义尚武之士，两《唐书》皆载其任侠行为。另外，初唐皇室宗子中亦多北朝侠风余韵，除李建成、太宗交游豪侠群盗外，淮安王神通、长乐郡王幼良、巢王元吉、滕王元婴等皆仗其地位，任侠放荡，骄恣纵横，与北朝粗侠无二。

贞观以来，尤其贞观末年，社会物质条件开始充裕，奢浮之风渐起，任侠风气中优游享乐的内容开始增多，初唐诗人的咏侠诗中对此多有描述。初唐高宗、武后时期，官吏任侠现象和广大市井民间任侠风气也盛行起来，以致高宗因关中饥馑，驾幸东都，武后时有司表税关市，都不能不顾忌游侠的存在。

初唐侠风中除了表现出尚武重气、奢侈享乐的内容外，建功立业的任侠精神值得注意。初唐离魏晋六朝不远，游侠少年边塞立功的任侠精神作为一种任侠传统也得到继承和发扬，而高宗、武后时期的统治者亦有招募猛士，征募游侠少年边塞征战的策略，因而边塞征战、立功引发了游侠儿对功名的追求，成为初唐任侠风气中积极向上的时代内容。

从侠的发展历史看，唐及唐前，任侠的主体在上层社会，其发展趋势是侠风中政治化、社会化色彩逐渐减弱，而世俗生活化色彩越来越浓。任侠日益成为权贵豪富少年的一种纵任性情的生活方式。先秦刺客游侠多出自公室、私门的宾客，更有所谓"卿相之侠"。汉代豪侠"权行州域，力折公侯"，与地方豪强、中央权贵多有交通。魏晋六朝少年游侠中也多权贵豪富子弟或士族郡姓，盛唐任侠群体更是这一任侠传统的最集中、最热烈的展示和最后的辉煌。从这点看，盛唐时代既是中国古代游侠最为辉煌的时代，也是唐人任侠的高昂期。"任侠与人们的功业理想和生活情趣融为一体，被赋予了积极的意义，它不再是一种带有区域性的民间风尚，而成了人同此心的一种精神上的追求。"① 与初唐相比，任侠风气进入盛唐确乎已成为一种时代风尚和社会思潮，渗透到了社会生活的诸多领域。一般说来，建功立业和任情任性是盛唐任侠精神的突出特点，也是盛唐时代精神的重要表征，二者在盛唐任侠风尚中高度地统一了起来。

从对任侠传统的继承看，盛唐任侠风气与南北朝侠风相融合，而且以南朝注重世俗享乐的侠风为重，其明确的标志是都市游侠的盛行和游侠少年优游奢靡的任侠风气。

都市游侠少年是盛唐任侠风气的中坚，他们将任侠视为放纵自我、满足生命欲望和逞富斗豪的一种生活方式。唐人咏侠诗诸如《结客少年场行》、《少年行》、《少年乐》、《少年子》、《轻薄篇》、《游侠篇》以及《长安少年

---

① 钟元凯：《唐诗的任侠精神》，《北京大学学报》1983 年第 4 期。

行》、《邯郸少年行》、《渭城少年行》、《汉宫少年行》等都有对盛唐游侠少年任侠生活的生动描写。这类都市游侠包括了权贵豪富侠少、禁军侠少和市井恶少，他们的任侠行为无非就是以纵任性情和享乐消遣为主的优游，诸如游冶博猎、饮酒宿娼之类，张扬着唐人自由通脱、纵情任性的那种追求人生享乐的时代精神。盛唐在边塞战事和追求建功立业的时代精神感召下，出现了将人生的功名追求、边塞时事与侠义精神联系起来，追求边塞立功的社会思潮，使边塞游侠儿的形象和生命情调成为盛唐任侠精神的重要组成部分。

盛唐任侠群体中一部分文人崇尚任侠精神并成为其中的一员。在他们身上往往表现着盛唐任侠精神中任情任性和功名追求的融合，崇高的责任感和人世的欲望并行不悖，功名理想和生活情趣紧密相联。高适、王昌龄、李白等都是这种时代精神的代表。

在唐代，安史之乱不但是历史发展的转折点，也是唐代任侠风气发展演变的标志，以此为界，初盛唐任侠风气与中晚唐表现出不同的精神风貌。因此，"中晚唐任侠风气表现出对先秦两汉侠风的皈依，先秦刺客精神、两汉豪侠风度、恶少侠盗横行、侠义抗暴复仇等构成了中晚唐任侠风气的突出特征"。[1] 刺客、剑侠成为中晚唐任侠群体的主流。

从侠风延续看，初盛唐权贵豪富游侠少年的任侠活动在中晚唐并未完全消退，但更多表现为一种"好把雄姿浑世尘，一切闲事莫因循。荆轲只为闲言语，不与燕丹了得人"。[2] 那种有其形而无其实的任侠行为，他们在乱世衰变的现实环境中已不是任侠群体的主流。

中晚唐任侠风气中，藩镇成为任侠活动的中心之一。安史之乱前，无论是自然区划的道，还是军事上的道，都不是唐朝的地方行政区划。开元天宝之际，玄宗为优容边将，便把采访使的职权交给某些藩镇，但并不是所有节度使都兼任采访使。安史之乱这一特定的历史条件，才使军事上的道和监察上的道合而为一，节度使掌握了地方军事、行政、财政、司法大权，道（方

---

[1]　汪聚应：《唐代任侠风气与豪侠小说创作》，《天水师范学院学报》2007 年第 3 期。

[2]　彭定求等：《全唐诗》卷六百四十三，中华书局 1960 年版，第 7375 页。

镇）遂成为地方行政区划中列于州上的一级行政区划，为藩镇成为任侠活动的中心提供了条件。这些藩镇首领或本自任侠，或蓄养游侠刺客，作为相互之间或与朝廷政治斗争的工具。诸藩镇中以李师道、王承宗、刘从谏、于頔父子及魏博节度使田承嗣为最。李师道、王承宗豢养刺客死士，因武元衡与裴度主张讨伐淮蔡而遣刺客刺杀武元衡，刺伤裴度。刘从谏性豪侈，常遣刺客游刺，天下怨怒，其刺客以甄戈为最狠毒，自称"伪荆卿"。于頔贞元十四年拜山南东道节度使，聚少侠狗马为事，日截驰道，纵击平人，豪取民物，官不敢问。其子于方亦与豪侠相交通。田承嗣及其祖田瞰、父田守义皆以豪侠闻，为兼并潞州，曾遣刺客刺杀薛嵩子薛雄。可见，中晚唐藩镇已成为名副其实的任侠中心。

中晚唐朝廷宰臣在与藩镇割据、朋党倾轧、宦官专权的斗争中也往往蓄养侠刺。但朝廷对此多有禁令，其势不能与藩镇相比。

中晚唐任侠风气中富于特色的是剑侠，他们或活跃于藩镇与朝廷之间，或活跃于广阔的市井民间社会生活中，或行游击刺、或复仇、或劫富财、或主持正义，唐人史料笔记中对此多有记载。应该说，唐代剑侠既是时代的产物，也有小说家的渲染，大致说来，对其剑术和奇异功能的过分渲染是小说家的有意创设，但中晚唐剑侠女子的复仇行为，剑客道士的路见不平拔剑相助的行为却有一定的现实基础，并非全是小说家的幻设。

另外，中晚唐也出现了一些恶少无赖的肆虐横暴之行和正义之士抗暴复仇的侠义行为，乱世色彩极浓。

第二节　唐代诗人及其咏侠诗创作

中国古代诗歌创作发展到唐代，已是大家星罗、流派竞繁的时代，而诗歌创作流派的出现和纷呈，是诗歌创作审美理想、内容风格多元化和创作繁荣的重要标志。唐代诗歌创作流派及其诗风流别，如果以不同时期不同流派的代表诗人而言，就有上官诗风、王孟诗风、高岑诗风、李白诗风、杜甫诗风、大历十才子诗风、韩孟诗风、元白诗风、温李诗风等。就当时和对后世影响、涉及的诗人群体以及创作时间之持久而言，"唐诗流派中无出山水田园诗派、边塞诗派以及咏侠诗派者。但从分类研究看，学术界对于山水田园诗、边塞诗及其流派研积丰厚、创获良多，而对唐代社会任侠风尚下的咏侠诗潮及其咏侠诗派却无多关注，甚而混迹于边塞诗中。"①

"从社会风尚与文学流派的关系看，唐代山水田园诗派的出现及其山水田园诗创作的繁荣，隐逸风尚起了促进作用；注重边功和中外文化的交流则促成了边塞诗的创作繁荣和盛唐边塞诗派的出现；而唐代社会任侠风尚则形成了绵延有唐一代的咏侠诗潮和咏侠诗派的产生。"②唐代歌咏游侠和侠义精神的诗歌创作在魏晋六朝的崛起，成为引人注目的文学现象。从史的角度看，咏侠诗产生于魏晋六朝，极盛于开元、天宝年间，流响不绝于中晚唐及其以后各个朝代。唐人咏侠诗的创作不仅数量远胜六朝，而且有一批精专此道的诗人和众多脍炙人口的诗作，反映的社会生活内容也更为丰富生动。举凡古游侠及其侠义精神的壮烈、少年游侠的豪荡不羁、边塞游侠少年的报国豪情、文人侠士的深沉情怀一概纳入篇翰，不像边塞诗那样表现出强烈的地域文化色彩，它是中国文学史上特定历史条件下传统侠义精神和时代精神相结合的产物。

本节立足对唐代初、盛、中、晚四个历史时期诗人与咏侠诗创作的整理，在论述唐代不同时期诗人与咏侠诗创作的同时，提出了唐代的咏侠诗派。

中国古代知识分子与游侠存在着非常有趣的微妙关系。侠及人们对侠崇仰敬慕的普遍心理，对于知识分子人格理想和行为规范具有突出的意义。不论是借侠补阳刚气质，"豪气一洗儒生酸"，还是将游侠作为自己理想人生三部曲中的首部乐章，少年游侠、中年游宦、晚年游仙，侠都那么紧密地贴近

---

① 汪聚应：《唐代诗人及其咏侠诗创作——兼论唐代的咏侠诗派》，《社会科学评论》2004 年第 3 期。

② 汪聚应：《唐代诗人及其咏侠诗创作——兼论唐代的咏侠诗派》，《社会科学评论》2004 年第 3 期。

文人。侠的现实存在、形象寄托和精神张扬，都成为提升文人人格品位的重要因素。

书剑人生、社会良知、鞍马之上的时代精神，以及匡时济世的人格理想，让文人知识分子和游侠之间有了某种相同的精神追求。文人任侠而有侠行可称，在中国古代并不鲜见，先秦、汉、唐、明、清皆有形可鉴，然气象精神的开创与张扬乃汉唐为先。汉代尤其东汉文人见义勇为，轻财重义，交友尚节，最具侠义精神，但并未形成一种任侠群体或成为游侠类型。唐代任侠被视作一种英雄气质，成为唐人身上的重要习性和当时社会普遍的价值观念。在全社会崇尚任侠风气中出现了文人任侠的高涨，尤其当时著名文人，如陈子昂、王翰、王之涣、孟浩然、李白、高适、韦应物、崔涯、张祜等，皆有侠行见于传载。由此，"唐代文人对侠的认同，从更深的缘由看，一是在科举中借任侠来标榜自我，借以扩大知名度进入仕途；二是冀求知己的'明主情结'。这二者功业精神和功利色彩都很重。当然，也不乏儒侠互补的因素和对侠的生命方式之美的发现。"[①]

唐代文人任侠，有一个以功利为中心的怪圈，因而对侠的认同和融入侠义精神有一个从利用到认同，由轻薄狂放到正义尚勇的自择力行的过程。就其表现出的"任侠行为和任侠精神看，主要有脱略小节、自由豪荡；重义尚节、轻财好施；冀求知己、快意恩仇"。[②]

唐代文人对侠的崇尚以及社会生活中许多具有侠气侠行的文人出现，在侠的形态类型中，使文人之侠经两汉以来的历史铸塑和现实磨炼，在唐代展现出更为多样的行为特征和丰富多彩的任侠精神，成为中国侠文化中一个完全成熟、血肉丰满的形象类型。同时，唐代文人通过自己的任侠活动将任侠精神引入更为广阔的现实人生和自身的人格精神中，又在魏晋六朝侠文化传统中融入了时代精神和自我的理想追求，创造了丰富生动的游侠形象，使侠

---

① 汪聚应：《唐代诗人及其咏侠诗创作——兼论唐代的咏侠诗派》，《社会科学评论》2004年第3期。

② 汪聚应：《唐代诗人及其咏侠诗创作——兼论唐代的咏侠诗派》，《社会科学评论》2004年第3期。

文化在唐代获得了价值的增容和巨大的文化内涵。

他们于游侠看重的是一种理想的生活方式、生命情调或气质精神，因而往往借侠把自己的豪情和向往倾泻于诗笔，形成自初唐至晚唐绵绵不断的咏侠诗潮。唐代的诗人，尤其是一些有名的诗人，大都有侠气或任侠的经历。这种心理或经历不但为他们的咏侠诗创作提供了直接的经验或题材，而且使咏侠诗极具现实内容，富含时代精神。李白《上安州裴长史书》云：

> 曩昔东游维扬，不逾一年，散金三十余万，有落魄公子，悉皆济之。此白之轻财好施也。又昔与蜀中友人吴指南同游于楚，指南死于洞庭之上。白禫服恸哭，若丧天伦，炎月伏尸，泣尽而继之以血。行路闻者，悉皆伤心。猛虎前临，坚守不动。遂权殡于湖侧，便之金陵。数年来观，筋骨尚在。白雪泣持刃，躬身洗削，裹骨徒步，负之而趋，寝兴携持，无辍身手，遂丐贷营葬于鄂城之东。故乡路遥，魂魄无主，礼以迁窆，式昭朋情。此则是白存交重义也。①

李白以自己的这种侠义行为上书安州长史，可以看出唐人对这种行为的肯定与赞誉。

从唐人的许多传记中，我们经常可以看到唐代文人任侠大多有少任侠使气，及长折节读书之类的共同语。事实上，这其中隐藏着唐人以儒改造游侠、重建侠义观念、振奋侠义精神的侠意识内容。"少年游侠，中年游宦，老年游仙"的人生三阶段，正是历代知识分子所羡慕和追求的最完满的人生境界，它同时又折射出儒、侠、隐的性格光彩。在唐代文人身上，这种光彩的性格特征具有普遍性，而以李白为代表。② 这种性格特征使唐人在保持任侠精神的同时，又以儒家功业追求和伦理道德来改造侠"以武犯禁"、"不轨于正义"的一面，形成自我侠、儒合一的人格精神。司马迁对游侠不轨于正义的一面做消极淡化处理，但儒家仁义伦理道德观念的引入实开唐人对侠"义化"改造之先河。和曹植以建安时期乱离中的功业理想引入任侠精神相

---

① 李白：《上安州裴长史书》，《全唐文》卷三四八，中华书局1983年版，第3532—3533页。
② 龚自珍：《最录李白集》云："庄、屈实二，不可以并，并之以为心，自白始；儒、侠、隐实三，不可以合，合之以为气，亦自白始。"

比，唐代文人以儒改造侠的内容比较广泛，而不只限于"捐躯赴国难"的功业一途，表现出对国家社会和个人命运的关怀，是一种新的时代的侠意识，这也使唐人咏侠诗具有了鲜明的时代性。

陈子昂富有侠气，也是唐代以儒改造侠的第一人。《新唐书·陈子昂传》云："子昂十八未知书，以富家子，尚气决，弋博自如。"① 卢藏用《陈子昂别传》亦云，陈子昂"始以豪家子，弛侠使气，至年十七八未知书。尝从博徒入乡学，慨然立志，因谢绝门客，专精坟典，数年之间，经史百家，罔不该览，尤善属文"。② 从这里可以看出，陈子昂在自己的行侠体验中感觉到侠的社会价值中所缺少的因素，追求功名进取，侠不能不借儒的内涵，因此折节读书，又不能忽视侠"立强于世"的精神，在任侠中隐藏着对现实社会政治的参与欲望。陈子昂《冬夜宴临邛李录事宅序》中赞扬"李录事吾土贤豪，义多于游侠"③。又在万岁通天元年(690)《上军国机要事》中主张将"粗豪游侠、亡命奸盗、失业浮浪、富族强宗者""悉募从军"，"以礼发遣"。④ 对游侠"悉募从军"、"以礼发遣"表现出儒教和用世之志。正如其《感遇》之三十四所说："自言幽燕客，结发事远游。赤丸杀公吏，白刃报私仇。避仇至海上，被役此边州。故乡三千里，辽水复悠悠。每愤胡兵入，常为汉国羞。何知七十战，白首未封侯。"⑤ 诗中幽燕游侠少年人生经历，体现着陈子昂为游侠设计的一条用世之路。

唐代文人既以儒家的用世精神对游侠进行义化改造，就不能不在两个方面着手：一是将游侠的犯禁行为通过从军追求功名以利导之；二是引入儒家伦理道德的仁、义观念，将仁、义等精神追求成为游侠人格精神的重要组成部分。从陈子昂开始，到初唐的文人咏侠诗中表现的侠意识就侧重于第一个方面。而从中唐文人咏侠诗直到晚唐豪侠小说，表现出的侠意识则倾向于第

---

① 欧阳修等：《新唐书·陈子昂传》卷一〇七，中华书局1975年版，第4067页。
② 《全唐文》卷二百三十八，中华书局1983年版，第2412页。
③ 《全唐文》卷二一四，中华书局1983年版，第2165页。
④ 《全唐文》卷二百一十五，中华书局1983年版，第2171页。
⑤ 《全唐诗》卷八十三，中华书局1960年版，第894页。

二个方面，刘叉《烈士咏》写道：

> 烈士或爱金，爱金不为贫。义死天亦许，利生鬼亦嗔。胡为轻薄儿，使酒杀平人。①

诗中明显表现出用儒家重义轻利的思想对侠的劝诫和警示。

又《偶书》云：

> 日出扶桑一丈高，人间万事细如毛。野夫怒见不平事，磨损胸中万古刀。②

而剑侠在诗人笔下几乎成了仁义忠孝的卫道士。吕言《赠剑客》诗云：

> 雨雪霏霏天已暮，金钟满劝抚焦桐。诗吟席上未移刻，剑舞筵前疾似风。何事行杯当午夜，忽然怒目便腾空。不知谁是亏忠孝，携个人头入坐中。③

从唐人对侠的正义化改造过程看，李德裕是颇有代表性的，他的《豪侠论》系统地反映了唐人的侠意识，表现着唐代文人的对侠义化改造的成果。其有云：

> 夫侠者，盖非常之人也。虽以然诺许人，必以节气为本。义非侠不立，侠非义不成，难兼之矣。所谓不知义者，感匹夫之交，校君臣之命，为贯高危汉祖者是也……此乃盗贼耳，焉得谓之侠哉！唯鉏麑不贼赵盾、承基不忍志宁，斯为真侠矣。淮南王惮汲黯，以其守节死义，所以易公孙弘如发蒙耳。黯实气义之兼者，士之任气而不知义者皆可谓之盗矣。然士无气义者，为臣必不能死难，求道必不能出世，……由是知士无气义者，虽为桑门，亦不足观矣。④

李德裕此论以儒家君臣伦理观念重新规范侠义精神，标举"义非侠不立，侠非义不成"，谓真侠须"义气相兼"，为人臣亦然，评价侠的标准只"义"一项。此论的出现，标志着"义侠"的崭露头角，而淘汰了其他一切不合义

---

① 刘义：《烈如承》，见《全唐诗》卷三百九十五，中华书局1960年版，第4447页。
② 刘义：《偶书》，见《全唐诗》卷三百九十五，中华书局1960年版，第4448页。
③ 吕言：《赠剑客》，见《全唐诗》卷八百五十七，中华书局1960年版，第9689页。
④ 李德裕：《豪侠论》，见《全唐文》卷七百九，中华书局1983年版，第7277页。

之侠，在中国侠的"义化"改造中具有划时代的意义。让侠通过"赴国难"立功封赏，加官晋爵，成为忠义之臣，让侠追随清官辅法安良，都与这一侠意识的确立分不开。它表明，中国侠的行为观念从先秦的"士为知己者死"到唐代的"义气相兼"，侠亦由"轻死重气"的人格精神迈向"轻死重义"的伦理规范①，文人化色彩渐浓，侠意识的内容也越来越倾向于集中与突出儒家正义伦理道德。侠和侠文化在与上层正统文化不断的对立整合中回归主流文化圈中。

据笔者统计，唐代有一百五十多位诗人参与了咏侠诗的创作，共创作咏侠诗四百多首。一些大诗人，如初唐四杰、陈子昂、孟浩然、王昌龄、高适、王维、李白、杜甫、岑参、李颀、韦应物、李益、张籍、王建、韩愈、柳宗元、刘禹锡、吕岩、贾岛、贯休、司空图等，都是唐代咏侠诗创作的重要作家。② 从唐代咏侠诗派形成看，唐人咏侠诗继承了魏晋以来咏侠诗创作传统，并以其豪情壮举、精深内涵和艺术创新，在咏侠诗发展史上树起了一座丰碑。而边塞战事与文人功业意识的驱动、侠风浸润和魏晋六朝咏侠文学的哺育、"胡风"的助力与激荡，使唐人咏侠诗能够在有价值的文化传统中孕育启发，又在新的时代气氛中茁壮成长。而炽烈之侠风，亦使任侠成为唐人身上的重要习性和当时普遍的价值观念。侠的现实存在、形象寄托和精神张扬成为丰富、提升文人人格精神的重要因素，借侠以养成与儒、释、道互补的健全人格，就成为文人的自觉追求。诗人们将事功的辉煌与人生的享乐相融合，将物质欲望与精神的审美相统一，为咏侠诗创作打开了新的天地，形成自初唐至晚唐绵绵不断的咏侠诗潮，并在风格和任侠精神上表现出某种共同的创作倾向，形成了与山水田园诗派、边塞诗派鼎足而立的唐人咏侠诗派。

一般说来，唐代社会政治、经济、文化的发展表现出初、盛、中、晚不同的气象，受其影响，唐人任侠风气、诗人的创作倾向、咏侠诗的创作内容等也在不同时期表现出不同的时代风格和精神。

---

① 王新苟：《试论杜甫对唐代侠义精神的认识》，《语文教学通讯》2014 年第 3 期。
② 汪聚应：《唐代诗人及其咏侠诗创作》，《社会科学评论》2004 年第 3 期。

　　初唐是咏侠诗创作的承变期。魏晋六朝的任侠风尚和咏侠诗创作对当时任侠风气和诗人产生了较大的影响，尤其是魏晋六朝咏侠诗中塑造的游侠形象与当时鞍马时代的价值观念相合拍，因而初唐诗人歌咏游侠，体现的就是鞍马时代的英雄和"功名只向马上取"的时代精神。另一方面，唐初的一些开国元勋多侠客出身或与侠义有关，其子弟亦受濡染，因而权贵豪富游侠少年的任侠活动在当时有显赫的声势，他们也无疑成为咏侠诗歌咏的对象。从创作形式看，初唐咏侠诗的创作一是采用拟古或拟意的古题乐府，通过对古游侠的歌咏，结合边塞立功的时代精神，寄托诗人的侠义崇尚，赋予古游侠深沉的功业意识。二是通过咏史、送别、述怀、寄赠等形式，借侠自抒胸臆，其格局和气象多限于个人的狭小天地。

　　初唐"咏侠诗人，有虞世南、魏征、郭元振、卢照邻、骆宾王、杨炯、陈子昂、虞羽客、孔绍安、陈子良、崔融、张易之、郑愔、刘希夷、李峤、王绩、张昌宗等，其中杰出的代表是'四杰'中的杨炯、卢照邻、骆宾王和陈子昂。这时的咏侠诗创作，是魏晋六朝咏侠诗潮的余续，主要是拟古或拟意的古题乐府，如《刘生》、《结客少年场行》、《从军行》、《缓歌行》、《轻薄篇》、《白马篇》、《游侠篇》、《骢马》、《紫骝马》等，也有一些通过咏史、怀古、赠别等形式借侠自抒怀抱的诗篇。这时诗中歌咏的游侠形象多为古游侠。从创作风格看，这时的咏侠诗创作大致可分前后两个时期，以四杰和陈子昂的出现为标志。前期的咏侠诗创作承魏晋六朝，多拟古拟意之作，后期逐渐转移到对现实任侠风尚的描写和自我胸臆的抒发，诗题开始灵活多样，摆脱了拟古的形式。"① 从创作内容看，除了描绘古游侠的侠义人格精神和游侠少年的优游内容外，主要表达着诗人的功业追求和重侠轻儒的时代意识。

　　初唐文人士子亦看重军功，"功名只向马上取"成为初唐社会的价值观念。如唐初政策多有鼓励尚武勇猛有功之士，以勋官酬功，法定勋官"据令乃与公卿齐班"，② 并按勋阶给永业勋田、免其徭役等。武则天仪凤二年十二

---

① 汪聚应：《唐代诗人及其咏侠诗创作》，《社会科学评论》2004 年第 3 期。
② 刘昫等：《旧唐书》卷四十二，中华书局 1975 年版，第 1808 页。

月下诏："克清服荒，必寄英奇。但秦雍之郊，俗称劲勇，汾晋之壤，人擅骁雄。宜令关内、河东诸州，广求猛士……有膂力雄果、弓马灼然者，咸宜甄採，即以猛士为名。"① 她还下诏，只要有堪任将帅者，文武官员都可直接向她推荐。② 故唐初尚武重边功，如贞观中举明经的裴行俭从大将军苏定方授用兵奇术，后来屡立边功；③ 娄师德，贞观进士，高宗时吐蕃犯塞，上表请为猛士，有战功，后"专综边任，前后三十余年"。④ 张说"弱冠应诏举，对策乙第"，后屡建边功，出将入相。⑤ 所以说，初唐诗人向往边塞、亲至边塞、从军入幕者不在少数，从唐诗中很多送人从军的热情诗篇中可见一斑。由于从军和任侠精神的合拍，使之成为文人的一种品格和追求，于是咏侠诗中功业意识也就成为豪放意气的表现。加之初唐许多诗人以任侠为尚，因而先秦两汉游侠就成为他们讴歌的英雄。

就初唐诗坛看，初期游侠题材较少，虞世南《结客少年场行》、魏征《述怀》等诗篇写到游侠，但全篇并非以游侠为中心。四杰和陈子昂出现在诗坛后，这种情况发生了变化。闻一多先生说："宫体诗在卢骆手里是由宫廷走到市井，五律到王杨的时代是从台阁移至江山与塞漠。"⑥ 诗歌创作倾向的这种变化，不但使游侠开始成为唐诗歌咏的对象，为初唐诗坛吹进了一股生气，平添了刚健的风骨，而且使初唐代咏侠诗透出浓浓的"边塞气"和"市井气"。因此，就这一点说，四杰和陈子昂也是唐代咏侠诗创作的首开风气者和杰出代表。诗歌创作环境和内容的变化，也从另一个方面暗示了文人与游侠的关系。据笔者统计，初唐诗坛，共有近 20 位诗人创作了近 50 首咏侠诗。其中四杰（不包括王勃）共 22 首，占了将近一半，陈子昂 7 首。这些诗，除了拟古拟意之作外，诸如咏史、怀古、赠别等已借游侠之歌咏，体现着较

① 宋敏求：《唐大诏令集》卷一百二《求猛士诏》，商务印书馆 1959 年版，第 520 页。
② 宋敏求：《唐大诏令集》卷一百二《文武官及朝集使举堪将帅诏》，商务印书馆 1959 年版，第 521 页。
③ 刘昫等：《旧唐书》卷八十四，中华书局 1975 年版，第 2801 页。
④ 刘昫等：《旧唐书》卷九十三，中华书局 1975 年版，第 2976 页。
⑤ 刘昫等：《旧唐书》卷九十七，中华书局 1975 年版，第 3049 页。
⑥ 闻一多：《唐诗杂论·四杰》，上海古籍出版社 1998 年版，第 25 页。

为深厚的现实内容。初唐的咏侠诗创作，其内容主要表现为：采用拟古或拟意的古题乐府，通过对古游侠的歌咏，寄托诗人的侠义崇尚和功业追求，特别是把这种功业追求与立功边塞和报国报恩的侠义精神结合在一起，赋予了古游侠深沉的功业和国家意识，并常常通过儒侠对比表现出对儒生的睥睨。

唐初诗人歌咏古游侠的乐府古题主要有两个：一是《刘生》，一是《结客少年场行》，此二题虽继承六朝咏侠诗题，但内容已不同于魏晋六朝。如同为《刘生》这一古题，六朝诗人表现的是这位豪侠的意气和优游，而唐初诗人却赋予了其浓厚的功业追求。卢照邻《刘生》云：

> 刘生气不平，抱剑欲专征。报恩为豪侠，死难在横行。翠羽装剑鞘，黄金饰马缨。但令一顾重，不吝百身轻。①

杨炯《刘生》：

> 乡家本六郡，年长入三秦。白璧酬知己，黄金谢主人。剑锋生赤电，马足起红尘。日暮歌钟发，喧喧动四邻。②

在这两首《刘生》诗中，"刘生"这一侠者为国家而欲专征的牺牲精神和英雄气概，比六朝诗人笔下的刘生形象有了更进一步的发展，初唐诗人笔下的刘生更接近民族英雄的形象。③ 这是唐代鞍马时代精神的折射，有作者的功业意识和时事投影。再如《结客少年场行》，这是唐初咏侠诗中使用

---

① 彭定求等：《全唐诗》卷十八，中华书局 1960 年版，第 199 页。

② 彭定求等：《全唐诗》卷五十，中华书局 1960 年版，第 612 页。

③ 魏晋六朝歌咏刘生的咏侠诗，陈代有四首，它们是：张正见《刘生》："刘生绝名价，豪侠恣游陪。金门四姓聚，绣毂五香来。尘飞玛瑙勒，酒映砗磲杯。别有追游夜，秋窗向月开。"（见逯钦立：《先秦汉魏晋南北朝诗》，陈诗卷二，中华书局 1983 年版，第 2480 页）徐陵《刘生》："刘生殊倜傥，任侠遍京华。戚里惊鸣筑，平阳吹怨笳。俗儒排左氏，新室忌汉家。高才被摈压，自古共怜嗟。"（同上，陈诗卷五，第 2527 页）江晖《刘生》："五陵多美选，六郡尽良家。刘生代豪荡，标举独荣华。宝剑长三尺，金樽满百花。唯当重意气，何处有骄奢。"（同上，陈诗卷九，第 2605 页）江总《刘生》："刘生负意气，长肃且徘徊。高论明秋水，命赏陟春台。干戈倜傥用，笔砚纵横才。置驿无年限，游侠四方来。"（同上，陈诗卷七，第 2570 页）梁代以"刘生"为题的有两首：萧绎《刘生》："任侠有刘生，然诺重西京。扶风好惊坐，长安恒借名。榴花聊夜饮，竹叶解朝酲。结交李都尉，遨游佳丽城。"（同上，梁诗卷二五，第 2034 页）；另一首为《东平刘生歌》："东平刘生安东子，树木稀，屋里无人看阿谁。"（残句）（同上，梁诗卷二九，第 2158 页）。

较多的乐府古题,事实上,唐代这一诗题包含的意义容量已较六朝咏侠诗大。因为在乐府诗题中,《结客少年场》和《结客少年场行》其表现内容是不尽相同的。《乐府诗集》卷六六"杂曲歌辞六"、"结客少年场行"题下载:"按结客少年场,言少年时结任侠之客,为游乐之场,终而无成,故作此曲也。""《乐府解题》曰:'结客少年场行,言轻生重义,慷慨以立功名也。'"①初唐诗人咏侠诗中只借用《结客少年场行》这一乐府古题,而又融入了"结客少年场"的表现内容。如卢照邻、虞世南、孔绍安等人的《结客少年场行》。当然,初唐人还是看重"轻生重义,慷慨以立功名"的内容。如虞羽客《结客少年场行》:

> 幽并侠少年,金络控连钱。窃符方救赵,击筑正怀燕。轻生辞凤阙,挥袂上祁连。陆离横宝剑,出没惊徂旃。蒙轮恒顾敌,超乘忽争先。摧枯逾百战,拓地远三千。骨都魂已散,楼兰首复传。龙城含晓雾,瀚海隔遥天。歌吹金微返,振旅玉门旋。烽火今已息,非复照甘泉。②

此诗借古题写时事,游侠少年体现出初唐积极向上的时代精神。"它说明这些乐府旧题,在初唐诗人笔下已不是传统主题的复述和翻版,而是将任侠精神赋予了时代内容,开始和现实生活打成一片。"③

初唐咏侠诗的另一个创作内容,主要是通过咏史、送别、述怀、寄赠等形式,借侠自抒胸臆。在这类咏侠诗中,侠与其说是一种历史存在,毋宁说是一种形象的借用或气质精神的张扬。骆宾王和陈子昂这方面的创作较多,如骆宾王《送郑少府入辽共赋侠客远从戎》:

> 边烽警榆塞,侠客渡桑乾。柳叶开银镝,桃花照玉鞍。满月临弓影,连星入剑端。不学燕丹客,空歌易水寒。④

诗人借游侠送别,以边塞时事为背景,描绘了从军将士的侠者风采和英

---

① 见郭茂倩:《乐府诗集》卷六六,中华书局1979年版,第948页。
② 彭定求等:《全唐诗》卷二十四,中华书局1960年版,第322页。
③ 汪聚应:《唐代诗人及其咏侠诗创作》,《社会科学评论》2004年第3期。
④ 彭定求等:《全唐诗》卷七十八,中华书局1960年版,第843页。

雄气概，鄙视荆轲的名就功不成，并以此激励朋友建功立名。

陈子昂是初唐借侠咏史怀古自抒胸臆且富于侠气侠行的诗人，他的咏侠诗创作中没有拟古或拟意的古题乐府，如《感遇》之十六、三十四、三十五等。其三十五云：

> 本为贵公子，平生实爱才。感时思报国，拔剑起蒿莱。西驰丁零塞，北上单于台。登山见千里，怀古心悠哉。谁言未忘祸，磨灭成尘埃。①

诗人俯仰天地，悲忧陈词，确实达到了"音情顿挫，光英朗练"的境界，诗中涌动着一股不可抑制的豪侠之气，是诗人为侠"尚气决"的诗化表达。而《蓟丘览古赠卢藏用七首》中《乐生》、《燕太子》、《田光生》三首，借古游侠宣泄了自己报国的壮志和怀才不遇的苦闷。卢藏用《陈子昂别传》载，陈子昂登进士而未授官，诣阙上书："言王霸大略，君臣之际，甚慷慨焉。"后奉使从建安王武攸宜出征，"感激忠义，常欲奋身以答国士，自以官在近侍，又参预军谋，不可见危而惜身苟容"，因而"乞分麾下万人以为前驱"。及言不见用，作《蓟丘览古赠卢藏用七首》及《登幽州台歌》。② 如《燕太子》：

> 秦王日无道，太子怨亦深。一闻田光义，匕首赠千金。其事虽不立，千载为伤心。③

又《田光先生》：

> 自古皆有死，徇义良独稀。奈何燕丹子，尚使田生疑。伏剑诚已矣，感我涕沾衣。④

这两首诗借燕丹子和田光之咏，表达了对古游侠的礼贤下士和轻死重义的崇敬，抒发了自己深沉的现实身世之感。

初唐诗人的咏侠诗创作，虽已表现出不同于魏晋六朝的气象，体现了一定的现实内容，但其格局和气象多限于个人的狭小范围。艺术上除了骆宾王

---

① 彭定求等：《全唐诗》卷八十二，中华书局 1960 年版，第 894 页。
② 卢藏用：《陈子昂别传》，《全唐文》卷二百三十八，中华书局 1983 年版，第 2412—2413 页。
③ 彭定求等：《全唐诗》卷八十三，中华书局 1960 年版，第 897 页。
④ 彭定求等：《全唐诗》卷八十三，中华书局 1960 年版，第 897 页。

和陈子昂外，其余皆较平庸，因袭成分多。陈子昂咏侠诗显得纵横开阔，气象宏大，"他不但把自己的任侠经历、出塞体验和豪情融入了咏侠诗的创作，而且以'风骨'、'兴寄'的艺术追求，为盛唐咏侠诗的创作提供了成功的艺术借鉴。"①

"盛唐是唐人任侠风气炽盛的时期，也是咏侠诗创作的繁荣期。"② 在全社会普遍的任侠风气下，游侠儿的形象和生命情调已成为时代精神的象征。诗人以昂扬饱满的激情和前所未有的乐观自信高咏游侠，以其恢弘博大的声势和咏侠诗篇，形成了绵绵不断的咏侠诗潮，并将魏晋六朝和初唐诗人的咏侠诗创作推向高峰。孟浩然、王维、李白、王昌龄、高适、岑参等在咏侠诗创作中表现了时代的最强音。尤其李白，他不但是文人任侠的楷模，而且一人创作咏侠诗五十多首，是唐代诗人中咏侠诗创作最多的一位。

相对于初唐，盛唐诗人歌咏游侠，具有一种新的时代精神和昂扬向上的人格力量，这是初唐咏侠诗不完全具备的。初唐人咏侠，虽有慷慨武毅之气、功业追求，但缺乏一股总揽天地的纵横之气和国家、民族的功业意识。王翰"日与才士豪侠饮乐游畋"，仍是"长安少年无远图，一生惟羡执金吾"。③ 即便是四杰，也只是"报恩为豪侠，死难在横行"，"宁为百夫长，胜作一书生"，④ 其格局还是挣不脱个人的狭小天地。直到陈子昂和李白的咏侠诗中，这种状况才完全改观。因而"盛唐诗人在咏侠诗创作中，主要表现出两种创作倾向：一方面诗人将游侠置于天地之间的显著位置——边塞、市井，将游侠儿身上体现出的功业意识自觉地与对国家、民族高度的责任感紧密结合；另一方面诗人将附丽于游侠儿本身的青春豪迈视为一种自由通脱的人生理想和精神追求，甚至其纵情恣意的薄行，也被视为一种高朗跳跃的生命存在。唐人这种以游侠儿的形象和生命情调为表现中心的少年精神，正是

---

① 汪聚应：《唐代诗人及其咏侠诗创作》，《社会科学评论》2004 年第 3 期。
② 汪聚应：《唐代诗人及其咏侠诗创作》，《社会科学评论》2004 年第 3 期。
③ 彭定求等：《全唐诗》卷一百五十六，中华书局 1960 年版，第 1602 页。
④ 彭定求等：《全唐诗》卷五十，中华书局 1960 年版，第 611 页。

盛唐咏侠诗的主体和价值所在，是时代精神的体现和盛唐气象的艺术表征之一。"① 如王维《少年行》四首云：

新丰美酒斗十千，咸阳游侠多少年。相逢意气为君饮，系马高楼垂柳边。（一）

汉家君臣欢宴终，云台高议论战功。天子临轩赐侯印，将军佩出明光宫。（二）

出身仕汉羽林郎，初随骠骑战渔阳。孰知不向边庭苦，纵死犹闻侠骨香。（三）

一身能擘两雕弧，虏骑千重只似无。偏坐金鞍调白羽，纷纷射杀五单于。②（四）

这组诗歌纵横开阖，意气贯通，四首连成一体，歌咏了游侠少年生活的几个画面，如同屏风四扇，共同表达了一个完整的主题，而每一扇又是一个完整的场面，描绘出游侠儿的昂扬意气、爱国之志、勇武精神和功业荣耀。在这章组诗中，诗人先将这位游侠少年置于市井酒楼，突出意气相尚的侠气，然后在辽阔的边塞和重敌中集中描绘这位游侠少年的英勇善战、不畏边苦、为国牺牲的精神和卓越战功，"场面宏大热烈，时空转移快，场景开合有致。豪侠意气、功业追求二而合一，气冲斗牛，寄意遥深。这种体式和气势在唐人咏侠诗中并不多见。"③ 盛唐时代的尚侠风气如此浓烈，使得诗人不但以侠许人，而且以侠自诩，极力张扬自己的尚武任侠意识，向往一种激荡奔腾的生活和隆重的功业荣耀。王昌龄《杂兴》云："握中铜匕首，粉剉楚山铁。义士频报仇，杀人不曾缺。"④ 杜甫《遣怀》："白刃仇不义，黄金倾有无。杀人红尘里，报答在斯须。"⑤ 高适《邯郸少年行》："千场纵博家仍富，

---

① 汪聚应：《唐代诗人及其咏侠诗创作》，《社会科学评论》2004 年第 3 期。
② 彭定求等：《全唐诗》卷二十四，第 324 页。按《乐府诗集》将第四首作第二首。（见《乐府诗集》卷六十六，中华书局 1979 年版，第 954 页）
③ 汪聚应：《唐代诗人及其咏侠诗创作》，《社会科学评论》2004 年第 3 期。
④ 彭定求等：《全唐诗》卷一百四十一，中华书局 1960 年版，第 1430 页。
⑤ 彭定求等：《全唐诗》卷二百二十二，中华书局 1960 年版，第 2359 页。

几度报仇身不死。"①这种对动辄以杀人相尚、纵博豪荡侠行的礼赞，是盛唐诗人意气的一种特定表达方式。他们看重的是这种行为和这种行为过程本身的潇洒快意，而毫不顾忌这种行为的结果和道德规范、法律条例。

在诸多的诗人中，李白是盛唐咏侠诗人的杰出代表。他的身上几乎包容了盛唐时代所体现出的全部尚武任侠精神，诗人以独有的浪漫气质，使这种对侠和侠气、侠情的歌咏更富时代气息和世俗生活情趣，将对游侠的歌咏推向了一个更高的层次和更广泛的生活中。

李白的咏侠诗在盛唐是最为典型的，其诗中的游侠形象更具风神和时代色彩，在体现盛唐咏侠诗的内容时，一方面极力张扬游侠儿的自由无禁和豪放。如《少年行三首》，其一云：

> 君不见淮南少年游侠客，白日毬猎夜拥掷。呼卢百万终不惜，报仇千里如咫尺。少年游侠好经过，浑身装束皆绮罗。蕙兰相随喧妓女，风光去处满笙歌。骄矜自言不可有，侠士堂中养来久。好鞍好马乞与人，十千五千旋沽酒。赤心用尽为知己，黄金不惜栽桃李。桃李栽来几度春，一回花落一回新。府县尽为门下客，王侯皆是平交人。……②

诗中描绘的淮南游侠儿豪荡放纵的游侠生活，自由无拘的浪漫精神，体现出诗人自己无尽的企慕和向往。所以诗人也热情洋溢地抒写自己的任侠生活："结发未识事，所交尽豪雄……托身白刃里，杀人红尘中。"③其《叙旧赠江阳陆宰调》，描述诗人自己当年任侠及与友人一起突出五陵游侠少年重围的情景。

另一方面，诗人又不仅仅满足于渲染这种任侠优游的表面声势，在盛唐诗人的咏侠诗中，不仅描绘了游侠少年热烈奢浮的任侠生活和诗人的向往，留下许多以《少年行》、《少年子》、《邯郸少年行》、《长安少年行》、《渭城少年行》、《长乐少年行》等为题的咏侠诗。同时，诗人还以极强的可塑性将自己的生命激情融入建功立业的时代潮流中。如王昌龄《塞下曲》、崔颢《游

---

①　彭定求等：《全唐诗》卷二十四，中华书局1960年版，第329页。

②　彭定求等：《全唐诗》卷一百六十五，中华书局1960年版，第1712页。

③　彭定求等：《全唐诗》卷一百六十八，中华书局1960年版，第1731页。

侠篇》、王维《燕支行》、戎昱《出军》、高适《邯郸少年行》等。李白也是这方面的佼佼者，他所认可的任侠精神，也包含着浓厚的功名追求。他不仅称赞古代游侠的显赫功名，而且在咏侠诗中借边塞游侠儿的形象寄托自己的人生理想。如《侠客行》竭力张扬了侯嬴、朱亥"千秋二壮士，煊赫大梁城。纵死侠骨香，不惭世上英"的千秋功名。①《行行游且猎篇》描绘了一位武艺高强的边塞游侠儿，发出"儒生不及游侠人，白首下帷复何益?"的深沉感叹。《幽州胡马客歌》和《白马篇》都歌咏了游侠儿从军边塞，英勇无畏的侠义壮举和不朽功名。

与初唐咏侠诗不同的是，盛唐诗人歌咏游侠，"往往将游侠身上体现出来的纵张性情的任侠精神和功业追求和谐地统一起来，体现着盛唐游侠饱满的风采和多质性的一面，使盛唐咏侠诗中体现出的任侠精神，崇高的责任感和人世的欲望并行不悖，理想的光辉和生活的情趣紧密相联。这无疑是盛唐恢弘博大、高朗向上的时代精神赋予游侠世界的一种生命情调。"②李白《白马篇》、王维《少年行》、高适《邯郸少年行》就成为唐人咏侠诗的精华和极富时代精神的内容。

盛唐诗人对功名成就的积极追求更盛于初唐。因此，从盛唐咏侠诗的创作倾向看，诗人在对古游侠的歌咏中，表现出对功业的持重和对任侠精神新的诠释。在盛唐诗人看来，侠不但要"以功见言信"，而且要有健全的人格精神。这使盛唐诗人对古代侠义之士的歌咏体现着昂扬乐观的时代理性，从盛唐诗中对荆轲的评价态度就可以看出。如王昌龄《杂兴》云："可悲燕丹事，终被虎狼灭。一举无两全，荆轲遂为血。诚知匹夫勇，何取万人杰。"③李白云："燕丹事不立，虚没秦帝宫。武阳死灰人，安可与成功?"④刘叉诗言："白虹千里气，血颈一剑义。报恩不到头，徒作轻生士。"⑤汪遵亦云："匕首

---

① 彭定求等:《全唐诗》卷一百六十二，中华书局1960年版，第1688页。

② 汪聚应:《唐代诗人及其咏侠诗创作》,《社会科学评论》2004年第3期。

③ 彭定求等:《全唐诗》卷一百四十一，中华书局1960年版，第1430页。

④ 彭定求等:《全唐诗》卷二十四，中华书局1960年版，第322页。

⑤ 彭定求等:《全唐诗》卷三百九十五，中华书局1960年版，第4446页。

空磨事不成……青史徒标烈士名。"①表现出盛唐诗人对荆轲名就功不成的侠名毫不苟同。另外，李白在《东海有勇妇》中，批评了要离、豫让不足取的侠名，高咏东海勇妇的侠行义举，指出："十子若不肖，不如一女英。豫让斩空衣，有心竟无成。要离杀庆忌，丈夫素所轻。妻子亦何辜，焚之买虚名，岂如东海妇，事立独扬名。"②

总之，在盛唐诗人笔下，对游侠的歌咏，"除了现实历史存在的游侠形象外，已更多地将侠衍变为一种对侠义气质的追求，一种人生境界的向往，一种理想人格的崇拜。咏侠诗歌咏对象内涵的赋新和外延的引申，体现出艺术容量和审美空间的扩大，即使沿用乐府，唐人也生发出许多变体和新题。因而盛唐咏侠诗人能够完全跳出魏晋六朝和初唐咏侠诗的窠臼，纵横驰骋于侠的世界，并以神采飞扬的时代精神和丰富多彩的艺术形式创造了咏侠诗中的高峰。"③

进入中晚唐，咏侠诗的创作已呈现出不同于初盛唐那种古朴浑厚的气象和高朗健远的精神，但其形式更为圆熟，七言律绝、五言律绝等已大量出现在咏侠诗创作中。受社会动荡和侠风衰变的影响，这时咏侠诗的创作表现出四个方面的特色：一是诗人极力表现游侠的及时行乐，一些诗篇虽言及功业，但少了初唐诗人的执着和盛唐诗人的天真与浪漫；二是对"侠义"的突出强调和寄寓诗人知己难求、怀才不遇的时代苦闷；三是集中表现剑侠的侠行义胆、公平正义，道教神秘色彩浓厚，"表现出某种神秘的幻化色彩，少了盛唐人的理想、情趣和青春热情，与现实生活渐远渐离，剑侠成为歌咏的主要对象，这在晚唐咏侠诗中有显著表现"④；四是从表现现实中的少年游侠转向了咏史、怀古中古游侠，从富含理想的侠义精神转向了追求公平正义，艺术上多用律诗、绝句，形式精美，咏侠诗更加文人化，标志着唐人对侠的文学表现已开始由诗歌向小说过渡，咏侠诗创作渐趋衰落。

---

① 彭定求等：《全唐诗》卷六百二十，中华书局 1960 年版，第 6957 页。
② 彭定求等：《全唐诗》卷一百六四，中华书局 1960 年版，第 1699 页。
③ 汪聚应：《唐代诗人及其咏侠诗创作》，《社会科学评论》2004 年第 3 期。
④ 汪聚应：《唐代诗人及其咏侠诗创作》，《社会科学评论》2004 年第 3 期。

当然，这一转变并非如刀砍斧劈般泾渭分明，还是存在一个短暂的过渡。从大历前后咏侠诗创作看，一些诗仍表现出盛唐余韵，这些作者生长于开元、天宝间，经历过盛世兴况，故其文化精神和诗歌创作美学精神仍有盛唐风采。如戎昱《上湖南崔中丞》："千金未必能移性，一诺从来许杀身。莫道书生无感激，寸心还是报恩人。"① 韦应物《寄畅当》："丈夫当为国，破敌如摧山。何必事州府，坐使鬓毛斑。"② 钱起《送崔校书从军》："宁唯玉剑报知己，更有龙韬佐师律。"③ 韩翃《赠张建》："结客平陵下，当年倚侠游，传看辘轳剑，醉脱骅骝裘。翠羽双鬟妾，珠帘百尺楼。春风坐相待，晚日莫淹留。"④ 又其《送孙泼赴云中》写道："黄骢少年舞双戟，目视旁人皆辟易。百战能夸陇上儿，一身复作云中客。寒风动地气苍茫，横吹先悲出塞长。敲石军中传夜火，斧冰河畔汲朝浆。前锋直指阴山外，虏骑纷纷胆应碎。匈奴破尽人看归，金印酬功如斗大。"⑤ 以上诸位诗人的咏侠诗创作仍有盛唐气象，体现着盛唐美学精神，但已经渐渐远离了盛唐咏侠诗的雄浑壮美。

中唐咏侠诗的创作数量较为可观，有近40位作者的近百篇作品，但气象与热情已与盛唐不可同日而语。这是自安史之乱后，国势衰退，人们少了进取的动力和理想，而多了某种及时行乐的消极色彩，况且中唐一个时期内城市经济比较发达，更助长了这种倾向。体现在咏侠诗中，就是许多以《少年行》、《少年乐》、《公子行》、《羽林行》、《羽林郎》等为题的诗篇大都极力渲染奢浮之气和享乐色彩。盛唐人也重享乐，但时代精神和诗人心态却是自信、乐观、向上，与中唐的及时行乐色彩不同。当然也有一些诗篇能够像盛唐诗人那样包含功业追求，如令狐楚《少年行》四首：

　　少小边州惯放狂，骁骑蕃马射黄羊。如今年事无筋力，犹倚营门数雁行。

① 彭定求等：《全唐诗》卷二百七十，中华书局1960年版，第3016页。
② 彭定求等：《全唐诗》卷一百八十八，中华书局1960年版，第1919页。
③ 彭定求等：《全唐诗》卷二百三十六，中华书局1960年版，第2603页。
④ 彭定求等：《全唐诗》卷二百四十四，中华书局1960年版，第2736页。
⑤ 彭定求等：《全唐诗》卷二百四十四，中华书局1960年版，第2729页。

家本清河住五城，须凭弓箭得功名。等闲飞鞚秋原上，独向寒云试射声。

弓背霞明剑照霜，秋风走马出咸阳。未收天子河湟地，不拟回头望故乡。

霜满中庭月过楼，金樽玉柱对清秋。当年称意须为乐，不到天明未肯休。①

只要和王维《少年行》稍作比较，就会发现诗中边塞游侠儿虽有侠形义胆，为国征战，但其中少了盛唐时代的乐观自信，而多了一层及时行乐的消极与追忆当年豪侠之气的悲凉。两章组诗的感情波伏明显不同，而许多诗人更在咏侠诗中渲染着及时行乐内容。如李廓《长安少年行》十首，②皆为表现游侠少年携妓优游、任酒使气、斗鸡博猎的薄行。

从内容上看，中唐咏侠诗有两方面的突出特色：一是对"义"的突出强调，二是寄寓诗人知己难求、怀才不遇的悲慨和时代苦闷。如柳宗元笔下仗义行侠的韦道安：

道安本儒士，颇擅弓剑名。二十游太行，暮闻号哭声。疾驱前致问，有叟垂华缨。言我故刺史，失职还西京。偶为群盗得，毫缕无余赢。货财足非吝，二女皆娉婷。苍黄见驱逐，谁识死与生。便当此殒命，休复事晨征。一闻激高义，眦裂肝胆横。挂弓问所往，矫捷超峥嵘。见盗寒磵阴，罗列方忿争。一矢毙酋帅，余党号且惊。麾令递束缚，缧索相挂撑。彼姝久褫魄，刃下俟诛刑。却立不亲授，谕以从父行。掎收自担肩，转道趋前程。夜发敲石火，山林如昼明。父子更抱持，涕血纷交零。顿首愿归货，纳女称舅甥。道安奋衣去，义重利固轻。师婚古所病，合姓非用兵。竭来事儒术，十载所能逞。慷慨张徐州，朱邸扬前旌。投躯获所愿，前马出王城。辕门立奇士，淮水秋风生。君侯既即世，麾下相欹倾。立孤抗王命，钟鼓四野鸣。横溃非所

---

① 彭定求等：《全唐诗》卷二十四，中华书局1960年版，第325页。
② 彭定求等：《全唐诗》卷二十四，中华书局1960年版，第327—328页。

雍，逆节非所婴。举头自引刃，顾义谁顾形。烈士不忘死，所死在忠
贞。咄嗟徇权子，翕习犹趋荣。我歌非悼死，所悼时世情。①

诗人叙述侠义之士韦道安见义勇为、重义轻利的侠义人格，韦道安"毙
群盗"、"辞师婚"、"顾义引刃"，不愧儒侠楷模。这是唐人咏侠诗中唯一一
篇以现实中侠义之士为歌咏对象的叙事长诗。无独有偶，甚至诗人也将这种
对人间正义的歌咏推广到义禽。如杜甫《义鹘行》：

阴崖有苍鹰，养子黑柏颠。白蛇登其巢，吞噬恣朝餐。雄飞远求
食，雌者鸣辛酸。力强不可制，黄口无半存。其父从西归，翻身入长
烟。斯须领健鹘，痛愤寄所宣。斗上捩孤影，噭哮来九天。修鳞脱远
枝，巨颡坼老拳。高空得蹭蹬，短草辞蜿蜒。折尾能一掉，饱肠皆已
穿。生虽灭众雏，死亦垂千年。物情有报复，快意贵目前。兹实鸷鸟
最，急难心炯然。功成失所往，用舍何其贤。近径臛水湄，此事樵夫
传。飘萧觉素发，凛欲冲儒冠。人生许与分，只在顾盼间。聊为义鹘
行，用激壮士肝。②

这首即物写照的寓言诗，通过一场救难除恶的场面，活画出仁慈义勇的
义鹘形象，其慷慨激昂，欲使毒心人敛威存魄，"奇情恣肆，与子长《游侠》、
《刺客》列传争雄千古。"③

中唐咏侠诗中对"义"的强调和对游侠儿轻薄侠行在一定程度上的指斥
是互为联系的两个方面，这种创作倾向表明，侠的范围和行为在一步步地走
向"义"所规范的内容中。

另外，中唐咏侠诗诗人借游侠形象所表现出的个人情怀也多是知己难
求、怀才不遇的时代悲慨。李贺《浩歌》云："买丝绣作平原君，有酒唯浇
赵州土。"④施肩吾《壮士行》：

一斗之胆撑脏腑，如礴之筋碍臂骨。有时误入千人丛，自觉一身横

---

① 彭定求等：《全唐诗》卷三百五十二，中华书局 1960 年版，第 3945 页。
② 彭定求等：《全唐诗》卷二百一十七，中华书局 1960 年版，第 2281—2282 页。
③ 浦起龙：《读杜心解》卷一之二，中华书局 1961 年版，第 48 页。
④ 彭定求等：《全唐诗》卷二十四，中华书局 1960 年版，第 335 页。

突兀。当今四海无烟尘，胸襟被压不得伸。冻橐残蛩我不取，污我匣里青蛇鳞。①

又孟郊《游侠行》云：

壮士性刚决，火中见石裂。杀人不回头，轻生如暂别。岂知眼有泪，肯白头上发。平生无恩酬，剑闲一百月。②

诗中"当今四海无烟尘，胸襟被压不得伸"、"平生无恩酬，剑闲一百月"的苦闷和贾岛："十年磨一剑，霜雪未曾试"③的压抑一样，其实都是诗人怀才不遇的现实痛苦，这无疑也是中晚唐诗人心态和时代精神的折射。

晚唐咏侠诗的创作进入衰落期，有30多位作者创作的70多首咏侠诗，比初唐多，而且连温庭筠这样的艳词作者也写《侠客行》："宝剑黯如水，微红湿余血。"④但时代精神已如无限夕阳，虽有光辉，却乏热情。这时咏侠诗的创作，一是在咏史、怀古中借侠自抒怀抱；二是集中对剑侠的歌咏，表现出神秘色彩。

青年人常思将来，老年人常思既往。这种情怀对于说明一个朝代不同时期的诗人心态也十分贴切。晚唐诗人犹如处在人生阶段上的老年时代，在他们的心态中，侠的豪迈英姿和惊天动地的行为已不可追寻，唯有将自己的向往和感叹寄托在古游侠身上。因而，"出现了许多怀古形式的咏侠诗，诗人着意借对古游侠及侠义精神的歌咏，表现深沉的沧桑感和历史意识，把自己的危机感、失落感和对盛世贤君的向往也一并寄托在歌咏之中。如杜牧的《春申君》，汪遵的《易水》、《夷门》，而周昙和胡曾可谓这方面代表，专门创作咏史、怀古组诗，借侠抒怀。如周昙《咏史诗·春秋战国门》这个诗题中，专辟《荆轲》、《豫让》、《毛遂》、《侯嬴朱亥》等篇，歌咏古游侠。如胡曾《咏史诗》诗题中，也专门有《易水》、《豫让桥》、《博浪沙》、《田横墓》、《秦武阳》、《夷门》等六篇，借古游侠或咏物，或怀古，表达物是人非而英雄浩

① 彭定求等：《全唐诗》卷二十五，中华书局1960年版，第335页。
② 彭定求等：《全唐诗》卷二十五，中华书局1960年版，第332页。
③ 彭定求等：《全唐诗》卷五百七十一，中华书局1960年版，第6618页。
④ 彭定求等：《全唐诗》卷二十四，中华书局1960年版，第333页。

气长存的感叹。"①

另外，晚唐咏侠诗中歌咏剑侠侠行义胆的作品比较集中。如李中《剑客》，吕岩《七言》、《绝句》、《赠剑客》，慕幽《剑客》，齐已《剑客》等，其中吕岩是最典型的，也是歌咏剑客诗篇最多的一位，约有 30 篇。这些作者或为僧、道，或与僧、道有关，因而晚唐咏侠诗中的剑侠或是道士、或与佛道有关。从这时的诗歌形式看，诗人歌咏剑侠，都用律诗或绝句，如慕幽《剑客》：

去住知何处，空将一剑行。杀人虽取次，为事爱公平。载立嗔髭鬓，星流忿眼睛，晓来湘市说，拂曙别辽城。②

李中《剑客》亦云：

恩酬期必报，岂是辄轻生。神剑冲霄去，谁为平不平。③

在诸如此类的诗篇中，诗人突出表现的是剑侠的特异形貌、气势、神秘的行迹、高超的剑术，其核心旨在赞扬剑侠平不平的侠义精神，咏侠诗散发着浓厚的神秘色彩，这也是晚唐社会现实的曲折反映。

由此可见，"晚唐咏侠诗的创作已从表现现实中的游侠少年形象和任侠精神转向了咏史怀古中古游侠形象及其侠义精神，从富含理想精神转向了神秘幻化色彩"，④ 标志着唐人对侠的文学表现已开始由诗歌向豪侠小说过渡，咏侠诗的创作渐趋衰落。

第三节　唐代咏侠诗的创作内容

唐人咏侠诗，风华情致俱本六朝，然题材之广泛，思想之深邃，贯穿其

---

① 汪聚应：《唐代诗人及其咏侠诗创作》，《社会科学评论》2004 年第 3 期。
② 彭定求等：《全唐诗》卷八百五十，中华书局 1960 年版，第 9624 页。"知"一作"如"，"湘市"一作"相共"。
③ 彭定求等：《全唐诗》卷七百四十七，中华书局 1960 年版，第 8500 页。"谁为"一作"为谁"。
④ 汪聚应：《唐代诗人及其咏侠诗创作》，《社会科学评论》2004 年第 3 期。

中的气势都远超前代。这些诗主要包括拟古或拟意的古题乐府，如《刘生》、《结客少年场行》等；自旧题衍化出的新题乐府，如《壮士吟》、《侠客行》、《邯郸少年行》、《长安少年行》、《渭城少年行》、《长乐少年行》、《少年行》等；歌咏古代侠义之士的咏史、怀古诗；歌咏侠义精神或借侠自抒襟怀的抒情诗等。依其表现对象，内容包括对古游侠的歌咏、对当代游侠少年的歌咏和对剑侠的歌咏。

唐人咏侠诗中，歌咏古代侠义之士的诗篇较多，尤其是一些战国游侠如荆轲、豫让、专诸、要离、高渐离、侯嬴、朱亥及四公子等都被作为侠义英雄备受推崇。而唐人所咏，特重古游侠身上表现出来的重诺轻生、冀知报恩等任侠精神。在此类诗篇中，诗人往往借古寓今，寄托自己深沉的向往。李白《侠客行》最为生动：

> 赵客缦胡缨，吴钩霜雪明。银鞍照白马，飒沓如流星。十步杀一人，千里不留行。事了拂衣去，深藏身与名。闲过信陵饮，脱剑膝前横。将炙啖朱亥，持觞劝侯嬴。三杯吐然诺，五岳倒为轻。眼花耳热后，意气素霓生。救赵挥金槌，邯郸先震惊。千秋二壮士，烜赫大梁城。纵死侠骨香，不惭世上英。谁能书阁下，白首《太玄经》。①

这首诗讴歌了战国赵魏游侠群体，集中赞扬了侠客的重诺轻生，特别突现了侯嬴、朱亥二侠士的千秋侠骨和赫赫功名，诗人崇侠轻儒、功成身退的豪情亦表现在其中。

古游侠的生命意义和人生价值就是寻知己和为知己死，故其人生信条和侠义精神集中表现为"士为知己者死"。因此，唐人咏侠诗便将冀知报恩作为古游侠最厚重的侠意识加以高咏，借以寄托诗人自己的知己渴望。鲍溶《壮士行》云："山河不足重，重在遇知己。"李白《结袜子》歌咏了专诸、高渐离这样"报恩为豪侠，死难在横行"②的侠义之士：

> 燕南壮士吴门豪，筑中置铅鱼隐刀。感君恩重许君命，泰山一掷轻

---

① 彭定求等：《全唐诗》卷二十五，中华书局 1960 年版，第 332 页。
② 彭定求等：《全唐诗》卷十八，中华书局 1960 年版，第 199 页。

鸿毛。①

侠客的这种冀知报恩意识在唐人咏侠诗中异常浓厚，但侠客为"报恩"而行侠，却是唐代科举制度下文人士子心态的一种曲折反映。唐代推行科举，朝廷"取人，令投牒自举"，文人学士"趋仕，靡然向风"，②举者握有取舍大权，举子们在试前"或明制才出，试遣搜扬，则驱驰府寺之门，出入王公之第，上启陈诗，惟希咳唾之泽；摩顶至足，冀荷提携之恩。故俗号举人皆称'觅举'"。③一旦登第，就对知贡举者感恩终生。柳宗元《与顾十郎书》中说："凡号门生而不知恩之所自出者，非人也。"④知贡举者选拔举子及第为赐恩，则举子当然要报恩。这种座主与门生的关系在唐代成为一种新的官僚势力相互依存的关系，尤其下层文人政治上无特权，亦无贵要为靠，经济上不富裕，几次下第，不免坎坷，而一旦登第，则为报座主之恩会不惜一切。故唐人咏侠诗中古游侠行侠多是报知己之恩，即因"感君恩重"而行侠。在这种独具特色的内容中，冀知和报恩是统一的。恩在很大程度上就是知己之恩、知遇之恩（有时诗中亦称"国恩"、"君恩"），含有赏识、理解、重用、以礼相待、折节下交等多重含义，包含诗人的期望，并非完全平等的朋友般的知音情感。因而唐人咏侠诗充满着"长揖蒙重国士恩，壮心剖出酬知己"⑤的赤胆和快意恩仇的渴望。同时为了强化冀知报恩，诗中频现"四豪（战国四公子）"、剧孟、朱家、郭解等古代豪侠，并将他们作为知己的象征，表现着诗人的积极用世，竭力寻求"明主"赏用的心理和知己不遇的失落，英雄无用武之地的悲慨："报君黄金台上意，提携玉龙为君死。""未知肝胆向谁是，令人却忆平原君。"这种对古游侠冀知报恩的歌咏，从更深的层次看，隐含了诗人对世事艰难和怀才不遇的愤懑，反映出诗人共同的时代苦闷，在唐代尤具现实意义。因而，对于出身寒门须凭自身能力去

---

① 彭定求等：《全唐诗》卷二十六，中华书局1960年版，第363页。

② 《旧唐书》卷一百一十九，中华书局1965年版，第3433页。

③ 薛登：《论选举疏》，《全唐文》卷二百八十一，中华书局1983年版，第281页。

④ 柳宗元：《与顾十郎书》，《全唐文》卷五百四十七，中华书局1983年版，第5796页。

⑤ 彭定求等：《全唐诗》卷一百六十八，中华书局1960年版，第1793页。

取得功名的诗人来说，"十年磨一剑，霜刃未曾试"的艰辛就包含了种种可以想象的情怀。

如前所述，唐人功业意识浓厚，因而咏侠诗中古游侠身死事不成的侠行辄令诗人寄寓深沉的悲慨，发出"侠客不怕死，怕在事不成"的感叹，甚而对前人赞不绝口的大侠荆轲、豫让等多持轻蔑。对其名就功不成的情感态度，表现出唐代文人强烈的功名意识和特有的乐观精神。而前人所称道的古代侠义之士，唐人也不盲从，如李白《东海有勇妇》即对要离灭绝人性的侠名给予严厉批评。可见唐人对古游侠的歌咏，包含着健全的人格意识和清醒的理性精神，闪耀着时代光芒和诗人的人生理想。

另外，刺客、游侠本不相同，故司马迁分别作传。古游侠不一定擅长武功，亲自杀人报仇，但侠行出于公正，能拯危济弱主持公道。刺客则只图报知己之恩，虽重诺轻生，然其行未必可嘉。而唐人笔下，已将刺客的胆识义气和牺牲精神纳入了侠的范畴，遂使重然诺、报恩仇，冀知己在侠客形象中更具光彩照人之处。因此，唐人歌咏的古代侠士，其内涵外延较《史记》都有扩展。

唐代游侠群体中，游侠少年是核心和主体。从某种程度上讲，唐人任侠精神的特征就是少年精神。由于唐代城市经济的繁荣和社会物质财富的空前增加，使得人们希望获得精神上的享受乃至体验一种莫名的兴奋，借以宣泄自己过剩的热情。这和游侠人格中本身具有的浪漫精神相呼应，为游侠少年的任侠活动找到了最为生动的表现形式，使得唐人对它的歌咏成为唐人咏侠诗的主体和最富时代特色的内容，包含着诗人对世俗礼法的叛逆和对个性自由、建功立业的追求。

唐代游侠少年主要包括权贵豪富游侠少年、边塞游侠儿和市井恶少，唐人之歌咏，主要是前两者。相形之下，边塞游侠儿更多地继承了原始的侠义精神，他们不仅有排难解纷、效功当世的襟怀，勇武轻儒的意识，而且有轻财重交、身酬恩义的操行和"不矜其能，羞伐其德"的风度。权贵豪富游侠少年和市井恶少则继承了侠的粗豪狭邪的一面，表现出轻狂放荡、不以礼法为意的个性和斗鸡走马、游冶博猎、杀人宿娼等轻薄侠行。

唐人咏侠诗中，诗人历历坦现这些权贵豪富游侠少年的任侠行为：有的写他们的斗鸡走马，"戏马上林苑，斗鸡寒食天"；有的写他们的携妓优游，"兰蕙相随喧妓女，风光去处满笙歌"；有的写他们的任酒使气，"笑尽一杯酒，杀人都市中"；有的写他们的博猎宿娼，"青云少年子，挟弹章台左。鞍马四边开，突如流星过。金丸落飞鸟，夜入琼楼卧"……诗人热情讴歌这些权贵豪富游侠少年的纵情恣意、奢浮享乐，并无丝毫的指斥和鞭挞，反而充满着深厚的青春浪漫气息。

在权贵豪富游侠少年中，有一部分是京师"禁军侠少"，他们常在京城游侠，唐人咏侠诗中对他们的任侠行为也展露无遗。王维《少年行》、李益《汉宫少年行》、张籍《少年行》、李嶷《少年行》三首、鲍溶《羽林行》、孟郊《羽林行》、王建《羽林行》、李廓《长安少年行》等都属此类。

《新唐书·兵志》云："夫所谓天子禁军者，南、北衙兵也。南衙，诸卫兵是也；北衙者，禁军也。"①禁军的主要任务是宿卫，保卫京城和皇宫安全。从禁军来源看，唐代禁军一般来自"父死子继"的世兵制和府兵制，这一部分多贵族出身。后来采用募兵制，以致禁军中多市井博徒游侠，加上禁军的地位身份，游侠声势猖狂无禁，如李益《汉宫少年行》中的描写。甚至诗人也对自己这样的经历毫不隐晦。韦应物天宝中曾以"三卫郎"的身份侍玄宗，他对自己当禁军时的游侠生活描写道：

> 少事武皇帝，无赖恃恩私。身作里中横，家藏亡命儿。朝持樗蒲局，暮窃东邻姬。司隶不敢捕，立在白玉墀。骊山风雪夜，长杨羽猎时。一字都不识，饮酒肆顽痴。②

诗人以自赏的心态，描绘了自己炽烈无禁的任侠生活，对于我们认识唐代权贵豪富游侠少年的生活方式有重要的史料价值。由于他们的纵逸不禁和狂荡，或与恶少相通，因而其杀人越货的任侠行为就与恶少无二，如前引王建《羽林行》中所描写的禁军侠少的恶行。

---

① 欧阳修等：《新唐书》卷五十，中华书局1965年版，第1330页。

② 韦应物：《逢杨开府》，《全唐诗》卷一百九十，中华书局1960年版，第1956页。

可见，唐人咏侠诗中描写的京师禁军侠少飞扬跋扈、纵逸不禁的任侠行为，有不容忽视的认识意义。

在唐人咏侠诗中，诗人一一坦现这些游侠少年射猎游冶、斗鸡走马、任酒使气、赌博宿娼甚至杀人越货的轻薄侠行，主要是看到了表现在他们身上的世俗享乐的生活情调和自由浪漫的时代精神，看到了一种通脱跳跃的生命存在，不受礼法束缚和伦理规范的风流潇洒的生活方式。

歌咏游侠少年驰骋边塞、赴难建功是唐人咏侠诗的主要内容之一，它体现着轰轰烈烈的英雄壮举和爱国精神，诗中行侠与赴国难、报国恩，侠客与文人紧密结合，展现着极具时代特色的内容。而唐人建功立业、荣名不朽的人生理想，使诗人直承魏晋六朝咏侠诗的传统，再造了边塞游侠儿报国立功的楷模。

征募游侠恶少从军边塞，汉代已有先例。① 唐《历代兵制记》卷六载："天宝以后，（府兵）稍复变废，应募者皆市井无赖。"这些市井无赖，其实就是"荡子从军事征战"的游侠少年。初唐陈子昂曾作《上军国机要事》，主张将"亡命不事产业者"、"游侠聚盗者"、"奸豪强宗者"和"交通州县造罪者"，"悉募从军"，"以礼发遣"。② 陆龟蒙《杂讽九首》之二云："岂无恶少年，纵酒游侠窟。募为敢死军，去以枭叛卒。"③ 而诸如"塞下应多侠少年"④、"中军一队三千骑，尽是并州游侠儿"⑤ 等诗句并不仅仅是诗人的夸张，它也包含唐代边塞时事的写照。而游侠和从军相结合，在当时也是一条功业出路。唐人对边塞游侠儿的歌咏，其形象主要有三种：一是原居边地的少年游侠，多胡儿，如高适《营州歌》、李白《行行且游猎篇》、《幽州胡马客歌》中描写的游侠少年。他们未必有军

---

① 班固：《汉书·兵志》记载："元封二年攻朝鲜，亦募天下死罪。元封六年讨益州，赦京师亡命。太初元年征大宛，发天下谪民，恶少十万余。天汉四年伐匈奴，骑六万、步卒七万，皆天下流民及勇敢士。"

② 陈子昂：《上军国机要事》，《全唐文》卷二百一十一，中华书局 1983 年版，第 2136 页。

③ 彭定求等：《全唐诗》卷六百一十九，中华书局 1960 年版，第 7127 页。

④ 彭定求等：《全唐诗》卷二百一十三，中华书局 1960 年版，第 2219 页。

⑤ 彭定求等：《全唐诗》卷二百七十，中华书局 1960 年版，第 3022 页。

籍，便"猛气英风振沙碛"。崔颢《游侠篇》（一作《古游侠呈军中诸将》）最具代表性：

> 少年负胆气，好勇复知机。仗剑出门去，孤城逢合围。杀人辽水上，走马渔阳归。错落金锁甲，蒙茸貂鼠衣。还家且行猎，弓矢速如飞。地迥鹰犬疾，草深狐兔肥。腰间悬两绶，转眄生光辉。顾谓今日战，何如随建威。①

诗中这位边塞游侠少年，富有勇气和智慧，出门解围，行猎归家，轻松自如中透露出边地游侠儿本身的武毅和豪迈。

二是府兵颓败后通过募兵招来戍边的市井游侠少年。如前引陆龟蒙《杂讽九首》之二等。王维《燕支行》详细刻画了这些游侠少年的英雄形象：

> 赵魏燕韩多劲卒，关西侠少何咆勃。报仇只是闻尝胆，饮酒不曾妨刮骨。画戟雕戈白日寒，连旗大旆黄尘没。叠鼓遥翻瀚海波，鸣笳乱动天山月。麒麟锦带佩吴钩，飒沓青骊跃紫骝。拔剑已断天骄臂，归案共饮月支头。②

此诗集中描写了边塞游侠儿的侠者风采、凌云胆气和英雄本色。在诗中，诗人将游侠酬主的临危授命与酬君报国的壮烈憧憬高度地统一了起来，而且在建功立业的自信中洋溢着乐观与豪迈，体现出对魏晋六朝游侠儿蓬勃生气与功业热情的高度认同，少了其中的不平境遇和怨愤。

三是唐代出塞入幕的文人士子和"禁军侠少"中的一部分，他们也是边塞游侠儿的组成部分和唐人咏侠诗歌咏的内容。唐代文人多侠气或任侠者，他们的功业意识在边塞游侠儿的英雄形象和生命情调中激起了强烈反响，诗人借此重新调整自己的生命意识和价值观念，在"男儿一片气，何必五车书"③、"战伐有功业，焉能守旧丘"④的感叹中从军入塞，求取功名。这使他们很容易看重朝廷的嘉惠而放弃轻薄侠行，慷慨从军，

---

① 彭定求等：《全唐诗》卷二十五，中华书局 1960 年版，第 332 页。
② 彭定求等：《全唐诗》卷一百二十五，中华书局 1960 年版，第 1257 页。
③ 彭定求等：《全唐诗》卷一百六十，中华书局 1960 年版，第 1640 页。
④ 彭定求等：《全唐诗》卷二百一十八，中华书局 1960 年版，第 2293 页。

乐意效命边地。"平生怀伏剑，慷慨既投笔。"①"讵驰游侠窟，非结少年场。一旦承嘉惠，轻命重恩光。……"② 把侠义精神结合爱国的英雄主义精神而发扬光大。

另外，禁军侠少也有远赴边关的。《通鉴》载，开元二十八年（740），"吐蕃寇安戎城及维州"时，朝廷发关中彍骑往救之。《新唐书·兵志》云："德宗即位……神策兵虽处内，而多以禅将将兵征伐，往往有功"，及"李希烈反，河北盗起，数出禁军征伐，神策之士多斗死者"，③ 唐人咏侠诗中，诗人热情讴歌了禁军侠少在边塞的英雄行为。如王维《少年行》：

> 出身仕汉羽林郎，初随骠骑战渔阳。孰知不向边庭苦，纵死犹闻侠骨香。

> 一身能擘两雕弧，虏骑千重只似无。偏坐金鞍调白羽，纷纷射杀五单于。④

诗人以辽阔的边地和重敌为背景，突出了这位禁军侠少的英勇豪迈和侠节。"纵死犹闻侠骨香"足以代表唐代咏侠诗的时代强音。

如果说唐人咏侠诗中对权贵豪富游侠少年的歌咏表现着诗人追求自由的精神和对世俗礼法的叛逆，那么在对边塞游侠儿的歌咏中就无不勃发着"功名只向马上取"的时代精神和强烈的功业意识，尤其在"为儒多不达"的现实面前，诗人从游侠身上看到了自由浪漫精神和理想人生的曙光，游侠那种积极过问时事，或为知己用，或为知己死，立奇勋、成大业、豪迈敢为、声闻于天的人格精神，使诗人借侠之高咏，表达了自己有救世之才、济世之用的抱负和不甘寂寞、渴求实践、走出章句的愿望，形成了唐人咏侠诗一个较为完整的价值观念体系：肯定人在世俗生活中的享乐与在现实社会中对国家、民族的责任感和无畏的牺牲精神。这都是唐人咏侠诗独具时代特色的内容。

---

① 彭定求等：《全唐诗》卷十九，中华书局 1960 年版，第 226 页。

② 彭定求等：《全唐诗》卷二百八十二，中华书局 1960 年版，第 3202 页。

③ 欧阳修等：《新唐书》卷五十，中华书局 1965 年版，第 1332—1333 页。

④ 《全唐诗》卷一百二十八，中华书局 1960 年版，第 1306 页。

剑侠是唐代游侠中的一个特殊流品，文献中多称"剑客"。① 剑侠也不像游侠少年那样成为群体，声势热烈，其活动似不与其他游侠相涉，且受佛道影响较深，行迹隐秘，独来独往，多奇操异能，尤其剑术出神入化，深不可测。② 这表明侠在中晚唐，尤其晚唐，已进入文人的幻设创造中。在唐人咏侠诗中，他们也是被歌咏的对象。如吕岩《赠剑客》、《七言》、《绝句》，慕幽《剑客》，李中《剑客》等。

对剑侠的歌咏是唐人咏侠诗完全不同于魏晋六朝的新鲜内容，但其歌咏的主旨却在主张公正、仗义行侠。这些剑客特立独行，在诗中往往被描写成外貌狰狞、本领特异、独来独往的侠义英雄，而其仗义行侠的内容在于平世间不平之事。或爱公平："杀人虽取次，为事爱公平。"③ "背上匣中三尺剑，为天且示不平人。"④ 或怒平不平："争耐不平千古事，须期一决荡凶顽。"⑤ 或报恩仇："恩仇期必报，岂是辄轻生。""西风满天雪，何处报人恩。勇死寻常事，轻仇不足论。"⑥ 或诛杀世间负义不忠不孝之人："为灭世情兼负义，剑光腥染点斑斑。""不知谁是亏忠孝，携个人头入坐中。"⑦

唐人咏侠诗中对剑侠奇操异术的歌咏实难一一俱道，在中晚唐，尤其是晚唐咏侠诗中，这种情形的出现与唐人的侠义观念和社会现实有关。从社会现实看，中唐以后，君臣伦理秩序渐润。同时，安史之乱以来，社会上畸形的养士之风使游侠成为被豢养的刺客，是非不问，正义不行。因而韩愈振兴

---

① 剑客一词出现较早，似是武技方面有奇才异能一类人的称呼。《庄子·说剑》称"剑士"。《汉书·李陵传》李陵请战时言他所带兵"皆荆楚勇士奇才剑客也，力扼虎，射命中"。江淹《别赋》曾咏"乃有剑客惭（感激）恩，少年报士，……方衔感于一剑，非买介于泉里"。有时似与侠刺同义。如《魏书·阳固传》载其年少任侠，"好剑客，弗事生产。"《北齐书·高昂传》载其年幼有壮气，"招聚剑客，家资倾尽。"

② 龚鹏程《大侠》中将剑侠的本领分为飞天夜叉术、幻术、神行术、用药术、断人首级、剑术六个方面。

③ 彭定求等：《全唐诗》卷八百五十，中华书局 1960 年版，第 9624 页。

④ 彭定求等：《全唐诗》卷八百五十八，中华书局 1960 年版，第 9694 页。

⑤ 彭定求等：《全唐诗》卷八百五十七，中华书局 1960 年版，第 9689 页。

⑥ 彭定求等：《全唐诗》卷八百三十八，中华书局 1960 年版，第 9452 页。

⑦ 彭定求等：《全唐诗》卷八百五十七，中华书局 1960 年版，第 9689 页。

儒学，李德裕等人以儒家思想重新规范侠义精神，将游侠导向儒家思想认可的范畴中，而最终归于"义"途。唐人咏侠诗中对剑侠的歌咏也正是出于这样一种现实和伦理道德之需要。

第四节　唐代咏侠诗的艺术审美理想

唐人对任侠精神的讴歌，从内容到规模都远胜魏晋六朝，是咏侠诗发展阶段上的一座高峰。唐人以开放包融的文化品质，完成了侠由史家立传到文人歌咏的过渡。这不但表现在唐人以时代精神重新观照游侠，重塑侠义精神，使咏侠诗包含了丰厚的现实内容，而且在艺术上高度成熟。主要体现为艺术审美理想的人格美、艺术境界的雄壮美以及"弹剑作歌，以泄心事"的抒情色彩。

就艺术审美理想而言，唐人咏侠诗非常注重人格美的艺术创造，并将它作为表现游侠精神特质的焦点。在侠世界里喷涌而出的生命情调中融入自我侠风激荡下的理想追求和人格向往，在诗人、侠客的艺术整合中，创造了富有时代感、人格美的艺术境界。

在诗人看来，侠是一种别具气质精神的人格模式，其重诺轻生、仗义行侠是一种崇高悲壮的高大人格写照，而"千场纵博家仍富，几度报仇身不死"的豪爽快意和"身在法令外，纵逸常不禁"的绝对自由便是一种豪宕俊爽的人格体现。甚至游侠少年那种游冶博猎、斗鸡宿娼等脱略小节的行为，也表现着一种坦荡自然的人性伸张和浪漫精神。故诗人在表现这种人格美时，不是站在侠者身旁去凝视现实，而是努力体察行侠与现实、人生的关系，着力突现在这种关系中产生的人格力量和艺术美感，并将它升华为一种完全体现侠者人格美的崇高艺术境界，借以寄托诗人自我的人生理想。在对这种境界的追求中，行侠自然与改造人生社会的目标相一致，或与自身的理想和人生追求相统一。如歌咏边塞游侠儿和权贵豪富游侠少年的诗篇，诗人在表现这两种不同的侠者风采和人格精神时，或将其置于边塞时事的浪尖上，或融入市井的喧嚣中，然后通过侠义英雄行为或豪荡威赫的游侠声势的渲染，着力体现一种崇高的社会责任感，或一种人生情趣的追求，既崇高悲壮，又豪荡俊爽。这种经过诗人艺术"过滤"的纯美人生意识，确实是唐人咏侠诗艺术的灵魂。

为了表现这种人格美，诗人采取了三种艺术手法。一是突现，即注重侠之气质精神的人格美的集中实现。唐人写游侠，无非就是高昂意气的吐露，高度自信心的流转和生命意识的张扬，但诗人直抒胸臆，感情率真，语言表达的明快使人有不假思索脱口而出的感觉，侠者形象的直接性和人格精神的鲜明性如排闼而来的青山。这种"不隔"正是唐人咏侠诗的一个基本特点。"三杯吐然诺，五岳倒为轻"、"黄命买性命，白刃酬一言"①，"气高轻赴难，谁顾燕然铭"②……侠的高大人格剪影突兀嶙峋，气宇轩昂，有强烈的艺术感染力。二是渲染，即诗人从面的角度，铺张、烘托、延伸点的人格美突现所产生的强烈美感，从外貌、服饰、武器、乘骑、言行等方面进行富有个性的描绘，使侠者不仅有"唐之气"，亦具"唐之象"。唐人咏侠诗中这样的铺排渲染几乎篇篇触及，举不能胜。如李白《结客少年场行》："紫燕黄金瞳，啾啾摇绿发。……珠袍曳锦带，匕首插吴鸿。"而对剑侠的描写更显气势："发头滴血眼如环，吐气云生怒世间"③；"头角苍浪声似钟，貌如冰雪骨如松。"④"眉因拍剑留星电，衣为眠云惹碧风。"⑤ 这样的描写，使侠者于外在的超凡和怪异的"装饰"中展现英武之气和神采飞扬的人格精神，同时也为游侠气质精神的突现张本。三是对比，即儒侠对比，以儒生的卑弱无用比衬侠者高大有为的人格魅力，这是唐人咏侠诗的一个基调。一方面这是唐代儒学多章句之学而脱离实际的反映，另一方面也是侠者人格精神与泛儒文化精神在唐代对立而表现出"功名只向马上取"的价值观念的影响。壮游《国

---

① 彭定求等:《全唐诗》卷二十四，中华书局 1960 年版，第 314 页。
② 彭定求等:《全唐诗》卷二十四，中华书局 1960 年版，第 329 页。
③ 彭定求等:《全唐诗》卷八百五十七，中华书局 1960 年版，第 9689 页。
④ 彭定求等:《全唐诗》卷八百五十七，中华书局 1960 年版，第 9690 页。
⑤ 彭定求等:《全唐诗》卷八百五十七，中华书局 1960 年版，第 9688 页。

民新灵魂》中将侠义传统与泛儒文化进行比较后指出："侠者儒之反,儒者有死容而侠者多生气,儒者尚空言而侠者重实际,儒者计祸福而侠者忘利害,儒者蹈故常而侠者多创异。"① 儒侠在观念、性格和作风上的对立,使唐人咏侠诗在高扬侠的同时,无不将儒生作为对立面,"儒生不及游侠人"可谓唐代尚武任侠诗人共同的心理感受和人格表白。这种对比,不但从一个侧面更加鲜明地展示了侠者的人格美和价值观,而且促成了诗人以功业自许的怀抱,形成唐人咏侠诗独有的理想精神、英雄性格和浪漫气息,使咏侠诗在粗犷雄强外,平添几分风雅蕴藉之美,洋溢着明朗、高亢、奔放、激越的时代强音和催人奋进的人格力量。

在艺术境界的创造上,唐代诗人以广阔的审美视野,在咏侠诗中创造了雄浑壮美的艺术境界,成为"盛唐气象"美学规范的艺术表征之一。

唐代任侠尚气之诗人自有一种热烈豪迈的性格和瑰琦雄逸的思想,最注意宇宙间的雄浑壮美以及人间一切可惊、可怖、可喜、可乐之事,从意象运用的角度看,唐人咏侠诗善用雄奇壮阔的意象构织宏大壮美的诗境,如在自然物象中,常用泰山、五岳、辽水、沙漠、边关等。就生活场景而言,主要是大漠边塞、荒原郊野和胡姬酒肆等场景的设置。

大漠边塞这一雄阔的场景,主要表现在初盛唐歌咏游侠救边赴难的诗篇中。游侠们"雪中凌天山,冰上度交河"②、"负羽到边州,鸣笳度陇头"③、"杀人辽水上,走马渔阳归"。诗人将其生活场景设置在大漠边塞,既是写实,也是出于审美的需要。游侠于大漠边塞中纵横驰骋,方能一展侠风雄气。同时咏侠诗中借这一奇伟宏大的场景,使诗人的满腔热情和壮丽的山川熔铸成雄风鼓荡的刚健诗章,而其艺术上的戛戛独造,就是他们这种雄奇的审美情趣与大漠边塞撞击发出的绚丽火花。在这样的咏侠诗中,游侠与自然、困难的搏击脉动着强大的生命激流,显示着强大的人格力量。如李白

---

① 壮游:《国民新灵魂》,载张枬、王忍之编:《辛亥革命前十年间时论选集》第 1 卷(下集),上海三联书店 1960 年版,第 572—574 页。

② 彭定求等:《全唐诗》卷一百四十六,中华书局 1960 年版,第 1473 页。

③ 彭定求等:《全唐诗》卷三百四十六,中华书局 1960 年版,第 3875 页。

《幽州胡马客歌》：

> 幽州胡马客，绿眼虎皮冠。笑拂两只箭，万人不可干。弯弓若转
> 月，白雁落云端。双双掉鞭行，游猎向楼兰。出门不顾后，报国死何
> 难。……旄头四光芒，争战若蜂攒。白刃洒赤血，流沙为之丹。①

将"出门不顾后，报国死何难"的胡马客置于大漠边塞，其"白刃洒赤
血，流沙为之丹"就格外崇高悲壮、气象苍莽。因此，大漠、边塞、风霜这
样的意象在唐人咏侠诗，尤其是歌咏边塞游侠儿的诗篇中反复出现，虽是一
种活动的背景，但由于诗人匠心独用，往往构成具有高度审美价值的雄浑壮
阔的艺术境界。

荒原郊野、胡姬酒肆（市井）为侠义之士和贵游侠少经常性的活动场
所。相对而言，侠义之士多于荒原郊野行侠。壮士"徐行出烧地，连吼入黄
莽"②；儒侠韦道安，追盗"寒涧阴"，"夜发敲石火，山林如昼明"；③剑侠们
则"笑指不平千万万，骑龙抚剑九重关"。④诗人这种场景设置，不但显示
侠者的正义高勇，又平添几分粗野和特异。贵游侠少们常于荒原郊野走马
游猎，但其主要的活动场所在胡姬酒肆（市井）。如李白《少年行》（其三）
云："五陵年少金市东，银鞍白马度春风。落花踏尽游何处，笑入胡姬酒肆
中。"⑤唐代都城坊曲街市，多胡人行商，因此，胡姬酒肆这一生活场景不但
从整体上突出了游侠少年的豪荡狂放、率性而为的快乐人生，而且使诗篇富
于浪漫色彩和异域风情。

大漠边塞、荒原郊野、胡姬酒肆三者在不同的层面上表现了不同的游侠
形象和任侠精神，有时三者相互交汇，集于一篇，并共同构建了一个颇具审
美价值的艺术境界。如张籍《少年行》：

> 少年从猎出长杨，禁中新拜羽林郎。独到辇前射双虎，君王手赐黄

① 彭定求等：《全唐诗》卷十八，中华书局1960年版，第200页。
② 彭定求等：《全唐诗》卷二十五，中华书局1960年版，第334页。
③ 彭定求等：《全唐诗》卷三百五十二，中华书局1960年版，第3945页。
④ 彭定求等：《全唐诗》卷八百五十七，中华书局1960年版，第9689页。
⑤ 彭定求等：《全唐诗》卷二十四，中华书局1960年版，第863页。

金珰。日日斗鸡都市里，赢得宝刀重刻字。百里报仇夜出城，平明还在倡楼醉。遥闻虏到平陵下，不待诏书行上马。斩得名王献桂宫，封侯起第一日中。不为六郡良家子，百战始取边城功。①

此篇歌咏游侠，从场景设置看，诗人先以游侠儿曾有的侠气侠行作铺垫、张本，然后一下子由市井、娼楼跳跃到荒原边塞。郊野从猎的威武、市井的豪荡、边塞的慷慨、立功的荣耀，在时空转换中一一折射在游侠少年身上。可见，唐人表现游侠，将其置于天地间的宏观构架中，使建立在这一背景上的咏侠诗既有对天地古今之俯仰，又有如《离骚》那样纵情六合的华章，时空跨度大，诗境为之开，有一股总揽天地的纵横之气，与魏晋六朝咏侠诗相较，显得格外雄浑壮阔，气象巍峨。

作为侠文学抒情阶段上的高标，唐人咏侠诗对任侠精神的歌咏是热烈而纯情的，寄托着诗人自信、自强、自尊的时代文化心理和深沉的现实身世之感。因而就抒情言，唐人咏侠诗中，侠（或剑）在诗人笔下虚实相生，不断对象化和象征化，或表现为一种人物，或为一种形象，或为一种精神，诗人借此俯仰古今，直抒胸臆，使咏侠诗在高旷雄豪之外，包含着浓郁的抒情色彩。

借侠（或剑）灌输豪情、自伤身世是咏侠诗的一个传统。唐人既有直面现实的乐观精神，拯物济世的政治理想，又有现实的人生苦闷，这一切使诗人与游侠建立了更为直接深刻的情感联系。诗人借此抒发吞五岳、纳四海的胸怀，宣泄纵恣汹涌的感情，表现超凡绝俗的才能和耿介卓立的风节，高咏之处文情如火如荼；感伤之时，心意如泣如诉。如歌咏边塞游侠儿的诗篇，诗人在展现游侠儿英勇无畏的英雄形象和浪漫的侠者风采的同时，极力凸显他们死难、报国、立功的悲壮和崇高，寄寓自我的功名追求。这种剑气侠情在游侠身上主要表现为两个方面：一方面是对功名的汲汲追求，"倚是并州儿"，"百战争王公"②；"丈夫赌命报天子，当斩胡头衣锦还"③；另一方面，

① 彭定求等：《全唐诗》卷二十四，中华书局 1960 年版，第 324—325 页。
② 彭定求等：《全唐诗》卷十八，中华书局 1960 年版，第 187 页。
③ 彭定求等：《全唐诗》卷一百七十六，中华书局 1960 年版，第 1798 页。

这种强烈的功业情怀又使诗人对侠士立功不受赏感慨万分："杀身为君君不闻"，"落日裴回肠先断"①。而此等情感也就同他们的怀才不遇互为表里。因此，侠的赴难立功就真实地表现着诗人建功立业的渴望，而其冀知报恩又无疑是诗人在寻求一个赏用自己的"明主"。当然，一些诗篇也借游侠"事了拂衣去，深藏身与名"抒发诗人淡泊功名的思想。对游侠来说，这是一种"不矜其能，羞伐其德"的侠节；对诗人来说，无疑也是一种清高。如李白《古风》之十：

> 齐有倜傥生，鲁连特高妙。明月出海底，一朝开光曜。却秦振英声，后世仰未合。意轻千金赠，顾向平原笑。吾亦澹荡人，拂衣可同调。②

鲁仲连"好持高节"，义不帝秦，为赵解围，"排患释难解纷乱而无取。"③李白引为同调，也就是以鲁仲连功成不受赏和淡泊功名富贵的侠节表现自我的胸襟。但同时也包含借以浇胸中块垒的目的，明其报国的壮心、经邦济世的才能和失意的幽愤。这是唐人咏侠诗在热烈的激动中包孕着的深沉底蕴。另外，诗人也借游侠之咏抒发自己的理想和对自由精神的向往。在咏侠诗中，任酒使气、杀人博猎等非同凡响的行为与气概都被当作高尚行为、光荣标志、时髦生活方式而受到诗人普遍的崇尚。如歌咏贵游侠少纵情不禁的行为和浓烈奢浮的任侠活动，诗人一方面铺张渲染这些侠少显赫的声势、豪华的场面和优游纵逸行为；另一方面又以无比的企慕，情不自禁地张扬表现他们身上那种坦荡无禁的生命存在和自由浪漫精神，折射着推尊个性、张扬自我的时代风采。

另外，唐人咏侠诗中的一些诗篇还往往与咏物、怀古、记游、送别相结合，借景抒情，表现着诗人深沉的历史沧桑感。如李白《经下邳圯桥怀张子房》："子房虎未啸，破产不为家。沧海得壮士，椎秦博浪沙。报韩虽不成，天地皆振动。"④胡曾《豫让桥》："豫让酬恩岁已深，高名不朽到如今。年年

---

① 彭定求等：《全唐诗》卷三八，中华书局 1960 年版，第 495 页。

② 彭定求等：《全唐诗》卷一百六十一，中华书局 1960 年版，第 1672 页。

③ 司马迁：《史记》，中华书局 1959 年版，第 2459、2465 页。

④ 彭定求等：《全唐诗》卷一百八十一，中华书局 1960 年版，第 1847 页。

桥上行人过，谁有当时壮士心。"① 骆宾王《于易水送人》："此地别燕丹，壮士发冲冠。昔时人已没，今日水犹寒。"② 可见，唐人咏侠诗以侠为抒情对象或象征依托，侠的外衣中包裹着一个诗人自我，弥漫着浓郁的抒情色彩，文人、侠客和谐地统一于咏侠诗中，意激于内而气奋于外，表现出一种"余味曲包"的蕴藉美。

从形术形式看，唐人咏侠诗表现出以乐府歌行为主，同时兼有律绝、古风等多样化的艺术特点。

唐人咏侠诗继承了魏晋以来歌咏游侠的文学传统，广泛采用乐府歌行，且有创新。如《乐府诗集》中，专门歌咏游侠的乐府诗题有"结客少年场行"和"游侠篇"等，都属杂曲歌辞。唐人不但沿用旧题，而且衍生出许多变体，如"少年子"、"少年行"、"少年乐"以及"渭城少年行"、"邯郸少年行"、"长安少年行"等。同时将"结客少年场行"和"游侠篇"中轻死重义、慷慨立功和重交轻身、借躯报仇的内容融合了起来，拓宽了这一诗题的艺术表现力和容量。③ 而"游侠篇"这一原本表现贵族子弟鲜衣怒马、轻狂放荡游侠生活的诗歌形式，在唐人笔下与其变体"侠客行"、"壮士行"、"壮士吟"一起，成为歌咏侠义之士豪放刚烈的雄壮诗篇。更重要的是，唐人不再拘泥于对侠的现实描写，而是把对侠的歌咏衍变为一种侠义气质的追求，一种人生境界的向往，一种理想人格的崇拜。

和魏晋六朝咏侠诗不同的是，唐人咏侠诗不但把源于乐府的咏侠诗推向高潮，而且创作队伍壮大，诗体也不再限于乐府范围，律诗、绝句、古风等艺术形式也占相当的篇幅。如叙游侠仗义行侠之事，除了乐府歌行外，多用律诗或古风，歌咏剑侠绝大多数为五言、七言绝句。以律诗、绝句表现游侠，艺术容量大而含蓄，声律谐婉优美、铿锵有力，富于浪漫气息，脱尽了六朝咏侠诗形式单一、诗句拗口和篇幅句式不齐的不足，且其表现出的气象

---

① 彭定求等:《全唐诗》卷六四七，中华书局 1960 年版，第 7424 页。
② 彭定求等:《全唐诗》卷七十九，中华书局 1960 年版，第 863 页。
③ 见《乐府诗集》中"结客少年场行"和"游侠篇"题解，郭茂倩:《乐府诗集》卷六十六、六十七，中华书局 1979 年版，第 948、966 页。

和概括力，都足以反映出高度的艺术成就，同时也表明它们只能属于唐代。

当然，唐人咏侠诗的也是良莠并存、珠砾杂见，词盛气直，游侠行为不免有些重复单调，但就总体而言，则内容丰富，气象恢弘，富含时代精神，闪耀着理想光芒，艺术形式多彩纷呈。唐人以高昂的激情，在咏侠诗发展史上树起了一座承前启后的艺术丰碑。

第五节　唐代咏侠诗的地位与影响

从上面几节的论述我们知道，唐人咏侠诗，有它独特性和感人的魅力，"它孕育于唐朝那种后代无法重复的时代氛围、文化精神和世界胸怀。这一切都是哺育时代任侠精神和咏侠诗雄浑气象的艺术甘霖，它使唐人咏侠诗不但成为唐诗中的一朵奇葩，而且也成为咏侠诗发展史上的一座高峰。"[①]因此，我们可以把视野放得更开阔些，宏观考察唐人咏侠诗在唐代文化史（侠文化史）上的地位、在唐诗中的地位以及在中国咏侠诗发展史上的地位。

我们知道，唐代约有 200 位诗人创作的 400 多首咏侠诗，在一定程度上可以讲，唐人咏侠诗与唐代田园山水诗和边塞诗可鼎足而立，因为咏侠诗的创作不但波及初、盛、中、晚整个唐代，而且每个时期都有不同的创作内容和代表作家，也有共同的任侠精神和代表诗人如四杰、陈子昂、李白、王维、吕岩等。只是人们在价值取向上不苟同于唐人咏侠诗中那种无限张扬的任侠行为，认为诸如任酒、使气、杀人、携妓优游给予人们的审美意义和价值意义相对于田园山水诗要差一些。人们一般认为咏侠诗中除了建功立业的内容较多积极向上的因素外，其他的内容则是消极颓废的，因而唐人咏侠诗一直未受到学术界和学者的足够重视。但毋庸置疑的事实是，体现唐诗时代精神的诗歌内容不能没有咏侠诗，研究唐代文人心态以及人们的价值观念时，不能不涉及任侠风尚和咏侠诗。唐代任侠风尚和唐人咏侠诗也是唐代社

---

① 屈阳:《大唐诗风铸侠魂》,《青年文学家》2010 年第 6 期。

会的一面镜子，有着这个社会的时代内容、精神面貌和人们的价值观念。唐人咏侠诗在唐诗中，如同一个人的少年时代，虽有更多的朴野、幼稚，没有更多的成就感，但那种强烈的功名欲望和奋斗精神；那种冲动和憧憬；那种天真纯情、昂扬进取、豪迈敢为、自由无拘的少年精神却是最富审美情趣和鼓舞人心的。所以说，唐人咏侠诗体现着唐诗的少年精神，是唐诗大花园中最美的花朵之一，是唐诗思想内容、审美风格中不可缺少的组成部分。

不但如此，唐人咏侠诗在唐诗中的地位还表现在对初盛唐诗坛、诗风的影响。初盛唐的任侠风气、任侠精神及其诗人的咏侠诗创作，为唐诗的创作注入了阳刚之气，在唐诗脱尽六朝、初唐宫廷诗的浮靡之风中起了一定作用，以其健举的风骨，使唐诗和诗人大踏步地走向盛唐，且以其空前的豪迈乐观和功业追求，成为"盛唐气象"这一诗歌最高艺术审美规范的表征之一。

初盛唐诗人的诗歌理想，旨在追求一种完美的诗歌内容与形式，因而一方面强调用健康高远的诗美品格取代六朝尤其是梁陈诗风的柔媚格调；另一方面又主张完善诗的美感形式，追求纯熟的诗歌韵律，完成由古体向近体的过渡。在这方面，初唐富于侠气的骆宾王、杨炯、卢照邻、陈子昂便是侧重于前一方面的倡导者，他们的侠气和在诗歌中将游侠作为表现对象无疑也是其中的重要一环。在对初唐诗坛的批评中，他们都着力强调诗歌创作要具有风骨与兴寄，有明确的现实针对性。

如何才能使诗歌创作具有风骨，富于兴寄，形成一种刚健俊爽的诗风呢？四杰和陈子昂的作法便是大力拓展诗歌的表现内容。他们一方面使诗歌的创作环境发生变移，使诗歌"由宫廷走到市井"、"从台阁移至江山与塞漠"；另一方面是将游侠等富于时代精神和现实情感的内容纳入诗歌表现的题材，把一种新的人格意气带到初唐诗坛，并以其咏侠诗的创作，使游侠这一最富刚健精神和风骨的形象作为初唐诗坛一种诗歌创作新的题材和表现对象，而为初唐诗坛注入了生机与活力。而"盛唐气象"作为一种最高艺术审美规范，也不能缺少盛唐咏侠诗的创作内容和时代精神。这样看来，唐人咏侠诗在唐代文化史，尤其是中国侠文化史上也有着不可替代的地位。

如前所述，唐代是我国侠文化史上一个极其重要的时期，这不但表现在唐代普遍的任侠风尚，以及唐人在新的历史条件下重新审视和规范侠义精神，而且表现在唐代绵绵不断的咏侠诗创作继承和发扬了自曹植以来歌咏游侠建功立业的侠义文化传统，塑造了边塞游侠儿的光辉形象，将"以武犯禁"的游侠重新拉回社会伦理要求的价值观念体系中，使这一形象成为时代人格的楷模和时代精神的象征，影响了人们的价值观念和生活理想。而唐人咏侠诗中这一形象本身的多质性特点，又体现着唐人特有的乐观、自信和自由通脱的潇洒人生，比起以后各代，尤其是清代咏侠诗（主要是晚清）中的刺客形象和侠义小说中追随清官大吏的游侠来说，唐人咏侠诗中的少年游侠形象及其任侠精神在中国侠文化史中就有不可替代的特质与地位。

当然，唐人咏侠诗的审美意义和地位最终还是要放在咏侠诗的发展过程中来说明。为了将这一地位说得较为准确圆满，我们不妨对历代咏侠诗的发展过程作一追溯和说明，借以展现唐人咏侠诗的文学地位。

在中国诗歌发展史上，游侠作为诗歌题材历史悠久，代不乏篇，历代诗人假游侠寄情笔端，"其人虽已没，千载有余情。"① 然与其他题材相较，咏侠诗的发展很不平衡。一是各代悬殊较大② ；二是咏侠诗的创作多伴随一定社会尚武任侠风气和时局，时代风尚不同，咏侠诗的创作数量、内容、风格也有别。而游侠这种题材自唐以后虽不消断，却难成风候的根本原因还在于表现游侠的艺术形式发生了转移，由诗歌转向小说。因为在游侠题材的发展中，随着戏曲、小说等艺术形式的成熟，描写游侠的主要内容是行侠的经过，而不是突现精神或抒发情感。这就要求艺术表现的空间容量要大，情节要集中、曲折、激烈、故事性要强，而这些已不是诗歌的艺术容量所能承受的。于是，自唐以后游侠题材在以敷衍故事情节为主的武侠小说中大放异彩，咏侠诗创作逐渐萎缩。

---

① 陶渊明：《咏荆轲》，逯钦立：《先秦汉魏晋南北朝诗》，晋诗卷十六，中华书局 1983 年版，第 958 页。

② 咏侠诗的创作，汉代仅为残句、歌谣谚语。魏晋六朝共 70 多首，隋代约 5 首。（依逯钦立：《先秦汉魏晋南北朝诗》）唐代近 400 首，宋以后以迄明清，虽都有咏侠诗创作，且数量太少，但已不是表现游侠的主要文学形式，咏侠诗的创作处于低潮，没有形成风气。

唐人咏侠诗思想内涵深邃，创新层面丰厚：

一是境界的提升。唐人咏侠诗境界之高远，在其善于挖掘不同类型侠者的人格精神和生命情调，有着健全的人格意识和清醒的理性精神，闪耀着时代光芒和诗人理想。歌咏荆轲、豫让、高渐离、侯嬴、朱亥及四公子等古游侠，特重其"士为知己者死"的人格精神，并将其提升为文人士子的知己渴望和积极用世的功业追求，隐含对世事艰难的感慨和怀才不遇的愤懑。歌咏游侠少年，历历坦现其边塞立功、射猎游冶、斗鸡走马、任酒使气、赌博宿娼甚至杀人越货的轻薄侠行，重在发掘和表现其通脱跳跃的生命存在、重世俗享乐和自由浪漫的时代精神，不受礼法约束的生活方式。对剑侠的歌咏是完全不同于魏晋六朝的新鲜内容，但唐人所咏，重在其仗义行侠：或爱公平，或怒平不平，或报恩仇，或诛杀世间负义不忠不孝之人。这与中唐"义非侠不立，侠非义不成"的侠义观念有关，更和君臣伦理渐闻、豢养刺客的养士风气有关。而唐人对剑侠的歌咏正出于这种现实和伦理道德需要，也是对咏侠诗侠义观念的丰富与任侠精神的提升。

二是游侠儿形象的拓展。唐人咏侠诗拓展了游侠儿的光辉形象。与曹植相比，唐人咏侠诗中的游侠类型丰富、性格饱满、行为多彩。边塞游侠儿、市井游侠少年、文人任侠者、禁军侠少、剑侠等异彩纷呈。就边塞游侠儿言，既有边地少年游侠、通过募兵招戍边的市井游侠，又有出入塞幕任侠的文人士子和赴边救难的禁军侠少等。而唐人塑造的边塞游侠，包括异域游侠（多胡人），以其异域特征、特异技能、装饰及豪侠无畏的气质获得了新的审美观照，形成了唐人咏侠诗独有的理想精神、英雄性格和浪漫气息，洋溢着高朗奔放的时代强音和催人奋进的人格力量。唐人建功立业、荣名不朽的人生理想，使诗人直承魏晋六朝咏侠传统，再造了游侠儿报国立功扬名的楷模。

三是审美艺术境界的创造。唐人以时代精神重新观照游侠，重塑侠义精神，创造了雄浑壮美的审美艺术境界。唐人咏侠诗善用雄奇壮阔的意象构织宏大壮美的审美境界，在自然物象中，常用泰山、五岳、辽水、沙漠、边关等。就生活场景而言，主要是大漠边塞、荒原郊野和胡姬酒肆等场景的设置。大漠边塞、荒原郊野、胡姬酒肆三者在不同的层面上表现了不同的游侠形象和任侠精神，有时三者交汇，共同构建了一个颇具审美价值的艺术境界，也为唐人咏侠诗创造了描写边塞游侠儿的新模式：即游侠——征战——立功——受赏。时空拓展，境界开阔，气象雄浑巍峨。

四是发展了借侠（或剑）灌输豪情、自伤身世的"士不遇"抒情模式。借侠（剑）来抒发寒士的人格寄托和人生理想，自魏晋以来形成了一个进步的文学传统。唐代文人结合自我身世和现实境况而加以发展创新，既延续了这一传统，又使借侠寄情伤世成为时代的创作风气。唐人咏侠诗这种内容艺术的创新，奠定了其在古代咏侠诗发展史上里程碑式的文学地位。

从咏侠诗的发展看，唐人咏侠诗的文学地位主要表现在两个方面：一是唐人咏侠诗继承了魏晋六朝的咏侠文学传统，又在新的时代条件下加以创新发展，在近体诗新的艺术形式下提高了艺术品位和审美效果，成为咏侠诗发展史上的高峰。二是唐人咏侠诗的创作为后代咏侠诗的创作提供了楷模。自唐以后，历代咏侠诗的创作都以唐人咏侠诗为规范，很难摆脱唐人咏侠诗的影响，创新发展很少。

就诗歌表现游侠而言，最早涉及游侠的是汉赋、汉乐府。魏晋六朝时期，咏侠诗创作始盛，至唐代而达到高潮，宋元时代处于最低谷，明清两代，受时局影响，咏侠诗的创作一度较盛，尤其是晚清，创作数量较多，风骨朗练。因此，就咏侠诗的发展流程看，在咏侠诗发展的四个阶段中，唐人咏侠诗的精神境界、艺术创造都为后代所继承。经过历代文人的创造，侠的文学形象焕发出光彩夺目的英雄气概与正义附加值，为中国侠文化的创新发展注入了丰富的精神内涵和道德价值。联系中国古代咏侠诗创作发展的历程，我们会更清晰地看出唐人咏侠诗的地位与影响。

先秦时期，在养士风气中，游侠获得了长足的发展空间。他们在列国间交游，并通过任侠来济人救难、行游击刺，活跃于当时社会生活和政治舞台。此时虽未见有咏侠诗创作，但先秦游侠及其侠义精神为后代诗人提供了无比生动和永久性的原始素材。

两汉时期，秉承战国遗风，游侠活动一直很盛。司马迁、班固等人在史书中为游侠立传，并在不同的观念上揭示了游侠的人格精神，第一次确立了游侠的侠义观念、人格精神的道义价值标准。这时在汉赋、歌谣、谚语等语言艺术形式中出现了对游侠的歌咏和描写。汉乐府中表现游侠的诗篇很少，多是一些歌谣、谚语或残句。①

　　两汉时期游侠作为一种文学创作题材已在诗歌中渐露端倪。由于当时人们的价值观念和诗歌艺术形式不太纯熟（单一的乐府），加之汉人描写游侠多现实主义手法，并未扩展到人格形象和气质精神，艺术思维的空间太小，因而对这一题材的开拓不宽，咏侠诗的创作极少。

　　魏晋南北朝时期，咏侠诗的创作自曹植《白马篇》塑造了边塞游侠儿形象后，游侠羡慕沙场征战、立功边塞也就成为一种价值取向。这时的咏侠诗

---

①　据《先秦汉魏晋南北朝诗》等统计，汉代歌咏游侠的诗或歌谣约20首。除《雁门太守行》、《东门行》外，还有《颍川儿歌》："颍水清，灌氏宁。颍水浊，灌氏族"（《史记》卷一〇七《魏其武安侯列传》、《汉书·窦田灌韩传》），《长安为尹赏歌》："安所求之死，桓东少年场。生时谅不谨，枯骨后何葬"（《汉书·酷吏传》），《闾里为楼护歌》："王侯治丧楼君卿"（《汉书·游侠传》），《长安为谷永楼护号》："谷子云笔札，楼君卿喉舌"（《汉书·游侠传》），《时人为戴遵语》："关东大豪戴子高"（《后汉书·逸民列传·戴良》），《长安百姓为王氏五侯歌》："五侯初起，曲阳最怒。坏决高都，连竟外杜。土山渐台西象白虎"（《汉书·元后传》），《曹丘生引楚人谚》："得黄金百斤，不如得季布一诺"（《史记·季布栾布列传》），《关东为宁成号》："宁见乳虎，无直宁成之怒"（《史记·酷吏列传》），《太史公引鄙语论游侠》："何知仁义，已飨其利者为有德"（《史记·游侠列传》），《太史公引谚论游侠》："人貌荣名，岂有既乎"（《史记·游侠列传》），《诸儒为朱云语》："五鹿岳岳，朱云折其角"（《汉书·朱云传》），《临淮吏人为朱晖歌》："强直自遂，南阳朱季。吏畏其威，民怀其惠"（《后汉书·朱乐何列传》），《时人为杨阿若号》："东市相斫杨阿若，西市相斫杨阿若"（见鱼豢《魏略·勇侠传》，陈寿撰，裴松之注《三国志·魏书》卷十八《二李臧文吕许典二庞阎传·阎温传》注引），《蜀中为费贻歌》："节义至仁费奉君，不仕乱世，不避恶君"（《华阳国志·犍为士女赞》，逯钦立《先秦汉魏晋南北朝诗》汉诗卷八"杂歌谣辞"收录），《益都民为王忳谣》："信哉少林世为遇，飞被走马与鬼语"（《后汉书·独行列传·王忳》），《伍子胥歌》："俟罪斯国志愿得分，庶此太康皆为力兮"（逯钦立《先秦汉魏晋南北朝诗》汉诗卷十一"琴曲歌辞"收录），《东平刘生歌》："东平刘生安东子，树木稀，屋里无人看阿谁"（《先秦汉魏晋南北朝诗》，疑为残句，萧涤非《乐府文学史》认为"不甚可解"）。此外，曹操《步出夏门行》也写道："士隐者贫，勇侠轻非。心常叹怨，戚戚多悲"（《乐府诗集》卷五十四，"舞曲歌辞"三，第791页），对侠充满了同情。这样看来，汉代所有这些咏侠的歌谣、谚语近二十首。

创作，数量较两汉已有大幅度增加，虽然诗歌形式绝大多数为乐府，但游侠已成为诗歌独立完整的艺术表现对象，咏侠诗的创作也出现了第一次高潮。游侠形象已成功地出现在诗歌创作中了。另外，从魏晋南北朝文人咏侠诗的整体创作看，民间咏侠歌谣与文人乐府诗体之间的过渡与转化痕迹甚明。这表现在魏晋南北朝咏侠诗人创作咏侠诗时本身的艺术载体就是乐府形式，而且内容上多继承或模拟民间歌谣内容，如《刘生》、《结客少年场》、《游侠篇》的创作这一特色最为显著，不像唐及以后各代完全失去民间歌谣的躯壳而更加文人化。

隋代历时较短，咏侠诗创作很少，不值一谈。

唐代出现了绵绵不断的咏侠诗潮，并且以大量的咏侠诗创作标志着第二次咏侠诗创作的高潮。在艺术形式的发展中，唐人创获良多，以新题乐府和律诗、绝句进行创作，提高了咏侠诗的艺术品位，使咏侠诗的创作由粗疏走向精美，而且洗尽了民间歌谣的朴野，更加文人化，成为一种具有高度审美价值的艺术形式。

与唐代诗人热衷于咏侠诗的创作相较，宋元时代，咏侠诗的创作很少。元代实行军事高压和政治独裁，咏侠诗极为少见，刘因《白马》诗歌咏侠义之士施全行刺秦桧事，为元人咏侠诗最有气势者。①

明清时期，咏侠诗的创作在某种程度上出现了复兴，文人志士的咏侠诗创作较多。但由于明清时期，诗坛复古主义倾向突出，因而咏侠诗的创作也多承唐人任侠精神和咏侠诗创作倾向。明代诗人在咏侠诗中与其尚武侠义的内容相比，几乎单独发展和落实了唐人咏侠诗中游侠追求世俗享乐、恣意优游的一面，抹去了经世的功业精神，多了世俗化、个性化的真实生命意志和自然欲求，表现出轻松畅快的世俗生活情趣，在内蕴上更加适合于市民

---

① 刘因《白马篇》：白马谁家子，翩翩秋隼飞。袖中老蛟鸣，走击秦桧之。事去欲留名，自言臣姓施。二十从军行，三十始来归。矫首望八荒，功业无可为。将身弭大患，报效或在兹。岂不知非分，常恐负所期。非干复仇怨，不为酬恩私。伟哉八尺躯，胆志世所希。惜此博沙气，不遇黄石师。代天出咸福，国柄谁当持。匹夫赫斯怒，时事亦堪悲。（见顾嗣立：《元诗选》初集上，中华书局1987年版，第160页）

气质。

明代诗人任侠重气者较多，故明人咏侠诗创作亦较多，但大都模仿唐人咏侠诗。从这些文人的咏侠诗创作看，诗中游侠已成为诗人乐意承担的社会角色和人格寄托，但其艺术格局却不出魏晋六朝和唐人的套路。清代处在中国封建社会的晚期，尤其晚期内忧外患不断、国运飘摇、风雨如晦的现实，使游侠形象又一次活跃于晚清诗坛。咏侠诗中，诗人借侠之咏，竭力张扬一种勇武精神和游侠的生命情调，用儒墨大义重新诠释侠义精神。从明清咏侠诗中体现出的任侠精神看，似是对唐代咏侠诗所歌咏的任侠精神加以分流而各取其重。一般说来，明代咏侠诗多承唐人咏侠诗优游享乐的世俗内容，注重个性和欲望的张扬，城市化的生活色彩和市民意识较浓；清代咏侠诗多侧重游侠的尚武和功业追求、胆识义气、牺牲精神，且侧重发扬了刺客型游侠的个人英雄主义内容，较多国家民族意识和悲剧色彩，革命英雄主义倾向较重。但明清两代咏侠诗的艺术形式和技巧皆沿袭唐人。

从以上咏侠诗的发展轮廓中，我们不难看出，咏侠诗创作成为绵绵不断的诗潮，有着深刻的现实动因和深厚的文化渊源，并和时代任侠风气、边塞时事、文人建功立业等结合在一起，形成了一个较为完整的价值体系。这是古代咏侠诗创作繁荣和影响力的根源，也是咏侠诗的美学价值所在，并与古代文人的人格理想、价值观念及其社会大众的审美追求具有一致性。同时，古代咏侠诗是体现任侠精神重要的文化内容，也是侠由史家立传到文人歌咏的重要文化载体，具有创作的连续性和追求功名享乐、张扬个性自由内容的一致性、艺术上乐府歌行体制的共同性。唐人咏侠诗无论数量、表现的思想内容、艺术创造、所处的地位以及对后代咏侠诗创作的影响，都体现着继往开来的时代特点。唐人咏侠诗继承了魏晋六朝咏侠诗的思想和艺术创造精神，并结合新的时代精神和审美追求，掀起了咏侠诗创作的又一高潮。唐人在咏侠诗中表现出的盛唐气象及其近体诗新的艺术体制，再次创造了咏侠诗的辉煌，其所表现出的思想境界和艺术审美理想为后代所借鉴继承而超越无多。唐人咏侠诗以其博大的内容、恢弘的气势和多彩纷呈的艺术形式，建立了在咏侠诗发展史上继往开来的独特文学地位，树立了一个不可企及的高峰。

　　五代十国（五代：907—960，十国：907—979），是中国历史上的一段动乱阶段，五代是指先后存在后梁、后唐、后晋、后汉、后周五个次第更迭的中原政权；十国是指前蜀、后蜀、吴、南唐、吴越、闽、楚、南汉、南平（荆南）、北汉等十几个割据政权。根据清代李调元（1734～?）编、何光清点校，巴蜀书社1992年版《全五代诗》文人的诗存文献，五代十国时期咏侠诗创作与隋代几无差别，从诗歌创作发展看，显然它处于从唐诗向宋诗过渡的阶段。张兴武的《论五代诗在中国诗歌发展史上的位置》则认为，五代诗作为一个独立的发展阶段，上接唐末，下启宋初，前后经过了一百三十多年，是超越于时代更替的，它在中国诗歌史上的位置与价值，在于其完成了从唐诗到宋诗的过渡，贯穿于这一过渡时期的诗风流变线索主要有"白体"、"西昆体"、"晚唐体"及"词代诗兴"，其流变过程既有一贯性与整体性，又有明显的阶段性，这从白体诗的演变轨迹中可以看得十分清晰。

　　"五代十国诗歌主流大致有二：其一是学白居易，中原各朝及各藩国台阁诗人多趋此体；其二学贾岛及其变体郑谷等，庐山、湖湘、荆渚等地隐逸诗人多走此路。而泉州诗人却由于受韩偓及禅风影响，上承温、李和盛唐，诗歌风格呈现出华丽、清壮、淡逸等特色，于白体、晚唐体外拔载自成一队，在五代诗歌史上占有一定地位。"[1] 罗宗强《隋唐五代文学思想史》一书有对五代时期诗歌创作倾向和审美味的论述。他指出，"儒家传统的伦理道德准则在士人中此时已丧失殆尽了"，"社会思想的这种不知不觉的变化影响到文学思想上来，便是功利主义的文学观如诗教说和明道说的失去现实意义。""文学思想的主要倾向，是缘情说。缘情说从两个方面发展，一是走向娱乐消遣，因此追求轻艳；一是虽用于消遣，而着重于追求真情抒发，追求内心感情的细腻表达和意境的细美深广。"[2] 据笔者根据清代李调元所编、何

---

[1]　张兴武：《论五代诗在中国诗歌发展史上的位置》，《西北师大学报》（社会科学版）1995年第5期。

[2]　罗宗强：《隋唐五代文学思想史》，中华书局1999年版，第394、395页。

光清点校，巴蜀书社 1992 年版《全五代诗》① 及其他五代十国文献搜集整理，五代十国咏侠诗共搜集五代咏侠诗 26 首，其中后梁 5 首、后汉 6 首；吴 1 首；南唐 2 首；前蜀 4 首；后蜀 1 首；楚 2 首；闽 2 首；荆南 3 首。基于过渡的文学特点，这一时期的咏侠诗创作非常低潮，可不必设专章论述。

---

① 《全五代诗》，辑者清代李调元（1734—？）。编成于乾隆四十年至四十三年（1775—1778）。乾隆《函海》本作 90 卷，后道光、光绪《函海》本则为 100 卷，增荆南齐己诗 9 卷，北汉诗 1 卷，补遗 1 卷。《全五代诗·凡例》说："五代诗向无全本，今取昔人所附之唐末、宋初之间者，以成此书。"凡唐人而入五代或五代而入宋者，均加采录，但司空图、吴融等忠于唐室者则不采入。全书以五代十国的朝代国别分卷，计梁 8 卷，唐 2 卷，晋 2 卷，汉 2 卷，周 3 卷，吴 6 卷，南唐 16 卷，前蜀 17 卷，后蜀 4 卷，南汉 1 卷，楚 4 卷，吴越 9 卷，闽 13 卷，荆南 12 卷，北汉 1 卷。朝代国别之下，按作者官爵、隐逸、道释等身份为序。同一作者之诗，又按乐府、四言、五古、七古、五律、五排、七律、七排、五绝、六绝、七绝等诗体排列。有作家小传。并有少量笺注。多取《五代诗话》材料。此书从 300 余种书籍中广采资料，故颇完备，"有断章摘句，靡不收入"（《自序》），为五代诗仅有的较好辑本。有乾隆《函海》本。又有道光、光绪《函海》本，《丛书集成》本即据以排印）。

第四章
咏侠诗创作的承变期

——宋代咏侠诗

  中国古代咏侠诗创作进入宋、元、明、清时期，总体上呈现出创作衰变期的特征。刘若愚先生是很早就注意到这种情况并对此进行分析研究。他在《中国之侠》第二章论述"诗歌中的游侠"时指出："唐代诗人热心于吟咏游侠，宋代诗人却很少触及这个题材。宋代大诗人诸如欧阳修、苏轼、王安石和黄庭坚的著作中几乎没有侠客诗。宋代的重要诗人中，对这类诗似乎有点意思的只有爱国者陆游一人。"① 在论及原因时他指出："宋代的侠客诗极为罕见，只要看看当时理学大为流行的情况就不会对此感到奇怪了。"② 元代的诗歌也同样对侠客诗漠然置之，这可能归咎于蒙古统治者的压迫，故元末侠客诗人顾瑛的一首四行侠客诗就成为"罕见的样品"。对于明代咏侠诗的创作情况，刘若愚先生指出："明代重新出现了以游侠为题材的古诗。这次复兴并不说明当时的社会侠客精神已苏醒，大部分原因是很多明代诗人极力模仿古诗和'复古'。他们用'乐府'的形式填写歌词，结果便是使诸如《游侠行》、《少年行》之类的题目重又出现。部分诗人也许的确欣赏侠客精神，但大多数人的动机只是在文学上模仿古代诗人而已。他们的诗在风格上同古代著作很难

---

① 刘若愚：《中国之侠》，周清霖、唐发饶译，上海三联书店 1991 年版，第 67 页。
② 刘若愚：《中国之侠》，周清霖、唐发饶译，上海三联书店 1991 年版，第 71 页。

区别，往往缺乏真实感情。"针对清代，他指出："清代时，侠客诗歌又一次衰落。这不仅和现实生活中侠客衰落的情况合拍，大概也还有清朝皇帝对文学严加管制的因素。写游侠太危险了，很容易被定为煽动罪，诗人避之唯恐不及。即使有触及这类题材的，也只是练练文笔而已。"①事实上，刘若愚先生的看法还是有商榷的地方。从创作实际看，古代咏侠诗的创作，明代、清代和近代都在数量上超过了前代。明代 1300 多首，清代及近代 1600 多首。而宋元明清各代歌咏游侠在形式上也突破了咏侠诗单一的文学形式，用词歌咏游侠，在杂剧中歌咏游侠，如元代杨维桢的咏侠词创作及宋人的一些咏侠词、叶宪祖《易水寒》杂剧大量采用咏侠诗入戏等，使其在与咏侠诗、侠义小说的交融互动中拓宽了侠文学的生存空间和传播方式。

宋王朝（960—1279）是中国古代历史进程中文化昌明的时期，"华夏民族之文化，历数千年之演进，造极于两宋之世。"②由于宋代经济繁荣、商业发展、崇文抑武国策、儒释道三教融通、俗文化兴起等复杂因素之作用，中国文化汉唐时代的雄浑气象在宋代逐渐转为精致内省、徐纡从容的文化风格，并由此带来一系列的变化。就社会风气层面而言，"一个尚武、好战、坚固和组织严明的社会，已经为另一个活泼、重商、享乐和腐化的社会取代。"③以士大夫人格精神而言，宋朝士大夫承担了较之唐人更深的人生责任，同时，他们更深入地探寻内在的个体生命意义，追求在道德节制之下的人生自由。宋代文学也进入"结束铅华归少作，屏除丝竹入中年"的时代，少了晋、唐诗中的明丽旖旎，而多了一些沧桑深沉的意态。以士人心态而言，宋人的个体意识不像唐人那样张扬、抒发，人生态度趋向理智、平和、稳健和淡泊，超越了青春的躁动，而臻成熟之境。在此文化背景下形成的宋代文学自有其特色。

---

① 刘若愚：《中国之侠》，周清霖、唐发饶译，上海三联书店 1991 年版，第 76 页。
② 陈寅恪：《邓广铭〈宋史职官志考证〉序》，《金明馆丛稿二编》，上海古籍出版社 1980 年版，第 245 页。
③ 谢和耐：《蒙元入侵前夜的中国日常生活》，江苏人民出版社 1995 年版，第 2 页。

第一节　庙堂之高与江湖之远

从咏侠诗的发展流变来看，宋代咏侠诗创作处于低潮与衰微阶段，但作为一代文学现象，不可至今无论。20世纪出版的数种文学史，从未论及宋人咏侠诗。在古代文学研究领域已到"精耕细作"的今天，宋人咏侠诗仍然是一块榛芜未剪的荒地，真正的研究至今尚未起步。据笔者对《全宋诗》、宋代史料、笔记的搜集整理，宋人咏侠诗数量150首，另外尚有贺铸、辛弃疾等词人的咏侠词创作。对宋人咏侠诗词从宏观上进行搜集整理和研究，不但能够填补研究领域的一个空白，而且对于探讨文人的时代精神和独特个性都有重要价值，进而还可为研究中国文化在宋代的承传与发展提供一新的视角。

一、宋代士人的咏侠诗创作

有宋一代，游侠活动并不活跃，但也不能说游侠已经销声匿迹。宋初侠风沿五代之余习，犹有晚唐五代任侠之风。"宋初诸将，率奋自草野，出身戎行，虽盗贼无赖，亦厕其间，与屠狗贩缯者何以异哉。"[1] 史载郭进"有膂力，倜傥任气，结豪侠，嗜酒蒲博"[2]。方山子，山野之民，"使酒好剑"，"少时慕朱家、郭解为人，闾里之侠皆宗之"。[3] 焦继勋"少读书，有大志"，"游三晋间，为轻侠，以饮博为务"。[4] 杨美武力绝人，以豪侠自任，"为人任气好施，凡得予赐及奉禄，尽赒给亲戚故旧。死之日，家无余财。"[5] 其余如元达、张景、王伦、杨允恭、王延范、刘平、曹偕、刘谦、孙益、李彦仙、陈

---

[1] 脱脱：《宋史·刘福传》，中华书局1977年版，第9384页。

[2] 脱脱：《宋史·郭进传》，中华书局1977年版，第9334页。

[3] 脱脱：《宋史·方山子传》，中华书局1977年版，第402页。

[4] 脱脱：《宋史·焦继勋传》，中华书局1977年版，第9042页。

[5] 脱脱：《宋史·杨美传》，中华书局1977年版，第9325页。

惬等，侠行类此，多为闾里追仿。不少士人任侠使气，自然会推动咏侠诗词的创作。宋代士人的咏侠诗词创作有着复杂的社会历史动因，其中主要有以下几方面因素：

（一）宋代士人风范与咏侠诗创作

宋型文化的显著特征是恢复了先秦两汉的"言志"传统，涂染着鲜明的政治化、道德化色彩。任侠风气为何在讲究理性化、内省化的宋代诗人中绵延不绝？是与宋代士人风范密不可分的。

首先，宋代士人政治使命感、经世致用的主体精神普遍高涨，他们普遍以国之栋梁自居，有着强烈的从政热情。《宋史·忠义传》云：经范仲淹等倡导，"中外搢绅知以名节相高、廉耻相尚，尽去五季之陋矣。故靖康之变，志士投袂，起而勤王，临难不屈，所在有之。……盖非一日之积也。"[1]此后，"在朝之士观其见危之大节，在野之士观其奉身之大义"，皆以为重，遂以成俗，成为宋代士人立身之准则。可知，共同的救世理想和入世精神，使宋人在自己精神世界的建构中，并未割断唐以来的任侠风气，唐代任侠之流风余韵，至宋不绝。"每感激论天下事，奋不顾身"，"杀身无补误朝廷，天下英雄古难得"的任侠气质，成为宋人身上的重要习性。

宋型文化的"外柔内刚"，"即在儒雅外表之下隐含着更深沉更强烈的'刚'的文化性格——对文化事业的投入；对儒家'修身齐家治国平天下'理想的执著追求；在民族危亡之际表现出坚贞的民族气节；在政治腐败、国是日非年代的改革热情等等"。[2]暂且不论范仲淹、陆游、陈亮、贺铸文人群体前仆后继、反抗专制的铮铮铁骨，即便如苏轼、苏辙等，"也是华艳其外，傲骨其中，具有强烈的反传统、反权威意识。此乃内'剑'外'箫'、似'箫'实'剑'也。"[3]在宋型文化中，"源于民族复仇的尚武精神基因更为活跃，也更为强悍。所有这一切，主要应归因于特定时代风云的激励，但

---

① 脱脱：《宋史·杨美传》，中华书局1977年版，第13149页。

② 梅新林：《剑与箫——江南文化精神的二重演绎》，《中国社会科学报》2011年7月12日。

③ 梅新林：《剑与箫——江南文化精神的二重演绎》，《中国社会科学报》2011年7月12日。

也同样可以隐约听到远古尚武精神的回响。"①

其次，侠是宋代士人的人格期待，在宋代士人悠悠从容的平和人格中，侠义风范仍然不时地显露出来。与唐型文化相比，"宋型文化是一种相对封闭、内倾、色调淡雅的文化类型。"②在儒、释、道三教的冲突与交融中，宋型文化"不仅出现了由武而文、由刚而柔的历史性转型，而且完成了亦文亦武、亦刚亦柔的历史性重构"。③在此，笔者想引用反复出现于宋人诗中的"书与剑"二元意象组合，以期对宋型文化精神进行一番新的探索和诠释。批阅宋人诗作，书、剑意象便扑面而来。如：

> 江上同舟诗满箧，郑西分马涕垂膺。未成报国惭书剑，岂不怀归畏友朋。④

> 病怯新寒欲不禁，南窗拥褐夜愔愔。江湖跌宕送余日，书剑萧条孤壮心。⑤

> 书剑飘然去国时，南兰陵郡日题诗。吴波涨绿迎桃叶，穰烛堆红按柘枝。⑥

这里，"与'剑'相连的是壮烈、阳刚、豪放……，与书相连的是灵性、阴柔、婉约……'剑'喻抱负，'书'喻诗魂；'剑'喻狂放，'书'喻理性；由此构成壮怀激烈之剑气与幽情赋诗之书心的奇妙组合。"⑦书剑恩仇，体现出的好剑精神，以及刚正不阿的道德情怀，与宋型文化精神的另一面——平淡从容、理性超越组合在一起，成为深入探索宋型文化特质的一个良好切

---

① 梅新林：《剑与箫——江南文化精神的二重演绎》，《中国社会科学报》2011 年 7 月 12 日。

② 张岱年、方克立主编：《中国文化概论》，北京师范大学出版社 2004 年版，第 77 页。

③ 娄含松、凌喆、李杭春：《人文精神与文化浙江——浙江省社会科学界第二届学术年会人文学科专场综述》，《浙江社会科学》2015 年第 1 期。

④ 苏轼《九月二十日微雪，怀子由弟二首》其二，王文诰辑注、孔凡礼点校：《苏轼诗集》卷四，中华书局 1982 年版，第 154—155 页。

⑤ 陆游：《新寒》，钱仲联校注：《剑南诗稿校注》卷一三，上海古籍出版社 1985 年版，第 1063 页。

⑥ 陆游：《闻韩无咎下世》，钱仲联校注《剑南诗稿校注》卷一九，上海古籍出版社 1985 年版，第 1453 页。

⑦ 梅新林：《剑与箫——江南文化精神的二重演绎》，《中国社会科学报》2011 年 7 月 12 日。

入点。

诚如梅新林先生所云："美国人类文化学家露丝·本尼迪克特在《菊与刀》一书中以'菊'与'刀'概括日本民族文化精神，曾引起日本学界以及世界人类学界的广泛关注。诚然，在日本文化'菊'与'刀'和江南文化'剑'与'箫'精神的二重组合之间，原本存在着明显的差异，更不能简单将此两者画等号，但考虑到二者之间的渊源关系以及彼此地缘上的邻近因素，则若以中外互观的特定视点，比较'剑—箫'与'刀—菊'的同中之异、异中之同，可以从中获得诸多启示。"① 笔者以为，以"剑气书心"的二元意象组合来喻指宋型文化是不会辱没宋人的。

"剑气书心"，"这是值得探讨的一种文化现象和社会心态。社会心态不过是反映了特定社会环境下普通大众的某种利益诉求，并对社会生活有广泛影响的思想倾向和心理情结，它揭示了特定社会条件下普通大众的精神向往和价值取向。"② 对英雄的崇拜是人类的天性，重新审视宋代士人的人生际遇，我们能够发现宋人平和、理性的"书心"深处仍然有"金刚怒目"的一面，有对"剑气"的期盼和渴望。宋代崇文抑武政策、对外软弱无力，宋人如此青睐侠客，其实是宋代文人在内心中创造出的一种理想形象，是在无奈的人生困境中渴望着一种心灵寄托。借着对义无反顾、武艺高强的侠义之士的礼赞，正好弥补了宋代社会因为"军事懦弱、外交妥协所造成的失意感，因而在他们笔下时有流露"。③

（二）宋代民族矛盾与任侠风气

法国批评家丹纳在《艺术哲学》中曾说："自然界有它的气候，气候的变化决定这种那种植物的出现。精神方面也有它的气候，它的变化决定这种那种艺术的出现。我们研究自然界的气候，以便了解某种植物的出现……同

---

① 梅新林：《剑与箫——江南文化精神的二重演绎》，《中国社会科学报》2011 年 7 月 12 日。
② 杨兴培：《清官文化和社会心态》，《检察日报》2013 年 1 月 18 日。
③ 王水照：《情理、源流、对外文化关系——宋型文化与宋代文学之再研究》，《王水照自选集》，上海教育出版社 2000 年版，第 39 页。

样我们应该研究某种精神上的气候，以便了解某种艺术的出现。"① 宋代咏侠诗的演进发展，既受制于政治氛围、文学传统、读者接受心理，又受到宋代民族矛盾这一特定文化背景的影响。宋代边境战争一直绵延不绝，北宋王朝建立后即与辽、西夏、金之间经常发生武装冲突，特别是"靖康之变"给宋代社会以前所未有的重大冲击。入侵者的铁蹄在中原大地肆意蹂躏，生灵涂炭、哀鸿遍野、流民失所。昔日充满书斋意趣的文人雅士也只能加入逃亡中的人群，哪里能活命就往哪里逃。"城北杀人声彻天，城南放火夜烧船。江湖梦断不得往，问君此住何因缘？审身穷巷米如玉，翁寻湿薪煴炊粥。明日开门雪到檐，隔墙更听邻家哭。"（吕本中《兵乱寓小巷中作》）② 正是当时中原大地上北宋灭亡、百姓遭受战祸的惨状。在"靖康之变"以前，还没有哪一个朝代的爱国主义精神，能够像两宋易代之际来得如此迅猛，普及得如此深广。血雨腥风的金兵入侵所激发出来的收复失地、还我河山之呼声和爱国主义激情如同地火在奔涌汇聚、喷薄而出。

南宋行刺奸臣秦桧未果的侠士施全被捕时，慷慨激昂地说道："举国与金为仇，尔独欲事金，我所以杀尔也。"③ 道出了南宋民族矛盾对侠义精神的激发。生活在此期的李纲、陈亮、萧德藻、张元干、陆游、文天祥、刘过、刘克庄、辛弃疾等人，是领一代风骚的文化名流。作为时代与社会的先觉者，他们充分意识到"位卑未敢忘忧国"。匡济天下与挽狂澜于既倒的救世热情，还我河山的政治抱负和治平理想的巨大冲动，使他们共同表现出救世的警觉和入世的热忱，努力寻求与时代需要相一致的传统文化资源。于是，任侠风气就与宋代士大夫建功立业、收复失地、抗击侵略的人生理想相合拍，一时风起云涌，弥漫社会各阶层。史载李彦仙"有大志，所交皆豪侠士，……每出必阴察山川形势，或瞷敌人纵牧，取其善马以归"。④ 王伦"家

---

① ［法］丹纳著，傅雷译：《艺术哲学》，广西师大出版社 2000 年版，第 42 页。

② 北京大学古文献研究所编纂：《全宋诗》卷一六一〇，北京大学出版社 1998 年版，第 18135 页。

③ 毕沅：《续资治通鉴》，上海古籍出版社 1986 年版，第 700 页。

④ 脱脱：《宋史·李彦仙传》，中华书局 1977 年版，第 13209 页。

贫无行，为任侠，往来京洛间，数犯法"。① 后出使金国，不屈而死。辛弃疾，"少喜剑术"，带领五十勇士奇袭金营，擒获叛徒张安国，如入无人之境，"壮声英慨，懦士为之兴起，圣天子一见三叹息。"② 这些均为咏侠诗的创作提供了精神力量和丰富生动的题材，"君不见长安侠少儿，臂鹰走狗争轻肥。一朝遭渠国士知，笑视鼎镬如水嘶。……横行匈奴十万骑，肯以秘计干阏氏。……我有黄石书，孺子漫多奇。我有欧冶剑，荆卿何足挥。"（陈棣《古游侠行》）③ 将侠义精神结合爱国英雄主义理想而发扬光大，这不仅带来了南宋咏侠诗创作的繁荣，而且也为咏侠诗提供了广阔的视野，灌注了催人奋进的精神力量。侠士以武力方式除恶，依靠血性之勇伸张正义异常契合民族矛盾尖锐中的宋代士人的期待视野，可以说，南宋咏侠诗的大量出现本质上折射出南宋诗人补天自救的社会文化心理。"不屈的人民与屈辱可耻的统治阶级，有着完全不同的审美标准。"④ 南宋士人对游侠形象的集中歌咏以及对生活中侠义精神的开拓和礼赞，不但表现了这个时代特有的精神面貌，而且也构成了宋诗内容和宋代美学风格中不可或缺的组成部分。

然而，南宋朝廷并未率军北伐、收复失地，朝廷充斥着畏敌如虎、奴颜婢膝的投降之士。"和戎诏下十五年，将军不战空临边。朱门沉沉按歌舞，厩马肥死弓断弦。"⑤ 南宋统治者屈辱投降的既定方针给作为时代中流砥柱的爱国志士心理上造成极大创伤。这些理想抱负受到阻碍不得施展的爱国志士便在咏侠诗中倾注了自己的一腔热血。凭借对历史上忠勇过人、侠肝义胆、义无反顾的侠客形象的歌咏，南宋爱国志士酣畅淋漓地宣泄自己抑难忍的忠愤之情：

> 一诺千金汉重臣，平生恩力报何曾。朱家不德人传美，殊愧张苍父

---

① 脱脱：《宋史·王伦传》，中华书局 1977 年版，第 11522 页。
② 脱脱：《宋史》卷四〇一《辛弃疾传》，中华书局 1977 年版，第 12162 页。
③ 北京大学古文献研究所编纂：《全宋诗》，北京大学出版社 1998 年版，第 22019 页。
④ 霍然：《宋代美学思潮》，长春出版社 1997 年版，第 211 页。
⑤ 郁贤皓主编：《中国古代文学作品选》第四卷，高等教育出版社 2003 年版，第 69 页。

事陵。①

　　尝胆深思报复来，经纶须仗出群才。仇齐一扫如风叶，只为黄金早筑台。②

　　壮哉貔虎三千士，静扫鲸鲵百万余。若使人人似淮右，笑谈真可灭狂胡。③

诗中游侠斗鸡使酒，任气杀人，然一旦边地有急，却又能杀敌立功，直扫狂胡，任侠风气，跃然纸上。这些激动人心的侠客形象，扭转了宋初以来一以贯之的抑武重文的习俗风尚，舞刀弄剑、仗剑去国重新成为士阶层的审美焦点和人生理想，自唐末久违了的任侠豪气终于在南宋时期热血腾涌的爱国志士身上复归。南宋诗人如陆游、文天祥、陈亮、刘过等也都任气尚侠，多有咏侠诗。"看到一幅画马，碰见几朵鲜花，叫了一声雁唳，喝几杯酒，写几行草书，都会惹起报国仇、雪国耻心事"④的宋代诗人们，需要借助各种方式表现自己的英雄气概，建功立业是一种适宜的方式，任侠也是一种方式。特别是在南宋苟安求存、消极抵抗的大背景下，文人们报国无门，通过咏侠来抒发其爱国愿望，恐怕还是更容易做到的方式，咏侠诗在南宋之繁荣也就不言而喻了。

　　同时，在南宋广大乡土社会，两宋时期，广大中原地区相继沦丧，胡骑纵横，在极端残酷、野蛮的统治下。北方人民"忍泪吞声问使者，几时真有六军来"。抗辽反金事业被迫转入秘密进行。这些组织确实集结了一批爱国侠士，他们"负剑辞乡邑，弯弓赴国难"，"长弓随汉月，拂剑倚胡天。"⑤可见，宋代民族矛盾的激化而产生的新的文化语境，使任侠风气得到了发展契机。同仇敌忾的抗金热潮，爱国志士"壮志饥餐胡虏肉，笑谈渴饮匈奴血"的无畏精神，是宋人咏侠诗繁荣的必然动因。

---

① 北京大学古文献研究所编纂：《全宋诗》，北京大学出版社 1998 年版，第 42836 页。
② 北京大学古文献研究所编纂：《全宋诗》，北京大学出版社 1998 年版，第 42836 页。
③ 北京大学古文献研究所编纂：《全宋诗》，北京大学出版社 1998 年版，第 34850 页。
④ 钱钟书：《宋诗选注》，人民文学出版社 1958 年版，第 192 页。
⑤ 北京大学古文献研究所编纂：《全宋诗》，北京大学出版社 1998 年版，第 37188 页。

（三）宋人冶艳风流与任侠风气

宋代城市经济相当繁荣，北宋的都城汴京（今河南开封）、南宋的都城临安（今浙江杭州）以及建康（今江苏南京）、成都（今属四川）等，都是人口达十万以上的大城市。宋代时期还取消了"坊"（居住区）和"市"（商业区）的界限，不禁止夜市活动，这为商业和娱乐业的迅速发展提供了更有利的环境。孟元老的《东京梦华录》、周密的《武林旧事》、张择端的《清明上河图》，生动地描绘了汴京、临安城中商贾辐辏、百业兴盛以及朝歌暮舞、弦管填溢的繁华情景。孟元老《东京梦华录·序》曾经描述了北宋都城汴京的繁华概貌："……举目则青楼画阁，绣户珠帘。雕车竞驻于天街，宝马争驰于御路。金翠耀目，罗绮飘香。新声巧笑于柳陌花衢，按管调弦于茶坊酒肆。八荒争凑，万国咸通。集四海之珍奇，皆归市易；会寰区之异味，悉在庖厨。花光满路，何限春游；箫鼓喧空，几家夜宴。伎巧则惊人耳目，侈奢则长人精神。"①南宋时期，城市商品经济更进一步发展，市民群体成为城市之主体。周密《武林旧事》卷二"元夕"条记载了南宋时杭州的狂欢景象："其日都城内外，诣庙献送繁盛，最是府第及、内官迎献马社，仪仗整肃，妆束华丽。又有七宝行，拂列数桌珍异宝器、珠玉，殿亭悉皆精巧，后苑诸作呈献盘龙走凤，精细靴鞋，诸王巾帽，献贡不俗。各以彩旗鼓吹、妓乐、舞队等社，奇花异果，珍禽水族，精巧面作，诸色愉石，车驾迎引，歌叫卖声，效京师故体，风流锦绮，他处所无，台阁巍峨，神鬼威勇，并呈于露台之上，自早至暮，观者纷纷。"②宋代社会风俗流变的原因，既有自古以来沿袭的地域风俗特征，更有当代自上而下的熏染。因此，宋代"都市生活处在一种越出常规的攀比、模仿与追逐世俗享乐的风气里。这种生活，一方面有利于都市的繁荣，便于城市居民的生活、交易和互相交往，提高生活质量"。③宋代城市经济的长足发展是孕育都市游侠的沃土。

---

① 孟元老：《东京梦华录》，伊永文笺注，中华书局 2006 年版，第 1 页。

② 《梦粱录外四种》，见刘坤、赵宗乙编：《中国古典名著民俗集萃》，黑龙江人民出版社 2003 年版，第 18 页。

③ 郑继猛：《宋代都市笔记研究》，陕西师范大学博士论文，2009 年，第 48 页。

"宋代士人不仅具有庙堂之中的政客风范和坛坫之上的学者气象，也往往秉承了风流文人甚至是多情种子的人格风貌。……在私人生活领域中，宋人大多以游冶享乐为务，以文采风流见长。"① 他们在纷纭世事之外，大多追求世俗之享受。宋初赵匡胤杯酒释兵权，劝石守信多置歌儿舞女，日饮酒相欢，以终其天年。在朝廷的提倡下，宋代官僚生活大都相当侈靡，而宋代城市都市生活的繁荣和弥漫整个社会的享乐娱乐风气更为任侠风气提供适宜发展的温床。在此文化背景下，有着理性精神约束、且注重享乐的宋代文人自然会较多地摒弃传统侠客"以武犯禁"的一面，而较多地继承了传统游侠之士追求世俗享乐、潇洒通脱、张扬个性的一面，饮酒、宿娼、走马、射猎、斗鸡、纵酒、挟弹等成为宋代咏侠诗的常见内容。如《西京少年行》："西京少年儿，生长豪贵族。光浮两脸红，喜留双鬓绿。常骑大宛马，多佩于阗玉。明珠博美姬，黄金酬丽曲。朝从咸阳游，暮向长陵宿。朱门人候归，夜夜燃红烛。"② 此首咏侠诗可谓宋人咏侠诗的代表，有着明显的享乐化、闲适化方向和戏谑人生的生活态度。再如柳永的《抛球乐》：

> 晓来天气浓淡，微雨轻洒。近清明，风絮巷陌，烟草池塘，尽堪图画。艳杏暖、妆脸匀开，弱柳困、宫腰低亚。是处丽质盈盈。巧笑嬉嬉，手簇秋千架。戏彩球罗绶，金鸡芥羽，少年驰骋，芳郊绿野。占断五陵游，奏脆管、繁弦声和雅。向名园深处，争泥画轮，竞羁宝马。取次罗列杯盘，就芳树、绿阴红影下。舞婆娑，歌宛转，仿佛莺娇燕姹。寸珠片玉，争似此、浓欢无价。任他美酒，十千一斗，饮竭仍解金貂赏。恣幕天席地，陶陶尽醉太平，且乐唐虞景化。须信艳阳天，看未足、已觉莺花谢。对绿蚁翠娥，怎忍轻舍。③

柳永词中描绘的都市游侠少年恣意享乐，在自然风光、声色美酒中愉悦自己的性情，放纵任情，也摆脱了身心束缚，尽情挥洒侠士的本性，是生命强度的张扬和显露。宋代的侠士的任性纵情，与整个宋朝享乐的社会风气有

---

① 郭英德：《光风霁月：宋型文学的审美风貌》，《求索》2003 年第 3 期。

② 北京大学古文献研究所编纂：《全宋诗》，北京大学出版社 1998 年版，第 32958 页。

③ 唐圭璋主编：《全宋词》第一册，中华书局 1965 年版，第 31 页。

关，上至皇帝，下至臣子，都游冶享乐；大臣蓄养家妓，歌舞升平；文人士子流连风月，游冶放荡。即使是南渡以后，享乐风气也并未消失。侠客身上那种无拘无束的生活方式与宋人追求的享乐生活并不矛盾，咏侠题材成为宋人流连诗酒、作诗酬唱的一个内容，展现了宋代士人精神世界的另一个重要侧面。

从咏侠诗史的流变来看，唐、宋人咏侠诗之变异和传承，实际上折射了唐人、宋人各自不同的审美观念。从文化人类学的角度视之，这种差别实际隐含了不同历史文化语境对人类精神的潜在规约。不同时代的作家所经受的文化记忆、文化背景自然不同，这种不同的文化记忆往往带有精神上的共性特质，潜在地规约了不同时代人们的价值观、人生观乃至艺术观。

（四）晋唐咏侠诗对宋人的导向作用

宋代咏侠诗也是从文学传统中走出来的，自司马迁《史记》为游侠立传，至魏晋六朝咏侠诗之勃兴，到唐人咏侠诗之大发异彩，侠已成为中国文学的一个符号。文学史上历代咏侠诗中塑造的侠客形象和他们火热之生命追求，就成为宋人咏侠诗创作的永不衰竭的精神资源。上述种种复杂因素扭结在一起，使得在讲究内省体验，精致化、内敛化的宋代士大夫，非但没有如学界所想象那样拒绝任侠精神，反而使咏侠诗之思想和内容在新的历史时代有新的发展。长期以来，学界对于宋代咏侠诗的研究相当冷清，言下之意即宋型文化重理性、轻奋发；多含蓄内敛，少浮华扬厉；宋人咏侠诗无甚可观之处，审美价值高者更是寥寥。事实证明，这种看法低估了宋人咏侠诗创作的热情和宋代咏侠诗的艺术水准。

二、宋代江湖世界的任侠风气与咏侠诗

中国封建社会发展至宋代，土地兼并日益频繁，广大流失了土地的农民流离失所，成为居无定所、也没有生活来源的游民。正如宋人钱彦远所云："唐开元年有户口八百九十余万，定垦田二千四百三十余万顷。国家有户

九百五十余万，定垦田一千二百一十五万余顷。其间逃废之田，不下三十余万顷，不及开元三分之一，是田畴不辟而游手多矣。"①可见宋代土地的大量兼并，大量农民的破产是导致游民大量出现的重要原因。这些脱离土地的游民大量涌入城市，造成了宋代城市的畸形繁荣和城市游民群体的形成。

（一）宋代的市井、武林、绿林和秘密帮会

在两宋城市商业的发展中，一个值得一提的现象是城市里出现不少无业游民。城市中的无业游民，即宋元话本里的"闲汉"、"泼皮"。宋代江南地区人口密集，人多地少的矛盾十分突出，加上豪族势家大肆兼并，许多农民纷纷失去土地，或沦为佃农，或涌入城市和市镇谋生。宋代城市的"产生和发展不仅为封建商业的畸形繁荣创造了条件，而且也为失去了土地和脱离了宗法家族的人们进入城市和在城镇之中并较为长久地生活下来提供了可能"②。城市的繁荣使成分庞杂的市民发展成为一个空前壮大的阶层。宋代张择端《清明上河图》共描绘了五百余个形形色色的社会人物，除了少数的官吏、绅士、商人之外，肩挑背负的小商小贩、扛粮背包的苦力役夫、测字算卦的江湖相士、拉船的纤夫等都是游民群体的组成部分。绿林社会，三教九流无所不包，鱼龙混杂，泥沙俱下，既有行侠仗义的绿林侠士，也有为非作歹的不法之徒。《青琐高议》卷四为我们了解宋代江湖世界侠客提供了宝贵的材料：

> 大宋王寂，汾州邑人也。不妄然诺，尤重信义。里人云："得千金不如寂之一诺。"其为乡间信重如此。为文不喜从少年辈趋时，由是落魄，不售于有司。一日，拊骑仰面叹曰："大丈夫当跃马食肉，取富贵易若拾芥。使吾逢高光时，与韩彭并辔，长驱中原，取封侯，臂悬金印大如斗。反从小后生辈为声律句，组绣对偶，低回周旋笔砚间，使人奄然无气。设或得入仕，方折腰升斗之粟，所得几何哉！"乃毁笔砚，裂

---

① 庄绰撰：《鸡肋编》卷下，中华书局 1983 年版，第 90 页。
② 王学泰：《游民文化与中国社会》，学苑出版社 1999 年版，第 133 页。

冠服，向所蕴藉，一无所顾。……一日，有邑尉证田讼，入邑前道，吏趋门传呼甚肃。时寂酒方盛，气愈壮，垂手瞑目不避。吏责其慢，遂侵辱寂。寂怒，以手批吏，首抵墙上，堕三齿。寂大呼而出，叱尉下马，就夺所佩刀划地数尉曰："子贿赂公行，反覆曲直，民受其弊，其罪一也。冒货践秽，残刑以掩其迹，其罪二也。子数钟之禄，其职甚卑，妄作威势，纵小吏欺辱壮士，其罪三也。"乃就斩尉，并害其胥保十数人，死伤积道，血流染足。比屋民居，阖户莫敢出。寂置剑于地，呼其常与饮博侪类，聚而言曰："尉不法辱人，不杀之，无以立勇。今吾罪在不宥，吾将入溪谷以延朝夕之命。从吾与吾盟，不乐亦各从尔志也。"无赖恶少年皆起应之，相与割牲祭神，结为友。出入数百，椎牛、椎豕、掠墓、劫民、烧市，取富贵屋财，民拱手垂头，莫敢出气。白昼杀人，官吏引避；视州县若无有，观诏条如等闲。①

此段材料详尽地记载了宋代普通市民逐渐流入江湖社会的经过，为我们提供了考察宋代绿林、江湖社会的第一手资料，与《水浒传》中林冲等逼上梁山的故事可以对读。"官逼民反"是宋代社会武林、绿林和秘密帮会形成的主要原因。此外，宋元话本中也较多城市游民群体的描写，一些江湖游侠也产生于游民之中。城市中的游民形象在宋元话本里大量出现，这在以前的文学作品中是比较少见的，因而，这一群体形象的出现有十分独特的意义，游民的活动范围是城市，宋代商业化程度很高的城市便成为游侠之士产生的良好土壤。

武术套路空前发展，角抵、使棒、弄枪、举重、射箭等武术技艺已深入到寻常巷陌、街头巷尾，成为人们生活中不可缺少的组成部分。从文献资料看，宋代游侠大都出自武林、绿林、秘密团体等民间社会。这个时期任侠以民间社会为主要存在形式，任侠行为也常带有浓厚的世俗生活色彩。据《武林旧事》记载，南宋临安就有"角抵社"、"锦标社"、"英略社"等武侠组织。

---

① 刘斧撰辑，王友怀、王晓勇注：《青琐高议》前集卷四《王寂传》，三秦出版社 2004 年版，第 51 页。

这些江湖世界的武林侠士，往往通过任侠活动，诸如勇决任气、轻财好施、打家劫舍、结交豪侠等，以博取声名。

宋王朝土地兼并愈演愈烈，阶级矛盾十分尖锐，失去土地的下层不少民众落草为寇，故有宋一代民间山寨林立，绿林社会特别发达。这些被逼上梁山的无辜百姓中，颇多侠义志士。北宋末，洞庭湖附近的绿林好汉，利用河湖港湾、岛屿无数、芦苇丛生等有利条件，"为侠于闾里，自号'亡命社'，……巢穴葫芦中，白昼出镖，吏畏不敢问。"① 他们或占山为王，"掠墓、烧市、取富贵屋财"；或云游江湖、除暴安良，"如见外方之人被人欺蹒，必救护之。"或见恶霸横行，"必横身相救。""说于男儿莫爱身，只身负剑不谓贫，古来厅士君知否，拼得头颅研于人"，② "绿林中的'忠义'历来有多层含义，一方面是就侠之本分而言，一诺千金，忠人之事，行侠仗义，维护公正，此种侠义是侠士的基本风范，是建立在良知与道义的基础上的。另一方面是就侠义精神而言，同生死、共患难，肝胆相照，此种忠义情结自发地起始于一种团结御侮的愿望，建立在天涯沦落、荣辱与共的情感与命运之上。"③

宋代商业的迅猛发展使人与人间的关系发生了根本变化，下层民众以血缘关系为纽带的传统联系被削弱，于是他们在秘密帮会这种类亲属组织中去寻找温暖，有的秘密帮会还同宗教结合，让民众从心理、精神上找到了安慰和归宿。持续的社会动荡和恶势力横行等不确定因素，也需要秘密帮会提供他们安全。宋代民间秘密结社遍布大江南北，会党林立。如北宋初，秘密帮会"白衣社"竟敢在警卫森严的京城开封府结社，令朝廷大为震惊。仁宗时，"章丘民聚党村落间，号'霸王社'，椎剽夺囚，无不如志。巩配三十一人，又属民为保伍，使几察其出入，有盗则鸣鼓相援，每发辄得盗。"④ 南宋钟相、杨幺起义，亦以宗教武装结社形式进行，钟相自称"天大圣"。在宋

---

① 脱脱：《宋史·石公弼传》，中华书局 1977 年版，第 11032 页。
② 北京大学古文献研究所编纂：《全宋诗》，北京大学出版社 1998 年版，第 22056 页。
③ 关爱和：《"中国近代小说类型"专题研究》，《河南大学学报》（社会科学版）2010 年第 2 期。
④ 脱脱：《宋史·曾巩传》，中华书局 1977 年版，第 10390 页。

代，不少侠客就是秘密帮会的成员和头目，他们除暴安良、抱打不平，"腰间插雄剑，中夜龙虎吼。平明登前途，万里不回首。"①"宝刀重如命，命如鸿毛轻"②，弥散着市井气息。这些宋代特殊的市井风情，成为侠风产生的温床，极容易产生江湖任侠风气。

（二）侠：游民群体、绿林好汉、武林世界的人格追求

"传统农业社会中跟以家为本、安土重迁的家族人生形态相游离的异类的江湖人生形态，他们多为失去土地的农民、渔夫、猎户、下层小吏、军官、教师、手艺人、小本生意人以及三教九流人等。普遍的贫困化和官府腐败失公、土地无法维系他们就流浪江湖；法律无法保护他们就无法无天；血缘无法约束他们就以重情的义气来拓展人际关系。他们像古希腊的大力神赫拉克勒斯那样长途历险，搏狮除怪，但他们搏杀百首巨龙而获得的'金苹果'，却是'替天行道'、'仗义疏财'的旗号。这里的所谓'道'，就是民间的正义性，在传统民间社会中'孝'与'义'是基本伦理，而在江湖区群中义高于孝，对于酒、色、财、气四端，他们嗜酒使气是为了行义，他们疏财戒色也是为了打破行义的障碍"。③ 对于宋代社会的思想史进程，研究界过去的研究主要集中在宋代"思想家的思想史或经典的思想史，可是我们应当注意到在人们生活的实际的世界中，还有一种近乎平均值的知识、思想和信仰，作为底色或基石而存在，这种一般的知识、思想与信仰真正地在人们判断、解释、处理面前世界中起着作用"。④ 有宋一代，尚武精神已经不再活跃于主流社会，而是流淌在脱离主流社会的下层游民群体、绿林世界中。在社会政治黑暗腐朽、流民四起的宋代社会，下层游民群体作为社会的弱势群体，他们受到了强权的欺压，无处诉说冤屈，只能将希望寄托于那些强悍威猛，法不能禁，来无踪、去无影，重然诺、重义气的侠客身上。"有组织的

---

① 北京大学古文献研究所编纂：《全宋诗》，北京大学出版社 1998 年版，第 42884 页。
② 北京大学古文献研究所编纂：《全宋诗》，北京大学出版社 1998 年版，第 34850 页。
③ 杨义：《重绘中国文学地图通释》，当代中国出版社 2007 年版，第 99 页。
④ 葛兆光：《中国思想史·导论》，复旦大学出版社 2004 年版，第 13 页。

侠客在抗衡社会不公、伸张社会正义方面起了一定的作用，处于社会底层的游民对于他们抱有很大期望。宋代统治者的政策是重文轻武的，政府的武装组织非但不足以保护人民不受外敌的侵扰，而且，频繁地制造社会动乱，祸害人民。处于社会最底层的游民为了生存、为了发展，也为了在社会变动中改变自己的处境，提升自己的地位，才去学武。……因此，武侠、豪侠就成为一般游民做人的楷模。"①侠客一般具有一种偏执型、进取型、自由型的人格美，正好成为宋代江湖社会下层民众的一种心理代言和心理补偿，自然，侠的形象就成为他们心中的理想人格范式。"我友剑侠非常人，袖中青蛇生细鳞。腾空顷刻已千里，手决风云惊鬼神。"②正诠释了宋代江湖世界的任侠传统。他们更多地将任侠作为个人能力的标志和争强斗势的方式，一些侠客"执狰刀，互相格斗击刺，作破面剖心之势"，因此却闻名江湖，在大众社会获得极大声誉。

侠这一艺术形象在特定时代的语义场中以其强悍威猛、法不能禁、来无踪、去无影等内涵，较好地注解和阐释了宋代绿林、江湖世界民众的心声。宋代都市社会的发达给任侠风气提供了广阔的空间。游民、市民的大量存在，武林、江湖等民间社会的兴盛，武术和讲史、讲经、百戏、影戏、傀儡等一样，也成为大众社会的一种技艺，广泛渗透到社会的日常生活中。从这点出发，我们不难理解为何《三国演义》虽写的是帝王将相，然个个人物都充满绿林豪侠之气，至于《水浒传》中林冲、鲁智深、武松、李逵等绿林好汉都是慷慨好义、疾恶如仇、行侠仗义的豪杰好汉。

（三）江湖世界任侠风气对宋代咏侠诗创作的影响

"文学作为审美的精神文化方式，它与文化之间存在着深刻的千丝万缕的关系。"③虽然因为缺乏文献记载，宋代社会游民群体、绿林江湖世界的任侠风气很少能记载下来，但从宋代说话"发迹变泰"的市井故事，从《三国

---

① 王学泰：《游民文化与中国社会》，学苑出版社 1999 年版，第 266 页。
② 北京大学古文献研究所编纂：《全宋诗》，北京大学出版社 1998 年版，第 24407 页。
③ 杨义：《文学的文化学和图志学问题》，《西南民族大学学报》（人文社科版）2007 年第 1 期。

演义》、《水浒传》等小说中，我们仍然能窥探到宋元时期底层社会崇尚的侠义风范。而且，从雅俗互动的文学文化学视角来看，这种江湖世界的任侠风气对宋代咏侠诗创作还有着深远的影响。主要表现在以下两方面：

一是文化层面的雅俗互动，宋代江湖世界任侠风气对文人咏侠诗创作提供了广泛的素材，激发了文人创作的渴望。宋元时代，随着商品经济的繁荣和市民阶层的壮大，"说话"业大兴。至南宋时"说话"已有小说、说经、演史、说浑话四家，而小说又分灵怪、烟粉、传奇、公案、朴刀、杆棒、妖术、神仙八类。其中"朴刀"、"杆棒"的内容是有关侠义的。"在宋末罗烨的《醉翁谈录》中各载 11 种名目，今仅存'朴刀'《十条龙陶铁僧》（即《万秀娘仇报山亭儿》）和'杆棒'《杨温拦路虎传》各一种。后者叙杨妻被盗劫、夺回事，无明显侠义之举。前者演贼盗陶铁僧与十条龙苗忠等杀人越货故事，中有孝子尹宗'路见不平，拔刀相助'，救护弱女，被盗所杀情节，这可说是包含了较多的侠义成分。"①"朴刀"、"杆棒"之所以繁荣到可以成为宋代"说话"独立的种类，关键在于其表现了游民群体的人生理想，契合他们的人生梦想。宋人咏侠诗的产生，与江湖世界任侠风气有着复杂的文化互动关系。作为宋代精英文化层的文人或多或少会受到此种民间任侠风气的影响，来自社会各个层面的文化因子会融合交流、冲突渗透，发生碰撞，"因而形成了艺术巨构中上下左右多方向的意识形态合力机制、表里偏正多重意义的审美结构。"②如宋徽宗宣和元年（1119），宋江聚众 36 人在梁山泊（今山东省梁山县、郓城县之间）起义，其事迹被后世不断演绎，成为江湖世界"说话"的内容之一，有《大宋宣和遗事》为证。其后，宋末元初的龚开擅长诗文，每作一画，必题诗或赞跋，亦受民间智慧之启发作《宋江三十六人赞》，其序曰：

> 宋江事见于街谈巷语，不足采著，虽有高人如李嵩传写士大夫亦不见黜。余年少时壮其人，欲存之画赞，以未见信书载事实，不敢轻写。
>
> 及异时见《东都事略·中书侍郎侯蒙传》有疏一篇，陈"制贼之计"云：

---

① 王俊年：《侠义公案小说的演化及其在晚清繁盛的原因》，《文学评论》1992 年第 4 期。
② 杨义：《重绘中国文学地图通释》，当代中国出版社 2007 年版，第 101 页。

"宋江三十六人横行河朔，京东官军数万无敢抗者，其材必有过人，不若赦过招降，使讨方腊，以此自赎，或可平东南之乱。"余然后知江辈真有闻于时者。于是即三十六人为一赞，而箴体在焉。盖其本撰矣，将使一归于正，义勇不相戾，此诗人忠厚之心也。余尝以江之所为，虽不得自齿，然其识器超卓有过人者，立号既不僭侈，名称俨然，犹循轨辙，虽托之记载可也。古称柳盗跖为海贼之圣，以其守一至于极处，能出类而拔萃若江者，其殆庶几乎！虽然，彼跖与江，与之盗名而不辞，躬履盗迹而无讳者也，岂若世之乱臣贼子，畏影而自走，所为近在一身，而其祸未尝不流四海。呜呼，与其逢圣公之徒，孰若跖与江也！①

其所作"三十六人赞"其实都可以作为咏侠诗来解读，如：

呼保义宋江：

> 不称假王，而呼保义。岂若狂卓，专犯忌讳？

智多星吴用：

> 古人用智，义国安民。惜哉所为，酒色粗人！

大刀关胜：

> 大刀关胜，岂云长孙？云长义勇，乃其后昆。

霹雳火秦明：

> 霹雳有火，摧山破岳。天心无妄，汝孽自作。

黑旋风李逵：

> 旋风黑恶，不辨雌雄。山谷之中，遇尔亦凶。

从文学发生学角度来说，活跃于民间的通俗文学常常会赋予文人书面文学少有拘束，自由创造，杂中见新，往往成为文人书面文学传统的源泉。《宋江三十六人赞》可以说是宋代江湖世界任侠风气对文人咏侠诗创作产生影响的典型个案。

二是宋代文人对民间江湖世界任侠风气亦有描绘，这丰富了宋代咏侠诗的文化内涵，铸就了宋人咏侠诗的独特气质。宋代江湖世界侠风流荡、绵延

---

① 周密：《癸辛杂识》，《宋元笔记小说大观》，上海古籍出版社2001年版，第5789—5794页。

不绝。不少高雅文人从中汲取来自民间的特殊的文化基因感受，带着异样的新鲜的目光审视这一文化现象，从而出手不凡，给咏侠诗的创作带来新的情调、新的惊喜、新的感受。如文同《侠客行》就描写了一位宋代江湖世界的侠客形象："紫髯围碧瞳，勇气炙坐热。生平脱羁检，少小服义烈。堂堂吐高论，牙齿若嚼铁。宝剑压脞横，谁耻我可雪。酣歌入都市，当面洗人血。常言荆轲愚，每笑豫让拙。事已不受谢，门前车马绝。自谓取功名，焉能由笔舌。"① 陆游《丁酉上元三首》其一："突兀毬场锦绣峰，游人士女拥千重。月离云海飞金镜，灯射冰帘掣火龙。信马随车纷醉侠，卖薪买酒到耕农。今年自笑真衰矣，但觉凭鞍睡思浓。"② 这里所谓"醉侠"，便是典型的宋代市井社会的侠客形象。再如宋人谢逸《闻徐师川自京师还豫章》写道："九衢尘里无停舟，君居陋巷不出游。满城恶少弋凫雁，对面故人风马牛。"③ 诗中所谓的"恶少"，很大程度上就是指江湖世界的市井游侠。可见宋代文人从江湖游侠中受到启发，创作了许多咏侠诗，由此俗雅相推，使宋代咏侠诗成为中国文学百花园中一朵耀眼的奇葩。所谓宋代民间侠文化为中国侠文学注入了新鲜的血液，起了积极的刺激性作用当是不虚之言。

"不要低估民间的智慧，它会在不知不觉之中，以有血有肉的生活阅历推动文学描写进入一种新的、特殊的文化和审美深度。"④ 从文化生态平衡和文学可持续发展的角度，考察雅俗共构、推移进化的文学结构和功能可以获得一些全新的认识。"高雅文学与通俗文学属于不同的社会文化层面，书面文学与口承文学展示不同的文化智慧表达方式，它们如果能够处在良性的生态关系，相互间是可以提供另一种文化空间和文化智慧的。"⑤ 宋代咏侠诗的创作已经说明，雅俗文学的良性互动，蕴含着无穷的创造潜力。

---

① 北京大学古文献研究所编纂：《全宋诗》卷四三二，北京大学出版社 1998 年版，第 5302 页。

② 北京大学古文献研究所编纂：《全宋诗》卷二一六一，北京大学出版社 1998 年版，第 24417 页。

③ 北京大学古文献研究所编纂：《全宋诗》卷一三〇六，北京大学出版社 1998 年版，第 14846 页。

④ 杨义：《重绘中国文学地图通释》，当代中国出版社 2007 年版，第 98 页。

⑤ 杨义：《重绘中国文学地图》，《文学遗产》2003 年第 5 期。

第二节 宋代咏侠诗的思想内容

与唐代诗人热衷于咏侠诗的创作相较，宋元时代，咏侠诗的创作较少，这大概与宋代重文轻武的政策和理学兴盛有关。同时，宋元时代描写游侠的小说、戏曲等艺术形式较为发达，歌咏游侠的艺术形式发生了转移。在宋代大诗人中，如欧阳修、王安石、苏轼、黄庭坚等人较少咏侠之诗。相对而言，南宋诗人咏侠诗创作较北宋多，徐钧是宋代咏侠诗创作最多的诗人（15首）。陆游是南宋爱国咏侠诗人，其《剑客行》、《宝剑吟》、《村饮》等诗，借游侠之咏，抒发自己的报国之志和苦闷，多身世之叹。正面咏侠者很少，晁冲之的《夷门行赠秦夷仲》可算是宋人咏侠诗中写得有侠气者。

相较而言，宋代咏侠诗在创作上其气势更加文人化，而且数量和手法均未超出唐人的艺术世界。同时，北宋、南宋咏侠诗的创作也表现出较为明显的差异。一般说来，北宋咏侠诗承袭唐人的较多，多拟古的篇章，所歌咏者多为历史上的侠义英雄形象和人物。南宋咏侠诗多现实的内容，诗中表现出强烈的现实性和战斗性，表现出英雄气概和为国牺牲的侠义精神。

笔者依据《全宋诗》对宋代咏侠诗创作进行统计可以看出，有宋一代，共有 80 余位诗人创作了 150 余首咏侠诗词，其中北宋 65 首，南宋 85 首。北宋咏侠诗词创作的诗人情况是：孟宾于 1 首、王操 1 首、唐肃 1 首、钱惟演 1 首、杨亿 1 首、刘筠 1 首、释智圆 1 首、范仲淹 1 首、胡宿 1 首、宋祁 3 首、梅尧臣 2 首、文彦博 3 首、欧阳修 3 首、张方平 1 首、苏轼 4 首、文同 2 首、黄庶 1 首、曾巩 1 首、刘敞 1 首、司马光 2 首、王安石 1 首、强至 1 首、刘攽 2 首、王观 1 首、徐积 2 首、王令 1 首、冯山 1 首、张舜民 2 首、李之仪 1 首、黄庭坚 2 首、晁补之 2 首、晁冲之 2 首、贺铸咏侠词 1 首、周行己 1 首、曾布咏侠词 1 首、邢居实 1 首、谢逸 2 首、唐庚 3 首、王安中 1 首、张耒 5 首、晁说之 1 首。南宋咏侠诗词创作的诗人情况是：王庭圭 1 首、吕本中 1 首、沈与求 1 首、苏籀 1 首、曹勋 5 首、辛弃疾咏侠词 1 首、陈棣 1 首、姚宽 2 首、曾协 1 首、陆游 5 首、喻良能 1 首、滕岑 1 首、陈傅良 1

首、杨冠卿1首、王炎1首、赵师商1首、真德秀1首、周端臣1首、刘宰2首、周文璞1首、苏洞1首、高翥1首、洪咨夔1首、邹登龙1首、叶绍翁1首、陈郁1首、阳枋1首、刘克庄10首、严羽2首、李龏1首、白玉蟾2首、释善珍1首、孙锐1首、高斯得1首、胡仲弓1首、释行海2首、徐钧15首、吴龙翰1首、汪宗臣1首、郑思肖1首、陈普4首、张玉娘1首、戴表元1首、谢翱2首、柴望1首。

从统计可以看出，宋代咏侠诗确乎数量不多，这些"都反映了游侠在宋代继续存在，不过其声势已不能和隋唐五代相比，与秦汉更不可较量了"。①然其仍有着一定的历史和文学价值。宋代咏侠诗题材较为广阔，在形式、内容、艺术上多有对唐代咏侠诗的继承，也有一定的发展。宋人咏侠，折射出宋代不同历史时期人文精神的消长与审美趣味的变化。综观宋人咏侠诗，其内容题材主要集中在以下几方面：

一、对古游侠的歌咏与对道德节操的重视

宋型文化的首要特质是涂染着鲜明的政治化和道德化色彩，宋代士人的身份具有与唐人不同的特点，即大都是官僚、学者、文士三位于一身的士大夫身份。在理学思想的影响下，"宋人将儒家对外在事功的追求缩到了修身养性、正心诚意的范围，"②普遍强调一种内省式的个体道德自律，普遍重视气节情操的涵养。在宋人咏侠的过程中，古代个性各异、行为不同的众多侠客如先秦时期荆轲、延陵季子、侯嬴、聂政、春申、平原、信陵之徒，汉代朱家、郭解、剧孟等都游侠曾是宋人接受对象。侠客作为社会上道义和秩序的脱离者，其行虽有"不轨于正义"的一面，然亦有言信行果、重然诺、轻性命的道德节操，"不爱其躯"的牺牲精神，以弱反强、维护正义的斗争精神和"不矜其能，羞伐其功"的谦虚品格等。

---

① 汪涌豪：《中国游侠史》，复旦大学出版社2001年版，第137页。
② 梁桂芳：《宋代杜甫接受的文化阐释——以杜甫与韩愈、李白、陶渊明宋代接受之比较为中心》，《文史哲》2006年第3期。

一般来说，唐人咏侠诗重在表现古游侠的重诺轻生、冀知报恩等任侠精神，如李白《侠客行》云："三杯吐然诺，五岳倒为轻。眼花耳热后，意气素霓生。救赵挥金锤，邯郸先震惊。千秋二壮士，烜赫大梁城。纵死侠骨香，不惭世上英。"①那么，宋代的王安石、司马光、刘敞、强至、刘攽等都是这个时代的翘楚人物，他们普遍重视个体的道德、人格、气节，自然转而推崇一种新的侠客形象，那就是富有气节、道德高尚、人格更为完善的侠客。司马光《孟尝君歌》就鲜明地表现出这一价值取向：

> 君不见薛公在齐当路时，三千豪士相追随。邑封万户无自入，椎牛酾酒不为赀。门下纷纷如市人，鸡鸣狗盗亦同尘。一朝失势宾客落，唯有冯驩西入秦。②

司马光为北宋名臣，一生"孝友忠信，恭俭正直，居处有法，动作有礼。在洛时，每往夏县展墓，必过其兄旦，旦年将八十，奉之如严父，保之如婴儿。自少至老，语未尝妄。……诚心自然，天下敬信"。③其人格堪称儒学教化下的典范，历来受到人们的崇敬和景仰。此诗并未着力去写孟尝君的侠义人格，而是将孟尝君当政时门下三千豪士趋炎附势、门庭若市之热闹景象与失意时众宾客"树倒猢狲散"，唯冯驩一人追随的冷落状况相对比，凸显了冯驩寒暑不易、进退不移的道德风范，鲜明地体现出司马光重视道德节操的侠义观念，这是宋代侠义观的重要转型。

刘敞，为人刚正重义，"举庆历进士，廷试第一。编排官王尧臣，其内兄也，以亲嫌自列，乃以为第二。"④正是此种刚直骨鲠人格，使其在《古侠客行》亦表现出对古游侠"重义"道德人格的推崇：

> 壮年志慷慨，结交慕英雄。大梁多长者，燕赵有古风。千金起为寿，一诺不顾躬。自谓松与柏，忽为萍与蓬。市道今乃知，利穷非义穷。⑤

---

① 王琦：《李太白全集》，中华书局 1977 年版，第 216 页。

② 北京大学古文献研究所编纂：《全宋诗》，北京大学出版社 1998 年版，第 6009 页。

③ 脱脱：《宋史·司马光传》，中华书局 1977 年版，第 10769 页。

④ 脱脱：《宋史·刘敞传》，中华书局 1977 年版，第 10383 页。

⑤ 北京大学古文献研究所编纂：《全宋诗》，北京大学出版社 1998 年版，第 5686 页。

该诗突出侠客出身卑微而不失气节，将宋代士大夫的理学义理观注入咏侠诗中。可见在宋人对古游侠的歌咏中，唐人咏侠诗中"士为知己死"、"冀知报恩"的侠义观念已悄然被宋人重视道德节操的观念所代替。

刘攽，北宋史学家，刘敞之弟，曾协助司马光纂修《资治通鉴》，其思想亦颇受司马光道德人格之影响，其《古信陵行》同样突出对信陵君之道德人格的赞美：

> 薛公藏卖浆，毛公藏博徒。侯嬴抱关叟，朱亥市井徒。我思信陵君，下此四丈夫。富贵胡为弃贫士，能令君存为君死。①

传统咏侠诗一般歌咏信陵君延揽食客，养士数千人，自成势力，急人之困，曾两度击败秦军，分别挽救了赵国和魏国危局的卓著功勋。此诗惊喜地"发现"信陵君礼贤下士、道德完善等优点，并将这一优点予以放大，可谓以儒家伦理品评古游侠的代表作品。

直到南宋末，士大夫在歌咏古游侠时，仍然"别出心裁"，注重游侠的道德节操的歌咏，更强调人性内部各种隐秘复杂的道德感，推崇一种节义之气。譬如徐钧《聂政》诗云：

> 为母辞金义且仁，却甘为盗忍轻生。若非有姊扬风烈，千古谁知壮士名？②

聂政是战国时期四大刺客之一，事迹见《史记·刺客列传》。如果将此诗与唐代李白《结袜子》相比较，更可以清晰地见出宋人咏侠诗的价值所在。李白《结袜子》诗云："燕南壮士吴门豪，筑中置铅鱼隐刀。感君恩重许君命，泰山一掷轻鸿毛。"③李白此诗将"冀知报恩作为古游侠最厚重的侠意识加以高咏"，④凸显唐人的侠义观念。此诗重点不在歌咏聂政的侠义行为，却宕开一笔，说若非姐姐聂荣的忠烈之举，聂政的那些壮举又有何人知晓呢？不去写聂政，而专门写聂政姐姐的道德节操。这种处理历史的方式，表明了宋人

---

① 北京大学古文献研究所编纂：《全宋诗》，北京大学出版社 1998 年版，第 7142 页。
② 北京大学古文献研究所编纂：《全宋诗》，北京大学出版社 1998 年版，第 42832 页。
③ 《李太白全集》，中华书局 1977 年版，第 253 页。
④ 汪聚应：《唐人咏侠诗刍论》，《文学遗产》2001 年第 6 期。

对传统侠义行为有着不同的理解。先秦侠客的"知恩图报"观念最终被改塑成"义气兼得"的道德文化心理图式。

"北宋儒学之复兴并非对先秦儒家思想的简单重复，而是以儒为基础与核心，吸收和融汇佛、道思想的'三教合一'的新儒学，其交叉点在于对'心性'的体认和追求。宋人所强调的'道'不是一般的道德价值，而是万物皆备于我、反身求诚之道，这是一种内省式的、要求自我完备的人格追求。"[①]在此情况下，宋人对古代游侠的歌咏自然注重气节和道德要求了。

二、对边塞侠少的歌咏与爱国主题的高扬

爱国主题本是中国源远流长的文学传统，每逢国家危急存亡之秋，爱国主题便会放出异彩。宋代民族矛盾空前激烈，北宋、南宋都灭亡于外族入侵。而游侠刚健尚武的气质又非常适合于爱国情感的宣泄，当宋代士人面临民族战争之时，他们自然会从古代丰富的咏侠题材中汲取营养，从而以咏侠诗的形式来抒发他们自己的爱国主义情感。因北宋、南宋民族矛盾激烈程度不同，宋人对边塞游侠、军中侠少的歌咏在北宋与南宋呈现不同的风貌：

（一）北宋时期

北宋建国以后，辽、西夏这两个少数民族政权不断侵扰边境，宋朝廷无力对抗，只能求和，答应每年供给辽和西夏巨额的财务以求取安宁，这种屈辱的处境成为士大夫心头重负和不平之气，也成为咏侠诗中常见的题材。如黄庭坚《结客》：

> 结客结英豪，肯同儿女曹。黄金妆佩剑，猛兽画旗旄。北极狼星落，中原王气高。终令贺兰贼，不著赭黄袍。[②]

此诗中的"终令贺兰贼，不著赭黄袍"有着明确的现实指向。史载，西

① 梁桂芳：《宋代杜甫接受的文化阐释——以杜甫与韩愈、李白、陶渊明宋代接受之比较为中心》，《文史哲》2006 年第 3 期。

② 北京大学古文献研究所编纂：《全宋诗》，北京大学出版社 1998 年版，第 11736 页。

夏元昊最初称宋为"东朝"而自居"西朝"，国号大夏，对宋不肯称臣。西夏与北宋曾有过三次大的战役，即著名的三川口、好水川和定川砦战役。战后宋夏议和，签订合约。庆历四年（1044）西夏国主元昊使用"夏国主"名义向宋称臣，不敢再自称皇帝了。又如徐积《剑侠》写道："此剑曾将赤霄倚，云雷欲战秋风起。……天生神物不可犯，曾向人间诛不平。玉龙不死常在腰，一抹血腥犹未消。莫教望见延平水，待与天地除凶妖。"① 令人想起唐人贾岛"十年磨一剑，霜刃未曾试。今日把示君，谁有不平事"② 的慷慨陈词，至今读之，仍觉其慷慨磊落之气。再如张耒《少年行》三首：

其一

骄弓鹊角苍雕羽，金错旃竿画貔虎。长驱直踏老上庭，手拔干将斩狂虏。归来解甲见天子，金印悬腰封万户。自为大汉上将军，高揖群公佐明主。

其二

人生岂合长贫贱，师事黄公曾习战。英雄天子伐匈奴，初拜将军二十余。黄尘书飞羽如插，身射单于碎弓甲。从来书生轻大夫，坐遣挥毫写勋业。

其三

少年卖珠登主门，主家千金惜一身。绿鞲请罪见天子，尚得君王呼主人。斗鸡走马长安道，豪杰驱来奉谈笑。汉庭碌碌公与侯，畏祸忧诛先白头。③

此三首咏侠诗中描绘了侠客勇猛杀敌、视死如归的英雄形象，一个威武勇猛的侠义之士跃然纸上。诗中少年游侠的生活经历与人生轨迹、生命价值与唐王维《少年行》、张籍《少年行》极为相似。此外，王操《游边上》、范仲淹《河朔吟》、陈宗传《军中行》、高翥《李将》等均属此作，北宋时期，边疆危机四伏，和辽、西夏、金的战争一直不息。宋王朝在冗兵、冗费的巨

---

① 北京大学古文献研究所编纂：《全宋诗》，北京大学出版社 1998 年版，第 7701 页。
② 彭定求：《全唐诗》，中华书局 1960 年版，第 6618 页。
③ 北京大学古文献研究所编纂：《全宋诗》，北京大学出版社 1998 年版，第 13030 页。

大压力下，士大夫变法革新思潮浓烈，北宋咏侠诗即是在如此社会文化背景下产生，它其实是北宋士大夫忧患意识的具体呈现。

（二）南宋时期

"靖康之变"使整个北中国沦陷，收复失地、还我河山之呼声弥漫社会各个阶层，任侠风气一时风起云涌，这为咏侠诗的创作灌注了强大的精神力量。如南宋高宗时期诗人陈棣《古游侠行》云："君不见长安侠少儿，臂鹰走狗争轻肥。一朝遭渠国士知，笑视鼎镬如水嘶。……横行匈奴十万骑，肯以密计干阏氏……我有黄石书，孺子漫多奇。我有欧冶剑，荆卿何足挥。"①尽情宣泄了自己抗敌御侮的爱国情感。南宋诗人陈亮、辛弃疾、刘过、真德秀、孙锐等也都任气豪侠，他们将侠义精神结合爱国英雄主义理想而发扬光大，贯注了催人奋进的精神力量。宋金激烈交战之际，辛弃疾表现出宋代士人身上少有的勇武、果敢的侠义精神。《宋史·辛弃疾传》载：

> 金主亮死，中原豪杰并起。耿京聚兵山东，称天平节度使，节制山东、河北忠义军马，弃疾为掌书记，即劝京决策南向。僧义端者，喜谈兵，弃疾间与之游。及在京军中，义端亦聚众千余，说下之，使隶京。义端一夕窃印以逃，京大怒，欲杀弃疾。弃疾曰："丐我三日期，不获，就死未晚。"揣僧必以虚实奔告金帅，急追获之。义端曰："我识君真相，乃青兕也，力能杀人，幸勿杀我。"弃疾斩其首归报，京益壮之。

> 绍兴三十二年，京令弃疾奉表归宋，高宗劳师建康，召见，嘉纳之，授承务郎、天平节度掌书记，并以节使印告召京。会张安国、邵进已杀京降金，弃疾还至海州，与众谋曰："我缘主帅来归朝，不期事变，何以复命？"乃约统制王世隆及忠义人马全福等径趋金营，安国方与金将酣饮，即众中缚之以归，金将追之不及。献俘行在，斩安国于市。②

奋发勇武的侠义人格与"靖康之变"后戎狄横行、北中国沦陷的惨痛现

---

① 北京大学古文献研究所编纂：《全宋诗》，北京大学出版社 1998 年版，第 22019 页。

② 脱脱：《宋史·辛弃疾传》，中华书局 1977 年版，第 12161—12162 页。

实结合在一起，铸就了辛弃疾咏侠词鲜明的爱国主义精神。试看其《水调歌头·汤坡见和用韵为谢》：

> 白日射金阙，虎豹九关开。见君谏疏频上，谈笑挽天回。千古忠肝义胆，万里蛮烟瘴雨，往事莫惊猜。政恐不免耳，消息日边来。

> 笑吾庐，门掩草，径封苔。未应两手无用，要把蟹螯杯。说剑论诗余事，醉舞狂歌欲倒，老子颇堪哀。白发宁有种，一一醒时栽。①

此词开篇即气势强大，将少年游侠忠肝义胆、英武绝伦的风采和豪情壮志酣畅淋漓地表现了出来。下阕则有着一种压抑、愤激、无奈之感。当时正值国难当头，辛弃疾也正值人生壮年美好年华，有强烈的报国收复失地的愿望，却报国无门、英雄无用武之地，只能无奈地感叹、怨愤了。

南宋爱国诗人陆游的咏侠诗也是南宋爱国主义诗歌的优秀之作。其《金错刀行》塑造了一位"提刀独立顾八荒，一片丹心报天子"边塞游侠形象：

> 黄金错刀白玉装，夜穿窗扉出光芒。丈夫五十功未立，提刀独立顾八荒。京华结交尽奇士，意气相期共生死。千年史策耻无名，一片丹心报天子。尔来从军天汉滨，南山晓雪玉嶙峋。呜呼！楚虽三户能亡秦，岂有堂堂中国空无人！②

全诗从咏金错刀入手，塑造了一名渴望杀敌立功、侠气凌云的英雄形象。诗中行侠仗义与赴国难、报国恩相互挽结，侠客与文人紧密结合，从提刀人推广到"奇士"群体形象，抒发其共同的报国丹心，表现了极具南宋时代特色的内容。如果说"歌咏游侠少年驰骋边塞、赴难建功是唐人咏侠诗的主流，它体现着轰轰烈烈的英雄壮举和爱国精神"，③那么，起步于民族战争中的宋代侠少，与宋代志士建功立业、收复失地、抗击侵略的人生理想相合拍，体现出宋代咏侠诗的气质性特点。再如陆游《剑客行》诗云：

> 我友剑侠非常人，袖中青蛇生细鳞。腾空顷刻已千里，手决风云惊鬼神。荆轲专诸何足数，正昼入燕诛逆虏。一身独报万国仇，归告昌陵

---

① 唐圭璋主编：《全宋词》第三册，中华书局 1965 年版，第 1871—1872 页。

② 北京大学古文献研究所编纂：《全宋诗》，北京大学出版社 1998 年版，第 24337—24338 页。

③ 汪聚应：《唐人咏侠诗刍论》，《文学遗产》2001 年第 6 期。

泪如雨。①

"中华民族是一个强悍尚武、充满了生命活力的民族，在其漫长的生存和发展中，形成了一种独特的好剑之风和强烈的剑崇拜的文化心理。"② 因此，在古代咏侠诗中，剑往往与龙互相化形，合为一体。宋人诗中的剑侠，象征着中华民族对生命力和超自然能力的向往，以及抗击金人、还我河山的强烈愿望，承载着宋人对理想境界的向往，也蕴涵着宋代士人正义必胜的道德期待。

南宋末年，面对蒙古铁骑的武力进犯，南宋王朝处于风雨飘摇之际，民族矛盾的空前激烈，使先秦时期"荆轲刺秦"的壮举又屡屡被南宋末诗人歌咏，一些有志之士翘盼南宋能有荆轲式的英雄出现。如南宋末年高斯的《读荆轲传》云："四雄英烈风，精诚凌白虹。函关初未入，气已吞祖龙。其事虽不就，简牍光无穷。奈何今之人，蹙缩如寒虫。"感慨世间再无像荆轲一样的侠士出现，流露出南宋诗人对侵略者义愤填膺、志在复仇的爱国心理。值得一提的是诗僧释善珍亦有著名的咏荆轲诗《古离别》：

> 切切复切切，壮士重离别。壮士别君去，万里无回辙。暂时一樽酒，异日肝胆裂。何况岐路间，俄顷生白发。君不见荆轲剑气凌白虹，易水悲吟泪成血。③

战国末期，燕国面临强秦大兵压境，"荆轲以一弱小的个体反抗强暴的秦国，散发着不畏权势的勇气和力量，其高昂的意气吐露，不愿任人宰割的抗争精神，抒写了千古一侠的文化表征，张扬了文人任侠心理。"④ 作为尚武精神与侠义人格理想的荆轲形象正好是南宋末年文人希求扶困济弱、反抗侵略暴行心理之诗化折射。

在民族矛盾异常激烈、尖锐的历史环境下，南宋朝廷重文轻武的风气有了部分程度的改变，南宋文风出现一定程度的刚健之气，诗歌也部分地摆脱

---

① 北京大学古文献研究所编纂：《全宋诗》，北京大学出版社 1998 年版，第 24443 页。
② 罗立群：《古代小说中剑侠形象的历史与文化探源》，《文学遗产》2009 年第 3 期。
③ 北京大学古文献研究所编纂：《全宋诗》，北京大学出版社 1998 年版，第 37779 页。
④ 贺根民：《荆轲形象的文学移位与道德人格的嬗变》，《井冈山大学学报》2011 年第 1 期。

了以学问为诗、以文字为诗的求深务奇之倾向。此种由民族矛盾激化而产生的新的文化语境，使南宋任侠风气获得了最佳发展契机，咏侠诗在数量上大为扩展。爱国志士同仇敌忾、抗敌御侮的无畏精神，是南宋咏侠诗繁荣的必然动因。咏侠诗在宋代的衰落固然是不可否认的文学现象，然在特定的历史时期，宋人咏侠又发出异响，大声镗鞳，令人瞩目。

三、对贵游侠少的描写与以闲适为美的价值取向

在《论陶渊明的境界及其所代表的文化模式》一文中，作者将华夏民族的文化模式大致分成两类：一类是注重事功，以"志于道"作为人格理想，以"齐家、治国、平天下"的社会功利作为人生价值实现的文化模式，称为"载道文化"；一类是把超越社会功利、追求人生的审美境界、注重个体的精神需求、以个体精神的逍遥自适作为人生价值实现的文化模式，称为"闲情文化"或"闲适文化"。载道文化关乎国家社稷、人伦纲常、政教风化、经济仕途，有着鲜明的社会功利性；闲情文化则关乎个体之情致、志趣、风神、气度等，往往表现为一种悠闲散淡的情怀，一种高远脱俗的韵致。闲情文化与载道文化是儒道互补的必然结果，它们既相对立又相补充。"载道"与"闲情"两种文化模式可谓宋型文化的"一体两面"[1]。从侠文化传统来看，传统侠客的生活方式、行为规范有多个侧面：一是重然诺、轻生死的侠义气节；二是疾恶如仇、拔剑而起、挺剑而斗的剑侠形象；三是斗鸡走马、轻财好施、写出挟弹鸣鞭、饮酒宿娼的轻薄侠客形象等等。"儒道合一"、"儒释互补"的人生情怀，使宋代士人在对贵游侠少的描写中，较多地继承了斗鸡走马、轻财好施、肆意交游的一方面，并且将传统游侠放浪形骸的形象改造为闲适优雅之形象。北宋初期"西昆体"诗人杨亿《公子》颇为典型：

> 夹道青楼拂彩霓，月轩宫袖案前溪。锦鳞河伯供烹鲤，金距邻翁逐斗鸡。细雨垫巾过柳市，轻风侧帽上铜堤。珊瑚击碎牛心热，香枣兰芳

---

[1]　韦凤娟：《论陶渊明的境界及其所代表的文化模式》，《文学遗产》1994 年第 2 期。

客自迷。①

再如钱惟演《公子》也是宋人咏侠诗体现这方面内容的优秀之作，其云：

> 莲勺交衢接获园，来时十里一开筵。歌翻南国桃根曲，马过章台杏叶鞯。别殿对回双绶贵，后门归夜九枝然。闲随翠幰敲乌帽，紫陌三条入柳烟。②

宋代社会，"儒道合一"、"儒释互补"成为封建士大夫基本的人格范式。宋人一方面在大倡仁义道德、忠君爱国，另一方面"在私人生活中以游冶享乐为务，以文采风流见长"。③以上两首诗中，那青楼拂彩霓的富丽堂皇，那月轩宫袖的热烈舞蹈场面，那笑入酒肆的欢乐情绪，那锦鳞烹鲤的阔绰气派，正如宋初画风一样充满富贵气。

此外，文彦博《公子》2 首、《侠少行》1 首，胡宿《公子》1 首，欧阳修《送田处士》1 首、《公子》1 首，晁说之《赠京师少年在海陵者》1 首，司马光《洛阳少年行》1 首，徐积《少年行》1 首等都是此类作品。还如世称"南丰七曾"之一的北宋词人曾布就作有《水调歌头·排遍第一》：

> 魏豪有凭燕，年少客幽并。击球斗鸡为戏，游侠久知名。因避仇、来东郡。元戎留属中军。直气凌貔虎，须臾叱咤风云。凛凛坐中生。偶乘佳兴。轻裘锦带，东风跃马，往来寻访幽胜。游冶出东城。堤上莺花撩乱，香车宝马纵横。草软平沙稳。高楼两岸春风，语笑隔帘声。④

诗中贵游侠少侠少终岁逸乐，食必珍馐，衣必锦绣，出入娼家烟柳之地，丝毫不以为意。南宋王朝偏安一隅，经济、商业繁荣，文人在国势衰微中追求暂时的苟安和享乐。

因此表现贵游侠少轻薄浮华的侠行，就成为南宋咏侠诗的创作主题之一。这方面的作品，尚有有曹勋《结客少年场行》2 首，叶绍翁《贵游》1 首，杨冠卿《少年乐用李贺韵》1 首，周端臣《西京少年行》1 首，释行海《少年子》

---

① 北京大学古文献研究所编纂：《全宋诗》，北京大学出版社 1998 年版，第 1402 页。
② 北京大学古文献研究所编纂：《全宋诗》，北京大学出版社 1998 年版，第 1058 页。
③ 梁桂芳：《杜甫与宋代文化》，山东大学博士学位论文，2005 年，第 9 页。
④ 唐圭璋主编：《全宋词》第一册，中华书局 1965 年版，第 266 页。

2首等。如南宋叶绍翁《贵游》诗云：

> 五陵年少尽风流，十日安排一日游。林下幽人差省事，笔床茶灶便登舟。①

再如释行海（1224—?），剡（今浙江嵊县）人，早年出家，十五岁游方，度宗咸淳三年（1267）归隐住嘉兴先福寺，其咏侠诗云：

> 马头垂柳复垂杨，日暖游丝满洛阳。贱把黄金买歌笑，不知流水去茫茫。②

这些咏侠诗突出了贵游侠少的精神风貌，创造出一种富于浪漫气息的生活情调，充满着浓郁的生活气息和诗人的诗意感觉。宋代士人将传统游侠放浪形骸的形象改造为闲适优雅之形象，正折射出宋代咏侠诗避俗求雅的艺术取向，此是宋代侠文化的重要转向。

四、理性精神与对任侠行为的批评

宋代咏侠诗中除了对游侠赞美、欣赏的一面之外，还有对侠客不满、嘲讽的内容。具体如下：其一，张方平《门有车马客行》："崇轩华盖为谁子，高阁朱扉为谁第？孟公君卿善请谒，少叔王孙有权势。……君不见隆中草庐客，阳里席门居。……将军三降顾，真主六用谟。岂由趋逐交游得，壮心自与功名俱。"③ 末尾"岂由趋逐交游得，壮心自与功名俱"，显然有对宋代游侠之士的批评意味。其二，南宋初诗人王庭圭《少年行》："酒酣坐待东方高，臂鹰走逐城南豪。弯弓射杀白额虎，醉骑归马雪花毛。日暮黄云动天色，易水迷魂招不得。莫学并州游侠儿，徒费黄金饰鞯勒。"④ 诗人劝告世人"莫学并州游侠儿"，认为侠士只是徒具其名罢了。其三，南宋"永嘉四灵"之一的赵师秀《嘲侠客》云："计拙难敷食与衣，惟将侠气借相知。何如冯子归

---

① 北京大学古文献研究所编纂：《全宋诗》，北京大学出版社1998年版，第35136页。
② 北京大学古文献研究所编纂：《全宋诗》，北京大学出版社1998年版，第41376页。
③ 北京大学古文献研究所编纂：《全宋诗》，北京大学出版社1998年版，第3884页。
④ 北京大学古文献研究所编纂：《全宋诗》，北京大学出版社1998年版，第16742页。

弹铗，争似毛生立见锥。清世翩翩谁是美，尘寰碌碌已称奇。有时举翮连云起，不比函关一只鸡。"① 评论侠客求生无方、生计无着，只知道争强斗胜，其中寄寓的批评意义不言自明矣，此外尚有苏籀《刺少年行》等。上述诗中那些生计拙劣、只顾眼前享乐的少年游侠形象，明显寄寓着宋人对传统侠客及奢靡纵情任侠行为的批评态度，可见宋人咏侠诗对侠客确有不喜的成分。

"宋型文化的另一特质是具有思辨精神和超越精神的理性化色彩……和唐人相比，宋人的生命范式更加冷静、现实和脚踏实地，它超越了青春的躁动，而臻于成熟之境，这也是唐、宋型文化的重要区别。"② 而传统游侠之士纵意而为、不顾社会秩序、蔑视礼法、任酒使气等行为自然不受欢迎，故宋人对游侠的批评实在情理之中。这与宋人咏侠诗对贵游侠少进行"避俗求雅"的文人化改造相一致，反映出宋型文化的普遍性特征。宋人对侠客的批评，体现了诗家的创作个性和对侠文化的独特思考，使我们不仅获得对宋代咏侠诗较为全面的了解，体会到宋代社会的理性氛围、内敛倾向和宋人冷静客观的精神，同时也从这里触摸到宋代诗人是如何合理传承与扬弃唐人咏侠诗的。

第三节　宋代咏侠诗的艺术创造

宋人对任侠精神的讴歌，从内容到规模都逊色于唐朝，但这并不意味着宋人咏侠诗没有自己的特色。宋型文化影响下的宋代诗人的特殊心态，对当时的咏侠诗创作产生了深刻影响。宋代游侠形象不仅成功地出现在诗歌创作中，而且宋人在咏侠诗中灌注了鲜明的时代色彩和个体情感，有着充沛的情感投入，创造了许多新鲜的艺术表现手法，对以后的咏侠诗创作产生了一定影响。

---

① 北京大学古文献研究所编纂：《全宋诗》，北京大学出版社 1998 年版，第 31691 页。
② 梁桂芳：《宋代杜甫接受的文化阐释——以杜甫与韩愈、李白、陶渊明宋代接受之比较为中心》，《文史哲》2006 年第 3 期。

一、琳琅满目的侠客形象

宋代咏侠诗塑造了丰富生动、琳琅满目的侠客群像。所谓人物诗，"是以人物形象为题材或描写对象的诗，重点是通过对人物及其相互关系的描绘来反映现实生活，揭示和突出人物的特征，而不是以抒情和议论为主。"① 宋代咏侠诗全方位、多维度地刻画了侠客的面貌、气质、精神境界等，写得形神兼备、须眉皆动、凛凛然而有生气。宋代侠义人物诗既是对传统咏侠诗题材的拓展，也是对宋诗审美精神的开拓，在诗歌史上的开拓性地位不容小觑。宋代诗人常常通过选取典型事件，运用外貌描写，通过环境渲染来表现侠义人物的性格特征，寥寥数笔就能颇为传神地发掘侠客身上的独特形貌、气质、性格等特征，在诗人、侠客的艺术整合中，创造了富有时代感、人格美的艺术境界。

（一）凸显人物的性格特征，生动而传神

据笔者统计，宋代咏侠诗刻画的侠义人物至少达百人之多，远至春秋战国时期的豫让、荆轲、侯嬴、鲁仲连、毛遂；汉代博浪壮士、樊哙、朱家、田横；魏晋时期的刘琨、祖逖；唐代张巡、雷万春、许远；近及宋代江湖绿林好汉。阅读宋人咏侠诗，一个个侠义人物扑面而来，这些形形色色的侠义人物，尽管时代各异、性格不同，但都体现出一种自信自负、特立独行的傲世精神；他们张扬自我、豪放不羁、勇武过人的个性特点为宋代咏侠诗带来了新的审美风貌。

在宋人咏侠诗所塑造的侠客群像中，"人物个性最为鲜明、生动、传神的是那些具有雄才大略，不为世用，因而放诞不羁、超群拔俗的狂士。狂是中国人古典形态的基本人格类型之一，《论语·子路》说'狂者进取，狷者有所不为'。可见，狂者有强烈的功名心，亟待为世所用，因理想无法实现，

---

① 陈丽娟：《李颀人物诗的独创性及其原因》，《太原师范学院学报》（社会科学版）2006 年第 5 期。

故往往有过激的言行，个性刚强好胜，不为俗世所容，但在高人雅士看来，却可喜可佩。"① 如欧阳修《赠李士宁》云：

> 蜀狂士宁者，不邪亦不正。混世使人疑，诡谲非一行。平生不把笔，对酒时高咏。初如不著意，语出多奇劲。倾财解人难，去不道名姓。金钱买酒醉高楼，明月空床眠不醒。一身四海即为家，独行万里聊乘兴。既不采药卖都市，又不点石化黄金。②

人物诗重在人物形象之刻画，贵在能写活人物之性格特点。此诗在表现与刻画人物方面突出了李士宁性格中"狂"的一面，通过"对酒高咏"、"语出奇劲"、"倾财解难"、"四海为家"、"独行万里"等一系列富有个性气质特点的行为描绘出一个"不邪亦不正"的"混世"侠客形象，可谓宋代咏侠诗的上乘之作。再如南宋冯山的《侠少行》：

> 山东自古多才雄，辍耕陇上羞为农。乡兵名在万选中，一日声价闻天聪。十石弩力三石弓，殿前野战如飘风。白锦战袍腰勒红，诏容走马出阎阖。都人仰看如飞鸿，归来意气人谁及。道逢刺史犹长揖，邯郸白日袖剑行。③

开头几句，概言侠客虽然人微言轻、埋没草莽，生计窘困，然亦桀骜不驯，羞为普通乡民，心存鸿鹄之志，其游侠仗义重气的形象跃然纸上。接着"十石弩力三石弓"一句，诗人以激赏之口吻写其强悍彪勇、力大无穷。再描写侠客血战疆场，"野战如风"、"战袍染红"的勇武形象及凯旋归来后"长揖刺史"、"邯郸白日袖剑行"的豪爽与放诞。侠客从军战功卓著，"都人仰看如飞鸿"，归来之后，又平交公卿、粪土王侯，仅此二事，将一位勇武过人又颇具侠肝义胆的狂傲侠客的个性刻画得极为分明，一位落拓不羁、桀骜不驯的狂士形象呼之欲出。再如陈傅良《赠东阳吕望孙周登二武士》云：

> 鸿门无人易水寒，安得壮士久所患。求之市隐戎行间，纷不当意髯

---

① 王友胜：《李颀诗中人物形象简论》，《中国文学研究》2002 年第 1 期。
② 北京大学古文献研究所编纂：《全宋诗》，北京大学出版社 1998 年版，第 3662 页。
③ 北京大学古文献研究所编纂：《全宋诗》，北京大学出版社 1998 年版，第 8636 页。

已班。逆胡未讨忧万端，此得两君聊自宽。有石堂坳立礩矹，百夫睨之欲举难。雨君挟起如弄丸，舞空一世风团团。吕君忽作胡衣冠，沥酒于地盟血殷。长剑久倚燕然山，义欲为汉诛楼兰。九重深窈虎守关，竟以剑器博一餐。语未良已声珊珊，两蛟出没万马攒。夜阑月暗天汗漫，满堂悲愤泪欲潸。嗟尔两君诚义肝，我方乘障荆之蛮。五营诸将皆泰安，髀肉久不堪征鞍。谁能唤与百辟看，但得汝等一解吾君颜，书生老死不足叹。①

吕望、孙周登都是当时颇负盛名的武术家。陈傅良为人激昂慷慨，与两位武术家引为挚交，切磋武艺。在这首诗中高度评价了两位武术家绝伦超群的武艺，并给他们以殷切的期望，也为人们认识、研究宋代历史文化提供了一部难得的社会历史资料。

（二）多种艺术手法的运用

宋代咏侠诗不仅塑造了栩栩如生的侠客形象，表现了宋代江湖、绿林社会的风貌，而且这些诗歌在艺术上也成就独具，丰富了中国古代咏侠诗的审美内涵。

第一，作者善于通过特征性突出的细节勾画人物的精神面貌与个性特征。如晁冲之《夷门行赠秦夷仲》一诗所着力点正在于此，此诗首叙"君不见夷门客有侯嬴风，杀人白昼红尘中。京兆知名不敢捕，倚天长剑着崆峒"，言秦夷仲勇猛果敢之狂态。又谓其"同时结交三数公，联翩走马几马骢。仰天一笑万事空，入门宾客不复通。起家簪笏明光宫，呜呼男儿名重太山身如叶，手犯龙鳞心莫慑"。②言其豪侠仗义、重名节、轻富贵之侠义风范。用寥寥数笔便勾勒出了秦夷仲狂放不羁的侠士风度，一位傲世独立的侠客形象便生动地表现出来。再如刘敞《侠少行戏王子直》："长安少年侠自任，一生意气过人甚。许身直以豪取名，快意那知武犯禁。实刀强弓千里马，风驰电

---

① 北京大学古文献研究所编纂：《全宋诗》，北京大学出版社 1998 年版，第 29235 页。
② 北京大学古文献研究所编纂：《全宋诗》，北京大学出版社 1998 年版，第 13872 页。

掣无敌者。有时独醉倡楼春，一身歌舞兼百人。休来著书吐胸臆，脱落章句嗤丘坟。王侯愿交不可得，贵者虽贵犹埃尘。"[1] 刘攽从王子直个性特征中具有典型性的特点切入，以精练、传神的语言，将侠义之士的生活经历与精神气质呈现于诗中。

第二，诗人以鲜明的外貌特征描写和生动凝练的笔墨描绘出侠者的生动形象。如南宋诗人沈与求《山西行》云："山西健儿好身手，气如车轮胆如斗。十五射猎少年场，戏格黄罴同拉朽。二十窜名尺籍中，铁马追风快驰走。……种家猛将忠贯日，发上冲冠颐指挥。主辱偷生事不武，壮士裂眦争相随。东跨潼关达上国，城头夜插将军旗。"[2] 此诗写山西游侠健儿的形象，作者先总括山西健儿之"好身手"，次则采用白描手法，简笔勾勒，戏格黄罴、铁马追风的游侠形象活生生地展现于读者的脑海。特别是"壮士裂眦"、"发上冲冠"等外貌特征的描写，极富概括力，侠客之个性鲜明，有呼之欲出之感。

第三，诗人常常通过景物描写来渲染、烘托人物的思想性格与个性气质。如王操《游边上》诗云："佩剑游边地，悲风捲败莎。鹏饥窥坏冢，马渴嗅冰河。塞阔人烟绝，春深霰雪多。蕃戎如画看，散骑立高坡。"[3] 诗中写冬春之交这一典型时令季节侠客的射猎生活，"雪入田中余润接"说明正是猎物膘肥体壮之时，鹰鹯搏击天空、狐兔奔走原野，勾画出一幅幅博大邈远的边塞场景，给人以雄浑壮美之感。沧海横流方显英雄本色，只有在广袤无垠的天地中，在浩瀚无垠的冬日郊原上，才能酣畅淋漓展示出侠义之士纵横驰骋的英雄风采。

二、以议论为诗、对侠义人物进行品评

严羽《沧浪诗话》曾指出宋代诗人的特点是"以文字为诗，以才学为诗，

---

① 北京大学古文献研究所编纂：《全宋诗》，北京大学出版社 1998 年版，第 7148 页。
② 北京大学古文献研究所编纂：《全宋诗》，北京大学出版社 1998 年版，第 18752 页。
③ 北京大学古文献研究所编纂：《全宋诗》，北京大学出版社 1998 年版，第 648 页。

以议论为诗"。① 宋诗重议论的特点在宋人咏侠诗中也有着明显的表现，这主要表现为宋代咏侠诗以议论为诗、对侠义人物进行品评等。

宋代咏侠诗中的议论，基本可分为两类：一类是通过议论表现侠客的特立独行，不同凡响以及执拗倔强的个性特征。试看徐钧的几首咏侠诗：

《毛遂》

一立谈间定合从，直能脱颖出囊中。当时若顾呈身耻，余子纷纷亦罔功。②

《豫让》

君侯待我异中行，宗祀何期遽覆亡。一死谁言无所为，主知深处自难忘。③

《祖逖》

慷慨才能立志坚，计谋端可定中原。晋元倘使图经略，事业韩彭可比肩。④

上述例子可以说是宋人咏侠诗中诗情、议论完美结合的范例。诗人不像传统咏侠诗那样刻画侠义人物的彪悍强劲的形象，而就历史上侠义人物的行为展开评论，凸显自己对历史、对侠义人物的独特看法。如《毛遂》中将毛遂特立独行的大胆行动与众人缩手缩脚的行为进行对比，道出自己对毛遂的激赏。"一死谁言无所为，主知深处自难忘"，异常警醒深刻地指出了豫让侠行的价值所在。这些诗作灌注着强烈的批判精神，体现了徐钧对历史人物及历史事件的深刻洞察力。

另一类是生命价值、人生哲学层面的议论。这些诗歌将对历史的深沉思考寓于形象之中，诗意精致隽永，言有尽而意无穷，议论说理则渗透于诗的形象之中，使人浑然不觉，待细细品味之后，方恍然大悟。这些诗作彰显出宋代士人浓郁的人本精神，可谓宋人咏侠诗在艺术上的戛然独造，如徐钧

① 严羽撰，郭绍虞校释：《沧浪诗话校释》，人民文学出版社1983年版，第26页。
② 北京大学古文献研究所编纂：《全宋诗》，北京大学出版社1998年版，第42831页。
③ 北京大学古文献研究所编纂：《全宋诗》，北京大学出版社1998年版，第42832页。
④ 北京大学古文献研究所编纂：《全宋诗》，北京大学出版社1998年版，第42848页。

《燕丹》诗云：

> 急着无如救赵危，远从楚魏近从齐。田光老缪翻成错，匕首咸阳策最低。①

再如《张巡》诗云：

> 析骸易子守孤城，六万惟余四百人。生道杀民民不怨，千年庙食尚如新。②

《燕丹》一诗直接批评燕丹"匕首咸阳策最低"，不能救国，反而加速了燕国的灭亡，将国家存亡侥幸寄托在个别人物身上，本身就不是明智之举。《张巡》评论张巡"生道杀民民不怨，千年庙食尚如新"，给了我们更为深远的启示：那些为了民族大义而殉国亡身之人，将永远名垂青史，受到后世的敬仰。"与西方哲学重分析重抽象不同，中国哲学重体认重具体，总是落实到人生。所以中国的诗与思（思想）之间，自有一种姊妹般的亲和关系，不是像冰炭那样难以相容。宋诗中大凡精彩的议论，可喜的理趣，都是发自热爱生活的襟怀，闪耀着人生智慧的光彩，同时又是借助了叙事、描写等艺术手段表达出来的，具有一定的美感。"③

三、历史典故在咏侠诗中的运用

由于印刷技术、造纸技术的提高和普及，宋代社会教育成本大大降低，一股读书之风弥漫朝野。杜甫所谓"读书破万卷，下笔如有神"在唐代士人眼里是很自豪的事情，宋人读书破万卷已是司空见惯的寻常事情。"孤村到晓犹灯火，知有人家夜读书"（晁冲之《夜行》）④，可知宋人平均的社会知识水平普遍得到提高，自然会"以文字为诗、以才学为诗"，这形成宋诗偏好用典的风气。以创作主体而言，宋代诗人如欧阳修、王安石、司马光、刘

---

① 北京大学古文献研究所编纂：《全宋诗》，北京大学出版社 1998 年版，第 42832 页。
② 北京大学古文献研究所编纂：《全宋诗》，北京大学出版社 1998 年版，第 42859 页。
③ 霍松林、邓小军：《论宋诗》，《文史哲》1989 年第 2 期。
④ 北京大学古文献研究所编纂：《全宋诗》，北京大学出版社 1998 年版，第 13893 页。

敞、黄庭坚、陆游、辛弃疾、刘克庄、徐钧等无不博览万卷，学识渊博，兼之宋人好发议论，"江西诗派"黄庭坚等人主张"无一字无来处"，因而用典成为宋代咏侠诗一种重要的艺术表现手法。

宋人咏侠诗的典故运用，大体可分以下几个层面：一是借用前人特定的词语等。如文彦博《公子》："朝罢章台陌，追随紫燕光"两句中，"章台"本是战国时秦国所建宫殿，以宫内有章台而得名，秦王曾在此宫接见蔺相如献和氏璧，台下有街名章台街。《汉书·张敞传》云："敞无威仪，时罢朝会，过走马章台街，使御史驱，自以便面拊马。"①后来泛指繁华之地。文彦博《侠少行》中："锦带佩吴钩，翩翩跃紫骝。垂鞭度永埒，挟弹过长楸。"②几句化用多个典故："吴钩"典出《吴越春秋》。其云："阖闾既宝莫邪，复命国中作金钩"，故曰"吴钩"。南朝宋鲍照《代结客少年场行》："骢马金络头，锦带佩吴钩。"唐李贺《南园》："男儿何不带吴钩，收取关山五十州。""挟弹"典出《晋书》卷五十五《潘岳传》："(潘岳)少时常挟弹出洛阳道。"唐卢照邻《长安古意》："挟弹飞鹰杜陵北，探丸借客渭桥西。俱邀侠客芙蓉剑，共宿娼家桃李蹊。"这些典故的运用与宋人的人文情趣相关，增添了咏侠诗语言的雅致风味。

二是化用前人诗文，借以深化所要表达的情感思想。如梅尧臣《送贤良田太丞通判江宁》："世为燕赵客，慷慨有奇才。"典故出自于韩愈《送董邵南游河北序》："燕赵古称多慷慨悲歌之士。"吴龙翰《侠客行》："击筑复击筑，欲歌双泪横。宝刀重如命，命如鸿毛轻。"③末句典出司马迁《报任安书》："人固有一死，或重于泰山，或轻于鸿毛。"用这一典故，便更加生动深刻地表达出侠义之士"侠客不怕死，怕在事不成"的刚直人格。唐肃《季子挂剑歌》："君知不知不足悲，我心许君终不移，"化用唐李白《结袜子》："燕南壮士吴门豪，筑中置铅鱼隐刀。感君恩重许君命，太山一掷轻鸿毛。"表现出作者对侠义人格的深刻认同。这些典故的巧妙运用，丰富了诗歌的内涵，扩

---

① 班固：《汉书·张敞传》，中华书局 1962 年版，第 3222 页。
② 北京大学古文献研究所编纂：《全宋诗》，北京大学出版社 1998 年版，第 3486 页。
③ 北京大学古文献研究所编纂：《全宋诗》，北京大学出版社 1998 年版，第 42884 页。

大了诗歌的艺术表现力。

　　三是化用前代历史事实或相关历史传说，特别是先秦两汉时期著名侠客的行侠事实，托喻自己的侠义气节。如陆游《剑客行》："隐见天地间，变化岂易测"两句，典出《晋书》卷三六《张华列传》，其云："华闻豫章人雷焕妙达纬象，……屏人曰：'可共寻天文，知将来吉凶。'因登楼仰观，焕曰：'仆察之久矣，惟斗牛之间颇有异气。'华曰：'是何祥也?'焕曰：'宝剑之精，上彻于天耳。'……焕到县，掘狱屋基，入地四丈余，得一石函，光气非常，中有双剑，并刻题，一曰龙泉，一曰太阿。其夕，斗牛间气不复见焉。焕以南昌西山北岩下土以拭剑，光芒艳发。大盆盛水，置剑其上，视之者精芒炫目。……焕卒，子华为州从事，持剑行经延平津，剑忽于腰间跃出堕水，使人没水取之，不见剑，但见两龙各长数丈，蟠萦有文章，没者惧而反。须臾光彩照水，波浪惊沸，于是失剑。"[①]剑不只是一种杀人利器，而且是一种侠义精神的象征。陆游诗中的剑客形象，其实是诗人高度的自我期许和强烈爱国主义情感的诗化折射。陈普《祖逖》："马牛风自不相谋，异体安知蝮螫头。北伐不令持寸铁，楫声空震大江流。"[②]末句化用《晋书》卷六二《祖逖传》："京师大乱，逖率亲党数百家避地淮泗。逖以社稷倾覆，常怀振复之志。……帝乃以逖为奋威将军、豫州刺史，给千人廪，布三千匹，不给铠仗，使自招募。仍将本流徙部曲百余家渡江，中流击楫而誓曰：'祖逖不能清中原而复济者，有如大江。'辞色壮烈，众皆慨叹。"[③]滕岑《拟白马篇》中"草玄既自苦，投阁仍自伤"[④]两句，典出《汉书·扬雄传》。汉扬雄校书天禄阁时，刘棻曾向雄问古文奇字。后棻被王莽治罪，株连扬雄。当狱吏往捕时，雄恐不能自免，即从阁上跳下，几乎摔死。后有诏勿问，但京师纷纷传语："惟寂寞，自投阁。"宋代士大夫的社会责任感和参政热情远高于以往朝代，以从政为几任，以吏能相激励。这个典故十分贴切，生动地表现了诗人不甘寂寞，欲

①　房玄龄：《晋书·张华列传》，中华书局 1974 年版，第 1075 页。
②　北京大学古文献研究所编纂：《全宋诗》，北京大学出版社 1998 年版，第 42848 页。
③　房玄龄：《晋书·祖逖传》，中华书局 1974 年版，第 1694—1695 页。
④　北京大学古文献研究所编纂：《全宋诗》，北京大学出版社 1998 年版，第 29610 页。

勇赴国难、建立奇功的理想。

　　当然，宋人咏侠诗中也有一些诗篇良莠并存，但此种个别现象不能代表宋代咏侠诗的总体风貌。就总体而言，宋代咏侠诗不仅有着极具宋代特色的文化内涵，而且塑造了琳琅满目的侠客形象，艺术形式多彩纷呈，成功运用了多种艺术手法，扩大了古代咏侠诗的艺术表现力，丰富了侠义人格精神。宋人咏侠，上承晋唐咏侠传统，下启金、元、明、清诸朝咏侠诗创作，在侠文化史上有自己独特的文化价值和艺术品位。

第五章
咏侠诗创作承变期独特异质浸化

——金元时代咏侠诗

金元时代，少数民族入主中原，汉文化与游牧文化的尖锐对立及其融合发展过程，不仅对当时政治、经济、文化等社会生活产生了强力冲击，而且对时代任侠风气和咏侠诗创作产生了深远影响。这种影响与前代最大的差异，一是金、元统治者通过民族压迫等手段削弱压抑游侠风气及其张扬人格独立的咏侠诗创作；二是作为统治者的金元贵族及其文人自身的文化素质决定了咏侠诗创作水平和数量上的不高与不足；三是少数游牧民族的文化传统和生活习性，为金元时代咏侠诗的创作平添了一份独特的民族情怀和豪放刚健的风格特征；四是辽、宋、金、元四个政权的并存和相互影响，使得任侠风气和咏侠诗创作在保有自身特点的同时，亦有了相互的吸收和借鉴，也使这一时期的咏侠诗创作带着独特的异质，体现着一些共同的创作倾向。如任侠风气的低迷、与此前此后咏侠诗创作相比，此时创作数量的严重减少，以及对《史记》、《汉书》等史书记载的古游侠的歌咏等，都是这一时期的咏侠诗共同的创作倾向。从作者队伍看，与前代不同的是，少数民族作者和汉族作者共同参与了咏侠诗的创作，这也是金元时期咏侠诗的特点之一。

女真族源自隋唐时期东北地区的黑水靺鞨，"金之先，出靺鞨氏。靺鞨本号勿吉。勿吉，古肃慎地也。元魏时，勿吉有七部……隋称靺鞨……唐初，有黑水靺鞨，粟末靺鞨。"① 进入 12 世纪，女真族英雄完颜阿骨打灭辽建金，以"辽以宾铁为号，取其坚也。宾铁虽坚，终亦变坏，惟金不变不坏。金之色白，完颜部色尚白"。② 可见女真人刚健的民族性格。金朝统治者在宋、辽、西夏、金诸国并存的乱世中南征北讨，先是约宋灭辽，继而攻入北宋汴京，掳走北宋钦、徽二帝，整个北中国尽为其地。金国境内居民有女真、汉、党项、吐蕃、契丹、回鹘、蒙古等众多民族，正好包括了草原游牧文明与中原农耕文明。这种地理文化形态加之以北方民族刚健、粗豪的文化性格，铸就了金代咏侠诗新的特色、新的气象。

元代是中国历史上第一个由少数民族统一全国的时代，当性格粗犷豪放的草原游牧民族唱着"壮伟狠戾"的军歌入主中原之时，自然为中原文化注入了清新的刚健气息。此种"壮伟狠戾"之气与燕赵慷慨悲歌的侠义精神相互激发，为元代侠文学带来了新的文化内涵与审美气象。

第一节　金代任侠风气与咏侠诗创作

崛起于东北白山黑水间的金王朝，在中华民族历史进程中曾有过不凡的建树，其诗歌自然也有其可观之处。元好问《中州集》皇皇十卷，收金代诗家 251 人、诗 2060 首，金源诗歌粗具规模。今人薛瑞兆、郭明志编纂《全金诗》所收金代诗人达 534 人、金诗 12066 首，③ 网罗一代文献，嘉惠学林。具体到金代咏侠诗，笔者据《全金诗》（南开大学出版社 1995 年版）统计，金代咏侠诗仅 16 首，作者 8 人。其中赵懹 1 首、王寂 2 首、元德明 1 首、赵秉文 1 首、杨奂 2 首、元好问 6 首、段成己 2 首、王郁 1 首。确乎其微，但仍有其不可忽视的文化和艺术价值。

近几十年来，学界对金源文学的研究已经创获良多，积淀了相当成果，

---

① 脱脱等撰：《金史·太祖本纪》，中华书局 1975 年版，第 1 页。
② 脱脱等撰：《金史·宇文虚中传》，中华书局 1975 年版，第 26 页。
③ 阎凤梧、康金声主编：《全辽金诗》，山西古籍出版社 1997 年版，第 30 页。

然对金代咏侠诗却至今无多关注，甚而混迹于边塞诗中。事实上，金源文学挟裹着北方游牧民族勇武强悍的个性，又得幽并豪侠气的陶染涤荡，其咏侠诗不仅得幽并地域的山川之助，更在汉文化与北方民族文化相互融合中，"改写"了传统咏侠诗的内容，显示出独特的审美特征，为北雄南秀、异彩纷呈的中华文化增添了新的因子，注入了新的活力。因此，对金代咏侠诗从宏观上进行搜集整理和研究，不但能够填补金源文学研究领域的一个空白，而且对金代诗歌风格的形成、文人时代精神以及侠文化在金代的传承与发展均具有重要价值。有鉴于此，本章从元好问《中州集》①，薛瑞兆、郭明志编纂《全金诗》②、阎凤梧、康金声主编《全辽金诗》③、金代史料笔记、传奇小说中搜集整理出金代咏侠诗，并试图以侠文化和历代咏侠诗为参照作一宏观考察。

一、草原文明冲击下金人咏侠诗的创作

金人咏侠，是中国侠文学史上一个十分独特的文化、文学现象，有着深刻复杂的社会历史文化原因。其中既有自先秦以来侠文化的熏陶和汉唐咏侠文学的传承，更源于幽并地区粗犷强悍地域文化的渗透，源于女真族勇武彪悍民族性格的驱动。同时，金源王朝思想控制的宽松，金与辽、宋之间长期的战争也有推波助澜之功。可以说，金代咏侠诗是在传统侠文化中孕育，又受幽并地域民风涤荡、在草原游牧文明与中原农耕文明的交流融合中绽放的花朵。

从地域民风来看，金代咏侠诗作家主要集中在燕赵大地。燕赵大地与蒙古高原毗邻，境内沟壑纵横。此种半农半牧的自然环境，汉与戎狄杂居、融合的人文环境，加之中原王朝与游牧民族在幽燕一带的战争与争夺，使燕赵地区民风以好勇尚武著称。"晋居深山之中，戎狄之与邻，而远于王室，王

---

① 元好问:《中州集》，中华书局 1959 年版。
② 薛瑞兆、郭明志编纂:《全金诗》，南开大学出版社 1995 年版。
③ 阎凤梧、康金声主编:《全辽金诗》，山西古籍出版社 1999 年版。

灵不及。"(《左传·昭公十五年》)① 先秦时期的鲜卑、氏、羌等民族，以游牧射猎和强健勇猛见长，逐渐使此地形成粗犷悍厉、劲悍质木、果敢勇猛的区域文化性格，成为先秦时期游侠活动的一片沃土。先秦时期，晋国侠士有豫让；燕国有燕丹、田光、荆轲、高渐离；魏国有侯嬴、朱亥等都曾生活于此。燕赵古称多慷慨悲歌之士，"自古号多豪杰，名于图史者往往皆是"，就是这个道理。

魏晋以降，幽燕地区是匈奴、羯、鲜卑族南下中原的必经之地，因而成为农业文明与游牧文明、汉文化与北方少数民族文化交流碰撞、融合荟萃的舞台和扩散传播的桥梁。汉胡文化的双向交流互补，既为幽燕区域文化不断注入新鲜血液和异质养料，又在北方游牧文明汉化进程中使幽并文化得到重塑与改造。幽并地区以尚气任侠驰名的文化传统和该地汉、胡杂处环境相叠加，逐渐形成了幽并文化粗犷悍厉、果敢勇猛的文化气质。曹植笔下"仰手接飞猱，俯身散马蹄。狡捷过猴猿，勇剽若豹螭"② 的幽并游侠形象；祖逖闻鸡起舞志在恢复，刘越石仗剑策马的清刚之气，正是当地任侠尚武风气的生动体现。幽燕地区"作为与北方少数民族对峙、冲突的前沿，最先最强烈地感受到游牧文化那粗致强悍的原始生命力的震荡渗透，这对游侠的崛起并代代无绝，显然构成了重要影响。或者说，这种民族对抗本身，就是游侠崛起的一个主要动力"。③

从民族性格而言，女真族以游猎为生，生性蛮勇好斗。女真族实行"猛安谋克"制度以来战斗力大争，先灭辽国、继克北宋，建立起与南宋王朝划江并峙的大金帝国。当女真铁骑破辽攻宋、席卷整个北中国之地时，就为传统中原文化注入了威猛强悍之气。史载，完颜亮欲进攻南宋，命画工"图临安之城邑及吴山西湖之盛"，他自己"于吴山绝顶貌己之状，策马而立"，且大笔疾书："万里车书尽会同，江南岂有别疆封。提兵百万西湖上，立马吴

---

① 阮元校刻：《十三经注疏》，中华书局 1980 年版，第 2078 页。

② 逯钦立编：《先秦汉魏晋南北朝诗》，中华书局 1983 年版，第 432 页。

③ 汪涌豪、陈广宏：《游侠人格》，长江文艺出版社 1996 年版，第 239 页。

山第一峰！"①完颜亮等女真上层乃一代枭雄，他们为金代文坛带来了雄豪勇猛的杀伐之气，无疑对金代任侠风气有推动作用。

女真族刚健勇猛的民族性格为中原文化注入了新的活力。在女真族的统治下，北方游牧民族勇武强悍的个性，便这样借助其政治优势，向金代社会强力渗透。金源王朝弥漫着一种质实贞刚、粗犷雄豪的尚武精神，实与北方游牧民族强悍勇武的民族个性密切相关。这可以从近几十年来的考古发掘中得到明证。1996年，甘肃省清水县出土的金代画像砖《获猎图》、《出猎图》中，彪悍强劲的猎人与猎犬的生动情态就是金代陇右地区民间任侠风气的反映。南宋洪迈《夷坚志补》中"解洵娶妇"记载了宋靖康、建炎年间，金兵大举南侵，解洵流落幽并地区与一位侠女结婚，后解洵忘恩负义，侠女杀死解洵的故事。这种情节结构，与游牧民族不受严格的礼教约束的两性伦理观念有着深刻的内在联系。今存残本《刘知远诸宫调》，描写西突厥沙陀部人刘知远贫困交加，离家出走，与李三娘结亲，投军太原，发迹变泰的故事，从中也可见金代社会江湖世界游民群体的任侠风气。

从现实渊源来看，金与辽、宋等国之间战争频繁。幽并为古燕赵之地，汉、胡长期杂处，民以慷慨悲歌、任侠尚气驰名。特别是长城内外的"燕云十六州"地区，从913年至1368年长达455年间，一直被非汉族统治，是汉民族与匈奴、鲜卑、羯、突厥等少数民族交相冲突最激烈的地方，又是各割据政权的中心，给此地的彪悍民风以极大的激发。影响着金代诗人的生活理想和审美取向，为金代咏侠诗创作提供了精神动力和丰富生动的题材。

金人任侠，在不同历史时期呈现出阶段性不同。女真贵族以马上得天下，建元收国之初，统治者忙于灭辽克宋，无暇偃武修文，因而金初文学主要是借才于异代。由宋入金的诗人吴激、宇文虚中等颇有侠义气概，他们承晋唐任侠传统，多有咏侠诗创作。吴激本是北宋著名诗人，使金被留，曾任金翰林待制。其《鸡林书事》诗云："兔颖家工缚，鮭腥俗嗜餐。骑兵腰玉具，

---

① 薛瑞兆、郭明志编纂：《全金诗》，南开大学出版社1995年版，第356页。

府卫挟金丸。"①描绘了金初侠风的情况。金初诗人赵悫《拟古》诗云:"翩翩谁家儿,晓猎开红旌。雕弓插白羽,怒马悬朱缨。"描写金初游侠少年驰骛逐猎、挟弹走马之生活。

金世宗大定(1161)之后,金朝由"海内用兵,宁岁无几"的征伐动乱年代进入"投戈息马,治化休明"时期。金源王朝国力的强盛和女真族彪悍勇武的民族性格相合拍,使金代诗人以"醉袖舞嫌天地窄,诗情狂压海山平"的气概推动金人咏侠诗进入新的境界。游侠人格中高扬着时代精神。王寂《题季札挂剑图》具体地描绘了金人心目中的侠义观念:

> 季札贵公子,轩轩气凌云。平生会心少,四海一徐君。相逢适所愿,情话如兰熏。徐君顾长剑,意欲口不云。季子心许之,誓将归献芹。驻节不容久,骊驹促轻分。②

季子好任侠,重信义,一诺千金,故深得后世侠义之士的赞誉。"驻节不容久,骊驹促轻分",异常清晰地表明金代中期的侠风。

金代北方游牧民族逐渐深入中原文化腹地,这一民族迁移过程也改造了他们自身的文化构成。王寂《信陵》诗赞美:"信陵豪贵气凌云,折节屠儿意已勤。一挫雄兵四十万,杀降绝胜武安君。"③诗序云:"丁巳,次新市,投宿于民家。其家亦颇好事,壁间画齐、魏、赵、楚四公子。予为各赋一绝句。"这条材料显示出金代民间的任侠风气。元德明《贵公子咏》云:"高堂红烛鼓声齐,舞遍纤腰月未西。一曲缠头一双锦,骅骝空自惜障泥。"④这些贵族侠少聚结成群,任侠使气,成为金代社会中期一种时尚。

贞祐南渡,河朔板荡,鼓鼙声震,天穿地裂。崛起于漠北的蒙古铁骑吞并了北中国大好河山,并随时可能南下中原,对金源王朝构成强大军事威胁。此种风云际会,与魏晋异代之际,匈奴、氐、羌、羯、鲜卑族南下的威

---

① 薛瑞兆、郭明志编纂:《全金诗》第一册,南开大学出版社1995年版,第72页。

② 薛瑞兆、郭明志编纂:《全金诗》第一册,南开大学出版社1995年版,第377—378页。

③ 薛瑞兆、郭明志编纂:《全金诗》第一册,南开大学出版社1995年版,第445页。

④ 薛瑞兆、郭明志编纂:《全金诗》第二册,南开大学出版社1995年版,第271页。

胁几多相似。李汾、辛愿、阎治中等金代诗人本来生活在云、朔之地，浸润胡风，史载辛愿，"性野逸，不修威仪。……剧谈豪饮，旁若无人。"① 雷渊"为人躯干雄伟，髯张口哆，……遇不平则疾恶之气见于颜间，或嚼齿大骂不休，虽痛自惩创，然猝亦不能变也"。② 元好问更是北魏代拓跋鲜卑的后裔，有着北方少数民族豪健英杰的气质。异族入侵、大兵压境、金室衰微的客观现实，自然唤醒了金源诗人对刘琨、祖逖等幽并豪侠的历史记忆，内心强烈的民族感情骤然升华。金末任侠风气亦骤然升温，类多感慨悲壮之音。

从思想文化渊源来看，马背上起家的女真贵族对思想控制并不严格。"有金一代实行比较开放的文化政策，全面学习汉族文化，崇尚儒学，建学校兴科举，接受多种宗教并存，各种思想文化兼容并蓄、百家争鸣。"③ 尤其是北方草原文化与中原农耕文化的交流融合，呈现出一种"汉胡互化"的特色，多了一分刚健、豪放之美，传统任侠精神也借此获得了更为宏阔的视野。女真人原来信奉萨满教，进入中原以后，很快从汉人和契丹人那里接受了佛教和道教。金朝统治者在崇尚佛教的同时，也尊崇道教，允许道教发展，出现了全真道、真大道、太一道等新的道派。金朝统治者对这几个道派均予以保护，允许其发展。思想领域的多元开放，无疑为金代任侠风气提供了良好的条件。

诸因素中，游牧民族的"胡风"值得注意。女真族入主中原后在辽、宋旧地大力推行"胡俗"，对北中国汉文化的影响更为广泛和深入。范成大使金途中，发现汴京百姓"久习胡俗，态度嗜好与之俱化。最甚者衣装之类，其制尽为胡矣。自过淮以北皆然，而京师尤甚"。④ 说明北方少数民族文化已经普遍渗入到汉文化之中，并在充实和改造着汉文化，为汉文化注入新的活力。"北方游牧民族那种勇武强悍的个性，便这样借助其政治优势，向汉

---

① 　元好问：《中州集》，中华书局 1959 年版，第 484 页。

② 　元好问：《中州集》，中华书局 1959 年版，第 314 页。

③ 　陈永国：《论金代思想文化领域的开放与专制政策》，《满族研究》2014 年第 4 期。

④ 　范成大：《揽辔录》序，中华书局 1985 年版，第 2 页。

族文人的创作中渗透。"① 凡此，为金代咏侠诗创作提供了强大的精神动力和丰富题材。

最后，金人咏侠诗也是从文学传统中走出来的。自司马迁传游侠到魏晋六朝咏侠诗勃兴以来，诗人在诗歌中为游侠大唱赞歌已形成了一个进步的文学传统，那就是借侠客形象来抒发寒士的人格寄托和生活理想。金代文人既有乐观向上的豪迈精神，又有冀遇求知、怀才不遇的块垒，因此借侠寄情就成为时代的创作风气。而司马迁《史记》中所表现的游侠精神，六朝文人在咏侠诗中塑造的游侠形象和他们火热的生命追求，就成为金人咏侠诗的创作源头和精神上可贵的资粮。

可见，金代任侠风气的形成与发展，既有幽并地区胡汉杂处的地域文化和侠文化的长期积淀的因素，又受到该地区连年不断的边塞战争的激发。同时，金代政治、军事制度及思想领域的多元开放也为金代侠风之发展提供了良好的条件。

二、金人咏侠诗拓展了咏侠诗的文化内涵

随着女真族势力如秋风扫落叶一般向北中国拓展，一些身上流动着北方少数民族血液，又深得汉文学精髓的诗人如元好问、完颜亮等崛起于诗坛，第一次在中华民族史册上占据重要地位，成为金代文学的一个重要特征。与江南相比，北方风气粗犷、人之气质浑厚，发为文章，则散发着豪健英杰之气，类皆华实相扶，骨力遒劲，一扫柔弱浮靡之风。他们并不仅仅满足于对传统侠义题材的延续与吸收，而是以自己特有的精神气度"改写"传统咏侠诗，从而深刻地改变了金代文学的格局和特质。

（一）金人"改写"传统咏侠诗
幽并豪侠气是金人咏侠诗的核心和主体。从某种程度来讲，金人任侠精

---

① 胡传志：《北方民族政权与辽金文学》，《民族文学研究》2003 年第 1 期。

神的特征就是幽并豪侠精神。"幽并豪侠"的形象，三国时期已有先例。曹植《白马篇》中"白马饰金羁，连翩西北驰。借问谁家子，幽并游侠儿"①的幽并豪侠形象，"突出侠的精湛超群武艺，颂扬侠的勃发生命和张扬个性，侠的形象呈现出理想化的倾向"，② 洋溢着一种乐观、昂扬的理想主义色彩，可以说是传统咏侠诗的主体内容，历唐宋不减。

金人咏侠诗中，诗人一一坦现并州少年的豪侠气概。有的写他们彪悍粗犷、闻鸡起舞："君不见并州少年作轩昂，鸡鸣起舞望八荒，夜如何其夜未央。卖刀买犊未厌早，腰金骑鹤非所望。"（元好问《雪后招邻舍王赞子襄饮》）③ 有的写他们粗犷强悍、勇不可当："男儿重意气，结发早从戎。生当为世豪，死当为鬼雄。惊沙射人面，日暮来悲风。"（赵秉文《和渊明拟古九首》其二）④ 此外，李汾、祝简、辛愿、阎治中等诗人均有此类诗作。这些诗中，往往以狂风怒吼、飞沙走石的恶劣环境，来衬托并州少年横戈马上、横江斗蛟、荡平战乱的任侠形象，展现更多草原文明粗豪彪悍的气概，与传统咏侠诗中幽并少年理想化的倾向是迥然不同的。这绝非单纯地对传统咏侠诗的传承，而是夹杂着北方少数民族勇武豪迈的气度，是金代诗人充满主体性、创造性地对侠客的重新阐释。它浑然天成而又慷慨苍茫的格调，与"中州万古英雄气"一脉相承。

金人咏侠诗有一种"幽并豪侠气"，似乎是前人的一种共识。幽州在今北京大兴和河北涿县一带，并州在今山西太原及汾水中游地区。幽并为古燕赵之地，汉胡长期杂处，民以任侠驰名，多慷慨悲歌之士。《中州集》、《金史》等文献中亦有此方面的大量记载：

> 李汾，"旷达清壮，好以奇节自许……磊落清壮，有幽并豪侠慷慨歌谣之气。"⑤

---

① 逯钦立编：《先秦汉魏晋南北朝诗》，中华书局 1983 年版，第 432 页。
② 陈叔华：《曹植咏侠诗中"侠"的理想化倾向》，《湖北广播电视大学学报》2011 年第 9 期。
③ 薛瑞兆、郭明志编纂：《全金诗》第四册，南开大学出版社 1995 年版，第 40 页。
④ 薛瑞兆、郭明志编纂：《全金诗》第二册，南开大学出版社 1995 年版，第 411 页。
⑤ 元好问：《中州集》，中华书局 1959 年版，第 490—491 页。

阎治中，"性本豪俊，使酒任气。"①

高永，"为人不顾细谨，有幽并豪侠之风。"②

元好问，"歌谣慷慨，挟幽、并豪侠之气。"③

胸间涤荡着幽、并豪侠之气，挟带着汉胡长期杂处所形成的质朴刚劲的精神气质，使金人咏侠诗形成一种新的特质。试看段成己《送娄郎中秀实北上》：

气压元龙百尺楼，抟空雕鹗政高秋。珥貂自属封侯相，借箸咸推决胜筹。会记不劳谈笑了，功名未肯等闲休。并州豪侠风流在，惭愧儒冠谩白头。④

游牧民族的自由奔放、粗犷豪迈，时刻流淌在金人的血脉之中，使金人咏侠诗不同程度地渗入了草原文明的伦理价值观，以各种方式"胡化"的过程中形成一种新的特质，激荡着另一种精神厚度。朔方在中原诗人眼里无疑是凄凉苦寒之地，而段成己此诗毫无萧瑟荒寒之感。在汉唐河朔雄伟的时空中，注入苍茫辽阔的历史感受，以幽并侠士喻娄秀实，以抟空腾飞、搏击长空的雕鹗表现其豪气冲天的风采。刚劲而沉郁的诗行，呈现出一种彪悍、粗犷、强悍的霸气。"并州豪侠风流在，惭愧儒冠谩白头"，金代咏侠诗颠覆了魏晋以来传统咏侠诗乐观昂扬的理想主义色彩，展示出北方游牧民族文化极强的"边缘活力"，为中国侠文学带来一种新的精神气象、新的审美基因。

为何金人咏侠诗不是从先秦古游侠、甚至汉代游侠写起？为何元好问赞美"古来豪侠数幽并"，格外激赏刘琨、祖逖等并州少年？对传统侠义题材做如此大幅度的改变，其中显现着鲜明的时代烙印，这是侠文化传承过程中适应新的历史环境需要而出现的结果。

首先，从金代诗人所经受的文化记忆来讲，元好问所处的金代与刘琨、祖逖所处的西晋末期，无论在区域文化特质，还是历史背景等方面均具有相

---

① 元好问：《中州集》，中华书局 1959 年版，第 470 页。

② 元好问：《中州集》，中华书局 1959 年版，第 449 页。

③ 脱脱等撰：《金史》，中华书局 1975 年版，第 2742 页。

④ 薛瑞兆、郭明志编纂：《全金诗》第四册，南开大学出版社 1995 年版，第 426 页。

似性。两汉以来，不断与西北外族作战，战后基于"柔远人也"的观念，把投降的部落迁入关内，与汉族杂居。西晋初年，幽并地区逐渐成为广泛的"杂胡化"地区。至西晋末期，并州匈奴五部之众，人至万万。长期以来的汉胡杂处，使幽并文化在游牧文明汉化进程中得到重塑与改造，逐渐形成了粗犷悍厉、果敢勇猛的文化气质。晋末"永嘉之乱"，刘琨都督并、冀、幽三州诸军事，长期捍卫北方边疆。宋金时期，幽并地区也是契丹、女真、蒙古等民族南下中原的主要通道。北朝时期和金代幽并地区相似的历史背景和文化特质，沟通了金人与晋末士人的文化心理，使其具备了相近的思想观念、思维方式，从而为金人搭建了祖逖、刘琨接受的桥梁。"适当其时"出现在这一转折点上的祖逖、刘琨等"并州少年"形象，则为金人提供了充足的接受资源。

其次，从金代诗人的精神气度来讲，祖逖、刘琨等"并州少年"在胡汉杂居环境中形成的粗犷豪放、具有草原文化基因的精神气度，较之荆轲、高渐离、豫让等古游侠更加契合元好问等金代诗人的精神气质。元好问本是北方少数民族之一的鲜卑族拓跋氏的后裔。拓跋部建立北魏王朝，成为鲜卑的核心。鲜卑本是起源很早的北方游猎民族之一，有着粗犷质朴的民族文化心理："男儿欲作健，结伴不须多，鹞子经天飞，群雀两向波。"（《企喻歌》）① 元好问系鲜卑后裔，深深植根于北方文化土壤之中。尽管他早已深受汉文化之濡染，但是北方民族那种质朴方刚、雄健粗犷的气质仍然流淌在其血脉中。生长于云朔，北方的长风浩漠陶养了他慷慨豪宕的性格，鲜卑祖先遗传的因子，使他对乡土文化品格的体认，有一种浓郁的"并州情结"，崇尚一种陶养着游牧民族气质的刚劲质朴性格。史称刘琨"与范阳祖纳俱以雄豪著名"，② 祖逖"为北州旧姓，……逖性豁荡，不修仪检，轻财好侠，慷慨有节尚"③。这样，在胡汉杂居环境中形成的祖逖、刘琨等"并州少年"形象，更加契合元好问等金代诗人的理想人格模式。这就是祖逖、

---

① 逯钦立编：《先秦汉魏晋南北朝诗》，中华书局 1983 年版，第 2152 页。
② 房玄龄：《晋书》，中华书局 1974 年版，第 1679 页。
③ 房玄龄：《晋书》，中华书局 1974 年版，第 1693 页。

刘琨等"并州少年"而不是别的什么人能在金源诗坛引起广泛关注的主要原因。

再次，以金代诗人的审美旨趣而言，沐浴着北方民族淳朴刚健的民族精神，金代诗人格外崇尚壮美、天然的审美旨趣。从《论诗三十首》里可以看出，元好问对壮美和天然两种诗境有一种先天的钟爱。曹植、刘祯的慷慨多气符合元好问崇尚壮美、天然的审美旨趣，因而得到称许。元好问对《敕勒歌》推崇备至："慷慨歌谣绝不传，穹庐一曲本天然。中州万古英雄气，也到阴山敕勒川。"①同时，他批评"有情芍药含春泪，无力蔷薇卧晚枝。拈出退之《山石》句，始知渠是女郎诗"。②认为孟郊诗专吟穷愁寒苦之态，缺乏豪迈之气，秦观的诗温婉柔媚，似"女郎诗"。他特别推崇刘琨诗歌夹杂着草原风情的豪爽粗犷、雄放劲健特质："曹刘坐啸虎生风，四海无人角两雄。可惜并州刘越石，不教横槊建安中。"③正是此种审美趣味，以元好问为代表的金代诗人对刘琨、祖逖的歌咏也就在所必然了。

金人对刘琨、祖逖的歌咏，是金人在其时代、社会所形成的特定文化心理制约下，对传统文化重新审视后做出的理性选择。笔者如此论述，不是要否定传统咏侠诗的审美价值，而是意在表明不同文化范式影响作家的思维模式、心理体验和审美选择。

（二）展现草原民族的豪健尚武，具有浓郁的幽并地域特征

幽并民风慷慨悲歌、好气任侠，具有既不同于中原、关陇，又不同于齐鲁、江南的特点。幽并儿女对自小生长的故乡格外熟悉和热爱，因此，该地特殊的气候、风光、风土人情就成了幽并儿女瞩目的对象。元好问《长安少年行》就典型地展现出草原民族的豪健尚武和幽并地区独特的风土人情：

> 黄衫少年如玉笔，生长侯门人不识。道逢豪客问姓名，袖把金鞭侧
> 身揖。卧驼行橐锦帕蒙，石榴压浆银作筒。八月苍鹰一片雪，五花骄马

---

① 郭绍虞主编:《中国历代文论选》，上海古籍出版社1979年版，第215页。

② 郭绍虞主编:《中国历代文论选》，上海古籍出版社1979年版，第216页。

③ 郭绍虞主编:《中国历代文论选》，上海古籍出版社1979年版，第215页。

四蹄风。日暮新丰原上猎，三更歌舞灞桥东。①

《长安少年行》为乐府古题，唐人主要写游侠少年射猎游冶、斗鸡走马、任酒使气的轻薄侠行，重在表现游侠少年身上世俗享乐的生活色彩和自由浪漫的时代精神。然元好问此诗开篇即对此作形象而生动的概括介绍，卧着的骆驼身上装满了行囊，行李上蒙着锦绣的绸带；蒙古牧民盛放鲜牛奶用的银器，均可谓典型的塞上风情，以石榴作浆也是典型的草原民族生活习俗。八月飞雪，当指胡地的自然气候；草原上成群结队飞舞的苍鹰也像飞雪一样；五花骄马同样属于北方少数民族的特有良驹；所有这一切，就像一幅幅真实生动的人情风俗画，洋溢着一种塞上风情美。马背上矫健的黄衫少年身背金鞭、侧身作揖的形象，具有浓郁的幽并地域游侠儿的任侠特征。相对于江南文士笔下对幽并地区描写的荒凉、偏僻、苦寒，金人咏侠诗中那种自然亲切的塞外风情和草原民族的豪健尚武，无疑为中国文学百花园增添了一朵新的奇葩。

金代诗人的生命深处潜藏着质朴刚健的基因和对故乡的热爱留恋，原本是气候寒冷的幽并荒凉之地，苍茫原野上飞舞的苍鹰、漫漫风沙中卧着的骆驼，草原上纵横奔驰的骏马，中原人看来是那样的辽阔、萧条、空旷，在幽并诗人眼里竟是那样的熟悉和亲切。金人咏侠诗无苦涩相，而多有奔放、从容之风度。为诗坛带来了新的文化心态和审美视角，从而改变了中国文学的内在特质。"壮日里间侠，臂弯双角弓。绣鞯金匼匝，貂袖紫蒙茸。"抒情身份的主客移位，使全诗气质情调尽变，于旷远辽阔中露出几份田园诗的情调，其内在特质与传统咏侠诗是迥异其趣的。我们不妨看作是幽并儿女以质朴自然的语言能力来改造中原文学的产物。再如李汾《雪中过虎牢》云："萧萧行李夏弓刀，踏雪行人过虎牢。广武山川哀阮籍，黄河襟带控成皋。"这首诗描绘的是在大雪纷飞中奔走于虎牢关之情景，晋中高原寒冷、晦明莫辨是那样的真切、细腻。它一方面拓展了中原文人传统的关陇、塞上题材格局，使广袤的朔方之地融进了中国文学的版图；另一方面，还以幽并人特有

---

① 薛瑞兆、郭明志编纂：《全金诗》第四册，南开大学出版社1995年版，第80页。

的质朴自然之气改造着中国侠文学的内在结构，丰富了中国侠文学的审美内涵。

三、金人咏侠诗丰富了咏侠诗的审美特质

诞生在幽并大地上、并经金代各民族不断创造和传承的咏侠诗，以质朴性孕育开放性、以独特性展示原创性、以民族性呈现无比绚丽的多样性，融入到中华文学生生不息的历史进程中，不但拓展了传统侠文学的文化内涵，而且丰富了中国文学的审美特质。

（一）慷慨豪迈、沉雄悲壮的风格

金代咏侠诗的主体风格美感，可以概括为慷慨豪迈、沉雄悲壮。慷慨豪迈者，心胸豪迈、气质粗犷，是其大要；沉雄悲壮者，意象之粗豪、抒情之直率是其大要。它是金代北方各民族粗犷彪悍之气质和豪迈进取精神的外化，它具体形成了金代咏侠诗以豪迈、沉雄、悲壮为主的风格美感。

古代幽并燕赵之地，基于土地贫瘠、形势阻绝、易于形成刚勇好斗、尚力任强之习俗，对任侠风气的产生无疑具有推动作用。此地多民族杂居的人文环境以及中原王朝与猃狁、鲜卑、羌等周边部族在幽并一带的激烈争夺，浸润已久，又形成燕赵民风粗犷悍厉的尚武特质。故《隋书·地理志》云："离石、雁门、马邑、定襄、楼烦、涿郡、上谷、渔阳、北平、安乐、辽西，皆连接边郡，习尚与太原同俗，故自古言勇侠者，皆推幽、并云。"[①]这是幽并区域文化中长期习传和内在积淀的文化基因。这种文化基因和长期身处辽阔、浩荡、高寒的大漠塞外、黄土高原环境，就对金源诗人的审美心理产生重大影响。而彪悍尚武、慷慨豪迈的豪杰气质，也使其更易对粗豪之景产生审美冲动。这样，古剑、长鲸、雕弓、白羽、雕鹗、并州少年、幽并豪侠、少年豪举、击筑悲歌等就成为金人咏侠诗中"占据中心"的意象；刘越石枕

---

① 魏征：《隋书》，中华书局 1975 年版，第 806 页。

戈待旦、祖逖闻鸡起舞成为金人咏侠诗中最为常见的表现题材。这与金代诗人多生长在风土敦厚、崇直尚义的云、朔地区，挟带北方少数民族特有的气质，普遍深受幽并豪侠之气的习染密切相关，又与女真族入主中原、胡汉文化交融的时代精神相联系。特别是金源末期，金代诗人为诗歌创作灌注了王朝末世的忧患意识，又掺入汉胡融合的文化基因之后，金人咏侠诗便呈现出一种沉雄悲壮的风格美感："自古幽并重豪侠，只应行乐费黄金。"①"君不见并州少年夜枕戈，破屋耿耿天垂河，欲眠不眠泪滂沱。著鞭忽记刘越石，拔剑起舞鸡鸣歌。"②社会的动荡使诗的时空错综，将浩浩北风、陇头流水的肝肠断绝，将燕赵大地的荆轲、高渐离等刺客侠士统摄于笔端，体验着大漠的寒风、西北的酷寒。此种历史兴亡之感使元好问的诗作染上了一层浓郁的悲壮风格。清人赵翼云元好问："生长云、朔，其天性本多豪健英杰之气。又值金源亡国，以宗杜邱墟之感，发为慷慨悲歌，有不求工而自工者，此固地为之也，时为之也。"③可谓的评。

再如王郁，为金末奇士，为人"尚气敢为，好议论，与李汾、杨宏道、元好问等游从最久"，④对历代兴亡之事了如指掌。金庭南渡黄河，置大片北方土地不顾，仓皇迁都汴京，王郁慨然奋发，图有所作为，然而却压抑不平，有志难伸，这位"以儒中侠自许"的慷慨激昂之士，只得借诗词来浇心中块垒了。其《长安少年行》云："新月平康金步莲，青云戚里玉连钱。谁家少年秋风里，梁甫吟成抱剑眠。"⑤这里呼啸寒风中"抱剑独眠"的侠客形象，既表现了游侠少年的豪情壮志，又交织着王朝末世的忧患意识，饱和着抑郁牢骚，渗透着激响悲音。高尚的人格强化了感情的力度，强烈的感情找到了表达自我的最佳形式，这就使金代咏侠诗超迈于汉唐时期的主流诗风，具有一种兴发感动的力量的精神源泉。

---

① 北京大学古文献研究所编:《全宋诗》，北京大学出版社 1998 年版，第 3795 页。
② 薛瑞兆、郭明志编纂:《全金诗》第四册，南开大学出版社 1995 年版，第 84 页。
③ 《瓯北诗话》，人民文学出版社 1963 年版，第 117 页。
④ 薛瑞兆、郭明志编纂:《全金诗》第四册，南开大学出版社 1995 年版，第 517 页。
⑤ 薛瑞兆、郭明志编纂:《全金诗》第四册，南开大学出版社 1995 年版，第 518 页。

（二）倔强豪爽、率情任真之情感

自古以来，幽并燕赵之地一直是多民族杂居之地，汉、乌桓、鲜卑、柔然、契丹、女真、室韦、蒙古等多民族栖居于此。金代诗人天赋本多北方少数民族与汉民族相互融合所形成的豪健英杰之气，加上生长在质直尚义的云朔地区，民族的、地域的和时代的因素交互影响，他们贵壮贱老，天性尚武，率真任情，观念开放，较少受到封建伦理纲常的束缚，抒情颇真诚坦率，以倔强豪爽、率情任真而见长。如元好问《并州少年行》云："我欲横江斗蛟鼍，万弩迸射阳侯波。或当大猎燕赵间，黄罴朱豹皆遮罗。男儿万马随搗呵，朝发细柳暮朝那。归云黑山布阳和，归来明堂见天子，黄金横带冠峨峨。人生只作张骞傅介子。远胜僵死空山阿！"①万弩迸射、大猎燕赵、擒虎捉豹，这些非凡的壮举，处处洋溢着一种倔强偏执、敢作敢为的英雄色彩，散发出崇高壮美的光芒，与江南诗歌形成鲜明的对比。所谓"幽并豪侠气"实与北方游牧民族强悍勇武的民族个性密切相关。

（三）富有特色的民族语言

女真族没有自己源远流长的书面文学传统，也不甚了解中原古代文士阶层在维护封建社会中的作用，因此，金源统治者并不重视雅文学的教化功能和政治作用。金代诸宫调等俗文学的通俗易懂、重视娱乐等特征，反而受到女真贵族的喜爱和支持。总体上看，金代文学呈现出俗文学的兴盛局面。金人作诗杂以少数民族语言的现象所在多有，一些少数民族词汇渗入咏侠诗创作中。②"试手耕纤新事业，传家弓冶旧规模。膝前痴騃怜文度，酒后粗狂忆阿奴。"如段成己《卫生行之少负侠气，与余兄弟相遇于艰难之际。自抑惴惴，常若不及，迨今十五年矣。家贫而益安，岂果有所学乎。不然，何其舍彼而取此也。生正月十六日诞弥日也，因赋诗以赠，为一笑乐且以坚其志云》：此种外族语言的混入，自然使咏侠诗产生一种俚俗风味。

---

① 薛瑞兆、郭明志编纂：《全金诗》第四册，南开大学出版社1995年版，第84页。

② 薛瑞兆、郭明志编纂：《全金诗》第四册，南开大学出版社1995年版，第432页。

金源咏侠诗在语言上往往追求口语化与散文化，很少铺垫，多冲口而出："三十未有二十强，手内蛇矛丈八长。总为官家金印大，不怕百死向沙场。捉却贺兰山下贼，金鞍绣帽好还乡。"① 通篇似散文化句式。再如《猎城南》："翩翩游侠儿，白马如匹练。朝出城南猎，暮趋军中宴。北平有真虎，爱惜腰间箭。"② 这些咏侠诗语言明快显豁、自然酣畅，形成了俚俗泼辣、诙谐幽默、口语化的语言特点，也是金源咏侠诗不同于传统咏侠诗的显著特点。

诞生于苍茫、豪宕、辽阔的幽并大地上的金代咏侠诗，激荡着幽并豪侠之气，为异彩纷呈的中国侠文学史注入了新的生命，传统咏侠诗也在金元时期汉胡互化的历史进程中获得了新的发展。金人咏侠诗在融合汉、女真、蒙等民族文学优秀传统的同时，创造出本民族独有的风格，表现出清旷刚健的草原文化气息。金人在相对边远的地理空间拓展了中国侠文学的地理范围，丰富、改造、拓展了传统咏侠诗的精神结构，此真可谓金代咏侠诗不可忽视的文化价值和审美价值。

第二节　元代社会历史文化与元人咏侠诗的创作

侠文化及侠文学研究逐渐成为古典文学研究领域的"显学"之一，不过，在"显学"的光晕背后却是令人遗憾的遮蔽——学界对元代杂剧、笔记小说中的侠文学现象关注较多，出现了一批学术成果，③ 然对元代咏侠诗的研究至今仍是一片空白。元代杨镰先生等主编的《全元诗》网罗一代文献，收录元代诗歌达 13 万首之多。据笔者检索《全元诗》，共有 76 位诗人创作了约 165 首咏侠诗，其中杨果 1 首、刘祁 1 首、刘秉忠 2 首、耶律铸 1 首、郝经

---

① 薛瑞兆、郭明志编纂：《全金诗》第四册，南开大学出版社 1995 年版，第 81 页。
② 薛瑞兆、郭明志编纂：《全金诗》第四册，南开大学出版社 1995 年版，第 82 页。
③ 参见荆学义：《元代义侠杂剧的文化阐释》，《江汉大学学报》1995 年第 5 期；马丽丽：《元代文学中的侠风义骨》，《和田师范专科学校学报》（汉文综合版）2008 年第 1 期；周书恒：《元杂剧中的侠形象研究》，山西师范大学，硕士论文 2013 年，等等。

2首、王恽4首、侯克中1首、张宏范2首、释善住1首、张之翰1首、仇远1首、刘因1首、仁士林1首、马臻1首、赵孟頫1首、朱晞颜1首、陈孚1首、宋无3首、方澜1首、何中1首、王执谦1首、刘诜1首、杨载1首、卢互1首、揭傒斯3首、陈泰3首、陈樵1首、刘致1首、马祖常4首、萨都剌5首、周权2首、张翥3首、吴师道2首、李孝先1首、王沂1首、张翥3首、黄镇成2首、黄玠3首、陆友1首、吴景奎1首、周霆震1首、朱德润1首、曹文晦1首、杨维桢26首、唐奉1首、吴莱2首、钱帷善1首、钱宰1首、叶颙1首、危素1首、张昱6首、余阙1首、胡天游7首、傅若金2首、梁寅5首、周巽3首、刘仁本2首、胡奎4首、顾瑛1首、刘仁本2首、陈基1首、陈高2首、潘伯修1首、郭钰2首、王逢4首、张宪4首、王沂1首、胡布4首、刘绍2首、刘永之1首、欧阳应丙1首、刘行1首、丁鹤年1首、汪复亨1首、张玉娘1首、王偕1首，创作主要集中在马祖常、杨维桢、王恽、张昱、胡布、刘绍、王偕等诗人身上。从统计可以看出，与唐、宋、明、清诸朝相比，元代咏侠诗数量较少，显然处于低谷时期，然仍有一定的史学认识价值和文学审美价值。元代咏侠诗不仅艺术地反映了元代侠风的真实情况和游侠风貌，而且上承唐宋侠风，下启明清咏侠诗创作，成为中国侠文化史上不可或缺的一个阶段。综观元人咏侠诗，其文化内涵主要集中在以下几方面：

一、民族压迫与咏侠诗的复仇书写

蒙古铁骑是带着奴隶制时代的野蛮习性进入中原地区的，元朝统治者在政治上始终坚定不移地执行民族压迫政策，将国民分为蒙古、色目、汉人、南人四等。在实际统治中，元代一些法令明显是歧视汉人的，如《元史·刑法志》载："诸蒙古人与汉人争，殴汉人，汉人勿还报，许诉于有司。诸蒙古人斫伤他人奴，知罪愿休和者听。"①终元之世，民族对立情绪未见缓解，

---

① 宋濂：《元史》，中华书局1976年版，第2673页。

民族压迫深重，社会一直激烈动荡。处于深重民族压迫下的汉族诗人，极容易生发出一种以弱反强、不畏权势的复仇心理。此种社会历史文化背景，使元代咏侠诗中出现浓烈的复仇书写。元初志士刘因的《白马篇》就格外引人注意：

> 白马谁家子？翩翩秋隼飞。袖中老蛟鸣，走击秦会（桧）之。事去欲名留，自言臣姓施。……非干复仇怨，不为酬恩思。伟哉八尺躯，胆志世所希。惜此博浪气，不遇黄石师。代天出威福，国柄谁当持？匹夫赫斯怒，时事亦堪悲。①

诗歌叙写南宋时期军校施全刺杀秦桧之事，据《续资治通鉴》载，绍兴二十年春正月，秦桧入朝，"军校施全劫秦桧于道，执得，诘之曰：'举国与金为仇，尔独欲事金，我所以杀尔也。'"② 末尾"时事亦堪悲"一句将作者的关注点引入元代社会现实，异常明确地道出了刘因对施全刺杀秦桧正义行为的激赏。此时宋亡已近二十年，刘因仍有一种强烈的复仇心理，足见元代士人强烈的民族意识。

河北义士王著因刺杀忽必烈倚重的元朝著名权臣阿合马而震动朝野，后被处斩。王恽作《义侠行》诗赞其疏财仗义，疾恶如仇、为民除害之侠义行为和至死不悔的侠义气节，可谓元代咏侠诗复仇书写的代表性作品。阿合马，回鹘人，元世祖时期权臣，《元史》卷二〇五《奸臣传》载："阿合马在位日久，益肆贪横，……凡有美妇而为彼欲者，无一人可免。……（至元）十九年三月，世祖在上都，皇太子从。有益都千户王著者，素志疾恶，因人心愤怨，密铸大铜锤，自誓愿击阿合马首。……夜二鼓，……呼省官至前，责阿合马数语，著即牵去，以所袖铜锤碎其脑，立毙。……著挺身请囚。……壬午，诛王著、高和尚于市，皆醢之，并杀张易。著临刑大呼曰：'王著为天下除害，今死矣，异日必有为我书其事者。'"③ 此事激动人心，诗人王恽感其义，抒写《义侠行》以颂之：

①　顾嗣立：《元诗选》初集甲集，中华书局 1987 年版，第 160 页。
②　毕沅撰：《续资治通鉴》，上海古籍出版社 1986 年版，第 700 页。
③　宋濂：《元史》，中华书局 1976 年版，第 4562—4564 页。

君不见悲风萧萧易水寒，荆轲西去不复还。狂图只与蝥蛛靡，至今恨骨埋秦关。又不见豫让义所激，漆身吞炭人不识。镯躯止酬一己恩，三制襄衣竟何益。超今冠古无与俦，堂堂义烈王青州。午年辰月丁丑夜，汉元策秘通神谋。春坊伐作鲁两观，卯魄已禠鲁夷犹。袖中金锤斩马剑，谈笑馘取奸臣头。九重天子为动色，万命拔出颠崖幽。陂陀燕血济时雨，一洗六合妖氛收。丈夫百年等一死，死得其所鸿毛輶。我知精诚耿不灭，白虹贯日霜横秋。潮头不作子胥怒，地下当与龙逢游。长歌落笔增慨慷，觉我鬓发寒飕飕。灯前山鬼忽悲啸，铁面御史君其羞。①

侠客复仇主题，本是中国侠文化源远流长的传统，如先秦时期豫让所践行的"士为知己者死"的侠义精神，对中国侠文化基质的形成产生了深远影响。从此诗可以看出，王恽记述王著刺杀权臣阿合马，似《元史》一篇《刺客列传》，其主要是对维护正义、为天下除害的复仇行为的歌咏，这与豫让的"冀知报恩"精神是不同的。王恽作《义侠行》诗不但为王著树碑立传，而且诗前小序鲜明道出了作者之爱憎：

凡人临小利害，尚且顾父母、念妻子。虑一发不当，且致后患。著之心，孰为不及此哉？然所以略不顾惜者，正以义激于衷，而奋捐一身为轻，为天下除害为重。足见天之降衷，仁人义士，有不得自私而已者，此著之心也，何以明之？事之露，著不去，自缚诣司败，以至临命，气不少挫。而视死如归，诚杀身成名。季路仇牧，死而不悔者也。故以《剑歌》易而为《义侠》云。②

这篇渗透着作者感情的激扬文字，将普通人"临小利害，尚且顾父母、念妻子。虑一发不当，且致后患"之患失患得心态与王著"义激于衷，而奋捐一身为轻，为天下除害为重"作比较，显示出一种疾风劲草般的道德崇高感。除此之外，元人咏侠诗中的复仇书写还有杨维桢《淮南刺客辞》、《舒刺客并序论》等。

---

① 顾嗣立：《元诗选》初集乙集，中华书局1987年版，第464页。
② 顾嗣立：《元诗选》初集乙集，中华书局1987年版，第465页。

为何元代咏侠诗中复仇情节如此之多，流传的地域也非常广阔，约有以下几方面因素：

首先，它迎合了民族压迫环境下民众反抗异族统治的复仇心理，反映了忠君爱国的民族情结。"蒙元时代，异族入主中原，使民族矛盾空前尖锐。重华夏轻夷狄的汉族民众，既不愿意也不甘心接受蒙古族的统治与压迫，对元代统治者怀有强烈的反抗情绪和复仇意愿，这就使得古老的复仇行为又被赋予了新的含义。"①一些侠义之士奋不顾身、以弱小的个体反抗强暴的勇气和力量在元代确有宣泄民族情绪、激励民族意识、弘扬爱国热情的重大意义。侠客的复仇行为与当时汉族人民普遍存在的反元复宋的思想情绪是吻合的，正好迎合了民众的反元心理。在民族压迫环境下，历史上侠骨留香、易水含悲情结可谓元代文人寄意遥深的集体体验。

其次，它成功地贯注了维护正义、伸张正义的道德精神，契合华夏民族的价值取向。元代诗人在咏侠诗创作中将侠义之士舍生取义、勇于献身的精神揭示得淋漓尽致，借以臧否人物，寄寓褒贬。如杨维桢《淮南刺客辞序》云："刺客，在春秋为翙、豹之书也。然有不为盗行者，如晋鉏麑、唐纟干之流，其可例以翙、豹律之乎？五季之乱，有如张颢之所遣者，吾义其人，谓鉏、纟之徒非欤？使可求死于刺，则颢不得而枭，祥不得而輗矣。昔人论纪信诳楚存汉，开汉之祚四百年，论其功，宜在萧、曹之上。今张刺客诳颢，而可求以讨吴国之贼，其功又岂秦、章辈之下耶！"②作者在对淮南刺客的评价中，成功地贯注了民族的道德化精神，其惩恶扬善的价值取向不言而喻，因而能够久传不衰、深深拨动大众的情感神经。

再次，富有传奇色彩的侠客复仇故事符合民众的审美情趣，也成为咏侠诗歌咏的对象。普通民众喜好闻听朝野逸闻趣事，侠客在元代社会中以弱反强、刺杀穷凶极恶的恶霸、权臣中富有传奇性的经历和故事，正好为元代咏侠诗写作提供了丰富的题材资源。在唐代，一些侠客因其杰出的事迹，本身

① 王鹏、杨秋梅：《〈赵氏孤儿〉久传不衰的民族文化心理探析》，《山西大学学报（社会科学版）》2013 年第 3 期。

② 杨维桢：《杨维桢诗集·铁崖咏侠》卷七，浙江古籍出版社 1994 年版，第 263 页。

就是下层民众家喻户晓的风云人物，其经历颇有传奇色彩，在当时社会上广泛流传，自然成为咏侠诗歌咏的对象。同时，一些杂剧中如《赵氏孤儿》等舞台上演绎出的复仇故事，是那样的入情入理，环环相扣，有血有肉，真切感人，反映的正是正义战胜邪恶的道德力量，也成为元代咏侠诗的歌咏对象。如张宏范《跋张伯宁义士图》："刺襄豫让不日死，立武程婴冠青史。燕山义士张伯宁，千古英名高二子。"① 程婴是《赵氏孤儿》成功塑造的感人形象之一，从此我们也可看到元代不同艺术形式之间的影响。

二、思想多元与咏侠诗的多元取向

游牧文明的势力强烈撞击着元代社会的总体结构，有元一代统治者尚武轻文，科举时兴时废，唐宋以来士大夫的文化优越感丧失殆尽，士阶层的人生价值观被强有力地改变；元代法治粗疏，"对于各种宗教采取兼容并蓄的政策，蒙古萨满教在宫廷和民间占支配地位，同时儒、道教、佛教，甚至基督教、伊斯兰教等都可以自由传教，僧人、道士、伊斯兰教、答失蛮、也里可温（基督教）大师同样享受免除赋役的特权。"② 各种宗教相互冲击融合，构成了独特多元的元代文化奇观；理学在士大夫阶层产生普遍影响，如此等等。在如此思想文化背景下，元代咏侠诗内容呈现出前所未有的异彩纷呈和纷乱复杂，主要表现在对荆轲的歌咏和对传统的任侠行为的反思与批评两方面。

（一）咏荆轲诗的多元取向

元代咏侠诗对古游侠的歌咏对象有荆轲、豫让、聂政、要离等，其中咏荆轲诗 12 首、咏豫让诗 3 首、咏聂政诗 1 首、咏要离诗 1 首。此外，还有歌咏唐代虬髯客、女侠红线的诗各 1 首。在魏晋隋唐的咏侠诗潮中，"一些

---

① 张宏范：《淮阳集》，文津阁《四库全书》集部 1191 辑别集类，上海古籍出版社，第 713 页。
② 苏鲁格、宋长红：《中国元代宗教史》，人民文学出版社 1994 年版，第 1 页。

战国游侠被推崇为英雄人物来歌咏。其中，最值得推崇的是荆轲，从魏晋到隋唐，他都被咏侠诗人作为最高尚最值得仿效的典型规范模式来反复赞颂。"①但在元代咏侠诗中对荆轲的评价，审视的视角、评判的眼光，当有数种之多：

一些诗人主要歌咏荆轲视死如归、大义凛然的侠义精神。这些诗往往在历史事实的基础上，或歌咏其刺杀秦王的场景，或铺陈易水送别的场面，或展示荆轲的侠义风采，或表现其勇武气节，或抒发对千载知音的惋惜、凭吊之情等。元代释善住《荆轲》歌咏荆轲以弱抗强的侠义气节，赞扬其"壮气干牛斗，孤怀凛雪霜……易水悲歌歇，秦庭侠骨香"的侠义精神。元人李时行《易水》慨叹："塞北时闻铁马嘶，蓟门霜柳渐凄凄，……尊前不见悲歌客，易水东流何日西。"杜征君《荆轲》中"悲风寒易水，侠气小咸阳"之叹，都是从易水寒意象来体认荆轲的悲剧性格，礼赞荆轲敢于献身的高贵人格。可见千载而下，荆轲重诺轻生、不畏强暴的道德人格在元代仍传承不绝，最具代表性的傅若金《拒马河》，诗云：

> 落日苍茫里，秋风慷慨多。燕云余古色，易水尚寒波。岸绝船通马，沙交路入河。行人悲旧事，含愤说荆轲。②

荆轲以一弱小的个体反抗强暴的秦国，散发着不畏权势的勇气和力量，其高昂的意气吐露，不愿任人宰割的抗争精神，书写了千古游侠的光辉形象。此篇咏荆轲诗写得格调苍凉、气象浑成，在同类诗中戛然独造。作者并未绘声绘色地描写荆轲临行时的悲壮场面和刺秦王的紧张激烈场面，而是诗歌开始四句接连出现四个壮阔的意象："落日"、"秋风"、"燕云"、"易水"，再辅之以"苍茫"、"慷慨"、"古色"、"寒波"等形容词，营构出苍凉沉郁、雄浑壮大之景。"行人悲旧事，含愤说荆轲"，点出了后人对荆轲侠行的深沉喟叹，所有这一切最终交汇为一种深沉激越、苍凉悲壮的情结，从而构成了元代咏荆轲诗的精魂——悲剧精神。

---

① 陈山：《中国武侠史》，上海三联书店1992年版，第141页。
② 顾嗣立：《元诗选》二集戊集，中华书局1987年版，第459页。

另有一些诗人对荆轲的侠行不以为然。如杨维桢嘲笑荆轲剑术拙劣："丈夫万人敌，拙计哂荆轲，昨夜西征去，生擒李左车。"(《剑客辞》)① 甚至出现了全面否定荆轲的诗歌，汪复亨《易州行》说荆轲是"智不如专诸刺王僚，忠不若豫让图赵襄。劫盟无曹沫之勇，剖腹无聂政之刚"。将荆轲的行为视为儿戏一般："吁嗟荆卿兮，儿戏傀偏场。秦兵赫斯怒，家国更两亡。"② 这样的咏荆轲诗是以往所少有的，虽然唐人对荆轲名就而功不建多有嘲讽。究其原因，盖因受多元思想影响，元代诗人"从以前权威顺从型人格转变为强调个性叛逆型人格，并在文学中充分表现了对传统文化思想的叛逆"③ 等相关联。元代社会"儒学在思想上的统治地位已不复存在，加之草原游牧文化和西域商业文化凭借政治上的强势地位向社会各个方面渗透"④，使得很多根深蒂固的传统观念，都在很大程度上被动摇。元人咏荆轲诗的多元取向折射出的就是元代社会思想的多元化。

（二）对传统的任侠行为的反思与批评

"元代的中国是一个民族众多，地域广大的国家。元代的行政版图，在中原之外还包括了西藏、东北、内外蒙古和西域等广大区域。……蒙古族在入主中原之前，还处于各部落自行其是，以习惯法论断民间纠纷，没有文字法律的时代，这决定了蒙古族入主中原后，推行了一条宽刑法的路线。与宋代和明代相比，称元代是一个无文字狱的朝代，一个宽刑法的朝代，一个比较淡化意识形态的朝代，大约是符合实际的。"⑤ 思想宽松活跃的多元文化使人们可以对事物从不同角度进行评判。对于传统的任侠行为，元人也多有反思与批评，呈现判然有别、各自不同的理解。元代社会国内矛盾与民族矛盾交织在一起，传统儒家思想严重削弱，以中原儒家文化为代表的正统地位需

---

① 杨维桢：《杨维桢诗集·铁崖逸编》卷六，浙江古籍出版社 1994 年版，第 363 页。

② 顾嗣立：《元诗选》（癸集下），中华书局 1987 年版，第 1695 页。

③ 李玲珑：《论元代文学中的几个"异质"》，《青海民族学院学报》2005 年第 4 期。

④ 查洪德：《元代文学的多元丰富性》，《光明日报》2008 年 8 月 1 日。

⑤ 扎拉嘎：《游牧文化影响下中国文学在元代的历史变迁》，《文学遗产》2002 年第 5 期。

要巩固。在此历史语境下，元代出现了对侠义行为、行侠规则全面整合的新的侠义观念。如明代陈继儒载元人罗春伯著有"任侠十三戒"，[①] 涉及传统侠义行为的方方面面，突出侠义行为应该主持正义、忠君报国、施恩不受报、处理好孝与忠义的多重关系、色不亲二、酒不染面、勤习武艺、坚守爱国情操、诚信人品、轻财重义等。[②] 说明中国的侠义观念从先秦两汉时期的"挟武犯禁"、"不轨正义"到中唐时期的"义气相兼"，再到元代社会"儒侠互补"、"忠义双全"的确立。儒家文化滋润着侠的正义感，如元末诗人刘仁本《少年行》就坚守儒家诗教，传达出一种全新的侠义观念：

> 城中美少年，十万当腰缠。朝拥红姬醉，莫入花市眠。青春事游侠，白日行神仙。豪奢侈靡竞夸诧，千金之裘五花马。明珠的皪珊瑚赭，锦囊翠被熏兰麝。生来富贵无与伦，岂知耕稼识艰辛。一朝世变起风尘，少年娇脆无容身。城外恶少年，膂力如虎健。令人出胯下，粗豪逞精悍。舞刀持枪乘世乱，掉臂横行遮里闬。剽掠人赀为己券，昔无担

---

① 《偃曝余谈》载明人罗春伯著有"任侠十三戒"：一曰战。与日战不移表，与神战不旋踵，与人战不达声。菽邱圻所以眇目。《汉书》曰："东市相斫杨阿若，西市相斫杨阿若。"二曰仇。君父之仇，不共戴天；兄弟之仇，不与同国；朋友之仇，不与同市。郅辉曰："子在，我忧而不手；子死，我手而不忧。"三曰恩。恩莫大于知己。知己之遇，人生所难。终饭之惠必报，宁过无不及。豫让曰："彼以国士待我，我以国士报之；彼以众人待我，我以众人报之。"四曰施。施恩于不报之地。以情察之，勿以事拘；勿施非类，勿施浮屠。五曰委。亲在不敢许人以死。择主而事，待价而沽。既委质后，事以终身。如女出室，不敢外视。主忧臣辱，主辱臣死。六曰交。忧人之忧，乐人之乐。清浊无失，使人各以我为私己。四豪万计，不若田横五百，其同类犹当重之。七曰色。色不亲二，酒不染面，于道路不许视人之妻女，无嗣然后告天地父母娶亲。八曰艺。或剑，或铗，或钩，或匕首，或弹丸，五者习一。用小牌上写"辞受取予"四字，背书"侠"字，旁书名。上侠以金，中侠侠铜。远方相遇，馈赆假者，手刃之。九曰勇。毋畏万乘君，毋畏褐宽博。毋叛本国，毋拜夷狄。毋凌贫贱，毋谄富贵。饿死不劫盗。十曰扫除不平。即探得赤丸杀武吏，探得黑丸杀文史。不于己事，凡奸臣贼子俱得而诛之。风俗败恶，皆得直书于清议。十一曰乐。三市斗鸡五陵走马，奇美衣服，酒肆结客。一言相合，系千乘而弗顾，弃千金如脱屣。十二曰信。一言授受，千里命驾。虽心胸之间有未知之事，亦不可以欺人。十三曰神。以孟尝、平原、信陵、田横为四神，随意祠一，不祠春申君。祭以端午日，用鸡。有犯戒者，或挞，或刃，俱告于神，而后刑誓。

② 王立、冯立嵩：《忠奸观念与反面人物形象塑造》，《哈尔滨工业大学学报》2004年第4期。

石今百万。结党树群肆欺诞，瞷室凭陵何所惮。一朝黄雾肃清飙，大官正法施王条。骥突追呼行叫嚣，少年浪迹无遁逃。钳锤束缚首为枭，鞭流腥血尸市朝。我作歌，歌年少，毋为美夸毋恶暴。我作歌，歌少年，夜读古书朝力田。作善降祥天则然，生当乱世终得全。①

诗歌首先分别对"城中美少年"与"城外恶少年"两种侠气、侠行作了描写，描写游侠少年斗鸡走马、豪奢侈靡、骥突追呼、纵情任性等种种作者认为不符合规范的侠行。然后正面要求任侠行为应该"毋为美夸毋恶暴"、"夜读古书朝力田"，将儒家义理灌入咏侠诗中，折射出元代士人儒侠合一的人生情怀。

另外，在晋唐咏侠诗的一个主题即是描写游侠少年风流潇洒、狂放不羁的个性，五陵年少的轻薄侠行往往表现为一种自由浪漫的时代精神。元代一些诗人却批评五陵年少不知稼穑之艰："白雪肌肤白玉鞍，浑身俊气许人看。若知稼穑艰难处，肯把黄金铸弹丸？"（张昱《五陵游侠图》）② 如此对任侠行为的评论表现出元代咏侠诗人清醒的侠意识。"少年行"作为常见的咏侠诗题，常用来表现少年游侠高楼纵饮的豪情，报国从军的壮怀，勇猛杀敌的豪迈气概。然曹文晦却在《少年行》中流露出浓郁的及时行乐思想："君不见西山日，又不见西风树。……回头为语少年人，有酒莫负花间春。"③ 这与传统的咏侠诗《少年行》也是不同的。元代有些咏侠诗还表现出浓郁的归隐思想。凡此，都说明元人咏侠诗纷乱复杂的文化内涵。

三、民族融合与咏侠诗的西域风情

横扫欧亚大陆的蒙古铁骑建立了国土面积异常辽阔、民族成分异常复杂的元帝国。《元史·地理志》载："自封建变为郡县，有天下者，汉、隋、唐、宋为盛，然幅员之广，咸不逮元。……其地北逾阴山，西极流沙，东尽辽左，

---

① 顾嗣立：《元诗选》补遗庚集，中华书局 1987 年版，第 651 页。

② 顾嗣立：《元诗选》初集辛集，中华书局 1987 年版，第 2057 页。

③ 顾嗣立：《元诗选》二集庚集，中华书局 1987 年版，第 983 页。

南越海表。盖汉东西九千三百二里，南北一万三千三百六十八里，唐东西九千五百一十一里，南北一万六千九百一十八里，元东南所至不下汉、唐，而西北则过之，有难以里数限者矣。"①在此多民族文化大撞击、大交流、大融合背景下，民族之间既有斗争，更有交流与融合。文化的融合，大大提高了各少数民族的文明程度，一些具有游牧民族血统的作家饱受中原汉文化的熏陶，有些还擅长以汉语言来写作。传统的华夷之辨观念也一定程度的弱化了，此种种因缘际会给元代咏侠诗创作带来新的生机。

（一）元代咏侠诗作者的民族身份

"文学作品与它的作者有着密切的关系，文学形态是文人形态的文学表现。"②元代咏侠诗的作者构成中，引人注意的是多个民族的众多作家均投入到咏侠诗的创作中来。

一是刘因、杨维桢、王恽、侯克中、张宏范、张翥、曹文晦等汉族诗人。元代疆域广大，原先各不相属的众多民族空前绝后地处在同一国度中，族际间文化互动关系为各民族文化之间相互借鉴、吸收提供了便利条件。在各个少数民族接收汉文化的同时，汉族诗人的生活习俗难免会受到胡化影响，人格气质、情感心态也会发生一定程度的变化。

二是郝经、马祖常、余阙、耶律铸等少数民族诗人。元代将蒙古人、汉人、南人以外的我国西北民族称为色目人，色目就是各色名目之意。元末明初陶宗仪撰《南村辍耕录》卷一"氏族"云：

色目三十一种：哈喇鲁、钦察、唐兀、阿速、秃八、康里、苦里鲁、喇乞歹、赤乞歹、畏鲁兀、回回、乃蛮歹、阿儿浑、哈鲁歹、火里剌、撒里哥、秃伯歹、雍古歹、密赤思、夯力、苦鲁丁、贵赤、匣喇鲁、秃鲁花、哈剌吉答歹、拙儿察歹、秃鲁八歹、火里剌、甘土鲁、徹儿哥、乞失迷儿。③

---

① 宋濂：《元史》，中华书局 1976 年版，第 1345 页。

② 李修生：《元代文学的再认识》，《文史知识》1998 年第 9 期。

③ 陶宗仪：《南村辍耕录》，中华书局 1959 年版，第 13 页。

元太祖成吉思汗西征时，塔吉克人赛典赤·赡思丁率领千骑迎降，因此受到礼遇，入居中原后得到重用，地位在汉人和南人之上。元代建国后，色目人随之迁至中原，努力学习汉文化，其文学才能得到发挥。其中，元代色目诗人群体有汉文作品传世者超过百人，名家辈出。清人顾嗣立《元诗选》云：

有元之兴，西北子弟，尽为横经，涵养既深，异才并出。云石海涯、马伯雍以绮丽清新之派振起于前，而天锡继之，轻而不佻，丽而不褥，真能于袁、赵、虞、杨之外别开生面者也。于是雅正卿、达兼善、迺易之、余廷心诸人，各逞才华，标奇竞秀，亦可谓极一时之盛者欤！①

元代色目人生活在中原，读经习儒，写诗以标奇竞秀，极一时之盛。就现有的资料分析，元代咏侠诗少数民族作家主要有：

郝经，号观梦道士，虽出生于中原地区，但祖先都为西域人。郝经之祖父郝天挺，《元史》本传云其"出于（蒙古）朵鲁别族，自曾祖而上，居安肃州"。②陈垣先生《元西域人华化考》视其为华化之西域人，工于诗，又长于散曲创作，注《唐诗鼓吹》十卷行于世。郝经1260年赴南宋议和，被权臣贾似道秘密囚禁达十六年之久，时人称之为南国苏武。1276年宋崩溃之际，"会宋守帅贾似道以遣间使请和，乃班师。"③郝经反对"华夷之辨"，推崇四海一家，主张天下一统。

马祖常，"世为雍古部，居靖州天山。有锡里吉思者，于祖常为高祖，金季为凤翔兵马判官，以节死赠恒州刺史，子孙因其官，以马为氏。曾祖月合乃，从世祖征宋。"④后来，马祖常重游先祖曾活动的今甘肃、宁夏、内蒙、河北等地区，写下了《河湟书事》、《丁卯上京四绝》、《河西歌效长吉体》等名篇。

余阙，字廷心，"唐兀氏，世家河西武威。父沙剌臧卜，官庐州，遂为庐州人。"⑤余阙不仅留意经术，五经皆有传注，文章气魄深厚，篆隶亦古

① 顾嗣立：《元诗选》，中华书局1987年版，第1185—1186页。

② 宋濂：《元史·郝天挺传》，中华书局1976年版，第4065页。

③ 宋濂：《元史·郝经传》，中华书局1976年版，第3708页。

④ 宋濂：《元史·马祖常传》，中华书局1976年版，第3411页。

⑤ 宋濂：《元史·余阙传》，中华书局1976年版，第3426页。

雅，著有《青阳集》传于世，而且为人颇具侠气，身死之日，为其殉死者达数百人，此与田横客、葛将军诞麾下士有何不同呢？即使生活在汉地、沐浴着中原文化气息，余阙作为唐兀氏的尚武彪悍之气似乎是与生俱来的。

耶律铸，耶律楚材子，其母为汉人苏氏，曾任中书省事，为元代名臣。《元史》称其"幼聪敏，善属文，尤共骑射".[1] 耶律铸的祖父耶律履曾任金国尚书右丞，父耶律楚材为忽必烈重臣。作为契丹子弟，耶律铸血管里腾涌着先辈们勇猛剽悍的铁血，形之于诗，自然有彪悍勇武之气。

这些来自不同民族、具有不同生活经历、生活背景的各民族诗人写作咏侠诗，笔端自然呈现出不同民族的风情格调。色目作家将北方游牧民族质朴粗犷、自然率真的民族气质注入咏侠诗中，使元代咏侠诗既本色盎然，又呈汉风，因而别具特色。

（二）元代咏侠诗中的西域风情

元王朝的疆域空前扩大，昔日遥远的西北边塞成为元帝国版图的"中心地区"；众多民族文化的相互交融渗透，使元代诗人的视野空前扩大，西北地区的辽阔壮美之景，别有异趣且更能激发其新的审美冲动，成为元代咏侠诗经常描述的对象。

马祖常先世为西域雍古部贵族，祖先长期活跃在苍茫辽阔的大西北。即使多年生活在中原地区，然色目人的尚武彪悍之气似乎是与生俱来的："长安青云士，任侠日娱游。……银桦荐海品，羊酪乞苍头。"（《拟古》）"羊酪"指西北民族日常生活中最为常见的羊乳类食品，属于典型的西域风情描写。张翥《前出军五首》其五云："京师少年子，胆气乃粗豪。倾金售宝剑，厚价买名刀。白毡作行帐，红绫制战袍。"[2] 以白毡作帐篷，也是典型的草原风情，可谓中原诗人创作中难以见到的边地民族真实生活的写真。再如元末王逢的《壮士歌》：

---

[1]　宋濂：《元史·耶律铸传》，中华书局 1976 年版，第 3464 页。

[2]　顾嗣立：《元诗选》初集戊集，中华书局 1987 年版，第 1333 页。

明月皎皎白玉盘，大星煌煌黄金丸。壮士解甲投马鞍，蒺藜草深衣夜寒，剑头饮血何时干？①

皎洁的明月像小小的玉盘一样挂在天上，点点寒星也似弹丸一样密布苍穹，新奇的比喻写尽了茫茫草原的苍茫、辽阔和浩荡，意境极其阔大恢弘，直可与《敕勒川》"天似穹庐、笼盖四野"媲美。蒺藜是草原上常见的牧草，"蒺藜草深衣夜寒"既生动地描绘出茫茫草原的真实情景，更衬托出侠义之士的枕戈待旦的勇武形象。马背上民族的豪纵、真率之气灌注诗中，有力地改变着中原汉诗的审美特征，它为中原汉文学吹来了新鲜的胡风。

杨维桢《春侠杂词·其十二》更是塑造了一个来自西域的游侠形象：

关右新来豪杰客，姓字不通人不识。夜半酒醒呼阿吉，碧眼胡儿吹笔笛。②

在古人地理概念中，以西为右，以东为左，关右即关西，指元王朝的西北地区。"阿吉"指烧酒，是草原民族对酒的称谓。"姓字不通人不识"，是说西域侠客的语言与中土不同；"碧眼胡儿"可谓典型的西域胡人形象；"呼阿吉"、"吹笔笛"可谓典型的胡人生活方式与行为方式；诗人连用一系列富有西域特征的意象和动作，尽显西域侠客的粗豪气概，将胡人形象与西北民族粗犷豪放的民风民俗完美结合在一起，别具魅力。

中国文学"沾泥带水"，富有地理因缘。"空间的流动，往往可以使流动主体的眼前展开两个或两个以上的文化区域和文化视野，这种'双世界视景'在对撞、对比、对证中，开发了人们的智慧。两个世界的对比，可以接纳、批判、选择、融合的文化资源就多了，就能开拓出一种新的精神境界和思想深度。"③元代诗人足迹、视野的空前扩大、对草原游牧生活有着真切、细腻的体验，才能在咏侠诗中传递出草原文化特有的精神气度，也给传统咏侠诗注入了草原文化的新鲜血液。

---

① 王逢：《梧溪集》卷三，文渊阁《四库全书》集部 1218 辑，上海古籍出版社 1987 年版，第 647 页。
② 顾嗣立：《元诗选》初集辛集，中华书局 1987 年版，第 2000 页。
③ 杨义：《文学地理学的渊源和视境》，《文学评论》2012 年第 4 期。

第三节 元代咏侠诗的审美特质

"在中国文学史上，元代文学有其特殊性和复杂性，这种文学上的特殊和复杂，实由元代文化的独特与复杂所致。以文化类型而言，元代是草原文化、农耕文化、西域商业文明的多元冲突融合后形成的'多元一体'文化。"① 以文化创造者而言，元代文化是包括汉族文士、江湖市民群体及众多少数民族共同创造的。文学艺术的繁荣，离不开思想自由活动的空间。此种"多元一体"的文化形态对元代咏侠诗创作具有重大影响。元代咏侠诗所表现出的审美追求、艺术手法、情感特征等，都有其独至性。

一、粗豪雄健之风格

元代咏侠诗的主体风格，可以概括为粗豪雄健。虽然一些富有特色的名家，其风格也不尽能以粗豪来包容，但就总体来说，说元代咏侠诗的抒情风格为粗犷豪放型并无不当。"粗豪者，粗犷也，豪壮也，心胸豪迈、气质粗犷，是其大要。雄健者，雄壮也、劲健也，意象之粗豪、抒情之直率是其大要。"② 它形成了元代咏侠诗以粗豪、雄健、壮美为主要格调。

侠的存在是中国古代一种独具特色的社会文化现象，古称燕赵多慷慨悲歌之士，中土亦不乏闻鸡起舞之人，流风余韵，至元代不绝。史载元人张柔"少慷慨，尚气节，善骑射，以豪侠称"。③ 刘哈剌不花"倜傥好义，不事家产，有古侠士风"。④ 渤海人任速哥"性倜傥，尤峭直，……有古侠士风"。⑤

---

① 王双梅：《草原文化与元代文学研究综述》，《前沿》2015 年第 11 期。
② 霍志军：《陇右地方文献与中国文学地图的重绘》，《甘肃社会科学》2009 年第 2 期。
③ 宋濂：《元史·张柔传》，中华书局 1976 年版，第 3471 页。
④ 宋濂：《元史·刘哈剌不花传》，中华书局 1976 年版，第 4306 页。
⑤ 宋濂：《元史·任速哥传》，中华书局 1976 年版，第 4235 页。

耶律伯坚"气豪侠，喜与名士游"。① 足见元代侠风之繁烈。有元一代，游牧文明对中原强力渗透，蒙古铁骑将塞外野蛮精悍之血，注入中原文化颓废之躯，旧染既除，新机重启，遂能别创元人勇武、粗犷、精悍之侠风，进而影响其心性气质和咏侠诗创作。加之元代市民江湖社会发达，绿林豪侠多充满草莽英雄之粗犷气概，这从元代水浒戏的繁荣可以明显看出。今天可考的元代水浒戏多达 30 余种，元人高文秀《黑旋风双献功》杂剧中李逵"我从来个路见不平，爱与人当道撅坑。我喝一喝骨都都海波腾，撼一撼赤力力山岳崩"② 的形象，痛快酣畅地折射出宋元社会民间草莽英雄的侠肝义胆。凡斯种种，感荡心灵，成为元代社会长期传承和内在积淀的文化基因。这种文化基因和长期身处游牧文明与农耕文明冲突融合的文化环境，就对元人的审美心理产生重大影响。粗犷豪迈的尚武气质，也使其更易对粗豪之景产生审美的冲动。这样，以气势凶悍、威猛取胜的意象，如朔方、大漠、落日、铁石、壮心、胆气、猛虎、猛士、宝刀、匕首等，成为元代咏侠诗经久不衰"占据中心"的意象；飞、跨、腾、越、斩、斗、走、破、射、驰等动词的大量运用，更强化了雄健奔放之气度。如：

> 京师少年子，胆气乃粗豪。倾金售宝剑，厚价买名刀。白毡作行帐，红绫制战袍。(《前出军五首》其五) ③

> 未许同交死，全身报国仇。太阿飞出匣，欲取贾充头。(《侠客词》) ④

两首诗描写元代侠客的绝伦风采，其粗豪雄健之气跃然纸上。这一方面是因为，壮大粗豪之景，能映照他们内心强悍粗犷的情感，将其郁积于胸的彪悍勇猛之气借着具体可感的意象来宣泄。另一方面因为，长期积淀而成的"集体无意识"，使他们不约而同地对"拙重、粗犷的世界"更具有审美选择

---

① 宋濂：《元史·耶律伯坚传》，中华书局 1976 年版，第 4363 页。
② 蒋星煜主编：《元曲鉴赏辞典》，上海辞书出版社 1990 年版，第 148 页。
③ 顾嗣立：《元诗选》初集戊集，中华书局 1987 年版，第 1333 页。
④ 顾嗣立：《元诗选》初集辛集，中华书局 1987 年版，第 1992 页。

性，最终形成了元代咏侠诗粗豪雄健的风格。①"侠客双鹿庐，鹈膏淬铦锷。试舞出严城，群寇胆尽落。"②淬乃古代铸剑工艺，指将烧红的剑浸往水中又立刻取出来，用以提高剑的硬度和强度。"嘶——嘶——"的淬剑声令人感到一种粗豪之气扑面而来。

二、自然率真之情感

元代诗人的审美心态往往较为单纯，习惯于呈现自然的原态色彩、较少堆砌典故、遣词造句亦本色自然，这与宋代咏侠诗的引经据典、以议论为诗形成鲜明对比，是它生成了元代咏侠诗自然率真的情感特征。③元人咏侠诗之所以有此种自然率真之情感，与游牧文化、市井文化双重影响下的元代诗人创作心态、创作思路的变化是分不开的。

就创作心态而言，宋代党争不断，士人喜同恶异，党同伐异，在此背景下文人噤若寒蝉，有集体怔忡症，难以做到充分抒情。明代思想控制空前严厉，这种严酷的政策导致了明初杂剧题材的褊狭。而元代地跨欧亚大陆，"众多民族统一在一个国家，使元代成为多种宗教信仰并行，多元文化共存的时代。这特殊的环境，加之蒙古族尚武轻文的传统，决定了元代蒙古统治者在意识形态方面只能采取相对宽容的政策，允许各地区人们的宗教信仰之自由，允许不同民族在风俗习惯上各行其是。"④总体而言，豪放、粗犷的蒙古族统一中国后，对思想领域的控制并不严格，元代成为中国历史上宗教多元、思想多元的时期。王国维《宋元戏曲史》中曾说，元曲作家为了"摹写其胸中之感想"，可以突破传统的思想和写作方法，而臻"关目之拙劣，所不问也；思想之卑陋，所不讳也；人物之矛盾，所不顾也"之创作境界。⑤

---

① 霍志军：《陇右地方文献与中国文学地图的重绘》，《甘肃社会科学》2009 年第 2 期。
② 陈基：《陈基集·夷白斋藁补遗》，吉林文史出版社 2009 年版，第 365 页。
③ 霍志军：《陇右地方文献与中国文学地图的重绘》，《甘肃社会科学》2009 年第 2 期。
④ 扎拉嘎：《游牧文化影响下中国文学在元代的历史变迁》，《文学遗产》2002 年第 5 期。
⑤ 王国维：《宋元戏曲史》，岳麓书社 1998 年版，第 84 页。

正指出了元代作家创作心态的相对单纯性。生活在此种相对宽松文化环境下的元人，不再追求传统抒情文学的"乐而不淫、哀而不伤"，他们可以毫无遮拦地尽情宣泄爱和恨，抒情绝少顾忌，以浅白直露、畅快淋漓而见长：

> 长衢若平川，轻车驰流波。上有都人子，明肌艳朝霞。芳尘扬远风，白日耀舞罗。少年轻薄儿，调笑相经过。狎坐酌美酒，日暮酣且歌。千金罄一笑，豪右焉能加。时俗夸朱颜，美女悦春华。春华岂不好，迟暮当如何？①

同样抒发豪侠之气，传统咏侠诗则以用典精巧取胜："畴昔国士遇，生平知己恩。直言珠可吐，宁知炭可吞。"（庾信《拟咏怀二十七首》其六）② 可以说，元代咏侠诗形成了自己自然真率的抒情特色。

就创作导向而言，在一个游牧文明"大水漫灌"的国度活动，在一个众多民族相互交往、通婚、繁衍生息的辽阔大地上生活，元代各民族诗人自然不同程度地沾染了游牧文明的伦理价值和审美趣味，其创作思路也显得比较单一。传统"中原文学讲究'抒情宜隐'、'比兴寄托'，马背上纵横驰骋的民族无须借'善女香草'来托喻什么'忠贞之情'，无须借'臣妾自恋'来传达什么'政治上的失意牢骚'，这与元代社会思想多元、人们没有此种特殊的社会角色有关"。③ 顾瑛《自赞》云："儒衣僧帽道人鞋，天下青山骨可埋。还忆少年豪侠兴，五陵鞍马洛阳街。"④ 顾瑛笔下儒、释、道合流的侠客形象，正是元代咏侠诗自然率真的表现，使得诗中有着自身情感的充沛投入："朝博五侯家，夜宿杜陵花。系马垂杨下，听歌到日斜。"（王佶《少年行》其一）"千金轻一掷，一诺敢忘身。买得青骢马，横行不避人。"（王佶《少年行》其二）⑤ 元人咏侠诗中这种自然真率之情感，其

---

① 顾嗣立：《元诗选》二集戊集，中华书局 1987 年版，第 440 页。

② 逯钦立：《先秦汉魏晋南北朝诗》，北周诗卷三，中华书局 1983 年版，第 2368 页。

③ 霍志军：《陇右地方文献与中国文学地图的重绘》，《甘肃社会科学》2009 年第 2 期。

④ 顾瑛：《玉山璞稿》，文渊阁《四库全书》集部 1220 辑，上海古籍出版社 1987 年版，第 143 页。

⑤ 《四库全书存目丛书·荻溪集》集部第 24 册，齐鲁书社 1997 年版，第 57 页。天津图书馆藏清抄本。

实是元代诗人淳厚质朴性格之外化。古人云"宋诗近，却去唐远；元诗远，却去唐近"，原因即源于此。但是换一个角度，在传统诗歌创作中"比兴寄托"已成套路的程式下，元人咏侠诗少此构思，反而铸就了其自然本真的特色。①

三、杂剧、小说的影响与侠客形象塑造

在咏侠诗中通过形象塑造来展现侠义人物的精神风貌，本是中国咏侠诗的优秀传统。然元代咏侠诗对游侠形象的塑造不仅篇幅明显拓展，而且已经具有叙事纪实特征，元杂剧、话本小说等俗文学形式影响的痕迹颇浓，则是元前咏侠诗所不具备的。在中国文学史上，文学的四种主要体裁：诗歌、散文、戏曲、小说，首次齐聚元代文坛。元代文坛不仅传统诗、文等雅文学形式得到发展，杂剧、散曲等俗文学形式更是前所未有的繁荣。然而，学界对元代文学的研究却存在明显的误区：一是重视杂剧、散曲等俗文学形式研究，相对忽视诗、文等雅文学研究。二是忽视文学各种体裁之间的相互借鉴对元代文学的影响。

元代戏曲、小说等通俗文学发达，陶宗仪《南村辍耕录》卷二五记载宋金院本名目近 700 种。钟嗣成《录鬼簿》著录元代杂剧作家 152 人，杂剧作品 450 余种。贾仲明《录鬼簿续编》载元明之际杂剧作家 71 人，杂剧作品 150 余种。两项合计留存至今的元代杂剧作家至少在 200 人以上，杂剧作品达 600 余种。可见一时之盛。朱一玄、宁稼雨、陈桂声编著《中国古代小说总目提要》著录金元时期文言小说达 65 部，作家 60 余人，宋金元时期话本小说 301 部（篇），作家 280 余人。② 可见宋金元时期小说之长足发展。元代诗人身处俗文学繁盛的文化环境中，有些诗人同时还是杂剧、小说的作者，元代小说、杂剧等叙事艺术不可避免地影响到咏侠诗创作。"四种文体

---

① 霍志军：《陇右地方文献与中国文学地图的重绘》，《甘肃社会科学》2009 年第 2 期。
② 朱一玄、宁稼雨、陈桂声编著：《中国古代小说总目提要》，人民文学出版社 2005 年版。

齐聚的元代文坛，诗文的抒情与戏曲小说的叙事，互相影响、认同，元诗所体现的叙事化特征不但是诗境的扩展，也是元代文学与历史文化的交汇点。杂剧风行天下，贯通南北，为传统的诗歌提供了新的表现手法与切入社会生活的渠道。"①具体而言，在俗文学环境中成长起来的元代诗人，从幼童时期起，元杂剧等俗文学形式对其思想观念、思维模式、情志心态都产生了潜移默化的深度渗透，从而养成了其思维定式和写作习惯，对其从事诗歌创作影响甚大。当他们以后从事诗歌创作时，杂剧、小说等通俗文学注重叙事的特征便在诗歌中呈现出来，从而形成了元代咏侠诗以描摹人物、叙事纪实见长的特征。

元代咏侠诗立足元代社会历史现实，塑造了一个个形象鲜明生动的侠客形象，如郝经《义士人》塑造了奇伟高蹈、不慕荣利、救人危难、重义轻生之侠士形象；王恽《义侠行》中侠客王著刺杀忽必烈倚重之元朝著名权臣阿合马，其疾恶如仇、除暴安良之侠义行为令人难忘；杨维桢《舒刺客并序论》中"智如张子房，胆如赵子龙。……怒潮一卷石头城，匕尖已带乖龙血"的刺客形象异常生动；《大健儿》薛万彻这一彪悍、正义的侠客形象为古代历史文化提供了丰富生动的细节；王逢《义僧行》中大侠磊落之气与凛凛之威令人感佩等等。这些侠客群像来源丰富，经历传奇，如一幅幅人物画出现在读者眼前，使元代咏侠诗充盈着生动感人的艺术力量。

咏侠诗主要展现侠客之风采，因此，游侠形象的塑造便成为咏侠诗叙事纪实的中心和焦点。围绕这一中心，元人咏侠诗以浓墨重彩描绘了行侠者的聪明才智、疾恶如仇、英武果敢，从而塑造出光彩照人的侠客群像。为了凸显侠客的人格之美，元人往往采取多种艺术手法，择其要者，有如下几点：

一是典型事迹的叙写。游侠之士的经历是丰富的，其事迹也是多样的。在人物性格风貌、精神气质的展现中，材料的选取至关重要。元代咏侠诗善于抓住其神态，紧紧围绕着侠客群体行侠仗义各异的"能"来展开，通过最典型的事例，表现其过人的侠气侠节。如周巽《壮士歌》云：

---

① 杨镰：《元诗叙事纪实特征研究》，《文学评论》2012 年第 2 期。

君不见荆轲辞易水，飞盖过秦宫。一去不复还，白日贯长虹。又不见樊哙入鸿门，瞋目发冲冠。立饮斗卮酒，狂言敌胆寒。秦王绝袖环柱走，沛公间行脱虎口。两雄事异壮心同，拥盾何惭持匕首。近代羽林如虎貔，黄金琐甲元武斿。三石雕弓百发中，千钧宝鼎独力移。时危此辈尽奔散，如哙如轲知是谁。落日高台大风起，安得守边皆猛士。力挽天河洗战尘，功名图画麒麟里。①

诗人先是通过易水送别的场面描写，凸显荆轲蹈死不顾的人格精神和"白日贯长虹"的人格美。对于樊哙的描写，则将其置于鸿门宴这一环境之中，通过典型环境中典型人物的描写，表现其绝伦的侠义人格，寥寥数笔，形象传神。"秦王绝袖环柱走，沛公间行脱虎口"两句，句式凝练，有高度的概括力，通过这些矛盾的剧烈冲突，将荆轲、樊哙的勇武形象刻画得淋漓尽致，令人过目难忘。再如杨维桢《淮南刺客辞》：

晋刺客不杀朝服臣，唐刺客不杀寝苫人，淮南刺客不杀幕府宾。嗟此二三子，磊磊天下上。呜呼，枭颉首，輨纪胸，淮南刺客可无功。②

此诗歌描写不同时代刺客的风采，连用三个"杀"字，可谓善于抓住刺客典型的行为方式，通过侠义英雄行为来艺术地展现视死如归的刺客形象，显得崇高悲壮，有强烈的艺术感染力。

二是对比、渲染、衬托、细节描写手法的运用。元人咏侠诗的作者往往采取对比、渲染、衬托等多种艺术手法，从其言行、举止、神态等方面进行富有个性的描绘，将侠客之人格风采准确地表现出来。如张宪《侠士吟》将懦弱的儒生形象与彪悍的侠客形象进行对比："侠客死伤勇，亦胜懦夫活。……懦夫视死重，侠士视死轻。我吟侠士诗，侠士为我起。"③来衬托出侠客的高大形象。其《刺客行》云："刺客胆激烈，见义即内热。每闻不平事，怒发目眦裂。方剔奸相喉，又断佞臣舌。试看腰下剑，常有未凝血。"④"怒

---

① 《性情集》卷二，文渊阁《四库全书》集部 1221 辑别集类，上海古籍出版社 1987 年版，第 10 页。
② 杨维桢：《杨维桢诗集·铁崖咏史》卷七，浙江古籍出版社 1994 年版，第 263 页。
③ 张宪：《玉笥集》卷三，商务印书馆 1935 年版，第 44 页。
④ 张宪：《玉笥集》卷三，商务印书馆 1935 年版，第 41 页。

发目眦裂"可谓典型的细节描写，使侠客好抱打不平、疾恶如仇之形象展现于读者面前。再如梁寅《拟古十二首》其四云："名都少年子，金多矜富强。连云居甲第，峨峨拟侯王。外厩骈骐骥，侍女罗姬姜。豪贵相经过，绮席飞琼觞。醉言气凌人，欢乐殊未央。"①梁寅笔下的侠客形象通过描写其金多矜富、豪华居室、艳丽服饰、斗鸡走马、歌舞豪饮等，渲染出侠少浓烈的贵族气息，从而使侠义人物形象真实生动、栩栩如生。

如果说元代杂剧、小说等俗文学的叙事特征有助于元人咏侠诗叙事纪实特征的生成，那么，元代杂剧、小说等俗文学的伦理内涵则影响了元代咏侠诗价值取向的生成。中国古代叙事文学的主要特征是"借事抒情，事为情用，以情为体，以事为用"，②元杂剧、小说中对黑暗政治的控诉、对公平正义的热烈向往、对恶势力的鞭挞等伦理价值取向，与千百年来传统侠文化维护正义、反对强权、惩恶扬善的价值取向是一致的。这种价值取向积淀在元代诗人的心灵深处，促使他们在咏侠诗创作中，自觉不自觉地注入其价值观，臧否人物，寄寓理想。张宪笔下就记述了一个恶少被斩的故事："中原恶少称新李，八尺长躯勇无比。铁枪丈二滚银龙，白面乌骓日千里。攻州劫县莫敢撄，乌羊浑脱缦胡缨。轻车壮士三十两，战则为阵屯为营。殿前将军不敢搏，羽林孤儿甘受缚。……土冈无树着伏兵，……贼颅已逐青萍缺。"③可见，元代咏侠诗在塑造了大量疾恶如仇、光明磊落、行侠仗义的游侠形象的同时，也鞭挞了游侠群体中的一些恶少和败类，彰显着元代诗人的主体精神和价值取向。

四、俚俗本色之语言

蒙古族长期游牧草原，在文化上没有书面记载历史或创作文学的传统，并不懂得文学文化的教化作用。因此，元代统治者并不重视雅文学的教化功

---

① 顾嗣立：《元诗选》补遗，中华书局 1987 年版，第 868 页。
② 郭英德：《明清传奇戏曲文体研究》，商务印书馆 2004 年版，第 39 页。
③ 张宪：《玉笥集》卷四，商务印书馆 1935 年版，第 67 页。

能和政治作用，元杂剧、散曲等俗文学的通俗易懂、淡化意识形态和重视娱乐等特征，反而受到元代蒙古统治者的喜爱和支持。总体上看，元代文学呈现出俗文学的兴盛。胡适在《吾国历史上的文学革命》中说："文学革命，至元代而登峰造极。其时，词也，曲也，剧本也，小说也，皆第一流之文学，而皆以俚语为之。"① 元人作诗杂以少数民族语言的现象司空见惯，一些蒙古语词汇渗入咏侠诗创作中："关右新来豪杰客，姓字不通人不识。夜半酒醒呼阿吉，碧眼胡儿吹笔笛。"② "阿吉"指烧酒，是典型的蒙古族语言。此种外族语言的混入，自然使咏侠诗产生一种俚俗风味。同时，随着元代散曲、杂剧的兴盛，其通俗化、口语化的语言形式也深刻影响了咏侠诗的语言。元代咏侠诗在语言上往往追求口语化与散文化，极情尽致，很少铺垫，多冲口而出："齐国壮士侪要离，念母与姊生慈悲。继而母死姊同尸，乌乎丈夫一死泰山重，胡为轻付市井儿。"③ 通篇似散文化句式。再如"风萧萧，易水波，高冠送客白峨峨。马嘶燕都夜生角，壮士悲歌刀拔削"。④ 诗中语言明快显豁、自然酣畅，形成了俚俗泼辣、诙谐幽默、口语化的语言特点。

　　总之，元代咏侠诗是北方游牧文明与中原农耕文明交融互渗所留下的一项时代性成果，又受到元代江湖、绿林世界草莽英雄气的涤荡和元杂剧、小说等俗文学形式的熏染。元代咏侠诗虽然不是中国侠文学的大国，但却蕴含着异常丰厚的文化内涵，有着自身独特的审美特质，是源远流长的中国古代侠文学不可或缺的组成部分。

---

① 　姜义华主编：《胡适学术文集·新文学运动》，中华书局1993年版，第4页。
② 　顾嗣立：《元诗选》初集辛集，中华书局1987年版，第2000页。
③ 　《聂政篇》，杨维桢：《杨维桢诗集·铁崖乐府》卷一，浙江古籍出版社1994年版，第14页。
④ 　《易水歌》，杨维桢：《杨维桢选集·铁崖乐府》卷一，浙江古籍出版社1994年版，第14页。

第六章
咏侠诗的创作中兴
——享乐与复古背景下的明代咏侠诗

中国古代文人士大夫在其人生价值认识和追求中，德行的完善、事功的辉煌与人生的享乐三个方面，往往不能实现三位一体，尤其在儒家社会价值观念和伦理道德的影响下，日常生活以及与此相依的物质、欲望等是受到压抑的。往往是重精神而轻物质、重心性而轻身体、重德行事功而轻生计日用等所谓的"无欲"境界。

自唐宋以来，伴随着文化和社会价值观的多元化，文人士大夫的人生追求逐渐多元和丰富。他们既追求道德的完善与事功的显赫，同时又认可个人欲望的合理性，承认个体生命享乐乃是人生价值中十分重要的一面，因而，士人在人生价值追求过程中，体现出价值评判的双重性。这种双重性的价值追求，经历唐宋繁荣的社会文化环境再到明代，通过中国文化精神中的"侠义传统"和明代社会普遍的侠风崇尚得到了再现。

中国古代士人对世俗生活的享乐化追求，随着经济社会的繁荣发展，自唐宋以来，逐渐成为一种生活理想。而任侠和对侠的崇尚则使这种在唐宋盛行、到晚明愈演愈烈的"奢靡"生活风气，加上明代中期以来逐渐严重的政治离心，给士人追求俗世生活享乐带来了更为充足的理由。他们在生活理想构成中将人生的事功与世俗的享乐有机地结合起来，一体二用，体用不二。赵强、王确认为："'清福'作为一个席卷全社会的生活理想，如同一幅以身体、生命为中心的士人生活全景图，从江南辐射到大江南北，支撑起晚明士人丰盛、精致而又优雅的生活方式。'人间清福'既是士人们心向往之的生活理想，又是一种身体力行的生活实践，并建构起一套以世俗生活为基准、以身体和感官的满足为起点、以快活自适为旨归的理论体系。他们以生活的观点来判断事物和人生价值，在物质享受和娱乐活动的实践中力求塑造一种优雅的姿态。传统上的身体与心灵、物质与精神、生活与审美、形而下与形而上之间的尊卑、断裂关系，因此而得到改观，艺术与生活的连续性从理论上得到确认。然而，在这种'生活美学'的内部结构中，'物质—欲望的生活'和'审美—精神的生活'实现了交会与融合，'社会—伦理的生活'则退居幕后——正因此，晚明社会呈现出一种'人情以放荡为快，世风以侈靡相高'的末世景观。"①

流连茶酒、忘情冶游是明代士人，尤其是晚明士人的日常生活。"晚明士人在描述其生活状态和理想时，常常是对'享福'、'受用清福'津津乐道。……这种习气之所以风行草偃，在于社会经济的空前发展、工商阶层的崛起和社会结构的变迁，以及社会主流价值观念的嬗变等。"②

这种嬗变对明代文人任侠风气形成的影响是多方面的，或者说正是这种侠风崇尚点燃了文人的生活理想和生命情调。在狂热的任侠风气中，他们发现了体现在游侠身上特异的人格精神、享乐人生等通脱跳跃的生活方式，他们还通过任侠行为和对侠的崇尚，将传统游侠的人格精神内化为自己的生活方式，使其成为自己性情中的一部分，也使他们的生活理想和审美理想表现出浓郁的侠义色彩。

随着商品经济的发展和思想解放，在"人情以放荡为快，世风以侈靡相高"③的世俗景观中，明代文人咏侠诗的创作绵绵不断，追求享乐的思想倾向和世俗化的审美理想特色凸显。咏侠诗的积极意义减弱，世俗化特色渐浓。这种情形，使明代咏侠诗在元代咏侠诗创作黯淡的背景之下再度崛起，形成了创作中兴的局面。

---

① 赵强、王确：《说"清福"：关于晚明士人生活美学的考察》，《清华大学学报》2014年第4期。
② 赵强、王确：《说"清福"：关于晚明士人生活美学的考察》，《清华大学学报》2014年第4期。
③ 张瀚：《松窗梦语》，中华书局1985年版，第139页。

从社会政治现实看，明代前承以蒙古贵族为核心的元代政权，后启满洲贵族创立的清代政权，处在中国封建历史上两个少数民族政权入主中原统治的中间，因而，它在元代少数民族统治中积累经验，重新建构自己的思想文化体系与道德传统。在经济方面，明代社会由明初的重农抑商，到明中期的城市商业文明的迅速确立，创造了极大丰富的社会物质文明，商业文明的渗透与影响，改变了人们的生活理念与方式，各阶层的人追求享乐之风十分兴盛。在思想领域，明初社会继承宋代理学，尤其是在元代儒学地位下降的局面中，重新确立儒学的正统地位，强化程朱理学中伦理秩序的部分，从而形成了明代统治初期"存天理，灭人欲"的主流思潮。而明中期，王阳明心学的崛起，与李贽"异端"思想的迅速流播，开启了肯定人的自我价值与欲望的个性解放的社会思潮。在文学创作导向上，明代文人打着复古的鲜明旗帜，提出"文必秦汉，诗必盛唐"，在创作思想与方法上都以模拟前人为主，诗文创作中弥漫着浓烈的复古气息，而在明中后期，在小说和戏曲的创作中，关于个人欲望与理性约束的探讨此起彼伏。

明代咏侠诗在这样的社会现实与政治土壤中，逐渐从宋元以来咏侠诗创作的衰变中呈现出了创作的中兴态势，我们一方面看到了明代士人以"儒"改造"侠"的精神走向；另一方面，也看到了咏侠诗中"侠"追求酣畅淋漓的生命本真，对违背自然人性的伦理的蔑视与突破。同时，也能明确感受到市民文化与享乐心态对咏侠诗创作的影响。

明代咏侠诗在复古思潮背景下，以继承汉魏六朝和唐人咏侠诗乐府诗题和体制为主流，诗人们大量采用《少年行》、《游侠篇》、《刘生》、《白马篇》等乐府古题，还有唐代以来的新题乐府歌行如《侠客行》、《易水行》等进行创作。另外，还有即兴即时的歌咏如《悲荆轲》、《侠少》、《咏史》等，鲜明地表达了诗人的历史反思与精神寄托。当然，明代社会的任侠风气与时代风尚，是明代咏侠诗潮绵延不断发展并呈现中兴局面的直接成因，这一阶段咏侠诗的思想内容与艺术形象上也呈现出了一些新的特征。同时，明清两代沿革，在清代咏侠诗中也可看到明代咏侠诗的影响，尤其是在抒发咏史怀古的历史情怀这一方面，明清咏侠诗是极为相似的。

第一节　明代侠风发展的社会文化成因及其特点

在现存的关于侠的历史探讨中，大多数学者认为，宋元明清是侠的消歇阶段，宋代被认为是侠的近代化开始阶段。陈山的《中国武侠史》认为，宋以后，包括宋代，是侠的世俗化阶段，都市文化的发达和近代城市文化的形成给侠的发展造成了深刻的影响，改变了侠的存在方式。侠在古典时期"纯粹"的存在方式消失了，尤其是宋代，上层社会贵宦富室及其子弟所崇尚的游侠之风已经不复存在，武侠现象经过两汉至隋唐的分化发展，重新成为民间社会所特有的事物。① 汪涌豪认为，宋元明清个人的游侠活动始终存在，但整体不如秦汉唐代活跃，是游侠的消歇时期。同时他又指出，明清以来，侠的活动和存在方式发生了明显的转变，大多数游侠沉浮于民间，分布在社会的各个角落。② 而郑春元认为，尽管宋元明清的历代统治者采取强化封建专制的措施，破坏了侠的生存空间，但是，侠的生命力是相当顽强的，宋元明清一直有各种侠在活动，在替天行道。③ 尽管宋以后的游侠不能和先秦汉代相比，但侠作为一种实际的存在，或是精神追求、气质个性，始终是中国文化精神的重要组成部分，侠和侠活动，因为历史文化和政治统治策略的变化，呈现出了世俗化、民间化的特征。自宋代以来，中央集权制的统治模式建立，宋太祖尽收天下武人兵权，扩大科举取士，抬高文人地位，整个社会风气由"尚武轻文"转向"重文抑武"，社会尚武精神流失，民族性格渐趋文弱内敛。元代末年农民起义过程中，天下大乱，游侠的活动颇为活跃，当时重要的起义首领都能够任财结客，然后凭借侠的力量乘势起事。《明史》中记载，郭子兴"会元政乱，子兴

---

① 陈山：《中国武侠史》第四章"侠的世俗化——宋以后的义侠"，上海三联书店 1992 年版，第 159—177 页。
② 汪涌豪：《中国游侠史》第一章，上海文化出版社 1994 年版，第 45—145 页。
③ 郑春元：《侠客史》第一章"专制统治下日渐衰微的宋元明清之侠"，上海文艺出版社 1999 年版，第 38—54 页。

散家资，椎牛酾酒，与壮士结纳。至正十二年春，集少年数千人，袭据濠州"。① 其结纳的壮士定然不乏游侠之士。元末张士诚"颇轻财好施，得群辈心。常鬻盐诸富家，富家多陵侮之，或负其直不酬。而弓手丘义尤窘辱士诚甚。士诚忿，即帅诸弟及壮士李伯升等十八人杀义，并灭诸富家，纵火焚其居。入旁郡场，招少年起兵"。② 少年轻侠直接参与到农民起义活动中。至明代，鉴于中国封建社会政权更迭的历史教训，和元代相对松弛的伦理道德环境影响，统治者更加强化了中央集权专制统治和伦理约束，游侠这一群体的社会地位和活动影响，在明代初期便不像秦汉时期那样兴盛。但作为个体的活动，以武行侠者，或是文人行侠者始终存在，而且以一种不同于汉唐游侠的新的生存方式进行着他们的侠义活动。至隆庆、万历年间，由于商业的繁荣，和东南沿海一带崛起的新的生产关系和经济形态，不断冲击着农业文明滋养下的传统观念，部分农民趋利而动，不顾路途险远、经济风险而涌向城市去经商，社会生活方式逐渐在改变，形成了一种动荡的、开放的、不安于固守现状、自任其行的社会风气。物质的丰富，以及个性解放的启蒙思潮的涌起，整个社会呈现出一种精神解放与追求自由生命、放纵享乐的风气，为任侠活动提供了新的活动空间，而逐渐背离传统道德体系的个性解放思潮和价值观念又为侠的精神内涵涂上了复杂的色彩。

一、明前期专制统治的强化造成了任侠风气的暂时低落

一般从政治历史的角度划分，明代前期是指洪武帝朱元璋立国（1368）到弘治帝（1487 年即位）这段时间，明代统治由初创到全盛，这一时期社会任侠风气相对暗淡，造成侠风低落的原因是多方面的。

首先，明代立国之初，为了巩固专制统治，太祖朱元璋即推行政令，废

---

① 张廷玉等撰：《明史》，中华书局 1974 年版，第 3679 页。
② 张廷玉等撰：《明史》，中华书局 1974 年版，第 3692 页。

除了三省制，分权于六部，六部直接隶属于皇帝，兵部和五军督抚分掌兵事、刑部、大理寺、都察院，互相牵制，由此皇帝收归军政兵刑大权于一身。并且为强化国家武装力量，设立厂卫制度，推行特务统治，通过制订黄册、设立里甲、关津制等办法进行严格的人口登记与普查，同时还设立了监察御史、锦衣卫以监察百官和民情。在锦衣卫下还设立了镇抚司，从事侦察、逮捕、审问、判刑等活动。稍有不满与异动，即遭捕杀。特务的活动强大令人心惊胆寒，政府由此加强了对社会、文人知识分子、和普通百姓的震慑与监管，明太祖洪武三十年颁布《大明律》，对聚众反抗和结党祸乱者，施以严酷的株连、连坐政策，最甚者株连九族。对结党者一旦发现，便处以斩首之刑，这在以前的律法中还没有出现过。同时为了防止豪强隐藏土地和户口，政府对一些地区的豪强势力进行迁徙或抄家治罪。这些措施在相当长一段时间内，对于打击、限制游侠的发展是非常有效的。尽管游侠作为个体在明朝始终存在，但作为一类社会群体，已经不复汉代游侠的兴盛了。在明代前期严酷的统治下，游侠活动的余地与空间大大减缩，个体行侠者虽然始终存在于社会各个角落，但群体的被压制，使得社会任侠风气与观念受到了遏制。

其次，明代前期统治者大力提倡儒家伦理道德，强调三纲五常，对思想的钳制十分严格。自朱元璋开始，便强调尊奉儒家先圣，使天下士子皆读孔子之书，行孔子之教。科举取士也以经义为先，并命人先后编纂了《性理大全》、《五经大全》、《四书大全》等供学子研习，宣扬忠君思想和纲常伦理规范。侠这样一个正统观念的离轨者，在理学风气高涨、伦理秩序严密的时代，只能偃旗息鼓。而关于这一时期的侠客，《明史》等史料能看到如明初郭子兴"任侠，喜宾客"①；陈友定"为人沉勇，喜游侠"。② 其他所记载的与侠相关的人，也是被"忠""信""义"等思想观念改造过了的，收入在《明史·忠义传》中。

---

① 张廷玉等撰：《明史》，中华书局 1974 年版，第 3679 页。
② 张廷玉等撰：《明史》，中华书局 1974 年版，第 3715 页。

即便如此，侠之一脉仍然绵延不绝，因为对侠情侠性的崇尚，已经是中国人民族心理积淀的一个重要成分，在民间各个角落，行侠者也是始终存在的，有的以武行侠，有的是文人行侠，甚而是商人行侠，虽不能像汉唐游侠那样声威卓著，可仍然是侠发展历史中的一个不能忽略的环节。社会现实中实际存在的侠客，据一些学者研究，明清时期大都转入秘密社会组织。陈山曾认为："明清两代，中国秘密社会基本形成。由于都市社会的进一步发展，大量农民抛却故土到城市谋生，商业的发达又使人与人的关系发生了某些变化，再加上政治高压和社会的动荡，下层社会平民传统的以血缘关系为基础的社会纽带已被削弱，他们试图在秘密结社这样一种类亲属结构的社会组织中重新寻找安全和温暖。"① 当然，除了农民，这样的组织里活跃着大量的游侠，他们以《三国演义》中的"桃园结义"，《水浒传》中的"兄弟之盟"类似形式，互相扶持秘密进行活动。当然，这只是当时侠义活动的形态之一，民间江湖中还有独立行走任侠的侠义之士。但整体上，明代史料中所记载的明初侠客事迹比较少，《明史·文苑传》中记载了元末明初顾德辉"轻财结客，豪宕自喜。年三十，始折节读书"。②"轻财结客，豪宕自喜"俨然是一位任侠者。宋克"伟躯干，博涉书史，少任侠，好学剑走马，家素饶，结客饮博。迨壮，谢酒徒，学兵法，周流无所遇，益以气自豪"。③ 明初高启曾作《南宫生传》，则详尽记载了宋克的侠气侠行。再如《列朝诗集小传》所载明初偶桓"性落拓嗜酒，年少侠游"。④ 何璧"魁岸类河朔壮士，跅跎放迹，使酒纵博，聚里党轻侠少年，阴为部署，植竿关壮缪□下，有事一呼而集"⑤ 等等。此外，在明初的侠义公案小说和戏曲里，活跃着一些形象鲜明的侠士。如元末明初施耐庵创作的《水浒传》，便塑造了江湖绿林侠客的群像，张

---

① 陈山：《中国武侠史》，上海三联书店 1992 年版，第 216 页。
② 张廷玉等撰：《明史》，中华书局 1974 年版，第 7325 页。
③ 张廷玉等撰：《明史》，中华书局 1974 年版，第 7331 页。
④ 钱谦益：《列朝诗集小传》上海古籍出版社 1983 年版，第 130 页。
⑤ 钱谦益：《列朝诗集小传》上海古籍出版社 1983 年版，第 531 页。

扬着落落侠风。还有《小五义》、《瞽女琵琶记》等侠义小说中对侠客的精心塑造，从这些活跃在文学艺术作品中的豪侠形象与活动可以看出，明代人对侠客的观念已经不同于汉魏隋唐，他们将以江湖之"义"啸聚山林的梁山好汉等此类人物视为英雄。观照中国古代侠的发展与演变，侠与义的结合，似乎是一种历史和文学观念的必然。侠要被社会所认可，就要进行正义化、合理化的改造，而文学上对侠的想象与改造，也是这种观念深入人心并延绵不断的原因。

"侠"作为一种群体生活态度或是一种精神气质，在明代继续延绵于人的生活中，对任侠和侠义精神的歌咏，仍然是部分文人的写作内容之一。在咏侠诗的创作中可以看出，明初文人咏侠，更多的是通过对侠的歌咏，传达个人的精神气质与追求。明初著名诗人高启十分钦慕推崇游侠品节，其诗《结客少年场行》："结客须结游侠儿，借身报仇心不疑。千金买得利匕首，摩挲誓须相酬知。"[1] 文人林鸿在其诗《寄蔡殷》中回顾自己"少年所性尚游侠，夜读古书朝射猎。相逢然诺重千金，性命由来轻一叶"。[2]"闽中十才子"之一的王偁，更是追崇侠客，其诗《赠吴六》云："少年结客游五陵，布衣落魄喜谈兵。"[3] 张羽《杂诗三首》其三："生平慕游侠，驱马适东周。周人重千金，所遇非我俦。"[4] 这些诗中，普遍展示出了诗人的侠性侠情，他们歌咏的不是一个客观的对象，而是与自我生命重合的生活方式与态度。这些活跃在文学艺术作品中的侠豪之气，艺术化地展示了明代初期文人慕侠和任侠风气的基本情况。

可见，明代前期，侠风相对沉寂，侠的活动与侠义精神主要呈现在一些小说作品和诗歌中，可以说是一些观念意义上的侠。真正的侠风突起，是在明代中期嘉靖、隆庆年间。

---

[1]　高启：《青丘集》卷一，上海古籍出版社 1985 年版，第 35 页。

[2]　《四库明人文集丛刊》，林鸿：《鸣盛集》卷三，上海古籍出版社 1991 年版，第 42 页。

[3]　《四库明人文集丛刊》，王偁：《虚舟集》卷三，上海古籍出版社 1991 年版，第 43 页。

[4]　张羽：《静居集》卷一，据上海涵芬楼影印本，第 1 页。

二、明代中叶侠风高涨的社会文化成因

纵观整个明代侠风的发展变化，能够看到，明代特定的政治历史条件、商业经济因素、社会文化思潮等都是明代侠风发展变化的重要成因，与魏晋唐代相比，明代侠风的形成包含有更复杂的社会政治文化内容，带有明显的阶段性特征。明代前期在专制统治和思想禁锢的影响下，侠风低落，明中叶以后，侠风迅速崛起，并呈现出了新的特点。究其原因，这种侠风高涨的现象是由时代特殊的社会历史条件、经济文化环境和社会思潮等综合影响而成的。

（一）明代中叶侠风崛起的历史条件

明代中叶以来，边患危机严峻，辽东女真族不断地侵扰边塞，劫掠百姓。东南沿海一带倭寇入侵，十分猖獗，烧杀抢掠残害百姓。而各地流寇作乱不断，给社会带来极人的不安定。动荡局势激发了民众对能解救危机的侠肝义胆之士的渴望，同时也激发了士人习武尚侠的风气。在内忧外患、科举堵塞的情况下，明朝长期重文轻武的风气有所改变。到了晚明时期，士人开始提倡"文武并重"，以应对日益严重的边患问题。丘濬是首先提出"文武并重"这一观点的文人，他认为"兵虽不可用，亦不可不用。必果焉，果者何？果决其所行也。所以除残暴，戡祸乱，不果则民害不除"①，肯定了兵事武力的必要性，指出武力是为民除害所必需的手段。并提出"为治之大纲，曰文曰武。文事修，而武事不备，犹天之阳而无阴，地之有柔而无刚，人之有仁而无义也"的观点。在丘濬看来，文武二道是两个互相依存的事物。抗倭将领戚继光认为要以"重武"来提振"神气"，以此用来培养国家的"元气"，主张文武并重。再如文人徐渭，曾经跟随少林僧人习武，曾进入胡宗宪的幕僚参与平定倭乱。据《明史》记载："渭知兵，好奇计，宗宪擒徐海、

---

① 丘濬：《总论威武之道下》，见于《大学衍义补》，京华出版社 1999 年版，第 1002 页。

汪直，皆预其谋。"①王寅，字仲房，具文武才，在倭寇平乱的时候，王寅像其他想要建功立业的儒侠一样，进入胡宗宪的幕府，在平乱中，作出了自己的贡献，以至于时人说王寅："生自负知兵，字仲房，果不愧好子房。"②儒生陈第，读经史之暇，学习击剑，谈论兵事，嘉靖十九年（1560），跟随都督俞大猷学习兵法，后弃文从戎。

边患危机激发起了明代社会的尚武风气，这个时期，侠人志士，多以谈论兵事为荣。监生茅元仪深通兵法，入京考试，名落孙山，但因为他"知兵"，遂被推荐至南京兵部任副将，后于天启三年（1623）从军辽东，深入前线。他一生的功业不在文事，而在武事。徐渭，著名的诗书画家，他重武尚侠，以豪侠自居，曾跟随武举彭应时学习剑术，喜结交豪侠尚武之士，如戚继光、俞大猷、胡宗宪、王寅、沈明臣、吕正宾等这些投身抗倭斗争的将领和侠士，斗争中，自己也是弃笔执剑，匿于兵中杀敌。他们倡导"尚武"精神，精于武事，研习兵法，文武兼备，大大改变了明前期以来重文轻武的局面。纵观明中晚期，尚武之风的兴起源于边患危机，丘浚、俞大猷、戚继光等人的倡导之后，尚武风气更为盛行。中晚明多文人知兵事，内心多怀有一股刚毅勇武之气，也是受此风习的影响，这种精神对当时的任侠风气是有推助作用的。

除了儒侠崇尚勇力外，在抗倭斗争中，涌现出许多不计个人生死，奋勇杀敌，抗击倭寇的侠烈之士。他们身上体现出来的是浩然正气与舍生就义保护百姓的民族精神，正是侠之一脉的继承与发展。《明史·忠义传》中记载了一些明中叶勇抗倭寇进犯的侠，他们自发保家卫国，可谓是爱国之侠。如嘉靖年间，杜槐，"字茂卿，兹溪人。倜傥任侠。倭寇至，县金其父文明为部长，令团结乡勇。槐伤父老，以身任之，数败倭。……遇倭定海之白沙，一日战十三合，斩三十余人，馘一酋，身被数枪，坠马死。"③杜槐在抗倭斗争中英勇无惧，最后壮烈牺牲。嘉靖三十四年，"倭陷福清，举人陈见率众

---

① 张廷玉等撰：《明史》，中华书局 1974 年版，第 7387 页。

② 钱谦益：《列朝诗集小传》，上海古籍出版社 1983 年版，第 511 页。

③ 张廷玉等撰：《明史》，中华书局 1974 年版，第 7439 页。

御之，与训导邹中涵被执，大骂而死。"① 袁璋："璋，江南人。素以勇侠闻。巡抚林俊委剿贼，所在有功。后为所执，其子袭挺身救之，连杀七贼，亦被执，俱死。"② 还有另一位康裕卿，"好客任侠，东南倭寇乱起，随同将军刘子高入吴，间关兵革间，濒死数四。子高谢遣之，终不肯去。"③ 倭寇之乱平定后，他拒绝了刘子高拜其为大将军的嘉奖，毅然归金陵，后来，"子高病，思见之，裕卿驰赴与诀，经纪其丧，扶柩至武陵。"④ 康裕卿的侠义精神，不仅体现在抗倭卫国，更体现在日常生活中对知己朋友的侠肝义胆，这份侠情和宋以来侠与江湖绿林结合而逐渐形成的江湖道义完全一致。再如《三十六僧抗倭》载："嘉靖癸丑，倭初至海上，屯下沙镇上。三十六人最称枭捷。按察院公可泉，招僧兵百余人，其首号月空，次号自然，傍贼结营。一贼舞双刀而来，月空坐不动。将至，身忽跃起，从贼顶过，纵铁棍击碎贼首，于是诸贼气沮。"⑤ 后来，这些僧人全部壮烈捐躯。堪破红尘的僧人，在国难当头之时，慷慨赴难，其侠烈风义令人动容。

明中叶以来，各地流寇作乱，侵害百姓，天启年间，管良相"为人慷慨负奇节"，在四川樊龙叛乱时，保卫城池，英勇死节。⑥ 张我正，"素豪侠，集众保乡里，一方赖之。十四年勒众御贼，馘三人，俄贼大至，众悉奔，奋臂独战。贼爱其勇，欲生致之，诟骂自刎死。"⑦ 崇祯年间，桐城被流寇包围，年逾七十的江南侠客石电协助指挥包文达救援，在与贼寇交战中，因寡不敌众，力尽而亡。⑧

抗击侵略和流寇的侠义行为和不屈服的民族精神，是明代中叶侠风浩荡

① 张廷玉等撰：《明史》，中华书局 1974 年版，第 7440 页。
② 张廷玉等撰：《明史》，中华书局 1974 年版，第 7425 页。
③ 张怡撰，魏连科点校：《玉光剑气集》，中华书局 2006 年版，第 638 页。
④ 张怡撰，魏连科点校：《玉光剑气集》，中华书局 2006 年版，第 639 页。
⑤ 见佚名辑：《云间杂志·三十六僧抗倭》卷上，中华书局 1991 年版，第 6 页。
⑥ 张廷玉等撰：《明史》，中华书局 1974 年版，第 7447 页。
⑦ 张廷玉等撰：《明史》，中华书局 1974 年版，第 7482 页。
⑧ 陆世仪：《桴亭先生文集》卷六，见《续修四库全书》第 1398 辑，上海古籍出版社 1997 年版，第 23 页。

的具体体现。而且，东南沿海一带连年不断的抗倭斗争，以及北方边境的异族侵扰，还有国内各地的流寇作乱，在客观上，促使士人逐渐改变自宋以来儒家文人缺乏阳刚，不尚勇武的精神气质，从而崇尚勇力、胆略，以期有实现功名、仕进的机会，很多儒生进入到边境幕府之中，慷慨言兵，建功立业。因而，边患危机和流寇作乱是明中叶侠风高涨的历史条件。

（二）明代中叶侠风高涨的现实基础

明代初年，洪武帝朱元璋以严刑峻法治国，于 1382 年设置锦衣卫，主要监视官员，侦缉其不法之事，锦衣卫以皇权为依托，是施行和加强皇权专制的暴力机构。1420 年，明成祖迁都北京，在东安门北设立新的特务组织——东厂，专职探听臣民的谋反之事，并任用太监为东厂提督，东厂的权力非常大，它往往法外行权，有任意缉捕臣民、随意杀戮的特权。到明宪宗时，除东厂外，又增设西厂，西厂也由太监执掌。1506 年，明武宗即位，宦官刘瑾专权，他又设"内行厂"。此时，三厂并立，特务横行达到了极点。兼之明代中叶社会腐败，皇帝不理朝政，厂卫特务组织更加肆无忌惮、滥杀无辜，残害百姓，朝堂上阉党专权，迫害忠良。《明史·刑法志》中就详细记载了一些在残酷的刑罚制度下，厂卫特务干预司法而残害老百姓的事件，如，"有四人夜饮密室，一人酒酣，谩骂魏忠贤，其三噤不敢出声，骂未讫，番人摄四人至忠贤所，即磔骂者，而劳三人金。三人者魂丧不敢动。"①除了严酷的刑罚制度，皇帝甚至授意宦官四处敛财，疯狂盘剥百姓，引起民众的强烈不满。在这种局势下，一些城市多次出现市民暴动，在暴动中面对官府的残酷镇压，为保全大量百姓不受荼毒，涌现出一批抗击暴行，保护民众的侠士，这是明代社会特有的一类侠者。

万历中后期，明神宗加强内币收入，派宦官担任矿监、税使，到处采矿、征税，宦官出任矿使后往往与地方上的地痞无赖相勾结，欺压官民、掠夺富户、为非作歹。并把掠夺的巨额税收私自截留，中饱私囊，老百姓负担

---

① 《历代刑法志·明史·刑法志三》，群众出版社 1998 年版，第 553 页。

十分沉重，苦不堪言。万历二十七年（1599），天津税监宦官马堂到临清收税，纠集亡命之徒公然抢掠百姓财物，织筐工人王朝佐激于义愤率领民众申诉，马堂暗中指使爪牙放箭射伤许多民众，这种残暴行为激起了百姓强烈的愤怒，他们火烧了马堂的官署。事后朝廷派人调查，大肆搜捕，广为株连。王朝佐为保护百姓免遭杀戮，挺身而出，承担了所有的责任，后在刑场上慷慨就义。万历二十九年（1601），宦官孙隆"私设税官于江南津渡处，凡米盐果薪鸡豚之属，无不有税"，其手下黄建节勾结地方市侩，垄断吴市，强行增收高额税银以敲诈勒索，欺压市民，义士葛成率千余名工人于灭渡桥，击毙黄建节。后来官府调查此事，葛成挺身自首，曰："始事者成也，杀人之罪，成愿以身当之，幸毋及众也。"① 葛成以一人之身，保护其他人不受株连，就连太守也受其感召，为其改名为葛贤。天启元年（1621），阉宦首恶魏忠贤矫诏派锦衣卫抓捕苏州正直官员周顺昌，周顺昌为官清廉，深得民心，因而数万名苏州百姓上街抗议，打死了一名锦衣卫。事后魏忠贤以"倡乱"的罪名打算屠杀苏州百姓，这时有颜佩韦、杨念如、马杰、沈扬、周文元五位侠义之士挺身而出，甘愿牺牲自己以保全苏州百姓，后被判死刑，从容就义。五人死后，苏州市民感念他们，将五人合葬，墓地称为"五人墓"。他们本身虽然不是侠客，但体现出了抗暴护民的侠肝义胆，与传统侠舍身重义的光辉品格是一脉相承的。

同时，从反面来看，社会政治的腐败，国家法律的松弛，在这一个"天崩地解、纲纪凌夷"的时代，促使了一些游侠丧失了人格的独立性和道德自律，他们不事生产，但往往会立致千金，因而他们不免行不法之事。明代中叶以后，江南一带的商业文化和逸乐风气的刺激，部分游侠重操古代恶少年所赖以发家致富的勾当，诸如椎埋、剽掠、私铸、发冢、贩私盐等，如椎埋是指为了获得钱财，将人椎杀后埋之。明中叶江南地区也存在游侠椎埋作奸的情况，如隆庆年间内阁大学士陈以勤奏疏曾云："当今之时，前有所谓豪

---

① 陈继儒：《葛将军墓碑》，载《江苏省明清以来碑刻资料选集》，北京三联书店1959年版，第416页。

杰，往往而有，山之东西，河之南北，及关中徐沛之间尤甚。御之不得其道，则奸雄多自出此。见今颇有椎埋、鼓铸，武断乡曲，招纳亡命，蔑视州县，如古大侠郭解、剧孟之流。"①剽掠亦是他们常见的行为，王士性《广志绎》卷三记载："东平安山左右，乃盗贼渊薮，客舟屡遭劫掠。武德亦多盗之地，以北直、河南三界往来，易于窜匿。然其来也，必有富家窝引之。如近日路纲之败，千里闻名，有司皆折节下之，亦古者大侠郭解之流。"②从这两条史料可以看出，椎埋、剽掠、绑票是明后期游侠"不轨于正义"的生财之手段，连官府都无可奈何。这类游侠因无视律法，其社会影响较大，对中晚明时期的任侠风气是有影响的。

明代侠风高涨的因素是复杂的，但明中叶以来的腐败混乱的政治局面，无疑是侠风隆盛的客观现实基础。

（三）游侠的生存、发展、壮大不可或缺的必要条件

明代中叶以后，江南地区社会经济迅猛发展，手工业、商贸业很快占据了重要地位，其中织造业工艺先进，产品丰富，成为商业经济的核心产业。工商业兴盛，社会财富急剧积累，逐渐形成了新的生产关系，反过来更加促进商业经济的发展。在高度发达的商品经济社会中，至明嘉靖、隆庆、万历年间，社会物质极大丰富，奢靡享乐之风兴起，悠游享乐、贵游豪纵之风成为任侠风气主流，以江南为核心向周围辐射，社会上逐渐形成了普遍的优游享乐之风。城市的繁荣，经济的富庶，环境的良好宽松，为游侠活动提供了广阔的活动空间和生财机遇。"弘治中，世臣富；正德中，内民富；嘉靖中，商贾富；隆万中，游侠富。"③在商业经济、思想文化、社会习俗等多方面的刺激之下，侠风空前高涨，侠游队伍壮大，尤其是东南沿海一带，游侠乘城市商业文明之舟浮沉、致富，成为一个令人钦羡的富有群体。在动荡活跃的繁华生活中，尤其是士人的城市交游活动十分盛

---

① 陈子龙编：《皇明经世文编》第4册，中华书局1962年版，第3281页。
② 王士性撰，朱汝略点校：《王士性集》，浙江古籍出版社2013年版，第277页。
③ 孙承泽：《春明梦余录》，北京古籍出版社1992年版，第1299页。

行，"士人交游的风气又鼓动了侠风的高涨。"①越来越多的人背离了传统的价值观念和伦理约束，追寻不同于传统的开放性的生命道路而去"侠游"，侠游实际上是指一种放浪不羁的游乐生活状态，包括纵饮、斗鸡、博戏、蹴鞠、较射、宿娼等，声色犬马的生活是与发达繁荣的城市生活分不开的。由此可见，城市经济的繁荣是侠的活动全面兴盛的必然条件，与城市生活相适应，在明人的生活中，侠成为了一种相对普遍的生活实践，另外，城市商业活动十分兴盛，吸引着无数人冒险进城寻求发达的机会，使得许多人背离了"务守本业"的传统观念，走向各个工商业发达的大城市经商逐利。甚至一些文人弃儒从商，不惧路途风险纵游天下，整个社会中呈现出一种敢于冒险、不惧艰险以逐利的风气倾向，这必然会对明中叶以后的侠风产生很大的影响。经商既能获利，又可行游江湖，因而在一定意义上来说，人们尤其是文人借从商这样一条路径，来实践其真正自由的侠游生活，这是对侠风的崇拜，是自侠产生以来，对"行侠"的具体实践路径之一，也是明代人对自己生命情调的不断思考与体认。而商业都市成为游侠活动的主要场所，商贾市民中也颇多侠义之士，侠的市井气息十分浓郁。薛蕙《刘生》诗：

> 刘生喜轻侠，关辅遍经过。新市蹋踘戏，高楼击筑歌。驻车访朱亥，争博叱荆轲。不为徼名誉，惟矜意气多。②

诗歌借古侠刘生咏写了都市侠者的生活状貌，"新市蹋踘戏，高楼击筑歌。驻车访朱亥，争博叱荆轲"，市井色彩与侠者生活和谐地融合在一起。明代咏侠诗中有相当多的作品描绘了都市游侠的生活，从中可以看出，明代城市商业经济的发展，为侠提供了生存环境和活动空间，是明代游侠生存、壮大的必要条件。

---

① 王鸿泰：《侠少之游——明清士人的城市交游与尚侠风气》，载李孝悌编：《中国的城市生活》，北京大学出版社 2013 年版，第 119 页。
② 俞宪：《盛明百家诗》之《薛考功集》卷一，载《四库全书存目丛书》集部第 305 册，第 465 页。

（四）启蒙思潮的崛起为侠风的再度兴盛提供思想动力

明中叶以后，一直占统治地位的程朱理学由于日益教条化、绝对化，开始渐渐为士人所攻讦、唾弃，有识之士对程朱理学开始进行深入地反思，新的思潮开始崛起。其影响最大、最具启迪意义的要属当时所谓的晚明"异端"思想。这股思想一经出现，立刻在晚明大众中引起了非常强烈的反响。晚明"异端"思想主要出自于人们通常所说的王学左派，即泰州学派及其后学，主要以王艮、颜山农、何心隐、李贽等人为代表。他们站在传统的对立面，提出了新的关于"理"和"欲"的观念，强烈地冲击着传统的义理和人们的价值观念。对日渐僵化的程朱理学提出了批判与反思。王艮曾云"天理者，天然自有之理也。才欲安排如何，便是'人欲'"。[①] 开始认识到人的自然欲望的合理性。李贽更是说："吃饭穿衣即是人伦物理，除却穿衣吃饭，无伦物矣。"[②] 并进一步提出，人应该遵从自己的意志去做自己想做的事，充分肯定了人欲的正当性，肯定了人们追求财富的合理性。这种被当时视为"异端"的观念，鼓吹利、欲乃是人之本性，在学说思想上为人们奠定了"利欲"意识的基础，对整个社会的冲击十分巨大。侠勇武刚健、豪迈果敢、无视传统、轻蔑世俗、追求自由等等精神气质与王学左派、异端思想有相通之处，因而，启蒙思潮的崛起，对侠这种游离于正统观念之外的群体或精神气质也有深刻的影响。

而很多启蒙思想家本身就是亦儒亦侠，尤其是泰州学派儒侠很多，王阳明、王艮、徐樾、何心隐、罗汝芳等皆有豪侠之气。袁宗道在文章中记述了和李贽探讨王阳明学问时曾说："此公是一侠客，所以相传一派，为波石、山农、心隐，负万死不回之气。"[③] 对侠的肯定褒扬态度，在一定程度上拓展了任侠风气的社会影响。再如李贽曾云：

> 许中丞片时计取柳姬，使玉合重圆，昆仑奴当时力取红绡，使重关不阻：是皆天地间缓急有用人也，是以谓之侠耳。忠臣侠忠，则扶颠

---

① 王艮：《王心斋全集》，江苏教育出版社 2001 年版，第 11 页。

② 李贽：《焚书》，中华书局 1975 年版，第 4 页。

③ 袁宗道：《白苏斋类集》，上海古籍出版社 2007 年版，第 308 页。

持危，九死不悔；志士侠义，则临难自奋，之死靡他……呜呼！侠之一字，岂易言哉！自古忠臣孝子，义夫节妇，同一侠耳。①

李贽的《焚书》中记录了很多崇侠尚义的故事，在他看来，不管你是什么人，只要是"缓急有用之人"或"忠臣孝子、义夫节妇"，只要是具有忠义精神的人，便具备了侠的特征，都是值得赞扬的。

启蒙思潮对晚明和近代社会的影响是十分深远的，这些思想家身兼儒侠，他们以儒家的思想观念改造侠，又以侠的精神影响儒走向世俗、充满活力，他们践行着侠义精神，在一定程度上也影响着当时的侠风。

（五）奢靡享乐之风助长侠风的盛行

伴随晚明商品经济的迅猛发展，商业化浪潮的冲击，自给自足的小农经济遭到破坏，商品经济发展迅猛，传统的封建经济结构发生了新的变化，经商已经成为了人们普遍热衷的职业。人们的价值观也发生了重大的改变，对金钱、财富等物质的追求已经成为人们普遍的价值倾向。作为日益世俗化的游侠也不例外，他们在仗义疏财、扶危济贫之外，也开始利用各种手段谋求对财富的占有，以满足自我享受的人生欲望。

历史上的游侠，尤其是两晋南北朝以下，游侠生活奢华，崇尚鲜丽，配饰华美，出入连骑，前呼后拥，他们的生活方式需要大量的财力支持，因而游侠大多出身权贵富豪，而且有些游侠声名在外，虽不事生产，仍可轻易地获得钱财。如南北朝时游侠薛安都，"颇结轻侠，诸兄患之，安都乃求以一身分出，不取片资，兄许之。居于别厩，远近交游者争有送遗，马牛衣服什物充牣其庭。"② 隋朝沈光："家甚贫窭，父兄并以佣书为事，光独跅弛，交通轻侠，为京师恶少年之所朋附，人多赡遗，得以养亲，每致甘食美服，未尝困匮。"③ 他们不事生产，不愿安分劳作自食其力，但仍然能维持自己的生活甚至享受。历史上和文学作品中的游侠生活，享乐是他们生命状态的一大

---

① 李贽：《焚书》，中华书局 1975 年版，第 193 页。
② 魏收：《魏书》，吉林人民出版社 1995 年版，第 829 页。
③ 魏征等撰：《隋书》，中华书局 1973 年版，第 1513 页。

特征。两晋南北朝士人纵情声色，少年游侠肥马轻裘、驰逐为乐，中晚明时期城市经济的发展和奢靡享乐之风的兴盛更胜于前代，及时行乐，享受生活的风气更加浓郁。薛应旂《结客少年场行》诗云："长安游侠多少年，意气相高争后先。宝勒雕鞍悬赤帒，扬扬驰骋铁连钱。朝游卿相暮侯王，呼酒频过贵戚庄。招权鼓势耸群听，纵横颠倒随低昂。不学灌夫礼贫贱，羞杀剧孟家无囊。攫取黄金累千万，明珠华玉盈仓箱。"①少年游侠对金钱的追逐、崇尚，以及纵情逸乐的享受与高度繁荣的城市生活是相呼应的。同时，侠拥有了令人羡慕的财富，更可以表现一掷千金的豪气。明代陈继儒云："侠之一字，昔以之加义气，今以之加挥霍，只在气魄气骨之分。"②"今以之加挥霍"正是明代侠的新特征，以金钱之挥霍，取代义气，这是城市奢华生活氛围下的产物。当然，从侠游生活中看，游侠不仅是挥霍金钱，更是高调地挥霍生命，张扬自己的生命情调。尤其是寻章摘句老雕虫、形式僵化的科举制度对士人知识分子生命的制约，导致相当多的文人试图脱离科举考试的控制，而寻找生命生活的另外出口，这是士人倾向侠游生活，并崇尚侠风的内在原因。"明清'尚侠'文化的风行，实可视为城市文化和科举压力内外交会，因缘相结的结果。"③明代科举考试实行八股取士，在考试内容和形式上都有严格的限制，知识分子在科举一途上实现自我价值的压力是比较大的，因而，学者王鸿泰认为，明代文人科举受挫，与走向侠游之路之间是有比较明确的关系的。"从社会文化发展的角度看，在相当程度上，我们可以说'侠游'是种突破科举价值，开启新的社会生活场域，创造新的社会文化的行为。"④明代中晚期侠风盛行，文人的交游生活呈现出了新的局面，通过科举实现人生价值不再是文人认可的主要道路了。

---

① 薛应旂：《方山薛先生全集》卷六十，《续修四库全书》1343 辑集部别集类，上海古籍出版社 1995 年版，第 594 页。

② 陈继儒：《小窗幽记》，安徽文艺出版社 2002 年版，第 14 页。

③ 王鸿泰：《侠少之游——明清士人的城市交游与尚侠风气》，载李孝悌编：《中国的城市生活》，北京大学出版社 2013 年版，第 93 页。

④ 王鸿泰：《侠少之游——明清士人的城市交游与尚侠风气》，载李孝悌编：《中国的城市生活》，北京大学出版社 2013 年版，第 104 页。

中晚明繁荣兴盛的城市经济和宽松的商业环境让游侠有生财致富的空间，以支持他们斗鸡走马、冶游宿娼、交结权豪的生活。城市经济的发展促进了都市的繁荣，奢靡享乐的主流社会风气，为游侠进一步的侠游、狎游活动提供了适宜的环境。文学作品里关于都市侠游有非常丰富的展示。王世贞《戏寄吴生》：

> 我爱髯公气谊深，长因任侠贱黄金。裁成艳曲呼如意，教就明童字称心。歌管时停星桧底，酒船多在尚湖阴。东邻更有陈遵在，失却鸾篦好易寻。①

诗中"长因任侠贱黄金"、"艳曲、歌管、酒船"，享乐色彩很浓郁。侠游生活很重要的一部分就是纵情逸乐，而奢靡享乐的主流风气，助长了中晚明时代任侠风气的蔓延。

> 瓜州萧伯梁豪华任侠，倾财结客，好游狭斜，久住曲中，投辖哄饮，俾昼作夜，多拥名姬，簪花击鼓为乐。钱虞山诗所云："天公要断烟花种，醉杀瓜州萧伯梁"者是也。②

尽情地放纵着自我，极力地张扬生命，展示了明末文人侠者的生存景观。从当时很多的诗篇和小品轶闻中可以看出，明代中叶以后游侠城市冶游风气的繁盛，不仅游侠，各个阶层的交游逸乐之风都是空前的。可见，明代城市经济的高度繁荣，助长了奢华享乐之风的盛行，一定意义上助长了侠风的高涨。

此外，在文学艺术中，尤其是通俗文艺样式小说和戏曲中对"侠"的塑造与宣扬，在一定程度上也影响了社会民间对侠义精神的向往追崇。对侠客的崇拜是晚明社会的重要现象，人们呼唤仗义疏财、打抱不平、劫富济贫的侠客，渴望社会公平正义的实现，认为只有侠才能做到这一点。沈璟的《义侠记》写武松的故事，详尽展演了武松打虎、为兄报仇、除恶惩奸的故事，曲目中云："今古英雄称义侠，报恩雪忿名高。""片言然诺，结客少年场。

---

① 王世贞：《弇州四部稿续稿》卷十四，文渊阁《四库全书》集部 1280 册别集类，上海古籍出版社 1987 年版，第 179 页。

② 余怀：《板桥杂记》，中州古籍出版社 2016 年版，第 111 页。

凛凛英姿义胆，论男儿侠骨生香。"① 武松是人们眼中的英雄，他侠义爽直，重恩守义，沈璟以"义侠"标举武松，不仅抓住了武松性格的核心，也体现了对侠的"义化"改造深得读者或观众喜爱。在王世贞《剑侠传》中记载的30 多个侠，有僧人、老人、书生、将军等社会多种形象，这些人多是有高超武术的人，可以一己之力保护弱小受欺凌的民众。再如"三言二拍"中也有很多与侠相关的故事，"赵太祖千里送京娘"、"万秀娘报仇山亭儿"、"杨谦之客舫遇侠僧"、"李汧公穷邸遇侠客"、"十一娘云岗纵谭侠"、"神偷寄兴一枝梅"等。这些故事，生动地说明了当时侠风隆盛的状况，以及人们对侠的崇拜与呼唤。明中叶以后，各个大城市的刻书业相当繁荣，这对小说的传播起到了巨大的推动作用。塑造侠客形象，表现侠义精神的作品很快深入人心，《水浒传》、《剑侠传》、《续剑侠传》等侠义小说和笔记的传播，让人们对侠有着更直接和明确的理解，从而也无形地影响着明中叶以后的侠风。

三、明代侠风的特点

从侠风兴盛的历史背景和任侠群体的构成中可以看出，较之前代，明代中叶以后，侠风发生了一些新的变化，侠的生存、类别也呈现出不同程度的变化，侠的意识观念也在随之而变。虽然明代统治者对社会、士人、百姓严密控制，但与元代相比，明代侠的活动、侠的数量有了明显的提升，尤其是在明代中叶以来，任侠风气全面复苏、高涨，任侠群体的构成也呈现出了新的特点，如儒侠、商侠的出现。而游侠行侠的场所主要在市民社会或江湖绿林中，世俗化色彩愈来愈浓厚。

（一）儒侠结合

自唐代以来，对侠的理解就呈现出了儒、侠兼备的特点，宋元明关于侠

---

① 沈璟著，车文明评注：《义侠记》，见《六十种曲评注》第 21 册，吉林人民出版社 2001 年版，第 14—18 页。

的作品中，不难看出文人通过儒家的忠、信、义等观念对侠进行着合理化的改造。儒侠是侠和儒的结合，"儒侠，就是一些行侠义之事并且有侠义信念的儒士。儒侠可以是有具体侠行的儒士，也可以是有侠的精神特质的儒士。"① 明代任侠群体的鲜明变化，就是儒、侠结合。

"（时至明代）随着'儒侠'与'儒盗'之类概念的出现，知识人日趋侠盗化。明代的士人知识分子，无论是朝廷官员，还是饱学大儒、抑或布衣文人，大多具有侠气。"② 这段材料中谈到，明代知识分子和"侠"的关系十分密切，甚而"侠盗"也具有儒者化的特点。在转变中，实际上儒为侠提供了精神层面的意义，也可以说，儒家对侠进行了积极的改造。这种改造其实在唐代李德裕的《豪侠论》中就已经较为明确了："义非侠不立，侠非义不成。"儒家赋予侠"义"的色彩，而义就成了侠行事的原则，儒与侠在精神人格上达到了统一。这与后来的江湖道义之"义"也是有相通之处的。明代儒、侠关系密切，与明代政治历史有直接的关系，在宦官横行，政治腐败的时代，侠的行为准则与人格精神，是对儒家坚守的社会理想的最好补充与保障。"虽然明代对士人的控制比较严格，但是明代政治上的不公及其权臣和阉党当道，这也让有大志的儒生不得不以侠的精神和行事风格来为其儒家理想的实现保驾护航。"③ 明代汪道昆在《儒侠传》中也指出："昔韩非子排儒击侠，史迁述之，余窃讨其不然，毋宁举一废百。文则苛细，文而有纬则阔儒；武则强梁，武而有经则节侠，二者盖相为用，何可废哉！"④ 可见，明代士人眼中，儒、侠二者的界限已经没有那么明显了。汪道昆还说："乃若通有无，急缓急，解纷排难，无论戚疏，概诸中庸，不外乎规矩准绳之外，此之为侠。春秋所难，由今以谈，谓之儒，谓之侠可也，谓之非儒，谓之非侠可也，谓之儒非儒侠非侠亦可也，胡然而儒也，胡然而侠也，韩非子将焉传

---

① 黄相飞：《晚明儒侠变化研究》，中南民族大学硕士学位论文，2013 年，第 1 页。
② 陈宝良：《明代知识人群体与侠盗关系考论》，《西南大学学报》2011 年第 2 期。
③ 黄相飞：《晚明儒侠变化研究》，中南民族大学硕士论文，2013 年，第 13 页。
④ 汪道昆：《太函集》卷四十，载《续修四库全书》集部别集类第 1347 辑，第 263 页。

之!"① 也就是说，"侠"作为一种观念的概括，已经内化为"文人"的精神状貌之一，因而，明代儒、侠结合，构成了明代新的侠风特点。很多当世大儒，几乎都有少年侠游的经历，最后回归正统贤者的道路，如泰州学派代表人物颜山农，"山农游侠，好急人之难。赵大洲赴贬所，山农偕之行，大洲感之次骨。波石战殁元江府，山农寻其骸骨归葬。"② 王世贞曾说："嘉、隆之际，讲学者盛行于海内，而至其弊也，借讲学而为豪侠之具，复借豪侠而恣贪横之私，其术本不足动人，而失志不逞之徒相与鼓吹羽翼，聚散闪倏，几令人有黄巾、五斗之忧。"③ 此文中认为泰州学派王艮、何心隐、颜山农、吕光等讲学者皆是"江湖大侠"，他们的讲学运动影响甚大，以至于统治者忧虑会导致像黄巾起义或五斗米教那样的动乱。再如王阳明，史料载他少负奇气，游于任侠。黄绾《阳明先生行状》云："（公）少喜任侠，长好词章、仙、释，既而以斯道为己任，以圣人为学必可学而至。"④ 湛若水《阳明先生墓志铭》云："（先生）初溺于任侠之习，再溺于骑射之习。……长而任侠，未脱旧习，驰马试剑，古文出入。"⑤ 王阳明在兵部为官时，在与南中盗贼对抗的过程中，其侠烈肝胆是十分光彩照人的。李贽也被人目为"心侠"。明代的这些大儒、学者的侠行被知识分子津津乐道，进行道德褒扬。"由此可见，儒而侠之行为已经得到了当时知识人的普遍认同。"⑥ 著名学者胡秋原说："王阳明一派的儒家，以及东林复社诸人，都有一股侠气。所以我们崇敬的人格，是所谓'儒侠身兼'。"⑦ 的确，"儒""侠"的结合，是知识分子人格走向完美的道路。儒人身上所体现出来的"侠义"，已经完全不同于对传统意义上对侠"不轨于正义"的理解了，更多是一种思想气质的光辉，侠的风貌与气度，对侠的精神追崇，让明代思想史上这一重要流派具有独特的

---

① 汪道昆：《太函集》卷四十，载《续修四库全书》集部别集类第 1347 辑，第 266 页。

② 黄宗羲：《明儒学案》卷三十二，浙江古籍出版社 1992 年版，第 703 页。

③ 何心隐：《何心隐集》附录王世贞《嘉隆江湖大侠》，中华书局 1960 年版，第 143 页。

④ 《王阳明全集》下，上海古籍出版社 2015 年版，第 1181 页。

⑤ 《王阳明全集》下，上海古籍出版社 2015 年版，第 1149—1152 页。

⑥ 陈宝良：《明代知识人群体与侠盗关系考论》，《西南大学学报》2011 年第 2 期。

⑦ 胡秋原：《古代中国文化与中国知识分子》，中华书局 2010 年版，第 10 页。

魅力。侠"作为一种文化因素和思想气质进入一个时代，渗透到代表这个时代思潮的一大批思想家的精神世界和思想体系之中，并由此而产生一个影响广泛而深刻的学派，这是晚明社会的产物，更是晚明思潮的结晶。泰州学派所体现的侠，具有晚明性，本原于心学，是晚明心学与侠相结合的产物，其表现是传统侠文化的精神与士大夫理想人格的高度契合，泰州学派之侠具有新的时代特征和思想内涵"。① 可见儒侠是不同于普通侠的。当然，从思想和层面讲，儒家思想与侠的精神之间有互相冲突的地方，儒家文人的内敛、压抑与侠的张扬、自由形成一种互补关系，因而，"儒家与游侠的相通使得文人常常借游侠精神以满足其非常情感的抒发，而二者的互斥往往造成文人对于游侠品格的某种企盼。其实质便是希望达到阴柔和阳刚的互济互补，形成理想化的人格精神。"②

"'侠'是明清士人文化的重要内涵之一。"③ 明代普通士人任侠之风也十分兴盛，中晚明时期心慕节侠、身践侠行的文人是很常见的，文人以"侠"称者比比皆是，文人行侠，重在突出其急公好义的"侠性侠情"，甚至在当时对人物进行品鉴时，"侠"也是一个重要的标签。钱谦益《列朝诗人小传》中亦记载了很多明中叶以后文人儒生的侠义情怀，在品鉴其人格特点时亦将是否有过侠义情怀作为一个标准。如周诗"风致逸爽，倜傥重然诺"④；孙艾"家资钜万。世节任侠，父丧，致十郡客来吊"⑤；谢榛"喜通轻侠"⑥；金銮"性俊朗，好游任侠，结交四方豪士，所至皆倒屣迎之"⑦；曹子念"为人倜傥，重然诺，有河朔侠士之风"⑧；梁辰鱼"身长八尺有奇，虬须虎颧，好

① 何宗美、张娴：《明代泰州学派与"侠"略论》，《西南大学学报》（社会科学版）2011 年第 5 期。

② 刘飞滨：《文人·儒家思想·游侠精神》，《兰州大学学报》2004 年第 4 期。

③ 王鸿泰：《侠少之游——明清士人的城市交游与尚侠风气》，载李孝悌编：《中国的城市生活》，北京大学出版社 2013 年版，第 93 页。

④ 钱谦益：《列朝诗集小传》丁集上，上海古籍出版社 1983 年版，第 415 页。

⑤ 钱谦益：《列朝诗集小传》丁集上，上海古籍出版社 1983 年版，第 421 页。

⑥ 钱谦益：《列朝诗集小传》丁集上，上海古籍出版社 1983 年版，第 423 页。

⑦ 钱谦益：《列朝诗集小传》丁集上，上海古籍出版社 1983 年版，第 450 页。

⑧ 钱谦益：《列朝诗集小传》丁集中，上海古籍出版社 1983 年版，第 482 页。

轻侠"①；陈凤"性好结交……（其子亦）以豪侠闻于时"；② 朱邦宪"性慷慨，通轻侠，急人之难，甚于己"③；郑琰"豪于布衣，任侠遨游闽中"④；何璧"魁岸类河朔壮士……使酒纵博，聚里党轻侠少年，阴为部署"⑤；刘黄裳"交通轻侠，结纳其豪杰，所至走马击剑，酾酒悲歌，以古豪杰竖立自负"；吴拭"轻财结客，好游名山水"⑥；来复"为人重气好客，泛交道广"⑦……这些粗略梳理的文人记载中，不难看出，明中叶侠风兴起，侠义精神成为评价品评人物的标准之一，可见社会侠风崇拜之普遍。如李梦阳被弹劾后归家"既家居，益跅弛负气，治园池，招宾客，日纵侠少射猎翻繁台、晋丘。自号空同子，名震海内"。⑧ 再如陈子龙《宋幼清先生传》写明后期文学家藏书家宋懋澄："生十三年而能文章，喜交游……好为侠，慕战国烈士之风。"⑨ 正因如此，"在明清社会中，侠已经又从文学意象转成一种具有普遍性的生活实践。在现实社会中，侠的意象和士人的生命活动确实产生具体的交际，这两者之间的相互亲近、交会，促使侠游成为一种具有相当普遍性的生活态度、生命姿态，乃至成为某些人的'人生志向'"⑩。"儒"的仁义、忠信，注重名节，对"侠"的具有明确的道义影响，而"侠"的急公好义、慷慨侠节对"儒"有提供了一种精神情感上的内在动力，因而儒、侠的结合、文人任侠，是明代独特的侠风特点之一。

---

① 钱谦益：《列朝诗集小传》丁集中，上海古籍出版社 1983 年版，第 488 页。
② 钱谦益：《列朝诗集小传》丁集中，上海古籍出版社 1983 年版，第 489 页。
③ 钱谦益：《列朝诗集小传》丁集中，上海古籍出版社 1983 年版，第 502 页。
④ 钱谦益：《列朝诗集小传》丁集中，上海古籍出版社 1983 年版，第 514 页。
⑤ 钱谦益：《列朝诗集小传》丁集中，上海古籍出版社 1983 年版，第 530 页。
⑥ 钱谦益：《列朝诗集小传》丁集中，上海古籍出版社 1983 年版，第 636 页。
⑦ 钱谦益：《列朝诗集小传》丁集中，上海古籍出版社 1983 年版，第 651 页。
⑧ 张廷玉等撰：《明史》，中华书局 1974 年版，第 7347 页。
⑨ 陈子龙：《安雅堂稿》卷十三，《续修四库全书》1388 辑集部，上海古籍出版社 1997 年版，第 117 页。
⑩ 王鸿泰：《侠少之游——明清士人的城市郊游与尚侠风气》，载李孝悌主编：《中国的城市生活》，新星出版社 2006 年版，第 105 页。

（二）商人行侠

明中叶侠风构成的群体中，还活跃着一类人，那就是商人。在东南沿海经济繁荣发展的背景下，商人行侠的现象成为侠风发展的新动向。据史料载，明中叶，江南地区社会经济发展迅速，农业的发展，商品化程度的提高，为手工业的进步创造了有利的条件，特色行业织造工艺十分先进，产品种类多样，在此基础上，带动了商业的繁荣，城市经济进一步发展壮大，由此积聚了大量的财富。商品经济的高度发达，为游侠的生存、壮大以至于借着商业繁荣的有利环境而生财致富提供了便利条件。时人曾有言曰："弘治中，帝京世臣富；嘉靖中，商富；隆庆，侠富。"① 商业刺激令游侠致富，而最便利致富的便是行侠的商人。侠客凭借"重然诺"的义节行走江湖，商人遵守诚信守义而行商致富，两者遵从的道德标准是比较接近的，商人的社会活动范围与活动方式与侠客也比较接近，"行商"与"行侠"，都带有行走、践行之意。"从行商与任侠精神的关系看，行商本身包含着任侠的某些成分，而商业都市的繁荣则为游侠提供了生存的基础和任侠的广阔天地。市井屠沽之间，常为游侠的藏身之处。"② 因而，在合适的环境催生之下，商人与侠者的角色出现重合便成为了可能。《安徽通志·义行传》中记录了商贾汪光晁的事迹，"汪光晁，歙人，以服贾致裕，专务利济，族中贫苦者，计月给粟。设茶汤以待行李，制棉絮以给无衣，施医药以治病人，设义馆以教无力延师者，岁费凡数百金。又每岁施棺，行之数十年，所费以万计。"③ 像汪光晁这样的商人，行商生财，又将财富用来周济更多的人，这是一种真正意义上的"行侠仗义"。再如嘉靖年间豫章人周懋敬，"尝行贾山东，以侠闻，多交海岱诸公。"④ 万历年间，"王贤，阶州人，年十五丧父，事母以孝闻，家贫，

---

① 孙承泽：《春明梦余录》卷六十八，北京古籍出版社 1992 年版，第 1299 页。

② 汪聚应：《唐代侠风与文学》，中国社会科学出版社 2007 年版，第 53 页。

③ 《重修安徽通志》卷二四九，《续修四库全书》史部 654 辑，上海古籍出版社 1997 年版，第 267—270 页。

④ 陈子龙：《安雅堂稿》卷十三，《续修四库全书》1388 辑集部，上海古籍出版社 1997 年版，第 115 页。

弃儒经商吴楚间，累致千金，性豪侠，善施与，有贷资贫不能偿者，即焚其券，里中构讼，遇贤就解，人高其义，"①等等。商人行侠，突出了其"重义轻利，信守承诺"的态度，与侠的本质精神是完全一致的，因而在明代，也常将"侠"当作具有江湖侠义精神的商人的代称。再如《江阴城守记》载，清军入关之初，攻打江阴时，遇到了军民奋力反抗，徽州商人程璧"尽出其所储十四万金充饷"。②这种在民族危难之际轻财重义的侠义精神，体现了个人的高尚义节和社会整体侠风的炽盛。

此外，士人商贾联系紧密，互动频繁，很多商人都接受过儒家教育，还有一些人是弃儒从商。因而，一些商人拥有儒家的济世情怀与忠信意识，他们在经商的时候讲诚信、重然诺，重义轻利，致富后大多会周济贫困、乐善好施。汪道昆《太函集》中亦记载了许多具有侠义精神的商人事迹，尤其是徽商，他们大多接受过良好的儒家教育，汪氏将这些商人与侠士相提并论，突出他们仗义疏财，乐善好施的侠义品性与任侠情怀。如商人汪通保，"居常负意气，与诸侠少游，徇然诺。""解纷排难，慷慨有国士风。"他在上海行商，重义轻利，常为人排忧解难。③《明赐级阮长公传》中的阮弼"以义侠著"，在芜湖经商，人来借贷，他从不收借券，别人还或不还钱他也从不追问，在饥荒年，还经常施粥或是养育家破人亡的孤儿。④儒侠方景真更是作家极力颂扬的典范，他出儒为商，颇具有侠气。"景真雅以然诺重诸交游，喜任侠。"方景真在平时的生活中还为朋友伸张正义，当朋友遭遇不平愤然求剑侠来帮助他的时候，景真却认为朋友所遇到的事情"此可以礼法争之，即三尺剑无所用之"⑤。之后用和平的方式替朋友伸张了正义。再如《江南通志》卷一百六十载："金腾高，字上达，桐城人，任侠好义，邑大饥，出所积谷二千石，悉赈乡里，曰：所贵夫好义者，补天地之不足也，岂乘岁祲

---

① 《四库全书》史部，《甘肃通志》卷三十八，上海古籍出版社2003年版，第50页。

② 韩葵：《江阴城守记》卷一，中华国民学社，第7页。

③ 汪道昆：《太函集》卷二十八，载《续修四库全书》集部别集类1347辑，第128—130页。

④ 汪道昆：《太函集》卷三十五，载《续修四库全书》集部别集类1347辑，第214—217页。

⑤ 汪道昆：《太函集》卷四十，载《续修四库全书》集部别集类1347辑，第263—266页。

而自为利乎。"① 这种急公好义的侠烈古风，正是当时侠者行为的具体表现。

明代的商人，既受到儒家文化的熏陶教育，同时又接纳习染了久存于民间的江湖侠义精神，经商致富后，往往急人之所急，救困扶弱，因而，商人行侠体现了明代侠风不同于前代侠风的另一特点。

（三）侠的世俗化特征愈加鲜明

宋元时代，侠的活动进入低潮期，并逐渐呈现世俗化特征，这与宋代以来都市社会的发达与城市文化的形成有密切关系，秦汉时代侠的那种纯粹的存在方式发生了改变。尤其是宋代尚文轻武的社会风气，使社会上层权贵豪富的侠游之风完全低落，侠的生存转向了市井民间、绿林江湖，侠的身份也更多属于市民阶层的闾巷之侠。因为活动范围的变化，侠的价值观念便自然地与江湖义气、绿林道义等"公共准则"相结合了。讲义气，为朋友两肋插刀等更带有世俗气息的行为准则已成为他主要的人生目标，而比权较力、效功当世等古典侠的价值观念已经褪色。

明中叶，在经济利益的刺激之下，宋以来渐趋世俗化的侠风仍是主流，一些侠的行为，更加走向了追求利益的世俗层面，游侠人格中所崇尚的"义"似乎也在悄然地发生着变化，更多地体现出一种江湖性、匪盗性。尤其是万历年间，皇帝长期怠政，君主专制统治逐渐被削弱，明初一度十分严苛的严刑峻法也渐渐失去了效力，游侠凭借自己的勇武之力与社会资源，非法致富敛财的现象也是比较普遍的。甚至像汉代部分游侠一样，做一些私煮、盗铸、劫掠、椎埋、发冢等违法勾当，聚敛了大量财富。在民间，城市侠游兴盛，任侠群体的世俗色彩越来越浓郁，张扬生命个性，以侠行体现生命价值成为这一时期侠风的主流。在冯梦龙所编"三言"与凌蒙初的"二拍"，以及其他的小说戏曲中，对当时的社会各阶层任侠风气和游侠活动有较为充分的描绘。南北地域不同，文化差异很大，早在魏晋南北朝时期，南朝的游侠少年便以悠游享乐为主，其行为多为打马游猎，斗鸡走

---

① 《江南通志》卷一六〇，文渊阁《四库全书》本，上海古籍出版社 1987 年版，第 605 页。

狗,饮酒宿娟。因而在南朝和隋唐以来的咏侠诗中,描写少年游侠夸饰装容,极尽享乐的诗不在少数,这都是与外在的物质生活环境和社会风气相关。明代中后期繁华的物质生活和奢靡的城市环境,在客观上激发了豪贵少年子弟的游侠热情,从而形成新的一波游侠热,而复杂的市井生态,也让侠的活动更加丰富起来。尤其是在隆庆、万历年间,行侠的不仅是贵族子弟,更多呈现出市井民间的世俗特点,以武行侠者、文人行侠者,以及商人行侠者、盗匪为侠者隆盛不绝。他们"来自于社会的各个阶层,各操其生业,行侠只不过是他们生活中的一部分,行侠的方式也不同,他们并非以行侠谋生"。①

在明代,侠客与江湖结盟的情况较之宋元更为普遍,一些啸聚山林的江湖侠盗,还有一些民间的带有侠义性质的帮会组织,行劫富济贫之事,明代的侠越来越呈现出"江湖绿林化"的世俗特点,因而也就逐渐形成了江湖中的侠客遵循的一些江湖道义与规矩。比如路见不平、拔刀相助的道义观念,和惩恶锄奸、劫富济贫的行为准则,这在明清时期的秘密结社组织的内部规矩中更为突出,也更深入人心。当然,此时期也出现了盗匪与游侠结合的情况,游侠中也有许多轻薄子和为发家致富而作恶的匪盗,一些闾里匹夫之侠,他们不事生产,不愿自食其力,又没有权贵豪门的馈赠和朋友的资助,赖以生存的方式不免"不轨于正义",做诸如剽掠、椎埋、劫质、盗铸、发冢等不法之事以生财。郑仲夔《耳新》中记载:"潮惠有大侠,每瞯富家子弟出,即掠去,乃出帖通衢,令以多金赎取,必厌其所欲,始听归,为之勒赎。"②这是侠的行为中不光彩的一面。尤其是在隆庆、万历年间,社会法律逐渐松弛,侠者本身的自律意识淡漠,一些沦为绿林剪径者的游侠,常作一些劫掠行剽之事。如王世贞《弇州四部稿》卷七十四曾有这样的记载:"太仓嘉定间,大侠沈氏多蓄养亡命奸盗,负海煮海,巨艑出没,波浪遇之立靡碎。其徒探赤白丸、行剽、杀人国门之外,环沈而百里居者,空其藏盖十

---

① 刘若愚著,罗立群译:《中国游侠与西方骑士》,中国和平出版社 1994 年版,第 3 页。
② 郑仲夔:《耳新》卷六,商务印书馆 1937 年版,第 33 页。

室而九，所占、割膏腴田以千计。"① 探丸杀人，剽窃劫掠，是这部分游侠主要的行动特点。王世贞曾不无感慨地说："豪侠不易出为县官，用出即探丸、杀人、发冢。"② 由此可见，探丸、杀人、发冢已成为游侠一种无法改掉的恶习。而这类游侠发冢致富后，更加的骄矜霸道，造成了严重的社会问题，甚至成为"民害"，王世贞《青州兵备道题名记》中说："（青州）于郡国最号难治……俗又好任侠，慨不快意，以躯借交报仇，藏命作奸，剽功御敛，铸钱掘塚。"③ 这些恶猾少年，任意使民，侵扰老百姓。《明史》卷二百零八中就有这样的记载："锦衣帅受诸侠少金，署名校尉籍中，为民害。"④ 明代侠的世俗化特征，与明代独特的历史环境、经济环境相结合，造成了侠风复杂的局面。

（四）侠的内涵有所拓展

"侠"的内涵与意义在明代有所拓展、扩充，"侠"不仅是传统意义上的游侠、豪侠之人，或是某种精神、活动。明人对"侠"的理解非常宽泛，凡具有不同于循规蹈矩的普通人的众多行为特征与气质倾向，如不爱读书、不愿考科举、交游广泛、讲义气、慷慨大方、一掷千金、轻财结客等，都可称之为"侠"。侠的特点不再局限于传统游侠以武行侠、借躯报仇、不轨于正义的行为等，更多的是对游侠挥霍无度、纵情享乐的进一步发展，这是一种挥霍生命、张扬生命情调的生活面貌。后七子代表诗人王世贞在给李攀龙作传时，曾言及李攀龙的父亲，"以赀事德庄王为郎，善酒、任侠，不问家人生产。"⑤ 公安三袁之一的袁中道"长而通轻侠，游于酒人，以豪杰自命，视

---

① 王世贞：《太仓州儒学田记》，见《弇州四部稿》卷七十四，文渊阁《四库全书》1280 辑，上海古籍出版社 1987 年版，第 256 页。

② 王世贞：《弇州四部稿》卷一百十九，文渊阁《四库全书》1281 辑，上海古籍出版社 1987 年版，第 35 页。

③ 王世贞：《青州兵备道题名记》，见《弇州四部稿》卷七十四，文渊阁《四库全书》1280 辑，上海古籍出版社 1987 年版，第 252 页。

④ 张廷玉等撰：《明史》，中华书局 1974 年版，第 20896 页。

⑤ 王世贞：《李于鳞先生小传》，载《李攀龙集》，齐鲁书社 1993 年版，第 688 页。

妻子如鹿豕之相聚，视乡里小儿如牛马之尾行，而不可与一日居也。泛舟西陵，走马塞上，穷览燕赵齐鲁吴樾之地"。①"承德君儒侠好客，日推解不视生产"，等等。这些文人不问家中生产，喜好结交宾客，在这样的生活中给自己博得"侠名"，被称为是侠或有侠气的人。因而，在《列朝诗集小传》中，以侠来标签人物，可能很多指的便是这样的侠游文人。王鸿泰先生认为，"所谓侠游，实可泛指浪荡不羁之游乐生活形态，其内容包含击球、较射、倡饮、博弈、蹴鞠、吹箫、调弦度曲为新声等声色犬马之事，亦即以纵欲形式表达出来的'逸脱'、'非正业'人生。"②他认为"侠游人生"与明代中叶以后士人渴望摆脱科举制度的压抑、另寻生命的出路有关。

在明代尚侠尚武的大背景下，市民文化、精英文化中侠都是很活跃的，成为一种普遍的生活实践，因而产生了诸如"儒侠"、"商侠"、"官侠"、"心侠"、"盗侠"、"忠侠"、"匪侠"等等，这是明代侠风不同于前代侠风的特点之一。而且和前代相比，明代的侠客带有群体化的特征，如明初小说《水浒传》就刻画了替天行道、仗义疏财、扶危济困的群体英雄形象，这对后世文学创作中的侠客观念和任侠行为产生了深远的影响。晚清石玉昆创作的《三侠五义》（后更名为《七侠五义》）中，更是塑造了几位栩栩如生的侠客，南侠展昭，北侠欧阳春，双侠丁氏兄弟，五位义士（五鼠），这些江湖义士，尤其五鼠曾是侠盗，他们最终都依附清官包拯而成为另一种意义的侠。这种群体性的变化，反映出了古代侠客独立精神的最终蜕变。

值得一提的是，明代笔记、小说中对女侠形象的关注十分盛行，王世贞编纂《剑侠传》，突出了唐传奇中的女侠形象，晚明拟话本小说"三言二拍"中亦有许多抗暴复仇的侠女，周楫《西湖二集》中有"侠女散财殉节"故事。女侠故事最集中的作品是邹之麟的《女侠传》，书中辑录了自先秦以来史籍记载和文学作品中的女侠，并分列为六类"豪侠、义侠、节侠、任侠、游侠、

---

① 钱谦益：《列朝诗集小传》，上海古籍出版社1983年版，第568页。

② 王鸿泰：《侠少之游——明清士人的城市交游与尚侠风气》，载李孝悌编：《中国的城市生活》，北京大学出版社2013年版，第103页。

剑侠"①，共计二十九人。这些笔记里的女侠，并不完全是历史实存侠，但是从明人对侠女的关注中，亦可看到任侠风气在当时的一些变化倾向。"侠"在明代不仅是一个具有江湖侠义规则的群体，更是演变成为一种精神气质，这种精神一直是中国民族精神文化中很鲜活而且具有群众基础的，人们将具有侠义精神、遵从江湖道义、重义轻利、救人缓急、扶危济困的行为称之为侠，如"侠盗"、"侠倡"、"侠妓"、"侠女"、"侠僧"等。

综上，明代社会，尤其是中叶以后城市经济的繁荣发展，商业贸易的高度成熟，和士人交游风气盛行的社会状况，以及江湖绿林和侠的紧密结合，使得明代侠风呈现出了独特的风貌，与汉唐游侠和侠风相比，儒侠结合、商人行侠、游侠和侠风都呈现出鲜明的世俗化特征。而且，明人对侠的内涵理解有所扩大，侠和侠文化成为了当时主要的文化支流。这些为咏侠诗和侠义江湖类的小说、戏曲等通俗文艺的繁荣创作提供了丰沃的土壤，在众多的咏侠诗作，和小说、戏曲、散文传记中，我们都可以感受到文人对侠这一群体和侠义观念表达的思考与理解。仅就咏侠诗歌而言，咏侠诗创作，其思想内容与主题思路受到明代士人自身侠游生活的影响。文人对侠的兴趣十分浓厚，吟咏侠义精神的诗歌创作呈现出繁兴之势。因而，在经历了元代的沉寂暗淡后，在明代，咏侠诗创作出现中兴局面。

第二节　明代咏侠诗的创作中兴

明代咏侠诗是中国古代咏侠诗发展的一个环节，咏侠诗的发展已经经历了漫长的起落沉浮，自魏晋时期咏侠诗创作题材的确立，到唐代咏侠诗创作的高峰，又经历了宋元咏侠诗创作的异化与黯淡，明代咏侠诗在复杂的任侠风气与社会环境中再次繁荣，开创了咏侠诗创作的中兴局面。明代侠风浩荡，江湖侠气渗透在各类型的文学创作中，咏侠诗歌的创作更是突出表达了

---

① 《明人百家》第 72 帙《女侠传》，上海文艺出版社 1990 年版，第 470—490 页。

诗人对侠义精神的追崇与赞美。纵观魏晋至明代的咏侠诗创作，每个阶段都具有不同的艺术价值。从对明代咏侠诗进行搜集整理的结果来看，咏侠诗的创作在这一时期有了长足的发展，创作咏侠诗的诗人数量较魏晋隋唐宋代都有了大幅度增长，作品数量十分庞大。在对《四库全书》、《续修四库全书》、《四部丛刊》、《四部备要》、《明诗综》等大型类书，还有《列朝诗集》、《明诗别裁集》以及明代诗人别集进行搜集整理，整理出335家诗人，共计1350余首诗歌。在元代咏侠诗创作冷落的局面中，明代咏侠诗的创作盛况，体现了咏侠诗的创作中兴。具体表现在以下三方面：

一是咏侠诗作者阵容庞大，作家分布比较广泛，有些作家创作数量比较可观。明代咏侠诗的创作者，时间延续长，地域、流派分布广，从开国到晚明，咏侠诗潮绵延不绝。如开国诗人刘基、宋濂、高启、刘嵩、钱宰、杨基等；闽派诗人林鸿、高棅、黄玄、王偁、王恭等；岭南派作家孙蕡、黄哲等；茶陵派李东阳等；前后七子李梦阳、何景明、徐祯卿、边贡、康海、王九思、王廷相、李攀龙、王世贞、谢榛、梁有誉、宗臣、吴国伦、徐中行；唐宋派王慎中、唐顺之、茅坤等；竟陵派钟惺；公安派袁中道；李开先、李贽、屠隆、胡应麟、张元凯、徐渭、谢肇淛、陈子龙、夏完淳、张煌言等等都有咏侠之作。明代涌起的各个诗歌流派几乎都涉足到了咏侠诗的创作，其中前后七子的咏侠诗创作声势十分浩大，仅王世贞一人创作咏侠诗歌33首，前后七子整个的咏侠诗创作达到了171首之多。

二是明代咏侠诗的发展具有明确的阶段性。明代的诗歌分期借鉴了唐代的分法，也分为四期，即初盛中晚。每一期的诗歌创作与本阶段时代、政治、文化紧密联系，咏侠诗的创作起落，同样与明代文学发展的阶段线索相呼应。元末明初，汉族文人的创作十分活跃，诗歌张扬着个性与灵气，内容充实，刚健有力。以高启、刘基为代表的吴诗派和越诗派，以林鸿为代表的闽诗派，以孙蕡为代表的岭南诗派，以刘嵩为代表的江右诗派，这批诗人开明代诗风，在明初创作中取得了很大的成就。明初诗人的咏侠诗创作也很有特点，尤其是高启、林鸿的咏侠诗，感情充沛，格调沉雄。自明成祖永乐元年起至明宪宗成化二十三年，这一时期社会政治相对稳定，诗坛上以台阁体为主流，咏侠诗的创作比较黯淡，诗人数量和咏侠诗数量都比较弱势。明代诗歌发展的鼎盛时期是弘治、正德、嘉靖、隆庆四朝，这一时期，启蒙思潮兴起，复古运动全面展开，李东阳，前后七子，唐宋派等继之而起，还有隐逸派、吴中四才子、碧山十士、海岱八友等，以及杨慎、王阳明、徐渭等自成一家的诗人，诗歌创作极为繁盛。这一时期的咏侠诗创作亦是进入高潮期，与社会侠风彼此呼应，产生了数量质量皆为可观的优秀作品。自明神宗万历元年至明代末年，这是明代诗歌发展的末期，这一阶段社会的巨大动荡和个性解放思潮的异军突起，促进了诗歌的全面。明末的诗歌革新，主要体现在崇尚自然、独抒性灵的观念，咏侠诗创作体现了末世情怀，诗中感喟深沉，字里行间涌动着荡气回肠的伤感。在创作从数量上、质量上，晚明咏侠诗都不如前一时期，呈现出了黯淡衰落之势。

三是咏侠诗创作的艺术水平整体较高。明代诗人上承唐宋咏侠诗的创作流响，通过寄赠、咏史、怀古等形式，发于吟咏，将对侠义精神的崇拜推向高潮，并同时积极地对历史上的侠义行为进行反思，将对侠的追慕转化成个人的功业理想与生命理想。在诗歌艺术上，直承唐宋诗歌的诗美风范，既有直抒胸臆的热情高歌，又有深于思理的理性评价。如屠隆《结客少年场》："白马簇朱缨，霜刀耀日明。大兄为郭解，小弟是荆卿。力缚南山虎，手斩东海鲸。三杯生意气，目决秋云崩。弹棋复击剑，都市万夫倾。捐金灭踪迹，杀人留姓名。取酒垆头醉，鸣鞭塞上行。笑夺都护帜，戏研伏波营。五侯尽尔汝，何况于老兵。黄沙埋白骨，侠气尚纵衡。"[1]诗中洋溢着对任侠少年的铮铮侠骨的赞美与追慕。再如王偁《赠羽林翟大》诗云："十二羽林郎，星文暎上苍。承恩当列仗，走马出长杨。夜宿平康里，春游侠客场。袖中徐匕首，万里报君王。"[2]诗中肯定了翟大豪宕任侠，积极进取的精神，对其"袖中徐匕首，万里报君王"的青春豪情十分钦慕。在中国古代知识分子人格理想中，对侠的仰慕，对其贵游生活的向往，是和个人建功立业的豪情是

① 《明代论著丛刊》第 3 辑，屠隆：《由拳集》卷三，伟文图书出版社 1977 年版，第 122 页。
② 《四库明人文集丛刊》，王偁：《虚舟集》卷四，上海古籍出版社 1991 年版，第 56 页。

紧密相连的。再如高启《咏荆轲》："豪主一按剑,社稷倏已丘。先王礼乐生,破齐震诸侯。苟能得此贤,伯业犹可修。胡为任轻易,自趣亡灭忧。徒令后世人,叹惋余千秋。"①这首诗较长,诗中融叙事、抒情、议论于一体,诗歌情景交融,意境生动,很有感染力,后面这几句表达了诗人深沉的价值思考。总之,明代咏侠诗虽然良莠不齐,但整体上创作水平还是值得肯定的。

四是复古思潮的背景下,咏侠诗在形式上以拟古为主,主要采用乐府歌行形式,诗人的拟古风气浓厚,产生了大量的以乐府旧题创作的咏侠诗。魏晋唐宋咏侠诗中,乐府诗题的比例较大,而明代人的文学复古思潮,在诗歌创作方面主要以学唐诗为主。郭茂倩的《乐府诗集》中,有很多涉及与"咏侠"相关内容的典型诗题。《乐府诗集》收录的诗歌并没有"咏侠",但唐以后诗人也用它呈现"咏侠"的内容,如《从军行》、《长安道》等。《乐府诗集》中"横吹曲辞"涉及咏侠的有《紫骝马》、《骢马》、《刘生》、《东平刘生歌》、《白鼻騧》、《长安道》;"杂曲歌辞"涉及咏侠的有《秦女休行》、《羽林郎》、《羽林行》、《白马篇》、《结客少年场行》、《少年子》、《少年行》、《长乐少年行》、《汉宫少年行》、《长安少年行》、《渭城少年行》、《邯郸少年行》、《少年乐》、《轻薄篇》、《游侠篇》、《游侠行》、《侠客行》、《博陵王宫侠曲》、《壮士篇》、《壮士吟》、《壮士行》、《结袜子》、《邯郸行》;"相和歌辞"涉及咏侠的有《相逢狭路间》、《相逢行》、《长安有狭斜行》、《从军行》;"琴曲歌辞"涉及咏侠的有《渡易水》、《荆轲歌》、《燕荆轲》、《走马引》;"杂曲歌谣"涉及咏侠的有《颍川歌》;"新乐府辞"涉及咏侠的有《公子行》、《塞上曲》。魏晋以来的咏侠诗,以乐府旧题或新题乐府创作的现象十分普遍,这些典型的乐府诗题成为了咏侠诗重要的标签。

与宋元咏侠诗相比,明代咏侠诗的创作形式以乐府为主,兼之各种即兴题咏,创造了魏晋以来乐府诗题咏侠最集中、最繁盛的局面。一方面是因为咏侠题材的确立是由乐府诗这种形式而来的;另一方面,由于明代复古思潮的影响,明代诗人模拟古人的风气非常隆盛,在思想内容、精神气质、艺术

---

① 高启:《高青丘集》卷四,上海古籍出版社 2013 年版,第 165 页。

形式、表现手法等方面均形成了拟古之风。明人学习模拟的对象主要以汉魏盛唐为主，汉魏六朝乐府、唐代新题乐府，形成了稳固的创作传统，而明代诗人的别集作品中，大多数都有专门的乐府卷。咏侠诗是明代诗歌中的一部分，因而，乐府和乐府歌行是明代咏侠诗创作的重要形式载体。据对明代约1350多首咏侠诗进行考察，其中以《少年行》（包括《长安少年行》、《渭城少年行》、《邯郸少年行》、《羽林少年行》）为题的咏侠诗约有173首；以《结客少年场（行）》为题的有73首；以《侠客行》（包括《侠客词》）为题的有75首；以《刘生》为题的有37首；以《白马篇》为题的有26首；以《渡易水》（易水歌）为题的有19首；以《游侠篇》为题的有13首；以《紫骝马》为题的约有10首；另外有《结袜子》、《侠客篇》、《荆轲歌》、《荆轲》、《羽林郎》、《公子行》、《白鼻騧》、《临江王节士歌》、《从军行》、《轻薄篇》、《游侠行》、《壮士行（吟）》、《少年子》、《平陵东行》、《长安道》、《临江王节士歌》、《幽州胡马客》、《走马引》、《秦女休行》、《相逢行》、《长安道》、《吴钩行》、《行路难》等乐府题目进行创作的诗歌有115首。另外还有一些咏侠诗标志不是很明确的乐府古题，以及乐府诗题的变体如《博浪行》、《击筑吟》、《扶风豪士歌》等歌行体，约有60首，乐府咏侠诗600余首，占明代咏侠诗总数的近二分之一。

根据以上的创作事实，兼之对魏晋隋唐宋辽金元的咏侠诗创作情况的了解，可以明确认定，咏侠诗的创作在明代呈现出了中兴局面，这一境况甚至延续到清代咏侠诗的创作，虽然在清中叶，由于种种原因，侠风渐趋低落，咏侠诗的创作光彩稍显黯淡，但在近代社会变革和革命风潮的刺激之下，侠风再次崛起，咏侠诗的创作涌起了新的高潮。

具体而言，造成明代咏侠诗中兴的原因是多方面的，一是，如前所述，明代是一个侠风隆盛的年代，尤其是文人尚侠十分普遍，在一定意义上"侠"成为了一种精神传统。大多文人都具有豪侠精神，是否具有"侠义侠节"，已经成了品鉴文人人格的一个重要标签，环境使然，文人自然对"侠"和"咏侠"产生很大的兴趣。诗人慷慨高歌，在咏侠诗中寄托了自己的价值观念与理想追求，并赋予侠新的时代审美精神。二是，明代通俗文学发达，侠义公案小说崛起，文人笔记、小说中大量的侠义英雄形象，逐渐深入人心，社会对侠有了群体性的认可与追崇，诗歌创作受其影响，咏侠主题日益繁盛。三是，文人咏侠诗自魏晋时期确立之后，自明代已经有一千多年的历史，诗歌"咏侠"已经成为了文学创作传统主题之一，是一个不可断绝的绵延潮流。因而，虽然咏侠诗歌创作时有不平衡，如唐代的创作高潮和元代的创作低谷，但咏侠诗潮是诗歌创作传统之一，诗人们积淀了丰富的艺术经验。

第三节　明代咏侠诗的思想内容与艺术创变

包含咏侠诗在内的明代诗歌，是中国古典诗歌发展历程中的一个阶段，它自然而然地延续着传统诗歌的基本特征，但同时，在明代特定的经济、政治、文化等历史条件影响下，体现出一些新的变化。在明代，侠义精神成为人们普遍的道德认同，因而在明代咏侠诗中，歌咏时人的任侠精神的作品较多，诗人将对游侠的生活状态与对侠义精神的崇尚与赞美附丽在一些赠别、感怀、交游、酬答，以及乐府古题诗中。而在个性解放思潮和追求享乐，以及士人城市交游之风盛行的背景之下，游侠的精神风貌在咏侠诗中有了明确的改观。此外，咏侠诗作为一种诗歌创作的传统，在思想内容与艺术特点上已经具有了丰富的积淀。从创作数量上来看，明代咏侠诗超越了之前的任何一个时代，整体考察这些诗歌，不难看出，明代咏侠诗在思想内容与艺术审美上既体现了对咏侠诗传统的继承，又展示出了鲜明的时代特色与艺术创变，与明代整体的诗风特点相互映照。

一、明代咏侠诗的思想内容

谈到明代咏侠诗的继承发展过程，首先要明确一个问题，什么是咏侠诗传统？我国诗歌历史悠久，源远流长，逐渐形成了一些相对固定的精神积淀与艺术积淀，如诗以言志、怀古咏史、积极用世、比兴寄托、意象用典等等，这种积淀就是诗歌传统，是通过不同层次体现出来的，如思想内容与内在精神，艺术表现手法等。自曹植的《白马篇》确立文人咏侠诗以来，"咏侠"这一主题在诗歌漫长的发展潮流中，也逐渐形成了一些稳固的歌咏传统与创作经验。从内在精神层面来看，像《侠客行》、《少年行》、《结客少年场行》、《游侠篇》等典型的咏侠诗歌，主要表现的是任侠者斗鸡走狗、结客纵酒、尽情游猎的率性意气；或是表现侠客借躯报仇、重然诺、轻生死的独特气质；或是从军边塞，保家卫国，功名只向马上取的生命理想；或是一腔侠肝义胆，济困扶危、护卫家国，却不计个人声名、飘然而去的侠烈品节；抑或是追慕侠士的节烈品格，怀古咏史，以表达自己怀才不遇的痛苦与不平，这些歌咏精神的积淀，亦可视为咏侠诗的创作传统。以下就歌咏古侠古刺客侠节侠情的创作传统，歌咏少年游侠恣意欢游的生命面貌的创作传统，咏叹侠义精神与个人功名理想的创作传统，借咏侠寄托自己的生命理想和追求的创作传统，以及主要以乐府诗题承载对侠的歌咏等等。

（一）歌咏古侠，张扬侠义精神，表达历史反思

对边塞游侠、古侠古刺客、少年结客报仇以及少年游侠矜夸享乐的贵游生活的描绘，对侠客重然诺、轻生死等精神的歌咏，以刀剑匕首等侠客武器来作为侠义精神的承载等，一直是咏侠诗创作的重要内容。尤其是对古侠的描绘，这是古代咏侠诗中一个最普遍的歌咏传统。如东晋陶渊明《咏荆轲》，梁代《东平刘生歌》，吴均《渡易水》，唐代胡曾《豫让桥》、《田横墓》，周昙《荆轲》、《豫让》、《侯嬴朱亥》，宋代司马光《孟尝君歌》，徐钧《聂政》、《豫让》等等。明人咏侠，自然承续了这些传统。如王世贞《侠客篇》是一首歌咏古侠故事和精神的诗歌：

> 七国养士何纷纷，谁其雄者信陵君。击枰雍容据上座，鼓刀慷慨却秦军。其外碌碌诸公子，借日回春互争绮。列鼎常食三千人，俱籍珊瑚蹑珠履。就中脱颖君不见，一片雄心为谁死？燕丹恨秦贯白日，易水东流羽声疾。倚柱倨骂大事去，惜哉不讲刺剑术。金丸马肝亦何益，田光先生太仓卒。咸阳击筑变清调，碧血殷霜染秋草。明月还辉博浪沙，沧

波岂没齐王岛。五陵射猎倚醉归，睚眦杀人无是非。髡奴赫奕拜卿相，天子威权下布衣。黄金坞，当中路，走马过之不肯顾。五花骢，狐白裘，轻薄少年非我俦。四座酒莫倾，请听侠客行，海内万事何言平，袖中吴钩霜雪明。出门一笑失所向，十日大索长安城。①

诗中隐括了古代著名的各类侠客，战国四公子、侯嬴、晋鄙、荆轲、田光、张良、田横、季布等，诗人将历史的再现与对侠客风貌的歌咏结合起来，表达了诗人深沉的咏叹和历史评价，如"惜哉、亦何益、太仓促、无是非"等感情色彩十分强烈。但诗人并没有单纯停留在历史评价中，而是在咏古的同时，联系当下的时代现实，鲜明地表达了自己对古侠客和轻薄少年的态度。不过此诗也具有鲜明的明代诗歌特点，咏史怀古相结合，名为《侠客篇》，其实意在咏史，这也是明代咏侠诗中很常见的写作思路。"千古文人侠客梦，"如果说诗人对侠和侠节、侠情的歌咏，是积淀在文人精神传统中的重要意识，那么对古侠的咏叹则更多寄托了诗人的时代理想，和对自由精神、无拘无束生活态度的追求。如高启诗歌《刘生》：

结客诸陵下，平生好排难。鹈莹白杨刀，鹊惊黄柘弹。投琼远邸夜，击筑高楼旦。念无可报恩，空椎车壁叹。②

这一诗题，是对传统"刘生"诗题的继承，在精神内涵上并没有超出魏晋南北朝以及唐代此诗题的吟咏层次，但诗人在歌咏古侠任侠精神的同时，往往更注重自我内心的书写，诗中借结客少年无可报恩的无奈，表达作者自己怀才不遇的感慨，这一特点，在明代咏侠诗终始比较普遍。如高启是元末明初颇为尚侠的文人之一，其诗中对侠客生活的描绘与向往，亦展示了作家个人的肝胆豪情，《吴钩行》："吴钩若霜雪，吴人重游侠。鐏前含笑看，上有仇家血。"

对古侠的歌咏是咏侠诗的创作主流之一，自魏晋以来，到唐宋咏侠诗中，歌咏历史上的卿相之侠、刺客之侠，以及当下的贵族侠少、豪宕轻侠

---

① 王世贞：《弇州四部稿》卷十六，文渊阁《四库全书》集部 1279 辑别集类，上海古籍出版社 1987 年版，第 203 页。

② 高启：《高青丘集》卷一，上海古籍出版社 1985 年版，第 24 页。

是咏侠诗创作的基本内容。然而不同的历史时代，诗人具有不同的思想倾向，尤其在歌咏古侠的同时，也对古侠形象进行了再造。如以咏"荆轲"为例，东晋陶渊明《咏荆轲》诗云："惜哉剑术疏，奇功遂不成。其人虽已没，千载有余情。"① 对荆轲刺秦失败的原因做了评价，感情饱满，意犹未尽。盛唐王昌龄《杂兴》："可悲燕丹事，终被虎狼灭。一举无两全，荆轲遂为血。诚知匹夫勇，何取万人杰。"② 盛唐诗人看中功名成就，因而对荆轲身死事败主要以批判为主。其余如李白的咏荆轲诗态度观念和王昌龄是一致的。明代陈第《荆轲》："自是智识短，何关剑术空。"③ 吴梦旸《荆卿》："惜哉客不俱，孰使事不成。一振侠烈气，从此秦为轻。"④ 王恭《赋易水送人使燕》："图中匕首非良计，堪叹燕丹无遂器。髑髅空死樊将军，日暮秦兵满燕市。"⑤ 等等。明人咏荆轲的诗歌很多，对荆轲之侠烈行为的评价更为丰富，主要集中在四方面：一是慨叹荆轲眼光短浅，谋划刺秦本身就是失败之举；二是惋惜荆轲刺秦不中，没有实现理想；三是表达对太子丹催促荆轲西行的不满，认为刺秦不成功的原因是任用徒有其名的秦舞阳为副手；四是认为荆轲虽死犹荣，对其誓报知己，重义轻利的侠肝义胆荆轲给予了高度评价。可以看出，明人咏侠将感性的评价与理性的判断融合在一起，对古侠的作为与精神进行历史化的反思，从而使咏侠诗的内容更加丰富。

（二）歌咏少年游侠恣意欢游的生命面貌

自游侠产生之后，这一群体似乎一直就与少年的活动与风貌紧密结合，因而对少年游侠的行为状态的摹写，是咏侠诗中的重要内容之一。这类作品中，对游侠的日常生活娱乐的方式的书写是最普遍的。汪涌豪曾说："至战

---

① 逯钦立校注：《陶渊明集》，中华书局 1979 年版，第 131 页。
② 彭定求等：《全唐诗》，中华书局 1975 年版，第 1430 页。
③ 郭庭平點校本：《一斋诗文集》，福建教育出版社 2012 年版，第 164 页。
④ 吴梦旸：《射堂诗抄》卷一，见《四库全书存目丛书》集部第 194 册，第 441 页。
⑤ 王恭：《白雲樵唱集》卷一，上海古籍出版社 1991 年版，第 112 页。

国、秦汉以后，游侠的日常娱乐活动，才经由历代史家的实录，开始被人认识。综其活动的大概，大抵有斗鸡飞鹰、走马纵犬、击剑骑射、搏掩饮宴和冶游宿娼数事。"①这一般是世家子弟、纨绔公子的生活状态，他们的生活有一定的经济基础支撑，任气为侠，不治生产，以享受寻乐为主要生活宗旨，以达到生命的绝对自由。同样的，"侠的自由追求高层次地潜在转化为一种享乐意识。"②咏侠诗生动地描绘了游侠少年追求享乐，渴望自由的生命形态，因而，咏侠诗中对少年游侠恣意欢游的生命面貌的描绘，成为了咏侠诗创作的传统之一。

明代咏侠诗歌的这一传统固然是承继了南朝咏侠诗歌辞采华丽，形式绮靡，重娱乐、尚浮艳的艺术特点，但另一方面，明代中叶以来独特的经济环境、思想氛围和个性解放思潮，却是此类咏侠诗创作的根本土壤。明代中叶以后，由于商品经济大潮的冲击，相应的社会思潮发生了巨大的变化，心学家王阳明不断地疾呼渴望有豪杰之士来整顿乾坤，舒展民气，扫除思想文化的积弊。再后来泰州学派和李贽闪耀着人文精神光辉的思想学说，强有力地启蒙着被程朱理学蒙蔽的自然心性，而这种启蒙又乘着商品经济大发展的浪潮，更是空前地启迪着人们社会生活方方面面的变化，物质生活与精神生活越来越丰富。而士人阶层逐渐受到日益壮大的市民观念的影响，生命更具活力。因而明代中后期士人阶层摆脱名教控制，追求物质享乐与精神舒扬，整个社会追求清福享乐的风气日益严重。明代中叶以来的咏侠诗更注重描写歌咏少年游侠恣意欢游、追求享乐的精神状态。这类作品数量也是很庞大的，诗人往往借对侠游少年鲜衣怒马、豪纵不羁的生活行为给予描写，重在表现任侠者的精神意态。如屠隆《杂感其六》：

> 轻薄雄家子，风采何翩翩。挟弹出章台，卖珠入长安。手把珊瑚
> 玦，头戴鹔鹴冠。身骑紫骝马，足踏黄金鞍。嫣然向人笑，能得世
> 人怜。沽酒朱楼上，高歌大路边。朝从博徒饮，莫向娼家眠。行乐

---

① 汪涌豪：《中国游侠史》，上海文化出版社 1994 年版，第 195 页。
② 韩云波：《论侠与侠文化的享乐特征》，《天府新论》1994 年第 2 期。

度年光，诗书不足颛。心贱杨子云，守拙草太玄。容华一朝改，颠顿蓬蒿间。①

炫夸服饰穿戴的华美和"怀丸携弹"是游侠与众不同的外在表现方式，"弹丸之具正足以标别和加重游侠的身份特征。"②除了这两个特征外，此诗中游侠的身上更是呈现出了世俗化的追求享乐品质，诗人极力描绘游侠子的豪华的配饰，骄矜的意态，以及对声色享乐的追求，肯定了追求物质欲望的合理性。诗人将自己的生命热情寄寓在游侠的形象中，这一形象更具有市民气质。再如孙蕡《紫骝马》：

> 紫骝马，黄金羁，妾家夫婿金陵儿。金陵正值繁华时，日与游侠相追随。追随游侠金陵下，长跨金羁紫骝马。赌胜初登蹴踘场，纵酒还来斗鸡社。越罗楚练照晴空，飞鞚扬鞭去似龙。却转端门回辇路，斜穿夹道过行宫。行宫夹道通三市，长使旁人夸意气。③

诗篇以妻子的口吻，叙述少年游侠冶宕豪奢的生活面貌。值得一说的是，作为游侠儿的妻子，她并没有因为丈夫游荡不归而心生怨怼，而是很自然平静地讲述着他奢华放纵的生活。北宋欧阳修词《蝶恋花》中，也是一位女子表达了对丈夫"玉勒雕鞍游冶处，楼高不见章台路"的痛苦无奈，以及"泪眼问花花不语，乱红飞过秋千去"压抑而无可诉说的内心痛苦。两相对比，可以看出，诗中抒情主人公身上那份自在自然的市民情怀和理解，这也是元明以来文人精神气质发生巨大的转变的一种表现。

再如沈恺《少年行》诗云：

> 长安少年儿，有马白如雪。骑出青云楼，银鞍耀明月。意气轻王侯，长揖向金阙。新丰弄酒青天低，邯郸斗鸡白日迟。大羽箭射南山虎，宝刀横斩北海鲵。樗蒲百万不足惜，意气烈烈山岳移。俯仰万事足，行乐当及时。春风翠幕锦作围，黄金卖笑调吴姬。瑶琴锦瑟发清

---

① 《明代论著丛刊》第 3 辑，屠隆：《由拳集》卷四，伟文图书出版社 1977 年版，第 136 页。
② 汪涌豪：《中国游侠史》，上海文化出版社 1994 年版，第 188 页。
③ 孙蕡：《西菴集》卷十，北京图书馆古籍珍本丛刊第 100 册，书目文献出版社 1998 年版，第 14 页。

响，香粉销落夜未归。乐且宜百岁，功名空是非。①

诗中侠游少年青春豪迈、自由奔放的豪宕风神如在目前，"俯仰万事足，行乐当及时"的世俗享乐心态昭示着明代咏侠诗中的新倾向，"乐且宜百岁，功名空是非"的洒脱心态也是明中叶以后市民文化的迅速繁盛表现。韩云波认为："侠的思想意识具有相当的民间性，而与官方的统治意识相对立。"②因而，明代市民文化与民间文化形态一拍即合，游侠少年恣意享受的程度更甚于前代，明代咏侠诗歌对表现这种生活形态与生命意识会更加普遍。况且明代文人大多具有豪侠之气，"侠"也是附丽于明代文人精神气质中的一个重要标签，在此类诗歌中，诗人不仅描绘少年游侠的纵情欢游，也是在表达自己的精神追求、生活情貌，拓展自己的生命意向。

（三）咏叹侠义精神人格与个人功名理想相结合

中国古典诗歌中，精神传统主要是在儒、道文化的互相调剂中呈现，"一般来说，传统的诗歌主要包括进与退两种言志感受，即达则兼济天下，穷则独善其身，而这在儒道互补的文化结构中，它一直重群体，轻个体，以入世为正格。"③"侠"虽然是中国古代文化史上特殊的群体，或特殊的一种精神气质，但咏侠诗是古典诗歌的一部分，其精神内涵实质上也是游离于儒、道之间的，一方面表现的是一种游离在社会伦理秩序之外的侠义精神；另一方面则是受儒、道互补，尤其是儒家积极进取的功名理想影响下的侠情侠节。

考察魏晋隋唐以来的文人咏侠诗，诗人将现实的侠客人格、精神伦理和个人的功名理想与价值追求结合在一起，尤其是唐代咏侠诗，诗人的自我形象在诗中越来越突出。文人凭借咏侠这一主题，抒情言志，展示积极豪迈的自我内在精神，自然就成为咏侠诗创作的精神传统之一。明代诗歌流派众

---

① 沈恺：《盛明百家诗》之《续沈凤峰集》，见《四库全书存目丛书》集部第 307 册，第 787 页。
② 韩云波：《论侠与侠文化的享乐特征》，《天府新论》1994 年第 2 期。
③ 罗振亚：《重铸古典风骨——中国现代主义诗歌对传统诗歌接受管窥》，《学术交流》2009 年第 10 期。

多，虽然各逞风流，甚至互相攻伐，但和元代的纤弱诗风相较，整体的诗歌风格是以刚健豪迈为主的，尤其是在"诗必盛唐"的复古思潮的背景影响下，明代诗歌中普遍呈现着对积极进取的理想精神的赞美。明代咏侠诗承继着唐宋咏侠诗的传统，对"侠"的精神的歌咏，更多地与自我人生理想融合起来。如韩邦奇的《买剑曲》：

> 千金买宝剑，百金装赤鞘。意欲献上方，骑马长安道。剑拔风尘昏，囊贮血肉腥。古来游侠儿，一掷双丸青。瀚海忆填坭，天山起鼙鼓。落日照辕门，将军怒如虎。年少气亦侠，常思万户侯。磨刀桑干河，欲唱大刀头。金印大如斗，旌旗百尺高。不上燕然山，不插侍中貂。少小事戎行，生长亦朔漠。君恩重如山，铁衣轻如葛。朔风萧萧来，七月如深秋。马腾槽边嘶，笑取金络头。男儿介胄身，死葬昆仑山。却笑班将军，生入玉门关。①

此诗将游侠少年置于边塞征战的环境背景中，描绘了一位英姿勃发的侠少年形象，诗人借边塞游侠保家卫国、力取功名的事迹，抒写个人的功业理想与生命追求。将对"侠"的歌咏统一于建功边关、报答君恩以实现个人的价值理想，这在唐代诗歌中非常普遍。明代文人追溯着这种精神传统，很多咏侠诗中将侠客精神与爱国精神、报国理想结合起来，表现出积极进取的人生意气，这也是儒家精神伦理对"侠"的精神的融汇与改造。再如胡缵宗《刘生》：

> 少小学从军，不随燕雀群。千金铸宝剑，鸿鹄薄秋云。仰见边月白，俯见边草青。斫得可汗归，燕然重勒铭。②

这首诗中，侠士刘生的形象令读者印象深刻，他少年从军，志向高远，对自己的未来功名充满了美好的憧憬，我们看到，侠客精神中更突出了一种国家至上的英雄情怀。这种建功边塞的理想，正是普遍地反映了明代部分诗人内心价值取向。再如刘澄甫的《白马篇》即是此种精神的典型代表：

---

① 韩邦奇《苑洛集》卷十，文渊阁《四库全书》集部 1269 辑别集类，上海古籍出版社 1987 年版，第 510 页。

② 《四库全书存目丛书》集部第 62 册《拟汉乐府》卷二，第 441 页。

白马跃飞龙，腾骧万里行。霜蹄蹴烟霞，玉勒绕玲珑。背上雕羽箭，腰间乌号弓。盘云落霜鹗，映日下冥鸿。巴丽骠骁阵，还堪左校冲。单于单骑垒，子仪五花骢。九塞无强敌，六郡推才雄。转战葱岭道，捷报甘泉宫。捐躯赴国难，慷慨平羌戎。平生意气在，誓勒燕然功。①

以白马起兴，畅写边塞征战之时，模拟曹植《白马篇》，同时表达当时文人普遍渴望立功边塞的功业理想。明代咏侠诗中，以《白马篇》为题的诗歌内容相对单一，几乎都是对曹植《白马篇》的翻版，即塑造了武功高强的边塞游侠儿的形象，展示了他视死如归的爱国精神。诗人将对侠的歌咏和自身人格理想与功业理想统一起来，这是明代咏侠诗歌对唐代咏侠诗精神的明确继承，也是明代诗歌主题精神的普遍特点。值得一提的是，这种思想精神，在后来的清代咏侠诗中明显地减弱了。

再如王偁《结客少年场》诗：

玉勒骄骝骊，宝刀耀星芒。相逢斗鸡里，结客少年场。探丸杀公吏，白日醉咸阳。司隶不敢捕，意气凌秋霜。一朝许报国，投躯赴边疆。蹀躞匈奴庭，万人不敢当。弯弓射月支，斩首得贤王。归来不受赏，出入金殿旁。轻脱季布死，却哂聂政狂。鄙哉汗阳石，不使侠传芳。②

对"侠"的群体精神的观照，在咏侠诗中塑造美好的人格理想，以及通过任侠者酣畅淋漓、不拘小节的冶荡行为，表达诗人自己对自由的向往与追求，将"侠"之横行任气与"许身报国"的大义相结合。在这一点上，明代咏侠诗与唐宋咏侠诗是一脉相承的，"将这种充分体现侠品侠德的深邃人生意识升华为完全体现其人格美的崇高艺术境界。在这种艺术境界的追求中，行侠自然与改造人生社会的目标相一致，或与自身的人格追求相一致。"③的确，通过咏侠诗呈现功业理想与报国热情，展示诗人自我的人格追求，是唐

① 《青州文史资料》第 20 辑，刘澄甫：《海岱会集》，中国社会出版社 2006 年版，第 81 页。
② 王偁：《虚舟集》卷四，上海古籍出版社 1991 年版，第 12 页。
③ 汪聚应：《唐人咏侠诗艺术管窥》，《天水师范学院学报》2000 年第 4 期。

以来咏侠诗的主流精神之一，明代咏侠诗承接前代咏侠诗潮，鲜明地展现了对"侠"和任侠精神的赞美与追慕，对侠客的塑造也更多地融入了自我功名理想，这样的诗歌创作在明代复古思潮的背景下非常普遍，大多数作家的咏侠诗都不同程度地进行了描绘。如李梦阳的《侠客行》："幽并豪侠地，燕赵称悲歌。千金市骏马，万里向交河。公卿赠宝剑，君王赐玉戈。捐躯赴国难，常令海不波。"①这一思想内容和精神面貌与整个明代诗歌精神互相辉映，相得益彰。

（四）借咏侠寄托自己的生命理想和追求

对侠的歌咏以寄托自己的功名理想和对自由、本真的生命状态的赞美与追求，是唐代咏侠诗很生动的一方面。在明代，由于个性解放思潮和标举性灵的双重影响，明代文人对生命自由本真的追求，也是其理想的组成部分。明代文人大多具有豪侠气，"侠"已经内化成了他们精神气质中的一个重要组成部分，诗人歌咏游侠，自己也任侠纵游，张扬着生命最自由、最独立的状态。在明代众多的史料笔记中，都可看到文人任侠的活动。前面已做过列举，此处再不赘述。因而，"尚侠"是明代文人精神气质中很重要的一个方面，也是明代文人生命最活跃的因素之一。因而，在明代很多咏侠诗中，诗人在歌咏侠客的同时，寄托着自己强烈的生命意识，自我形象十分突出。如李时行《感咏二十首》其七：

　　我有一宝剑，千金价无比。双锷可吹毛，独抱未尝试。几欲报明恩，杀仇向燕市。出入少年场，所恨无知己。携向咸阳去，杯酒徒为尔。岁晚复归来，深藏应有俟。终遇同心人，一骋游侠志。②

诗中塑造了一个渴望与知己共同驰骋侠游的少年侠士形象，在诗人心目中，侠游生活是生命存在最自由、最独立的方式，也成为了诗人实现自我需求和社会理想的寄托。文人认同侠游生活，同时侠游生活更丰富了他们对生

① 李梦阳：《空同集》卷十七，上海古籍出版社1991年版，第124页。
② 《丛书集成续编》"文学类"第144册，《李驾部集》后集卷一，新文丰出版公司1989年版，第704页。

命精神的探索与思考。

再看韩上桂《述怀》诗：

少小事游侠，入壮去他乡。精神存结客，意气迥含霜。百宝函腰带，千金买剑装。击球倾道左，走马戏当场。会逐风云起，思瞻日月光。一人方有庆，四海效明王。释褐来朝汉，求媒拟佐唐。铅刀期一割，燕雀仰高翔。①

诗人描绘自己年少任侠的生活情态，追求着当下生命的纵情与快乐，以及渴望自我价值实现的豪迈精神。再如李先芳《壮游篇》：

貂璫承世业，肉食无远谋。腐儒守章句，皓首甘林丘。国仇谅未报，壮士为汉羞。把剑激易水，水急风飕飕。我当筵，歌壮游。畴昔学军旅，献策赴神州。君王蒙召见，赐食铜龙楼。掉臂顾单于，长揖谢穰侯。腰悬金仆姑，发指铁兜鍪。跃马度陇山，翻身射旄头。东击辽海水，西断黄河流。功成拂衣去，遥泛五胡舟。②

这首诗中，淋漓尽致地描绘了壮游天下的侠士豪迈慷慨的任侠精神，自由的壮游生活方式，和"功成拂衣去"的洒脱浪漫，与李白《侠客行》中"事了拂衣去，深藏身与名"相呼应，诗中寄托了诗人对对外在功名的淡泊，和对自由自在的生命价值的追求与赞美，这才是咏侠诗中的生命最高境界。

明代士人尚侠，一方面是明代士人积极用世的时代渴望；另一方面，也与科举考试制度对文人精神的压抑，使得文人追寻自由浪漫的生活方式有关。明代诗人塑造的侠者形象，往往竭力地呈现出其高亢积极的侠游热情，文人对"侠"的热烈追慕直追唐代文人，与唐代文人不同的是，明代文人把"侠"还作为一种积极的社会实践，文人在这种实践中追寻着不受约束，浪漫自由的生命价值。前面所说的商人行侠，儒者行侠皆是明代人对侠义精神的普及与实践。

整体观照明代咏侠诗，在内容上，主要以对魏晋唐代以来咏侠诗创作传

---

① 《全粤诗》第14册，韩上桂：《述怀》，岭南美术出版社2013年版，第782页。

② 李先芳：《东岱山房诗录》卷二，见《四库全书存目存书》集部第119册，第137页。

统的继承为主，但是受到时代环境、历史条件、社会思潮等的综合影响，咏侠诗在思想内容上仍然有新的拓展。

二、明代咏侠诗的艺术创变

明代诗歌是中国古代诗歌发展的自然伸展，它在此前诗歌艺术积累的基础上，因时代独特的历史条件影响，侠必然发生新的转变。明代咏侠诗是明代诗歌的一部分，在思想内容上的拓展变化和艺术上的创变也是诗歌发展的必然。

自中唐以来，传统的诗歌审美理想出现了感性化和理想化的分化，理性化意识逐渐突出，到宋元诗歌中，这种趋向越来越明显，诗歌的议论化、说理化逐渐取代了传统诗歌抒情言志、主客体统一、情理兼擅、兴象和谐等审美特点。直到明代，很多作家、诗论者意识到这种分化趋势的弊端，共同呼吁并掀起了一场声势浩大的文学复古运动，力求恢复汉魏盛唐的诗歌审美风范。这种复古思潮几乎席卷了整个明代文坛，不管它后来是否取得胜利，但这股声势浩大的思潮，对具体的创作理论与实践是有很大影响的。一方面，以前、后七子为代表，掀起复古的浪潮，畅言文必秦汉，诗必盛唐，并且提出不应读唐以后的书。这种倡导虽然在一定意义上使诗歌呈现了才思宏伟的气质特点，但是这股复古之风最终转而为刻板的拟古而缺乏创新。另一方面，在城市经济繁荣和个性解放思潮的影响下，针对复古思潮，明代中叶涌现出了一批追求人生享乐、重视个体生命价值体验的诗人，如吴中诗人群体、唐寅、徐祯卿、文徵明、祝允明、沈周、蔡羽、徐霖等，以及王阳明、徐渭、李贽，汤显祖等，乃至如畅言"独抒性灵，不拘格套"的公安派的崛起，这一思潮影响下的大批诗人，他们推崇六朝、唐诗的浪漫才情与明丽光鲜的特点，诗歌创作充满着人生情趣与享乐的特点。正是因为社会思潮的复杂多变，明代咏侠诗在思想主题上呈现出了比魏晋唐宋咏侠诗更为驳杂的主题，在艺术上，在明代文坛复古与性灵两大思潮的影响下，在个性解放与享乐主义的世俗生活大潮中，明代咏侠诗也呈现出了与前代咏侠诗不同的审美特点。

（一）明代咏侠诗主题呈现驳杂、多样化的特征

魏晋唐宋以来，咏侠诗的创作内容主题主要体现在各方面，一是复仇咏侠诗，主要表现在对刺客的歌咏（包括《秦女休行》女性的复仇），以对荆轲的歌咏最为普遍。二是少年游侠诗，少年游侠又包括借躯报仇、纵情享乐、骄矜贵游的都市游侠，和杀敌立功，保家卫国的边塞游侠。《乐府诗集》关于少年游侠题材的篇名有《结客少年场（行）》、《结客篇》、《少年行》、《少年子》、《少年乐》、《汉宫少年行》、《长乐少年行》、《长安少年行》、《渭城少年行》、《邯郸少年行》、《羽林少年行》，《羽林郎》、《紫骝马》等。另外，没有收入《乐府诗集》中的《大梁少年行》、《并州少年行》等。涉及边塞游侠的篇名有《白马篇》、《从军行》、《塞上曲》等。还有很多其他篇名的诗篇内容涉及少年游侠。三是借歌咏古代知名侠客，和身份模糊的侠客和侠义精神，抒发自己渴望建功立业、实现人生价值的理想。四是借怀古咏史、寄赠送别歌咏酬知报恩的任侠情怀。五是歌咏具有侠情侠节的时人。六是借刀、剑、匕首歌追慕和歌咏侠和侠义精神。明人咏侠，继承延续了这些内容，几乎涵盖了前代所有的咏侠主题。但是由于明代特殊的政治历史环境，和封建文化的深入发展，在主题内容的拓展方面，明代咏侠诗既有魏晋唐代咏侠诗感情浑厚、质朴单纯的特征，又有宋元咏侠诗以思理议论为主的倾向，展示出了更驳杂多样的风貌。即便是典型的咏侠诗题，有些创作的主题内容与魏晋隋唐以来的诗歌相比还是有了很大的不同，如郑善夫的《侠客行》诗：

> 万里金微道，防秋世不同。秦城时借寇，汉女岁和戎。落日吹《杨柳》，沙场恨未穷。莫收张掖北，复失酒泉东。天子遑推毂，将军誓挂弓。黄金装雁镲，白璧饰蛇矩。霸气天山雪，边声瀚海风。死生惟义激，部曲总骁雄。羌笛回青草，燕歌感白虹。营开月晕破，战胜贺兰空。直捣阏氏北，横行沙塞中。始知魏绛怯，岂说贰师功。洗甲蒲昌海，扬兵苜蓿峰。驰归大宛马，一一渥洼龙。赐邑连京洛，图形列上公。男儿雪国耻，不在藁街封。[1]

---

[1] 《四库全书》本 1269 辑《少谷集》卷六，上海古籍出版社 2003 年版，第 101 页。

　　此诗名为《侠客行》，实则更多地歌咏了驰骋边塞、保家卫国的英雄男儿的爱国精神，侠的外表包裹着明代诗人理想情怀，对侠之主题的理解和拓展有了丰富的变化。可与李白《侠客行》相比：

　　　　赵客缦胡缨，吴钩霜雪明。银鞍照白马，飒沓如流星。十步杀一人，千里不留行。事了拂衣去，深藏身与名。闲过信陵饮，脱剑膝前横。将炙啖朱亥，持觞劝侯嬴。三杯吐然诺，五岳倒为轻。眼花耳热后，意气素霓生。救赵挥金槌，邯郸先震惊。千秋二壮士，烜赫大梁城。纵死侠骨香，不惭世上英。谁能书阁下，白首《太玄经》。①

　　诗中歌咏了战国游侠群体，赞扬了侠客的重诺轻生的凛凛侠骨，与不可一世的赫赫功名，淋漓尽致地抒发了人生的功名理想与豪迈激情，对侠客的崇尚，和对腐儒的讥讽都是很真实、单纯的感情表达。

　　事实上，明代咏侠诗的创作情况更为复杂，如不同阶段、流派的作家，或是同一作家不同的咏侠诗作，其咏侠诗的创作主题思想和风格比较多样化，也有部分作家的咏侠诗创作似乎就是一种模拟应景之作，比较呆板僵直。究其原因，主要有以下几方面：第一，明代任侠风气较之前代更为驳杂。魏晋唐代的任侠风气，主要表现为纵博射猎、斗鸡走马、挟弹飞鹰、饮酒宿倡等，这与时代的价值观念和生活氛围，以及崇尚自由、张扬生命个性有密切关系，明代侠风，除了这些内容外，还有以武行侠、儒生行侠、商人行侠、义侠报国护民、官侠追随清官维护社会公平正义等等，侠风更加深入到社会生活各阶层和人们的精神意识中。而影响明代侠风的因素也是复杂多样的，故而，受侠风影响，明人咏侠的主体内容较之前代更为驳杂多样。第二，明代诗歌创作环境驳杂，流派众多，诗歌创作主张复杂多样。从元末明初到晚明，因地域的差别、风格的差别、创作主张的差别、取法对象的差别，形成了多样化的诗歌流派，如吴中诗派、浙东诗派、闽中诗派、江右诗派、岭南诗派、台阁体、茶陵派、前后七子、唐宋派、云间派、公安派、竟陵派、复社几社诗人等，各种流派和作家团体坚持各自的主张，在理论上、

---

　　①　彭定求：《全唐诗》卷二十五，中华书局 1960 年版，第 332 页。

实践上展示着自己的影响，从而造成了明代诗坛复杂纷纭的局面。第三，时至明代，诗歌的创作经历了漫长悠久的过程，积淀了丰富驳杂的创作主张和经验，明人崇尚复古，多方面学习古人的诗法，因而诗歌的创作和前代相比，在意象选择、意境营造、典故化用、修辞语言、审美倾向等艺术方法显得更加复杂多样。咏侠诗和前代相比，也展示出驳杂的特征。比如《刘生》诗，魏晋唐代以来，以《刘生》为题的咏侠诗数量较多，大多歌咏刘生重然诺、轻生死、豪侠多气、重义报恩的精神特点，明代也有很多《刘生》诗，但思想内容相较前代有所拓展。如刘炳《刘生》：

> 健儿如马驹，堕地便有千里足。平生忠与孝，拳拳惟佩服。烈女不自媒，美女原韫匵。岂无匡济心，四海作霖雨。命左与时违，长啸还乡里。①

胡缵宗《刘生》：

> 少小学从军，不随燕雀群。千金铸宝剑，鸿鹄薄秋云。仰见边月白，俯见边草青。斫得可汗归，燕然重勒铭。②

刘诗中描写了一位忠孝双全，愿望匡时济世，然又与时势相违，怀才不遇，终长啸乡里的豪壮之士。胡诗描绘了一位从征边塞，战功卓著的边塞游侠形象。同样的题目，明代诗中主题内容拓展较宽，这些现象，在后来的清代咏侠诗中也普遍性存在。

（二）文学复古背景下的咏侠诗的审美理想发生变化

明代社会自弘治年间始，文坛上出现了一场声势浩大的文学思潮，那就是以前后七子为核心的文学复古运动，这场文学复古运动其实也是依托于政治复古运动而产生的，明代士大夫在当时较为宽松的政治环境中渴望积极用事，建功立业，渴望重建"汉唐盛世"，以实现自己的政治理想。在文学上，复古者针对明初以台阁体为代表的雍容贫乏、萎靡不振的诗文风气，大力倡

---

① 刘炳：《刘彦昺集》卷三，文渊阁《四库全书》集部 1229 辑别集类，上海古籍出版社 1987 年版，第 725 页。

② 《四库全书存目存书》集部第 62 册，胡缵宗《拟汉乐府》卷二，第 441 页。

导以汉唐文化为主的文学复古运动。李梦阳、何景明、康海等文学家主张在散文方面以学习先秦两汉为主，在诗歌以盛唐诗歌为宗。在诗歌创作中强调"缘情"、"比兴寄托"，尤其是前七子，力求学习古人、模拟古人进行创作。李梦阳曾说："三代以下，汉魏最近古"，并说，"元、白、韩、孟、皮、陆以下不足学。"① 因而明代诗歌拟古之风十分兴盛。刘若愚《中国之侠》中说："明代重新出现了以游侠为题材的古诗。这次复兴并不说明当时的社会侠客精神已苏醒，大部分原因是很多明代诗人极力模仿古诗和'复古'。他们用'乐府'的形式填写歌词，结果便是使诸如《游侠行》、《少年行》之类的题目重又出现。"② 说明代"重新"出现咏侠诗并不十分准确，但刘若愚所说的明代咏侠诗更多的是对复古风气的回应，却是比较客观的。明代咏侠诗是明代诗歌中的一环，自然受到当时声势浩大的复古精神的影响，其审美理想也因之发生了新的变化，主要表现在以下两方面：

其一，摹拟汉魏盛唐格调，追求慷慨雄浑的风骨美。

明代的复古大潮主要是由前、后七子掀起的，但开复古风气的是元末明初吴中诗人高启。明代诗歌流派众多，相当派别是以地域差别为主划分的，元明之际，诗歌领域的主导是以江南吴中地区为主，诗风超逸俊秀，虽然许多诗人还没有完全脱离元代纤弱诗风的影响，但是诗歌中也已经呈现出了刚健有力的气势与特点，这为后来文坛的复古思潮涌现奠定了一定的创作基础。而咏侠诗，更是因鲜明的内容指向凸显出劲健清刚的审美特点。

元末明初高启的诗歌在纠正元末诗风和开启明代复古之风方面有重要的影响，其诗高华雄浑，沉郁悲壮，咏侠诗歌更是体现了对汉魏风骨的追崇，情调深远悠长。如《吴钩行》："吴钩若霜雪，吴人重游侠。镡前含笑看，上有仇家血。"③ 以若霜雪之宝钩起兴，写复仇之游侠，短短数言，显得古朴苍劲，气势不凡。高启的咏侠诗可视为明末元初咏侠诗的过渡，元代整体诗风纤弱，但咏侠诗具有粗豪率真的特点。高启的作品，更进一步体现了沉郁悲

① 李梦阳：《空同集》卷六十二，上海古籍出版社 1991 年版，第 564 页。
② 刘若愚：《中国之侠》，上海三联出版社 1991 年版，第 72 页。
③ 高启：《高青丘集》卷一，上海古籍出版社 1985 年版，第 8 页。

壮的慷慨之气，开启了明人咏侠的审美新范式。如其诗《击筑吟赠张赞军》：

　　击筑上君堂，君心不可忘。哀声流易水，愤气激咸阳。不向诸侯座，宁来刺客场。今朝特前奏，为我一停觞。①

这是一首赠诗，借高渐离击筑谋刺秦王之事，将自己的慷慨意气与对张赞军的赞美融合在一起，"哀声流易水，愤气激咸阳"两句，气势雄健，笔力苍劲，体现了一种悲郁阳刚的审美特点。

明代真正的复古模拟之风是从弘治年间的前七子开始的，彼时政治环境相对宽松，七子同声应和，渐兴复古之学，诗歌的创作逐渐摆脱了明初理学的约束，和太阁体浮泛空洞的特点，注重诗歌本身的审美价值和艺术特点，咏侠诗的创作乘着复古的大风潮，在这一时期也闪耀出了独特的光芒，宗法盛唐的李梦阳的诗歌很典型地体现了学古的风貌特点，其诗《少年行》云：

　　白马白如雪，银鞍耀明月。骑出青云楼，挥鞭向金阙。自言事武皇，出身为椒房。结交乐通侯，擅名斗鸡场。尚主复赐第，轩盖一何光。被酒过都市，杀人如剪蒿。左殪南山虎，右斩北溟鳌。昨朝兵符至，单于寇临洮。奋身出玉门，杀马衅宝刀。横行万余里，叱咤威风起。夺马贰师城，长揖见天子。调笑大将军，醉骂柱下史。生憎汉相如，白首文园里。②

此诗仿效李白诗篇，塑造了一位豪贵骄矜、勇武纵横的少年游侠形象，前四句以鲜明跳宕的形象，烘托出了少年游侠的青春气质，为后文营造氛围。全诗叙事框架简洁，抒情显直，形象直观，叙事抒情的空间较大，用鲜明的形象表现饱满的感情，诗人的理想与豪情呼之欲出，确乎接近盛唐诗风诗境，体现了雄浑流丽的风骨美。

诗歌创作自宋代被引入理性的思维，淡化了诗歌原有的作为审美对象的艺术风貌，形象性渐弱，明代复古派诗歌重振汉魏盛唐诗歌风骨，重形象的描绘和意境的创设，诗歌呈现出不同于松原的审美风貌。复古派的重要诗人

---

① 高启：《高青丘集》卷二，上海古籍出版社 1985 年版，第 75 页。

② 李梦阳：《空同集》卷十六，文渊阁《四库全书》集部 1262 辑别集类，上海古籍出版社 1987 年版，第 116 页。

几乎都有数量较多的咏侠诗创作，虽然部分诗人刻意模拟古人而使诗歌偏离了轨道，但复古思潮确实改变了明初台阁体的浮泛空虚风气和宋诗理致化的特点，诗意明朗秀润，风格豪健挺拔。如何景明《吴逸士》："逸士古豪士，剑歌山燕关。不博邯郸市，常游五陵间。宾客重然诺，公卿多往还。千金何足贵，义气高如山。"①王廷相《侠客行》写少年侠客："报仇不辞难，杀人同草茎。烽火照甘泉，从师远横行。转战入朝那，三箭阴山平。斫杀左贤王，珠袍不血腥。功成奏金阙，逃籍反藏名。"②李攀龙《易水歌》："缭天兮白虹，萧萧兮北风。壮士怒兮易水飞，羽声激兮云不归。"③等等，慷慨雄浑，悲壮昂扬，共同展示了复古背景影响下明代咏侠诗的审美理想。

顺便提一下，除格调精神复古的审美特点之外，明代咏侠诗在写作形式上也鲜明地打上了复古的烙印，这一点与其慷慨雄浑的审美理想是相得益彰的，如何景明的《侠客行》：

> 朝入主人门，暮入主人门，思杀主仇谢主恩。主人张灯夜开宴，千金为寿百金饯。秋堂露下月出高，起视厩中有骏马，匣中有宝刀。拔刀跃马门前路，投主黄金去不顾。④

诗人模仿乐府古体，语言长短不齐、声韵自由，较少修饰，形成一种古拙浑朴的诗风。再如王偁《感寓》其三十四：

> 翩翩游侠子，出入咸阳城。千金买意气，五陵交弟兄。袖中徐匕首，拂拭秋霜明。十步杀一人，千里不留行。世人矜勇智，中贵联芳声。末路贱行检，此辈方纵横。至今季布死，尚识朱家名。⑤

此诗体例上模拟李白诗歌《侠客行》，甚至借用了李白原诗的句子"十步杀一人，千里不留行"，抒发了诗人对侠客的倾慕，对拯危济难、用世立

---

① 何景明撰，李淑毅等编：《何大复集》卷十九，中州古籍出版社 1989 年版，第 323 页。
② 《王氏家藏集》卷六，《四库全书存目丛书》第 52 册集部别集类，齐鲁书社 1997 年版，第 579 页。
③ 李伯齐校点：《李攀龙集》卷一，齐鲁书社 1993 年版，第 3 页。
④ 何景明、李淑毅等编：《何大复集》卷六，中州古籍出版社 1989 年版，第 57 页。
⑤ 王偁：《虚舟集》卷四，上海古籍出版社 1991 年版，第 6 页。

功生活的向往。

其二，慷慨饱满，主体意识鲜明的抒情美。

明代复古派标举的汉魏盛唐诗歌典范具有强烈的抒情性，个体的主体意识十分鲜明，感情慷慨饱满。自宋代以来由于理学的成熟，诗歌标举"理性美"，创作中逐渐体现出理性而忽视情感，重视炼意而忽略兴象的现象，形成了与唐诗完全不同的诗美风范。这一美学范式使诗歌抒情中的理性成分越来越重，形成了宋元诗歌议论化、理性化的特点。明代复古派崛起，推崇汉魏盛唐，在淡化诗歌中的性理观念方面做出了巨大的努力，在复古运动达到高潮的明代中叶，以李攀龙、王世贞为代表的后七子，在诗歌创作中更进一步推动了重感情、重文采的艺术追求。在创作形式上，复古派以魏晋盛唐笔法而入于诗，再加以熔铸锤炼，突出了饱满鲜明，慷慨激昂的抒情美特点。咏侠诗自然应诗歌发展时代的变化而变化，在创作上与整体的诗歌创作精神是相统一的。如李攀龙《渡易水赠伯承》：

> 匕首腰间鸣，萧萧北风起。平生壮士心，可以照寒水。①

诗中意象鲜明，意气激烈，"匕首、北风、寒水"的兴象与"鸣、起、照"这三个动词的呼应，以盛唐笔法为之，将对荆轲"壮士心"的咏叹评价与自我的感情喷发和谐地融合在一起。李攀龙虽以模拟唐诗为主，但还是因所处的时代环境，诗歌创作呈现出了新的变化，他曾在《送宗子相序》中说："诗可以怨，一有嗟叹，即有永歌。言危则性情峻洁，语深则意气激烈，能使人有孤臣孽子摈弃而不容之感，遁世绝俗之悲，泥而不滓，蝉蜕滋垢之外者，诗也。"② 文中所说的"性情峻洁"、"意气激烈"强调诗歌的抒情价值，让诗歌内在的感染力使读者感同身受，体味作者慷慨激烈的怨情。这种"去性理化"的创作经验，使得李攀龙的诗歌创作倾向于唐诗又不同与唐诗。再如王世贞《崔员外颢游侠》：

> 东风五陵畔，恣意少年游。鲁酒银凿落，宛辔金雕镂。狂童舞拍

---

① 李伯齐校点：《李攀龙集》卷十二，齐鲁书社 1993 年版，第 283 页。

② 李伯齐校点：《李攀龙集》卷十六，齐鲁书社 1993 年版，第 397 页。

张，妖女弹箜篌。酒酣万事出，横披宫锦裘。尺八铁匕首，能令都市愁。避仇从车骑，结客取凉州。北断匈奴臂，西斩月支头。论功独第一，天子赐旌旒。图貌在麒麟，英风冠九州。笑谓故所知，功多罪不忧。当时杀人者，今日海西侯①。

此诗在内容上模拟唐代崔颢的《游侠篇》，描绘了一位在战场上建功立业、功成名就的游侠艺术形象，字里行间展示了一种浓烈的主体感情，前八句描绘少年恣意欢游、自由任气的生命狂态，后十句进而写出游侠从军边塞、建功立业的豪迈激情，末两句虽然有对"功多罪不忧"的反讽性评价，但整体而言，诗歌体现了慷慨淋漓的主观抒情美。再如谢榛《侠客行》：

五陵豪侠士，意气欲横天。出入长就酒，交游不惜钱。斗鸡输宝剑，逐兔落金鞭。动说成功易，如今又几年。②

这首诗中，侠客的形象完全与诗人主体观念相融合，诗人借对意气横天的五陵豪侠的描写，以侠客功成不易反观自我功业难得的无奈，表达了明代文人的现实苦闷，情绪的抒发通过末两句得以空间的延伸。

复古派虽以学唐为主，可作为咏侠诗发展的后期阶段，明人对任侠精神和侠的群体歌咏不完全像唐诗那样直抒胸臆、热烈纯情，寄寓着时代自信与诗人个体的浪漫追求，而是在明代社会文化和明儒理学精神的渗透下，诗中的主体抒情仍然受到理性意识的影响，反过来，这种理性态度与饱满的感情相融合，让明代复古派咏侠诗在浓郁的抒情美中又具有一种独特的节制感。

（三）个性解放思潮和城市享乐意识影响下咏侠诗审美呈现世俗化特征

明代初年，统治者通过强化法制，振兴科举，倡导程朱理学等文化专制主义，加强了对思想文化的控制，尤其是明初曾经因党祸牵涉和文字禁忌，而杀害了许多文人，由元入明的许多文化精英被摧残殆尽，如宋濂、刘基、高启文学巨子，以及"吴中四杰"、"北郭十子"等文人群体都不得善终，因

---

① 王世贞：《弇州四部稿》卷九，文渊阁《四库全书》集部 1279 辑别集类，上海古籍出版社 1987 年版，第 118 页。
② 谢榛撰，李庆利辑：《谢榛全集校笺》卷四，江苏古籍出版社 2030 年版，第 182 页。

而曾有人认为，一部明初文苑史，就是一部文祸史。在专制统治之下，文人如履薄冰，只能驯顺、奴化，不敢越雷池一步。因而导致了思想的因循守旧与僵化而没有活力，文人如此，普通老百姓也是如此，民气不舒，以至于宦官专权，因而，为挽救危局，统治者开始调整政策、放宽言路。至弘治年间，社会环境逐渐宽松，士风才开始振兴，士人的心态也开始活跃起来。尤其是自弘治的社会变革以来，士人勇于批判禁锢文化与自我生命被僵化了的程朱理学，士人间出现了所谓的"豪杰精神"和"凤凰气象"。王阳明、何心隐、李贽人皆有"先侠后儒"的经历，文人间任侠尚侠之风十分浓郁，在明以前的历史朝代，还没有任何一个时代的文人尚侠之风如此盛行。

明人尚侠，侠不再是凌越于世俗生活之上的一种行为方式与气质特征，而是与文人的日常生活与精神追求紧密相关，前面所提到的《列朝诗集小传》中对文人任侠的记录，就说明了这一点。相当一部分诗人笔下的侠游生活，都与世俗物质享乐生活密切相关。如明末通荷诗歌《行路难》其四："少年为侠客，举手星可摘。晚岁谁不苦衰颓，暗自垂头媿掀赫。珍重眼前一树花，玩之可以永今夕。尊中有酒须尽欢，尊中无酒还按拍。趁时为乐为上策，若待明朝定促迫。"①诗人感受到了时光匆迫，生命易逝，呼唤应似少年侠者那样珍惜眼前时光，及时享受世俗物质生活的欢乐。因而，咏侠诗中"侠"的精神具有了鲜明的世俗化特征。

明代侠风与士人的城市交游生活关系密切，在清福享乐与奢靡的生活风气中，文人背离传统价值观念的生活方式，与放纵的世俗生命享乐精神，都使得诗中的游侠形象发生了变化。诗人在观念中认为，对欲望享乐的追求，是生命本真的具体体现，因而在咏侠诗创作中，逐渐抹去了侠尚武斗狠的"勇力"一面，而保留了唐诗中贵族少年鲜衣怒马、丰容靓饰、恣意欢游的世俗享乐成分。因而，明代诗歌中的侠形象，更加符合生命自然真实的面目，也更符合市民审美的气质追求。如秦王朱诚泳《渭城少年行》：

> 桥下倡家新酒熟，解鞍就向倡家宿。美人纤手弄琵琶，酒边双脸蒸

---

① 《清代诗文集汇编》9辑，释通荷：《担当遗诗》卷一，上海古籍出版社2010年版，第11页。

红霞。黄金掷与买今夕，少年肯负秦川花。①

描绘少年游侠的宴游享乐，是咏侠诗中的一个重要传统，各代咏侠诗中都有丰富的表现，而明代咏侠诗中，及时行乐更是突破禁欲主义之后的一种生命解放，认同物质生活享受的合理化，即使是贵为王族的诗人，也是高倡及时行乐，优游岁月的世俗化生命理念。其实早在元末明初，在元代城市繁华中浪迹行游的诗人，诗中描述的游侠形象就已经有了一定的变化。如元末明初诗人高启的《结客少年场行》中有这样的表达："始知结客难，徒言意气倾南山。食君之禄有弗报，何况区区杯酒间。结客不必皆荐绅，缓急叩门谁可亲。屠沽往往有奇士，慎勿相轻闾里人!"②诗人对游侠的钦慕与推崇中，显示了一种平民意识，这便是世俗生活的真实性。虽然先秦游侠也有隐于市井鼓刀狗屠之辈，如专诸、朱亥、聂政等，但他们所交游的知己都是公侯卿相。自宋代以后，游侠开始走向市井、江湖、绿林，明代诗人作品中的游侠更是体现了这一特点，他们纵情于市井民间，其行为性格特点，与明代城市生活相得益彰。高启虽生活在明初，但其诗中"结客不必皆荐绅，缓急叩门谁可亲。屠沽往往有奇士，慎勿相轻闾里人"的描写，算是明代咏侠诗中侠客形象出现变化的一个序幕吧。

我们看到这些侠客形象身上所体现出来的世俗化的精神特征，在明代咏侠诗中是比较普遍的。"所谓世俗化不仅仅是指繁华的都市生活形态，从曹植开始塑造的游侠形象体系看，他们身上无不具有追求享乐的品质，然而，只有在明代诗人身上，个人欲望的追求，实现以及它的快乐较为普遍地是同道德责任感以及这种荣誉彼此剥离甚至对立的，建筑在个体生命本能感官体验之上，并被公认为唯一具有真实意义的生活本质。"③诗中展现出来的游侠形象的世俗化，其实是明代个体生命觉醒的表现，也是中国古代文人对游侠这一形象认识发展的必然。

前面提到的屠隆诗中云："朝从博徒饮，莫向娼家眠。行乐度年光，诗

① 朱诚泳：《宾竹小鸣稿》卷一，上海古籍出版社1991年版，第172页。
② 高启：《青丘集》卷一，上海古籍出版社1985年版，第35页。
③ 陈广宏：《明代文人文学中的游侠主题》，《汕头大学学报》1991年第2期。

书不足覰。心贱杨子云，守拙草太玄。容华一朝改，颠颔蓬蒿间。"少年游侠追求的生活就是纵情欢游，耽于物质享受，与之相比，他们对埋首苦读的腐儒表示了轻视与唾弃。

在明代很多咏侠诗中，诗人在歌咏侠客的同时，寄托着自己强烈的生命渴望，自我形象十分突出。如李时行《感咏二十首》其七：

> 我有一宝剑，千金价无比。双锷可吹毛，独抱未尝试。几欲报明恩，杀仇向燕市。出入少年场，所恨无知己。携向咸阳去，杯酒徒为尔。岁晚复归来，深藏应有俟。终遇同心人，一骋游侠志。①

诗中塑造了一个渴望与知己共同驰骋侠游的少年侠士形象，在诗人心目中，侠游生活是生命存在最自由、最独立的方式，游侠也成为了诗人实现自我需求和社会理想的寄托。文人认同侠游生活，同时侠游生活更丰富了他们对生命精神的探索与思考。再如胡应麟《白马篇》：

> 白马谁家子，扬鞭大道傍。银鞍耀明月，宝剑如秋霜。十五隶金吾，二十拜龙骧。百千聚游侠，百万要名娼。斗鸡入南内，挟弹游平康。京兆不敢呵，司隶为彷徨。征尘际天起，边烽达长杨。长揖大将军，慷慨事戎行。横行绝大漠，虎啸临穷荒。矫诏袭楼兰，飞书定朔方。左射中休屠，右盼伏中行。兵咸慑绝塞，奏凯向咸阳。献俘诣平乐，赐第连明光。归来顾少妇，挟瑟宴华堂。②

此诗模拟曹植，描绘了一位身份豪贵、才高气华的游侠儿形象，与曹植笔下的幽并游侠，以及后来模拟曹植《白马篇》的鲍照、袁淑、沈约、孔稚圭等人的作品相比，游侠儿的精神特征发生了很大的变化。如袁淑《效曹子建白马篇》："剑骑何翩翩，长安五陵间。秦地天下枢，八方凑才贤。荆魏多壮士，宛洛富少年。意气深自负，肯事郡邑权。籍籍关外来，车徒倾国廛。五侯竞书币，群公亟为言。义分明于霜，信行直如弦。交欢池阳下，留宴汾阴西。一朝许人诺，何能坐相捐。飘节去函谷，投佩出甘泉。嗟此务远图，

① 李时行：《四库全书存目丛书补编》第 38 册，《南园后五先生诗》后集卷一，齐鲁书社 2001 年版，第 599 页。

② 胡应麟：《少室山房集》卷五，上海古籍出版社 1991 年版，第 33 页。

心为四海悬。但营身意遂，岂校耳目前。侠烈良有闻，古来共知然。"①袁诗表现了鲜明的游侠性格和独立精神，胡诗和明代同题的诗作，在表现侠义精神和爱国情怀的同时，更加突出了明代世俗化的审美倾向，和追求世俗享乐的精神风貌，"百千聚游侠，百万要名娟。斗鸡入南内，挟弹游平康"的城市游乐的描绘，是非常突出的，从而呈现出了"侠"精神世俗化的审美特点。

从创作现实来看，中国古典诗歌传统的表现层次是多方面的，如托物言志、咏史怀古、赠别咏物、使事用典、比兴寄托等等，在明代咏侠诗中都有呈现，此处不一一论述。当然，咏侠诗长期以来积淀的创作传统，在不同的时代和创作环境中都会发生具体的艺术创变，可以看出，明代咏侠诗在内容上主要以继承明前的咏侠诗传统为主，然而因为独特的时代风貌和历史环境，咏侠诗所承载的思想内容与精神内涵的内容也有了更加丰富的呈现和变化，如咏侠诗中咏史怀古的情绪更加突出、诗歌地域文化的色彩比较浓郁、世俗化、市民化的气质比较鲜明等等。所以，明代咏侠诗不仅继承了咏侠诗传统，也以独特的创作风貌丰富补充了咏侠诗传统。

综上所述，明代咏侠诗在整个社会普遍的侠风振兴的引领下，创造了诗歌咏侠的兴盛局面。明代士人将对侠的歌咏和对俗世生活享乐的肯定结合起来，在诗中塑造了更为丰富的游侠形象，和多层次的侠义精神。尤其是，从诗歌中可以看出，明代人拓展了"侠"的内涵，丰富了"侠"的观念意识。不仅形成了赋予时代特色的咏侠诗创作局面，而且对有清一代的咏侠诗创作在思想内容、艺术形式、审美精神诸多方面产生了深刻的影响。

---

① 逯钦立：《先秦汉魏晋南北朝诗》，中华书局 1983 年版，第 1211 页。

第七章
咏侠诗创作的回光返照与衰落

——清代咏侠诗

　　侠是基于中国文化土壤而成长起来的一个特殊群体，侠也是中国知识分子精神中的一重理想化的人格追寻。董乃斌曾说："在他们（知识分子）心目中，知识分子(士) 比较理想的人格，似乎并不是，至少不仅仅是儒与道、释的结合——这一点他们已经一定程度地做到，而是儒与侠的结合——这一点却不易做到。也就是说，在他们内心深处，是认为一个具备侠气的儒者，才可以算是真正合乎理想的知识分子。"①在中国历史文化发展进程中，侠的精神，经过春秋战国时期游侠刺客的行为实践，魏晋南北朝时期诗人的文学歌咏，唐宋时代精神所引发的内在分化，辽金元少数民族文化的客观渗透，明代城市商业大潮与个性解放思潮的冲击，至封建王朝的最后一个时代——清代，由于思想文化专制的抬头，以及时代变异所引发的特殊历史现场，更兼民族矛盾冲突以及严酷的文化高压政策，侠的行为与精神呈现出了更为丰富的民族内涵。文人在吟咏侠客及其精神时也深深地打上了时代没落的烙印，交织在对古侠的精神上的凭吊、追缅与回忆之中。而近代巨大的社会变迁与传统文化的失落，给侠又提供了一个广阔的活动空间，使侠的活动和行

① 董乃斌：《侠与中国知识分子的人格理想》，载许明主编：《中国知识分子的人文精神》，河南人民出版社 1994 年版，第 409 页。

为方式又渐次渗透到各种类型的民族改良与革命救亡活动中。

大多数学者认为，侠客是从先秦时期的"士"阶层中分离出来的。吕思勉《秦汉史》中说："好文者为游士，尚武者为游侠。"① 故而"游侠之风，倡自春秋，盛于战国"。②"侠"不是一种职业名称，而是一种具有特定行为特点以及精神的人群，"侠只是社会舆论根据某些人行为的特征所赋予他们的一种约定俗成的名称。"③ 其精神人格具有独立性与特殊性。至明清时代，侠越来越体现出一种精神观照，与早期的侠有所不同，"从事'任侠'或'侠游'的人则不必以武功见长，甚至'武'也不是必要条件。"④ 人们对侠的认定，已经完全不是以"武"作为标记，而更多的是行为中"尚侠"的态度和狂放豪侠的精神因素，如明清大儒王阳明、何心隐、颜元、孙奇峰等学者，皆是行为态度与精神气质类侠。同样，在文学艺术的创造中，侠的发展历程，也经历了一个由对历史实存侠的歌咏和文人独立艺术的创造过程。文人咏侠诗自曹植始，不断地对侠进行着正义化的改造，曹植为游侠注入了明确的爱国精神，唐代咏侠诗中，侠的崇高品格与功名理想，正是积极进取的时代文人精神的投射。而在明清小说中，文人以"忠义"观念改造侠身上具有破坏性的江湖戾气，如《水浒传》中具有侠的特征的江湖好汉，最后被朝廷招安，以实现自己的忠义人格而被主流体制所接纳。侠的变迁，是中国传统文化与大众文化相结合发展的必然。咏侠诗以侠作为吟咏对象，自然一定程度上反映了相应时代人们对侠的艺术再现。

为了更好地理清清代咏侠诗发展的线索和内在精神，在论及清代咏侠诗前，先简单梳理一下宋元明咏侠诗的发展情况。自唐以后，宋人精神转向了"重文抑武"，侠的活动相对黯淡，但是有宋一代面对异族的骚扰与侵略，无论是在朝堂还是民间山野，仍然有义侠的活动存在，文人对侠的

---

① 吕思勉：《秦汉史》，上海古籍出版社 2005 年版，第 517 页。
② 张亮采：《中国风俗史》，东方出版社 1996 年版，第 33 页。
③ 董乃斌：《侠与中国知识分子的人格理想》，载许明主编：《中国知识分子的人文精神》，河南人民出版社 1994 年版，第 410 页。
④ 《侠与中国文化》，载余英时：《现代儒学的回顾与展望》，三联书店 2013 年版，第 385 页。

吟咏烙上了鲜明的时代特色。兼之宋人诗文创作之风十分盛大，因而游侠活动相对消歇，但歌咏侠的活动的文学创作并未断绝。由于城市经济、商业的迅速发展，市民阶层队伍的壮大，宋代的任侠风气与活动更紧密地与江湖、绿林、市井、秘密帮会联系在一起，侠士的任侠行为也偏向于世俗生活情调。因而在内容上，宋人咏侠在继承魏晋隋唐咏侠诗的同时，更将除暴安良、替天行道的江湖规则与世俗追求融入其中，"绿林社会为宋代咏侠诗的繁荣注入了新的活力。侠的世界开阔了，精神也提升了。"① 辽金以及元代咏侠诗创作较为沉寂，元代统治者对汉族知识分子的高压政策，知识分子地位不高，科举取士不同于唐代的"诗赋取士"，文人对诗歌的兴趣不如前代，大多数文人为了生存转而成为"书会才人"，从事演艺或说书行当。在这样的社会风气影响下，小说、戏曲中出现了大量的江湖侠义之士和侠客形象，而以诗歌咏侠相对而言较为沉寂。因而，元代是咏侠诗创作的低谷时期。至明代，尤其是弘治以后，社会侠风重振，咏侠诗的创作出现了中兴局面，比较著名的诗人大多都有年少任侠的经历，咏侠诗的创作也相当繁荣，如高启《结客少年场行》、何景明《侠客行》、刘绩《结客行》、徐渭《侠客》等。明代诗人咏侠，更多地在文学复古的大背景下沿用乐府旧题来创作，表达对侠义精神追崇与颂扬，而且明人在个性解放思潮冲击传统价值观念的背景之下，对侠的歌咏与重塑，都呈现出了鲜明的时代特色。"宋以后侠势衰减的根本原因是各朝代的封建统治者不断地强化中央集权，国家机器日益强大，不断加强对社会的严密控制。"② 明清两代的封建专制统治十分严厉，全国上下奉行的是抑制豪强的政策，中央政府陆续削减各地有能力豢养侠客游士的藩王的势力。尤其是清代初年，南方各地有一些组织结社，进行一些反清复明的活动。清政府一方面以武力大肆镇压，一方面依明朝旧制而提倡儒学，强调儒家伦理规范，从而对反清复明活动进行文化层面的围剿。因而，侠的生存空间被破坏，侠的活动势头

---

① 霍志军:《论宋代咏侠诗》,《天水师范学院学报》2007 年第 3 期。
② 郑春元:《侠客史》,上海文艺出版社 1999 年版, 第 39 页。

也渐次转向更平民化的一些活动中，转而以更隐蔽的方式存在于社会各个角落。由此，有学者便粗略地认为，清代咏侠诗创作几乎是完全沉寂的。比如有学者认为，"清代是一个文网极严的时代，游侠乱法犯禁不为统治者所容，文人当然也就不敢为游侠唱颂歌。这一时期除了王士禛有一首《拟〈白马篇〉》和袁枚写过两首有关信陵君和荆轲的诗外，基本上不见有咏侠诗的存在。"[①]当然，这类观点过于偏激，其实清代咏侠诗数量超过此前的任何一个时代。在《清史稿》、《清史列传》中，对人物的"侠性侠情"记录较少，但在稗史笔记中，对具有侠义精神的人和事迹都是有突出记载的。小横香室主人编纂的《清代野史大观》中的《清代述异》、晚清徐珂编辑的《清稗类钞》、裴毓麐的《清代轶闻》等一些笔记中也记录了不少侠士行侠仗义的事迹。尤其是在侠义公案小说兴盛发展的清代，文人大量创作以侠客活动为主题的作品，如《侠义风月传》、《三侠五义》、《儿女英雄传》、《蜀山剑侠传》等侠义小说。舞台戏曲中也塑造了不少深入人心的侠客形象，表达了人们对侠客精神的追崇与赞美。侠义精神始终是中国传统的精神人格中很重要的一个组成部分，其生命力十分顽强，哪怕在高压之下被逼仄压抑无法喷薄而出，但文人们还是在诗歌中隐晦曲折地表达着对侠义精神的追慕与凭吊，因而产生了大量的咏侠诗歌。这种丰富的创作活动与作品中的精神渴望，可视为是在封建末世时代，文人在为中国古代最动人心魄的游侠群体来招魂。因此，清代虽不是一个游侠活动十分活跃的时代，却是咏侠诗创作风生水起的时期。

鸦片战争之后，中国社会进入了一个前所未有的大变革时期，传统文化精神与从西方、日本引入的新文化之间产生了强烈的冲突，诗人咏侠也相应呈现出了许多新特点。尤其是维新变法与辛亥革命前后，咏侠诗所歌咏的侠客形象与侠义精神与革命斗争紧密联系在了一起，如谭嗣同、唐才常、秋瑾、高旭、柳亚子、陈去病等，将对古代侠士与侠风的咏叹，与对民族精神的大力呼唤融合在一起，如秋瑾《宝刀歌》、《宝剑歌》中对国家

---

① 张志和、郑春元：《中国文史中的侠客》，中国社会科学出版社 1994 年版，第 310 页。

前途命运和时局的忧叹，以及将侠义情怀升华为革命精神的气概，让侠的精神焕发出耀眼夺目的光彩。中国的咏侠诗至此走向了最大限度的新变，同时也被画上了一个完美的句号。在中国古代咏侠诗发展的历史土壤和绵延不断的咏侠诗潮中，乘势而出的清代咏侠诗，其创作风貌和特点是本著探讨的重要内容，文中主要从清代社会与侠风流变、清代咏侠诗的创作内容与审美艺术、清代咏侠诗的继承与创新，以及清代咏侠诗的评价与影响几方面进行阐释。

第一节　清代社会与侠风流变

一个时代的艺术作品总是与时代的政治环境、社会风尚、作家的审美追求有密切的关系。自从宋至元明两代，尤其是明代，封建专制统治愈加强化，统治者不断强调儒家伦理规范，推广三纲五常的价值意义。所以大多学者普遍认为，社会任侠风气和咏侠诗的创作，自宋元以后也逐渐消歇，其实恰恰相反，任侠风气不是消歇，而是与秦汉游侠和唐代任侠者相比，宋元以后的侠客与市井时俗以及江湖绿林发生了紧密的联系，侠客的活动与行为中积淀了一些新的气质特点，与传统意义上的侠风确有不同。在民间，绿林豪杰或仗义之士以武行侠，以江湖道义约束自己或同道，在文人中，很多知识分子以侠义精神作为自己品格修养的标准之一，在日常生活行为中处处体现出侠性。尤其是明代中叶，在社会思潮与商业经济的双重作用下，侠风再度崛起，士、儒、商、侠身份多方重合转化，"侠"成为品鉴评说人物时的一个重要准则。清代侠风是伴随着巨大的时代变化而与整个清代社会相始终，作为封建社会末世，也作为一个少数民族政权入主中原的社会，清代社会最关注的问题始终是和汉人之间的矛盾冲突，在铁腕高压政策下，汉族文人的痛苦精神历程和生存状态，以及侠和侠义精神自身的发展趋势，从而形成了清代侠风的独特性。

一、影响清代侠风的社会文化因素

反观清代社会的历史政治特点与外在环境，清代侠风在明代侠风的基础之上绵延不断，并有所发展，同时因为清政府的高压统治，侠风也曾一度暗淡。与前代相比，影响清代侠风发展变化的社会文化因素有以下三个方面。

（一）明清易代之际的民族冲突，成为侠风延续的现实基础

明清易代，对清初侠风的影响十分巨大，在探讨清代侠风之前，有必要回溯一下晚明社会的政治环境。明代后期，官吏贪污腐化，阉党乱政，贪官污吏有恃无恐，社会政治极端腐败黑暗。自明中叶开始，皇族和地主不断掠夺农民土地，无地或少地的农民与日俱增。再加上东北战事不断，农民起义频繁发生，明政府在田赋之外加派了三饷，即：辽饷（为筹充辽东军饷、对付后金而加派的田赋）、剿饷（为筹措镇压民变军饷而加派的田赋）和练饷（以筹措练兵军饷为名加派的田赋），民众生活苦不堪言，一时间民怨喧天。在商业经济领域，迅速崛起的商业经济发展，在一定层面上改变了人们的生活，"商业活动加速了财富的流通，人们普遍沉浸在狂热的拜金主义浪潮中。"[①] 传统的宁静守礼、安分守己不复存在，纲常名教、人伦物理都被人抛诸脑后。"财利之于人，甚矣哉！人情徇其利而蹈其害，而犹不忘夫利也。故虽敝精劳形，日夜驰骛，犹自以为不足也。夫利者，人情所同欲也。同欲而共趋之，如众流赴壑，来往相续，日夜不休，不至于横溢泛滥，宁有止息。故曰：'天下熙熙，皆为利来；天下攘攘，皆为利往。'穷日夜之力，以逐锱铢之利，而遂忘日夜之疲瘁也。"[②] 在思想领域内，明代后期追求个性解放的"异端"思想泛滥，纵欲享乐之风盛行，因而传统的纲常礼教濒临崩毁，正统儒学逐渐走向没落，各种与主流价值观相悖的思想、意识、言论、行为迅速风行。这些诸多的因素相互作用，使明末的社会出现了陷入巨大的统治

---

① 吴琼：《明末清初的文学嬗变》，上海师范大学博士学位论文，2012年，第35页。
② 张瀚：《松窗梦语》卷四，盛冬铃点校，中华书局1985年版，第80页。

危机。至崇祯帝时，各种自然灾害以及人为引发的祸患接踵而至，政府为剿灭农民起义而向老百姓加收粮饷，让民怨沸腾、百姓苦不堪言。这些因素共同促使了明末的时代巨变。崇祯十七年（1644），在政府忙于剿灭农民起义之时，满人趁机入关，开始了少数民族入主中原 260 多年的统治。面对天崩地裂，改朝换代，在汉族人尤其是知识分子的心中留下了痛彻心扉的感伤。此次变故导致了汉人长期的反抗。据史记载，反抗活动和清政府的镇压，基本到康熙年间才渐渐消歇。在明末至清初近一百年间，涌现出了很多的反抗满人压迫的侠士，在民间秘密社会中，也出现了众多的秘密团体、爱国文社，一些会社甚至明确打出"反清复明"的旗帜，在大多数会社中，都有任侠豪士的存在，他们的具体行动与帮会的政治需求与民族心理，成为影响当时侠风的重要因素。

满人入关后，为了立威立势，维护自身的统治，一方面安抚民众，另一方面实行圈地、剃发等民族压迫政策，并以严刑峻法对反清活动与一些结社团体进行镇压，"侠"者的活动空间不仅越来越小，成为统治集团不能容忍的反动力量。侠的活动方式只能发生现实转变，江湖、绿林、武林中在已有的帮会基础之上，形成秘密结社与帮会，一些闲散的游民、商人、遗民知识分子、甚至明末官员，流散于社会的各个角落，以他们自己的方式固守节操，行侠救国。因而全国各地都有或明或暗的"反清复明"组织。这些秘密帮会组织有严密的纪律，他们的遵从的准则与江湖游侠的生存法则基本类似，其活动也具有侠的特征。各种秘密帮会组织对抗清政府的活动，以及汉族文人知识分子在高压政策下痛苦的反抗与压抑等等复杂的社会动荡，使得侠风在历史延续中坚持存在并发挥力量。同时，因具体的时代历史因素，和侠的生存发展需要，侠的活动特点和侠义精神呈现出了一些新的趋向。

（二）康雍乾三代文网高张，在高压统治下侠风逐渐黯淡

清代初期，为了巩固统治，安抚士人之心，清政府在全国大力提倡尊孔尊儒，延续明代旧制举行"经义取士"，倡导程朱理学，对民众进行感情抚慰，使其承认并维护清政府的统治秩序。因而，一些经历了明清易代的知识

分子，甚至一些具有"任侠"精神的文人也渐渐在这种文化收编中进入了主流文化的核心。《清史稿·姚启圣传》记载姚启圣"少任侠自喜"①，康熙时期曾任过太子少保、兵部尚书的姚启圣，年轻时即有任侠救世的侠义举动，清初为躲避土豪欺辱愤而从军，后做知州后将土豪杖杀，而自己弃官而去。其忍忿报仇的行为，和古代侠客的行为特点是一脉相承的。当后来耿精忠反叛时，他又招募健儿数百名从军，全力拥护朝廷平乱。因而，在清政府的统治渐趋稳定后，人们逐渐认可了满人的统治，在较为稳定的社会大局中，侠风由明代以来的炽盛局面，逐渐转向黯淡。

康熙、雍正两朝，政治趋于稳固，统治者日益强化"文治"，以宋明理学来整肃人心。乾隆时期，清王朝的统治进入鼎盛阶段，但是，为了进一步牵制知识分子，强化思想统治，统治者更加加强了思想领域内的清洗。康、雍、乾三朝文网高张，文狱大兴，对一些具有反清意识的文人进行残酷镇压，严酷的政治文化环境，大肆的株连杀戮，一步步戕害着文化人的心灵，知识分子的生命活力完全被扼杀在极端严酷的政治高压中，这种文化与政治的大清洗，也是末世王朝所展现出来的独特异质。乾隆时期在编纂《四库全书》时更是对古今图书和文化思想进行了清理，公开禁止、销毁、删改了稍有"违碍"的很多图书。乾隆曾上谕"明季造野史者甚多，其间毁誉任意，传闻异词，必有抵触本朝之语，正当及此一番查办，尽行销毁。杜遏邪言，以正人心而厚风俗，断不宜置之不办"。② 据史记载，从乾隆三十九年（1774）至四十七年，先后烧书 24 次，销毁书籍不计其数，其目的在于消灭异说，进行思想的钳制。传统意义上的"侠"，尤其是文人的侠气受到打压，正如鲁迅所说："满洲入关，中国渐被压服了，连有'侠气'的人，也不敢再起盗心。"③

在这样的专制主义和高压之下，整个社会风气无法像先秦汉唐那样开放、自由，也不像中晚明时代那样追求个性解放，在社会风气主导之下，清代社会任侠活动慢慢紧缩在民间里巷的各个角落，一些具有江湖侠义精神的

---

① 赵尔巽等撰：《清史稿》，中华书局 1977 年版，第 9857 页。
② 王先谦：《东华续录》第 5 册，上海古籍出版社 2008 年版，第 457 页。
③ 鲁迅：《鲁迅全集》第 4 卷《流氓的变迁》，人民文学出版社 2005 年版，第 159 页。

人散见于各个职业、各色人等，这些闲散人员类似于司马迁所说的"闾巷之侠"。他们不复汉唐游侠的声势浩大。从《清稗类钞·义侠类》中所录的故事就能看出来，"任侠"这一脉确实没有绝迹，其时的任侠活动是分布于各个阶层和社会角落的，人们所认定的任侠行为和侠义精神内涵，主导的仍然是救人于"缓急"，但似乎更为琐细平实，不同于先秦两汉和唐代侠士借躯报仇、纵情享乐、豪迈重名的浩荡不羁了。此外，为维护统治，清政府对全社会采取了严密的控制，对流动人口、民间习武、携带武器都是有十分严格的管制的，如雍正四年颁布保甲法，规定城乡每十户立一牌头，十牌立一甲头，十甲立一保长。责成地主、窑主、厂主对佃户、佣工严加管束，或附于牌甲之末，或附于本户之下，如有反抗事件发生，一并连坐治罪，并派出八旗军和绿营到各地监督保甲法的实行。① 清政府通过律法多方强化对社会的控制，侠的社会活动受到打压，存在空间缩小，江湖、绿林、武林、文人中的行侠风气逐渐黯淡低落。

总体而言，在鸦片战争之前，清代的任侠活动较之于宋代以前的社会，的确走向了沉寂与衰落，这是时代发展的规律使然，也是整个中国文化发展的趋向。在探讨游侠发展衰落的原因时，刘若愚先生说："游侠的衰微可能和保险制度和武装护卫货物运输即保镖的起兴有关……那些武装的卫士，即镖客，通常是善于使刀弄枪、具有侠客气质的人。"② 但是清人全祖望认为，游侠的衰落至西汉后期就开始了，他说："游侠至宣、元以后日衰日陋，及至巨君时，楼护原涉之徒，无足称矣。"③，他认为，至汉宣帝、汉元帝之后，游侠便"日衰日陋"，至王莽之时，楼护原涉之徒已经不足以被称为"游侠"。其实，游侠的活动与精神，至西汉以后，的确"日衰日陋"，到清代更是如此，但是也绝非"无足称"者。不过，在历史发展中可以看到，游侠精神与文人精神心态的发展历程也有密切关系，盛唐时期的少年精神不在，至宋代文人的心理发展走向全面的成熟，至明清时期，纵有回光返照般的精神光

① 《清世宗宪皇帝实录》卷四十六，中华书局 1985 年版，第 702 页。
② 刘若愚：《中国之侠》，上海三联出版社 1991 年版，第 48 页。
③ 全祖望：《经史问答》第十卷，江苏广陵古籍刻印社 1990 年版，第 359 页。

芒，但从整体上，社会文化与文人精神的垂老之势，使其所承载的任侠精神无可避免地走向了衰飒与萧条。

当然，这种黯淡是暂时的，1840 年鸦片战争之后，中国社会面临的巨大的社会危机，面对西方侵略者的入侵，传统文化意识中的"侠义精神"与爱国精神融合在一起，极大地激发了中国人的民族自尊心。外界环境的激发与倡扬，使得侠风再次崛起。有识之士积极倡导尚武之风，将欧洲的骑士冒险精神和日本的武士道精神介绍给国人，并且许多人自己躬身实践。他们以前所未有的狂热激情歌咏追慕这古代侠客的浪漫精神，并躬身实践，让近代社会的侠风浩荡中达到高潮。

（三）文人的生存状态使侠风更趋于平淡日常化

清代文化的基本结构是满人文化与汉人文化共存，并且很快形成了融合之势。清统治者在政治、军事统治的同时，十分重视思想与文化的统治。顺治帝入关后很快将孔子 65 代孙孔允植册封为衍圣公，次年加尊孔子为"大成至圣文宣先师"，将明代国子监改为太学，恢复八股取士制度。康熙皇帝一生热爱汉族文化，他对文化在社会治理中的重大作用有明确的认识，先后实行了一系列"以文教治天下"的重大文化政策。如将朱熹从孔庙东庑的先贤之位"升于大成殿十哲之次"，使之成为第十一哲；在常规科举取士之外，另开博学鸿词科笼络读书人；组织编纂《康熙字典》等著作，都是深得汉族知识分子之心的影响深远的文化举措。乾隆时期编纂《四库全书》更是盛大的文化工程。当然，统治者在搜集天下图书集中编纂的同时，也进行了一次文化的清理，将不合统治、有所违碍的书籍统统禁毁。在统治者的因势利导下，文人沉浸在"故纸堆"的考据实证之风日益兴盛，乾嘉汉学是考据之学达到鼎盛的时期。从一系列的文化建设活动中，可以看出，清统治者编织文网网罗文人，致使文人的思想空间逐渐狭窄。考据之学在清代取得了辉煌的成就，但也不可否认，考据之风也是文化专制政策之下的结果。正因如此，清代文人与明代中后期文人尚武崇侠、任侠行侠、谈兵论剑的生命状态完全不同，他们适应了清统治者的政治模式和文化政策，许多杰出文人，终身致力于训诂考据，而放弃兼济天下的宏愿和热情。因而，专制的统治造成了清代知识分子普遍的精神委顿和人格的堕落。士气不振，民气不舒，整个清代的文化命运和文人命运走向了无奈的结局。正因如此，鸦片战争之后，近代民主革命的启蒙者和革命家大力地呼唤侠的精神，渴望振兴乾嘉以来越来越低迷委顿的民气。由此可见，清代社会，尤其是乾嘉以来，侠风低落，与文人的生存状态和生命面貌是有密切的关系的。

当然，侠风低落，并不是说它在社会中的影响完全消失了，只是与明代追求自由、张扬生命、渴望正义的侠崇拜相比，在特殊复杂的社会环境中，侠不再像汉唐游侠那样在历史上留下浓墨重彩的影响，像朱家、郭解一样一呼百应，侠义活动更多的转变为是一种平民化的对公平正义的诉求。《清稗类钞》中"义侠类"的故事，比之前代的侠的故事，侠的行为往往是比较琐碎的，渗透在日常生活中，以武行侠、除暴安良、替天行道不是主流，而在日常生活中急人缓急才是侠的主要表征。如"刘古塘周人之急"、"冯云生赴人之急"、"张南士济友之急"、"吴瓶庵急人之难"、"蒋非磷赴人之急"等。

整体上讲，除了清代初年和晚近时期，清代社会的任侠风气没有明代那么高涨，游侠群体的活动较为暗淡，侠的活动更加渗透到市井民间的各个阶层，各种职业中，尤其是在乡曲民间，汪涌豪将他们称作"与汉唐活动于通邑或市镇闾巷，而权倾一方的游侠有别"的"乡曲侠客"。① 他们的活动方式也更加日常化、生活化，再没有明代隆庆、万历年间江南游侠声势浩大的活动了。而存在于笔记小说和戏曲里的侠，基本上经历了儒家思想与民间文化的改造，所塑造的侠客，大都符合普通民众的审美观念和精神诉求，因而清代的侠的生存呈现出逐渐平淡化的特征。

二、清代的任侠群体的构成

有清一代，虽然统治者不断地采取高压手段，强化统治，破坏侠的生存

---

① 汪涌豪：《侠的人格与世界》，复旦大学出版社 2005 年版，第 62 页。

空间，侠风也曾一度黯淡，但是，传统侠风历史悠久，侠的生命力十分顽强。尤其是在明末清初，社会的动荡巨变，对侠的影响和改变是很明确的，任侠群体和任侠方式与传统相比有了很大的不同。

（一）明末抗清斗争中的侠行义举

明末清初，满人南下，发生了许多残酷的屠戮事件，如史籍所载的"扬州十日"、"嘉定三屠"等屠城悲剧。在明末抗清斗争中，社会各阶层涌现出了许多抗清侠士。如顾炎武《拽梯郎君祠记》中，记载了一位河北昌黎的无名义士，被清兵俘虏，令他搬云梯到城下准备乘梯攻城，无名义士等清军将登上城时，拽到云梯，阻止清军入城，他自己则被清军乱刀杀死。后巡抚杨嗣昌奏请政府，将拽云梯之人封为"拽梯郎君"，为之立祠，享受民众祭祀。①"拽梯郎君"的英勇壮烈、牺牲个人的侠烈气在民族危难之际十分光彩夺目、鼓舞人心。徽州秀才江天一为人好侠仗义，为徽州佥事金声幕，清兵南下时，他自发率领民众奋然抵抗，兵败后为保护宗族乡亲主动就缚请死，当时总督知其为人义烈，欲不过问，江天一昂首曰："我为若计，若不如杀我。我不死，必复起兵。"②江天一身上体现出来的这种反抗暴行、救同胞于危难的侠义品质令人动容。清初汪琬在《江天一传》中记载江天一事迹时，还提到了江天一所追附的金声，言金声幕府中有"诸侠客号知兵者以百数"，可见金声也是一位崇侠尚义的英烈志士。金声与江天一同时死难，汪琬以强烈的感情赞叹二人曰："虽古义烈之士，无以尚也。"③他们在坚守的民族气节的同时，更呈现着一种令人荡气回肠的侠烈英风。再如明末江阴县典史阎应元，为人慷慨勇武，顺治二年，朝廷剃发令一下，激起江南民众的激烈反抗，江阴县组织起义军抗清，当时阎应元在家服侍生病的母亲，被民

① 《清代诗文集汇编》42辑，顾炎武：《亭林文集》卷五，上海古籍出版2010年版，第676页。
② 李圣华校笺：《汪琬全集校笺》之《钝翁前后类稿》卷三十四，人民文学出版社2009年版，第720页。
③ 李圣华校笺：《汪琬全集校笺》之《钝翁前后类稿》卷三十四，人民文学出版社2009年版，第720页。

众推举为首领后，投袂而起，指挥义军固守城池抗击清军。阎应元号令严明，重义轻财，与士兵同甘共苦，被二十几万清军包围，坚守拒敌八十一天。城破时，他慷慨自若，领兵巷战到最后一刻被捕，后英勇赴义。① 阎应元重义轻生的浩烈精神与民族节操，也被视为抗清义侠。

另如《清稗类钞·义侠类》中记录的一些侠行义举，也深深地打上了明清易代之际反抗斗争的历史烙印。如"王某妻代人徙边"一条载，王某"任侠好义"，同邑人许德溥不肯剃发，刺臂誓死，有司以抗令将之处斩，其妻被判流放边远之地，王某因敬慕许德溥气节，想救助其妻脱困，因无计可施而长吁短叹，其妻曰："子高德溥之义而欲脱其妻，此豪杰之举也"，并说"吾愿代以行"，最后竟代替许德溥妻子流徙边关②。明末清初汪光翰曾为川南道胡恒幕僚，入清而不仕。张献忠攻蜀时，胡恒一家遇害，只有胡恒之子胡士骅妻和幼子逃脱，汪光翰伺机救下他们，并悉心护养他们二十余年，且大灾饥荒年间亦如是，直到蜀中平定，亲自送他们回乡。

在明清易代的大动荡中，与侠相关的活动不仅是明代任侠精神的延续，也是清代初年汉人民族尊严的具体表现之一，任侠精神与时代环境彼此消长，这也是侠义精神发展的基本规律之一。

（二）会社与秘密教门中的反清复明之侠

明末风云动荡，文人结社风气十分兴盛，尤其是在江南一带，会社林立，如复社、几社、读书社、应社、石仓园社等，文人借结社进行政治斗争，会社中不乏节侠之士，如复社领袖张溥，原为反抗魏忠贤党羽而结社，后竟发展壮大至数万人，被嘉定人徐怀丹指斥为"匪人"、社中"或号神行太保（孙孟朴），或称智多学究（曾同远）"③，此种称呼，应是指会社中的一些豪侠之流。几社领袖陈子龙一直抗清，最终从容赴死以全气节，他们虽是

---

① 邵长蘅：《阎典史传》，载《清代诗文集汇编》145 辑，《邵湘子全集》之《青门剩稿》卷六，第 502 页。

② 徐珂：《清稗类钞·义侠类》第六册，中华书局 2010 年版，第 2609 页。

③ 顾廷龙编：《续修四库全书》438 辑，史部·杂史类，上海古籍出版社 1996 年版，第 548 页。

文人，然其精神情怀与侠者无异。清军入关之初的一二十年内，满汉之间民族矛盾十分尖锐，尤其是清初满人"圈地"、"剃发"政令一下，引发了汉人强烈的民族情绪，这种群体性的感情痛苦和对故朝的眷恋，激发了汉族人的反抗意识，各地的抗清活动一度十分活跃。此时出现了很多从事"反清复明"活动的侠客，他们主要依附于秘密帮会组织，活跃于江南一带，以抗清为宗旨，仗义疏财，以暴制暴，深受民间百姓的尊崇，如盛行于清初的"天地会"就是类似的组织。因这些会社多与反清复明有关，所以清政府给予严厉的镇压。更有甚者，禁止民间习武。《东华录》载，雍正五年十一月"上谕"云："着各省督抚转饬地方官将拳棒一事严予禁止，如仍有自号教师及投师学习者即行拿究。"不仅禁绝文人结社，也禁止民间会社活动，并颁定刑律以令天下，《雍正朝大清会典》载："歃血结盟谋为不轨者，罪在必死，所以戢奸宄也若止异姓结盟，仍从杖责"；"国初凡异姓结为兄弟者，鞭一百"；"顺治十八年定，凡歃血盟誓，焚表结拜弟兄者，着即正法"。康熙十年，对秘密结社事重申刑律，将歃血结盟视同谋叛未遂，加重惩治明令："歃血结拜弟兄者，不分人之多寡，照谋叛未行律，为首者拟绞监候，秋后处决。为从者，杖一百，流三千里。其止结拜弟兄，无歃血焚表等事者，为首，杖一百徒三年，为从，杖一百。"雍正三年明令："其有远集各府州县之人标立社名，论年叙谱，指日盟心，放僻为非者，照奸徒结盟律，分别首从治罪。"①因此，清代的会社活动成为非法组织，遂由公开而转入秘密，一直到康熙初年，在惨烈的镇压之下，抗清活动逐渐消弭。

在政府极其严密的控制下，侠的活动空间越来越狭小，然而侠客虽不能像秦汉游侠那样活动，但"以武行侠"的人也是不少的。侠客往往依附于某个秘密组织行侠。易代之际，在众多的反抗者中，就有许多以为民族家国复仇为目的侠义志士，他们隐匿在社会的各个角落，秘密结社，伺机反清复明。洪门是明亡后一些义士在下层社会秘密建立的"反清复明"组织，洪门名称很多，对内总称洪门，源于朱元璋年号"洪武"，对外则称为天地会，

---

① 《近代中国史料丛刊三编》第 79 辑，《大清会典（雍正朝）》卷一九四，第 13153—13155 页。

又称三合会。洪门有很多分支，如比首会、清水会、小刀会、哥老会、青洪帮等。这一组织具有强烈的民族复仇意识，其成员大多是反清志士，宣扬华夏正统的民族观念，"以行仁结义策动'反清复明'的义举。"① 如遗民顾炎武、黄宗羲、傅山、王夫之等人均与洪门有着密切的联系。会社成员传习武艺，身怀绝技，仗义疏财，从事对抗官府暴行等活动，与宋代以来江湖绿林所崇尚的侠义之气是一脉相承的。顺治年间，台湾郑成功在福建"开山堂"对抗清政府，其组织成员中也有许多心系民族的豪侠志士。孙中山曾说："洪门者，创设于明朝遗老，起于康熙时代。盖康熙以前，明朝忠臣烈士，多欲力图恢复，誓不臣清，舍生赴义，屡起屡蹶，与虏拼命，然卒不救明朝之亡。迨至康熙之世，清势已盛，而明室之忠烈亦死亡殆尽。二三遗老见大势已去，无可挽回，乃欲以民族主义之根苗流传后代，故以反清复明之宗旨，结为团体，以待后有起者可借为资助也，此殆洪门创设之本意也。"② 这些秘密会社，和兼具行侠江湖的豪情与为民族家国复仇的壮志的节概之士，长期活跃在大江南北，进行着反清复明的斗争活动。

兴起于南宋的"白莲教"，至明清时代，其成员有不少流民，其中便不乏江湖豪杰之士，为鼓舞人心，提出了"红阳已尽，白阳当兴"、"日月复来属大明"的口号，旗帜鲜明地"反清复明"。白莲教在清代中叶为了反抗清政府对老百姓残酷的剥削，在川陕一带发动起义。民间也流传着一些白莲教中的义侠之士抗暴任侠的故事。清代民间秘密教派众多，白莲教只是其中之一，他们大多打着"反清复明"的旗号进行抗争。在清仁宗嘉庆八年（1803），北京发生了内务府厨役成德于东华门谋刺皇帝颙琰的事情，因成德行刺皇帝之前家庭遭受接二连三的巨大灾祸，兼之被捕后坚持不吐口，因而当时人们认为成德是被逼的无以为生才去行侠刺杀皇帝。据载，直到嘉庆十八年（1813），天理教林清在北京起义失败，其党羽崔世俊被捕，审问后才得知成德为林清一党，也是天理教的一分子。③ 成德刺杀皇帝之事，似乎是与秘密

① 朱琳编：《洪门志》，中华书局1947年版，第5页。
② 《孙中山选集》上，人民出版社2011年版，第203—204页。
③ 萧一山：《清代通史》中卷，中华书局1986年版，第350页。

教派有关，否则其作为身份卑微的平民，仅因悲愤而刺杀至高无上的皇帝，似乎是有些牵强的。无论如何，成德隐匿之中而行谋刺之举，与先秦时期的刺客之侠的行为与品节十分相类。即使到了清朝末年，以反清复明为重任的义士抗争活动还在秘密延续，如活跃在江苏、上海一带的"小刀会"所铸的"太平通宝"，上有"日月纹"，合起来就是"明"字，反清复明的寓意十分鲜明。洪门、天地会中有许多人以武行侠，反抗政府，郑春元将他们统称为"反清复明之侠"①。此外，民间盛传的女侠吕四娘，为"江南八大侠"之一，因其祖父吕留良身陷文字狱而全家遭劫，吕四娘立誓习武，反抗清廷，民间有许多她行侠江湖的故事，甚至有她谋刺雍正皇帝的传闻，当属刺客之侠，亦为"反清之侠"。

（三）明遗民中的侠风余响

明清易代之际的遗民，是一个重要的文化群体，同时也是承接明代侠风流响而进行着行动与精神双重反抗的群体。在儒家的传统观念中，"夷狄华夏"的信念是根深蒂固的，文人知识分子的民族自尊意识与对一姓王朝的忠诚直接相关。正因如此，在遗民群体的精神意识中，最可贵、最明确的便是爱国精神。明代文人尚侠之风盛行，在目睹"华夷之变"的急剧动荡中，文人中涌现出了一大批侠烈之士，他们坚守气节，东奔西走，秘密联络抗清活动。这一改朝换代的大动荡时期，"侠"的活动更多的承载于"抗清"活动中，如傅山、释函可、顾炎武、归庄、屈大均等人。如"岭南三大家"之一的屈大均《春山草堂感怀十七首》中云："半生游侠误，一代逸民真。"诗中所说的"游侠"，实际是指自己流亡江湖与积极抗清的生活状态。此际许多节概之士的"侠游"其实都与当时的抗清复明活动有关系。屈大均是遗民诗人中的一位积极反清复明者，他喜欢剑术，尝仗剑远游，亦曾落发为僧。其身份即是遗民志士，又是僧人、游侠。陈伯陶曾云屈大均"自明亡后，诸遗侠多革扦文网，大均忽释忽儒，又喜任侠，往来荆、楚、吴、越、燕、齐、秦、

---

① 郑春元：《侠客史》，上海文艺出版社 1999 年版，第 51 页。

晋之乡。遗墟废垒，靡不击涕过之"。^① 他一生游历，慷慨使气，与之来往的也大多都是任侠之士，如张穆、岑微、朱士稚、傅山等人。"他对古代侠客的功业与生活信念予以高度的肯定，他对荆轲、豫让、专诸等侠士不平凡的事迹充满了钦慕与向往，侠士精神实际上溶入了诗人的血脉。"^② 因而，他创作了清代个人创作咏侠诗的最高数量，有三十首之多。屈大均任性尚侠，毕生致力于反清复明活动。1658 年，他曾出山海关与函可、魏耕等一起联络抗清之士谋划郑成功抗清之事。屈大均一生从军入幕、僧装隐匿、仗剑远游、反清复明，可谓波澜壮阔，其慷慨使气的任侠精神与易代之际的时代风习是完全一致的。

另外明末清初容城孙奇逢"节侠士也"^③，与左光斗、魏大中、周顺昌为友。天启间，东林党狱起，孙奇逢密请督师孙承宗清君侧。后左光斗等死，为之营葬，因与鹿正、承宗有"范阳三烈士"之称。崇祯九年，守容城拒南下之清兵，城竟不破。后避乱入五公山，与清政府誓不合作。

"五公山人"王余佑，生长幽燕之地，深受燕赵侠风的影响，喜通任侠，崇尚气节，家族世代精于武术，重侠义节操，其父王延善为人尚气义，曾以万金家产结客，后因反清被害，长兄自动投狱与父亲殉难，次兄为复仇杀死告密者三十余人。明亡后王余佑隐居五公山，招募门人，教授拳术，传习儒学，与清廷不合作。

清初祁班孙，乃明苏松巡抚祁彪佳之子，喜结豪客，潜纳死士。康熙初年与魏耕等联络郑成功、张煌言反清事败后被拘捕，遣戍宁古塔。朱士稚，"少好游侠，蓄声伎，食客数百"，明亡后他"散千金结客"^④。严迪昌先生在论及浙东遗民诗人朱士稚、张宗观时曾说："以管乐王霸之才而处末世亡国之时，事又难济，亡命江湖，这势必由原本'好游侠'，'为人慷慨，不负然诺'的心性一面进一步发展为隐于风尘中的诡异之士。……他们既豪义自恃，

① 欧初、王贵忱主编：《屈大均全集》（八）附录三，人民文学出版社 1996 年版，第 2100 页。

② 章玳：《屈大均人格及其诗歌创作》，南京师范大学硕士学位论文，2004 年，第 13 页。

③ 张廷玉等撰：《明史》，中华书局 1974 年版，第 6332 页。

④ 朱彝尊：《贞毅先生墓表》，载《曝书亭全集》，吉林文史出版社 2009 年版，第 691 页。

勇于牺牲，又能艰苦坚韧地伏处草野，加之原已涵养有素的才干学识和根深蒂固的华夏民族意识，于是在特定的历史时期构成了儒、墨相补，纵横家与游侠兼具的一种畸形文士群体。"①这可以说是对明清易代之际遗民诗人群落整体精神的阐释。

另外，很多具有任侠精神的文人，明亡后，拒不出仕，原本倾慕游侠、慷慨任气的性格，进一步发展而为与政府不合作的态度，此精神亦可歌可泣，为侠之一脉。吴县诸生金俊明"少尚气节，以任侠自喜，从父衍禧公官宁夏，跃马挟矢，驰骤绝塞间，已遍游燕赵齐鲁，自淮以北无不历，遇古人遗迹，必慨然凭吊久之"。②文人周篬明亡后于里中卖米为业，因急人患难，仗义疏财而生计日窘。后徐乾学招入史局，拒不赴。明末诸生冷士嵋，为人慷慨任气，入清不仕，其诗中积极歌咏侠客精神与任侠情怀，如其《紫骝马》诗云："男儿紫骝马，结交自刘生。慷慨抚长剑，意气为纵横。"诗中任侠者的形象正是作者自身的写照，在当时的社会环境中亦是一种与清政府不合作的精神宣言。可看到，清初社会的任侠精神，在庞大的遗民群体中此起彼伏，他们对"侠"的理解，进一步发展而为对民族大义的维护与节操的坚守，"侠"的情怀，走向了"节"的坚守。

除以上所说的侠义群体之外，清代社会中还有为数众多的具有侠节侠情的人，他们都是普通人，但好善乐施，济困扶危，不计个人利益，慷慨施仁，仗义行侠，在《清稗类钞·义侠类》中颇有记载。如"席文舆好慈善"、"刘继庄倾赀济人"、"许季觉活饥民"、"李振阳焚券"、"崔清夫好义乐施"、"吴鸿锡助和顺振饥"、"张自超鬻田助赈"、"黄云师乐善好施"、"李应卜轻财好施"等等。这类侠者往往以一己之力，尽力救助身边的人的疾苦，给老百姓带来实际的帮助，因而是人民大众最津津乐道的一类人。由此可见，在民间社会，侠不一定要有勇力，具有轻财重义、慷慨好施品格的人就是民众所认可的侠。侠作为一种精神气质和崇高品格，与传统游侠不同，更与汉代游

---

① 严迪昌：《清诗史》，浙江古籍出版社 2002 年版，第 237 页。

② 叶燮：《处士金孝章先生墓表》（《己畦集》卷十四），载《清代诗文集汇编》104 辑，上海古籍出版社 2010 年版，第 454 页。

侠少年对社会秩序产生破坏力不同，更多地体现在施财济困、慷慨好施方面，这也是侠的精神在民间的真实存在，也是侠一直活跃在民间的重要体现。

三、清代侠风发展的新趋势

清代社会在明末清初近百年的急剧动荡之后，逐渐进入稳定发展时期，从易代之初的侠风渐炽，到高压控制下侠风渐消，再到近代社会的侠风重振，这一历史过程清晰地展示了时代环境、政治策略对侠风的直接影响。纵观历史上整个侠风的发展来看，清代侠的活动呈现出了一些新的发展趋势。

首先，受到宋代以来江湖绿林任侠行侠的影响，清代侠风中，以除暴安良，诛灭人间、武林败类为己任，讲究武德，信奉侠节、追求自我节气和尊严为主。在绿林江湖之中，普遍追崇侠气，遵从大家都信奉的基本江湖规矩，也成了侠客们约定俗成的行为方式。由于社会日益腐败、黑暗不平，逼良为盗，因而，山野草莽之中，也颇有一些被迫栖身绿林的侠义之士。而这些侠义之士往往打出替天行道的旗帜劫富济贫、除暴安良，诛杀奸恶之贼。如《清稗类钞》中载：鸦片战争前，权臣穆彰阿主和，林则徐主战，穆彰阿遣刺客行刺林则徐，而有和尚暗中保护并杀死了刺客，林则徐问和尚何以开杀戒，和尚云："能杀人，方能活人"，然后遁去。[1] 这位僧人实则江湖侠士，他所信奉的是除奸惩恶、保护良善的江湖绿林道义。

此外，江湖侠士虽大多以劫夺财物为业，但清代江湖行侠者都信奉惩奸除恶、劫富济贫的原则，他们劫夺贪官污吏搜刮的民脂民膏，取不义之财为己用也赈济需要帮助的人。晚清京师大侠王正宜，江湖人称"大刀王五"，在河北山东一带的绿林中影响力极大，绿林江湖奉他为首领，"王五因为制法律约束之，其所劫必赃吏猾胥，非不义之财无取也。"[2] 这种江湖节义是很受到普通百姓的欢迎的。明清时期，这类的侠逐渐增多，获得了武林和民间

---

[1]　徐珂：《清稗类钞》第六册，中华书局 2010 年版，第 2747 页。
[2]　裘毓麐：《清代轶闻》卷九，中华书局 1989 年版，第 1 页。

社会的普遍认可。《清稗类钞》中记载了很多这样的故事，如"秦商遇盗还所劫"、"侠盗为人拒盗"、"大刀王五疏财尚义"等。

与传统游侠身份自由、行动不受拘束相比，清代的侠，尤其是会社或侠客团体，为了在武林、江湖立足，往往要遵守严格的内部戒规，如果成员出现违背戒规、欺压良善、不符合侠节的行为，侠客们会不遗余力地铲除。《清代述异》中，记载有江南八大侠中，因位列第一的僧某"淫暴五行，荼毒良懦"，而被其他七位武侠合力歼灭的故事，① 记载中的甘凤池、吕四娘都是当时名震天下的侠客。

纵观历史上整个侠的发展来看，清代侠的活动具有更加鲜明的江湖绿林化倾向，此时的侠或以武行侠，或以义行侠，遵从一定的江湖道义而为百姓所认同。

其次，侠与儒家所倡导的忠义、仁爱进一步结合。侠的形象与精神，在历史上和文学史上是经历了一系列的演变的，从先秦到秦汉的实存侠，再到魏晋唐代文学中对侠赋予的新意义，中国人对侠的认识产生了许多理想化的认同，其中，最直观的就是将"侠"的精神与"儒"的品格相结合，在传统侠"不轨于正义"的气质之外，注入了"义"、"节"、"忠"等品格。儒家所遵守的"信义、忠信"原则，与游侠遵守的侠义品节有相同之处，侠和儒在人格理想的趋同是儒侠互补的思想基础，文人知识分子将"侠"的气质和"儒"精神融合起来，作为他们日常行事的准则。这种精神趋向在明代尤为明确，尤其是在国家秩序面临危机、内忧外患之际，文人身上的侠气就被激发出来，而成为他们主导的人格。

明清易代之际，有相当一部分文人坚守节操，誓不降清，甚至最终从容就义以全气节，如张家玉，"好击剑，任侠，多与草泽豪士游。"明亡后不改其节，随隆武帝抗清，在与清广东提督李成栋大战，身负重伤，不愿投降，"自投野塘中以死。"② 几社领袖陈子龙、夏允彝等，他们一方面是忠臣义士，

---

① 小横香室主人：《清朝野史大观》卷十二《清代述异》，上海书店出版社 1981 年版，第 12 页。

② 张廷玉：《明史》卷二七七，中华书局 1974 年版，第 7133 页。

另一方面具有侠节凛凛的品质。清初的遗民群体中，有很多人即是学养深厚的儒者，同时也具有"重义轻利"、为实现反清复明理想而舍生忘死的侠者情怀。儒者之仁与侠者之义，经过了宋明时代的不断强化整合，在清代似乎已经完全统合起来了。《清史稿》中的"忠义传"、"孝义传"和明清稗史、笔记、小说、戏曲里所宣扬的也多是忠孝节义的侠风。政府严密控制、文人反清意识、民间正义诉求三个方面的张力，共同造就了有清一代尤其是清中后期侠文化的特色。尤其在维新变法前后的中国社会，大力倡导任侠精神的如唐才常、谭嗣同、梁启超、章太炎等人都是文人儒者，他们将侠义精神推向了一个前所未有的新高度。

四、清代稗史笔记与小说作品中的侠义观念

清代社会的历史现实决定了在史传文学中，对侠的记载或是以"侠"作为重要标签的记载是不太普遍的。比如据龚鹏程编录的《二十四史侠客资料汇编》中，从《清史稿》中辑录出来的与"侠"有关的记载是比较少的。试举几例，如江南大侠甘凤池"少以勇闻"①，明初文人顾八代，满洲镶黄旗人，伊尔根觉罗氏，"任侠重义，好读书，善射。"② 义侠凤瑞"好行善，岁收租谷数百石，必尽散之穷乏，数十年如一日"。③ 刘继宁"少负义气，有古侠士风。尝出重金，赎难女二，为之择配。岁饥，煮粥食恶者"④ 等不多的一些记录。史传里面明确记载的侠很少，但侠的形象与精神却越来越深入人心，在小说中非常活跃。

除了社会历史上实存的侠义活动之外，在清代文人的艺术创造中，侠义观念也在悄然地发生着变化。清代人创作笔记小说的风气十分盛行，在一些稗史野史笔记小说中，"侠客"的形象是很活跃并深入人心的。徐珂编录的

---

① 赵尔巽等：《清史稿》，中华书局 1977 年版，第 13921 页。
② 赵尔巽等：《清史稿》，中华书局 1977 年版，第 9977 页。
③ 赵尔巽等：《清史稿》，中华书局 1977 年版，第 13810 页。
④ 赵尔巽等：《清史稿》，中华书局 1977 年版，第 13844 页。

《清稗类钞》中的"义侠类、敬信类、技勇类"、小横香室主人编纂的《清代野史大观》中的《清代述异》、裴毓麐的《清代轶闻》、《清代笔记小说丛刊》等一些笔记中记录了不少侠士行侠仗义的事迹，从中可看到有相当数量的侠在民间活动。《清稗类钞》中就记录了清代许多守信义、重然诺、仗义行侠的事迹。如"敬信类"中所录："蔡眉人，世族也，被服儒素，生平重然诺。"①"陆丽京学既渊茂。而言必信，行必果。"②"义侠类"中所录"唐自仁护主"、"徐华国救人"、"郑成仙修桥"、"王文简夫人有侠性"、"吴璟救饥民"、"李振阳焚券"、"喻全易急人之困"、"刀侠还饷"等423条故事。

这些故事呈现出来的"侠义"精神与前咏侠文学相比较意义更加广阔丰富，更加贴近人们的生活。大多数侠者行善好施，不任武事，仗义疏财救民于危困，不仅得到老百姓的欢迎，也获得了官府的认可，这类侠者的身份被合法化了，这也是清代社会条件造成传统意义上的"侠"的势头衰微，而具有"侠性"的人大量存在于各个社会角落的重要原因。如《清稗类钞》中所记载的"吴璟救饥民"的故事，康熙年间，沾化人吴璟慷慨好施，当地发生饥荒，吴璟仗义疏财救助难民。有一贫民打算卖掉妻子，夫妻二人相对悲泣，吴璟听说后，为他们送去钱米。当地很多人受其恩惠，在年成好时，都向吴璟来还债，吴璟不仅拒绝收债，还烧掉了所有的债券。③ 慷慨施财是古侠的行为特征之一，时至清代，这种侠义之风仍然是人们认识侠的重要表征，类似吴璟这样乐善好施的侠者，《清稗类钞·义侠类》中记录颇多，这类侠者受到了社会世人普遍的尊崇。再如，"伊阕韩公子……年少慷慨，力行周济任恤之事，义声闻河洛间。""禾中周箕，隐于市，性慷慨，人有匮乏，辄倾肆中钱米给之。""长洲汤光启……遇友朋急难，辄慷慨赴之，几欲忘其身，晚岁家产荡然，藉笔耕糊口，三旬九食不悔也。"等等合法化了的"侠"，一方面延续了自秦汉以来传统的侠义精神，另一方面他们救助百姓，造福乡里，更进一步平民化。此外，裴毓麐《清代轶闻》"游侠记"中也记录了康

---

① 徐珂：《清稗类钞》第六册，中华书局 2010 年版，第 2595 页。

② 徐珂：《清稗类钞》第六册，中华书局 2010 年版，第 2594 页。

③ 徐珂：《清稗类钞》第六册，中华书局 2010 年版，第 2662 页。

熙年间江南大侠甘凤池，晚清的大刀王五、霍元甲等义侠之事，展示了在民族动荡中，侠者以一己之力而弘扬爱国精神的风采。另外，诸如笔记小说、杂剧戏曲中对各类"侠者"的记录、塑造和歌咏十分丰富，"咏侠"的文学脉络一直没有断绝过。

在侠的发展流变中，经历了由真实存在的侠到文学作品中侠的转变，文学中的侠经过作家的再造，烙上了创作主体的主观愿望与审美追求，而这些侠的形象与精神，更加符合老百姓对侠的渴望，甚至希望官府能够认同侠的合理化存在，以保护百姓拥护的清官，惩恶扬善，保护弱小。经过了宋元明清的发展，侠越来越世俗化，深入到社会民间的每一个角落。虽然主流政治打压侠的活动与存在，但普通民众对侠义精神和侠客的渴望却没有断绝过，当历史环境限制了真正的侠再回到生活中来，人们便把对侠的渴望投注到文学作品中来。"由于侠在历史演变中身份的越来越复杂，以及人们对侠文化的接受心理方面存在着一定的差异等因素的影响，古代侠文学在流传过程中也逐渐产生了雅俗分化的现象。从总体趋向上来看，咏侠诗歌成为文人士大夫抒情言志，传达心声的一种方式；侠义小说戏曲成为为市井细民写心的载体。"①清代咏侠诗和侠义小说、戏曲并存，雅俗共赏，文人借咏侠诗抒发他们的慕侠情怀，和对功名理想的热切追求。

明清侠义小说承接宋元公案小说而来，侠客越来越向正统思想靠拢。因而清代小说中的侠客形象与侠义观念经过文人的改造，呈现出新的变化。如《施公案》中，施世纶招降了绿林豪侠黄天霸、黄天霸从江湖好汉变为官府爪牙，这部小说中宣扬侠客只有一条出路，那就是被招安报效朝廷。文康的《儿女英雄传》、郑观应《续剑侠传》、贪梦道人的《彭公案》等小说中，人们渴望侠的合法化存在，一些技艺超群的侠客，为正统文化所收编，成为"清官"的保护者，他们往往借助"清官"来实现他们的人生价值和理想。晚清石玉昆的《三侠五义》中，南侠展昭因武艺高强，被封为"御猫"，协助包公办案以惩恶扬善；"五义"指五位江湖好汉，他们最终都向官府屈服，

---

① 贾立国：《"中国侠文化属于平民文化"说质疑》，《学术交流》2010 年第 1 期。

"义"的精神受到"忠"的制约。"侠客"开始依附于"清官",辅佐清官共同与恶势力作斗争,以此来实践他们的济世理想和侠义精神,也让清官的济民策略具有合理施行的保障。侠的被改造,体现着社会变化的需要,也是晚清社会中人们对日益腐化的清政府,以及西方殖民者入侵中国领土的普遍态度,即渴望有像包公一样的清官,也渴望有武艺超群、心怀天下的侠客来保护清官,侠客成为保证清官为民做主的重要保障。"他们既保持了秦汉以来古代侠客不畏强暴、见义勇为的传统精神,又消减了向来民间绿林侠客对抗官府、替天行道的反抗精神,成了具有浓厚报恩忠君思想,乐为统治阶级利用的'官侠'。"① 而《三侠五义》中的侠客,也成为清代文学中侠客的代表,"既然豪杰侠客依附在大臣之下,也就形成了清代侠客的两面性,一方面有'侠义',另一方面有'奴性',这也是侠义公案小说的一种侠客模式。"② 当然,抛却奴性不谈,侠客在这样的社会收编和文化改造中,完成了自己的人格超越,也完成了两千年来侠客人格的重要转变与超越。

第二节 清代诗人及咏侠诗的创作风貌

中国古典诗歌发展到清代,已经经历了一个历时悠久的过程,进入封建末世,诗歌的创作并没有因此走向衰亡,而是在有清 200 多年里,清人对诗歌的创作迸发出了前所未有的热情,诗歌数量之多,参与作家之广都远远超过了前代。事实上,任一阶段的清代作家,对诗的创作都抱有极大的热情,可以说,诗歌创作是清代文人生存的基本样态,是深入到自己的生命里的活动。而且清诗整体的质量超越了元明两代,在诗歌史上具有独特的价值。与明代诗人相比,清代诗人拓展了诗歌创作的道路,转益多师,融会贯通,创作了独具风貌的清代诗歌。

---

① 刘希欣:《游侠、豪侠、官侠——中国古代文学侠特征的异变及原因》,《菏泽师专学报》2002 年第 3 期。

② 曹正文:《中国侠文化史》,上海文艺出版社 1994 年版,第 80 页。

　　清诗阶段性明显，流派纷呈。明清易代，巨大的时代变化引发的国家兴亡衰变，深刻表达家国之恨、广泛反映社会现实，成为清初诗歌创作的共同主题。这一阶段，是清代诗歌发展的重要奠基时期，大批遗民诗人、易代诗人，共同造成了清初诗坛的繁荣局面。一方面，他们继承明末陈子龙的复古精神；另一方面又抨击明末公安派、竟陵派的创作弊病，强调诗歌的创新精神，创作中明显地展示了对清代以前诗歌艺术的全面整合。如易代诗人钱谦益，在诗歌创作上反对模仿、因袭，同时也对竟陵派、公安派末流反对复古的主张提出批评，但是他吸纳借鉴了复古派、公安派的创作观念，兼容并收，转益多师，拓展了诗歌的创作范围，将对现实的书写与对性灵的呈现融合在一起，承前启后，开一代诗风。再如顾炎武、吴伟业、龚鼎孳等对清诗都具有开创性的贡献。但最能反映易代时期深刻的社会现实的是大批的遗民诗人，这些诗人的作品直面现实，高扬民族气节和崇高品格，对清诗的影响十分深远。随后，有"清初六大家"宋琬、施闰章、朱彝尊、王士禛、赵执信、查慎行，他们的作品开启了盛世之音。自雍正、乾隆年间，清诗的创作进入全盛期，针对王士禛的"神韵说"，沈德潜倡导格调说，是浙派诗人的代表，而与沈德潜相对立，袁枚又提出性灵说，反对名教纲常，挥洒性灵真情。翁方纲提出"肌理说"，以"肌理"补充"神韵说"的空泛不足。乾嘉已降，厉鹗、黄景仁、郑燮、洪亮吉、纪昀、赵翼、张问陶、蒋仕铨、舒位、黎简、王昙等逐渐形成了自己的创作风格，清诗呈现出了一派繁荣景象。直至鸦片战争前，诗歌的创作都是丰富多彩的。

　　清代咏侠诗在清代诗歌的滚滚洪流中应时发展，是清代诗歌不可或缺的组成部分，它体现了中国古代诗歌发展的必然性，也是中国古代咏侠诗的思想与艺术发展的一个重要关节。据笔者对《清代诗文集汇编》、《四库全书》系列图书、《清诗汇》、《丛书集成》、《清诗别裁集》、《清诗纪事》以及清人别集等资料进行收集整理，共整理出清代咏侠诗（包括近代）1600 余首。单从数量来看，清代咏侠诗为唐代咏侠诗的 4 倍多，为宋代咏侠诗的 10 倍多，无论清代咏侠诗质量如何，这都是不容忽视的创作现象。因而，搜集、整理、研究清代咏侠诗，在中国整个咏侠诗研究的宏观进程中是很有价值和意义的，也是探讨整个"侠文化"的发展趋势与历史脉络的重要一环。以鸦片战争（1840）为界，中国社会进入近代，所以近代咏侠诗另章论述。经过笔者的整理发现，咏侠诗真正发生内在的变化是在维新运动前后，因而，在本章中，对清代咏侠诗的探讨指的是光绪朝之前的作品。

本节中将通过对清代咏侠诗中重要的阶段性作家作品的探讨，论述清代咏侠诗的整体创作风貌。

一、易代之际，遗民诗人的咏侠诗创作

鼎革变易，明亡清兴，清初的咏侠诗虽接续明末咏侠诗，但因巨大的时代变化而被注入了更加深刻、现实的内容。清政府入主中原之后，以明朝遗民自居的人很多，清代卓尔堪所辑选的《遗民诗》（十六卷中），选录的遗民诗人就有五百零六家，当然实际的数量应该超过了这个数字。他们坚守民族气节，入清后或隐居不仕，或与清政府相抗。"不少爱国遗民，有的继续从事抗清的活动，有的隐居不出，保全民族气节。他们写下了不少诗歌，在清初诗坛上放射了最为耀眼的光辉。"①不少人虽然因为自保而改弦易辙，但其民族气节与精神仍然是其诗歌创作中主要表达的方面。"这是一群'行洁'、'志哀'、'迹奇'，于风刀霜剑的险恶环境中栖身草野，以歌吟寄其幽隐郁结、枕戈泣血之志的悲怆诗人。"②需要说明的是，卓尔堪编著的《明遗民诗》并不能展示遗民诗歌的全貌，因为遗民诗中往往对明朝的怀恋，对清王朝的痛恨，以及一些公然反清复明的情感表达，而清王朝的思想文化控制极端严密，所以相当一部分的遗民诗被禁毁，即使没有被禁毁的流失也很严重。即使这样，据粗略统计，清初遗民诗人有 60 余家 220 余首咏侠诗，占清代咏侠诗的六分之一左右，如黄宗羲、顾炎武、王夫之、魏耕、方以智、申涵光、屈大均、陈恭尹、梁佩兰、傅山、邢昉、阎尔梅、朱鹤龄、姜埰、胡承

---

① 钱仲联：《梦苕庵清代文学论集》，齐鲁书社 1983 年版，第 6 页。
② 严迪昌：《清诗史》，浙江古籍出版社 2002 年版，第 61 页。

诺、李雯、钱澄之、吴嘉纪、毛奇龄、徐孚远、杜濬等诗人都有咏侠诗的创作。他们以吟咏古代历史中的侠客、刺客来曲折地表达他们内心的渴望、无奈与悲怆。而清代咏侠诗的优秀之作也是集中在这一时期。从他们的作为与咏侠诗来看，遗民诗人不仅气节凛然，大都具有侠骨豪气。受到前后七子以及晚明陈子龙复古精神的影响，遗民诗人的创作大都宗法唐诗，尤其是对杜甫的爱国主义精神与沉郁诗风的认同，他们的诗歌也大多沉郁顿挫、慷慨悲凉。

邢昉，明末诸生，复社名士，明亡后蛰伏不出，其现存咏侠诗歌七首，诗歌慷慨悲壮，歌咏任侠者的气概情怀，如《游侠篇》：

飙风大宛马，侠气并州子。雕鞍锦障泥，宝剑黄金篦。饮酒新丰市，结客深井里。千金为母寿，片诺许人死。手把于期头，征轮向西指。歌动易水寒，冠冲白虹起。策干重瞳怒，长揖龙准喜。安期本辩客，郦生亦壮士。当时顾盼间，风云从此始。英声烁金石，千载无穷已。①

此诗歌咏了任侠者的无拘无束的豪宕生活，"饮酒新丰市，结客深井里。千金为母寿，片诺许人死"四句生动地概括了任侠者的炽烈情怀，读之有金玉之声。再如他的《击筑吟》：

渐离击筑燕市中，萧条四顾来悲风。逡巡一奏咸阳宫，咸阳宫中近至尊。虎豹狰狞门九阊，筑声断续如相迫。噫彼瞳者子，诸侯客。②

此诗隐括高渐离在荆轲刺秦失败后以筑行刺秦王事，"萧条、狰狞、筑声、悲风"等词营造了悲壮、压抑、甚至神秘的氛围，以旁观者的眼光将刺客之侠高渐离的事迹发于咏叹。

阎尔梅，字用卿，号古古，崇祯三年举人，清军入关后，为史可法幕僚，立志抗清，两次被俘后不降，后剃发号蹈东和尚。其诗《易水歌》：

风起河干兮万里尘，白云隔断兮燕与秦。登车不顾兮指咸阳，成功

---

① 《清代诗文集汇编》5辑，邢昉：《石臼前集》卷一，上海古籍出版社2010年版，第406页。
② 《清代诗文集汇编》5辑，邢昉：《石臼前集》卷一，上海古籍出版社2010年版，第410页。

归来兮报先王。①

《侠士行》：

> 豪华非所难，所难独知己。不为五侯生，甘为布衣死。②

前一首歌咏荆轲其事，直抒胸臆，表达渴望荆轲功成的强烈感情。后一首寥寥数语，气势不凡，诗歌声调沉雄，慷慨有奇气，落落有节士之风。

担当和尚通荷，明诸生，明亡后落发为僧，隐居山野，他有十七首咏侠诗传世，歌咏游侠生活和侠义精神，如《侠客行》：

> 东去路不通，西去路不通，夜半独走空山中。傍人投宿无商店，醉卧倡楼忽惊魇。醒来记仇不记恩，侧身赚过潼关去，直闯咸阳门。何妨万军有利矢，欲报吾君宁畏死。③

此诗描写了侠客行走天下而舍身酬壮志、报答知遇之恩的精神气质。同时诗中为君复仇的侠客形象，正是明亡后落发为僧、四处流亡、渴望报国恨家仇的诗人的形象写照。

彭孙贻，明末贡生，明亡不仕，布衣蔬食二十余年，其诗《少年行》：

> 樽前百万判呼卢，更脱鸊鶙裘付酒垆。惟有宝刀输未得，感恩已许借头颅。

> 买得吴钩雪色明，从师未肯学长生。学成击剑无人试，行尽人间问不平。④

诗中刻画了慷慨任气，借躯酬恩的侠少年形象，这一形象寄托着诗人渴望积极用世的人生理想，然故国不再，报国无门，"行进人间问不平"的徒劳是很多遗民诗人内心的写照。

遗民诗人中的重要代表屈大均，明亡时年仅 15 岁，但跟随魏耕积极抗

---

① 《清代诗文集汇编》19辑，阎尔梅：《白耷山人诗集》卷一，上海古籍出版社2010年版，第70页。
② 《清代诗文集汇编》19辑，阎尔梅：《白耷山人诗集》卷一，上海古籍出版社2010年版，第76页。
③ 《清代诗文集汇编》9辑，释通荷：《担当遗诗》卷一，上海古籍出版社2010年版，第11页。
④ 《清代诗文集汇编》51辑，彭孙贻：《茗斋集》卷六，上海古籍出版社2010年版，第532页。

清，一生足迹遍及天下，积极联络各地义士反清复明。他在诗中说："半生游侠误，一代逸民真"，就是他侠游抗清的写照。屈大均一生漂泊，慷慨任气，其咏侠诗数量达 33 首之多，其诗中多次地吟咏荆轲刺秦的故事，反复表达着对荆轲失败的无奈惋惜，借古抒怀，充满着浓郁而强烈的民族情绪。如《读荆轲传作》其一、其四：

> 置酒华阳曲未终，美人奇马玉盘中。何须匕首劳神勇，更使将军作鬼雄。一自悲风生易水，千秋白日贯长虹。殷勤倘用荆卿将，自可威加督亢东。
>
> 平生剑术未曾疏，况是深沈解好书。盖聂相期知不可，渐离同去意何如。六王有恨惟铜柱，一掷无成更副车。可惜汉家需佐命，英雄未得少踟蹰。①

《荆轲》其二：

> 荆卿西去不胜悲，歧路苍茫欲待谁？匕首岂堪将竖子，地图何不与渐离。凄凉易水驱车日，仓卒秦王绕殿时。剑术可怜疏未讲，精诚空有白虹知。②

其他如《易水行》："吾客渐离应与俱，彼竖舞阳安用此。"《重过易水》："年年易水吊荆轲，总奏平生变征歌。上谷悲风吹泪尽，紫荆斜日傍愁多。"《豫让桥》："国士感知己，能将七尺轻。击衣仇已报，吞碳气难平。"《咏古》其十："曷不待须臾，仓皇挟竖子"等诗句中，诗人渴望荆轲能够一击成功，对燕太子仓促间催促荆轲起行表达了强烈的惋惜之情，在特殊的历史年代，诗中隐含了强烈的民族情绪。谭献《复堂类集·明诗录叙》云："至若屈（大均）、顾（炎武）处士，鼎湖之攀既哀，鲁阳之戈复激，慷慨任气，磊落使才，凭臆而言，前无古昔，乃有怨而近怒、哀而至伤者，则时为之也。"③屈

---

① 《清代诗文集汇编》118 辑，屈大均：《道援堂诗集》卷七，上海古籍出版社 2010 年版，第 159 页。

② 《清代诗文集汇编》118 辑，屈大均：《道援堂诗集》卷八，上海古籍出版社 2010 年版，第 175 页。

③ 《清代诗文集汇编》721 辑，谭献：《复堂类集·明诗录叙》，上海古籍出版社 2010 年版，第 10 页。

大均的咏侠诗，雄劲豪迈，气节高华，是特定时代环境下自己心境的生动再现。"这'气'显然是特定意义上的'侠之气'，盘结着同仇敌忾的怒气和匹夫有尽天下之责的豪气的那种郁勃生气。"①确是的论。

清初遗民诗人是一个数量庞大的群体，这一群体成分比较复杂，但是其中很多人是当时秘密抗清网络中的重要力量。在清政府严酷的镇压和以博学鸿词招纳的诱惑中，有些文人则自保而流散，有些人进入到了主流政治中去，有些文人则坚辞不仕，终身保持民族气节。如傅山被称为"遗老魁首"，明亡后，不甘臣服于清，潜行遁世，密谋反清复明，曾被捕入狱。出狱后远游江南继续反清活动。康熙十八年，朝廷召他为博学鸿儒，他称病坚辞，后被连床抬进京城，距京城三十里处，抵死不进京。傅山生性好侠，急人之难，抱打不平。清人全祖望在《阳曲傅先生事略》文中说："(他)顾任侠，见天下且丧乱，诸号为荐绅先生者，多腐恶不足道，愤之，乃坚苦持气节，不肯稍与时谀阿。"②周容，明亡后落发为僧，与海上抗清义军秘密联系。他负才使气，纵饮不羁，时人将他比作徐文长。康熙时举为博学鸿儒，"以死力辞"。申涵光，崇祯年间诸生，为人慷慨尚气，有志节。明亡后隐居，康熙年间举隐逸之士，申涵光力辞。魏耕，明末诸生，明亡，于浙东抗清，失败后隐居苕溪，与钱缵曾及祁理孙、祁班孙兄弟等交往，尽读祁氏淡生堂藏书。又与郑成功通消息，劝之入江攻南京。郑军败退后，清政府获悉谋划所出，遂遭捕杀。这些人不仅崇尚气操，富有侠气，而且都有咏侠诗作流传。他们创作的咏侠诗中所表达的仗义行侠、解困扶危的举动，和对古代刺客的反复咏叹，暗寓着诗人的反清之志，重在表达一种强烈的政治态度与民族意识，这种民族意识与改朝换代时的爱国精神是一脉相承的。

除了遗民诗人的创作，一些改弦易辙，被清政府诱惑招纳的文人，也有大量的咏侠作品，这些诗中，一方面表达了诗人对"侠行义举"的赞美、

---

① 严迪昌：《清诗史》，浙江古籍出版社 2002 年版，第 334 页。

② 《全祖望集汇校集注》卷二十六，上海古籍出版社 2000 年版，第 480 页。

对侠义精神的追慕；另一方面，以一种积极欣赏的态度来看待历史中的侠者情怀，这可能是一种极为复杂的潜意识心理。在明清易代的夹缝之中，改朝换代后的政治、社会、文化的变迁所带来的幻灭感，给了清初遗民诗人吟咏的巨大空间，咏侠诗这一脉系，在这样的空间里生存，虽然相对于整个清代诗歌基数而言，数量不是很多，但却是清代咏侠诗的奠基之作。

二、高压政策影响下的咏侠诗创作

经顺治、康熙、雍正三朝的治理，抗清力量逐渐被扫清，清王朝的统治趋于稳固，与此同时，清政府对文化领域加强了清洗，乾隆时期的文字狱达到了高潮，如从雍正年间到乾隆年间绵延的屈大均《翁山诗外》案，乾隆三十三年的李绂诗文案，乾隆四十年澹归和尚《遍行堂集》案，乾隆四十三年徐述夔《一柱楼诗集》案，乾隆四十四年石卓怀《芥圃诗钞》案等等，这些诗案牵连甚广，惩治手段严酷，令人不寒而栗。文化禁锢和文化专制，导致了思想的沉闷与保守，知识分子不复活力，文化活动转而以学术治理、文字训诂、音韵考据等为主，遂形成了一个学派——乾嘉学派。这一潮流的源头固然是在清初的顾炎武等学者，但乾隆时期的高压政策确是这一学术潮流形成的直接原因。乾嘉汉学对诗歌的创作和发展造成了不良的影响。乾嘉诗歌的创作由时代变易所带来的具有活力的"流变"渐渐趋于儒家诗教传统的"雅正"，那些不合所谓正轨的变调在乾隆时期更为严酷的文字狱下被荡涤肃清了，清初关注国家社稷兴亡的诗歌主题，逐渐被反映自我生存状态和性情取代。众多诗人响应上层崇尚雅正的号召而学诗，诗坛氛围渐趋沉闷。早在康熙年间，王士禛倡导以个人性情为主的神韵说，主张诗歌吟咏个人性情，而淡化对政治现实的呈现。这一倡导影响很大，王士禛因之主盟文坛。乾隆年间沈德潜、"吴中七子"倡导"格调说"，翁方纲倡导的"肌理说"，一方面诗歌走向了古典雅正之路，使得诗歌的抒情特质严重异化而充满了格物致知的学究之气。在一定程度上压抑了文学自由创作的活力和感性的艺术想象，到乾隆时期，羁缚才思，窒息情性的诗歌观念将诗歌的性灵遏抑到了空前状态。然而值得一提的是，诗歌毕竟是发于心灵深处的歌咏，在"雅正"、"文饰"充斥的诗坛氛围中，诗人在努力地反抗着心灵的压迫而追求诗歌创作的性灵，袁枚和性灵派的崛起，便是这一时期的重要文学现象。性灵派最重要的主张就是抒写性情，袁枚多次表达"诗必本乎性情也"① 的观念。因而，"清诗发展到中期，真诗、见心灵的真情文字，大抵又复出之于'匹夫'的笔端；挣脱羁缚，一展抒情主体个性精神的吟唱重归于布衣、画人以及为'世道'所摒弃而遁迹草野、息影山林的谪宦迁客群中。"② 咏侠诗的创作在这样的文化背景下相应发生一些转变，和清初咏侠诗相比，这一阶段的咏侠诗在很大程度上成为了咏史、怀古情绪的抒发，即使是直接歌咏侠和侠义精神的诗歌也多是对古诗的模拟，部分诗人的咏侠诗，尤其是对古侠的歌咏，诗意内容、评价观点重复的情况比较普遍，没超越出之前历代的咏侠诗创作范畴。

"清代时，侠客诗又一次衰落。这不仅和现实生活中游侠衰落的情况合拍，大概也还有清朝皇帝对文学严加管制的因素。写游侠诗太危险了，很容易被定为煽动罪，诗人避之唯恐不及。即使有触及这类题材的，也只是练练文笔而已，如由王士祯写的《拟〈白马篇〉》，以及袁枚写信陵君和荆轲的诗。"③ 刘若愚先生认为清代侠客诗的衰落，主要是因为游侠的衰落和政府文学管制严酷，并说"即使有触及这类题材的，也只是练练文笔而已"④，这种说法并不能完全廓清清代咏侠诗的创作实际。康雍乾三代的咏侠诗的确受到高压统治的影响，但并没有像刘若愚先生所界定的完全衰落，创作潮流并没有断绝。

此一时期的咏侠诗也在诗坛大环境的变化中沉浮变迁，既能看到诗人收敛情性的痕迹，又能感受到诗中所呈现出来的"侠"所带来的不绝生气。更

① 袁枚：《随园诗话》卷三，江苏古籍出版社 2006 年版，第 67 页。
② 严迪昌：《清诗史》，浙江古籍出版社 2002 年版，第 652 页。
③ 刘若愚：《中国之侠》，上海三联出版社 1991 年版，第 76 页。
④ 刘若愚：《中国之侠》，上海三联出版社 1991 年版，第 76 页。

进一步而言，咏侠诗歌在这样的诗歌创作氛围之下，似乎成为一个诗人抒发自由性情的通道，虽然这种"自由"情性已经在主流文化的改造之下不复原生态的面目。这样的局面应该是和"侠"本身游离主流之外，而为一种精神人格理想追求的特质有关。当然也和知识分子在时代变迁中的自我适应也有关，大多数知识分子在清政府的统治渐趋稳定后，淡化了君父之仇和家国之恨，而是逐渐适应了清王朝的统治，诗歌的歌咏也由外在的家国巨变，社稷情怀，转向对自我内心的书写，那么咏侠诗中对"侠义精神"的颂扬而传达的抗争意识自然渐渐淡漠了。

　　整体来看，康熙后期和雍正、乾隆年间的咏侠诗创作中，对"侠"的吟咏，更多地集中于咏史、怀古这样的题材中，此一时期的怀古凭吊作品极多，如以《易水》、《易水行》、《易水怀古》、《豫让桥》、《荆轲馆》、《咏古》、《咏史》为题的诗歌数量较多，尤其是"易水"系列的作品。就连乾隆皇帝本人，就有《荆轲城杂咏四首》、《过荆轲山隐括其事题辞》、《荆轲山》、《易州道中作》这样的作品，当然，作为君主更多的是以荆轲、燕丹之事为戒来抒发感慨的，如"可能劫得秦王未，衍水祸由自速成"①，并带有警示的意味在里面。而且，此阶段的大多数诗人都是身处国家体制秩序之中，身在朝堂、份属官吏，很多的咏侠诗其实是和怀古、咏史相交叉的，单纯的咏侠作品较少。如王峻《读荆轲传》："堪笑荆卿不解事，欲教秦政学齐桓。"② 彭维新《侠者》："嗜名胜慕义，终以侠自戕。报仇乃末技，拨乱为真强。圯上受书后，所以为子房。"③ 保培基《结客少年场行》"归且学书记名姓，是真结客少年场"④等诗，似乎是在维护正统王朝的统治了。还有歌咏"易水、荆轲"的诗，数量虽多，但主要是表达对历史、现实的反思与评价，对荆轲的侠烈精神与酬报知己精神气质并没有过多的展示。如吴镇《易水》："萧萧易水古今情，白

----

① 《清代诗文集汇编》321辑，弘历：《御制诗三集》卷十，上海古籍出版社2010年版，第392页。

② 《清代诗文集汇编》275辑，王峻：《艮斋诗集》卷一，上海古籍出版社2010年版。

③ 彭维新：《墨香阁文集》卷九，袁庆述校点，岳麓书社2010年版，第194页。

④ 《清代诗文集汇编》275辑，保培基：《西垣集》卷三，上海古籍出版社2010年版，第510页。

日羞看马角生。但用樊君仇可雪，何须辛苦鏊荆卿。"① 袁景辂《易水》："壮士能忠义，何妨功不成。偶然经易水，谁不念荆卿。暗淡遥山色，凄凉秋树声。留侯兼智勇，一击亦空名。"② 蒋士铨《读史》："风色萧萧易水寒，杀身独负白衣冠。渐离不作田光死，感激其如遇合难。"③ 阮葵生《荆轲馆》："落魄燕云一酒徒，平生剑术竟何如。报仇苦索将军首，地下相逢愧也无。"④ 这些诗中更多了一些平和、劝诫的成分，这也是在有清一代的历史环境下，知识分子逐渐养成的思维方式与处事方式。这段时期，吟咏豫让、要离、专诸等刺客的诗歌数量远远少于清代初期，即使是吟咏这些刺客，诗人的感情也是很节制的，小心翼翼地发表一些无关痛痒的感叹罢了。一些以《少年行》、《侠客行》之类为题的诗歌，大多限于对少年任侠者的身份、装束的精心描绘，真正的侠情、侠节和侠义精神，仿佛被掩盖在一种由华丽的外表所引发的想象之中。诗人更多的笔墨用来描述侠少们的服饰、鞍马、刀剑、佩饰的精美绝伦，所记录的生活也大多是斗鸡走马、纵博豪饮、倡楼取乐等侠的生活的单一侧面，这类作品中侠的真正内涵并不是十分突出。在文网高涨的年代，这样的咏侠诗歌相对是安全的。但咏侠诗潮没有因此而衰绝，可见这种诗歌创作主题早已经深入人心，成为根基深厚的文学传统。乾隆间，由纪晓岚主持修撰《四库全书》时，稍觉眼生或是与时不合的作品都被列入禁毁之列，因而清初的一些咏侠诗歌没有被选录其中。

然正如前面所说，这一时期的咏侠诗中，也有叛逆封建名教纲常，追求性灵自由抒发的作品。这些作品让咏侠诗的生气活力再次崛起，如袁枚《荆卿里》："水边歌罢酒千行，生戴吾头入虎狼。力尽自椹酬太子，魂归何忍见田光？英雄祖饯当年泪，过客衣冠此日霜。匕首无灵公莫恨，乱山终古刺

---

① 《清代诗文集汇编》349辑，吴镇：《松花庵逸草》，上海古籍出版社2010年版，第75页。
② 《清代诗文集汇编》353辑，袁景辂：《小桐庐诗草》卷二，上海古籍出版社2010年版，第465页。
③ 《清代诗文集汇编》356辑，蒋士铨：《忠雅堂诗集》"喻义斋少作稿"，上海古籍出版社2010年版，第9页。
④ 《清代诗文集汇编》360辑，阮葵生：《七录斋诗钞》"春淀集"，上海古籍出版社2010年版。

咸阳。"①诗中感情激烈炽热，将诗歌的抒情特质发挥得淋漓尽致。再如吴颖芳《从军行》："幽燕将家子，侠气多雄威。轻此七尺命，羞言死蓬扉。仗剑辞国门，远塞赴戎机。"②石卓槐《渡易水》："西风击筑敢生还，慷慨无端意气难。壮士愿酬金匕首，送人都着白衣冠。"③王元文《少年行》："不羡长杨校猎材，唾壶敲缺剧堪哀。卖浆屠狗多吾党，意气相逢醉百杯。"④邱上峰：《侠客行》："剧孟聚三千，座满燕赵士。一诺千黄金，宁暇度生死。慷慨博浪椎，雄风寒易水。成败非所料，但将赤心许。"⑤这些诗歌情调激昂，感情充沛，将历史与个人的人生际遇、价值观念融合在一起，反映了诗人的自我人格与精神追求。

嘉庆、道光时期，文网渐松，但整个社会已形成一种颓废而衰老之势，官吏贪污成风，八旗子弟世风日下，崇尚享乐，科举腐败，卖官鬻爵。兼之乾嘉汉学的影响，诗歌创作领域也是"万马齐喑"，衰势难挽。虽咏侠诗创作脉络不断，但咏侠往往流于咏史，诗中的少年任侠者也是主要以夸耀华美的装饰为主，腰间的宝剑也只成了夸耀身份的配饰，而不再是为民除害、仗义行侠，或是从军边塞，保家卫国的利器。《清稗类钞》中虽也记录了一些此时期的义侠活动，但在一定意义上而言，中国传统的侠的精神无可避免地走向衰落，咏侠诗的创作也在思想内容与艺术审美上走向了衰落，创作流于模拟，没有明显的突破与创变。直至鸦片战争后的近代社会，侠风再度崛起，咏侠诗的创作再度掀起最后的高潮。

---

① 《清代诗文集汇编》339辑，袁枚：《小仓山房诗集》卷一，上海古籍出版社2010年版，第329页。

② 《清代诗文集汇编》299辑，吴颖芳：《临江乡人诗》卷四，上海古籍出版社2010年版，第29页。

③ 《清代诗文集汇编》392辑，石卓槐：《芥圃诗钞》卷三，上海古籍出版社2010年版，第533页。

④ 《清代诗文集汇编》377辑，王元文：《北溪诗文集》卷二，上海古籍出版社2010年版，第655页。

⑤ 《清代诗文集汇编》260辑，邱上峰：《籇村诗全集》卷一，上海古籍出版社2010年版，第253页。

第三节　清代咏侠诗的创作主题

　　清代是封建末世王朝，距离侠活跃的春秋战国时期已逾两千年了，漫长的历史进程与文化进程中积淀了丰富的与侠相关的材料与评价，前代咏侠诗所积淀的思想内容和审美特征，在清代咏侠诗中都存在，几乎没有根本性的突破。就咏侠诗的创作主题而言，有三方面的拓展值得重视，即清代咏侠诗在明代较为普遍的怀古、咏史主题更进一步发展；咏侠诗中的民族情绪与政治寄托比较突出；对刺客的反复歌咏成为了一个比较突出的现象。

一、咏侠诗与怀古、咏史、咏古相结合寄托的历史反思

　　怀古、咏史是中国古典诗歌中的一个重要主题，"怀古诗多因景生情，抚迹感慨，所抒者多为今昔盛衰，人世沧桑之慨；而咏史诗多因事兴感，抚事寄慨，所寓者多为对历史人事的见解态度或历史鉴戒。"①这一传统主题和咏侠诗的创作结合似乎是必然的。因为在咏侠诗中有一大部分是对古侠刺客的歌咏，他们既是历史上的侠客，又勾连着一段惊心动魄的历史故事，后人对他们的事迹和遗迹发于咏叹，以此缅怀他们的侠义精神或表达复杂的今昔之叹。自中晚唐以来，咏侠诗中咏史、怀古形式逐渐增多，然而不是咏侠诗主要的创作主题。清代咏侠诗，与唐宋咏侠诗相比，借历史遗迹凭吊古代各类侠客，以及借史抒发历史情怀和个人感慨的诗歌更多更集中，可以说，这是清代咏侠诗的主题特点。

　　清代咏侠诗中咏史、怀古、咏古这三类往往是交叉的，据粗略统计，清代咏侠诗中以"易水"系列（包括《过易水》、《易水怀古》、《渡易水》等）为题的诗歌有160余首；以《豫让桥》（包括《国士桥》）为题的诗歌约90首；以"督亢"系列（包括《督亢陂》、《督亢怀古》等）为题的20余首；以

---

① 刘学锴：《李商隐咏史诗的主要特征及其对古代咏史诗的发展》，《文学遗产》1993年第1期。

《博浪沙》(包括《博浪行》、《博浪椎》、《子房椎》)为题的有40余首;另外以《专诸巷》、《专诸塔》、《专诸墓》、《荆轲山》、《荆轲馆》、《荆轲城》、《轵里》、《聂政台》、《荆卿墓》、《荆卿故里》、《高渐离故居》、《夷门》、《田横岛》、《挂剑台》、《吴季子挂剑处》、《要离墓》、《五人墓》、《国士报恩处》、《大义存孤处》、《豫让照眉处》等咏侠诗约100首;以荆轲、高渐离、要离、专诸、程婴、聂政、公孙杵臼、剧孟、郭解、季布、季心、朱家以及四公子(四豪)为题的40余首;以《咏史》为题的有36首;以《咏古》为题的有近20首;以"地名+怀古"为题的咏侠怀古诗就更多了,如《荆轲山怀古》、《燕台怀古》、《易州怀古》、《邯郸怀古》、《田横岛怀古》、《平原怀古》等等。咏史与咏侠,怀古与咏侠交叉而作的占了相当大的比例,这类作品在清代诗歌里非常常见,应该说明的是,笔者在辑录时,只选录与侠和侠的精神结合较为紧密的作品。此外,清代诗歌创作有一个突出特点,即是诗歌与个人的生存、经历,和时代的境遇结合得十分紧密,所以不论是家国大事还是身边极为细微的点滴,都被纳入创作视野中。清诗中大量的怀古、咏史、咏古之作其实正是体现了清代诗歌的这一创作特点。这与清代复古的诗歌精神有关,与清人身处末世王朝的文学创作精神与文人的心境相契合。

在上述的怀古咏侠诗里,很难将怀古情绪与对古游侠的人格精神的追慕与颂扬或批判截然分割开来,诗人在怀古中凭吊一往难再的侠烈风神,赞美古侠重诺轻生、慨然报恩的任侠精神,或是借古寓今,表达深深的怀古伤今之情绪,并将自己对民族、历史、社会的思索与批判情绪传达于字里行间,因而这类作品是清代咏侠诗中内涵是最深沉、最丰富的。如申涵光《豫让桥》:

> 国士英灵死未休,石桥遗恨古邢州。千年强赵俱腐草,水到桥边咽不流。①

此诗以历史遗迹为线索,凭吊豫让的千古英风,慨叹他虽未报得仇恨,但"石桥"、"流水"作为见证,铭记了英雄遗恨,这种遗恨,不正是身为遗

---

① 申涵光:《聪山诗选》,中华书局1985年版,第97页。

民的作者内心的痛苦吗？

康熙朝诗人唐孙华《燕台怀古二首》（其二）：

> 荆卿游酒人，踪迹涸燕市。歌哭本无端，谁能识所以。一朝遇燕
> 丹，拊剑酬知己。长虹贯皎日，秋霜淬利匕。慷慨轻祖龙，谓若屠羊
> 豕。恨无吾客俱，舞阳乃竖子。相送白衣冠，哀音激变征。揕胸虽不
> 就，秦皇怖欲死。才岂劣鱄诸，不成天意耳。如何鲁勾践，剑术轻訾
> 毁。千载余悲风，萧萧吹易水。①

此诗名为怀古，吟咏的仍然是荆轲刺秦事，诗中以凝练的语言概括了荆轲刺秦始末，对荆轲失败给予理解与同情，驳斥了鲁勾践认为荆轲失败乃是剑术不精的论调。诗末回到怀古凭吊主题，以悲风、易水作结，诗意浑朴自然、情调悲郁苍凉。与魏晋隋唐侠气豪迈的作品相比，清代咏侠诗以深沉内敛的情调怀古咏侠，侠义精神和诗人的理想传达的更曲折一些。

屈大均《重过易水》：

> 年年易水吊荆轲，总奏平生变征歌。上谷悲风吹泪尽，紫荆斜日傍
> 愁多。
> 骅骝老去空知路，鸿鹄高飞亦受罗。好向城西更沽酒，英雄惟有玉
> 颜酡。②

屈大均一生游侠、从军、抗清，他歌咏荆轲的诗歌较多，对荆轲的失败表达了无奈与惋惜。此诗中，表达了诗人对英雄的深深悼念，这是明清易代之际许多以遗民痛苦悲壮的内心呈现。因而，清初的咏侠诗在一定程度上是诗人借咏侠而浇自己心中的块垒。清初的特定时代，遗民诗人诗中充塞着深悲积怨与浩然之气。很多诗歌名为咏史、怀古，但也绝非一般意义上的咏史怀古诗，在吟咏对象选择上也都具有鲜明的心理倾向。

康熙年间诗人颜光猷《燕市怀古》：

> 燕赵多慷慨，荆生意气通。酣歌燕市里，颇与屠狗同。一朝西入

---

① 《四库禁毁丛刊》集部 187《东江诗钞》卷 1，北京出版社 2000 年版，第 307 页。
② 《四库禁毁丛刊》集部 184，《翁山诗略》，北京出版社 2000 年版，第 35 页。

秦，把袖咸阳宫。谁知天不祚，身危秦益雄。嗟哉壮士死，田樊两无
功。易水冻不流，白日犹贯虹。道旁击筑人，饮痛心无穷。犹堪试一
扑，千载凌长风。纵约既不成，雄秦日洪烈。六国将蚕食，千古同悲
咽。惜哉燕太子，养士求一雪。图穷见匕首，血染秦庭血。荆卿不归
来，燕丹亦逐灭。刺秦祸固速，不尔亦力竭。与其坐待亡，谁与先攻
伐。放诸博浪椎，未可言优劣。迢迢易水愁，万木鸣寒叶。不见督亢
陂，千载流霜月。①

诗中嗟叹田光、樊於期皆慨然赴死，但天意不保，荆轲刺秦最终失败，
诗中将对历史的评价、反思与对荆轲侠烈精神的颂扬融合在一起，叙事议论
抒情合而为一，语调苍凉悲壮，情绪十分强烈。

另外，咏史诗因为对历史的反思与理性的批判，让清代的咏侠诗内涵更
加厚重。如程瑞祊《咏史》（其十）：

荆卿屠狗流，审势昧所长。生劫师曹沫，仁义希虎狼。卒犯长剑
威，倚柱徒彷徨。生当惭太子，死亦负田光。②

诗人以讽刺之态度，批判荆轲剑术不精、谋划不当，辜负田光、燕太子
的历史结局。咏史与咏侠融合无间，当然咏史的比重大于咏侠的比重，甚而
可以说是通过“咏史”来“咏侠”了。如任瑗《咏史》诗亦是表达了对荆轲
刺秦举动的理性反思：

舞阳既无胆，荆卿亦不智。秦政岂桓公，乃欲得约契。履虎思全
躯，惜哉少侠气。胆智俱未足，何以临大事。③

任瑗是乾隆年间人，他对荆轲的完全否定性的评价，或许与当时严苛的
文字祸相关，诗人对荆轲这一处在主流意识形态对立面的刺客的评价，在雍
正乾隆年间是比较有代表性的。再如乾隆年间诗人王峻《读荆轲传》：

---

① 《清代诗文集汇编》151 辑，颜光猷：《水明楼诗》卷一，上海古籍出版社 2010 年版，第
167 页。
② 《清代诗文集汇编》217 辑，程瑞祊：《槐江诗钞四卷》卷三，上海古籍出版社 2010 年版，
第 552 页。
③ 《清代诗文集汇编》274 辑，任瑗：《六有轩集》卷五，第 145 页。

悲歌一曲发冲冠，遗恨千年易水寒。堪笑荆卿不解事，欲教秦政学齐桓。①

与任瑗诗中的理性批判与评价态度如出一辙。

咏史怀古与咏侠的结合，体现了清诗的理性反思精神，这类创作在明代咏侠诗中也是常见的，但是明人诗歌，因复古派、性灵派都具有一种浪漫主义精神，侧重于抒发真性情，因而诗歌创作咏侠诗中理性的反思精神与探讨力度不像清代咏侠诗中如此突出。自清初学者型诗人顾炎武始强调"经世致用"，许多诗人首先是从事学术研究的学者，因而，清代诗人大多博学，诗歌有浓郁的书卷气，对社会时事的认识与反映比较冷静，对现实历史的反思也相应的更为深刻。这一深刻性在咏史、怀古、咏古的作品中体现十分鲜明，怀古、咏史、咏古之主题与咏侠诗的结合，由此阐发深刻的理性意识，是清代咏侠诗创作的突出特点。

一、清代咏侠诗，尤其是清初咏侠诗中的民族意识

清代是少数民族入主中原统治的王朝，汉族文人为生存也只能最终依附并认可清王朝的统治，但文人知识分子的"华夷"之叹是根深蒂固的。因而清代诗歌，尤其是清初诗歌，诗中寄寓着强烈的民族感情。清初诗人对故国的怀恋，对新朝的仇视都是十分真诚的，而侠身上所体现出来的勇敢无畏、追求自由、重义轻利的气质，极易激发起汉族文人的心灵共鸣。有研究者说，清代诗歌创作"有一个突出的特点，那就是：诗与人的生存、与时代的社会境况结合得十分紧密"。②"诗为心声"，清诗对于了解清代文人知识分子的心路历程，探讨社会时代的文化特征，具有明确的价值意义。鼎革之际，当面对异族入侵，天下大乱之时，汉族士大夫仍然奋起发动民众反清复明，维护朱明王朝的核心统治，清政府则以及其残酷铁腕的手段镇压汉人

---

① 《清代诗文集汇编》275 辑，王峻：《王艮斋诗集》卷一，第 129 页。

② 赵敏俐、吴思敬主编：《中国诗歌通史》清代卷，人民文学出版社 2012 年版，第 4 页。

的反抗。同时，为笼络人心，清政府采取了一系列怀柔政策，如厚葬崇祯帝，承认儒学的正统地位，宣扬程朱理学等，因而，在清初大动荡的社会环境中，汉人知识分子的处境是十分尴尬无奈的。这种尴尬无奈和内心被压抑着的恢复汉人正统统治的渴望，在诗歌创作中很普遍。即使是曾做了贰臣的钱谦益，他创作于1659年的《后秋兴》组诗集中地表达了这种心态。如其十三云：

> 海角崖山一线斜，从今也不属中华。更无鱼腹捐躯地，况有龙涎泛海槎。望断关河非汉帜，吹残日月是胡笳。嫦娥老大无归处，独倚银轮哭桂花。①

诗中隐晦曲折地表达了对故国的眷恋和哀悼，以及自己复明无望的苦痛与绝望，"中华、汉帜、胡笳、嫦娥、桂花"等意象流露出了浓郁的民族意识。诗歌与文人的生活际遇和生命思考联系十分紧密。可以说，清人咏侠诗，在一定意义上就是他们心声的具体呈现，咏侠诗承载了他们渴望侠客能够纵横天地之间，解民于水火之中的时代呼唤。所以，民族意识与爱国情怀成为清代咏侠诗，尤其是其清初咏侠诗的又一精神指向。如陆莱《咏史》之六：

> 子房报韩仇，毅然思击秦。力士与之俱，气勇何绝伦。击之虽不中，已夺沙丘魂。大索不可得，知几乃其神。惜哉秦舞阳，徒殒荆卿身。②

此诗吟咏张良于博浪沙椎击秦皇的故事，表达了对张良侠义精神的尊崇和追慕。诗末以荆卿刺秦事作比，"惜哉""徒殒"所凝聚的强烈主观情感，不仅突出了对张良侠行的赞美，也表达了对荆轲以秦舞阳为副而失败的惋惜。这种明确的历史评价和渴望荆轲功成的态度，不就是汉族文人民族情绪的曲折表达吗？再如屈大均《读荆轲传作》其一、其五：

> 置酒华阳曲未终，美人奇马玉盘中。何须匕首劳神勇，更使将军作

① 《清代诗文集汇编》3辑，钱谦益：《投笔集笺注》卷下，上海古籍出版社2010年版，第648页。
② 《清代诗文集汇编》119辑，陆莱：《雅坪诗稿》卷四，上海古籍出版社2010年版，第374页。

鬼雄。

一自悲风生易水，千秋白日贯长虹。殷勤倘用荆卿将，自可威加督亢东。

平生剑术未曾疏，况是深沈解好书。盖聂相期知不可，渐离同去意何如。六王有恨惟铜柱，一掷无成更副车。可惜汉家需佐命，英雄未得少踟蹰。①

诗中涌动着深深的遗憾和对荆轲壮举的悲悼，"殷勤倘用荆卿将"的历史假设，和"可惜汉家需佐命"的无限情思，字里行间表达着作者处在明清易代之际的强烈爱国激情与民族情绪。屈大均的诗歌，具有强烈的反清思想，常借自然山水、历史遗迹、民情风物等抒发兴亡之感，多寄寓民族感情，其咏侠诗沉郁悲壮，寄托鲜明，将个人的侠气与爱国情感直观地融入咏侠诗的创作中。因其诗中鲜明的民族意识和抗清观念，屈大均的作品在乾隆年间被列为禁书。

袁枚《荆卿里》更是以强烈的情感表达深沉的民族心理：

水边歌罢酒千行，生戴吾头入虎狼。力尽自揣酬太子，魂归何忍见田光？

英雄祖饯当年泪，过客衣冠此日霜。匕首无灵公莫恨，乱山终古刺咸阳。②

此诗咏古抒情，感情倾向十分强烈，荆轲刺秦虽败，但群山奇峰凌厉，都像刀剑一样永远刺向咸阳。诗中借对荆轲失败的遗恨，表达复杂的民族情绪和抗争精神，这种情绪抗争，与乾隆时期对汉族文人严酷的思想压制有关系，诗人借荆轲刺秦事倾吐内心强烈的渴望和不屈不挠的精神抗争。

金德嘉《咏史》之三：

虎狼恣啖食，六国无坚城。千金奉说士，割地为连衡。燕秦不两

---

① 《清代诗文集汇编》118辑，屈大均：《道援堂诗集》卷七，上海古籍出版社2010年版，第159页。

② 《清代诗文集汇编》339辑，袁枚：《小仓山房诗集》卷一，上海古籍出版社2010年版，第329页。

立，乃谒田先生。画策殊倜傥，匕首咸阳行。祖道易水上，临风奏羽
声。壮士尽慷慨，怒发上冠缨。登车不返顾，气可吞暴嬴。英风振千
古，惜哉事不成。①

诗人借咏史对荆轲刺秦事败的叹惋，从而也表达了清初文人普遍的反清
心理。"气可吞暴嬴"、"惜哉事不成"的情感指向性十分鲜明，"暴嬴"之称
谓能够感受到诗人对当下政治朝廷的严重不满。

再如朱彝尊《少年子》：

臂上黑彫弧，腰间金仆姑。突骑五花马，射杀千年狐。②

此诗作于顺治五年（1648），诗人用乐府古题，含蓄隐晦地塑造了一个
反清士人的形象。钱仲联编《清诗纪事》称其"《少年子》为顺治五年所作，
表现竹垞（朱彝尊号竹垞）反清之志甚烈"，明确指出："狐谐音胡，知其用
意所在。"③

田茂遇《易水歌》语言凝练、质朴，诗人更是以强烈的情绪抒发了对荆
轲易水壮别的悲叹之情。这种民族情绪乃明亡后，普遍存在于清初文人诗歌
之中。

悲风兮萧萧，壮士兮怒号。风萧萧兮木叶丹，壮士渡河兮泪阑
干。④

以怀古为依托来吟咏古游侠事迹，在诗意的描绘与想象中凸显他们的精
神气质，并且杂糅了诗人强烈的主观情绪，这是清代前期咏侠诗中非常普遍
的表达模式。虽然这些诗歌并没有魏晋乃至唐代诗歌中浪漫宏阔的精神指
向，咏侠诗所承载的侠义精神也略不同于魏晋隋唐，但是对这些诗歌进行整
体观照会发现，清咏侠诗在继承了此前咏侠诗的基本特点之外，在思想内

---

① 《清代诗文集汇编》121 辑，金德嘉：《居业斋诗钞》卷一，上海古籍出版社 2010 年版，
第 420 页。

② 《清代诗文集汇编》118 辑，朱彝尊：《曝书亭集》卷二，上海古籍出版社 2010 年版，第
50 页。

③ 钱仲联：《清诗纪事》引《梦苕庵诗话》，凤凰出版社 2004 年版，第 681 页。

④ 《四库未收书辑刊》7 辑 23 册，《水西近咏》之《寓庵诗草》，北京出版社 2000 年版，第
453 页。

容、艺术风貌、意象沉淀等方面出现了新的变化，文人用"咏侠"这一特殊的诗歌主题，以古代刺客专诸、荆轲、要离、高渐离等这些历史人物作为典型意象，真实而曲折地表达着自己的精神期待与民族情绪。这种强烈的民族情绪在乾嘉时期的同类咏侠诗中已经逐渐淡化了。总的来说，清代咏侠诗最鲜明的特征之一就是对侠的历史的歌咏与反思，诗人借咏侠以弘扬民族爱国精神，因而清人咏侠，让侠义观念的承载内涵更加丰富。

三、刺客之侠歌咏的政治寄托与历史反思

司马迁《史记·刺客列传》中记录了五位刺客：曹沫、专诸、豫让、聂政、荆轲，并评论说："自曹沫至荆轲五人，此其义或成或不成，然其立意较然，不欺其志，名垂后世，岂妄也哉！"[1] 司马迁对为国家大义牺牲自己，或者为酬报知己而死的刺客是持褒扬态度的。刺客和游侠，司马迁为他们分别立传，但很多学者认为，刺客与侠，在身份和精神气质上具有重合性。韩云波认为，先秦游侠可分为依附之侠和自由之侠，而刺客属于自由之侠。[2] 也有人认为，"刺客亦属于游侠的一部分……是介于'侠客'和民间游侠的中间状态。"[3] 郑春元《侠客史》中论及先秦游侠时，列出了"刺客之侠"一类。[4] 在我们对咏侠诗的探讨中，是认可"刺客之侠"的界定的，因而歌咏古侠古刺客的诗歌都被列入咏侠诗中。

清代咏侠诗，尤其是清初遗民诗歌，相比于明代，对刺客之侠的歌咏十分突出。清代人反复吟咏专诸、豫让、荆轲、聂政、张良、高渐离等游侠刺客，恐怕不仅仅是咏叹其"士为知己者死"，"已诺必成"的侠义精神和英雄气概，更是幽隐而曲折地传递着渴望侠客横空出世刺杀暴君的情怀，寄托着自己的故国之思与对新朝的不满。尤其是清初遗民诗人歌咏刺客的诗，诗中

---

① 司马迁：《史记》，中华书局 2006 年版，第 520 页。

② 韩云波：《试论先秦游侠》，《贵州大学学报》1994 年第 2 期。

③ 江淳：《试论战国游侠》，《文史哲》1989 年第 4 期。

④ 郑春元：《侠客史》，上海文艺出版社 1999 年版，第 8 页。

独特的精神追求与指向，不正是与明清易代之际的社会动荡和汉族知识分子的心态追求有关吗？一些诗人反复地歌咏者仗剑而来的侠客，颂扬、追慕着荆轲、聂政、专诸、要离这样的刺客，也不正是他们隐晦而曲折地表达内心渴望吗？尤其是屈大均的诗歌中，多次地吟咏荆轲刺秦的故事，反复表达着对荆轲失败的无奈惋惜，借古抒怀，隐含着浓郁而强烈的民族抗争情绪。

　　对中国漫长历史的反思，徜徉于清代的各类文学作品中，"诗言志"、"文载道"，诗文作品中的理性反思意味较前代文学都更为浓郁。时处末世，兼之异族统治、一度的高压控制，给汉族文人内心带来了巨大的影响，文人由外在的现实环境反观内心，理性的思致深入到感性的艺术表达中。因而，清代的咏侠诗歌更多地与怀古、咏史、咏怀交并而作，比较普遍地展示诗人自我的价值判断与理性反思。即使是在专制文化在控制之下，文人也尽可能地通过文学创作来表达他们内心无奈的道德追求与历史反思。"中国知识分子的可贵就在于他们在无数兴亡盛衰、无数深重苦难中培养出一种非常宝贵的道德情操——'安而不忘危，存而不忘亡，治而不忘乱'的忧患意识；这种意识驱动他们忘却了自己的依附身份，以自己相对独立的思想意识，在被动和能动中艰难地从事思想、文化、学术的研究和创造，或者有限地参与政治活动。"①清代部分咏侠诗中也承载着这层无奈与反思，诗人一方面对历史中的侠烈遗迹和豪侠精神进行歌咏；另一方面又自然而然地对游侠事迹的结果进行着反思与价值评判。这也是清代咏侠诗呈现出的最普遍的表达特点。彭孙贻诗《聂政》：

　　　　丈夫报知己，宁能踰所生。杀身陷轻贼，讵足谓成名。轵深井里人，深沉兼大勇。屠豕以养亲。不为卿相动。亲殁身幸存，待时可奋奇。韩非无事国，却秦需熊黑。惜哉智勇身，徒为奸侠死。求义贵有托，轻生非国士。②

　　此诗吟咏战国时刺客聂政。诗人一反常情，并不以歌颂聂政的侠义精神

---

① 韩进廉：《无奈的追寻——清代文人心理透视》河北大学出版社2001年版，"序言"第5页。
② 《清代诗文集汇编》52辑，《茗斋集》卷十，上海古籍出版社2010年版，第2页。

为主，而是反思评价其为了严仲子的一己私仇而轻舍性命，认为真正的侠义精神是应该依托合理愿望与精神而留存下来伸张正义，轻易舍身并不是真正的国士行为。再如《专诸巷》：

> 抱刀寻侠客，欲为赠平生。穷巷无人问，空留烈士名。①

诗以专诸当年所居之"巷"起兴，吟咏了对上古侠义精神的追慕，"寻"、"穷巷"、"空留"等字眼勾画了抒情主人公的情绪线索，从而深切地表达了对历史人物的理性反思。而"岭南三大家"之一的梁佩兰所作《易水行》比较独特：

> 易水悲歌动天地，荆卿入秦为燕使。秦王尊礼设九宾，殿间顾笑无旁人。于期之头奉上殿，血光直射秦王面。取持督亢色仓皇，咄哉年少秦舞阳！图穷不觉见匕首，秦王睨之环柱走。荆卿不得刺秦王，无且在殿提药囊。为谋不成实天意，祖龙胆落荆卿死。一死可以报太子，君不见沙丘之椎亦如此。②

诗中以鲜明的感情再现荆轲刺秦的历史现场，借历史咏叹当下。中国古典诗歌讲究比兴寄托、托物言志，将心理情感隐藏在物象或景物之中，在抒情与达意上重于含蓄、隐约，抒情主体的情绪与心态在诗句字里行间是比较曲折、朦胧的。"刺客是天壤间第一种激烈人"，③清人热情歌咏天壤间第一激烈之人，将自己的理想追求与政治寄托隐含其中，尤其是对"易水"、"荆轲"反复的吟咏，正是清初一些激进的遗民诗人内心隐晦的表达，抒发对"荆轲刺杀秦王"未果的扼腕遗憾，不就是隐晦曲折地表达对清政府的切齿之恨吗？

因而，对刺客之侠的反复歌咏，是清代咏侠诗突出的特点之一，这与易代之际士人的民族心理有关，诗人通过对刺客舍生忘死，重义轻利的精神气质的歌咏，寄托着自己个人英雄主义的理想，感情十分深沉。彭孙贻《荆轲》也是这样的作品：

> 燕秦不两立，智者达其机。从容合群策，可以解阽危。燕丹空好

---

① 《清代诗文集汇编》51 辑，《茗斋集》卷五，上海古籍出版社 2010 年版，第 467 页。

② 梁佩兰撰：《六莹堂集》卷四，中山大学出版社 1992 年版，第 43 页。

③ 吴见思、李景星：《史记论文·史记评议》，上海古籍出版社 2008 年版，第 52 页。

士，横挑暴帝威。剑术虽不疏，嬴王头可拟。朝刃劓秦庭，夕烽屠易水。可怜悲歌客，腐肉委咸阳。深沉徒好书，泪尽酒人旁。渐离死可恨，惭负于期光。至今督亢地，白虹澹茫茫。①

此诗吟咏刺客荆轲事，诗中叙写燕太子丹不顺应规律，谋划无当，以致荆轲刺秦事败，辜负了田光、樊於期、高渐离为之徒然舍命，表达了对荆轲失败的惋惜之情。诗歌感情色彩浓郁，褒贬评价自在其中。再如屈大均《博浪行》，诗中隐括荆轲、张良之侠烈行为，重在咏史反思、评价，情感浓郁，基调厚重：

> 一声震动惊秦始，猛过当年椎晋鄙。山东豪俊尽生心，圯上老人应不喜。英雄坚忍事方成，徼幸何须学庆卿。副车误中知天意，要使沙丘载臭行。扶苏不得作天子，总在沙丘龙一死。可怜百万死秦孤，只有赵高能雪耻。赵高生长赵王家，泪洒长平作血花。报赵尽倾秦郡县，报韩只得博浪沙。②

此诗中的历史意绪十分浓郁，诗人用了一些表达价值评判的语言如"应不喜、何须、可怜"等，表达了诗人的历史反思，也寄托了渴望一击成功的"反清"之志，个人英雄主义色彩十分鲜明，这也是清代咏侠诗中依托咏史描写刺客的共同的特点。秦汉历史上的实存侠中，最动人心魄的就是刺客之侠了，他们重义轻生，士为知己者死的侠义精神超越了历史而长久流传，至明清易代，文人更是凭借他们的任侠行为，表达自己深沉的历史民族情绪和政治寄托，渴望当下也有能够决意"刺秦（刺清）"勇侠之人，实现自己的抗清复明愿望。

四、歌咏豪侠气概，描绘任侠少年豪贵、矜夸、浪漫的生活状貌

歌咏豪侠精神、人格和任侠少年贵游生活，这是历代咏侠诗的主题。清

---

① 《清代诗文集汇编》52 辑，《茗斋集》卷十，上海古籍出版社 2010 年版，第 2 页。
② 《清代诗文集汇编》118 辑，《翁山诗外》，上海古籍出版社 2010 年版，第 324 页。

代咏侠诗数量众多，这一歌咏似乎更为突出鲜明。清代咏侠诗继承着前代咏侠诗的传统，对侠义精神和人格的歌咏也是非常普遍的。自春秋末期游侠出现以来，侠客精神便是不同阶层的人所尊崇的一种人格气质，侠客逐渐寄托了人们呼唤正义、英雄的美好愿望。"侠就是这样一种极具顽强生命力的'超人'形象，所以即使有重重挤压，他们也能以惩恶扬善、扶弱济贫、正义凛然的'超越'之举，透过层层阻隔闪现出耀眼的光亮，为儒家思想教化下以柔弱和服从为精神特质的那些人寄托人生愿望，承担社会理想。于是，弱者气质的人就这样在对侠的向往和崇敬中获得善的补偿和人格美的憧憬，其社会文化心理也得到满足。"①咏侠诗所承载的也正是人们对言必信，行必果的"义侠"的呼唤，对能够救人困厄、赈人水火、恩怨分明的侠客精神的追崇与赞美。如李业嗣《壮士行》："夜别要离墓，腾车不可留。酬恩千里外，大雪洒吴钩。"诗歌咏写壮士的侠风义举与快意恩仇，诗语凝练质朴，豪气冲天。

再如方兆及《刘生》诗歌：

> 刘生可是高皇裔，任侠由来重汉京。六郡良家输浩气，五陵豪士属荒伧。

> 雕龙雄辩金张馆，猎骑横穿卫霍营。死难报恩如饮食，一言投合此身轻。②

此诗开门见山，直接刻画了任侠豪士刘生豪宕重义的形象特点与精神气度，对侠的矜扬是明初文人普遍的心理渴望，呼唤侠义精神，曲折表达了明亡后的无奈情绪。再如李邺嗣《壮哉行》：

> 朱亥入虎圈，瞋血溅斑毛。气足与俱生，虎伏不敢嗥。大勇固若斯，欲起不可测。当其志决时，天地俱变色。吁嗟当路士，临断何踌躇。宿行数顾尾，适以贼其躯。要离本细人，留侯真孺子。奋威不自疑，一朝雪国耻。③

---

① 王一涵：《侠骨飘香——侠精神流传原因探析》，《社会科学辑刊》2003 年第 6 期。
② 沈德潜：《清诗别裁集》卷 4，岳麓书社 1998 年版，第 121 页。
③ 《清代诗文集汇编》77 辑，《杲堂诗钞》卷一，上海古籍出版社 2010 年版，第 705 页。

此诗以屠者朱亥领起，吟咏古侠士的性格特点之一：勇决。并以感叹当世行侠之人瞻前顾后、临危不决的态度。诗尾以要离、张良并非状貌魁伟之人，但做出了惊天动地的大事以酬深恩，进一步表达对侠士"勇决"气度的赞美。

唐代咏侠诗中，充满了理想主义的青春风采，诗中的侠客、少年"仗剑侠客行，负气少年游"的形象任性豪迈，气吞山河。"孰知不向边庭苦，纵死犹闻侠骨香"的可贵情怀，让唐诗中的侠客侠情深深感染着少年之心。在清代政治、文化、学术交织营造的背景之下，清人这类咏侠作品的感情抒发是比较节制的，虽然也会淋漓尽致发于咏叹，但终不似唐代咏侠诗那样的通脱、青春、浪漫。如张竞光《游侠》：

> 谁家游侠子，驱马入齐梁。宝剑黄金饰，雕弓玳瑁装。报仇深自许，然诺敢相忘。高歌还进酒，击筑对斜阳。①

诗中描绘了以报仇、许恩为事的游侠，横行天下、快意恩仇的生活表征。诗末以饮酒高歌、击筑斜阳隐含了慷慨悲壮的生命体验。任侠精神持续到了清代，已然深深印在了文人的人格精神之中，因而咏侠也是信手拈来，许多诗歌作者并非具有任侠品性之人，但仍然饶有兴味地创作着此类诗歌。

再看李赞元《侠客行》：

> 长安游侠客，结识遍四方。夜宿邯郸肆，日驰白骕骦。门下多死士，衣履珠玉装。千金买宝剑，碎砺日光铓。射猎上林苑，杀人燕市傍。百万酬知己，一饭不敢忘。解兵用谈笑，抵掌屈侯王。小哉秦舞阳，献图乃仓皇。请缨事戎伍，何论杀性伤。男儿死膑下，白骨污山岗。②

此诗见于《四库禁毁书丛刊补编》中，诗写长安游侠的生活：豪贵骄矜、结交死士、重诺轻死。作者以此表达了对这种侠义生活的叹赏、和对男儿崇尚侠义、纵横江湖的生命价值的肯定。这首诗里充分体现了清代初年的尚侠

---

① 《清代诗文集汇编》99辑，《宠寿堂诗集》卷19，上海古籍出版社2010年版，第300页。
② 《天津图书馆珍藏清人别集善本丛刊》第20册，魏宪编：《诗持二集》卷2，天津古籍出版社2009年版，第153页。

之风，这种风气与明清易代的巨变有关，也与整个社会中传统思想的动荡当有关。对侠客形象的歌咏，寄托着文人深刻曲折的内心追求，诗人大多不是任侠者，他们以旁观者的态度打量着心目中理想化的侠，表达他们的价值取向与人生理想。

另外，清代咏侠诗中有很多描写贵族侠少豪奢不羁、自由行乐、纵情任侠的生活状貌的作品，这一内容其实主要是承曹植的《白马篇》中对边塞游侠的描写而来，这也是唐宋咏侠诗中的重要内容之一。清代咏侠诗人保留了晋唐诗歌中悠游夸耀、恣意游乐的一部分，这也成了咏侠诗的创作传统之一。如梁佩兰《羽林郎》：

> 年少羽林郎，腰间插大黄。猿猱身敏捷，戎马气刚强。击剑名王帐，飞球侠客场。腐儒牙齿落，啧啧讶金章。①

羽林郎虽为汉代时执掌宿卫的禁军军官，因其大多来自于任侠之风颇盛的关中、六郡一带，因而其中不乏武艺高强、意气凛凛的豪侠之士。自汉代辛延年作《羽林郎》以来，这一诗题多写羽林侠客春风得意之意态与行猎任侠、建功立业之豪举。再如冷士嵋《少年行》，描写纵马扬鞭、服饰鲜明华美的五陵豪侠少年，骄矜豪宕、目中无人。

> 玉勒紫茸绍，银鞍绣锦袍。遗鞭不肯顾，知是五陵豪。②

再如孙在中《结客少年场》：

> 人生及百岁，欢笑惟少年。少年曾结客，连镳过雪川。香尘障路起，春花飘眼边。衔杯玛瑙赤，照日紫螺卷。新调凤凰管，玉女倚窗哤。河桥归路晚，骄嘶更争前。③

着眼于少年侠游轻裘肥马，服饰光鲜富丽的描绘，和冶游驰逐、青春无羁的行为特点，这也是清代，尤其是清代中期侠客诗的重要内容之一，这当然与清代中期社会承平、贵族阶层耽于享乐的风气有关。

李天馥《古少年行》之二：

---

① 梁佩兰撰：《六莹堂集》卷六，中山大学出版社1992年版，第69页。
② 《清代诗文集汇编》111辑，《江泠阁诗集》卷十，上海古籍出版社2010年版，第99页。
③ 《清代诗文集汇编》206辑，《大雅堂诗初集》卷三，上海古籍出版社2010年版，第75页。

少年重然诺，结交多通侯。矜鞍联车骑，日日五陵游。千金轻一掷，谈笑倾青楼。名部工新声，华筵度凉州。酒酣盛意气，春风对打球。①

此诗写少年侠士的豪宕生活，古朴遒逸、梗概多气，将豪侠少年的神貌和生活状态生动传神地刻画了出来。侠客身上那种无拘无束、任性任情、以义当先的气质特点，以及豪宕浪漫、纵情游历、一掷千金而不顾的生活状貌，在清代专制政治文化之下是令文人向往的。如梁潜《少年行》：

谁家年少风流客，白皙无须身七尺。五花马分千金裘，道傍观者声啧啧。生来爱作狭斜游，黄金散去无迟留。书与高朋列广座，夜呼名妓宴高楼。酒酣拔剑盛意气，眼中何有平津侯。②

诗中描写了少年豪贵风流、引人称羡的生活。鲜衣怒马、一掷千金、纵饮狎妓、拔剑盛气。值得一说的是，仔细考察这类作品，"侠"的真正意义被淡化了，这是自唐宋以来咏侠诗中普遍描写的生活侧面，清代此类咏侠诗中沿袭了这一传统。

此外，清政府在专制控制的同时，也采取了一系列的政策来安稳人心，对儒家伦理道德的大肆褒扬与倡导，科举考试的有序进行，让局面渐渐稳定下来。很多文人渴望有所作为来实现人生价值，因而咏侠诗中也能地感受到魏晋唐代以来咏侠诗中渴望建功立业的心声，和上报天子的美好愿望。如张实居《少年行》："功成不顾万户侯，请将宝剑清君侧"；袁佑《少年行》："少年游侠子，新拜羽林郎。身骑白鼻马，出入直明光"等。只不过清代咏侠诗中，这样的情怀抒发已经远远不如唐代，甚至明代了。

值得一提的是，清代咏侠诗中也有对不务正业、寻衅滋事、霸道横行的"轻侠"这一负面形象进行描绘的作品。这些轻侠骄纵横行，为祸乡里，"咸阳少年天下无，朝夕系马酒家胡。酒酣提刀气雄粗，大者杀人小博徒"（李楷《少年行》）；"邯郸侠少年，乃生于大族。出入乘肥马，僮仆皆华服。诗

---

① 《清代诗文集汇编》138辑，《容斋千首诗》卷一，上海古籍出版社2010年版，第10页。
② 《清代诗文集汇编》300辑，《剑虹斋集》卷四，上海古籍出版社2010年版，第35页。

书弃如尘，弓刀爱如珍。好杀固其性，不必皆仇人。燕赵无赖儿，千里常相亲"（傅维枟《少年行》）；"走狗斗鸡自任侠，羞从田父问稼穑。睚眦杀人浑如麻，夜夜探丸赤白黑。报德报仇心常切，杀妻食子不动色"（张实居《少年行》）；等等，为鸡毛蒜皮的事情"睚眦杀人"，这种流氓似的一方祸患，是游侠精神的堕落。韩云波曾说，自战国以来，侠与流氓有千丝万缕的联系，侠具有流氓特征。"在侠文化的行为表现上，侠的流氓特征，主要表现为横行霸道，寻衅滋事。"① 传统社会中人们对"侠"看法不一，少年侠士走马斗鸡、游猎狎妓，有时也为自己的利益与义气而欺压良善，因而他们是影响社会稳定的一种负面因子，被视为"恶少年"，这大约就是《史记》中所说的"豪暴之侠"。再看梁佩兰《恶少》：

> 恶少本幽并，纵横自性成。黄须千帐晓，绿眼万人惊。锦带龙衣窄，金鞭骏马轻。朝廷方用武，知尔立功名。②

这些恶少年因为拥有一定的武功技能，任侠豪纵、横行乡里，后应朝廷征召赴边塞从军以博取功名。这首诗中反映了政府对这些流氓式的侠少所采取的拉拢怀柔政策，招募其从军，以此来约束他们。这也是清代咏侠诗中描写的少年侠客普遍的出路之一。

释大汕《恶少》：

> 绿眼黄须挎宝刀，于今食肉是尔曹。自来软弱吾门分，不敢同人唤挡槽。③

此诗以作者的角度咏写"恶少"，表达了诗人对社会中欺强凌弱的恶少年与不合理的现象的不满与批判。"侠的流氓行为猖獗泛滥，流氓行径成为任侠行为中伴随始终的消极成分。侠的流氓传统，使侠文化的末流成为社会的蠹虫，既为朝廷法令所禁止，也为广大百姓所厌弃。"④ 游侠的沦落，与任侠精神的堕落，这也是清代咏侠诗中的内容之一。

---

① 韩云波：《中国侠文化——积淀与传承》，重庆出版社 2004 年版，第 118 页。
② 梁佩兰撰：《六莹堂集》卷四，中山大学出版社 1992 年版，第 69 页。
③ 《清代诗文集汇编》130 辑，《离六堂集》卷十，上海古籍出版社 2010 年版。
④ 韩云波：《中国侠文化——积淀与传承》，重庆出版社 2004 年版，第 120 页。

总体来看，清代咏侠诗的创作主题承载的内涵是相当丰富的。时至清代，侠早已成为中国文学中的一个特殊意象符号，甚至成为从文学层面进行歌咏的一个对象。诗人尽情地歌咏着侠客的风神个性，同时也展示着自我意识深处的"侠客梦"。

第四节　清代咏侠诗的审美特征

清代的咏侠诗综合了之前漫长时代所有咏侠诗的基本特点，并且清代社会文化风习的变化，以及对此前漫长的诗歌艺术精神与创作手法积淀的承续，让这段末世王朝的诗歌作品呈现出自己独特的艺术魅力。清代咏侠诗中，大量采用乐府旧题和古诗形式，并继承了汉魏、唐、宋诗歌的艺术特点，咏侠诗中既有古朴壮阔的诗美境界，也有浪漫洒脱的任侠情怀，还有雍容理性的思辨精神，因而整个清代咏侠诗呈现出来的审美精神与艺术面貌是比较复杂的。

一、古朴壮美的诗意境界与浪漫洒脱的任侠情怀相契合

清代咏侠诗虽在积极浪漫的用事精神方面不及唐代咏侠诗，然而"侠"慷慨壮阔的精神状态和传统咏侠诗古朴浪漫的精神影响，仍然在清代咏侠诗中留下了鲜明的印记。如王夫之《结袜子》：

初识张公子，投琼气已横。匣中报恩剑，不为汝曹鸣。①

再如施闰章《少年行》：

少年矜任侠，走马探金丸。朝从渐离饮，夕交剧孟欢。家本五陵子，遨游双阙间。使气陵五侯，结客满长安。白日报人仇，纯钩血未干。官骑不敢追，九衢侧目看。一朝见天子，请缨输心肝。南征举百

---

① 《清代诗文集汇编》66辑，《五十自定稿》，上海古籍出版社2010年版，第499页。

粤,西使斩楼兰。英声振海陬,胜气浮云端。竦身光竹帛,小勇宁足观。①

这两首诗歌皆用乐府古题描写当下人事,诗语古朴有力,将任侠少年的侠肝义胆和作家的自我思考结合起来,诗境豪迈,纵横不羁,淋漓尽致地抒发了对侠义精神的追慕和渴望建功立业实现自我理想的愿望。诗意壮美,充满了烈烈英风。能体现这种风格精神的诗篇很多。再如顾景星《游侠篇·谈云伤奖乱弃功也》:

> 浑金装鬙头,锦缆系轻舟。杀人留姓字,为客报恩仇。司隶嗫莫问,金吾谁敢收。一朝风埃起,十载崔符酋。狐鸣会大泽,鸱张堕名州。乘时邀诏赦,拜命着兜鍪。通籍龙虎卫,出入凤皇楼。堪悲李都尉,白鬓不封侯。②

五言诗歌语言浑朴,诗情壮美,叙事抒情议论熔于一体,豪侠"杀人留姓字,为客报恩仇"的任侠使气的气质特点和人格理想呼之欲出。李式玉《结客少年场》:

> 弱冠慕游侠,结客燕赵间。相逢一慷慨,然诺重丘山。义不惜千金,长驱出秦关。丈夫感意气,投躯臣燕丹。叹息荆轲辈,负恩不复还。我来易水上,潺湲为谁寒。③

诗中隐括荆轲重义轻利、许身酬恩的历史故事,忧叹其不能全身而还,以至"负恩"。"慕、重、惜、感、叹"等具有强烈情感色彩的字眼,与"游侠、然诺、结客、慷慨、意气"等相结合,统摄在易水寒波,悲歌余韵的自然环境与心理环境之中,构成了壮美雄浑的诗歌意境。张洲《白马篇》:

> 白马黄金镳,碧草映春袍。手持珊瑚鞭,腰悬七宝刀。鸣鞭驱白马,呼朋到酒家。千钱买好酒,鸣拳饮且哗。醉倚雕鞍旁,开口自称扬。豪侠多意气,并州是故乡。片言互相重,男儿须有用。明日历沙

---

① 《清代诗文集汇编》67辑,《施愚山先生学馀诗集》卷二,上海古籍出版社2010年版,第262页。

② 《清代诗文集汇编》76辑,《白茅堂集》卷2,上海古籍出版社2010年版,第40页。

③ 《清代诗文集汇编》78辑,《南肃堂申酉集》五言古,上海古籍出版社2010年版,第100页。

场，宝刀期尔共。人生知报恩，区区安足论。①

此诗承续曹植《白马篇》歌咏边塞游侠的传统，"黄金镞、珊瑚鞭、七宝刀"装饰点缀的纵马侠少，纵酒豪饮、片言相许、浪漫恣肆的任性情态，所构成的诗意令人心驰神往。

清代咏侠诗，延续魏晋唐代咏侠诗的特点，紧紧围绕着游侠生活状貌与精神特点，并向外更加普遍深入地与咏史、怀古的写作模式结合起来，将雄阔边塞、苍茫异域、历史遗迹等囊括其中，并和豪侠独特的气质风貌和谐地统一起来，最终形成了壮美雄浑的诗意美，让清代咏侠诗立于传统文学咏侠一脉中而毫不逊色。

二、侠客豪宕、壮美的人格美与诗人深沉、饱满的思理性相辉映

明清诗歌中向来就有"宗唐"、"宗宋"之争，唐诗浪漫宏阔、宋诗理致深邃，承续唐宋诗歌而来的清代诗歌，在艺术风貌上既具有唐诗直抒胸臆、浪漫壮阔的基调，又具有宋诗平和理性，善发议论的特点。因而清人咏侠，在歌咏任侠精神的同时，进一步发挥了诗歌对历史行迹的追索与评判功能，与整个清诗的历史使命是相契合的。尤其是在康、雍、乾三朝，严酷的文网戕害着好几代文人的心灵，知识分子的活力被考据之学逼仄到无以复加的地步，整个文化的衰颓之势继之而来。在这样的环境氛围中，诗人们以深沉的理性思致，观照具有深远传统的游侠和侠义精神，追索历史与古侠的遗迹，与宋前咏侠诗相比，清代咏侠诗淡化了直抒胸臆的感性阐发，更多了理性的自我观照。

因之清代咏侠诗注重理性思考的阐发，最显著的特点就是将侠客的人格壮美与诗人的理性思辨与评价结合在一起，二者交相辉映，形成了清代咏侠诗独特的审美境界。对侠客人格精神的认可与赞美，是咏侠诗最核心的表现，诗人往往直抒胸臆来表达对侠客人格美的赞叹。"自矜然诺重千金，不

---

① 《清代诗文集汇编》361 辑，《对雪亭诗钞》卷一，上海古籍出版社 2010 年版，第 642 页。

惜头颅轻一死"（魏裔介《邯郸少年行》）；"赴难疾犇兔，捐躯轻鸿毛"（顾大申《白马篇》）；"挂剑千金值，酬恩一命轻"（顾景星《刘生》）；"从来然诺重千金，是处报仇轻七尺。相逢意气人争羡，怀中拂拭鱼肠剑"等等，侠客慷慨高大的形象美与人格精神美凸显于字里行间。诗人用侠客高大、豪俊、纵马悬剑的外在形象和行为特点渲染、衬托其英雄、慷慨的人格美。"身挂明珠袍，佩剑入都市。金鞍铁连钱，顾盼玉鞭指"（邱上峰《侠客行》）；"朝辞主人去，昏叩主人门。手提头颅热血腥，杀君仇家报君恩"（邵长蘅《侠客行》）；"手提血髑髅，匹马如流星。报恩复报仇，誓死不顾生"（刘岩《侠客行》）等等，诗人正面描写，侧面烘托，"夜月金刀闪，西风匹马奔"的氛围让侠客的形象呼之欲出，跃然纸上，以此衬托其光彩灿烂的人格魅力。

然清代咏侠诗中，作为以任侠者为对象的诗歌，诗中作家的主观情绪十分鲜明，往往将自己的身世之伤和对时代历史的思考融入诗歌，诗人的自我形象，与侠客的精神交相辉映。如杨思圣《怀古二首》其一：

> 燕市豪侠窟，击筑事狗屠。酬恩借一言，杀身常恐后。我有平生剑，芒寒夜触斗。含笑当赠谁，感激空在手。寥寥今千年，斯人不复有。①

此诗以咏古为主题，隐括战国刺客舍身酬恩之义，表达诗人自己虽有许身酬恩的抱负，但无以实现。对燕市豪侠孤独寂寥千百年，无人能与之比肩的感叹，深深地注入了诗人复杂的情绪和理性思考。俞瑒《游侠篇》：

> 咸阳门外秋风起，落叶萧条满城市。莫道人生重结交，结交恩义今何似。……貂裘欲敝黄金尽，谁向长安问少年。昔年相许多相负，白头倾盖终何有？自古交知贵寸心，今朝意气空杯酒。回思往事几蹉跎，东海桑田生白波。吕梁悬水三千尺，不比人情险更多。人情反覆何堪再，由来贫贱知交态。廷尉门前张网罗，平津东阁今安在。九月凉秋蕙草

---

① 《清代诗文集汇编》74辑，《且亭诗钞》卷一，上海古籍出版社2010年版，第409页。

残，空令犹子恋长安。傍人只笑侯嬴贱，故友谁怜范叔寒。闲情欲付东流水，世路悠悠何足恃。同袍空有素心人，怅望关河隔千里。①

此诗夹叙夹议，详尽地描绘了咸阳游侠的生活状貌。隐括众多典故，突出了游侠慷慨意气、斗鸡走狗、冶游狎妓、呼卢纵博的豪宕生活，诗歌同时也借少年游侠子对结交之难与世态炎凉的无限感慨。诗人站在旁观的角度评价咏叹游侠当年的盛况，理性的观照与感性的阐发相得益彰。如孙枝蔚《侠客》：

> 消磨岁月费长吟，慷慨喜闻燕赵音。负剑远行俄十载，呼卢闲戏辄千金。须封侯伯年方壮，未报恩仇恨最深。惭愧史才异司马，相逢何用但知心。②

这首七律隐括典故，表达了作者对侠客快意恩仇、一掷千金的生活方式的推崇。诗中不仅有鲜明的情感指向，同时后四句的理性思索意味也很鲜明。再看胡承诺《拟鲍参军侠少》一诗：

> 侠客矜年少，并里轻弃捐。纵酒燕台市，校猎渭城边。缦缨飞长翮，袀服装薄绵。矢饮石梁羽，香暖氍帐烟。从军无坦途，所值如危弦。报恩食骏马，事急割羝肩。草山夺赵垒，横江爇荆船。灰残邻境黑，血染战袍鲜。贫无千金赂，誉鲜五侯延。序绩吾独最，策勋人尽前。霸陵逢醉尉，雍门奏哀弦。极知世路难，以此颐学仙。③

此诗拟鲍照诗，描写少年侠客年少辞乡，奔赴边城，纵横天下的豪宕意气，虽血染战袍，但因家贫无钱打通世路，而无法得到相应的待遇。诗人以侠少年"李广难封"的忧嗟不平之叹，隐含着对世路不平和自我处境无可奈何的忧叹与思考，诗中侠客的形象正是诗人的自我写照。

---

① 《四库禁毁书丛刊补编》56 集，徐崧辑：《诗风初集》十八卷，北京出版社 1997 年版，第708 页。

② 《清代诗文集汇编》71 辑，孙枝蔚：《溉堂诗集》前集卷七，上海古籍出版社 2010 年版，第 412 页。

③ 《清代诗文集汇编》43 辑，胡承诺：《石庄先生诗集》之《颐志堂诗》甲寅，上海古籍出版社 2010 年版，第 639 页。

三、清代咏侠诗众体兼备，各体皆工

中国文学发展到清代，各体兼备，无论是乐府歌行、古体，还是近体诗中的绝句律诗排律，在清代诗歌中都蔚为大观。考察清代咏侠诗，与魏晋隋唐咏侠诗相似之处是仍然以乐府旧题，包括汉代乐府歌行和唐代乐府变体为核心，如《游侠篇》、《结袜子》、《博陵王宫侠曲》、《刘生》、《结客少年场》、《少年行》、《侠客行》、《白马篇》等，郭茂倩《乐府诗集》中与"侠"相关的诗题，清代咏侠诗中全部具备。

在具体的诗歌作品中，清人咏侠对一些乐府旧题进行了延伸改造，如《乐府诗集》中的"琴曲歌辞"《渡易水》，经后人改造衍生出了《易水怀古》、《过易水》、《易水行》、《易水歌》、《易水》等，主要是歌咏荆轲易水之别与刺杀秦王的侠行义举，大多数诗歌中将易水外在萧瑟荒芜的自然景观与对荆轲的追慕与凭吊结合起来，"易水"也就成了一个极富历史含蕴与侠烈精神的意象。再如由《乐府诗集》中的杂曲歌辞"游侠行"、"游侠篇"延伸出来的《侠客行》、《游侠辞》、《侠骨行》、《侠客》、《游侠》、《侠少》、《恶少》等。还如《乐府诗集》杂曲歌辞"少年行"，经后人创造，有了《渭城少年行》、《邯郸少年行》、《大梁少年行》、《少年子》、《少年》、《少年游》、《长安少年》、《游骑少年》等诗题。清代咏侠诗中延续并改造的咏侠诗体是很丰富的，此处不一一而足。

此外，清人咏侠更注重有感而发的歌咏，即兴题咏，独立创作的诗歌作品数量庞大，内容丰富，采用的诗体形式也是多样化的，歌行、古风、律诗、绝句、排律兼而有之，如《赠侠客》、《送侠友》、《相逢》、《豪客》、《咏史》、《咏古》、《荆轲山怀古》、《时侠》等，其中以《咏史》题目内容最丰富。清代处在封建王朝的最后一个阶段，丰富的历史积淀和对侠的吟咏结合起来，体现了清诗大背景下的咏侠诗的普遍特点。

纵观整个中国咏侠诗，清代咏侠诗以承续前代传统为主，但在艺术创造上仍然是有可观之处的。以上提到的几方面，虽然并不是清代咏侠诗的首创，但是在清代咏侠诗中却是十分突出的。

第五节　清代咏侠诗的地位与影响

诗歌思想内容和艺术观念的演进，在具体的诗歌创作中是十分明晰的。纵观中国古代咏侠诗的创作，自魏晋时期咏侠诗题材确立之后，经过了隋唐五代、宋元明的漫长积淀，咏侠诗在思想内涵和艺术范式上积累了丰富的内容。清代（包括近代）是中国古典诗歌发展的最后一个历史时期，从清代诗歌庞大的创作成果中可以约略看到，清代诗歌几乎集成了此前所有的内容与形式，其中包括创作手法、艺术格调、诗美追求等。唐诗与宋诗两种诗美风范，仍然是清人作诗的努力道路。在中国诗歌丰富的创造与积累中，清代诗歌要创新实属不易，所以清代咏侠诗创作以继承为主，在缓慢发展中呈现出了一些突破与创新。

就整个作家的数量和文学作品的数量来看，清代文学超过了之前的任何一个时代，但就其艺术成就来看，不同的文体样式发展并不平衡，诗歌的创作总体来讲比较平凡。尤其是诗歌理论的空前发达，诗人作诗追求含蓄蕴藉，从而影响到诗歌作品的风骨兴象皆不能和唐宋诗相比，走着一条顺势而为、平稳发展的道路。清代咏侠诗也是如此，远祖魏晋隋唐咏侠诗的精神风貌，近承宋明咏侠诗的发展流响，思想艺术方面皆以继承为主。主要表现在两个方面：一是在内容上集中歌咏古代侠义之士侠烈风貌和普通侠客的生活状态，魏晋以来的咏侠诗基本的内容如歌咏刺客之侠、边塞游侠、借客报仇、贵族侠少鲜衣怒马的侠游生活等，在清代咏侠诗中被完全继承下来；二是继承了魏晋咏侠诗建功立业、摹写边塞游侠的主题，唐诗尚武重气的精神内涵，也吸收了明代咏侠诗中追求世俗享乐、展示个体生命情调的内容。因而清代咏侠诗可以说集合了前代所有的写作内容和艺术特征，在继承中创造自己的特点。

在传统的社会伦理中和艺术原则中，清代咏侠诗虽然很难再有大的突破与创新，但与前代咏侠诗相比，在思想和艺术特点上仍然是有创新的，主要表现在以下两方面：一是，清代咏侠诗中"易水"、"荆轲"系列的作品数量庞大，自陶渊明《咏荆轲》诗歌之后，后代的咏侠诗中不乏歌咏荆轲之作，然像清代咏侠诗中如此蔚为大观，还是少见的。笔者统计，清代咏侠诗（近代诗歌除外），有1200余首，这些诗歌中，凡是与歌咏荆轲相关的乐府、咏史、怀古诗歌有300余首，如果算上鸦片战争之后的咏荆轲的诗歌，就有近400首之多，占了整个清代近代咏侠诗的四分之一多。以荆轲、易水作为背景意象的诗歌数量就更多了。清代社会咏荆轲的作品数量多，不仅是因为荆轲是刺客之侠中慷慨尚义精神的佼佼者，更因为他本身是一个有着丰富争议性的人物，因而清人围绕着荆轲展开了丰富的理性探讨与反思。另外还有一个原因是，在明清易代的巨大变故中，知识分子将自己内心的抗清意识寄托在像荆轲一样的侠者身上，这样能够使专制君主"夺魄"的个人英雄主义行为，是清初知识大多数分子的共同渴望。经过诗人的反复歌咏，以及随荆轲形象内涵的再造，荆轲成了一个内含丰富的意象。

二是咏史、怀古诗歌数量巨大，清代咏侠诗中以《咏史》、《咏古》、《怀古》为题的远远超过了明代，约有半数的诗歌具有咏史性质。除具体的标以"咏史"、"怀古"的诗题外，如《豫让桥》、《国士桥》、《专诸塔》、《博浪沙》等，以及歌咏古侠的诗歌，基本上都是以咏史为依托的。呈现了清代人鲜明的历史反思精神。清代咏侠诗中的咏史怀古的作品远远超过了前代，理性意识很突出，这主要与宋明理学的影响，和鼎革之变带来的对汉文化的精神批判与思考有关，也与整个清代追求平实朴拙的诗风有关。清代作为封建王朝的最后一阶段，中国文明发展几千年来，至清代历史文化积淀已经是空前丰厚了，兼之清代中期考据、训诂、史学研究等学术习惯的确立，更是让诗人咏侠时不可避免地坠入一种理性反思的窠臼之中，哪怕这种反思是可能是雷同或陈旧的。清代咏侠诗重在借咏史来宣扬侠情，并凸显诗人的主观情感判断，咏史的意味非常浓郁。读清代咏侠诗仿佛置身于对与侠行侠义相关的历史事实的不断探问之中，游侠的风神状貌如在目前，同时，作者的主观情绪与价值判断也历历在目。

除上述的几方面内容之外，清代咏侠诗中还有一些内容也是引人注目的。如诗人歌咏侠客，在赞扬其慷慨任侠的精神和解人困危的气概的同时，以此为鉴，反观自己的现实处境和怀才不遇的无奈与痛苦，通过描写身怀技艺的侠客宝剑蒙尘，英雄无用武之地的现状，寄托自己深深的哀怨与不平，这样的情绪，在清代咏侠诗中也是比较普遍的。如田茂遇《侠士篇》：

> 床头夜夜双龙吼，朝持双龙绕街走。仰天问天天不言，且向山南逐猛兽。猛兽负险窜崇巅，鸣镝一发石为穿。射虎胡为反射石，时未利兮莫控弦。弦断弓折复何事，归来且试荆卿刺。舞阳无能竖子耳，坐使祖龙敢正视。祖龙今作泉下人，双龙匣里亦蒙尘。呜呼，铁椎误中从黄石，何事桃源欲避秦。①

诗中通过描写侠客行猎南山之事，抒发其英雄无用武之地的悲郁之叹，隐括荆轲、秦舞阳之典故，抒发了侠客生不逢时、宝剑不能出匣而作的愤懑情绪。诗中歌咏侠客之遭际，即是慨叹诗人自身的境遇，深深地烙上了明清易代的时代之印记。再如王文治《结袜子》诗歌：

> 出门西望欲从军，长剑横腰气拂云。热血满怀无洒处，十年空慕信陵君。②

咏叹长剑横腰、渴望驰骋疆场的侠少年，抒发了其壮志难酬的惆怅与悲壮。

清代咏侠诗总结了前代咏侠诗的思想艺术特征，具有集成性的意义。清代诗歌是中国古代诗歌发展的最后一个阶段，千百年来诗体的发展变迁和对诗歌思想艺术的不断探索，至清代，凡是历史上出现过的、存在过的种种流派、风格，无不集大成地出现于诗歌中。咏侠诗也在相应地呈现出了集成性的特征，就内容而言，除了清代以前咏侠诗中出现过的内容，如以怀古为主凭吊各类古侠客的侠义精神、以《侠士吟》、《侠客吟》、《结客少年场》等为题歌咏时侠、描绘贵族侠少豪宕骄矜的生活，甚至对一些横行霸道的恶少轻侠的咏叹等等，这些内容在魏晋唐宋元明咏侠诗中都有表现。在此基础上，

---

① 《四库未收书缉刊》7辑，《水西近咏》之《寓庵诗草》，北京书店出版社2000年版，第427页。

② 《清代诗文集汇编》370辑，王文治：《梦楼诗集》卷一，上海古籍出版社2010年版，第650页。

清代咏侠诗中更是将改朝换代的痛苦坚守与无奈抗争呈现于诗行间。尤其是晚近诗歌，"国家不幸诗家兴"，更是以空前的时代巨变唤起了诗歌的创作活力。

就诗体形式和诗题选择而言，清以前咏侠诗惯常使用的体例和题目，尤其是与侠相关的乐府旧题、新题，各类诗歌体例，在清代咏侠诗中呈现出了蔚为大观之势。此外，明代咏侠诗中涌现出了大量即时即兴题咏，清代咏侠诗明显受其影响。

在诗歌艺术技巧与诗美沉淀上，清代咏侠诗艺术总括了中国诗歌的众多艺术特征，风貌十分多样化，清代本来是诗歌理论探讨集大成的年代，在这样的背景之下，清代咏侠诗自然而言地会受诗歌创作理论的影响，积极回应着当下时代的诗歌艺术情调。

总的来说，清代咏侠诗中诗意、诗风、写作方式雷同的作品较多，这也是咏侠传统积淀了漫长的历史时期后不可避免的现象，的确没有太大的创新空间，直到近代社会空前的历史变局的刺激，才引发了咏侠诗主题思想的鲜明创新。

另外，清代咏侠诗承前启后，取得了丰硕的创作成果，其历史文化性的地位是非常突出的。清代上承一千多年的咏侠诗创作，没有特别突出的创新，并在咏侠诗发展逐渐走向平庸之际，下启近代侠风迭起、侠义精神更加具有拓展性的近代咏侠诗，呈现了咏侠诗发展的基本规律，在此消彼长的时代精神的变革中，具有承上启下的意义，同时也具有历史文化性的存在意义。在近代社会思潮崛起后，古体诗和近体诗发展空间愈来愈窄，尤其是晚清"同光体"诗人，再次将诗歌引向了固步自封的倒退境地，因而一些文人积极探索着诗歌创作的出路，梁启超、黄遵宪倡导的"诗界革命"，对咏侠诗的创作风潮也是有一定的影响的。在秋瑾和南社爱国诗人等的创作中，亦能感受到近代咏侠诗对清代咏侠诗乃至整个古代咏侠诗脉络的承续。总之，近代咏侠诗对此前咏侠诗的总结与承续，以及对新型的革命之侠和以民族精神、爱国主义为主题的侠义精神的再升华，都是无愧于风云迭起的时代大变革的。在清代以前蔚为壮观的咏侠诗潮影响之下，清代有更多的诗人继之以高歌咏侠，丰富并补充了咏侠诗的内容。诗人借"侠"抒情言志，咏侠诗寄托了文人执著的梦想，咏侠在一定意义上成为了诗人的心理需要、精神需要，对侠客的歌咏，也成为了诗人宣泄内心块垒的一个渠道。

需要说明的是，清代咏侠诗数量庞大，难免有一些在思想和艺术上不尽如人意的作品，在内容和形式上重复的现象比较明显，尤其是对古代侠客遗迹遗风的咏叹，有些诗篇的主题内容非常接近。然在漫长的诗歌进程中，这也是难以避免的。清代咏侠诗仍然是中国古代蔚为大观的咏侠诗中重要的一环。

综上，清代咏侠诗，是中国古典诗歌的一部分，也是中国咏侠诗发展的最后一个环节。清代咏侠诗的创作，体现了中国古代诗歌发展流程的必然性，也是中国古代咏侠诗的思想与艺术发展的一个重要关节。然而，对清代"侠"文学的研究多集中在文言短篇小说、侠义公案小说中，关于咏侠诗歌的研究几乎还是一片空白，在近些年来的硕博论文中，咏侠诗的研究也仅止于宋代。一般认为，宋代理学的兴盛，和崇文抑武的社会风气的确立，侠的活动便渐渐呈现出消歇的趋势，对于清代游侠的活动，汪涌豪先生的《中国游侠史》中也主要论述的是近代这一特殊的历史时期中的与革命相关的侠义活动。相应的，人们对宋以后的咏侠诗关注也渐趋淡漠。清代是中国历史上最后一个封建专制王朝，也是一个少数民族入主中原统治的时期，这样一个处在历史独特位置的时代，在社会风习与文化建设方面的确呈现出了不同于前代的一些特征，因而产生了具有独特面貌与魅力的诗歌。有清一代267年，其诗歌焕发出了绚烂多姿的风采，仅就大型的图书如《清代诗文集汇编》（共800册）收录的作品来看，作家之众多，作品之繁复，是令人叹为观止的。清代咏侠诗上承汉魏唐宋诗歌传统，下启近代咏侠诗中的风潮变化，具有末世时代的集成性与总结性特点。清代初期创作风潮的汹涌澎湃，思想艺术颇为可观，乾嘉时期，咏侠诗的创作渐渐流于拟古和内容的单调重复，可以说，咏侠诗的创作在经历了清初的回光返照之势后走向了衰落，它的发展历程清晰地呈现了清代侠风的逐渐消歇过程。直到鸦片战争后，在近代社会风潮的呼唤下，侠风再次波澜骤起，咏侠诗创作亦迎来其辉煌落幕。

第八章
咏侠诗创作的辉煌落幕

——近代咏侠诗

乾嘉之后，社会承平日久，长期以来的文化禁锢使得知识分子专注于学术研究，社会思想沉闷保守，不复活力。兼之乾隆时期闭关锁国的政策，使整个社会处于一种"万马齐喑"的黯淡局面。《清稗类钞》中虽也记录了一些此时期的义侠活动，但在一定意义上而言，中国传统的"侠"的精神在无可避免地走向衰落。

1840 年鸦片战争爆发，西方列强入侵，中华民族出现了"此三千余年一大变局也"[①]，中国传统的治乱循环完全被打破了，从此进入到最为屈辱和动荡的近代社会。内忧外患和尖锐的民族冲突、文化冲突，唤醒了一些有识之士的经世、济世思想。而西方列强的野蛮侵略，更是激发起了"忠君爱国"的传统民族主义信念。尤其是，自洋务运动开始，一些年轻学子留学西方和日本，目睹他国强大兴盛，自己的国家饱受欺凌，更激发了自我民族意识。尤其是维新派和革命派，他们高扬起侠的旗帜，以侠自砺，并渴望从改革民众道德观念这一角度，来重新塑造中国的民族精神。对"侠"的精神人格的倡导，和"尚武精神"重新崛起就是在这样的背景思潮下应运而生的。本章

[①] 李鸿章《筹议制造轮船未可裁撤折（同治十一年五月十五日）》，见于顾廷龙，戴逸主编：《李鸿章全集》第 5 辑，安徽教育出版社 2008 年版，第 107 页。

中笔者将探讨近代社会思潮的巨变与"侠"精神的"应时而变"，以及晚近时期咏侠诗创作的社会环境、创作风貌、艺术特征等。

第一节　近代社会思潮与侠风的高蹈与扬厉

鸦片战争爆发后，西方列强的侵略和"西学东渐"，使得中华民族面临前所未有的生存危机和文化挑战。救亡图存，振兴中华，成为当时中国历史的核心问题。一些有识之士如林则徐、魏源、康有为、郑观应、孙中山、黄兴等纷纷提出学习西方以救亡图存的观点。因而，自 19 世纪下半叶开始，中国思想领域内涌现出了各种社会思潮，纷呈多样，影响着近代社会的发展进程。近代社会思潮风潮涌动，集中地表现了中华民族积极进取、求变图存的精神呼唤。面对列强侵入，国土被瓜分的屈辱事实，争取国家独立、民族解放的爱国主义追求，始终是中国近代史上最牵动人心的社会思潮。因而，救亡图存，改造中国社会是近代社会思潮的主题曲，爱国主义精神和民族意识的高扬是这主题曲中的最强音。柳亚子《题钱剑秋〈秋灯剑影图〉》诗云："乱世天教重侠游，忍甘枯槁老荒丘。"[1] 便是时代环境中文人志士对游侠的崇拜与呼唤。因而，近代社会风云变幻的危乱之局面，是侠风高涨并发生前所未有的新变化的根本原因。而这一乱像是中国两千年来的封建王朝改朝换代时从未见过的，所以这是一个崇侠、慕侠、侠风空前高涨的时代，主要表现在以下几个方面：

一、大力倡导侠风，积极呼唤民族精神

面对前所未有之变局和深重的社会危机，和国运晦暗风雨飘摇的艰难时

---

① 柳亚子：《题钱剑秋〈秋灯剑影图〉》，见于《近代中国史料丛刊》第 3 辑，胡朴安编：《南社丛选》（诗选卷十），台湾文海出版社 1998 年版。

局，许多知识分子意识到，造成中国现今被动挨打的局面原因之一，就是民族传统中的游侠精神丧失，缺乏像日本一样的武士道精神。韩云波曾说："在中国封建社会漫漫长夜黑沉沉的天幕之下，挣扎着的，是痛苦的生灵；在这个时候，人们企盼着侠。侠，因此成了中国在文化黑暗时的一种理想，成了在大变动时代的一种企盼。"①的确，这个时候文人志士们重新高扬起了呼唤侠义精神的大旗，近代维新革命家谭嗣同一生钦慕游侠，渴望效法日本改革图强，试图唤起麻木已久的国民，他说：

> 志士仁人求为陈涉、杨玄感，以供圣人之驱除，死无憾焉。若其机无可乘，则莫若为任侠，亦足以伸民气，倡勇敢之风，是亦拨乱之具也。……与中国至近而亟当效法者，莫如日本。其变法自强之效，亦由其俗好带剑行游，悲歌叱咤，挟其杀人报仇之气概，出而鼓更化之机也。②

梁启超也说：

> 夫天下之达道，曰智，曰仁，曰勇，侠者合乎勇，而实统智、仁而一之也。是故雪大耻，复大仇，起毁家，兴亡国，非侠者莫属。③

柳亚子在《二十世纪大舞台发刊词》中倡言：

> 男儿不能提三尺剑，报九世仇，建义旗以号召宇内，长驱北伐，直捣黄龙，诛房酋以报民族，复不能投身游侠之林，抗志虚无之党，炸丸匕首，投身游侠之林，抗志虚无之党，炸丸匕首，购我自由，左手把民贼之袂，右手揕其胸，伏尸数十，流血五步，国魂为之昭苏，同胞享其幸福。④

乱世兴侠，在近代革命探索中，很多人认为任侠精神与民族革命精神是一脉相承的，梁启超应时需要，编纂了《中国之武士道》一书，书中列举了

---

① 韩云波：《中国侠文化——积淀与传承》，重庆出版社2005年版，第1页。
② 谭嗣同：《仁学》，加润国选注，辽宁人民出版社1994年版，第79页。
③ 梁启超：《〈意大利兴国侠士传〉序》，见于《饮冰室合集》集外文，北京大学出版社2005年版，第14页。
④ 王学庄、孙彩霞等编辑：《柳亚子选集》，人民出版社1989年版，第52页。

自春秋至汉代如曹沫、程婴、公孙杵臼、要离、豫让、聂政、侯嬴、战国四公子、荆轲、高渐离、田横、朱家、郭解、剧孟等游侠、或具有游侠品格的人，对他们的事迹进行了记录和颂扬，以此呼唤民族精神，重建中华民族的道德精神与信念。这是在特定的历史年代，"侠"所包含的精神内蕴的积极升华。在武术界，武学大师霍元甲，"创办精武学堂，鼓励尚武精神甚力。尝曰：'欲国强，非使国中人人尚武不可。'"① 他创办精武学堂也是本着强健国人体魄，发扬爱国精神为宗旨的。

伴随着侠义精神的感召和革命救亡的需要，维新派人士郑观应，收集明清剑侠故事而编辑成《续剑侠传》，章太炎说："天下有巫事，非侠士无足属。"② 还有黄侃的《释侠》、揆郑《崇侠篇》、高旭《尊侠》、钱穆《释侠》等，也都纷纷为侠者精神鼓呼，渴望通过兴侠任侠来强大国民。强大的倡侠呼声与风起云变的社会时局相呼应，推动着近代社会任侠风范不断高涨。"不论是维新派人士，还是资产阶级革命派，无不尚侠、颂侠；那些惩恶扬善、扶弱济贫、急难死义的豪侠人格，遂成为正义凛然、光明磊落的象征，成为近代知识者追慕不已的理想人物。"③ 侠的精神是中国传统人格精神中最吸引人的一部分，在这样的呼唤与推动中，社会各阶层中的任侠活动与任侠者前赴后继。一些以天下为己任的有识之士，倾家荡产资助革命，义勇之士投袂而起挽救国家，甚而为自己奋斗的理想舍身成仁，壮烈牺牲。仁人志士为救国而倡导任侠，渴望以此提升民族品格来解决精神的危机。

在侠精神的感召下，有识之士与此风相和，大力倡侠。梁启超在《意大利兴国侠士传》序言中说："方今文明之运，西逝而东升。震旦之气，日摩月荡，必有侠君侠相侠士起而雪大耻、复大仇，以开新治御外侮者。"④ 高旭在《尊侠》一文中说："而外患侵陵，人治废弛，君权日益尊，民之疾病困

---

① 裴毓麖：《清代轶闻》卷九 "游侠记"，中华书局 1989 年版，第 10 页。

② 《章太炎全集》第三卷，《訄书初刻·儒侠》，上海人民出版社 1984 年版，第 11 页。

③ 邵盈午：《论近代尚侠之风的成因》、《徐州师范大学学报》（社科版）2003 年第 4 期。

④ 梁启超：《饮冰室合集》集外文，北京大学出版社 2005 年版，第 15 页。

苦日益甚，而欲国之不亡，则舍侠其谁与归！"① 章太炎《儒侠》云："世有大儒，固举侠士而并包之。而特其感慨奋厉，矜一节以自雄者，其称名有异于儒焉者。"② 揆郑（汤增璧）《崇侠篇》："儒为专制所深资，侠则专制之劲敌，舍儒而崇侠，清明宁一之风，刚健中正之德，乃有所属，而民以兴起。……虽然，侠之为用，至惨烈锷厉，而心境则恢阔仁厚，磊落如玉石。"③ 这些得风气之先的仁人志士极力地呼唤与渴望侠风重振，正是与爱国主义思潮此起彼伏的相呼应。黄侃《释侠》云："世宙晦塞，民生多艰，平均之象，俦兆而弗见，则怨之声，闻于九天。其谁拯之？时维侠乎。……荆轲、聂政之事，盖胜于陈涉、吴广。不杀不辜，不扰黎庶，而以一人之颈血，易同类之休祥，事孰有便于是者？施由亲始，我愿吾党以夹辅群生之志，先用之于我轩辕氏之子孙。"④ 对侠义精神的倡导和宣扬，的确达到了前无古人，后无来者的境地。正如陈平原所说："魏晋以降，中国历史上有过不少兵荒马乱、改朝换代的年头，也有不少游侠大展身手。但总的来说，都不如晚清之侠风高扬。"⑤ 当时，不仅在国内，在海外，也有很多流亡志士坚持抗争，组织革命，与国内的革命斗争相呼应，像孙中山、黄兴、宋教仁、秋瑾等，倡扬游侠精神和英雄主义，为组织革命积极奔走。因而，陈平原说："晚清志士得以'仗剑远游'，很大程度上还得益于朝廷鞭长莫及的日本、香港以及国内租界的存在。'游侠'不再只是隐身江湖以逃避朝廷的捕杀，而是流亡海外继续抗争，这一侠客行游空间的拓展，对晚清侠风高扬起了重要作用。"并说，"真不敢想象当初若没有此等海外反清基地的存在（包括出国游学的自由），知识者是否如此勇敢，侠风是否如此高扬，革命能否如此迅速成功。"⑥ 陈平原先生的见解确是的论，他明确指出了近代社会侠风高扬的重要

---

① 高旭：《尊侠》，郭长海、金菊贞编：《高旭集》，社会科学文献出版社 2003 年版，第 509 页。
② 《章太炎全集》第三卷，《訄书初刻·儒侠》，上海人民出版社 1984 年版，第 12 页。
③ 揆郑：《崇侠篇》，见《辛亥革命前十年间时论选集》第 3 卷，三联书店 1977 年版，第 83 页。
④ 洪治纲主编：《黄侃经典文存》，上海大学出版社 2008 年版，第 304 页。
⑤ 陈平原：《晚清志士的游侠心态》，见《学人》第三辑，江苏文艺出版社 1992 年版，第 33 页。
⑥ 陈平原：《晚清志士的游侠心态》，见《学人》第三辑，江苏文艺出版社 1992 年版，第 34 页。

原因。因而，近代社会风云际会，诸多的因缘造就了侠风前所未有的高涨。

而且，因为时代社会的巨大变化，侠所承载的精神内涵和外在表征，都呈现出新的变化，不再是司马迁所说的"不轨于正义"，而是高扬正义大旗，提升侠义品格，侠的精神在中国文化发展格局中，达到一个前所未有的新境界。因而，对民族主义精神的呼唤，是近代侠风与前代任侠精神突出的不同。侠以广阔广泛的表现与时代革命精神相结合，在动荡不平的乱世中，渗透到各个阶层，闪烁着更为耀目的光辉。

二、近代社会侠义精神与革命活动互相砥砺

在风云浩荡的近代社会，革命活动此起彼伏，任侠精神与革命活动相砥砺，形成了新的任侠局面。当时许多爱国志士和有血性的知识分子，面对国家危亡之局，愤然而起，寻找救国图存的新道路，侠精神中最有担当的一部分被激发了起来。"清政不纲，豪侠四起，北有吴禄贞，南有徐锡麟，要皆身列戎行，义愤填胸，为革命之先导。"①即是说，近代历史上侠义之风的盛行是晚清近代历史特定条件下的产物，顺应了社会历史的发展潮流，革命派爱国志士的任侠精神激励并推动者革命活动的开展，一些活跃了几百年的带有江湖性质的秘密会社也在此时与革命密切相连，革命者依托会社组织积极奔走，寻找救亡之路。

（一）爱国志士的任侠精神与革命活动

当时许多有识之士，主要是从事一些尚武兴侠的活动来倡导革命，力图打破"万马齐暗究可哀"的社会状貌，将侠义精神升华为民族大义与爱国精神。维新派主将谭嗣同极力倡导古侠遗风，呼唤游侠精神，在《仁学》中，他大力宣扬任侠精神，认为应该激励民众效法侠义精神，崇尚武力，以此扬励民气，振兴民族雄风。而他自己的行为也是几近侠客，梁启超说谭嗣同

① 吴灿芝编：《秋瑾女侠遗集》，"先烈鉴湖女侠遗集序"，台湾中华书局1976年版，第1页。

"少倜傥有大志，淹通群籍，能文章，好任侠，善剑术"。①1898 年维新变法失败后，他拒绝流亡避难，对营救他的大刀王五（王正谊）说："各国变法，无不从流血而成。今中国未闻有因变法而流血者，此国之所以不昌也。有之，请自嗣同始。"受刑之时，亦是"慷慨神气不少变……从容就戮"。②谭嗣同渴望以自己的牺牲换取民众的觉醒，这样的侠肝义胆的确是与日月同辉、光照千古的，可视为中国侠义精神出现以来的最高境界。此后革命者、思想家前赴后继，纷纷大力倡侠，欲因此而振兴民气，奋而反抗。

革命者要牺牲自我、为革命追求献身，这时需要某种精神的感召与激励，并以此获得社会和民众的认可。游侠重诺轻死，救人于困厄，不计较利益报酬的献身精神，在当时的社会环境中，是能够莫大地鼓舞激励人心的。在整个近代社会革命中，革命者为达到震慑落后、顽固的恶势力的目的，而策划了许多刺杀暗杀事件，尤其是在辛亥革命前后，参加革命团体的读书人以此为手段，渴望借以撼动并推翻清政府的统治。"晚清志士要让游侠死国事守大义，而不只是逞强恃勇睚眦必报，必然驱使其走上刺客一路。而晚清暗杀风潮的形成，与仁人志士对'游侠'的这一解读互为因果。"③

在此侠风鼓动的环境中，许多革命者高扬侠客精神，固守侠客信念，躬身践行侠客行为。徐锡麟生性豪侠仗义，有强烈的爱国思想。1903 年游日本，产生反清思想，回国后即创办大通学堂，训练学员习武，学射击、练拳术、击刺，以振兴民气。1907 年，他发动起义，刺杀巡抚恩铭，被俘后英勇就义。徐锡麟以任侠精神和武侠行为从事革命活动，其大义凛然，一派侠风英骨，鼓舞着当时很多年轻的革命者。吴樾，字孟侠，他痛恨清政府的卖国行径，当时与杨笃生等人组织了"北方暗杀团"，渴望以暗杀手段为天下兴义除害。1905 年，清政府派五位大臣出国考察宪政，吴樾认为此举乃是清政府愚弄百姓的骗局，因而他自制炸药，在五大臣乘坐的火车上准备行

---

① 《梁启超全集》第一册，北京出版社 1999 年版，第 231 页。
② 《梁启超全集》第一册，北京出版社 1999 年版，第 233 页。
③ 陈平原：《晚清志士的游侠心态》，见于《学人》第三辑，江苏文艺出版社 1992 年版，第 47 页。

刺，然炸药自动爆炸，刺杀对象中两人受伤，吴樾壮烈牺牲。最动人心魄的是女革命家秋瑾，她少时便追慕侠者，学习武艺、骑射，具有侠士英风，自号"鉴湖女侠"。投身革命后更是行侠仗义，慷慨好施，奔走呼吁妇女解放与武装革命，参加了多个反清秘密团体，为革命大义随时准备牺牲一己之性命，"金瓯已缺总须补，为国牺牲敢惜身……休言女子非英物，夜夜龙泉壁上鸣"（秋瑾《鹧鸪天》）。她从日本回国后，以绍兴大通学堂为据点，积极训练学生，策划浙皖武装起义，事情泄露后，她神情自若，组织学生撤退，自己端坐学堂，决心为革命献身，被捕后，慷慨赴死，从容就义。邵元冲为《秋瑾女侠遗集》作序说："鉴湖女侠，成仁取义，大节炳然，不必以文词鸣而自足以不朽，然即以文词而论，朗丽高亢，亦有渐离击筑之风。"① 明确地将秋瑾与古侠相提并论。秋瑾的文学创作亦是慷慨高歌，其凛然诗风与铮铮侠骨、革命豪情，为中国近代革命史留下了光辉的一笔。还有如陈凤山、郑继成、王金发等行刺巨奸大恶、为民除害的侠士，他们在中华民族生死存亡的关头，伸张浩然之气，凸显凛凛侠风。"烈士痛吾国士大夫萎靡疲茶，谓将以此亡国，于是行荆、聂之行以振之。并谓作事不必计成败，成固善，不成以死继之。必有慕风兴起而竟其志者。"② 这种侠骨英风，在近代社会，尤其是辛亥革命前后的一段时期俯仰皆是，冯自由《革命逸史》中所载的史略便可见一斑。如关外大侠蒋大同，"少有大志，弱冠补博士弟子员，考入永平师范学校。恒读黄梨洲、顾亭林、王船山诸家学说，慨然兴故国山河之感，戊戌政变后，因读浏阳谭嗣同《仁学》一书，极慕谭嗣同为人，乃改号慕谭。"③ 因痛恨清政府无能。后弃文从武，入保定陆军速成学校。光绪三十一年（1905），参与上海起的抵制美货运动，遭缉捕，被迫中断学习，流亡东北。联合商震、陈干等爱国人士创办辽阳陆军小学、沈阳劝学公所、商业专门学校、官话字母总塾，被誉为"关外三杰"之一。三十三年（1907），拒绝东三省总督赵尔巽委任，只身赴西伯利亚边境考察，被俄军逮捕。第二

---

① 吴灿芝编：《秋瑾女侠遗集》，"邵元冲序"，台湾中华书局 1976 年版，第 1 页。
② 冯自由：《革命逸史》，金城出版社 2014 年版，第 452 页。
③ 冯自由：《革命逸史》第二册，中华书局 1981 年版，第 254 页。

年，获释归长春。十一月，联系房宾、高鸿飞等人筹办《长春日报》，宣传民主思想，揭露帝国主义侵华罪行，开启民智。宣统二年（1910）三月，前往俄界交涉边界纠纷事，被扣留囚禁，被害。还有"（谢元骥）感怀时事，隐然有澄清天下之志，闻有当代奇人侠客，辄欣然往就之"。①"许雪秋……性慷慨，任侠好客，缙绅士夫江湖侠客咸乐与之游，有小孟尝之称。"②"南军都督王和顺……少负奇气，以行侠尚义闻。……时清政不纲，洪门会党潜伏两粤腹地已久，纷然并起，以反清复明相号召。和顺知其可用，思以兵法部勒之，为光复祖国用，立弃官入会，以义勇得众心。"③"焦达峰，湖南浏阳县人……才气焕发，尤嗜体育运动……时清政不纲，外患迭见，湘省教员于授课时，往往以所谓中兴名臣胡林翼、曾国藩、左宗棠、彭玉麟诸人勉励学子，达峰怫然语人曰，胡、曾、左、彭白残同种，贻羞本省，何足称道！吾惟有从谭嗣同、唐才常之后耳。有'前后谭唐殉忠义，国民千古哭浏阳'之句。"④"（王汉）觉亡国无日，愤慨而究兵书，讲剑术，结纳当代豪俊。"⑤"炸清五大臣的吴樾……知交日众，在同侪中以任侠称"⑥等等。这些青年志士心慕侠客，将古侠风义投入革命斗争实践中，真正体现了"侠之大者"，许多革命志士在革命探索中惨遭杀害，但无一不是慨然就义，将生死置之度外，这种重义轻生的侠烈英风，正是中国古代侠义精神延续发展的最高境界。"晚清各类侠的兴起，形成浩荡的任侠余风，是中华民族在生死存亡的危机中浩然正气的伸张，在侠客史上留下了光辉的一页。"⑦

（二）会社组织对近代革命活动的推动

在前面论述过，在清代，江湖秘密帮会组织与任侠活动关系密切，许多

---

①　冯自由：《革命逸史》第二册，中华书局1981年版，第179页。
②　冯自由：《革命逸史》第二册，中华书局1981年版，第183页。
③　冯自由：《革命逸史》第二册，中华书局1981年版，第199页。
④　冯自由：《革命逸史》第二册，中华书局1981年版，第258页。
⑤　冯自由：《革命逸史》第三册，中华书局1981年版，第188页。
⑥　冯自由：《革命逸史》第三册，中华书局1981年版，第191页。
⑦　郑春元：《侠客史》，上海文艺出版社1999年版，第55—56页。

活跃的游侠，大都与帮会有着联系。在近代中国的革命活动中，尤其是辛亥革命前后，秘密社会帮会组织与革命活动关系十分密切。秘密社会的存在规律是"乱盛治衰"，在极具动荡的近代历史环境中，秘密社会与帮会的力量是十分巨大的。在 20 世纪 80 年代的许多史料记载中，都能看到中国的民主革命与秘密社会之间的关系。如刘伟森的《孙中山与美加华侨》一书中，就介绍了孙中山与美国、加拿大华人帮会致公堂的合作事实，并详尽记录了清代秘密帮会"洪门"与孙中山在海外创立革命政党组织的关系。① 朱琳编纂的《洪门志》记载："洪门原为'民族革命'的先导，由天佑洪的'三合会'中兴，至孙中山先生的'兴中会'，以致'同盟会'而发展……经数十世代兴衰隆替，继往开来，造成'民族革命'的光荣历史。"② 革命女侠秋瑾在日本留学期间，曾加入多个秘密会党，策划推翻清政府的统治。"（秋瑾）旧惟与留东之革命党员相往还，因与湘人刘道一、王时泽、仇亮、刘复权、蜀人彭春阳、赣人曾某等十人相结为秘密会，以反抗清廷恢复中原为宗旨。是岁秋，冯自由、梁慕光等组织洪门天地会于横滨，瑾素有志于秘密会党之运动，遂偕刘、彭、王、曾诸人报名加盟。受封为白纸扇之职，白纸扇又称先生，即俗所谓军师也。"③ 为当时展开革命活动之便利，许多革命先驱者都曾与秘密会党有着密切的关联，如要熟悉洪门会党的各种规矩、暗号、联络方式、暗语等。当时许多革命会党的成立，如同盟会、光复会、海外致公党等，都与秘密社会"洪门""青帮"有密切的关系。在革命的探索阶段，这样的结合是有利于联系、组织革命活动的。而会党组织皆遵循帮派规矩行事，行仁结义，团结一心，在当时的社会局势之下，有利于革命活动的持续进行。在各个会党中皆成立有"暗杀部门"，进行革命暗杀活动。在《浙江革命回忆录》续辑中，陶冶公记载了当时同盟会组织的各类暗杀活动，其中有专门训练组织的"暗杀团体"。革命者以会党为依托，行暗杀之事，认为此举可以"一鸣惊天，扩大

---

① 刘伟森：《孙中山与美加华侨》，台湾近代中国出版社 1999 年版，第 89—117 页。
② 朱琳编：《洪门志》，中华书局 1947 年版，第 16 页。
③ 冯自由：《革命逸史》，中华书局 1981 年版，第 164 页。

宣传"①。加入暗杀部门的会员，都着重学制炸弹，进行暗杀，以扩大革命影响。例如，"史坚如在广州炸两广总督德寿，万福华在上海枪击桂抚王之春，吴樾在北京炸出洋五大臣，刘思复在广州炸广州提督李准，汪精卫、黄复生在北京炸摄政王，最后彭家珍炸良弼，用的都是炸弹。一弹爆炸，天下震惊，以为扩大宣传，无善于此！"②这些会党组织的暗杀活动，与古代刺客之侠的精神是一脉相通的。在风起云涌的革命前夕，这种任侠结义、积极成立会党联盟的行为，是推动革命的有效力量，使得近代社会任侠风气迅速扩大到社会的各个角落。

在秘密会社之外，在近代文学史与革命史中，还有一个重要的中国文学革命团体不能忽略，那就是"南社"。南社成立于1909年，成立之初大部分成员是同盟会会员，因而其思想主张与同盟会"驱除鞑虏，恢复中华"是完全一致的，在具体行动中，致力于以文字推动时代风潮，鼓吹反清的革命斗争。南社诸子以气节相标榜，以侠义相砥砺，积极地参与到反帝、反复辟、反军阀的活动中。他们参与"黄花岗起义"，策划推翻袁世凯统治，以实际革命行动和文字鼓吹，南社诸子也都是一些崇尚侠义的青年，柳亚子在《南社丛选》序言中说南社诸子："泽畔行吟，山陬仗剑。不少慷慨义侠之士，迄乎革命军兴，而建牙开府与夫参赞帷幄者，率多吾社俊流。"③南社成立之前揆郑（汤增璧）写了《崇侠篇》，其中云："且易水萧骚，落日荒凉，亲朋咽泪，至以白衣冠钱送，而酒酣拔剑，击筑高歌，怒发上指，气薄虹霓，大丈夫不稍短气，近儿女沾巾之态。此古之侠风，则有然矣，宁独不可见于今日耶！"④可见南社成立的背景，就是以古侠荆轲之精神为追崇典范，以此宣传革命、并亲身实践荆轲之精神。南社中的精英分子不少在反袁的斗争舍生取义。如1913年南社成员宋教仁因为反袁而被杀害于上海火车站；1913年

---

① 《浙江革命回忆录》续辑，浙江人民出版社1984年版，第143页。
② 《浙江革命回忆录》续辑，浙江人民出版社1984年版，第145页。
③ 沈云龙主编：《近代中国史料丛刊》第3辑，柳亚子：《南社丛选》序，台湾文海出版社1998年版，第11页。
④ 揆郑：《崇侠篇》，见《辛亥革命前十年间时论选集》第3卷，三联书店1977年版，第87页。

宁调元在武汉被黎元洪杀害；湖南财政司司长杨德邻因参加河南独立，被军阀汤湘铭杀害；1914 年社员陈子范因制造炸弹不慎失事而亡，社员周祥骏在徐州被军阀张勋杀害，社员范光启在上海秘密组织反袁被军阀郑汝成杀害，社员陈家柽在北京策划刺杀袁世凯被捕遇害，北京《国风日报》主编吴蟏因策划反袁被捕遇害，1915 年社员仇亮因策划刺杀袁世凯被捕遇害，陈与义在沪遇害，1916 年陈其美在沪遇害；等等 ①。至 20 世纪 20 年代，为革命就义的南社成员就更多了。

南社最初作为文学团体成立，其成员柳亚子、苏曼殊、陈去病、高旭、庞树柏、庞树松、宁调元等大都是文学之士，凭借文学鼓吹革命。在近代诗歌史上，南社诗人的作品影响巨大，其中咏侠之作体现了鲜明独特的革命精神与侠义品格。同时，南社成员又在积极地以身实践，大多具有古代侠士慷慨节烈的精神气质，甚至仿效古侠行谋刺暴君之事。从成员的名号上就可看出他们以游侠自居的价值观念，如剑公高旭、钝剑傅专、剑华俞锷、剑士潘飞声四人号为"南社四剑"，还有剑霜、剑侯、剑灵、剑虹之称谓，也有公侠、心侠、孟侠、病侠等。这一革命文学团体，给民众一个高扬侠风的印象，也激励着更多人慷慨高歌，投身革命。这是近代革命中很光彩耀目的现象，只要投身革命的人，都被强调为是具有豪侠性情之人，可见当时社会侠风之兴盛普遍。南社成员大多既是文学俊才，同时又是慷慨侠者，这是中国自侠出现以来知识分子行侠救国的新典范——即革命者之侠，是侠义精神发展的最高境界。

三、图存救世的社会需要与侠意识的新变

近代社会，武侠或是侠客所崇尚节义观念里，最突出的特点便是民族尊严与气节，这是侠义精神发展中的新因素。郑春元在《侠客史》中将晚近时期的侠分出了种类型，即勇抗外寇之侠，劫富济贫之盗侠，镖师之侠，域外

---

① 杨天石：《南社史长编》，中国人民大学出版社 1995 年版，第 320—461 页。

华人之侠，维新、革命党之侠。并认为这些不同类型的侠客中，前四类侠客大体都是按照古侠义观念行事，属于传统之侠。而从事维新、革命活动的革命党之侠则是在尊奉古侠义精神的基础上又加以提升的新质之侠。① 侠之一脉，在晚近的维新、革命中，由无以数计的任侠者同声应气，构成了一幅波澜壮阔的历史画卷。知识分子大力宣扬尚武精神和侠风义举，追慕古代侠客，重新高扬、评价他们的风义与价值。

近代社会所面临的危机之一便是民族危机，鸦片战争至辛亥革命之间的维新改良与武装斗争中，晚清志士们深刻地意识到，民众的人格精神流于文弱是国家危机的重要根源之一。因而，仁人志士大力倡导尚武与任侠固然是对古侠流风的追慕与弘扬，更重要的却是为了唤醒民族精神，重新建构民族意识与信念。这一点与晚清知识分子接受日本武士道精神的影响有关。梁启超《中国之武士道》中杨度所作的序鲜明地表达了这种影响：

> 日本武士道，垂千百年而愈久愈烈，至今不衰，其结果所成者，于内则致维新革命之功，于外则拒蒙古，胜中国，并朝鲜，仆强俄，赫然为世界一等国。若吾中国之所谓武士道，则自汉以后，即已气风歇灭，愈积愈懦。其结果所成者，于内则数千年来，霸者迭出，此起彼仆，人民之权利，任其铲削，任其压制，而无丝毫抵抗之力。于外则五胡入而扰之，辽金入而扰之，蒙古满洲入而主我，一遇外敌，交锋即败。至今欧美各国，合而图我，人为刀俎，我为鱼肉，国民昧昧冥冥，知之者不敢呻吟，不知者莫知痛苦，柔弱脆懦，至于此极，比之日本，适为反对。一则古微而今盛，一则古有而今无，现象之相反如此，此其故何哉？……则秦汉以前轻死尚侠之武士道，果何自而有稍留根芽之地者乎？是故中国武士道之所以销灭者，又因此似孔似杨非孔非杨之学说有以斩削之之故也。夫以儒教为正，以佛教为辅，而发达此武士道者，日本之所以强也。以儒教为表，杨教为里，而斩除此武士道者，中国之所

---

① 郑春元:《侠客史》，上海文艺出版社 1999 年版，第 55—56 页。

以弱也①。

渴望用传统的侠义人格和举动，改造中国羸弱已久的国民精神，这是晚清仁人志士探索中国出路时提出的改良渠道，许多革命者身上具有古代侠客的品格，并且以侠的精神和行为方式来从事革命活动，将侠义精神升华成为民族大义与爱国情怀。唐才常《侠客篇》："我闻日本侠，义愤干风雷……生死何足道？殉道思由回"；庞树柏《义士行》："报友耻聂政，感恩薄荆卿。何期百世下，义士有陈生。能为天下死，七尺鸿毛轻"；秋瑾"拼将十万头颅血，须把乾坤力挽回"。这些英雄志士的歌咏，已经突破了传统侠义精神，而是将对民族大义与爱国主义精神的呼唤融于其中，体现了侠意识的升华与变化。"千百年来游侠'千里诵义，为死不顾世'的品格，至此因有'驱逐鞑虏，恢复中华'的社会大革命的洪流融入，升华为一种更崇高、更远大、更为可歌可泣的不死精神，感召了一批又一批的热血志士，赴难走急，视死如归。"②的确，在维新运动和辛亥革命前后为革命英勇牺牲的志士们，诸如谭嗣同、唐才常、徐锡麟、秋瑾、吴樾、林觉民等等就是时代最优秀的侠者，在他们带领下前赴后继的侠者在革命年代为中华民族追求民族尊严和独立，付出了惨烈的代价。

无论是梁启超、谭嗣同，还是章太炎、高旭等，他们将侠和侠义精神作为反清革命的力量，赋予了侠新的内涵。所以近代革命中的新型侠者，龚鹏程先生把他们称之为"儒侠"，因为他们"既有儒的经世济民，又有侠的跌宕不羁"③，是具有强烈的爱国主义和民族主义精神的侠。侠义之士为了民族的危亡与国家的尊严，前赴后继、笑对生死，正是侠义精神发展到近代社会最积极的时代印记，他们完成了从传统意义上的"侠"到"革命志士"的转变。"这些具有新质的维新、革命党之侠，为中国近三千年的侠客史画上了一个圆满的句号。"④不仅如此，其后在长达三十年的民主革命与解放斗争中，那

① 梁启超：《中国武士道》，中华书局 1936 年版，第 5—9 页。

② 汪涌豪：《中国游侠史》，上海文化出版社 1994 年版，第 130 页。

③ 龚鹏程：《侠的精神文化史论》，山东画报出版社 2008 年版，第 198 页。

④ 郑春元：《侠客史》，上海文艺出版社 1999 年版，第 68 页。

些为信仰、为民族解放而牺牲的革命烈士，他们的精神，不也可视为重义轻生的侠义精神的延续吗？

第二节 近代咏侠诗的创作风貌与主题

一、近代咏侠诗的创作风貌

以历史断代为基准，近代诗歌（即晚清诗歌）在时间延续上即从 1840 年起始，自 1919 年前结束，延续了晚清道光、咸丰、同治、光绪、宣统五个帝制朝代，这是一段比较长的时期，社会环境与文化风潮更迭变化十分鲜明，因而，清末五帝年间的诗歌思想内容与艺术风貌也不尽相同。在对近代咏侠诗进行整理的过程中，笔者参照了陈衍编辑的《近代诗钞》，钱仲联编辑的《近代诗钞》，孙雄编辑的《道咸同光四朝诗史》以及赵敏俐、吴思敬主编的《中国诗歌通史》。《通史》中近代诗歌的风气开端是自龚自珍（1792—1841）、魏源（1794—1857）始，陈衍《近代诗钞》中选录的诗人自祁寯藻（1793—1866）始，钱仲联《近代诗钞》选录的诗人自张维屏（1780—1859）始，《道咸同光四朝诗史》除皇帝亲王外，第一位选入的诗人刘鸿庚是道光十一年（1821）举人，卒于 1860 年，这些诗人都是由嘉庆入道咸的诗人，虽处在近代历史环境下，但诗歌创作观念并没有发生明显的变化。而且，在咏侠诗的创作中，有一个鲜明的情况，即是，咏侠诗中明确而根本地体现出近代文学文化精神和革命精神的作品，是以维新变法运动和诗界革命为标记的。因而，笔者借鉴陈子展先生对近代文学变迁的探讨，① 不以陈衍、钱仲

---

① 陈子展《中国近代文学之变迁》一书中说："戊戌维新运动，虽遭守旧党的反对，不久即归消灭，但这种政治上的革新运动，实在是中国从古未有的大变动，也就是中国由旧的时代走人新的时代的第一步。总之，从这时候起，古旧的中国总算有了一点近代的觉悟。所以我讲中国近代文学的变迁，就从这个时期开始。"所以陈子展编辑的近代文学史是 1898 年—1919 年的三十年文学史。

联两位学者的选录为标准，将道咸年间的咏侠诗归入到清代咏侠诗中，将同光宣朝诗人，维新变法运动到五四运动，甚至延伸到新民主主义革命时期的咏侠诗归入近代咏侠诗，笔者这样的选录安排，重在突出咏侠诗发展变化的线索。

因而，笔者探讨的近代咏侠诗和诗人群体的范围是比较小的。此外，五四运动前后，在近代文学文化和新文化运动的影响下，诗歌创作发生了根本性的变化，白话新诗体应运而生。然而仍有很多人的诗歌创作沿用古体或近体，这种创作活动延续时间很长，因而，笔者将五四之后，仍然以传统诗体创作的咏侠诗收入研究的范围，如一些革命者表达自己的甘于献身、牺牲的作品，与传统咏侠诗的侠义精神是一脉相承的。

早在明代万历年间，东南一带工商业空前繁荣，出现了新的生产关系的萌芽。但是明清易代，这种自然发展的政治经济变革进程被打断。清代中期，东南沿海一带工商业发展势头再次被强大的封建秩序遏制，再兼乾隆后期闭关锁国的政策，使得中国社会进程自然而然进入近代的机会再次被打断，但封建王朝的衰亡之势不可避免地到来了。自道光一朝起，清王朝进入了衰颓阶段，从整个文化环境看，中国开始由古代向近现代过渡。鸦片战争的爆发，中国沦为半殖民地半封建社会，面对着前所未有的社会危机和民族危机，诗歌这种最古老最敏感的文学样式，因为巨大的时代变迁也发生了重要的变化。"诗至道咸而遽变，其变也既与时代为因缘。"①"道咸之世，清道由盛而衰，外则有列强之窥伺，内则有朋党之叠起，诗人善感，颇有瞻乌谁乌之思，小雅念乱之意，变徵之音，于焉交作。"②近代诗歌即产生于这样一个急剧动荡的时代，因而诗中闪耀着鲜明的时代光华，应和时代风潮而孕育着前所未有的变化。这种变化主要表现在，一是爱国主义情怀与民族尊严成为了诗歌创作的主要潮流，诗歌一反乾嘉以来以模山范水、吊古咏史为主的表现内容，慷慨言事、议论成为普遍现象。二是诗歌的创作观念以"求变"

---

① 汪辟疆：《汪辟疆说近代诗》，上海古籍出版社 2001 年版，第 10 页。
② 汪辟疆：《汪辟疆说近代诗》，上海古籍出版社 2001 年版，第 9 页。

为核心，在诗文小说内都力推陈创新，尤其是"诗界革命"把古典诗歌的追求新变的呼声推向了最高峰。

近代咏侠诗即是在这样的新旧并存，变化迭出的文化环境中继续存在并发展的，而且在维新派运动前后，我们看到咏侠诗的内涵和外延更为广阔，涵盖面超越了历代咏侠诗，尤其是将传统的侠义精神与民族救亡和爱国精神结合起来，展示出了这一时期部分作家咏侠诗创作的真实面貌。而且，近代社会的大多咏侠诗作者，不仅倡侠咏侠，自身也是侠行义举的践行者，他们崇尚侠义，如南社中许多诗人就具有侠肝义胆的义勇之士，文人志士积极赞美古侠客与侠义精神，歌咏时代风貌和革命志士的侠行义举，同时以诗为剑，积极吐露图存救亡的革命心声，荡气回肠，令人动容。

面对近代社会所未有的巨大变异的刺激，"天下兴亡，匹夫有责"，诗歌的生命力重新被激活，再次负载起了它的价值和使命。社会中重新掀起的游侠风潮也将这种精神带到了诗歌的创作中。从文学史的断限来看，鸦片战争时候，文学发展进入近代时期，但文学思想精神和审美意识的变迁，是一个很复杂的问题，具体历史大事件的发生，并不能即刻引起文学创作的根本变化。事实上，咏侠诗思想精神的真正变化是在维新变法前后，在维新变法之前，咏侠诗和之前的清代咏侠诗区别不是太大，仍然是以咏古咏史为主。这一点似乎和整个近代诗歌的发展变化不太吻合，但却是事实的存在。观照整个咏侠诗的发展史，可以大体认为造成这种现象的原因有两个方面：一是咏侠诗作为一种特殊的诗歌主题，它所反映的思想精神是比较集中的，对侠义精神的歌咏，对侠客生活状貌的描绘，对侠的行为的价值评判等，长期以来积淀了相对稳固的创作传统，可拓展的空间比较有限；二是咏侠诗毕竟是整个诗歌中的一小部分，一个诗人的诗歌创作明显体现出对新思想、新观念、新事物的融通变革是多方面的，咏侠诗未必能迅速、准确、直观地改变旧的文学风气。而维新运动前后，咏侠诗中的侠义精神便逐渐与救世变法和革命斗争联系在了一起。如谭嗣同与唐才常、毕永年、林圭、汪康年、邹代钧、大刀王五等义士广交游，重任侠，立志救世。尤其是谭嗣同，积极倡导游侠精神，自己躬身实践学习射击、击剑。其诗词作品中的慕侠、好侠的精神意态十分普遍。如"丈夫龊龊偷生，固当伏剑断头死"（《鹦鹉洲吊祢正平》）；"拔剑欲高歌，有几根侠骨，禁得揉搓"（《望海潮》）；"抚剑起巡酒，悲歌慨以忼"（《河梁吟》）；尤其是"我自横刀向天笑，去留肝胆两昆仑"（《狱中题壁》），更是突现了在生死抉择的关头，革命者，或者说侠者重精神追求、轻个体生命的人格魅力。而近代社会对侠风的积极倡导与大力发扬，也是在维新变法前后。

在社会风潮影响下，咏侠诗自然而然地与民族救亡大义相结合，诗人们创作了许多可歌可泣的慷慨之作。诗歌所承载的精神渐次突破了诗体的限制与束缚，而判断近代咏侠诗已经不能完全依凭传统咏侠诗的特点来认定，晚近时期对尚武精神的倡导与呼唤，以及对革命风潮的积极探索，通过诗歌来体现，具有这样的气质与精神的作品都可算作咏侠诗，这是晚近咏侠诗在思想内容上最鲜明的变化。适应这一时代的需要，除了《侠客行》、《少年行》、《刘生》、《结客少年长场》等这样的传统诗题，诗人紧随着时代的脚步，创作了一些极具时代特色的诗歌作品，因而，此时期的咏侠诗已经不能完全依靠题目来认定了。如柳亚子《吊鉴湖秋女士》、《题钱剑秋〈秋灯剑影图〉》；杨度《湖南少年歌》；谭嗣同《狱中题壁》、《河梁吟》；秋瑾《对酒》、《柬徐寄尘》；高旭《海上大风潮起作歌》、《倚剑吟》；陈去病《赠刘三》；魏仲青《七歌》；等等。

笔者通过搜集和整理，在《清代诗文集汇编》、《续修四库全书》、《近代中国史料丛刊》、《近代诗钞》、《南社诗选》、《近代诗选》以及诗人的别集中整理出来了近代咏侠诗歌 130 余首。通过这些诗歌，可以比较完整地看到近代咏侠诗的整体面貌。

二、近代咏侠诗的创作主题

近代诗歌是中国古典诗歌的最后一个阶段，传统的诗人对诗歌创作思想和方式的探讨一直在持续，同时诗歌创作也受到西方文化的影响。中国近代诗歌的发展过程，其实就是一个从古典到现代发展的过渡。咏侠诗处在这样一个历史环境中，也自然随着这个潮流的发展而变化，然咏侠诗在历史风潮中的变化却不是自鸦片战争伊始就呈现出来的。一般文学史上将近代文学划分为两大段，第一段是鸦片战争与太平天国前后，即道咸两朝；第二段是戊戌变法到五四运动。从现有的咏侠诗来观照，也可将它分为前后两期，前期主要是道咸两朝，后期是指同光宣三朝，后一时期咏侠诗思想风貌的变化主要在维新运动前后。道咸年间，由于鸦片战争和太平天国运动的影响，诗坛上有一批诗人受到时代风暴的影响，创作出了贴近时代脉搏，表现国家忧患的作品，像龚自珍、魏源、林则徐、张维屏、张际亮等，尤其是龚自珍的诗歌，既具有古典诗歌的传统特征，又带有超前的批判性和启蒙性。然而，咏侠诗在思想内容和艺术风貌上，仍然是以继承清代传统诗为主，重咏史、咏古，注重意象对意境的营造，比兴寄托等，与此前的清代咏侠诗没有太大的区别，呈现出的变化也是比较单一的。如张维屏《侠客行》：

> 贵人赫赫权如山，门前鹰犬十百，一日不得闲。高堂华屋，大酒肥肉，粉白黛绿，哀丝豪竹，贵人不足。贵人不足，鹰犬仆仆。天阴鬼哭，鬼哭声啾啾，怪树啼鹎鶝。客从何方来？下马直上酒家楼。寒风如刀雪如水，酒家楼头剑光起，明日喧传贵人死。①

此诗中热烈称颂了一位不畏强暴、为民除害的侠客形象，身逢乱世，诗人将希望寄托在仗义除恶的侠客身上。诗中善于衬托，以鬼哭鹎啼烘托侠客的到来。诗歌语言长短参差，读来铿锵有力，恰切地表达了作者强烈的感情。再如陆费瑔《结客少年场行》：

> 相逢感意气，所历忘艰虞。百身奚足惜，一诺安可渝。朝食许史家，暮宿朱郭间。植发出广术，戟手临交衢。黄金一掷弃，白刃千里俱。遗名寄酒保，亡命为钳奴。会逢大酺赐，结束还旧墟。宝马耀都市，朱轮塞里居。奉觞千万寿，报子以贱躯。②

诗中咏写侠少年的生活常态，突出表现了其一诺千金、结客豪侠、纵横

---

① 钱仲联主编：《近代诗钞》，江苏古籍出版社 2001 年版，第 2 页。
② 《清代诗文集汇编》545 辑，《真息斋诗钞》卷一，上海古籍出版社 2010 年版，第 766 页。

意气的精神气度。再如郑开禧《易水吊荆卿》：

> 歌声慷慨忽变徵，壮士西行过易水。易水东流不复还，壮士入秦誓
> 必死。后人多咎剑术疏，或云生劫计非是。呜呼，荆轲不难刃祖龙，扶
> 苏岂肯忘雪耻。祖龙朝死燕夕亡，非所以报燕太子。庶几如彼曹沫者，
> 万一可以延燕祀。不然专诸聂政辈，荆轲何遽不如彼。壮士惟知报知
> 己，事成不成乃天耳。君不见博浪之椎中副车，天未绝秦奈何矣。①

以上列举三首道咸年间的咏侠诗，两首用乐府旧题，一首即兴题咏，使用歌行体例，思想内容也没有大的突破和改变，与鸦片战争之前的咏侠诗差别不大。大多数此阶段的咏侠诗歌基本都是沿用旧题，思想上也是承继清代咏侠诗的基本内容，所以，依照整理近代咏侠诗的原则，本节中就不再探讨近代历史前期咏侠诗中抒情达意都较为传统的作品，重点将探讨维新变法前后突出近代民族意识和爱国主义的精神的咏侠作品。

自维新变法至辛亥革命，再到1919年的五四运动之前，这是近代后期的历史阶段。此一时期，革命在不断地探索中步步推进，整个社会对"侠风"的倡导和鼓吹更为深入，许多仁人志士以侠客自居，躬身实践，甚至为此不惜牺牲生命。诗人也大多具有豪侠之气，因而咏侠诗的思想主题也在这一阶段呈现出了独特的风貌，主要表现在以下几方面：

（一）高扬爱国主义精神是近代咏侠诗的核心主题

我们所探讨的这一时期的诗歌，与维新变法运动和资产阶级革命息息相关，咏侠诗在这一时期突出的主旋律便是爱国主义精神。爱国精神在中国传统的文学中历史悠久，近代社会外寇入侵，内乱不止，整个社会处于急剧的动荡之中，启蒙思想家与维新运动，以及资产阶级革命逐渐唤醒了民族意识的觉醒，因而，爱国主义便成为近代文学的核心主题。早在龚自珍、林则徐、张维屏、姚燮、张际亮等近代前期的诗人的作品里，就能明确看到他们以诗歌表达着对侵略者的严正控诉与斥责，如张维屏的《三元里》以充满

---

① 《清代诗文集汇编》560辑，《知守斋诗二集》卷三，上海古籍出版社2010年版，第68页。

激情的笔触描绘了广州人民反抗英军暴行的壮举；张际亮在宁波被英军占领后，以沉痛愤激的语调写下了《宁波哀》、《后宁波哀》等作品，痛斥侵略者的罪行；魏源的《寰海》、《后秋兴》等诗怒斥了统治阶层屈辱卖国的本质；林则徐力主禁烟，他的诗歌充满着对侵略者的义愤和渴望胜利的美好愿望等等。近代后期，内忧外患，国家更是千疮百孔，爱国主旋律奏出了文学创作的最强音。与整体诗潮相沉浮的咏侠诗，更是革命思潮、爱国精神的载体。而咏侠诗中的爱国精神主要表现为对刺客的热情歌咏，呼唤侠风，渴望振奋民气，引导民众觉醒而愤然抗争，以及颂扬为信仰、革命而勇于献身的侠烈志士。

高旭，字天梅，号剑公、钝剑、汉剑等，南社诗人，早年受康有为、梁启超影响，拥护维新变法，后认清了清政府腐朽落后的本质，转而抗清，其诗主要以呼唤反清革命、倡导民主自由为主，诗风慷慨激扬，试看其《咏荆轲》一诗：

> 至诚产侠士，义愤吞秦嬴。天生太子丹，屈膝礼荆卿。荆卿血何热，戴头入函京。中原存与亡，仗剑在此行。季路殉卫难，慷慨结其缨。洗却儒生酸，皎然三代英。良锥渐离筑，彬彬此后生。匕首祸未作，祖龙魂已惊。豺虎恣攫噬，千载唾姓名。一击虽不中，霹雳声震庭。独夫压力挫，民志坚如城。项氏大任侠，崛起而经营。卒摧旧政府，伟业顷刻成。荆卿实先锋，激发真性情。①

诗人以慷慨豪迈之笔墨，对荆轲刺杀秦王的侠行义举进行了高度的颂扬，"卒摧旧政府，伟业顷刻成。荆卿实先锋，激发真性情"，把荆轲塑造成摧毁旧政府的爱国先锋，赋予荆轲更为鲜明的爱国精神，与历来咏荆轲的诗歌相比，此诗令人耳目一新，抒情十分豪壮激烈，我们不仅看到了荆轲的侠肝义胆，更明确感受到以高旭为代表的南社革命者的侠风傲骨。其实，在特定的历史时期，诗人对古代刺客的歌咏是具有现实的意义的，如明末清初诗人大量歌咏古代的刺客之侠，就是为了反抗清王朝的统治，表达自己的渴望

---

① 郭长海、金菊贞编：《高旭集》卷三，社会科学文献出版社 2003 年版，第 64 页。

刺客刺杀暴君的民族情绪。近代的社会激变，使许多仁人志士积极探索救亡图存的新路子，一些壮怀激烈的革命者，认为只有除去执行落后统治的统治者就可以实现革命之路。因而在"百日维新"之后到辛亥革命，各种革命团体的暗杀活动此起彼伏，许多革命者都曾经策划参与过一些暗杀活动，前文已提及，此处不再详述。这种方式，大约是受到古代刺客之侠精神的感召。虽然"咏荆轲"等古侠客的诗歌自魏晋时期就出现了，但是数量如此集中的歌咏只有清初和近代这两个民族精神高扬的时代。这充分说明时代大环境的变迁对咏侠诗歌精神的影响是十分巨大的。虽然大多数诗歌仍然依托于咏史，但是诗人们以古侠士为标榜，追慕其精神风范，以此激发自己的勇气和斗争意志，也暗含着对以刺杀暴虐而平天下的刺客行为的推崇与赞美，这与时代风潮是紧密联系的。尤其是辛亥革命前后，暗杀风潮汹涌迭起，与对古代刺客之侠精神的倡导与模仿是不无关系的。再如康有为《读史记刺客列传》：

> 封狼当道狐凭社，竟卖中原起沸波。迁史愤心尊聂政，泉明诗咏慕荆卿。要离有塚谁能近，博浪无椎可奈何。羞甚苍生四百兆，岂闻一客剑横磨。①

诗中洋溢着对古代刺客之侠的钦慕与赞美，同时也鲜明地表达了诗人渴望刺客精神重新崛起的渴望。黄人《鱄诸巷》一诗，隐括专诸刺杀吴王僚、要离刺庆忌之典故，表达了专诸舍身报恩的侠行义举的凭吊与追慕：

> 治鱼学就学屠龙，寸铁能穿甲数重。刺客传中无孝子，庖人队里立奇功。生王先中鞭尸毒，死士还开断臂风。白马潮平神剑葬，夕阳古巷吊英雄。②

秋瑾的《宝刀歌》以激荡的情感表达对荆轲的热烈歌咏：

> 不观荆轲作秦客，图穷匕首见盈尺。殿前一击虽不中，已夺专制魔王魄。③

---

① 《近代诗选》卷二，人民文学出版社 1963 年版，第 310 页。
② 《清代诗文集汇编》782 辑，《石陶黎烟室遗稿》，上海古籍出版社 2011 年版，第 626 页。
③ 钱仲联编：《近代诗钞》三，江苏古籍 2001 年版，第 1716 页。

在天翻地覆的近代社会，文人渴望以任侠之慷慨意气、除恶之刺客精神改良社会的理想追求，以及对受难同胞的警示与呼唤。也正是在这种呼唤中，近代社会后期，因为革命的探索和需要，涌现出此起彼伏的暗杀风潮，革命者渴望通过暗杀活动遏制反动的清政府，并以此扩大社会影响，宣传革命精神。从而，近代咏侠诗歌中对刺客之侠的歌咏与爱国主义精神完全契合，同时也呈现了近代咏侠诗重要的现实意义。辛亥革命前出现了很多以一己之力刺杀政府官员的侠者，咏侠诗歌的创作与时代的结合程度也达到了历史上的最高度。这正是近代爱国主义精神在咏侠诗中的具体体现。

柳亚子《满江红·题剑魂汉侠图》更是在对刺客侠骨的呼唤与颂扬的同时，展示着自己坚定的爱国信念：

> 荆匕良椎，叹底事，侠风消歇。蓦地里，逢君吴市，箫声激烈。壮士悲歌辽海曲，健儿醉踏沙场月。吊要离冢畔草边天，雄心切。沼吴耻，几曾雪？报韩谊，终难灭！看不平棋局，唾壶击缺。青史百年薪胆恨，黄衫一剑恩仇血。问何时恢复旧中原，收京阙。①

"问何时恢复旧中原，收京阙"词中殷殷期待，烈烈侠风，和铮铮铁骨，把爱国者的精神气质毫无保留地展示了出来。

（二）提升侠义品格，呼唤民族精神

高旭《海上大风潮起作歌》中有云："中夏侠风太冷落，自此激出千卢骚。要使民权大发达，独立独立呼声器。"②诗中表达了人们对自由独立的追求，认为内忧外患与侠风冷落相关，因而激发起对游侠精神的追忆，也体现了对民族精神的追求。中国的知识分子自古以来就有敢为天下先的高尚节操，和自强不息的坚强品质，中国的普通民众也具有勤劳勇敢、吃苦耐劳、保家卫国、热爱家园的民族精神，然在清代前期的高压政策和思想禁锢中，以及整个社会的堕落腐败中，民气渐弱，精神麻木。因而在当时风潮巨变的时代，

---

① 柳亚子：《柳亚子诗词选》，人民文学出版社 1959 年版，第 202 页。
② 郭长海、金菊贞编：《高旭集》，社会科学文献出版社 2003 年版，第 36 页。

很多爱国诗人们以慷慨激昂的基调，创作了大量的爱国诗篇，描绘侵略者的暴行、揭露清政府的堕落、鞭挞卖国者的丑陋，以及鼓舞民众奋起抗争，以振奋民族精神。这正是近代侠义精神品格提升的具体表现。很多咏侠诗的作者也是呼唤倡导侠风的革命志士，如前所说到的"维新、革命之侠"，谭嗣同、唐才常、徐锡麟、秋瑾、程颂万、黄人、杨度、高旭、陈去病、庞树柏等。他们慷慨高歌，将传统的重义轻死，大报私仇、惩奸除恶发展升华为更高境界的侠义精神，即是，弘扬勇武义侠，激发民众的自尊心，甚而以自己的一己之躯换来启迪民众心智的觉醒，积极呼唤民族意识，以此提升了侠的精神品格。谭嗣同绝命诗《狱中题壁》：

　　望门投止思张俭，忍死须臾待杜根。我自横刀向天笑，去留肝胆两昆仑。①

此诗写于诗人为变法而牺牲之前，表达了自己不愿偷生，誓为变法流血牺牲的坚定信念，和与康、梁、大刀王五等志士肝胆相照的冰雪侠肠。言为心声，谭嗣同此诗特点虽不同与传统咏侠诗，但这种为了精神信仰、政治信仰，敢于牺牲的大无畏精神，不就是自古以来侠义精神的进一步发展与升华吗？

鉴湖女侠秋瑾的诗歌，更是普遍地呈现了诗人舍生取义，不畏个人牺牲的侠烈精神，《柬徐寄尘》其二：

　　何人慷慨说同仇，谁识当年郭解流？时局如斯危已甚，闺装愿尔换吴钩。②

这首寄赠诗将一位女侠对民族危亡的愤慨与忧患生动地刻画了出来，诗人以诗代柬，劝勉自己的女友在国家危亡的时局面前冲破重重阻力，跳出闺阁生活的小圈子，仿效游侠，敢于牺牲自我，参加到革命战斗中去。以诗为剑，积极地号召和推进革命精神，是近代许多革命诗人的呼声和自我写照，传统的侠义品格被赋予了新的时代意义。再如秋瑾《宝刀歌》：

---

① 谭嗣同：《谭嗣同诗全编》，李一飞编注，北京出版社 1998 年版，第 209 页。
② 《秋瑾集》，上海古籍出版社 1979 年版，第 90 页。

汉家宫阙斜阳里，五千余年古国死。一睡沉沉数百年，大家不识做奴耻。忆昔我祖名轩辕，发祥根据在昆仑。辟地黄河及长江，大刀霍霍定中原。痛哭梅山可奈何？帝城荆棘埋铜驼。几番回首京华望，亡国悲歌泪涕多。北上联军八国众，把我江山又赠送。白鬼西来做警钟，汉人惊破奴才梦。主人赠我金错刀，我今得此心雄豪。赤铁主义当今日，百万头颅等一毛。沐日浴月百宝光，轻生七尺何昂藏？誓将死里求生路，世界和平赖武装。不观荆轲作秦客，图穷匕首见盈尺。殿前一击虽不中，已夺专制魔王魄。我欲只手援祖国，奴种流传遍禹域。心死人人奈尔何？援笔作此宝刀歌。宝刀之歌壮肝胆，死国灵魂唤起多。宝刀侠骨孰与俦？平生了了旧恩仇。莫嫌尺铁非英物，救国奇功赖尔收。愿从兹以天地为炉、阴阳为炭兮，铁聚六洲。铸造出千柄万柄宝刀兮，澄清神州。上继我祖黄帝赫赫之威名兮，一洗数千数百年国史之奇羞！①

这首诗酣畅淋漓地歌咏了诗人的革命追求，是秋瑾个性的完美写照，诗歌借咏宝刀抒忧国之愤，隐括典故，呼唤民众奋而抗争，为民族尊严而战，畅言其推翻清专制政权之志。情感真挚激烈，侠肝义胆，读来为之动容。

汪精卫 1910 年谋炸清摄政王载沣，事泄被捕，被判处终身监禁。在狱中，他写下了《被逮口占四绝》，其三云："慷慨歌燕市，从容作楚囚。引刀成一快，不负少年头。"②这种为革命信仰与民族大义牺牲个体的精神，是近代革命青年普遍的人格追求。从诗中可以看到，传统的侠骨英风已经演变为革命者的崇高人格，"这种具有新质的侠的行为和观念给传统的侠义精神增添注入了新的内容，将传统的品格提升到一个前所未有的高度，提升到最高境界。"③

（三）以诗为剑，构建晚清志士的侠者人格

侠的观念自春秋战国产生，历经数千年的发展，尤其是与"义"结合后，

---

① 钱仲联编：《近代诗钞》三，江苏古籍 2001 年版，第 1716 页。
② 恂如编：《汪精卫集》卷四，光明书局 1929 年版，第 153 页。
③ 郑春元：《侠客史》，上海文艺出版社 1999 年版，第 63 页。

已经成为中国人道德观念与价值体系的重要构成部分，晚清积极救亡的义勇侠士大力弘扬的侠义精神，是在传统侠义观念上升华了的价值观念。诗人们歌咏此种侠义观念，为清代中叶一度消沉的游侠招魂，从而建构起重义轻利的侠者人格与仁者胸怀。曾广钧诗《荆轲咏》：

> 燕储昔含垢，矢志报强嬴。合从不得从，割肉为连横。荆卿岂不伟，千里来燕京。甚蒙太子惠，何敢惜微生。操危心逾苦，虑深谋转轻。朔风何萧萧，飘飖冠上缨。送者不能别，去者不能行。衣冠白如雪，击筑多死声。后来沧海君，同伤千载情。①

诗中以同情的态度歌咏荆轲刺秦事，情景交融，基调悲壮沉郁，表达了对荆轲侠烈行为与精神的追忆，为千载侠义精神招魂。梁启超《中国武士道》凡例中说："本编去取，微有权衡，如专诸与荆聂同类，以其为一私人野心之奴隶，非有所不得已，且无与全国大计，故黜之；如季布与朱郭齐名，以其亡命龌龊，且贵后无所建白，而以暮气损民族对外之雄心，故黜之；又如鲁仲连，一文弱书生，未尝有决死犯难之举动，然其理想，实当时武士道之代表，故列焉。"②陈平原在探讨这一材料时曾说："（梁启超）去专诸而取荆轲、聂政，去季布而取朱家、郭解，或出于政治眼光，或出于道德修养，都是突出侠之利民与成仁，努力洗刷掉这一古老历史形象身上可能存在的污点。经过一番意味深长的选择与改造，大侠作为圣洁的殉道者与拯世济难的英雄，重新出现在世人面前。"③近代革命英烈，正是通过自己的行为，改造了侠的精神气质，突出了为大众大义牺牲自我的崇高品格，诗人通过吟咏这种行为与精神，进一步构建了轻生重义的侠者人格。再如康有为《读史记刺客列传》：

> 封狼当道狐凭社，竟卖中原起沸波。迁史愤心尊聂政，泉明诗咏慕荆卿。要离有塚谁能近，博浪无椎可奈何。羞甚苍生四百兆，岂闻一客

---

① 《清代诗文集汇编》791 辑，《环天室诗集》卷一，上海古籍出版社 2010 年版，第 523 页。
② 梁启超：《中国武士道》，吉林出版集团有限公司 2008 年版，第 2 页。
③ 陈平原：《晚清志士的游侠心态》，见《学人》第三辑，江苏文艺出版社 1992 年版，第 44 页。

剑横磨。①

诗中歌咏司马迁笔下的刺客之侠，"狼当道、狐凭社、中原、沸波"等意象突出呈现了诗人对时局的无奈与义愤，"尊聂政、慕荆轲"等描绘鲜明表达了诗人的侠义观念和道德价值的取向，诗末"羞甚苍生四百兆，岂闻一客剑横磨"，体现了诗人深深的无奈与焦虑，对聂政荆轲的追慕，不就是对民族精神中阳刚任侠气质的呼唤吗？为古代侠客招魂，激励现代革命者将侠义精神发扬光大，为此振兴民气，提升民族品格。

就人格精神而言，面对前所未有的社会变局，在各种西方社会思潮的影响之下，近代文人志士更加注重具有"侠者"风范的个体人格精神，也让可以说，"侠"成为近代维新派与革命派知识分子人格的重要基石，以此为生命基点，将诗人的气质、志士的人格、侠者的追求完美地融合在一起，将侠的精神和人格力量引向广阔的社会生活，积极颂扬古代侠烈志士，以自己的流血牺牲，呼唤更多的民众认可这种人格力量，并学习践行这种人格追求，以助革命成功。孙中山创作的《挽刘道一》："半壁东南三楚雄，刘郎死去霸图空。尚余遗孽艰难甚，谁与斯人慷慨同。塞上秋风悲战马，神州落日泣哀鸿。几时痛饮黄龙酒，横揽江流一奠公。"②刘道一是同盟会会员，1906年秋，参与领导的萍浏醴起义提前爆发，他被捕并被清政府杀害于长沙浏阳门外，年仅22岁。他是同盟会会员中为革命流血牺牲的第一个烈士。揆郑（汤增璧）曾赞其"其心纯洁高尚，张良、豫让、荆轲、聂政，乌能比其烈软？"③孙中山的挽诗中表达了对刘道一壮烈牺牲的凭吊与惋惜，以及对其人格力量的赞美。在凭吊志士的高风侠节的同时，渴望在社会上能够重新建构侠义品格，并大力弘扬此种观念以助长革命。陈平原说："晚清志士不但拔剑高歌，而且真的舞剑上阵，一时间'江湖侠气剑如虹'，创下了不朽功业，面对着这一代'最后的游侠'，后人可以批评其政治信仰、斗争策略，但对其飞扬

---

① 《近代诗选》卷二，人民文学出版社1963年版，第310页。
② 《近代诗选》卷二，人民文学出版社1963年版，第399页。
③ 揆郑（汤增璧）：《刘道一》，《民报》第25号，1910年1月。

踔厉的生命形态，或许只有品味而无评判的权力。"①这正是对晚清革命志士侠者人格的一种肯定。

近代革命者的侠烈人格与浩然之气激励着一批又一批的革命志士，咏侠诗中，尤其是辛亥革命前后的咏侠诗中，这种任侠人格与革命精神的结合是非常普遍的，从而也创造出了咏侠诗中最新鲜的侠者形象。此外，在咏侠诗中，抒情主题与侠者的形象高度统一，形成了近代咏侠诗中，乃至整个咏侠诗中前所未见的可歌可泣的侠客形象，展示了对侠客崇高人格的推崇与赞美。如秋瑾一系列的吟咏刀剑的诗歌中，创作主体的英雄气概、侠者情怀呼之欲出、可感可触的。再如唐才常《侠客篇》：

> 丈夫重意气，孤剑何雄哉！良宵一灯青，啼匣风雨哀。不斩仇人头，不饮降王杯。仰视天沈阴，揽衣起徘徊。民贼与乡愿，颈血污人来。我闻日本侠，义愤干风雷，幕府权已倾，群藩力亦摧，翻然振新学，金石为之开。觥觥三杰士，市骨黄金台。回首疴支那，消歇无良材。庸中或狰佼，猖狂纷疑猜。我辈尊灵魂，四大尘与灰。生死何足道？殉道思由、回。岳岳三君子，蕴德妒琼瑰。浩然决归志，弃我沟中埃。前席以置词，恨血斑云罍。欢会不可常，转眄黄发衰。湖山那歌舞，雾霾何昏埋！吁嗟二三子，奴券惊相催，要当舍身命，众生其永怀！ ②

诗中表达了对豪侠之士的推崇与赞美，也流露出了对日本义干风雷的尚武精神的崇拜，抒情议论，突出了对革命者任侠人格的积极塑造，"要当舍身命，众生其永怀"的人格力量十分动人。

第三节　近代咏侠诗的艺术特征

近代诗歌处在古典诗歌向现代诗歌过渡的中间地带，从诗歌的发展走向

---

① 陈平原《晚清志士的游侠心态》，见《学人》第三辑，江苏文艺出版社 1992 年版，第 32 页。
② 湖南省哲学社会科学研究所编：《唐才常集》，中华书局 1980 年版，第 262 页。

来说，古典诗歌在不可避免地走向衰落，衰而极其变，部分诗人在诗歌思想内容、艺术表现、诗境方面进行着探索创新。近代文学总体上的特征就是"变"，钱仲联先生说："穷则变，变则通。近代出现的'诗界革命'、'文界革命'、'小说界革命'皆为这种穷极生变的表征。"① 这种变化的根本原因是晚清社会巨变，部分诗人在积极摸索着诗歌创作的新路子。最先为诗歌创作开品新境界的是具有启蒙精神的学者诗人龚自珍，他的作品主要是思想内容的变化，他以深沉的批判意识将对社会的衰亡与个体的压抑激烈地呈现于诗中。龚自珍、魏源等人开启的新精神，在鸦片战争前后气势磅礴地展开了，诗歌艺术完全迎合着时代精神而变化。"就整个近代诗歌的艺术追求来说，存在着异向、多元乃至相反的追求，但其总的特点是古典式微，新变渐启。"② 的确如此，尤其是在梁启超、黄遵宪"诗界革命"新观念的倡导下，诗歌的变化越来越明显。但从整体上来看，诗歌体例形式仍然延续着传统，没有太大的变化，有研究者认为，这是所谓的"旧瓶装新酒"，是近代诗歌创作的基本范式特征。近代咏侠诗与近代诗歌整体的特点大体吻合的，但是在"旧瓶装新酒"这一特点上，咏侠诗的表现有所不同，大部分咏侠诗歌仍然是以传统的思维模式和艺术表现形式为主，形式上仍然沿用旧体诗的形式来呈现。近代咏侠诗在传统咏侠诗艺术积淀的基础之上，呈现出了些微独特的文化品质和艺术特征，主要表现在旧瓶装陈酒，旧瓶装新酒的状况并存，在审美意境上呈现出了悲壮、悲怆、慷慨沉郁的特点，打破了传统古典诗歌语言的模式，运用新名词，新语汇，外来语等入诗。

一、旧瓶装新酒的写作范式

前文已说过，道咸年间的咏侠诗创作，与鸦片战争之前的咏侠诗在思想意境、艺术形式上没有明显的区别，同光宣时期的咏诗歌创作在思想境界变

---

① 马亚中：《中国近代诗歌史》，复旦大学出版社 2011 年版，第 1 页。

② 李继凯、沈志瑾：《近代诗歌史论》，吉林教育出版社 1995 年版，第 96 页。

化比较明显，形式上仍然沿用旧体，即是"寓新意境于旧风格"。因而近代咏侠诗创作是"旧瓶装新酒"。在近代社会危机、时代风暴的影响下，一些诗人会做出反应，创作出紧贴时代，表现国家忧患的咏侠诗作品，诗中呈现出富有时代气息和近代革命意识的内容，主要表现在诗界革命、戊戌变法前后和辛亥革命前的诗作中，诗人的诗歌创作明显体现出对新思想、新观念、新事物的融通变革。虽然和唐宋元明诗歌相比，诗歌在形式上有变化的尝试，但整体并未超越传统的诗歌形式，然而诗歌的思想意境紧跟时代的步伐，还是有明显的变化，尤其是对迥异于封建传统文化特征的一些新观念，是有所反映的。即使是进步的革命文学团体南社诗人的创作仍然是固守着旧的诗歌形式，没有找到新的形式来承载新的思想内容，但在气质与感觉、意识上，明显与鸦片战争之前的诗歌有所不同，深刻呈现了资产阶级民主思想观念对近代诗人的影响。"陈旧的诗歌内容在近代诗人这里被大量地淘汰掉了，而新的内容，特别是具有时代气息的现实生活或人生问题充实了近代诗歌的内容，在这种内容置换过程中，相当长的时期里并未明显改换传统的诗歌形式。"①

看赵金鑑的《侠士吟》：

> 迅雷掣云风扫叶，尺余匕首闪明灭。但见寒光缠袖底，那知仇头血迸裂。提囊惯掷逆旅中，虬髯磔猬沈英风。忽闻佞臣奸天纪，目眦如炬裂双瞳。丈夫生身誓报国，神锋一掷两臂力。白虹气嘘天改容，良骥追风汗血色。径去不顾一身轻，使我茫茫百感生。沧海横溃何时了，帷幄无人猛士少。

赵金鑑（1866—1925）的诗中，可以明确感受到作者描绘侠士的行为，歌咏侠士的精神，更多的是表达自己的爱国情感与理想寄托，对"丈夫生身誓报国，神锋一掷两臂力"的侠士呼唤，正是诗人自我理想的写照，也是当时茫茫乱世中文人志士的广泛期待。诗意中的雄豪英风体现了时代的锋芒与气息。如果说赵金鑑的诗中的近代意识和变化还不够鲜明，再看黄遵宪的

---

① 李继凯、沈志瑾：《近代诗歌史论》，吉林教育出版社 1995 年版，第 97 页。

《侠客行》诗：

> 忽而大笑冠缨绝，忽而大哭继以血。大笑者何为？笑我鼎镬甘如饴。大哭者何为？哭尔众生长沉苦海无已时。吁嗟！笑亦何奇，哭亦何奇，胸中块垒当告谁？平生胸吞路易十四十八九，挟山手段要为荆轲匕首张良椎。仗剑报仇不惜死，千辛万挫终不移。致命何从容，宁作可怜虫？岁寒知松柏，劲草扶颓风。君不见当今老学狂涛何轰轰，国魂消尽兵魂空。安得人人誓洒铁血红，拔出四亿同胞黑暗地狱中。①

在西方思潮的影响下，黄遵宪（1848—1905）的诗歌中出现了新观念，新思想，将新的事物注入创作中，"安得人人誓洒铁血红，拔出四亿同胞黑暗地狱中，"语言受民歌的影响，生新有活力。与传统咏侠诗相比，诗人将侠者情怀与时代和自我的经历融合在一起，思想意识中具有迥异于封建社会的因素，是资产阶级文化与影响和中国文化传统相结合的范例，内容上很有特点。"平生胸吞路易十四十八九，挟山手段要为荆轲匕首张良椎"，句式变化自由，感情激昂，胸怀高远，读之琅琅上口，显得非常雄壮活泼。这首诗使用歌行体，虽然句式变化、抒情特点已经不同于唐宋元明的歌行体了，是旧瓶装新酒，这种写作范式是近代诗歌最基本的艺术特征。这种具有新精神、新意境的咏侠诗在"戊戌变法"前后开始大量涌现。

近代咏侠诗，就是在对传统的承续和对新思想的融通中渐进发展的，在思想上新旧并存，体现出了近代诗歌发展的一般规律。

二、悲壮幽怆、慷慨沉郁的诗史化审美基调

晚清社会时局动荡，乱象迭起，诗歌所呈现的叙事方式、抒情色彩均异于前代，大多数文人依托怀古诗歌凭吊悲悼，表达无可奈何的生命感喟。另有许多文人志士积极而悲慨地探索着改造国势的出路，诗人哀叹国家民族的命运，发于歌咏，以诗为剑。因而，咏侠诗在诗人雄豪、悲郁的生命情调

---

① 钱仲联编：《近代诗钞》二，江苏古籍出版社 2001 年版，第 779 页。

中，焕发出了一种诗史般的悲壮色彩。如赵金鑑《易水吊古》：

> 匕首如能借，荆卿未许方。风寒天肃杀，日暗野苍凉。烈筑哀燕市，残虹幂太行。不堪凭吊处，故垒胜斜阳。①

"风寒、日暗、烈筑、残虹、故垒、斜阳"众多意象，沉浸在苍莽壮阔的荒野日暮之中，荆轲怀藏匕首、易水作别的悲壮场面萦绕在字里行间，营造了极为浓郁悲壮的诗意美。柳亚子《闻万福华义士刺虏臣王之春不中感赋》两首之一云：

> 君权无上侠魂销，荆聂芳踪黯不豪。如此江山寥落甚，有人呼起大风潮。一椎未碎秦皇魄，三击终寒赵氏魂。愿祝椎埋齐努力，演将壮剧续樱门。②

诗中隐括荆轲、聂政、豫让、张良等古代刺客之侠的故事，追怀历史现场，呼唤赞美义士的侠烈精神，体现出一种崇高悲壮之美。在晚清爱国志士与诗人的心目中，侠具有视死如归、随时为革命理想奉献青春生命的高尚人格，因而诗人在表现这种人格精神时，往往将革命之侠的壮烈行为，风起云变的历史氛围，与崇高壮美的精神人格结合起来，极力表现一种崇高悲壮的艺术美。如高旭《侠少年行吊陈其美》：

> 天生陈郎侠少年，风流文采何翩翩。伯符公瑾饶霸略，慷慨谈兵惊四筵。雷霆万钧风烈烈，仗剑复仇仇总雪。飞将军从天上来，旗鼓中原称第一。斗大沪城嚣尘埃，鸦鸣鹊噪哀莫哀。支撑大宇要此辈，评量岂指八斗才！狂啸数声作虎吼，不屑黄金印悬肘。嗟哉造物何不仁？漫把斯民等刍狗。蛙声紫色纷妖魔，人道消灭鬼气多。长城道济一朝坏，雏不逝兮唤奈何！富贵真如草头露，冢中枯骨袁公路。鲁连高义羞帝秦，陈涉横行号张楚。吁嗟乎！精禽衔石海难填，誓将只手障百川。侠风盖世畴能肩，锄奸伐暴身独先。一诺千金天下贤，朱家郭解无有焉。今不见兮心凄然，陈郎陈郎侠少年。③

---

① 《清代诗文集汇编》791辑，《瓢沧先生诗稿》卷三，上海古籍出版社2010年版，第411页。

② 《近代中国史料丛刊》第3辑，《南社丛选·诗选》卷十，台湾文海出版社1998年版。

③ 郭长海、金菊贞编：《高旭集》，社会科学文献出版社2003年版，第241页。

诗中借用大量汉魏时代的故实，典故十分密集，在深沉的古风形式中，揉之以浓郁而深沉的悼念之情，以醋畅淋漓的笔墨，描绘了侠士陈其美的盖世侠风，这种为国家民族大义牺牲自我的侠义精神，的确是中国历史上最高境界的侠义精神。托古咏史，叙事抒情，将重大的历史事件与对个人的凭吊融合在一起，突出了诗风的悲壮美。辛亥革命前，谋刺落后颓败的清王朝大臣，是很频繁的，一些年纪轻轻、敢于牺牲的革命志士，大义凛然地舍生取义，他们的浩烈侠气被当时的诗人多加歌咏。因而，近代晚期各种凭吊烈士、鼓舞侠风的诗篇非常常见，如高旭《吊杨卓林侠士》：

> 侠骨撑天白日残，招魂路远恨漫漫。山中薜荔湘灵泣，江上芙蓉鬼伯寒。三户亡秦原未易，一麾兴汉本无难。龙门史笔传陈涉，要与人间仔细看。①

诗中的杨卓林也是晚清爱国志士，《革命逸史》记载他"体格魁梧，富有勇力，少以任侠闻于乡，邑中秘密会党多乐与之游。……卓林愤清廷乱政误国，民气不振，乃周游诸省，求江湖豪侠，如关外之红胡子，山东之响马，长江之盐枭，江西之洪江，浙江之青帮，闽粤之三点。皆欲结其魁杰"。1907年，谋刺两江总督端方被捕，受审时愤然陈辞说："我志不遂，死耳，天下岂有畏死杨卓林耶！速杀我，毋累及无辜。"②是一位英风浩然的义勇侠士。侠者的精神风义自此完全超越了传统意识，革命者之侠，完全不是为了报一个人的恩仇，而是渴望以个人之牺牲安国家，定社稷，换取广大民众的生活幸福，这是中国侠义思想攀登上的最高峰。诗人凭吊悼念抛头颅、洒热血的侠者，正是对这种以侠为中心的道德价值的肯定与呼唤。近代咏侠诗中凭吊侠肝义胆的革命志士的作品很多，如杨圻《哀大刀王五》，秋瑾《书吴烈士樾》、柳亚子《吊鉴湖秋女士》、《哭龚铁铮烈士》、《吊刘烈士炳生八首》、《哭周实丹烈士》、《哭熊味根烈士》，高旭《侠少年行，吊陈其美》，孙中山《挽刘道一》，等等。这些作品充满了悲怆、悲壮的情思与基调。秋瑾《鹧鸪

---

① 郭长海、金菊贞编：《高旭集》，社会科学文献出版社2003年版，第171页。
② 冯自由：《革命逸史》第二册，中华书局1981年版，第158页。

天》一阕云："金瓯已缺总须补，为国牺牲敢惜身"；《黄海舟中日人索句并见日俄战争地图》一诗："拼将十万头颅血，须把乾坤力挽回。"冰雪侠肠，铮铮侠骨，烈烈侠风，以千古不灭的浩然之气，让侠者的精神人格独立天地之间而不朽。

而秋瑾《对酒》更是令人一掬悲壮之泪：

> 不惜千金买宝刀，貂裘换酒也堪豪。一腔热血勤珍重，洒去犹能化碧涛。①

她的另一首《宝刀歌》也是一腔侠肝义胆的时代警钟：

> 汉家宫阙斜阳里，五千余年古国死。一睡沉沉数百年，大家不识做奴耻。忆昔我祖名轩辕，发祥根据在昆仑。辟地黄河及长江，大刀霍霍定中原。痛哭梅山可奈何？帝城荆棘埋铜驼。几番回首京华望，亡国悲歌泪涕多。北上联军八国众，把我江山又赠送。白鬼西来做警钟，汉人惊破奴才梦。②

此诗名为咏宝刀，实际上是将一腔侠肝义胆与风云变幻的历史现实结合起来。

侠骨凛凛，充满了悲壮的生命情调与史实的庄严重大，同时近代咏侠诗，将历史与现实融合在一起，突出体现出革命志士的任侠精神，和为民族大义牺牲的爱国主义精神，侠义精神与民族精神空前融合，这是近代咏侠诗最突出的特征，从而使诗歌洋溢着青春浪漫、高亢悲壮、幽怆沉郁的艺术精神和审美力量。

三、将新名词、新观念引入诗歌，变雅为俗，形成了独特的气象

从时间演进来看，近代早期的咏侠诗创作基本沿袭传统诗歌的创作路径，多采用乐府旧题和古风创作形式，如诗题为《游侠篇》、《侠客行》、《易

---

① 钱仲联编：《近代诗钞》三，江苏古籍出版社 2001 年版，第 1718 页。
② 钱仲联编：《近代诗钞》三，江苏古籍出版社 2001 年版，第 1718 页。

水歌》、《渐离筑》、《结客少年场》、《豫让桥》等的诗歌数量是比较多的，在形式上也主要以古风、绝句为主。而后期的咏侠诗中，虽然大多数诗人仍然用旧体诗写作，但是在"诗界革命"的变革背景下，部分诗歌的主题思想与遣词造语方面具有了新气象，展示出了时代风潮鲜明的印记。对传统诗歌借景抒情、情景交融、兴象境界等写作精神有所突破。另外，诗人受到西方新事物、新思想以及翻译文学的影响，在诗歌的创新方面做了一些尝试，如对传统歌行体的改造，词汇字句中出现了一些化用的外来语等等。看下面诗句：

> 除却干将与莫邪，世界伊谁开暗黑？斩尽妖魔百鬼藏，澄清天下本天职。
>
> 他年成败利钝不计较，但恃铁血主义报祖国。①（秋瑾《宝剑歌》）
>
> 誓将死里求生路，世界和平赖武装……殿前一击虽不中，已夺专制魔王魄。②（秋瑾《宝刀歌》）
>
> 卢梭文笔波兰血，拼把头颅换凯歌。③（秋瑾《书吴烈士樾》）
>
> 平生胸吞路易十四十八九，挟山手段要为荆轲匕首张良椎。……君不见当今老学狂涛何轰轰，国魂消尽兵魂空。安得人人誓洒铁血红，拔出四亿同胞黑暗地狱中。④（黄遵宪《侠客行》）
>
> 自由钟铸声初发，独夫台上风萧萧。当头殷殷飞霹雳，鲁易十四心旌摇。⑤（高旭《海上大风潮起作歌》）
>
> 卒摧旧政府，伟业顷刻成。荆卿实先锋，激发真性情。⑥（高旭《咏荆轲》）

"世界、祖国、和平、武装、专制、铁血主义、卢梭、波兰、自由、鲁

---

① 钱仲联编：《近代诗钞》三，江苏古籍出版社年 2001 年版，第 1717 页。
② 钱仲联编：《近代诗钞》三，江苏古籍出版社年 2001 年版，第 1716 页。
③ 钱仲联编：《近代诗钞》三，江苏古籍出版社年 2001 年版，第 1715 页。
④ 钱仲联编：《近代诗钞》二，江苏古籍出版社年 2001 年版，第 779 页。
⑤ 郭长海、金菊贞编：《高旭集》，社会科学文献出版社 2003 年版，第 35 页。
⑥ 郭长海、金菊贞编：《高旭集》，社会科学文献出版社 2003 年版，第 64 页。

易十四、同胞、政府"等词汇，具有鲜明的时代特征，这些新词汇，承载着新思想，与传统的创作手法和审美态度相融合，形成了令人耳目一新的独特气象，也让诗歌在意境上呈现出浅显易明，显豁近俗的变化趋势，体现出了近代诗歌向现代诗歌的过渡性。

诗歌的通俗化趋势，是近代诗歌鲜明的艺术倾向，这也符合是整个诗歌史发展的基本规律。这种新鲜通俗的写作，与黄遵宪提出"我手写我口"的口号完全一致，不仅诗歌意境新鲜，而且格律要求也不是那么严谨。咏侠诗在大的诗歌潮流裹挟下，在这一点上，与近代诗歌的发展变化规律是完全一致的。

当然，传统诗歌艺术的积淀是极为深刻而强大的，当近代诗人还没有找到能够承载新的时代精神的诗歌新体裁时，仍然沿用旧体进行创作。在写作方法上，也主要是以情景互衬、化用典故、借景抒情等传统方法进行创作。但是，在整体的诗歌风貌中，我们能够感受到直抒胸臆的成分增加了、疏于修饰的情况也比较普遍，诗人重在精神的传达，和对时代革命精神的呼唤，因而，在一定意义上，逐渐突破了传统的为诗方式。这种突破，是为即将到来的五四新文化运动的先驱，在经历了新文化运动的彻底改造，不仅新诗走向了历史舞台，在中国民主革命纵深发展的过程中，诗歌咏侠也最终走向了尽头。总的来说，近代咏侠诗将诗史式的悲壮美与侠义人格精神的塑造结合起来，在写作上，逐渐突破传统诗歌创作的抒情方式与描写特点，呈现出了独特的审美特点。

综上所述，近代咏侠诗，是中国古代咏侠诗发展的最后一个阶段，它在清代咏侠诗的集成总结中，与近代社会变革与革命风潮相结合，为中国存在了近两千年的咏侠诗画上了完美的句号，也是咏侠诗歌在诗歌史上的辉煌落幕。

第九章
剑气·侠心·江湖情
——咏侠诗与中国文人的人生理想

纵观中国古代咏侠诗的创作，文人心志和人生理想是贯穿其中的一条红线。所以在探讨了历代咏侠诗的创作后，作为创作主体的文人也应该成为咏侠诗研究和关注的一个重要方面。本章主要探讨中国古代文人知识分子的游侠人格精神、侠义情结及其使命，暂把它归纳为"剑气—侠心—江湖情"。主要选择剑、侠、江湖三个文化价值层面，气、心、情三个文化心理层面探讨以下三个方面的内容：一是剑气：中国文人知识分子的德修与公平正义追求；二是侠心：中国文人知识分子的儒侠互补心态；三是江湖情：中国文人知识分子的自由理想与追求。事实上，纵览古代咏侠诗的创作历程，文人心路历程的诗化表达非常清晰。剑气、侠心、江湖情作为古代咏侠诗人寄寓人生理想、表达高逸的情志和对自由境界的追求，在不同的文化层面体现着咏侠诗的社会价值、文化价值和人生价值，是古代咏侠诗综合价值的体现，也是咏侠诗的核心与灵魂所在。

中国古代的士与游侠都以自己鲜明的人格精神影响了国民性的构建，影响了文人知识分子的人格精神。从历史上看，知识分子被称作"士"，但是"士"在古代，是有一个历史进化的阶段的。

"春秋战国之际，随着社会的大动荡，原宗法血缘纽带逐渐解体，社会的急剧转型导致社会成员的结构性变动，原本处于贵族最底层的士被抛向社会的各个角落。处于'失职'状态。他们无田可食，无职可俸，只能凭借自身所拥有的知识和勇力谋生。同时，为谋取霸主地位，各国统治者争先养士，而士人也乐于为人主所用。自此出现士之文武分化现象。"①而那些尚武者群体，在一定社会条件下，就成为了游侠的来源。吕思勉先生曾说"好文者为游士，尚武者为游侠"②。因而可以说，"游侠自产生起就与士有着千丝万缕的联系。秦专制主义中央集权制的建立，迫切要求将游离于政权之外的社会力量纳入政权体制内。当时的士与游侠在统治阶层看来即属于政权体制外的社会力量。西汉时期是游侠发展的黄金时期，政府都曾不遗余力的对其施以拉拢和打击的政策，武帝时期尤为突出。随着儒学成为封建正统思想，游侠出现年长折节的现象，并逐渐向儒士靠拢，成为统治阶级中的一员。"③

中国古代文人的心态，与中国古代文化的特异性密切相关。就侠文化的影响和发展看，古代文人知识分子由读书击剑的文武合一，到文武分途的儒士、侠士，再到儒侠合一的人格追求，知识分子在漫长的历史发展中，在精神理想层面，始终在寻找着原本属于自己的另一半。在这样的寻求中，知识分子改造着游侠，也在改造着自己，创造了中国文化史上个性鲜明的侠义人格精神，完成了对侠文化的构建。

在侠的历时共建和文学创造中，侠和侠文化的文化史意义不但在于历代文人给我们成功地创造了一个"义侠"，创作了人们喜闻乐见的艺术形式——咏侠诗与武侠小说，而且在这一漫长的创造过程中，交集着文人的痛苦和身世之感、社会良知及对理想人格精神的追求与向往。侠也在这一过程中渗透到文人的气质精神中，成为文人人格的重要因素和理想人格化身，成为一种具有独特社会意义和道德力量的价值存在，文人改造了侠，也在这一过程中改造了自己。

---

① 郭建静：《秦汉时期士与游侠的演变及关系研究》，西北大学硕士学位论文，2009年，第1页。
② 吕思勉：《秦汉史》，上海古籍出版社2005年版，第517页。
③ 郭建静：《秦汉时期士与游侠的演变及关系研究》，西北大学硕士学位论文，2009年，第1页。

胡秋原认为，中国传统文化中的儒、道、墨分别来自儒士、隐士和侠士，而"儒、隐、侠是中国传统知识分子追求的三大人格，是中国古代学者的三种生存形态"。① 这也是中国知识分子的性格的组要构成部分。由此形成了中国传统文化中的人生理想："少年游侠、中年游宦、老年游仙。"对于中国古代文人侠义心态的探讨，能使我们更多地了解中国古代文人的内心世界及内心活动凝定的文化产品——咏侠诗，而且有助于我们树立积极正确的文化心态，以一种更健康的文化心态创造未来的新生活、新文化。

第一节　剑与中国文人的德修和公平正义追求

公平正义是中国古代咏侠诗的基本价值。中国古代咏侠诗剑气弥漫，正义声隆，体现着一种独特的价值观念，那就是诗人借侠或剑表达对公平正义的追求。剑作为咏侠诗中诗人情有独钟的意象，与侠客虚实相生，互为表里，而它所表达的内涵，多具象征意义，往往指向着咏侠诗的文化价值。

在咏侠诗中，剑作为重要的诗歌意象，不仅是诗人寄托理想的载体，更是一个耐人寻味的文化符号。诗人非常重视对剑的赞许和描绘，并把它和侠客的行侠仗义紧密联系在一起，赋予了侠者对公平正义的渴望与追求，并成为与侠相伴而不可分离的人格存在，而它的威严、尊贵与文人的德修亦互为表里，剑也就成为中国咏侠诗的灵魂和侠义精神的载体。因此，中国古代侠文化与剑文化就成为相互包容的文化传统。

"剑文化是指中华民族在历史发展过程中创造的与剑有关的物质成就和精神财富的总和。剑修长光洁的优雅气质，使文人发现了堪与其自身相媲美的一种理想客体"，因而成为古典诗词中的典型意象。"或表现出对自我人格理想的期待，或表达对功名的积极进取，或洋溢着诗人的豪侠气概，或表

---

① 李维武：《胡秋原哲学思想的心学特征》，《孔子研究》2011 年第 1 期。

达对黑暗社会现实的抨击、对自身沦落沉埋的忧愤泄泻等。"① 其体现着
文人的人文情结，被赋予了深刻的文化内涵。经文人洗练，剑被赋予了
更多的文化特质，代表着对理想境界的向往，对博大气象的追求，蕴含
着正义必胜的期许。可见，剑在中国古代文人的价值和理想追求中，寄
予了以德为中心和基础的境界追求，即德—道—理三个道德意义上的道德
观、理想观和价值观，这三者是一个通过文人的行动人生不断演化上升的
人格境界，贯通了中国上下几千年，体现文人人文精神和中国哲学主流的
最高概念。②

对侠而言，剑就是公平正义的象征，是武力和权力的象征。由此，古
代文人对剑侠也同样寄予公平正义的人格理想。从古代咏侠诗创作看，魏
晋六朝时期，咏侠诗中对剑的描写只是作为游侠的装饰，往往用于对侠的
英雄气或富贵气的一种衬托，作为意象内涵中的正义公平价值意义和人格
精神象征并不十分明显。而当时很多情况下，剑的装饰性远远大于使用
性，故有以木剑代替刃剑者。而在当时南朝奢靡风气影响下，咏侠诗中的
剑意象更多表达出追求奢靡享乐的时代风气。随着侠文化的不断发展和文人
对侠的义化改造，剑被不断赋予公平正义的内涵，这在唐代侠文化和唐五代
文人咏侠诗创作中有着深刻的体现，如前所述，唐人李德裕《豪侠论》就是
以正义为核心来论述豪侠的，"义非侠不成，侠非义不立"就成为义侠的标
志。而唐五代诗人咏侠诗中剑意象公平正义的内涵也非常丰富。如李中《剑
客》云：

> 恩酬期必报，岂是辄轻生。神剑冲霄去，谁为平不平。③

诗中将剑作为酬恩与平不平的神圣之物，赋予它的其实就是对公平正义
的维护。

又如慕幽《剑客》诗云：

> 去住知何处，空将一剑行。杀人虽取次，为事爱公平。戟立嗔髭

---

① 李馨：《古典诗词中剑文化特质之管窥》，《兰州教育学院学报》2011 年第 4 期。
② 见斯维至：《说德》，《人文杂志》1982 年第 2 期。
③ 李中：《剑客》，《全唐诗》卷七百四十七，中华书局 1960 年版，第 8500 页。

鬓，星流怂眼睛。晓来湘市说，拂曙别辽城。①

剑侠行侠的目的似乎很简单，不是为了杀人，而是为了公平。甚至为了公平怒发冲冠。

齐己《剑客》：

> 拔剑绕残樽，歌终便出门。西风满天雪，何处报人恩。勇死寻常事，轻仇不足论。翻嫌易水上，细碎动离魂。②

此诗中，剑侠雪天仗剑，不畏身死，实为报恩，即为恩遇之人去复仇，去打抱不平。剑的意象从诗的首句凸起，贯穿全诗，正义凛然。

吕岩《赠剑客》其中两首集中表现的就是剑侠的不平之鸣。

> 粗眉卓竖语如雷，闻说不平便放杯。仗剑当空千里去，一更别我二更回。（三十一）③

> 庞眉斗竖恶精神，万里腾空一踊身。背上匣中三尺剑，为天且示不平人。（三十二）④

这两首歌咏剑客的诗篇，描写剑客的狰狞怒目，剑气纵横，意在借剑以削平不平。

有时诗人借剑客抒发感叹，利剑在手，却无用处，为此而生悲慨。贾岛《剑客》深沉感叹：

> 十年磨一剑，霜刃未曾试。今日把示君，谁有不平事？⑤

明代咏侠诗中，诗人借剑表达的侠义之气和打抱不平的侠行，在诗中很常见。如明代诗人高启《游侠篇》，更是将正义之剑举向了人间不平之事：

> 游侠向何处，荡荡长安城。城中暮尘起，杀人无主名。所杀岂私仇，激烈为不平。新削安陵刀，光夺众目明。不畏赤棒吏，里间自横行。灌夫托为友，袁盎事以兄。负气不负势，倾身复倾情。笑顾少年

① 慕幽：《剑客》，《全唐诗》卷八百五十，中华书局 1960 年版，第 9624 页。

② 齐己：《剑客》，《全唐诗》卷八百三十四，中华书局 1960 年版，第 9452 页。

③ 吕岩：《赠剑客》，《全唐诗》卷八百五十八，中华书局 1960 年版，第 9697 页。

④ 吕岩：《赠剑客》，《全唐诗》卷八百五十八，中华书局 1960 年版，第 9697 页。

⑤ 贾岛：《剑客》，《全唐诗》卷五百七十一，中华书局 1960 年版，第 6618 页。

辈，琐琐真可轻。①

此诗描写游侠杀人复仇，但并不仅于此，诗中"所杀岂无仇，激烈为不平。新削安陵刀，光夺众目明"诸句，表达的就是主持公道，张剑打抱不平。

清代咏侠诗中，诗人也继承了表现侠客张剑主持公平正义的价值追求。如孔子第七十一代孙、嘉庆六年（1801）进士孔昭虔（1775—1835）的《侠客篇》：

> 儿女不关情，辞家万里行。风寒嘶马影，箭急落雕声。一剑寄肝胆，片言要生死。壮怀何处托，会欲请长缨。②

此诗描写了一位不计个人利益行走江湖、恩怨分明的江湖侠士，同时展示了其心怀国家、渴望从征疆场的大义。"风嘶、箭急、一剑、片言"等语词，十分生动传神地刻画了侠客英风凛凛、执义豪放的形象。

历史上，剑气侠心之士不乏其人。如春秋时的太史兄弟：春秋鲁襄公二十五年（前548），齐崔杼弑君光，太史书曰："崔杼弑其君"，崔杼杀之；其弟又书，崔杼又杀之；其次弟又书，崔杼又杀之；太史兄弟以书崔杼弑而死者三人矣，其次弟仍书，崔杼知正义之终不可磨灭，乃止不杀。齐国史氏有别居于南境曰南史氏者，闻太史迭为崔杼所杀，恐正义不伸，乃执简入齐都，欲继言之，至都，则崔杼已止不杀，其弑君之罪，已得书矣，乃还南境。太史兄弟，以生死争正义，固万世史官之模范，而南史氏特犯危难，欲与同殉，亦开野史稗官之典型矣。又如春秋时的史官董狐，春秋鲁宣公之二年，即公元前607年，晋灵公欲杀赵盾，盾奔齐，其从子赵穿乃攻灵公于桃园弑之，赵盾犹未出境，闻之而返，亦不讨赵穿弑君之罪，太史董狐言曰："赵盾弑其君"以示于朝，赵盾曰："非我也，穿也。"董狐曰："子为正卿，亡不越境，反不讨贼，非子弑君而何？"孔子曰："董狐，古之良史也，书法不隐！"董狐之直言，敢犯危难与齐太史无异。

回荡在历史长空中的文人侠义之士，用他们对公平正义的价值追求，用

---

① 高启：《游侠篇》，见徐澄宇、沈北宗校点：《高青丘集》卷一，上海古籍出版社1985年版，第18页。

② 《清诗文集汇编》514辑，《镜虹吟室诗集》卷一，上海古籍出版社2010年版，第573页。

他们积极进取的人生追求，谱写了剑文化和侠文化的正义之声。

中国侠文化之所以能够在中国社会产生广泛影响，在社会各个不同的阶层扎根，并在史学、文学和社会学等领域成为表现和关注研究的对象，是因为千百年来，中国侠作为一个特殊的社会存在现象，以其自身的特异行为和独特的人格精神，深深影响着中国社会和民众，这其中最重要的就是司马迁所言的"侠客之义"。抛开侠的"以武犯禁"等"不轨于正义"的行为对社会产生的影响，就史家、文人对这种"侠客之义"的感动与执着，记载与歌咏而言，史家立传与文人歌咏，使得"侠客之义"成为中国侠文化的基础。而咏侠诗作为侠文化的重要组成部分，其对侠义精神的歌咏，使得公平正义深入人心，成为人们认识和接受侠文化的最初情愫和价值导向，对社会公平正义等基本的秩序和规范产生了深远影响。

侠文化的现实基础是人间正义，侠之为侠，亦必以正义为本。但"正义"成为侠和侠文化的核心基础并不是一开始就具有的，而是经过了漫长社会的、历史文化的进化过程。这期间，史家、文人、社会大众都以不同的方式缔造了侠的正义。从文化创造发展角度看，中国古代对侠的"义化"铸造有三条"理路"线索：一是史家的"以法匡正"之路，如韩非、司马迁、班固、荀悦等人；二是文人的"正义铸魂"之路，从曹植开始，历代不断；三是民间大众的"英雄崇拜"之路，把侠塑造成"路见不平，拔刀相助"的民间正义英雄。而这期间，历代文人的咏侠诗创作就成为最重要的文化创造和价值引导。

第二节　侠与中国文人知识分子的儒侠互补心态

知识分子与游侠的相互借鉴相互影响，文心与侠心的彼此融合，正义为基，儒侠互补，是侠文化中一个饶有兴趣的话题。"中国古代游侠，确实以自己独特的行为方式和人格精神，在一定程度上影响了古代历史的发展和中国国民性的塑造。"① 晚清学者贺涛《书〈史记·游侠传〉后》说："秦以后，则揭竿之祸，无代无之，其倡之者必皆游侠之徒。"② 而且，在历史发展中看，游侠的人格精神与道义准则也是传统道德人格规范中理想化的组成部分。韦尔斯《人类的命运》中说："在大部分中国人的灵魂里斗争着一个儒家、一个道家、一个土匪。"闻一多先生认为韦尔斯所说的"土匪"就是侠者。③ 从文化史的角度看，魏晋以后，侠文化的传承和延续成为比游侠活动本身更为重要的现象和事实，侠的文学形象体现着比侠的历史实存更为深厚的社会文化意义。而这一文化现象的开端就在魏晋六朝。文人为什么要钟情于侠当然有很复杂的社会文化、文学及自身的原因，但侠相异于知识分子的一种人格魅力和行为可能是文人知识分子所缺和最需要"补充"的，也就是人们常说的"儒侠互补"或借侠"豪气一洗儒生酸"。蔡翔说："古代知识分子'发现'了侠，因为他们首先发现了自己的匮乏，这匮乏便激起了他们的创造欲望，而他们与侠之间的文化血缘关系，就很自然地把侠改造成艺术中的另一个'自己'。"④

文人本是一个道德形象，传统的社会心理对这种道德形象寄予了过多的希望和要求，文人有时会被社会当做侠客，是为整个社会打抱不平的侠客。为了神圣的社会使命，文人也往往向往文武双全的人格。真正的文人和侠客，都是现实的批判者和矫正者，他们本有着相通的地方，所以，既做文人，又做侠客，便成了他们几千年来的人格理想。"道、佛二家的思想、哲学与修养，主要是增加了儒者人格的复杂性、多面性，对提高儒者的人格境界并无根本性的好处；而豪侠之气恰可补足儒者所最为缺乏的阳刚素质，因此对于儒者，正是提升其人格品位的重要因素。具有侠气的传统知识分子，往往较少儒者普遍的弱点和缺陷。养成这种更为健全的人格，乃是古代许多

---

① 汪聚应：《唐代侠风与文学》，中国社会科学出版社 2007 年版，第 202 页。

② 贺涛：《贺先生文集》，《清代诗文集汇编》771 辑，上海古籍出版社 2010 年版，第 554 页。

③ 闻一多：《关于儒、道、土匪》，《闻一多全集》三，上海三联书店 1982 年版，第 469—473 页。

④ 蔡翔：《知识分子与江湖文化》，《上海文论》1993 年第 4 期。

知识分子内心自觉不自觉的要求。这既是他们受到民俗文化影响的结果，又是他们保持与民间联系的一个重要途径。"①这段话中可以看到侠的精神气质对知识分子人格构成的影响。"当然，说知识分子任侠仅仅是为了补充自己人格缺少的阳刚之气，却有失偏颇。同时，将这种健全人格的养成完全归之于民俗文化的影响也是不全面的。在唐代，文人士子对侠的认同和向往并非只是为了侠儒互补这种单一的价值取向，而是有着更为广泛的人生价值和现实内容。"②

任侠和对侠的崇尚，对古代文人士子的影响尤为全面深刻，并在一定程度上促进了其理想人格的构建。一般说来，特立独行的主体人格意识，文武兼备的健全人格构成，功成名就的人生理想，是古代文人士子最为向往的理想人格追求。

胡秋原在《古代中国文化与中国知识分子》中指出："如问什么最足以代表中国文化精神，不如看中国知识分子之风度。如问什么最足以代表中国知识分子之风度，我以为便是'儒'和'侠'。"③与现代"文人相比，古代文人在其人格构成中，很注重书剑合一、文武兼备的人格建构。'倚马见雄笔，随身惟宝刀'可以说是古代文人的形象写照。他们不再把自己的能力仅仅局限在经书中，而是在致力于对文化知识掌握的同时，也力求使自己具有体现刚烈侠义精神的能力。这种能力在当时文人看来，就是游侠身上体现出的尚武意识和任侠精神。这使他们对'终年穷一经'、'白发死章句'的腐儒鄙夷不屑，而向往游侠那种积极有为的行动人生，自觉地将侠的气质精神作为自我人格的构成要素之一"④。唐代文人并不看重儒生式的寻章摘句，而更推崇豪宕浪漫的任侠精神，如陈子昂"以富家子，任侠尚气弋博"，"轻财好

---

① 　程蔷、董乃斌：《唐帝国的精神文明》，中国社会科学出版社1996年版，第367页。
② 　汪聚应：《唐代任侠风气与文人的人格理想》，《唐代文学研究》13辑，广西师范大学2010年版。
③ 　胡秋原：《古代中国文化与中国知识分子》，中华书局2010年版，第8页。
④ 　汪聚应：《唐代任侠风气与文人的人格理想》，《唐代文学研究》13辑，广西师范大学2010年版。

施，笃朋友之义"。① 李白"喜纵横术，击剑为任侠，轻财重施"②。其他如郭元振、王昌龄、张说、王翰、高适、陆龟蒙、韦应物、刘叉等都是尚侠任气之士。正是唐代普遍的任侠风气与时代气象，将文人的尚武崇侠精神发挥到了极致。岑仲勉先生《隋唐史》中说：

> 唐代相将并无显然之分途，武后朝如岑长倩、张光辅、娄师德、张仁亶（即仁愿）、狄仁杰、唐休璟、魏元忠，皆以宰相而提兵，其例甚多。后此，玄宗朝有薛讷、王晙、张说，肃宗朝有房琯、张镐，与夫裴度之平淮蔡、白敏中之征党项，都是科举文人而出将入相（属于唐末者不再详举），未见得边镇大帅"非蕃将莫能胜任"。③

唐人如此，宋代文人中范仲淹、贺铸、辛弃疾、陆游等亦不乏侠气与侠行。明代文人、晚清志士都有对侠的尚慕与功业追求。

从任侠传统看，古代文人大多具有一种任侠精神。"任侠"虽然从字面看就是以侠自任之意，但任侠精神实际上是包含了"任"与"侠"两个方面。就"任"而言，《墨子·经上》说："任，士损己而益所为也。"《墨子·经说上》："任，为身之所恶以成人之所急。"而侠的方面，《太史公自序》说得很清楚："救人于厄，振人不赡，仁者有乎；不既信，不背言，义者有取焉。"《游侠列传》说："今游侠，其行虽不轨于正义，然其言必信，其行必果，已诺必诚，不爱其躯，赴士之厄困，既已存亡死生矣，而不矜其能，羞伐其德，盖亦有足多者焉。"

远古时代的墨家学派就是一个任侠团体，一般认为侠即出于墨家，讲究修身养性的儒家，也不乏侠义之人。孙铁刚在《古代的士和侠》中指出侠出于儒。章太炎《检论·儒侠》中说："漆雕氏之儒，不色挠，不目逃，行曲则无违于藏获，行直则怒于诸侯，其学废而间里游侠兴……，世有大儒，固举侠士而并包之。……大侠不出世而击刺之萌兴。"又说："《儒行》所称诚侠士也。""儒者之义，有过于杀身成仁者乎？儒者之用，有过于除国之大害，

---

① 傅璇琮等：《唐才子传校笺》第 1 册，中华书局 1987 年版，第 105 页。
② 欧阳修等：《新唐书》卷一百二十七，中华书局 1975 年版，第 5762 页。
③ 岑仲勉：《隋唐史》，中华书局 1982 年版，第 118 页。

扞国之大患者乎？"并说这都是"任侠之雄所兼具的"。梁启超举孔子为天下第一大勇，说中国之武士道"起孔子而迄郭解"。他说："孔子卒后，儒分为八，漆雕氏之儒不色挠不目逃，……此后世游侠之祖也。"

对"儒侠"人格的向往实在是一个深厚的传统。历代文人，如曹植、陶潜、李白、陆游等都是心怀侠客梦的人。龚自珍则感叹侠风衰微："吟到恩仇心事涌，江湖侠骨已无多。"其后谭嗣同、秋瑾以及南社的许多诗人都倡侠行侠，以"侠"自名，一时侠风复炽。

文人和侠客总能走在社会现实的前面，因而具有了永恒的魅力，成为人们持久追慕的人格榜样。而能兼侠客、文人二任于一身，则更令人尊崇，因为"儒侠"既克服了文人的软弱无力，又弥补了侠客的粗疏鲁莽，实在是最为健全的人格。中国古代的侠客，他们背负着传统的理想，幻想用自己的手中之剑来拯救现实，在他们的身上，闪烁着人格的光彩和理想的光芒。他们是一群纵横于现实之中，而又超脱于现实的人，他们身上的许多特点，是文人所缺少并且渴望得到的。

可见，"任侠精神"就是一种排难解纷、效功当世的胸怀；轻财好施、重仁重义的操行；"不矜其能，羞伐其德"的风度以及豪荡使气、不以礼法为意的个性。这类人有三大特点，重承诺、讲义气、轻生死。可见司马迁实际上是肯定游侠具有仁、义、诚信、谦让之德，而这些美德，又正是儒家道德规范的核心，也正是中华民族传统的美德。

考察历史实存侠的存在和行为可以看出，现代侠的形象一个经过了"历史的诠释"、"文学的想象"、"正义的神话"和"英雄的崇拜"这样一个史家、文人、大众的互补创造，侠客就成为正义的英雄形象。而文人所寄予的情怀最为深厚。从儒侠互补的角度看，主要体现在：

一、侠的自由行动人生与文人的实践渴望

侠者言必行，行必果，"身在法令外，纵逸常不禁。"其积极自由的行动人生往往成为成就他们侠名的重要驱动力量。唐代任侠诗人李白《侠客行》

云："十步杀一人，千里不留行。"描写的虽是侠者勇武潇洒，但其中表现着是诗人对自由行动人生的向往与实践的渴望。

驰骋于想象空间的游侠和他们的生活之所以深深吸引作者与读者，除了建立功业的积极人生外，更在于他们不拘礼法、天下为家、享受人生的自由精神。这种自由精神最突出的表现，在于游侠能最大限度地保持独立的人格精神。

陈平原在他的著作《千古文人侠客梦》里指出：在具体的历史环境中，无规矩不成方圆，纲常松弛，人欲横流，决不是好事情；可在抽象的精神世界里，再好的规矩也难免阻碍生命的自由发展。任侠之士不同于设计世界图景的政治家，他追求的是公正平等适性自然的生活方式。"能有几个高傲怪诞不把一切规矩放在眼里的'任侠使气之士'，实在昭示着人类对于自由的向往与追求。"

对侠客来说，见义勇为乃至为国为民固然是首要任务，但是风流潇洒、放纵豪情也是生活的一部分。有唐一代，开放豪迈，诗人骚客崇尚自我，自由奔放，笔下的游侠自然也是豪迈跋扈，奢浮恣欲。对于这样的风气，研究学者指出：描述游侠放荡生活的咏侠诗，确实从个体生命的角度对游侠的生活方式倾注赞美，表达对理想人生的向往，对人生价值的另一种理解。"甚至游侠少年那些游冶博猎，斗鸡宿娼等略脱小节的行为，也是一种坦荡不羁的自然人格。"[①]也就是这些礼教道统所无法容忍的生活方式，最强烈地体现了游侠的自由情怀。而这种追求自由、无视礼法的精神所散发出来的人格魅力也吸引了一代又一代读者，直至今日。

正是出于对这种自由人格的向往与实践的渴望，古代文人人每每将儒生作为侠的对立面而极尽嘲讽，如唐代杨炯《从军行》云："宁为百夫长，胜作一书生。"李白《行行且游猎篇》云："儒生不及游侠人，白首下帷复何益。"壮游《国民新灵魂》中说："侠者儒之反。儒者有死容而侠者多生气；儒者尚空言而侠者重实际；儒者计祸福而侠者忘利害；儒者蹈故常而侠者多

---

① 汪聚应：《唐人咏侠诗艺术管窥》，《天水师范学院学报》2000年第4期。

创异。"① 可见，"古代文人扬侠抑儒，是针对功业、针对腐儒而发，也是他们人格构成中对侠气勇武性情的一种渴求，而这一切反过来又补充张扬了他们的任侠理想。"②

二、侠的功业意识与文人建功立业的政治理想

从历代文人咏侠诗反映的文人任侠观念看，魏晋六朝及唐代，任侠的主体在上层社会，政治色彩较浓，因而文人咏侠诗对侠的表现往往重在政治领域，在咏侠诗中将以武犯禁的游侠通过功业，国家民族观念变为英雄和功臣，合法地引入正统社会和文学创作中。这种做法其实反映出的就是当时文人享乐与事功的二元价值追求：既追求人生的享乐，又不丧失对功业的追求与国家民族观念。故魏晋六朝及唐代文人咏侠诗所体现的任侠的豪放与事功的辉煌就成为古代文人最为理想的人格向往。

以功业追求和国家观念改造历史实存侠的离轨行为，是魏晋六朝文人对侠从进行艺术"扬弃"的主要内容，其目的并不仅仅是出于诗歌艺术形象的审美需要，而且也包括了让游侠"合法"地进入正常社会秩序，为更广泛的民众接纳。这在充满对建功立业、高扬人生理想的建安时期便一触即发。这方面的最早尝试和最典型的代表是曹植和他的《白马篇》。这首诗以游侠的英勇无畏和捐躯赴难、视死如归，塑造了边塞游侠儿的光辉形象和生命情怀。诗人在这首诗里同样寄予了自己的英雄意识和对功业的渴望。不论诗中的边塞游侠儿有怎样的杀敌本领，也不论他经历了多少战争场面，关键在这位游侠儿有高尚的国家观念和民族意识，而无个人私利，包括牺牲性命。所以，从价值观念和功利观念看，此诗最感人处在于通过"寄身锋刃端，性命安可怀。父母且不顾，何言子与妻。名编壮士籍，不得中顾私。捐躯赴国

---

① 张枬、王忍之：《辛亥革命前十年间时论选集》，上海三联书店 1960 年版，第 572—574 页。

② 汪聚应：《唐代任侠风气与文人的人格理想》，《唐代文学研究》13 辑，广西师范大学 2010 年版。

难，视死忽如归"，抒发了边塞游侠儿视死如归的生命情怀。最成功处在于其"控弦破左的，右发摧月支"和"长驱蹈匈奴，左顾陵鲜卑"的成功与荣耀。功业意识的张扬和功业荣耀的夸饰，在中国古代咏侠诗发展的历史长河中是贯穿其中的一个价值导向。唐代元稹《侠客行》云："侠客不怕死，怕在事不成，"可谓言为心声，这在古代咏侠诗创作中就形成了一种价值定向。如历代咏荆轲的诗篇，诗中的重点往往集中在对荆轲刺秦成功与否的态度上。从魏晋六朝、隋唐五代直到近代，对荆轲的歌咏代不绝赞，赞扬其不怕死的复仇精神和牺牲勇气，但几乎都有一条悲壮的感叹，就是荆轲的名就而事不成。

做游侠是舍己利人的事，而借躯报仇等侠义行为有时会牺牲自家性命。但为什么侠者却能义无反顾呢？除了其以独特的方式建功立业外，更重要的是可以以此成就侠者之名。如游侠可以通过边塞立功封侯，如王维《少年行》四首。

另如张籍《少年行》：

> 少年从出猎长杨，禁中新拜羽林郎。独到辇前射双虎，君王手赐黄金铛。日日斗鸡都市里，赢得宝刀重刻字。百里报仇夜出城，平明还在倡楼醉。遥闻房到平陵下，不待诏书行上马。斩得名王献桂宫，封侯起第一日中。不为六郡良家子，百战始取边城功。①

"唐代文人士大夫借任侠以增加个性中侠义勇武的人格素质，形成主体独立人格意识，为他们实现建功立业的政治理想创造了条件。在尚武任侠风气下，当从军入幕求取功名成为初盛唐的社会思潮时，边塞游侠儿的英雄形象和生命情调又大大激发了文人士子投笔从戎、立功塞外的生命激情。于是，出塞入幕就成为当时一部分文人士子实现功成名就理想的又一途径，建功立业的功名欲望与仗义行侠的英雄气概高度统一。"② 王维与张籍两位诗人的咏侠诗，贯穿其中的一条红线就是"游侠——征战——封侯"的理想人生三部曲，它高度浓缩、形象地揭示了唐代一部分文人士子的人

---

① 张籍：《少年行》，彭定求等：《全唐诗》卷二十四，中华书局 1960 年版，第 325 页。
② 汪聚应：《唐代侠风与文学》，中国社会科学出版社 2007 年版，第 216 页。

格理想。因此，边塞游侠儿不但成了古代文人咏侠诗热情讴歌的对象，而且也成为他们理想人格的一种追求。而流淌在他们血液中的侠义精神和成事立名的人格理想则构成了古代文人功业追求中极富个性的时代特征。金殿受赏论功，燕然勒名也就成了古代文人自我价值实现的一种极高的标志，并直接影响了他们的文学创作。蒋星煜《中国隐士与中国文化》中援引道："造成正面肯定边塞经验而迸放无限英气的理由，除了建功立业与为国效劳的理想指引外，诗人本身强烈的侠者气概亦不能忽视。他们尽管年青时代大多有'隐居'山林的事实，如岑参之隐嵩山，李白之隐岷山，但那只是唐代知识分子借隐居山林涵养学识的暂时手段，他们根本的仍偏于任侠使气的一面。"①

古代文人浓郁的功业意识和建功立业的政治理想，使他们在咏侠诗中灌注了极其深重的功业情怀。流淌在古代咏侠诗中的这种传统不仅仅表现在创作中，更广泛地表现在诗人的侠行义举中。而这种侠行义举又往往与其仕途和晋身联系在一起。如范摅《云溪友议》中的一则记载，颇能说明侠义行为在唐人科举考试中的分量：

> 余（廖有方）元和乙未岁，落第西征，适此公署，闻呻吟之声，潜听而微恻也。乃于间室之内见一贫病儿郎，问其疾苦行止，强而对曰："辛勤数举，未偶知音眄睐。"叩头，久而复语，唯以骸相托，余不能言。拟求救疗，是人俄而忽逝。余遂贱鬻所乘鞍马于村豪，备棺瘗之礼。……（后）廖君自西蜀取东川路，还至灵龛驿，驿将迎归私第。……驿将曰："郎君今春所葬胡绾秀才，即某妻室之季兄也。"始知亡者姓字，复叙平生之吊。所遗物终不纳焉。少妇及夫，坚意拜上。有方又曰："仆为男子，粗察古今，偶然葬一同流，不可当兹厚惠。"遂促辔而前。驿将奔驰而送，复逾一驿，尚未分离。廖君不顾其物，驿将执袂，各恨东西，物乃弃于林野。乡老以义事申州，州将以表奏朝廷，文武宰僚，愿识有方，共为导引。明年，李逢吉知举，有方及第，改名游卿，声动

---

① 蒋星煜：《中国隐士与中国文化》，上海三联书店 1988 年版，第 19 页。

华夷，皇唐之义士也。①

《云溪友议》这段文字，并非虚妄，它说明任侠行为事实上如同隐居等手段一样，成为文人士子博得声誉、进入仕途的有力凭借，侠气也逐渐渗透在文人士子的性情和行为中，并铸造着他们的侠义人格精神。更为可贵的是，任侠风气在一定程度上也促进了文人士大夫主体独立人格的形成。这种特立独行的主体人格意识，是一种立足于文人自我角度、较为独立地认识社会和参与改造社会的一种人格意识。这种意识的确立与弘扬，除了较为宽松和谐的政治文化氛围外，侠的特立独行人格风范的影响也是相当大的，它在一些具有侠义精神的文人士大夫身上表现得更为强烈。

所以说，功成名就既是侠客的人生追求，也就成为文人的政治理想。基于此，古代咏侠诗中，诗人对于不成功者，往往表现出鄙视和遗憾。如李白《结客少年场行》亦言："燕丹事不立，虚没秦帝宫。武阳死灰人，安可与成功。"汪遵《易水》诗云："匕首空磨事不成，……青史徒标烈士名。"对其名就功不成的情感态度，表现出古代文人强烈的功名意识和特有的乐观精神。

三、侠的重名死知与文人的冀知报恩意识

在中国古代游侠的行为观念中，很重知己之遇，而又不惜生命来"酬知己"，所谓"士为知己者死"是他们的一条重要的行为准则。而这种冀知报恩情怀的张扬，又往往与文人的怀才不遇相为表里。

从古代任侠风气和咏侠诗创作看，先秦两汉这种恩报观念常囿于个人的狭小天地，正义的价值因素并不太多。唐代在侠义传统和任侠风气中成长起来的文人士子，恩报意识非常强，同时展现出的正义视野非常开阔，这在宋明两代文人咏侠诗中并不多见。如陈子昂慷慨陈词："本为贵公子，平生实爱才。感时报国恩，拔剑起蒿莱。"②由于当时边塞时事和文人的功业追求

---

① 李昉：《太平广记》卷一百六十七，中华书局 1960 年版，第 1222 页。
② 陈子昂：《感遇三十八首》之三十，彭定求等：《全唐诗》，中华书局 1960 年版，第 894 页。

相合拍，一部分文人士子立功塞外的理想追求便透露出浓烈的侠义恩报内容。他们从侠的冀知报恩观念出发，把从军入塞当作"天子非常赐颜色"，当作是超越了个人利益但又包含着赏识、理解、折节下交等意义内容在内的"国恩"、"君恩"。在他们看来，个人理想人格的建立、政治抱负的实现与才能的发挥，都在于现实政治力量的认可，而现实政治力量的代表权威就是皇帝和一些权贵们。通过政治途径和政治抱负的实现，往往最容易实现他们的人格理想和人生价值。因此，他们非常看重这样的"知己之恩"，甚而倾其一生来寻找这样的"知己"，而他们立功塞外的行为自然也就是在报"国恩"，报"君恩"。"长揖蒙重国士恩，壮心剖出酬知己"；"一旦承嘉惠，轻命重恩光。"这都是他们对功业意识和人格理想的一种侠义理解。侠义传统中古游侠的"酬知己"在唐代已非常准确地对应了文人士子人格理想中的"明主情结"。

在古代文人的仕进历程中，从汉代的察举制到魏晋六朝的九品中正制，再到隋唐代及其以后的科举制，有地位、有名望者的赏识举荐对中下层文人实现仕途理想有着举足轻重的作用，故他们在咏侠诗中表现游侠"感君恩重许君命，泰山一掷轻鸿毛"的悲壮，不惜用生命来报答知己之遇，其实是诗人将侠者的"知己意识"转化为自我强烈的"明主情结"，将侠者"酬知己"转化为自我的报"国恩"（君恩），感情深处潜藏的是他们怀才不遇的苦闷。唐代诗人贾岛《赠剑客》云："十年磨一剑，霜刃未曾试。今日把示君，谁为不平事"，就是表露怀才不遇最鲜明的愤懑。而让任侠使气与边塞时事高度统一起来，将个人的理想人格和功名追求与国家民族利益高度统一起来，"不求生入塞，唯当死报君"则代表了古代任侠风气中不同于贵游侠少年的昂扬向上的新质因素和刚健开朗的任侠精神。在古代咏侠诗中具有积极向上的感召力。

总之，在古代任侠风气的浸淫下，文人通过对侠的崇尚和融入，将任侠精神作为构建自我人格理想的有力凭借，并以侠气侠行增强自己文武兼备的健全人格，形成刚健独立、豪放开朗的主体人格意识，使侠的气质精神和行为方式成为实现自我理想人格的有力支持，形成了具有鲜明时代色彩的任侠精神，进而影响到咏侠诗的创作内容和风格。

第三节　江湖情结与中国文人的自由理想与追求

江湖情结所代表的文人知识分子对自由理想的追求，是中国古代咏侠诗的最高境界。"江湖"本是一个地理名词，但很早其意义就超出了地理的意义，成为与都市相对的地理名词，与朝廷相对且与盗贼有联系的政治名词，与传统士农工商四民之业相对的人物身份，最终成为与主流文化相对的以非制度、非主流为主要特征的亚文化概念。

在中国侠文化中，江湖是豪侠活动的基本场所。蔡翔在《知识分子与江湖文化》一文中指出：

> 侠和江湖不仅成了一般中国人所津津乐道的闲聊话题，更成为中国知识分子的意识缠绕对象，此种情结不仅渗透在知识分子的个人修养与行为方式中，更直接地影响了中国文学的创作，从汉魏的诗歌一直到唐人的传奇，再到宋明的话本，最后到清代的侠义公案小说，则最后完成了中国文学的一个独特的艺术样式——武侠小说。①

一、侠的笑傲江湖与文人的自由人生

驰骋于想象空间的游侠和他们的生活之所以深深吸引作者与读者，在于他们不拘礼法、天下为家、享受人生的自由精神。陈平原在《千古文人侠客梦》中指出："'浪迹天涯'着眼的是行侠的过程，四海为家也是侠客们不为社会环境与现实生活所约束，追求自由的精神在生活上的一种体现。"这类人物，由于他们特立独行的性格而拒绝接受社会的约束，向往着一种随心所欲，无所顾忌的生活方式，努力保持人性自然的本质而逃离社会化过程。孔子所说的"父母在，不远游"针对的是安分平凡的小百姓，侠客无牵无挂，背井离乡，浪迹天涯的生活模式，也从现实上最大限度地让他们保持独立自

---

① 蔡翔:《知识分子与江湖文化》,《上海文论》1993 年第 4 期。

然的人格。所以侠客也被称为游侠，无"游"即非"侠"，这两个词在意义上与实际的体现上是等同的。

在古代咏侠诗中，"江湖"是文人的情结，并多次激荡在诗人的笔下。对侠者自由人生的向往与描写，往往是咏侠诗中最令人充满遐想的内容，其中无不寄寓着文人对自由人生境界的向往与追求。晋张华《博灵王宫侠曲》其一云：

> 侠客乐幽险，筑室穷山阴。獠猎野兽稀，施网川无禽。岁慕饥寒至，慷慨顿足吟。穷令壮士激，安能怀苦心。干将坐自□，繁弱控余音。耕佃穷渊陂，种粟著剑镡。收秋狭路间，一击重千金。栖迟熊罴穴，容与虎豹林。身在法令外，纵逸常不禁。①

这里江湖并不是江和湖，而是自由的境地。张华这首咏侠诗歌咏的是侠者为报仇而游离于社会法令之外的自由。萧涤非《汉魏六朝乐府文学史》云："'岁慕饥寒至'四语写出'勇侠轻非'之根源，为二篇主意所在。盖此侠客之为友报怨，杀人租市，种种不法行为，皆缘穷之一字有以驱使之也。《孟子》曰：'若民，则无恒产，斯无恒心。苟无恒心，放辟邪侈，无不为矣。'篇中极写侠客之放辟，亦正所以致饥于为政者之漠视民生也。"②

游历给了游侠更大的生存空间，也为他们的广识豪杰、行侠仗义提供了一个广阔的舞台。故古人解释游侠之"游"时也说："游，无官司也。"唐代的诗人们非常喜欢仗剑远游，颇有任侠之气，李白、孟浩然甚至给人印象本分朴实的杜甫都有游历四方的经历。他们笔下的侠客自然畅游天下，随意游荡，这也为他们的"以武犯禁"提供了一条捷径。如李白《侠客行》："十步杀一人，千里不留行"，仗义行侠后当然要"事了拂衣去"；卢照邻《结客少年场行》："横行徇知己，负羽远从戎"；李白《白马篇》："杀人如剪草，剧孟同游遨"；杨炯《紫骝马》："侠客重周游，金鞭控紫骝"；等等。这些诗句中的自由潇洒其实表露出诗人的对自由人生的向往。

---

① 逯钦立：《先秦秦汉魏晋南北朝诗》晋诗卷三，中华书局 1983 年版，第 612 页。
② 萧涤非：《汉魏六朝乐府文学史》，人民文学出版社 1984 年版，第 192 页。

二、侠的江湖义气与文人的浪漫情怀

沈从文在《湘西·凤凰》中说："个人的浪漫情怀与宗教的神秘精神结合便成为游侠精神。"①在古代咏侠诗中，侠的江湖义气表现着丰富的时代内容。它包括讲朋友意气、路见不拔刀相助等任侠精神，但其中也更多地表现着文人的浪漫情怀。如冯翊子《桂苑丛谈》有一则故事，说的是崔涯张祜任侠受骗之事。其中云：

> 进士崔涯、张祜下第后，多游江淮。常嗜酒，侮谑时辈。或乘其饮兴，即自称豪侠。二子好尚既同，相与甚洽。崔尝作《侠士》诗云："太行岭上三尺雪，崔涯袖中三尺铁。一朝若遇有心人，出门便与妻儿别。"由是往往传于人口，曰："崔张真侠士也。"是此人多设酒馔待之，得以互相推许。②

故事虽然写的是因任侠而受骗，但这其中的《侠士诗》非常有感染力和侠者为实现目标的决绝之气。同时诗人的江湖义气和浪漫情怀亦溢于言表。

就古代咏侠诗人看，李白是古代文人中最具有侠客行为与任侠精神的，更是由于其诗人的豪放气质，故侠的笑傲江湖与他自己"仗剑去国、辞亲远游"的浪漫情怀常常结合在一起。他在《上安州裴长史书》中说："曩昔东游维扬，不逾一年，散金三十余万。有落魄公子，悉皆济之，此则是白之轻财好施也。又昔与蜀中友人吴指南同游于楚，指南死于洞庭之上。白禫服恸哭，若丧天伦，炎月伏尸，泣尽而继之以血。行路闻者，悉皆伤心；猛虎前临，坚守不动，遂权殡于湖侧。便之金陵，数年来观，筋骨尚在；白雪泣持刀，躬身洗削，裹骨徒步，负之而趋，寝兴携持，无缀身手，遂丐贷营葬于鄂城之东。故乡路遥，魂魄无主，礼以迁窆，式昭朋情，此则白存交重义也。"③魏颢《李翰林集序》载：李白"少任侠，手刃数人"。刘全白在《唐故翰林学士李君碣记》说，李白"少任侠，不事产业"。范传正在《唐左拾遗

---

① 沈从文：《湘西·凤凰》，岳麓书社 2013 年版，第 166 页。
② 李昉：《广记》卷二三八，中华书局 1960 年版，第 1834 页。
③ 董诰等：《全唐文》卷三四八，中华书局 1983 年版，第 3532—3533 页。

翰林学士李公新墓碑并序》也说他"少以侠自任，而门多长者车"。李白"眸子炯然，哆如饿虎"。豪侠的气质、禀性可见一斑。他在《赠从兄襄阳少府皓》中说："结发未识事，所交尽豪雄。"天生的豪放气质与侠者性情，加上任侠的侠行义举，使其咏侠诗表现的内容非常鲜明：一是向往少年游侠的浮华享乐；二是追求侠者的功业意识；三是钦慕侠客仗剑江湖的浪漫情怀；四海高咏侠客志士的高逸侠品。这其中对侠客仗剑江湖的浪漫情怀格外引人注目，诗中透露出的是他追求个性自由任性、适情飘逸的浪漫理想的表现。在古代咏侠诗人中，李白是创作咏侠诗最多的一位，据粗略统计，接近 40 首。由于诗人狂放不受约束的纯真的个性与侠客情怀，李白的咏侠诗成为古代文人咏侠诗的典范，诗中的侠客形象往往就是其人格结构中超我的一部分。他的吟侠诗建构了一个独特的侠者世界，其中的侠客形象被赋予了多样的精神气质和思想内涵。尤其是对侠者仗剑江湖的浪漫情怀的向往与功成身退高逸侠品的咏攒，为古代咏侠诗提供了不同凡响的审美对象。

唐人咏侠诗中，对剑侠的描写虽多表现其平不平的侠义精神，但其中仗剑江湖远行游的大侠气魄回荡千古。如李中《剑客》云：

恩酬期必报，岂是辄轻生。神剑冲霄去，谁为平不平。①

慕幽《剑客》：

去住知何处，空将一剑行。杀人虽取次，为事爱公平。戟立嗔髭鬓，星流忿眼睛。晓来湘市说，拂曙别辽城。②

三、侠的身退江湖与文人的隐逸情结

功成身退是古游侠的高逸侠品。遨游江湖也是文人的浪漫。在古代咏侠诗中，诗人扬侠抑儒却不失对功名的追求；重名立功又不乏对笑傲江湖的向往。儒家积极进取的人生理想与道家功成身退的自由境界互为表里，形成两

---

① 李中：《剑客》，彭定求等：《全唐诗》，中华书局 1960 年版，第 8500 页。
② 慕幽：《剑客》，彭定求等：《全唐诗》，中华书局 1960 年版，第 9624 页。

种相互关联的价值体系，任侠的豪荡、立功的荣耀、浪迹江湖的潇洒也由此连成了一个整体。咏侠诗这种价值观念体系的形成应该从盛唐诗人开始。盛唐咏侠诗人李白的咏侠诗，就是这种价值观念的完整体现。如李白在《结客少年场行》中说道："笑尽一杯酒，杀人都市中。羞道易水寒，从令日贯虹。燕丹事不立，虚没秦帝宫。舞阳死灰人，安可与成功。"又在《猛虎行》中云："丈夫相见且为乐，槌牛挝鼓会众宾。我从此去钓东海，得鱼笑寄情相亲。"而《古风》之十则体现了两种价值观的融合。其云：

> 齐有倜傥生，鲁连特高妙。明月出海底，一朝开光曜。却秦振英声，后世仰末合。意轻千金赠，顾向平原笑。吾亦澹荡人，拂衣可同调。①

鲁仲连"好持高节"，义不帝秦，为赵解围，"排患释难解纷乱而无取"。② 李白引为同调，也就是以鲁仲连功成不受赏，淡泊功名富贵的侠节表现自我的胸襟。但同时也含借以浇胸中垒块的目的，明其报国的壮心、经邦济世的才能和失意的幽愤。这是唐人咏侠诗在热烈的激动中包孕着的深沉底蕴。

"可见，古代任侠风气和侠义精神已深深地影响了古代文人的人格理想，并直接参与了他们理想人格的构建。对侠的崇尚和热衷，铸就了古代文人士大夫文武双全、刚柔兼备的人格素质，培养了他们傲岸侠义的个性，感染了他们追求自由人生的勇气，其行为表现着诸多的侠义内容，带有鲜明的任侠色彩。而在此基础上形成的任侠精神和咏侠诗，就成为古代文人留给后世的一份珍贵文化遗产。"③

---

① 李白：《古风》之十，彭定求等：《全唐诗》卷一百六十一，中华书局 1960 年版，第 1672 页。

② 司马迁：《史记·鲁仲连邹阳列传》，中华书局 1959 年版，第 2459、2465 页。

③ 汪聚应：《唐代任侠风气与文人的人格理想》，《唐代文学研究》13 辑，广西师范大学 2010 年版。

参考书目

一、史部

（汉）司马迁撰：《史记》，中华书局 1959 年版。

（汉）刘向编：《战国策》，上海古籍出版社 1998 年版。

（汉）刘向撰：《列女传》，中华书局 1985 年版。

（东汉）班固撰：《汉书》，中华书局 1962 年版。

（东汉）荀悦撰：《汉纪》，中华书局 2002 年版。

（晋）陈寿撰：《三国志》，裴松之注，中华书局 1959 年版。

（南朝）范晔撰：《后汉书》，中华书局 1965 年版。

（南朝梁）沈约撰：《宋书》，中华书局 1974 年版。

（梁）萧子显：《南齐书》，中华书局 1922 年版。

（北齐）魏收撰：《魏书》，中华书局 1974 年版。

（唐）房玄龄等撰：《晋书》，中华书局 1974 年版。

（唐）李百药：《北齐书》，中华书局 1972 年版。

（唐）姚思廉：《梁书》，中华书局 1973 年版。

（唐）姚思廉：《陈书》，中华书局 1972 年版。

（唐）令狐德棻：《周书》，中华书局 1971 年版。

（唐）李延寿：《南史》，中华书局 1983 年版。

（唐）李延寿：《北史》，中华书局 1974 年版。

（唐）魏征等：《隋书》，中华书局 1973 年版。

（唐）杜佑：《通典》，中华书局 1984 年版。

（唐）李林甫等：《唐六典》，陈仲夫点校，中华书局 1992 年版。

（唐）长孙无忌撰：《唐律疏议》，中华书局 1983 年版。

（唐）刘肃：《大唐新语》，中华书局 1979 年版。

（唐）张鹫：《朝野佥载》，中华书局 1979 年版。

（唐）刘餗：《隋唐嘉话》，中华书局 1979 年版。

（唐）郑处海：《明皇杂录》，中华书局 1994 年版。

（唐）李肇：《唐国史补》，上海古籍出版社 1979 年版。

（唐）崔令钦撰：《教坊记笺订》，任二北笺订，中华书局 1962 年版。

（唐）段成式：《酉阳杂俎》，中华书局 1981 年版。

（五代）刘昫等撰：《旧唐书》，中华书局 1975 年版。

（五代）孙光宪：《北梦琐言》，上海古籍出版社 1981 年版。

（五代）王定保：《唐摭言》，上海古籍出版社 1978 年版。

（五代）王仁裕等撰：《开元天宝遗事十种》，丁如明辑校，上海古籍出版社 1985 年版。

（宋）欧阳修等撰：《新唐书》，中华书局 1975 年版。

（宋）司马光撰：《资治通鉴》，中华书局 1956 年版。

（宋）李焘撰：《续资治通鉴长编》，中华书局 2004 年版。

（宋）宋敏求编：《唐大诏令集》，商务印书馆 1959 年版。

（宋）马端临撰：《文献通考》，中华书局 1986 年版。

（元）脱脱：《宋史》，阿鲁图撰，中华书局 1977 年版。

（元）脱脱等撰：《金史》，中华书局 1975 年版。

（明）宋濂等撰：《元史》，中华书局 1976 年版。

（清）张廷玉等撰：《明史》，中华书局 1974 年版。

（清）赵翼撰：《廿二史札记校正》，王树民校正，中华书局 1984 年版。

（清）王溥：《唐会要》，中华书局 1955 年版。

《江南通志》、《四库全书》文渊阁本，商务印书馆 1986 年版。

《重修安徽通志》、《续修四库全书》本，上海古籍出版社 1997 年版。参考书目

《甘肃通志》、《四库全书》文渊阁本，商务印书馆 1986 年版。

赵尔巽等撰：《清史稿》，中华书局 1977 年版。

于浩辑：《明清史料丛书八种》，北京图书馆出版社 2005 年版。

沈云龙：《近代中国史料丛刊》，台湾文海出版社 1998 年版。

萧一山：《清代通史》，中华书局 1986 年版。

杨天石：《南社史长编》，中国人民大学出版社 1995 年版。

杨伯峻编注：《春秋左传注》，中华书局 1990 年版。

顾颉刚撰：《史林杂识》初编，香港中华书局 1963 年版。

吴则虞编著：《晏子春秋集释》，国家图书馆出版社 2011 年版。

李宗侗注译：《春秋公羊传今注今译》，台湾商务印书馆 1973 年版。

二、总集、丛刻、选集

文渊阁本：《四库全书》，商务印书馆 1986 年版。

《续修四库全书》，上海古籍出版社 1997 年版。

《四库禁毁书丛刊补编》，北京出版社 2000 年版。

《四库未收书辑刊》，北京出版社 2000 年版。

《四库全书存目丛书补编》，齐鲁书社 2001 年版。

《丛书集成初编》，商务印书馆 1935—1937 年版。

《丛书集成续编》，上海书店影印本。

《清代诗文集汇编》，上海古籍出版社 2010 年版。

北师大图书馆编：《北师大藏稀见清人别集丛刊》，广西师范大学出版社 2007 年版。

《清人别集丛刊》，广西师范大学出版社 2007 年版。

《晚清四部丛刊》，台湾文听阁图书有限公司 2011 年版。（南朝梁）徐陵编：《玉台新咏》，人民文学出版社 2010 年版。

（南朝梁）萧统编：《文选》，（唐）李善注，上海古籍出版社 1986 年版。

（唐）欧阳询撰：《艺文类聚》，上海古籍出版社 2013 年版。

（宋）郭茂倩编：《乐府诗集》，中华书局 1998 年版。

（清）彭定求撰：《全唐诗》，中华书局 1960 年版。

（清）严可均辑：《全晋文》，商务印书馆 1999 年版。

（清）董浩编：《全唐文》，中华书局 1983 年版。

（清）严可均辑：《全上古三代秦汉三国六朝文》，河北教育出版社 1997 年版。

（清）吴之振等撰：《宋诗钞》，中华书局 1986 年版。

（清）顾嗣立编：《元诗选》，中华书局 1987 年版。

（清）徐世昌辑：《清诗汇》，北京出版社 1996 年影印版。

（清）张应昌辑：《清诗铎》，中华书局 1960 年版。

（清）陈衍主编：《近代诗钞》，商务印书馆 1935 年版。

（清）沈德潜编：《唐诗别裁集》，上海古籍出版社 1979 年版。

（清）沈德潜编：《清诗别裁集》，上海古籍出版社 1979 年版。

（清）阮元校刻：《十三经注疏·春秋左传正义》，中华书局 1980 年版。

（清）卓尔堪：《遗民诗》，华东师范大学出版社 2013 年版。

（清）徐珂编：《清稗类钞》，中华书局 2010 年版。

唐圭璋主编：《全宋词》，中华书局 1965 年版。

钱仲联主编：《清诗纪事》，江苏古籍出版社 1987 年版。

钱仲联主编：《近代诗钞》，江苏古籍出版社 2001 年版。

逯钦立编：《先秦汉魏晋南北朝诗》，中华书局 1983 年版。

傅璇琮等主编：《全宋诗》，北京大学出版社 1998 年版。

北大中文系 1955 级《近代诗选》小组选注：《近代诗选》，人民文学出版社 1963 年版。

薛瑞兆、郭明志编：《全金诗》，南开大学出版社 1994 年版。

阎凤梧、康金声编：《全辽金诗》，山西古籍出版社 1997 年版。

《晚清四十家诗抄》，杭州古籍出版社 2006 年版。

《清代宦台文人文献选编》，台湾龙文出版社 2012 年版。

三、别集

（秦）韩非撰：《韩非子》，岳麓书社 2015 年版。

（汉）刘向撰：《新序校释》，石光瑛校释，中华书局 2001 年版。

（汉）王符撰：《潜夫论》，（清）汪继培笺，上海古籍出版社 1978 年版。

（汉）刘向撰：《说苑疏证》，赵善诒疏证，华东师范大学出版社 1985 年版。

（三国魏）刘劭撰：《人物志》，古典文学出版社 1955 年版。

（南朝宋）刘义庆：《世说新语校笺》，徐震堮校笺，中华书局 1984 年版。

（南朝梁）钟嵘撰：《诗品译注》，周振甫译注，中华书局 1998 年版。

（唐）李白：《李太白全集》，王琦注，中华书局 1977 年版。

（宋）王谠：《唐语林校证》，周勋初校证，中华书局 1987 年版。

（宋）庄绰撰：《鸡肋编》，中华书局 1983 年版。（清）毕沅校注：《墨子》，上海古籍出版社 2014 年版。

（宋）严羽撰：《沧浪诗话校释》，郭绍虞校释，人民文学出版社 1983 年版。

（宋）刘斧撰：《青琐高议》，上海古籍出版社 1983 年版。

（宋）周密撰：《癸辛杂识》，上海古籍出版社 2001 年版。

（宋）孟元老撰：《东京梦华录》，伊永文笺注，中华书局 2006 年版。

（金）元好问编：《中州集》，中华书局 1959 年版。

（元）杨维桢撰：《杨维桢诗集》，浙江古籍出版社 1994 年版。

（元）陶宗仪：《南村辍耕录》，中华书局 1959 年版。

（明）胡应麟撰：《诗薮》，上海古籍出版社 1958 年版。

（明）凌稚隆撰：《史记评林》，李光缙撰，天津古籍出版社 1998 年版。

（明）顾起元撰：《客座赘语》，中华书局 1987 年版。

（明）高启著：《高青丘集》，（清）金檀辑注，上海古籍出版社 1985 年版。

（明）李贽：《焚书·续焚书》，中华书局 1975 年版。

（明）冯梦龙撰：《警世通言》，陕西人民出版社 1985 年版。

（明）凌濛初撰：《二刻拍案惊奇》，上海古籍出版社 1983 年版。

（明）沈德符：《万历野获编》，中华书局 1959 年版。

（明）王艮：《王心斋全集》，江苏教育出版社 2001 年版。

（明）佚名辑：《云间杂志》，中华书局 1991 年版。

（明）汪道昆：《太函集》，《续修四库全书》本，上海古籍出版社 1997 年版。

（明）陈子龙：《安雅堂稿》，《续修四库全书》本，上海古籍出版社 1997 年版。

（清）郭庆藩：《庄子集释》，中华书局 1961 年版。

（清）王先谦：《荀子集解》，中华书局 1988 年版。

（清）赵翼撰：《瓯北诗话》，人民文学出版社 1963 年版。

（清）钱谦益：《列朝诗集小传》，上海古籍出版社 1959 年版。

（清）孙希旦撰：《礼记集解》，中华书局 1989 年版。

（清）陆世仪：《桴亭先生文集》，《续修四库全书》本，上海古籍出版社 1997 年版。

（清）徐松：《唐两京城坊考》，中华书局 1985 年版。

（清）曾国藩：《曾国藩全集》，岳麓社 1986 年版。

（清）龚自珍：《龚自珍全集》，中华书局 1959 年版。

（清）韩菼：《江阴城守记》，中华国民学社。

（清）孙承泽：《春明梦余录》，北京古籍出版社 1992 年版。

（清）张怡撰：《玉光剑气集》，魏连科点校，中华书局 2006 年版。

（清）黄宗羲：《明儒学案》，浙江古籍 1992 年版。

（清）裘毓麐：《清代轶闻》，中华书局 1928 年版。

（清）杜文澜撰：《古谣谚》，中华书局 1958 年版。

（清）龚自珍撰：《龚自珍全集》，中华书局 1959 年版。

（清）曾国藩撰：《曾国藩全集》，岳麓社 1986 年版。

王文濡辑：《说库》，浙江古籍出版社 1986 年版。

孙诒让：《墨子间诂》，中华书局 1954 年版。

梁启超撰：《饮冰室合集》，中华书局 2015 年版。

钱钟书撰：《宋诗选注》，人民文学出版社 1958 年版。

梁启雄：《韩子浅解》，中华书局 1960 年版。

钱仲联校注：《剑南诗稿校注》，上海古籍出版社 1985 年版。

孔凡礼点校：《苏轼诗集》，中华书局 1982 年版。

孔凡礼点校：《苏轼文集》，中华书局 1986 年版。

王松龄点校：《东坡志林》，中华书局 1981 年版。

俞绍初编：《王粲集》，中华书局 1980 年版。

陈浩等注：《四书五经》，中国书店 1984 年版。

孙钦善等撰：《近代爱国诗选》，人民文学出版社 1989 年版。

赵逵夫主编：《历代赋评注》，巴蜀书社 2010 年版。

杨伯峻：《论语译注》，中华书局 1980 年版。

《马克思恩格斯选集》，人民出版社 1972 年版。

四、近现代人论著

王国维：《宋元戏曲史》，岳麓书社 1998 年版。

章炳麟：《訄书》，上海古典文学出版社 1958 年版。

章炳麟：《章太炎全集》，上海人民出版社 1985 年版。

鲁迅撰：《中国小说史略》，上海古籍出版社 2011 年版。

梁启超：《中国之武士道》，中华书局 1989 年版。

陈寅恪：《隋唐制度渊源略论稿》，中华书局 1977 年版。

陈寅恪：《隋唐政治史述论稿》，上海古籍出版社 1979 年版。

陈寅恪撰：《金明馆丛稿二编》，上海古籍出版社 1980 年版。

陈寅恪撰：《隋唐制度渊源略论稿》，中华书局 1977 年版。

陈寅恪撰：《金明馆丛稿二编》，上海古籍出版社 1980 年版。

冯友兰撰：《新事论》，上海书店出版社 1996 年版。

冯友兰撰：《中国哲学史补》，商务印书馆 1936 年版。

冯友兰：《三松堂学术文集》，北京大学出版社 1984 年版。

钱钟书撰：《谈艺录》，中华书局 1984 年版。

朱琳编：《洪门志》，中华书局 1947 年版。

冯自由：《革命逸史》，金城出版社 2014 年版。

张亮采：《中国风俗史》，中国文史出版社 2015 年版。

郭绍虞编：《中国历代文论选》，上海古籍出版社 1979 年版。

李圣华：《晚明诗歌研究》，人民文学出版社 2002 年版。

严迪昌：《清诗史》，浙江古籍出版社 2002 年版。

郭英德：《明清传奇戏曲文体研究》，商务印书馆 2004 年版。

朱一玄等编：《中国古代小说总目提要》，人民文学出版社 2005 年版。

闻一多：《唐诗杂论》，上海古籍出版社 1998 年版。

闻一多：《闻一多全集》，上海三联书店 1982 年版。

闻一多：《唐诗杂论》，上海古籍出版社 1998 年版。

岑仲勉撰：《隋唐史》，中华书局 1982 年版。

吕思勉撰：《秦汉史》，上海古籍出版社 1983 年版。

葛剑雄、周筱赟撰：《历史学是什么》，北京大学出版社 2002 年版。

鲁迅撰：《中国小说史略》，上海古籍出版社 2011 年版。

郭沫若：《十批判书》，人民出版社 1957 年版。

张岱年、方克立编：《中国文化概论》，北京师范大学出版社 2004 年版。

刘怀荣撰：《中国诗学论稿》，中国文联出版社 1999 年版。

顾颉刚：《顾颉刚读书笔记》，台北经联出版事业公司 1990 年版。

罗宗强撰：《李杜论略》，内蒙古人民出版社 1980 年版。

程蔷、董乃斌撰:《唐帝国的精神文明》,中国社会科学出版社 1996 年版。

张枏、王忍之撰:《辛亥革命前十年间时论选集》,三联书店 1977 年版。

向达:《唐代长安与西域文明》,北京三联书店 1957 年版。

霍然撰:《宋代美学思潮》,长春出版社 1997 年版。

刘坤、赵宗乙编:《中国古典名著民俗集萃》,黑龙江人民出版社 2003 年版。

陈汝衡:《中古文学史论集》,人民文学出版社 1987 年版。

陈汝衡:《读书史话》,人民文学出版社 1987 年版。

萨孟武:《〈水浒〉与中国社会》,岳麓书社 1987 年版。

戴伟华:《唐代幕府与文学》,现代出版社 1990 年版。

刘大杰:《魏晋思想论》,上海古籍出版社 1998 年版。

宗白华:《美学散步》,上海人民出版社 1981 年版。

葛晓音:《汉唐文学的嬗变》,北京大学出版社 1990 年版。

尚定:《走向盛唐》,中国社会科学出版社 1994 年版。

斯维至:《中国古代社会文化论稿》,台湾允晨文化实业股份有限公司 1997 年版。

侯外庐主编:《中国思想通史》,人民出版社 1957 年版。

葛兆光撰:《中国思想史》,复旦大学出版社 2004 年版。

陈炎撰:《中国审美文化史》,山东画报出版社 2001 年版。

萧涤非撰:《汉魏六朝乐府文学史》,人民文学出版社 1984 年版。

杨义撰:《重绘中国文学地图通释》,当代中国出版社 2007 年版。

《中国古典文学图志——宋、辽、西夏、金、回鹘、吐蕃、大理、元代卷》杨义撰,
三联书店 2006 年版。

陈伯海撰:《唐诗学引论》,上海东方出版社中心 1988 年版。

王水照撰:《王水照自选集》,上海教育出版社 2000 年版。

霍然撰:《宋代美学思潮》,长春出版社 1997 年版。

傅璇琮主编:《唐才子传校笺》,中华书局 1987 年版。

吴功正:《唐代美学史》,陕西师范大学出版社 1999 年版。

查屏球:《唐诗与唐学》,商务印书馆 2000 年版。

夏咸淳:《情与理的碰撞》,河北大学出版社 2001 年版。

陶希圣:《辩士与游侠》,商务印书馆 1930 年版。

刘若愚撰:《中国之侠》,三联书店 1991 年版。

汪涌豪撰:《中国游侠史》,复旦大学出版社 2001 年版。

汪涌豪、陈广宏撰:《游侠人格》,长江文艺出版社 1996 年版。

王学泰撰:《游民文化与中国社会》,学苑出版社 1999 年版。

崔奉源撰:《中国古典短篇侠义小说研究》,台湾联经出版事业公司 1986 年版。

龚鹏程撰:《大侠》,山东画报出版社 2008 年版。

王立:《伟大的同情——侠文学的主题史研究》,学林出版社 1992 年版。

陈平原撰：《千古文人侠客梦》，人民文学出版社 1992 年版。

余英时：《士与中国文化》，上海人民出版社 1987 年版。

郑春元：《侠客史》，上海文艺出版社 1996 年版。

彭卫：《古道侠风》，中国青年出版社 1998 年版。

叶洪生撰：《论剑——武侠小说谈艺录》，学林出版社 1997 年版。

严炎撰：《金庸小说论稿》，北京大学出版社 1999 年版。

张志和、郑春元撰：《中国文史中的侠客》，中国社会科学出版社 1994 年版。

陈山撰：《中国武侠史》，上海三联出版社 1992 年版。

林香伶撰：《以诗为剑——唐代游侠诗歌研究》，台湾文津出版社 1999 年版。

汪聚应撰：《唐代侠风与文学》，中国社会科学出版社 2007 年版。

张树国撰：《信义的追求》，北京语言文化大学出版社 2001 年版。

刘志伟撰：《英雄文化与魏晋文学》，兰州大学出版社 2004 年版。

李孝悌主编：《中国的城市生活》，新星出版社 2006 年版。

王立：《武侠文化通论》，人民出版社 2005 年版。

曹正文：《中国侠文化史》，上海文艺出版社 1994 年版。

龚鹏程、林保淳编：《二十四史侠客资料汇编》，台湾学生书局 1995 年版。

［日］平山周：《中国秘密社会史》，东方出版 2010 年版。

［法］谢和耐撰：《蒙元入侵前夜的中国日常生活》，江苏人民出版社 1995 年版。

［法］丹纳撰：《艺术哲学》，傅雷译，广西师大出版社 2000 年版。

［英］杰·巴勒克拉夫主编：《泰晤士世界历史地图》，上海三联书店 1982 年版。

后　记

"千淘万漉虽辛苦，吹尽狂沙始到金。"《中国古代咏侠诗史》在人民出版社即将出版时，刘禹锡这一句诗猛然飘进我的脑海，令人思绪万千。

《中国古代咏侠诗史》是我主持的国家社科基金项目成果。2010 年"中国古代咏侠诗研究"获批立项，期间经历六年的漫长过程，2016 年完成，2017 年以"优秀"结项，可谓是"吹尽狂沙始到金"。回顾研究历程，课题组同仁霍志军教授、张文静副教授、孟永林教授等与我一起，为项目完成付出了艰辛劳动。这个项目的完成，带来的收获不仅仅是《中国古代咏侠诗史》这本作为项目成果的专著，而且带来了对历代咏侠诗全面搜集整理和精细辑校的"中国古代咏侠诗辑校"一百多万字的"副产品"。

我自己对古代咏侠诗的研究屈指算来已有 20 多个春秋了。从 1995 年进入杭州大学攻读中国古代文学硕士研究生时的学位论文《唐人咏侠诗刍论》，到 1999 年进入陕西师范大学师从霍松林先生攻读古代文学博士研究生时学位论文《唐代侠风与文学》对唐人咏侠诗的拓展研究，咏侠诗作为一个研究专题渐已进入我的学术研究领域。而将这一领域由唐代向前向后延伸拓展到对整个中国古代咏侠诗的研究，这其中是有一个契机的。

2004 年 8 月，我以"唐代侠风与文学"为题申报了国家社科基金项目获得立项，使得"唐代侠风与文学"有了一次研究上的再深入、再拓展的提升。在项目完成结项过程中，有位专家意见反馈中建议将历代的咏侠诗进行整理更有意义，这使我有了对历代咏侠诗进行整理研究的打算。经过三年的文献搜集和对研究现状的跟踪，2010年以"中国古代咏侠诗研究"为题申报了国家社科基金项目获得立项。于是就有了漫长地对中国古代咏侠诗的研究。

中国古代的咏侠诗创作是一个绵延不断的继承与创新的诗潮，虽然数量各代不一，但它是我国古典诗歌题材门类中的一个重要组成部分。20世纪以来，许多学者从事侠文化、武侠小说的研究，但在前85年，学术界对古代咏侠诗的研究几乎是一片空白。20世纪80年代中期以后，学者们开始关注咏侠诗，并对它进行研究，主要集中在咏侠诗的产生、先秦到唐代咏侠诗的思想艺术特征、曹植和李白的咏侠诗研究，以及比较研究等方面，不乏独到的见解。在研究中也还存在许多问题，最重要的问题就是由于对咏侠诗的创作情况不甚了解，因而许多问题得不到解决，甚至一些结论缺乏科学性。同时由于对历代咏侠诗创作情况没有理清，因而咏侠诗的研究也没有整体上的成果问世。

文学研究的基础是文本研究。为从源头上廓清咏侠诗研究的难题，对历代咏侠诗的搜集整理就是不可或缺的一环，这一环看似简单，实际上确是最耗费时间和精力的一环。这个课题之所以用了六年的时间，其中大部分时间花在这一环节上。我们课题组首先从搜集整理先秦两汉的咏侠歌谣开始，一直延伸到对清代和近代咏侠诗的搜集整理。按照分工，先秦两汉魏晋南北朝和隋唐五代咏侠诗的搜集整理和系统研究由我负责，霍志军教授负责辽、金、元和宋代咏侠诗的搜集整理和研究，张文静副教授负责清代和近代咏侠诗的搜集整理和研究，孟永林教授负责明代咏侠诗的搜集整理和校注，明代咏侠诗的研究文章由张文静副教授完成。

从已有的文献看，对咏侠诗的类型研究是从编纂类书开始的，唐代欧阳《艺文类聚》可能是第一个收集咏侠诗的集子。诗部中所收皆六朝时诗，计11曲15首。晋张华《侠曲》、《游侠篇》；宋王僧达《依古》；鲍照《拟古》2首；梁元帝《刘生》；吴均《古意》；王僧儒、何逊《拟轻薄篇》；周王褒《游侠篇》；周庾信、陈沈炯《长安少年》；陈阴铿《西游咸阳中》；陈阳缙《侠客控绝影》等。宋代郑樵《通志》卷四九《乐略》共收录《游侠篇》、《博陵王宫侠曲》、《临江王节士歌》、《少年子弹》、《少年行》、《刺少年》、《邯郸少年行》、《长安少年行》、《羽林郎》、《轻薄篇》、《剑客》、《结客》、《结客少年场》、《浴沐子》、《结辕子》、《结援子》、《壮士吟》、《公子行》、《敦煌子》、《扶风豪士歌》等 21 曲，署类"游侠"，但未将确切内容列出。宋代叶廷珪《海录碎事》"游侠门"、"豪迈门"、"英雄门"、"知己、赏鉴门"也收录了部分游侠诗。元代方回《瀛奎律髓》卷四六"侠少类"收录五言、七言游侠诗 17 首。明代张之象编《唐诗类艺》，在人部中立定侠少一类，收录了 109 首游侠诗。清代张英编《渊鉴类函》卷三一一人部七十有"游侠"、"报德"、"谢恩"、"冥报"、"扬报"、"负德"六类，"游侠"以下五类在内容上也突显游侠报恩的主题。但这都是一鳞半爪，不下大功夫很难对古代咏侠诗做到竭泽而渔式的搜集整理。

侠的存在及其文学表现是中国古代一个独具特色的社会历史文化现象。从历代咏侠诗的创作数量看，先秦两汉主要为咏侠歌谣与谚语。汉代的咏侠民谣是未经当时乐府采集而不曾入乐的徒歌和谣谚，这些谣谚曾经以其丰富的思想内容和质朴自然的艺术风格广泛流传于都市乡曲。流传至今的汉代咏侠谣谚散见于史籍中，在侠文化的研究中较少受到关注。但是这些关于汉代游侠的谣谚却有着极高的史学和文学研究价值，它们不仅真实地反映了汉代游侠发展的真实状况及其社会评价，而且成为中国古代咏侠诗的源头，后代文人咏侠诗即由此孕育和发展。

从古代诗歌发展史看，咏侠诗创作代不乏篇，先秦两汉为咏侠之雏形，咏侠诗谣谚滥觞，史传奠基；魏晋六朝，出史入文，名题立象，首立咏侠主题与题材；唐人咏侠诗审美创新，树规立范，在近体诗新的形式下提高了艺术品位和审美效果，成为咏侠诗发展史上的高峰；宋元明清咏侠诗染时衰变，复古中兴。宋元咏侠诗创作低谷徘徊，明代咏侠诗创作中兴，清代、近代咏侠诗数量较多，民族意识和悲剧色彩浓厚。

就古代咏侠诗的搜集整理看，魏晋南北朝咏侠诗、唐人咏侠诗、宋代咏侠诗都有相应的诗歌总集，相对比较容易，而先秦两汉以及明代、清代、近

代咏侠诗的搜集难度就比较大。就《中国代咏侠诗史》的撰写来说，本著绪
论、第一、二、三章和第九章为我撰写；第四、五章为霍志军撰写；第六、
七、八章为张文静撰写。在这个课题的完成中，李聪亮老师最早是这个课题
组的成员之一，后来家中有事不得不离开课题研究，李聪亮老师完成了辽、
金、元咏侠诗收集和整理的大部分内容，该部分后续的整理和研究由霍志军
老师完成。

　　我的学术研究起点是从研究唐人咏侠诗开始的，由唐人咏侠诗扩展到对
唐代侠风与文学的研究，到专题研究唐人豪侠小说，再到对中国古代咏侠诗
的整体研究。围绕中国古代侠文化与侠文学，由点到面，不断拓展。这样执
着于一个主题不断拓展的动力主要来自对侠文化的热爱，来自侠文化刚健独
立、积极有为的文化精神，来自侠客利他的同情心以及捍卫正义、怒平不平
的行动人生，以及他们言信行果，重诺轻生的人格魅力。回顾自己从教和从
事中国古代侠文化和侠文学研究近 30 年的学术历程，自己对中国侠文化也
有了一些粗浅的认识。一要对中国侠文化有全面整体的把握，既要看到中国
侠文化中的积极因素，也要看到侠文化中的消极因素。中国侠文化中的积极
因素主要有以下数端：第一是利他精神，突出表现就是"路见不平，拔刀相
助"；第二是恩报观念，突出表现就是"是士为知己者死"；第三是功名意识，
突出表现就是"侠客不怕死，怕在事不成。"侠文化中的消极因素主要是侠
之末流表现出的一些极端行为，如崇尚武力暴力、以武犯禁、杀人越货等。
二要看到中国侠文化反映的民族性格和民族精神。中国侠文化有着中华民族
的血性反映，突出表现就是孟子所说的"舍生取义"，以及孟子所说的中华
民族的大丈夫精神：贫贱不移、威武不屈、富贵不淫。三要看到中国侠文化
创造的群体性特征。中国古代侠文化的创造是史家、文人、大众的历史文化
共建。通过史家的法正之路、文人的义化之路、大众的英雄之路，中国侠就
成为一个历史文化综合体。四要看到文人知识分子与侠客的特殊关系："千
古文人侠客梦"是古代文人的人生理想、而"少年游侠—中年游宦—晚年游
侠"则是古代文人士大夫理想的人生三部曲。

　　在自己的学术研究中，每一项成绩的取得，都离不开老师的悉心指导，

这些成绩关涉着我本人的学术成长，也浸透着给予我培养的恩师之情，其中印象最深者是一篇论文、两部专著。一篇文章是《唐人咏侠诗刍论》，它是我 1995 年到 1997 年在杭州大学中文系攻读古代文学硕士研究生时的学位论文，修改后 2011 年在《文学遗产》发表，中国人民大学报刊复印资料全文复印，《中华读书报》最新学术观点摘录，也得了一系列的奖励。两部专著一部是《唐代侠风与文学》，它是我 1999 年到 2002 年在陕西师范大学师从霍松林先生攻读古代文学博士研究生的学位论文，也是 2004 年以此成功申报的国家社科基金项目的研究成果。另一部是《唐人豪侠小说集》，它是我在浙江大学人文学院博士后流动站博士后研究成果的一部分，2011 年中华书局出版，是关于唐人豪侠小说文本研究的成果。它们包含着我的硕士导师肖瑞峰先生、博士生导师霍松林先生、博士后合作导师沈松勤先生的厚爱与心血。提起它们，总会从心头涌起对三位先生知遇之恩的无比感激！

在自己的学术成长道路上，霍松林先生给予了我学术上的培养、人格上的砥砺，使我终身受益，霍先生是引领我真正走上学术道路的一位恩师，也是改变我人生命运的恩师。他知能并重、品学兼优的教育理念，在一代代的学子身上得以传承，并永远激励着我。2015 年，95 岁高龄的恩师还为本书题写了书名。

我的妻子赵芬岚女士是一位贤妻良母，也是一位文学素养很好的帮手。从 2002 年为我校对"唐代侠风与文学"博士论文，到为我完成项目给予多年的理解和默默无闻的支持，甚至对一首诗的独到见解和不同理解都能给我以启发。她总是一人承担家务，让我有更多的时间去完成研究工作，我的每一项成果都离不开她的真心付出和无私支持，是感谢，抑或是感激感动，各种情感都有。

感谢人民出版社李之美编审对本著的出版给予的大力支持。

是为记。

2018 年 5 月于博雅堂

责任编辑：李之美

图书在版编目（CIP）数据

中国古代咏侠诗史／汪聚应，张文静，霍志军 著 . —北京：人民出版社，2021.11

ISBN 978 - 7 - 01 - 023860 - 9

I. ①中… II. ①汪…②张…③霍… III. ①古典诗歌－诗歌研究－中国－古代

　IV. ① I207.2

中国版本图书馆 CIP 数据核字（2021）第 205901 号

中国古代咏侠诗史

ZHONGGUO GUDAI YONGXIASHI SHI

汪聚应　张文静　霍志军　著

人 民 出 版 社 出版发行

（100706　北京市东城区隆福寺街 99 号）

北京新华印刷有限公司印刷　新华书店经销

2021 年 11 月第 1 版　2021 年 11 月北京第 1 次印刷

开本：710 毫米 ×1000 毫米 1/16　印张：35.5

字数：500 千字

ISBN 978 - 7 - 01 - 023860 - 9　定价：139.00 元

邮购地址 100706　北京市东城区隆福寺街 99 号

人民东方图书销售中心　电话（010）65250042　65289539